KNAUR

HANNA CASPIAN

IM TAKT DER
FREIHEIT

ROMAN

Besuchen Sie uns im Internet:
www.droemer-knaur.de

Originalausgabe Oktober 2024
© 2024 Knaur Verlag
Ein Imprint der Verlagsgruppe
Droemer Knaur GmbH & Co. KG, München
Alle Rechte vorbehalten. Das Werk darf – auch teilweise –
nur mit Genehmigung des Verlags wiedergegeben werden.
Die Nutzung unserer Werke für Text- und Data-Mining
im Sinne von § 44b UrhG behalten wir uns explizit vor.
Redaktion: Clarissa Czöppan
Covergestaltung: buxdesign, München
Coverabbildung: Collage von Lisa Höfner, buxdesign, unter
Verwendung verschiedener Motive von Trevillion Images,
Mauritius Images und Adobe Stock
Satz: Sandra Hacke, Dachau
Druck und Bindung: GGP Media GmbH, Pößneck
ISBN 978-3-426-65950-2

2 4 5 3 1

»Das Bicycle hat zur Emanzipation der Frauen aus höheren Gesellschaftsschichten mehr beigetragen als alle Bestrebungen der Frauenbewegung zusammen.«

*Rosa Mayreder,
österreichische Frauenrechtlerin, 1905*

FIGURENÜBERSICHT

Felicitas Louisburg – reiche höhere Tochter
Egidius Louisburg – Felicitas' Vater, Eisenbahn-Magnat
Tessa Louisburg – Felicitas' jüngere Schwester
Minna – Felicitas' Zofe, junge Afrikanerin aus einer deutschen Kolonie
Fräulein Korbinian – Felicitas' Chaperon (Gouvernante und Aufpasserin)
Herr Nipperdey – Zeremonienmeister
Lorenz Schwerdtfeger – Sohn eines mittelständischen Kutschenfabrikanten
Hannes Blum – Portier im Palais Louisburg
Herr Krumbach – Kutscher im Palais Louisburg
Fräulein Jarausch – Mamsell im Palais
Freifräulein Elsa von Zerpitz-Maltzahn – Felicitas' Freundin
Graf Alphons von Brück-Bürgen – hochrangiger Beamter im Reichseisenbahnamt
Grafensohn Rudolph von Brück-Bürgen – ältester Sohn von Alphons von Brück-Bürgen
Apollonia Melzer – Felicitas' Tante, Schwester der verstorbenen Mutter, verwitwet

KAPITEL 1

9. März 1888

Sobald man zu alt war, um mit Puppen zu spielen, wurde man selber zu einer. Adrett geschmückt mit netten Kleidchen und Hütchen wartete man auf einem Polstermöbel, erwählt zu werden. Unterdessen verkümmerte der Verstand wie eine Pflanze in der Wüste. Felicitas wusste nicht, ob ihr diese Erkenntnis so sauer aufstieß oder ob es doch eher aufgestiegene Galle war, weil das Korsett wieder zu eng geschnürt war. Sie bemerkte einen bitteren Geschmack im Mund, während sie steif auf dem gepolsterten Sitz im geschlossenen Landauer saß.

Ihr gegenüber thronte Fräulein Korbinian, ihr Chaperon, ihr Kettenhund, der über Anstand, Benimm und Ehre zu wachen hatte. Jederzeit, immer und überall – sobald Felicitas das Palais verließ. Wie so oft seufzte die ältere Frau, wohl um zu beweisen, wie anstrengend auch heute ihre Arbeit war.

Sie kamen gerade von der Modistin. In wenigen Wochen würde sich die Frühlingsluft über die Reichshauptstadt legen. Frühjahr bedeutete, ein neuer Frühlingshut musste her. In ihren Kreisen trug man nichts aus dem letzten Jahr. *Le dernier cri* – der letzte Schrei musste es sein, ein neuer Florentinerhut mit breiten Seidenbändern und künstlichen Blüten. Felicitas wurde herausgeputzt wie eine Puppe, saß wie eine Puppe und hatte gelernt, immerzu zu lächeln wie eine Puppe. Und bald bekäme sie einen neuen Puppenhut. Man könnte meinen, in ihrem Leben gäbe es nichts Wichtigeres.

Gelangweilt schaute Felicitas durch das Seitenfenster nach draußen. Mitte Januar hatte es angefangen zu schneien, und es sah nicht so aus, als wollte es irgendwann einmal aufhören. Eine dicke, schmutzige Schneeschicht bedeckte die Straßen, die Bürgersteige, die Bäume und die Häuser. Ein paar Meter weiter bearbeitete ein Asphaltbursche einen der Abertausend Pferdeäpfel, die Berlins Straßen verschandelten. Er war wohl gefroren, denn der Junge hatte Mühe, den Unrat vom Schnee abzulösen. Wenigstens rochen sie im Winter nicht. Im Sommer war der Gestank manchmal kaum auszuhalten. Und der Verkehr auf Berlins Straßen nahm von Jahr zu Jahr zu. Irgendwann würde die ganze Stadt in Pferdeäpfeln versinken.

Bei diesem trostlosen Anblick musste Felicitas ebenfalls seufzen. Die Straßen in der Mitte Berlins waren immer verstopft, heute aber schien die ganze Stadt wie in einem Fieber. Irgendetwas ging vor sich. Die Menschen drängten sich auf den Bürgersteigen aneinander vorbei, als gäbe es irgendwo umsonst Brot und Suppe. Auch waren ungewöhnlich viele Privatkutschen unterwegs. Sie konkurrierten um jeden Zentimeter Platz – mit den mit Pferdekraft bewegten Straßenbahnen und Omnibussen, mit den langen Leiterwagen und den Handkarren, von denen einige von Männern und Frauen, andere von Hunden gezogen wurden.

Rechts neben ihrer Kutsche zwängte sich eine ausgemergelte Gestalt mit einem Milchkarren zwischen den größeren Fahrzeugen hindurch. Dahinter tauchte der geduckte Kopf eines Pferdes auf. Ein Brabanter, ein belgisches Kaltblut – typische Arbeitspferde, massig und schön anzusehen, wenn sie gepflegt waren. Das hier wirkte klapprig. Das schwere Zuggeschirr schnitt in das schmutzig braune Fell.

Diese armen Geschöpfe, dachte Felicitas. Jeden Tag starben allein auf Berlins Straßen mehrere Pferde. Regelmäßig sah man Kadaver am Straßenrand. Ein gewohnter Anblick und doch nicht zu ertragen. Die Tiere schufteten sich zu Tode, im wahrsten Sinne des Wortes. Den ganzen Tag auf den schmutzigen und lauten Straßen, im Winter die vom Kohlenstaub geschwängerte Luft atmend, im Sommer in der Hitze schwitzend, selten ausreichend Futter, gab es für sie keinen Ausweg aus dieser erbärmlichen Situation.

Der Braune hob den Kopf, als würde er Felicitas' Aufmerksamkeit spüren. Sein müder Blick war so bar jeder Hoffnung, dass ihr Herz schmerzte. Dieses bedauernswerte Geschöpf. Es wusste, es durfte sich keine Hoffnung machen. Es würde sein Schicksal tragen müssen, bis ans Ende seiner Tage. Eingeschirrt in ein Leben, aus dem es kein Entrinnen gab. In dem es nur Wege gehen durfte, die von anderen bestimmt wurden. Tief in Felicitas' Herz rührte sich etwas. Ob es sich je nach Freiheit sehnte? Ob es überhaupt jemals der Freiheit begegnet war?

Kurz ruckte der Braune mit dem Kopf und ließ ihn mutlos sinken. Gemeinsam mit seinem Schicksalsgenossen zog er langsam weiter. Ein grobschlächtiger Kutscher saß auf dem Bock und schnalzte laut, als läge es an den Pferden, dass sie nicht schneller vorankamen. Er fuhr einen Pritschenwagen mit großen Fässern. Bierfässer, die ausgeliefert wurden.

»Wir sind ja gleich da«, sagte Fräulein Korbinian mitleidig, als würde sie Felicitas' Unmut spüren. Ihre Aufpasserin wollte einfach nur nach Hause, wo sie sich ihrer Aufgabe, mit Argusaugen über Felicitas zu wachen, entledigen konnte.

Ächzend drückte Felicitas ihren Rücken durch. Die Stäbe ihres Korsetts stachen ihr beim Sitzen ins Fleisch. Am liebsten wäre sie ausgestiegen und nach Hause gelaufen. Etwas Bewegung würde ihr guttun. Was ausgeschlossen war. Als wohlhabendes Fräulein flanierte man allerhöchstens an den Auslagen luxuriöser Geschäfte vorbei, aber ganz sicher ging man nicht zu Fuß nach Hause. Bewegung war all den armen Schluckern vorbehalten, die den ganzen Tag und auch in der Nacht arbeiten mussten. Was ebenfalls nicht recht war. Und doch, nur allzu gerne hätte Felicitas gelegentlich mit ihnen getauscht. Aus dieser erstarrten Vornehmheit auszubrechen, was wäre das für eine Wonne.

Eine gelbliche Dunstwolke hing tief über der Stadt. Oft genug hatte Felicitas in ihrem Korsett und den engen Kleidern das Gefühl, keine Luft zu bekommen. Doch heute war ihr der schlechte Atem der Stadt unerträglich. Ungeduldig zupfte Felicitas an ihren Handschuhen aus feinem Hirschleder. Wann ging es denn endlich weiter? Nun standen sie schon minutenlang auf der Stelle. Vorne wurden Rufe lauter. Ein Mann brüllte wütend.

»Steh auf, du faule Mähre!«, schrie er. Sofort hörte man eine Peitsche knallen. Felicitas drückte ihr Gesicht an das Fenster. Der Kerl von der Bierkutsche war abgestiegen und fuchtelte wild in der Luft herum.

Fräulein Korbinian war sofort alarmiert. »Fräulein Felicitas, es ist für uns nicht von Belang!«, sagte sie vorsichtshalber.

Als ahnte sie, was ihr Schützling vorhatte. Wobei, so ganz genau wusste Felicitas das selbst noch nicht. Aber es war nicht das erste Mal. Schon schickte Felicitas sich an, ihre Kleidung zu sortieren, um auszusteigen. Wut stieg in ihr hoch. Als könnten die Tiere etwas dafür.

»Fräulein Felicitas!«, stieß ihre Aufpasserin schrill aus. Panik stieg in ihrer Miene auf. Niemals, aber wirklich niemals mischte man sich unter das gewöhnliche Volk. Die Kutsche war eine rollende Trutzburg. Sie schirmte die Insassen von allem da draußen ab – von dem Lärm, dem Unrat, den meisten Gerüchen, vor allem aber von den gemeinen Menschen. Verließ Felicitas das Palais, dann nur, um im Schutz der Kutsche von einem Ort zum anderen gebracht zu werden. Die Kutsche freiwillig zu verlassen, ohne sofort eine Treppe zu einem sicheren Ort hinaufeilen zu können, war, als wollte man sich freiwillig mit einer schweren Krankheit infizieren. Felicitas riskierte, mit dem menschlichen Eiter und Auswurf der gewöhnlichen Welt in Berührung zu kommen. Was sie für wagemutig hielt, war in den Augen ihrer Aufpasserin eine Katastrophe. Das Schlimmste könnte ihr passieren. Wobei Felicitas nicht der genaue Umfang von ›das Schlimmste‹ bewusst war. Dort draußen lauerten anscheinend viele schreckliche Dinge, und vor allem lauerten sie auf junge Frauen. Aber sie hatte nicht vor, sich weit weg zu bewegen. Höchstens zwei oder drei Meter. Ohne auf jemanden zu warten, der ihr die Tür öffnete, schob Felicitas den Riegel zurück.

»Fräulein Felicitas, Sie wissen genau, was Ihr Herr Vater von solchen Unternehmungen hält.« Verzweifelt schob die Korbinian ein schnelles »Bitte steigen Sie nicht aus« hinterher.

Schon stand Felicitas im schmutzigen Schnee. Der Lärm war lauter. Trotz der frostigen Temperaturen stank die Luft nach Pferdepisse, verbranntem Holz und unvermeidlich nach verbrannter Braunkohle. Noch bevor Fräulein Korbinian sie aufhalten konnte, war sie vorne bei dem Geschrei. Ganz wie sie vermutet hatte, drosch der Kutscher mit der Peitsche auf den armen Braunen ein.

Der war in die Knie gegangen. Mühselig versuchte er, die Vorderbeine aufzustellen, was ihm nicht gelang. Immer wieder rutschte er weg. Zu schwach, um seinen Dienst weiter zu verrichten, hing er schief im Geschirr. Sein mächtiger Körper zitterte. Das andere Pferd stand neben ihm und sah teilnahmslos zu. Wusste es, dass ihm in Zukunft ein ähnliches Schicksal drohte?

Schon sauste die Peitsche wieder auf den Braunen nieder. »Willst du wohl!«, drohte der Bierkutscher. Und noch ein Schlag. »Wenn du nicht sofort aufstehst, kommst du morgen zum Abdecker«, schrie er, als müsste dem Pferd die Bedeutung klar sein.

Wieder hob der Bierkutscher seinen Arm, doch dieses Mal stellte sich Felicitas dazwischen.

»Hören Sie auf, Mann! Sehen Sie nicht, dass das arme Tier nicht mehr kann?«

Verdutzt starrte der grobschlächtige Kerl sie an. »Frollein, bei aller Ehrerbietung, aber davon verstehen Sie nichts«, entgegnete er, ließ aber dennoch seinen Arm sinken.

»Fräulein Felicitas!«, kam es mahnend von der Korbinian, die mittlerweile aus der Kutsche herausgefunden hatte und mit gerafften Rockschößen näher kam.

»Lassen Sie das arme Tier in Ruhe. Es kann nicht mehr.«
»Und wie liefere ich dann mein Bier aus?«

»Sie müssen doch noch andere Tiere haben!«

Der Kerl, bekleidet mit einem speckigen Lederschurz über einem ausgeblichenen Drillich-Anzug, sah sie wütend an. Er schüttelte den Kopf, als könnte er gar nicht glauben, wie dumm jemand sein konnte. Schwankend zwischen dem Gebot, zu einem wohlhabenden Fräulein höflich sein zu müssen, und dem Unwillen, sich mit ihren naiven Forderungen auseinanderzusetzen, trat er näher.

»Gehen Sie zurück in Ihre Kutsche. Sie können sich vielleicht erlauben, viele Tiere zu halten, aber unsereins kann das nicht.«

Felicitas hörte den Groll in seiner Stimme. In seinen Augen blitzte es wütend, als würde er sich nur schwer zurückhalten können, ihr ebenso wie dem Pferd die Peitsche überzuziehen.

»Das Tier kann nicht mehr!«, stellte sie wiederholt fest, als läge es nur an der Ignoranz des Bierkutschers, der es nicht begriff.

»Die alte Mähre muss aber«, sagte er knapp und versuchte, sich an ihr vorbeizuschieben. Offensichtlich war er es leid, mit ihr zu reden. Schon hob er wieder seinen Arm, um seine Peitsche zu schwingen.

Dann sagte Felicitas etwas, was sowohl bei Fräulein Korbinian als auch später bei ihrem Vater lautes Jammern und Schimpfen hervorrufen würde. »Ich kaufe Ihnen das Pferd ab!«

Der Mann verharrte in der Bewegung und sah sie ungläubig an. »Diese alte Mähre? Die taugt nicht mal mehr für 'nen Sauerbraten.«

»Das kann Ihnen doch egal sein. Ich kaufe Ihnen den Braunen ab«, sagte sie nun mit einer Bestimmtheit in der Stimme, die sie stolz werden ließ. »Und Sie holen ein frisches Pferd dazu, damit Sie Ihre Fässer weiter ausliefern können. Ein einzelnes Pferd kann das nicht schaffen.«

»Mit Verlaub, Sie sind verrückt.«

»Wie viel wollen Sie für das Tier?«

Der Mann schüttelte immer noch ungläubig den Kopf. Er schien vollkommen überfordert mit ihrem Angebot.

»Wie viel?«, schob Felicitas mit fester Stimme hinterher.

»Fräulein Felicitas!«, zischte Fräulein Korbinian leise mahnend. »Sie wissen, Ihr Vater hat es mir verboten, Ihnen noch einmal Geld zu geben, um ein Pferd von der Straße wegzukaufen.«

Der Bierkutscher drehte sich zu Fräulein Korbinian. Ihre Aufpasserin reckte ihr Kinn in die Höhe, zum Zeichen, dass sie dieses Mal nicht mit sich reden ließ. Doch das beeindruckte Felicitas wenig.

»Nennen Sie mir eine Summe!«, forderte sie den Mann auf.

Der Bierkutscher suchte Hilfe erheischend den Blick ihres Kutschers, um sich nicht mit diesen anscheinend verrückt gewordenen Frauen abgeben zu müssen. Doch Herr Krumbach starrte stumm zurück, als ginge ihn das alles nichts an. Fräulein Korbinian war die ranghöhere Dienstbotin und hatte derlei Dinge zu regeln.

»Ich gebe Ihnen acht Mark für das arme Tier«, bot Felicitas an.

»Acht Mark? Das ist viel zu wenig.« Seine Pranken zuckten.

»Das Tier ist halb tot. Sie haben doch selbst gesagt, morgen bringen Sie es zum Abdecker. Nehmen Sie lieber heute die acht Mark als morgen ein paar Groschen für das schlechte Fleisch.«

»Zwölf. Ich will zwölf Mark.« Ihm wurde gerade klar, dass er hier ein gutes Geschäft machen konnte.

»Na gut, zwölf. Fräulein Korbinian, geben Sie dem Herrn zwölf Mark.«

»Nein. Das darf ich nicht. Ihr Herr Vater hat es mir verboten.«

»Sie geben dem Mann jetzt das Geld«, sagte Felicitas mit einer Stimme, in der ein leichter Zweifel nachhallte. Was sollte sie tun, wenn Fräulein Korbinian sich weigerte?

Der Blick des Bierkutschers wechselte zwischen den beiden Frauen. Kurz richtete er seine Schiebermütze, dann drehte er sich zu dem Pferd, um es zum Aufstehen zu zwingen.

»Fräulein Korbinian!«

»Nein.«

»Ich befehle es Ihnen!«

»Und Ihr Herr Vater hat mir etwas anderes befohlen.«

Vater würde wieder fuchsteufelswütend werden, wenn er davon erfuhr. Und dafür würde Fräulein Korbinian schon sorgen. Trotzdem, Felicitas sah auf das arme Tier hinunter, das sich am liebsten auf die Seite gelegt hätte, es aber nicht konnte, weil das eng gezurrte Geschirr es nicht zuließ. Ihre Blicke fanden einander. Diese Hoffnungslosigkeit, aber auch ein Flehen, dieses harte Los endlich zu beenden. Sie musste dem Tier helfen.

»Warten Sie!« Sie zog ihre Handschuhe aus und steckte sie in die Manteltasche. Sie öffnete den hochgeschlossenen Kragen ihres pelzbesetzten Paletots. Als sie nun anfing, an ihrer Goldkette herumzunesteln, stieß Fräulein Korbinian einen spitzen Schrei aus.

»Felicitas Louisburg, das dürfen Sie nicht! Das werde ich Ihnen unter keinen Umständen erlauben!«

»Dann geben Sie dem Mann das Geld.«

Der Blick des Bierkutschers schätzte den Wert der Goldkette mit dem filigran eingefassten Smaragd. War sie mehr wert als zwölf Mark? Felicitas wusste, dass sie deutlich mehr wert war.

»Nehmen Sie auch diese Kette?«

Mit einem kaum unterdrückten Grinsen nickte der Bierkutscher zustimmend.

»Um Himmels willen, lassen Sie die Kette an. Ich zahle dem Mann ja das Geld«, kapitulierte Fräulein Korbinian.

Der Bierkutscher machte ein enttäuschtes Gesicht, hielt aber trotzdem seine Hand auf. Fräulein Korbinian zählte aus ihrem Geldbeutel mehrere Ein- und Zwei-Mark-Stücke in seine Hand. Unablässig schüttelte sie währenddessen den Kopf. »Das wird Ihrem Herrn Vater gar nicht gefallen. Gar nicht!«, prophezeite sie.

»Wo ist Ihr Futtersack?«, fragte Felicitas den Bierkutscher.

Er wies nur nach hinten.

Sie holte den unter dem Pritschenwagen hängenden Leinensack und hielt ihn dem Braunen vor. Fast ungläubig steckte er sein weiches Maul tief in den Leinensack. Sie ließ ihn gierig fressen, dann nahm sie eine Handvoll Heu und bot sie auch dem anderen Pferd an.

Von hinten schimpften die Ersten, weil die Kutsche neben der Bierdroschke zum Stehen gekommen war und alle anderen einen großen Bogen um sie machen mussten. Sie sollten den Platz frei machen. Herr Krumbach schnalzte, und ihre Kutschpferde bewegten sich. Er stellte das Gespann vor dem gestrauchelten Pferd ab und stieg herab. Sogleich machte er sich daran, das bemitleidenswerte Tier abzuschirren.

»Wir nehmen es mit zu uns und päppeln es ein paar Tage auf, bevor Sie es nach Tattersall bringen«, wies Felicitas den Kutscher an. Tattersall war einer der großen Pferdeställe in der Stadt. Es war eine Art Pension für die Pferde der reicheren Bürger, die keinen Platz für einen Stall hatten oder sich nicht selbst um die Pferde kümmern wollten. Auch die Pferde, die zum Palais Louisburg gehörten, waren dort untergestellt. Der unschlagbare Vorteil war, dass sich im Sommer weniger Fliegen in der Nähe des Wohnhauses aufhielten. In der hinter dem Palais gelegenen Remise wurden die Pferde tagsüber nur stundenweise untergestellt. Herr Krumbach nickte stumm.

Jetzt, vom Geschirr befreit, mit etwas Heu zwischen den gelben Zähnen, schaffte der Braune es endlich, mühsam aufzustehen.

»Und denken Sie daran«, drehte sich Felicitas nun zum Bierkutscher um, »holen Sie erst noch ein zweites Pferd, bevor Sie weiterfahren.«

Als Antwort hob er lediglich eine Augenbraue, zählte noch einmal das Geld und ließ es zufrieden in seiner Hosentasche verschwinden. Nun zog er das andere Pferd zur Seite, um auf der Straße Platz zu machen.

Mit einem Strick band Herr Krumbach den Braunen hinten an die Kutsche.

Felicitas streichelte ihm über die stumpfe Mähne. »Bald wird es dir besser gehen. Nun musst du nicht mehr schuften und kannst deine letzten Tage in Ruhe verbringen. Mit reichlich Futter.«

Der Braune schaute sie an, als könnte er sein Glück noch gar nicht fassen. Leichten Herzens stieg sie in die Kutsche.

»Hysterische Weibsbilder!«, hörte sie draußen den Bierkutscher spotten.

Hinter ihr stieg Fräulein Korbinian ein und ließ den Wagenschlag laut knallen. Schnaufend ließ sie sich ihr gegenüber nieder, wollte sich echauffieren und wusste doch, dass es nichts nutzte. Felicitas hatte ihren eigenen Kopf und ihren eigenen Willen. Aber natürlich würde Fräulein Korbinian sich nachher bei ihrem Vater beschweren. Gestern war er den ganzen Tag draußen vor den Toren Berlins in seinen Fabriken gewesen. Heute arbeitete er mit Sicherheit zu Hause.

»Ich weiß wirklich nicht, ob er ein besseres Leben haben wird. Er wird doch in Tattersall einfach nur im Stall rumstehen und selten genug die Sonne zu sehen bekommen.«

Als wüsste sie das nicht selbst. Und hatte sie Vater nicht schon ein Dutzend Mal die Lösung dafür vorgeschlagen?

»Aber einfach nur im Stall rumstehen, ist für ihn bestimmt, als hätte er jeden Tag Weihnachten. Nicht mehr die schweren Wagen ziehen müssen, nicht mehr die Peitsche spüren, genug zu essen und zu trinken.«

»Wenn Sie meinen«, entgegnete Fräulein Korbinian schnippisch und schaute hinaus. Felicitas hatte in letzter Zeit zu oft ihre Anweisungen übergangen. Obwohl sie offensichtlich störrisches Schweigen demonstrieren wollte, fiel ihrer Aufpasserin doch noch etwas ein. Mit großer Genugtuung sagte sie: »Sie glauben doch nicht etwa, dass der Kutscher wirklich nach Hause geht und sich ein zweites Pferd holt? Das andere Pferd muss das jetzt alles alleine ziehen. Und dafür sind Sie verantwortlich!«

Felicitas' Glücksgefühl wurde getrübt. Vermutlich hatte Fräulein Korbinian recht. Vermutlich würde es genauso kommen. Die Welt war einfach ungerecht.

9. März 1888

Unter den Linden war die Straße freier. Auf dem breiten Boulevard kam ihre Kutsche gut voran. Keine zehn Minuten später waren sie zu Hause. Direkt an der Ecke Wilhelmstraße und Voßstraße stand das Palais Louisburg. Die Kutsche hielt vor dem prächtigen Portikus. Hannes Blum, der weißhaarige Portier, eilte die Stufen herunter und öffnete ihnen.

»Fräulein Louisburg, ich hoffe, Sie hatten einen wunderbaren Vormittag.« Unter seinen Worten lag eine Spur Neugierde, hatte er doch schon das überzählige Pferd entdeckt.

»Oh, ja, der Vormittag war sehr ereignisreich«, antwortete sie spitzbübisch.

Sogleich eilte Blum die Stufen wieder hoch und öffnete die mächtige Eingangstür. Im Vestibül kam Minna herbei und nahm Felicitas Mantel, Handschuhe und Hut ab.

»Soll ich Ihnen eine heiße Schokolade bringen lassen?«, fragte die Frau, die nur wenige Jahre älter war als Felicitas.

»Später. Ich werde erst eine Unterredung mit meinem Vater haben.«

Mit federnden Schritten lief sie die marmorne Prachttreppe hinauf. Sie würde sich frisch machen und sich dann von ihrem Vater schelten lassen. Sicher war es das Erste, was Fräulein Korbinian tat – ihrem Vater von ihrem neuesten Einfall zu erzählen.

Kaum hatte sie ihr Boudoir, ihr Privatzimmer, betreten, war Tessa zur Stelle. »Es gibt eine Überraschung«, rief sie aufgeregt. So aufgeregt, dass ihr beinahe der Atem versagte. Dabei drehte ihre jüngere Schwester eine ihrer Pirouetten. Die Vierzehnjährige war selten zu bändigen. Was Fräulein Korbinian bei ihr mühelos geschafft hatte, sie zumindest äußerlich ruhig zu stellen, war bei ihrer Schwester vergebene Liebesmüh. Tessa war ein Wildfang. Es gelang ihr einfach nicht, still zu sitzen. Sie musste sich bewegen. Rannte eher, als dass sie ging. Stürmte eher die Treppe hinauf, als dass sie schritt. Und ihre morgens wohlfrisierten Haare sahen immer schon am Vormittag aus, als wäre sie durch einen Sturm geritten.

Felicitas knöpfte sich die winzigen Manschettenknöpfe an den Ärmeln selber auf. »Und welcher Art ist die Überraschung?«

Tessa ließ sich neben ihr auf eine Chaiselongue gleiten. »Das darf ich dir nicht verraten.«

»Wieso sagst du mir dann überhaupt, dass es eine Überraschung gibt?«

»Weil ich es nicht aushalten kann, bis du es erfährst.« Theatralisch biss sie sich in die Hand, als ob sie sich so ihre Worte verbieten könnte.

Sie musste über ihre Schwester lachen. Tessa war so ungestüm in ihrem Wesen. Felicitas ging ins angrenzende Badezimmer. Das Palais war sehr modern mit seiner Warmwasserheizung und seinen Badezimmern mit fließendem Wasser. Es war sogar schon an die neue Kanalisation angeschlossen, die nun in ganz Berlin verlegt wurde. Vor dem Spiegel strich sie sich eine dunkle Haarsträhne aus dem Gesicht. Wie immer, wenn sie sich ansah, fand sie, dass sie eine zu schmale Nase und einen zu vollen Mund hatte. Diese Makel wurden immerhin wettgemacht durch ihre außergewöhnlich grünen Augen.

Sie drehte den goldenen Wasserhahn auf und wusch sich den Dreck der Außenwelt ab.

Tessa stand im Türrahmen. »Papa hat mir verboten, darüber zu sprechen.«

»Na, dann sprich auch nicht darüber«, maßregelte Felicitas ihre Schwester.

»Aber es ist so aufregend! Ich muss gleich dabei sein, wenn Papa es dir sagt. Ich muss«, forderte Tessa.

»Von mir aus gerne. Ist es eine angenehme Überraschung?«

»Fräulein Felicitas, ich bin schon da.« Minna drückte sich an Tessa vorbei und reichte ihr ein vorgewärmtes Handtuch.

»O ja. Eine außerordentlich angenehme, würde ich meinen. Nur betrüblich ist, dass ich …« Im letzten Moment biss Tessa sich auf ihre Lippen. Irgendetwas durfte sie offensichtlich nicht verraten.

»Minna, könntest du wohl schnell die Frisur von Tessa neu stecken?« Schon lief sie zurück in ihr Ankleidezimmer.

»Aber nein, ich komme mit. Sonst sagt Papa es dir, und ich bin nicht dabei.« Tessa folgte ihr wie ein aufgescheuchtes Huhn.

»Na gut. Dann aber später. So zerzaust tauchst du mir nicht an der Mittagstafel auf.« Felicitas verdrehte die Augen. »Minna, das nächste Mal sollte ich lieber dich mit zur Modistin nehmen. Fräulein Korbinians Geschmack lässt von Jahr zu Jahr mehr zu wünschen übrig. Wenn es nach ihr ginge, würde ich mich kleiden wie die Damenwelt von 1862. Da müsste selbst Fräulein Korbinian noch jung gewesen sein. Obwohl ich es mir nicht so recht vorstellen kann, dass sie jemals jung und unbeschwert war.«

Ihre Aufpasserin war Mitte fünfzig, schwerfällig, sowohl geistig als auch körperlich, und würde, wenn es nach ihr ginge, nur zu Hause sitzen, sticken und dabei ein wenig Konversation betreiben. Die Frau war wie ein verstaubtes Möbelstück.

»Es ist nicht jedem gegeben, unbeschwert sein zu können«, sagte Minna etwas doppeldeutig.

Kurz war Felicitas irritiert, doch schnell eilten ihre Gedanken zurück zu dem armen Pferd. Sicherlich würde sie nun eine ganz und gar unerquickliche Unterredung mit dem Vater haben.

Tessa folgte ihr die Treppe hinunter, bis Felicitas vor dem Arbeitszimmer ihres Vaters stehen blieb. Mit durchgedrücktem Rücken wappnete sie sich gegen den Sturm, der da kommen würde. Durch die Tür drangen Stimmen. Vaters, aber die zweite Stimme war nicht die von Fräulein Korbinian. Plötzlich wurde die Tür von innen aufgerissen. Einer von Vaters Ingenieuren trat heraus. Er machte ein sorgenvolles Gesicht. »Fräulein Felicitas«, sagte er und nickte knapp. »Wenigstens ein erfreulicher Anblick in diesen dunklen Stunden.« Dann lief er auch schon an ihr vorbei Richtung Vestibül.

Vater ließ seine zahlreichen Ingenieure gerne ins Haus kommen.

Gestern noch hatte er zwei seiner Fabriken außerhalb von Berlin besucht, aber er ging dort nicht gerne hin. Es war ihm dort zu laut und vor allem zu schmutzig, weshalb er sich häufig hier in sein Arbeitszimmer zurückzog. Sie trat ein.

Wie immer thronte der Vater hinter seinem mächtigen Schreibtisch aus dunklem Nussholz. Sein mit Handschnitzereien verzierter Stuhl, das Polster leicht erhöht, ließ ihn größer erscheinen, als er war. Sein hellgrauer Haarkranz war wohlfrisiert, sein breiter Schnurrbart frisch gestutzt. Der Anblick eines vermögenden Mannes. Eines mächtigen Mannes. Dieser Eindruck wurde von einem enormen Regal voller Bücher und Aktenordner und Kladden unterstützt. Ein wichtiger Mann, der gewichtigen Geschäften nachging. Sie wollte gerade die Tür hinter sich schließen, als Tessa hineinschlüpfte und sich in den Hintergrund drückte, als würde der Vater sie dann nicht sehen.

Der schaute auf und legte wütend seinen Füllfederhalter beiseite. »Felicitas!« Er verschränkte seine Hände vor dem Bauch und wurde laut. »Was hast du dir nur dabei gedacht? Vermutlich hast du gar nicht gedacht. Kindskopf! Du kannst doch nicht ständig irgendwelche Klappergäule kaufen. Was sollen wir mit all diesen Schindmähren?«

Sie wusste, das Geld war ihm gleichgültig. Ihr Ungehorsam war es, der ihn erzürnte. »Ich hatte Mitleid. Und sollen wir nicht Mitleid haben mit allen Lebewesen auf Gottes Erde?«

Der Vater schnaufte laut auf, als wäre das eine unsinnige Diskussion. Sie hatten bereits mehrere Male über ihren Wunsch, endlich auf einem Landgut zu wohnen, auf dem arme geschundene Pferde unterkamen, gesprochen. Eine Idee, die ihr Vater jedes Mal rundherum abgelehnt hatte. Er hielt das für Fantasterei.

»Es war das letzte Tier, das du gekauft hast. Ich habe es dir bereits einmal verboten. Beim nächsten Mal wird dein Ungehorsam ernsthafte Konsequenzen haben.« Mehr sagte er nicht. Anscheinend war ihm gerade überhaupt nicht nach reden zumute.

Felicitas wusste, eigentlich war das gerade nicht der richtige

Zeitpunkt. Doch Vater war ohnehin schon wütend auf sie. »Papa, ich möchte endlich eigenes Geld haben.«

»Eigenes Geld? Du kannst dir doch kaufen, was immer du willst.«

»Nein, ich meine ein Nadelgeld. Geld, über das ich frei verfügen kann.«

»Wofür brauchst du schmutzige Münzen?« Vater hatte eine große Abneigung gegen alles, was man mit dem gemeinen Volk teilen musste. Er fürchtete sich vor Dreck und Schmutz jeglicher Art und sah sich ständig in Gefahr, sich mit tödlichen Krankheiten infizieren zu können. Natürlich hatte er dafür gute Gründe. Die besten.

»Damit ich Dinge bezahlen kann.« Lag das nicht auf der Hand?

»Du hast Leute, die das für dich erledigen.«

»Ich will es aber selber tun.«

»Sei nicht so gewöhnlich. Du bist ein vornehmes Fräulein. Andere wären froh, wenn sie Leute hätten, die für sie bezahlen und den Einkauf tragen.«

»Ich wäre froh, wenn ich ein einziges Mal alleine einkaufen dürfte.«

»Felicitas ...« Vater sprach ihren Namen so tadelnd aus, als wäre sie eine naive Zwölfjährige. Als hätten sie diese Diskussion nicht schon Dutzende Male geführt und wären nicht jedes Mal zum gleichen Ergebnis gekommen. Niemals, nie im Leben würde sie, solange sie unter seiner Obhut stand, etwas vollkommen alleine und eigenständig tun dürfen. Zumindest nichts, was außerhalb dieses Palais geschah.

»Ich muss doch lernen, mit Geld umzugehen.«

»Tja, wenn du glaubst, sterbenskranke Pferde zu kaufen, sei ein gutes Geschäft, dann muss ich dich leider darüber in Kenntnis setzen, junges Fräulein: Das ist das genaue Gegenteil davon, gut mit Geld umgehen zu können.«

»Für alles und jedes, was ich mache und was ich tun will, brauche ich jemand anderen.«

»Sei doch froh, dass du jeden Handgriff abgenommen bekommst. Die meisten Menschen würden sich darüber freuen.«

»Tse ...«, stieß sie aus und wusste genau, dass Vater recht hatte. Dass die meisten Menschen hart arbeiten mussten, war ihr bewusst. Sehr hart sogar. Aber das genaue Gegenteil davon, gar nichts tun zu dürfen und nichts tun zu müssen, war ebenso unerträglich. Doch davon verstand Vater nichts, denn er war ja ein Mann. »Du bist grad neunzehn. Du bist nicht einmal großjährig. Schlag dir deine Phantasmen aus dem Kopf. Alle, wenn's beliebt!« Wütend ließ er seine Hand aufs Holz krachen. Sie war entlassen.

Felicitas zögerte. Im Hintergrund zappelte Tessa aufgeregt, hielt aber ihren Mund. Felicitas würde wohl doch noch nichts von der Überraschung erfahren. Was nicht schlimm war. Überraschungen von Vater stellten sich oft als etwas heraus, auf das Felicitas auch hätte verzichten können.

Wenig damenhaft stützte sie sich auf den Schreibtisch und blickte auf die oberste Zeichnung. »Sind das die Pläne für die neuen Schlafcoupés?«, fragte sie interessiert.

Vater schüttelte unwillig den Kopf. Felicitas versuchte beständig, mit ihm über seine Geschäfte und die neuesten technischen Errungenschaften zu reden. Er baute Eisenbahnen – Schienennetze, Lokomotiven und Waggons. Damit war er groß geworden. Und reich. Eisenbahn-Magnat – so nannte man ihn gelegentlich. Magnat – ein Mann von unermesslichem Reichtum und Macht, der seinesgleichen suchte. Egidius Louisburg war ein Eisenbahn-König des Deutschen Reiches, einer von wenigen. Was ihren unfassbaren Reichtum erklärte. Und was trotzdem nicht bedeutete, dass sie sich als Tochter alles erlauben durfte. Zwar hätte sie sich den teuersten Schmuck leisten können, aber interessante Fragen zu komplexen Maschinen zu stellen, war ihr verboten. Vater zog den Plan zu sich heran und rollte ihn zusammen.

»Die Überraschung, Papa!«, rief Tessa nun doch von hinten. Sie wirbelte von links nach rechts, dass man fast Angst bekommen musste, sie würde gleich etwas umwerfen.

Vater seufzte und blickte Felicitas traurig an. »Ich weiß wirklich nicht, ob heute ein guter Tag ist, dich von meinem Plan zu unterrichten. Müssten unsere Gedanken doch vollständig auf etwas Trauriges gerichtet sein.«

»Was meinst du damit, Papa?«

Er machte eine bedeutsame Pause, bevor er sagte: »Kinder, wir haben just vor wenigen Minuten Kenntnis darüber erhalten, dass unser Kaiser gestorben ist.«

Felicitas zuckte zusammen. Kaiser Wilhelm, König von Preußen seit 1861, Kaiser des Deutschen Reiches seit der Reichsgründung 1871, erfolgreicher Feldherr der drei Einigungskriege, oberster Diener des Herrn und Monarch von Gottes Gnaden, war tot? Das war wahrlich eine traurige Nachricht. Wenn auch nicht überraschend, war der Kaiser doch schon neunzig Jahre alt und hatte in letzter Zeit gekränkelt.

»Oh, das ist wahrlich sehr betrüblich«, sagte Felicitas, hoffentlich angemessen schwermütig. Jetzt erklärte sich auch, warum eine solch große Unruhe auf den Straßen geherrscht hatte.

Tessa hielt für einen Moment in ihrer Bewegung inne. »Was passiert denn nun, Papa? Wird es etwa keinen Ball geben?«, fragte sie erschrocken.

»Einen Ball? Bei uns? Etwa hier im Haus?«, fragte Felicitas überrascht.

Ihr Vater nickte. »Das habe ich geplant. Für Mitte Juni. Du bist bereits in die Gesellschaft eingeführt. Es wird allmählich Zeit, dass du in Richtung deines dir vorgezeichneten Weges gehst.«

Vorgezeichneter Weg bedeutete in ihrem Fall ein passender Ehemann. Dann war es nun also so weit. Sie schluckte. Einige ihrer Freundinnen hatten bereits den Myrtenkranz getragen, andere waren verlobt oder hatten wenigstens Verehrer. Felicitas hatte nichts davon. Sie interessierte sich eher für preußische Schienenprofile als für einen Ehemann. Vater hatte ihr lange viele Freiheiten gelassen, aber nun war seine Geduld wohl aufgezehrt.

Ihr Herz sank in die Knie. Sie wollte das noch nicht. Trotzdem sagte sie schicksalsergeben: »Sehr wohl, Papa. Dann mache ich mir Gedanken darüber, welche Familien wir einladen.«

»Nun, ich habe da schon so einige im Auge. Aber natürlich, wenn du besondere Wünsche hast, du weißt, was standesgemäß ist. Nur die besten Familien.« Nun lächelte er kurz. »Der Ball wird unvergesslich, mein Kind. Das verspreche ich dir. Wir werden an nichts sparen. An gar nichts. Man wird noch Jahre davon sprechen.«

Das war dann ja wohl das Wichtigste, dass er einen bleibenden Eindruck machen konnte auf die Menschen, die er so unbedingt beeindrucken wollte. »Ich werde eine Liste mit Fräuleins erstellen.«

»Und mit Komtessen. Die darfst du nicht vergessen.«

»Natürlich nicht, Papa«, sagte sie schal. Als wüsste sie nicht, worum es ihm wirklich ging. Felicitas sollte sich möglichst in adeligen Kreisen bewegen. Der Aufstieg in den ersten Zirkel der Gesellschaft war Vaters größter Wunsch.

»Ich will auch kommen dürfen«, quengelte Tessa.

»Du bist noch zu jung. Du bist noch nicht eingeführt in die Gesellschaft«, beschied Vater streng.

»Dann führt mich doch einfach auf dem Ball ein.«

Vater seufzte, als wäre ihm das alles lästig. »Und nun geht und zieht euch um. Bis zur Beerdigung unseres Kaisers werden wir Schwarz tragen.«

Als könnte er sie gar nicht schnell genug loswerden, so klang es für Felicitas. Zwei Töchter großziehen zu müssen, ohne die helfende Hand einer Mutter zu haben, wäre wohl für jeden Mann schwierig gewesen. Aber ganz besonders für Vater, der nur auf zwei Feldern ein geschicktes Händchen bewies – im Technischen und im Geschäftlichen. Trotzdem, Felicitas' Augen blinzelten feucht. Ein Hausball, in ihrem Palais. Ein Sommerball. Sie würde eine Entscheidung treffen müssen, die sie noch lange nicht treffen wollte.

»Nun müsst ihr mich entschuldigen. Ich habe noch zu arbeiten.«

Tessa und Felicitas verließen Vaters Arbeitszimmer. Kaum draußen, klammerte sich ihre jüngere Schwester an ihren Arm. »Du musst Papa überreden, dass ich auf den Ball darf. Du musst, du musst, du musst!«

Felicitas lächelte ihre Schwester gequält an. »Wenn es nach mir ginge, wäre es mir egal. Aber du weißt, wie viel Wert Papa auf Etikette legt. Und du bist einfach noch drei Jahre zu jung dafür. Mindestens.«

Tessa ließ sie los und schaute sie erbost an. »Ich komme so oder so, ob er es mir erlaubt oder nicht.« Trotzig drehte sie sich um und rannte die Treppe hoch.

Vermutlich würde ihre kleine Schwester genau das wahr machen. Felicitas schaute ihr sorgenvoll hinterher. Sie war sich sogar ziemlich sicher, dass Tessa ihren Worten Taten folgen lassen würde. Also war es an ihr, diesen unentschuldbaren Fauxpas zu verhindern.

Minna passte sie vor dem Arbeitszimmer ihres Vaters ab. »Soll ich nun die Schokolade servieren?«

»Nein, bring mir schnell mein Cape. Ich will noch in die Remise, nach dem neuen Pferd schauen.«

Zwei Minuten später lief sie hinunter in den Keller, durchquerte die Dienstbotenräumlichkeiten, klaute sich eine Mohrrübe und ging weiter. Herr Krumbach hatte den Braunen in einer Ecke des kleinen Stalls locker angebunden. Ohne Zaumzeug ließ er sich das Heu schmecken. Daneben stand ein fast leerer Eimer mit Wasser. Wahrscheinlich hatte es schon alles weggesoffen.

Felicitas näherte sich dem Brabanter. »Na, mein Hübscher. Wie geht es dir?«

Als hätte er die Stimme seiner Retterin wiedererkannt, hob er den Kopf und ließ sich streicheln, während er genüsslich weiterkaute. Das hölzerne Kumt, Teil des Zuggeschirrs der Arbeitspferde, hatte Spuren auf dem Fell hinterlassen. In einem großen Oval rund um den Hals des Tieres war das Fell plattgedrückt. An einigen Stellen war die Haut wundgescheuert. Sie hielt ihm die Mohrrübe hin. Er schnappte gierig danach.

»Nun päppeln wir dich ein wenig auf, und dann hast du vielleicht noch ein paar schöne Jahre. Ab jetzt musst du nicht mehr schuften.« Gar nicht mehr, dachte Felicitas. Ihm würde es so gehen wie ihr. Er würde rein gar nichts mehr tun müssen, aber im Gegensatz zu ihr würde ihm das bestimmt gefallen. Sie griff zu einem Striegel und strich vorsichtig über das Fell. Auch etwas, was sie als vornehme junge Dame eigentlich nicht tun sollte. Dafür waren die Stalljungen da. Aber sie liebte es. Sie liebte die Pferde, den Geruch des Stalls, des Heus, der Pferdekörper.

»Es wird einen Ball geben, damit ich mich nach einem Ehemann umschauen kann. Weißt du, die meisten Männer sind nicht sehr gescheit, denn sie glauben alle, dass ich nicht gescheit bin. Da täuschen sie sich. Soll ich denn mit jemandem Tag für Tag zusammen sein, der mich für dumm hält, nur weil ich eine Frau bin?« Sie musste an den Bierkutscher denken, wie abfällig sein ›hysterische Weibsbilder‹ geklungen hatte. Und an Vater, der ihr nicht zutraute, technische Zeichnungen verstehen zu können.

Sie zuckte mit den Schultern, während sie ihn weiter striegelte. »Ich werde mich nach einem umschauen, der ein Landgut hat. Dann können wir dich und die beiden anderen mitnehmen. Dort kannst du auf einer richtigen Wiese in der Sonne grasen. Na, wie würde dir das gefallen?«

Das Tier blies durch die Nüstern, als würde es seine Gönnerin verstehen. Er schien ihre Berührungen zu genießen, denn nun verharrte er ganz still.

In der Pferdepension Tattersall standen schon seine Schicksalsgenossen. »Wie nennen wir dich? Hm, Hübscher? Welchen Namen würdest du gerne tragen? ... Hope wie Hoffnung und Happiness wie Glück haben wir schon. Du wirst sie bald kennenlernen. Aber du? Wie nennen wir dich? ... Wie wäre es mit Freiheit? Ab jetzt bist du frei.«

Das Tier ruckte mit dem Kopf, als würde es zustimmen.

»Also, Freedom. Jetzt heißt du Freedom. Ein schöner Name, findest du nicht auch?«

Der mächtige Kopf des Ackergauls drehte sich zu ihr und stupste nach ihrer Hand. Sie sollte weiterstriegeln. Mit einem Lächeln im Gesicht strich sie über seinen Widerrist die Flanke runter zum

Fesselbein. Noch war das Fell stumpf. Aber es würde nicht so bleiben. Nicht bei guter Haltung, ausreichend Futter, frischem Wasser und mäßiger Bewegung. Ihm dabei zusehen zu dürfen, fühlte sich überragend an. Sie hatte etwas bewegt. Mit eigenen Händen. Aus eigener Kraft. Es war ein fantastisches Gefühl, außerordentlich befriedigend. Als wäre gerade etwas in ihr erwacht.

Freedom – ja, sie wollte auch mehr Freiheit, genau wie ihre Tiere. Luft zum Atmen. Ein Leben, in dem sie selbst etwas bestimmen durfte. Wie sie lebte, mit wem sie lebte. Natürlich waren das ungehörige Gedanken für eine Frau. Und doch ... Sie musste sie einfach denken. Dieses Eingesperrt-Sein und Gegängelt-Werden konnte sie immer weniger ertragen. Lange würde sich dieser erwachende Wunsch nach Freiheit nicht halten, mit einem Mann an ihrer Seite, der ihr alles befehlen konnte, ja sogar die Pflicht hatte, ihr alles zu befehlen.

Sie verabschiedete sich von dem Tier und trat aus dem Stall heraus. Ihr Blick schweifte über den Himmel, der wolkenverhangen war. Wolkenverhangen wie ihre Zukunft. Natürlich könnte sie sich weiter zu Tode langweilen und dem Schnee beim Schmelzen zuhören. Oder sie nahm nicht nur das Schicksal von alten Pferden in die Hand, sondern auch ihr eigenes. Und das Erste, was sie tun sollte, war, sich mehr Informationen zu holen. Informationen, die ihr Schicksal ändern konnten. Und das würde sie direkt heute Nacht tun.

9. März 1888

Vater hatte bei verschiedenen Gelegenheiten erwähnt, dass er sowohl für sie als auch für Tessa eigene Konten angelegt habe. Er habe eine größere Summe zurückgelegt. Ausreichend Geld, um den Rest ihres Lebens in Wohlstand zu verbringen. So hieß es. Allerdings hatte er nun schon länger nicht mehr darüber gesprochen. Doch wenn Felicitas ihr Leben in die eigene Hand nehmen wollte, war der erste Schritt, eigenes Geld zu besitzen. Das war ihr bewusst. Ihr Vater besaß so viel Geld, sie waren so reich, und doch konnte Felicitas ihn nicht dazu überreden, ein Landgut zu kaufen. Es musste noch nicht einmal ein großes sein. Es musste nicht einmal wirklich einen wirtschaftlichen Betrieb haben. Ein schönes Haus im Grünen, wo sie im Garten die frische Landluft genießen konnte, dazu ein Stall mit ausreichend großen Pferdeboxen und weitläufigen Koppeln, auf denen sowohl ihre Reit- und Kutschpferde als auch ihre aufgekauften Zöglinge eine gute Zeit verbringen konnten.

Doch weigerte Vater sich beharrlich. Es sei ihm zu aufwendig, sich nach etwas Geeignetem umzusehen. Und würde er wirklich etwas kaufen, hätte er nicht die Zeit dazu, sich darum zu kümmern. Sie würde sich kümmern, sogar liebend gerne würde sie sich kümmern, versicherte Felicitas. Abermals Nein. Sicherlich würde er seine Tochter nicht wochen- oder gar monatelang alleine auf einem Landgut lassen. Und sein Platz sei schließlich hier in Berlin, in der Mitte des Geschehens. Überhaupt, wenn sie erst einmal verheiratet wäre, dann wäre sie froh, noch über ihr Geld verfügen zu können, hatte er argumentiert. Ihr Geld, über das sie selbst verfügen dürfte, es klang geradezu utopisch. Das Gesetz sah nicht vor, dass Frauen über Geld verfügen durften. Für diesen Zustand musste man schon verwitwet sein.

Trotzdem, Felicitas musste mehr über dieses Konto erfahren, über *ihr* Konto. Es war doch lächerlich, dass sie nicht einmal wusste, wie reich sie war. Und noch lächerlicher war es, dass sie keinen Zugriff auf dieses Geld hatte. Sie war es so leid, dass andere ständig über ihr Leben, ihre Wege, ihre Kleidung, ihre Tagesgestaltung, eben über alles bestimmten. Was durfte sie schon selbst entscheiden? Höchstens, was sie morgens auf ihr Frühstücksbrötchen tat.

Es war mitten in der Nacht, und alle schliefen. Da sie ausschließlich nachts Vaters Fachbücher aus seiner Studienzeit lesen konnte, weil man sie keinesfalls damit erwischen durfte, war es für sie kein Problem, nicht einzuschlafen. Natürlich waren seine Bücher über

Mathematik, Physik und Mechanik hoffnungslos veraltet. Aktuellere Bücher bestellen durfte sie sich nicht. Einmal hatte sie einen fürchterlichen Streit mit Vater gehabt, der sie der fehlgeleiteten Weiblichkeit beschuldigt hatte. Sie habe den Kopf eines Mannes, hatte er ihr vorgeworfen. Und sie solle sich doch mit weiblichen Themen beschäftigen. So würde sie ja nie einen Mann finden. Als wäre es das, was Felicitas interessierte. Aber offenbar wollte Vater mit dem Ball nun die Sache selbst in die Hand nehmen.

In der tiefen Nacht schlich sie in völliger Dunkelheit die Treppe hinunter, nur bekleidet mit Nachthemd, Pantoffeln und Morgenmantel. Blind fand sie im Erdgeschoss den Weg in den rückwärtigen Bereich, wo das Arbeitszimmer lag. Leise drückte sie die Klinke hinunter und schlüpfte hinein.

Der Raum lag vollkommen im Dunkeln. Damit sie sich nicht durch einen hellen Schein unter der Tür oder aus dem Fenster verriet, zündete sie mit Schwedenhölzern die mitgebrachte Petroleumlampe an. Ein seltenes Stück in einem Haus, in dem es in jedem Raum Gaslampen gab. Hoffentlich würde Vater morgen früh nichts riechen.

Sie trat an den Schreibtisch, auf dem Unterlagen, Karten und Kladden lagen. Vorsichtig setzte sie die Lampe ab und zog eine Schreibtischschublade auf. Weit nach hinten geschoben stand eine Pappschachtel. In der lag ein kleiner Schlüsselbund, eingewickelt in ein Stück Stoff. Sie holte ihn hervor.

Die Wand hinter Vaters Schreibtisch war vollständig bedeckt durch ein Regal, das sich hoch bis zur Decke zog. Meterweise standen dort Kladden und Bücher und einige wenige Akten. Aber alles, was vertraulich war, befand sich hinter den verschließbaren Türen im unteren Fach. Hier lagerten die Aktenordner über das Königsberger Walzwerk. Links davon die zu den Kohlebergwerken, an denen Vater Aktienanteile hielt. Im nächsten Schrankabteil standen Akten zur Eisenbahnreparaturwerkstatt, daneben ein ganzes Abteil nur zum Maschinenbau von Lokomotiven, weiter rechts zu seinen Eisenwerken. In fast allen Dokumenten hatte sie bereits geblättert und geschaut, ob sich dort etwas Interessantes fand. Bauzeichnungen, Konstruktionspläne, Skizzen von alten und neuen Maschinen. Informationen zu Spurweite oder Achslast oder Druckluftbremsen.

Die Bankunterlagen mussten weiter links stehen. Als sie das Regal aufschloss, entdeckte sie sofort mehrere Aktenordner mit der Aufschrift *Deutsche Bank*. Ganz unten rechts sprang ihr sofort ein Ordner ins Auge. *Felicitas & Tessa* stand vorne drauf. Sie zog ihn vorsichtig heraus. Oben auf lagen Informationen zur Gestaltung von Eheverträgen sowie zu steuerlichen Erwägungen in der Gestaltung der Mitgift. Typisch Vater, dachte sie. Er machte aus allem ein Geschäft.

Dann folgte ein Zwischenblatt mit einer eidesstattlichen Versicherung, dass Vater über das Konto, das tatsächlich auf Felicitas' Namen lief, das Nießbrauchrecht innehatte. Was nichts anderes bedeutete, als dass sie keinen direkten Zugriff hatte. Sie blätterte um, und sofort fiel ihr die Summe von 66 354 Mark und 23 Pfennigen ins Auge. Sie blätterte weiter nach hinten und konnte sehen, dass Vater im Jahr 1875 für sie 50 000 Mark angelegt hatte. Die Differenz ergab sich aus den Zinsen, die sie in den dreizehn Jahren bisher dafür bekommen hatte. Eilig blätterte sie weiter. Bei Tessa stand genau das Gleiche. 50 000 Mark, die angelegt worden waren und die bisher das Gleiche erwirtschaftet hatten. Jede der beiden Töchter verfügte theoretisch über ein Vermögen von über 66 000 Mark.

Der Schweiß brach ihr aus. 66 000 Mark – Felicitas ließ sich die Summe auf der Zunge zergehen. Sie war reich, sogar steinreich. Sie wusste, dass viele Grafen mit ihren Landgütern zwanzig- bis dreißigtausend Mark im Jahr erwirtschafteten. Wenn es denn gut lief. Wenn es nicht so gut lief, deutlich weniger. Mit dieser Summe könnte sie ein riesiges Landgut kaufen und noch viel mehr alte Pferde unterbringen.

Auf Vaters Schreibtisch suchte sie nach einem Zettel und einem Bleistift und notierte sich die Summe, und auch die Kontonummern von ihrem und von Tessas Konto. Nun wusste sie, wie viel Geld ihr irgendwann zur Verfügung stehen würde. Und wo es zu finden war.

Ob sie an das Geld kommen würde, wenn sie großjährig wurde? Sie war neunzehn und musste im Grunde nur noch achtzehn Monate durchhalten. Dass Vater ihr erlauben würde, alleine über dieses Geld zu verfügen, war eher unwahrscheinlich. Dennoch, die Vorstellung, in anderthalb Jahren ein eigenes Landgut zu besitzen, war genau das, wovon sie immer geträumt hatte.

Den Aktenordner noch in den Händen setzte sie sich auf den Boden. Wer eigentlich würde Vaters Vermögen erben? Würde er es seinen verheirateten Töchtern vermachen, dann gehörte es den Schwiegersöhnen. Ein Grund, warum in der Regel die Väter die Männer ihrer Töchter auswählten. Sie suchten nicht nach passenden Männern für ihre Töchter. Sie suchten nach kompetenten Geschäftsmännern, die dem Erbe gewachsen waren. Wen würde Vater als kompetent genug ansehen?

Aber was, wenn er früher starb? Bevor eine oder beide seiner Töchter vermählt waren? Ob Vater hier irgendwo ein Testament hatte? Sie stellte den Ordner zurück und suchte in einem Stapel Papiere. Ein Pappordner fiel ihr entgegen. Felicitas konnte den Inhalt, der gerade Blatt für Blatt herausrutschte, gerade noch schnappen, bevor er gegen das Glas der Petroleumlampe stieß.

Sie stellte die Lampe weiter weg und sortierte die herausgerutschten Unterlagen zurück. Bei einem Brief stutzte sie. Es war wohl die zweite Seite, denn der Brief fing mitten im Text an.

```
... besorgniserregende Defizite auf all Ihren Konten. Die
aufgezählten Defizite bilden nur die Schuldnerschaft in
unserem Kreditinstitut ab.
Ihre Schulden belaufen sich auf eine derartige Größen-
ordnung, dass Sie sich bitte am 20. Februar dieses Jahres
in unseren Räumen bei der Deutschen Bank in der Haupt-
filiale einfinden mögen. Wir werden über die Möglichkeit
```

der Tilgung oder auch gegebenenfalls der Pfändung von
Teilen Ihres Vermögens sprechen müssen.

Felicitas starrte schockiert auf die Zeilen. Vater – hoch verschuldet? Das hätte sie ihm nicht zugetraut. Sie hatte ihn immer für einen ausgezeichneten Geschäftsmann gehalten. 20. Februar – was war da gewesen? War Vater ausgegangen? War er eher glücklich oder eher niedergeschlagen zurückgekehrt? Sie erinnerte sich nicht. Sie las den Absatz weiter.

Gegebenenfalls bringen Sie bitte auch weitere Unterlagen
zu Krediten und Schulden aus anderen Bankhäusern mit.
Hochachtungsvoll

Darunter stand eine Unterschrift, die sie nicht entziffern konnte. Vater war so gut wie bankrott? War das der Grund dafür, dass er ihr stets verweigerte, ein Landgut zu kaufen? Aber dann wiederum plante er einen großen, sündhaft teuren Ball. Das passte nicht zusammen.

Sie wollte gerade die erste Seite des Briefes suchen, als sie ein Geräusch hörte. In aller Eile löschte sie die Lampe. Und verharrte. Ihr Herz raste. Kam jemand? Hörte sie Schritte? Um Himmels willen, wenn sie entdeckt wurde! Hier im Dunkeln, auf dem Boden, in Vaters Heiligtum, in seinen Unterlagen stöbernd. War es nur ein Dienstbote, könnte sie ihn vielleicht noch bestechen. Aber wehe, es war Vater. Sie würde sich eine gehörige Tracht Prügel einhandeln. Und vermutlich weitere Sanktionen.

Als sie nach einem ewig langen Moment nichts mehr hörte, stand sie vorsichtig auf und öffnete die Tür. Nichts war zu hören. Sie schlich durch den Flur in Richtung Vestibül. Irgendjemand war dort. Sie lief zur Hintertreppe, auf der sich die Dienstboten ungesehen durchs Haus bewegten. Ein sanfter Lichtschein drang von unten herauf. Vermutlich ein Dienstbote, der sich in der Küche einen Becher Wasser holte. Nun hörte sie Schritte.

Vorsichtig zog sie sich zurück. Als sie rückwärts um die Ecke ging, hörte sie ein leises Schrammen. Und spürte etwas an ihrer Hüfte, das sich bewegte. Ein spitzer Schrei entfleuchte ihrem Mund. Geistesgegenwärtig griff sie ins Dunkle. Und erwischte die Vase, die dort gerade von einer Ziersäule rutschte. Hitze flutete durch ihren Körper. Was tat sie da nur? Wenn die Vase runtergefallen wäre, wäre das gesamte Haus wach geworden. Zitternd stellte sie die Vase zurück an ihren Platz. Ihr Morgenmantel hatte etwas von dem Blumenwasser abbekommen, was verschmerzbar war. Viel wichtiger war: Hatte, wer immer im Keller war, sie gehört?

Sie wartete hinter der Ecke, bis die leisen Schritte auf der Hintertreppe lauter wurden. »Hallo? ... Ist da jemand?«

Vaters Dienstbote. Ihr Herz blieb stehen. Sie regte sich nicht. Atmete nicht einmal.

»Hallo?« Nun klang es unsicher, als wäre der Mann sich nicht mehr gewiss, ob er wirklich etwas gehört hatte. Einen kurzen Moment noch dauerte es, dann hörte sie Schritte auf der Hintertreppe, die leise verklangen.

Endlich traute sie sich wieder zu atmen. Sie musste zurück ins Arbeitszimmer. Die Schränke waren noch offen. Im Dunkeln tastete sie sich zurück. Hinter dem Schreibtisch entzündete sie kurz die Petroleumlampe, packte mit zitternden Händen alles wieder in den Pappordner, auf den Vater handschriftlich *Anatolische Eisenbahn* geschrieben hatte. Sie hatte noch nie etwas von dem Projekt gehört. Und gerade war es ihr auch egal. Ihr Herz klopfte noch immer so wild, dass es ihr fast zum Hals heraussprang. Nur um Haaresbreite war sie einer Katastrophe entgangen. Umsichtig legte sie den Pappordner zurück, sperrte die Regaltür zu und stand auf. Sie wollte nur noch ungesehen zurück in ihr Zimmer.

März 1888

»Die Hohe Pforte wird dem Projekt doch bestimmt zustimmen. Anders kann ich es mir gar nicht denken. Ich meine, die Strecke des Orient-Expresses ist beinahe durchgängig fertiggestellt. Aber sie endet in Konstantinopel. Wenn die Türken auch nur den Hauch einer Modernisierung ihres Landes planen, dann bleibt ihnen nichts anderes übrig«, sagte Herr Hanemann, einer von Egidius' besten Ingenieuren.

Mit der Hohen Pforte war die Zentralregierung des Osmanischen Reiches gemeint. Egidius' Blick lag auf den Zahlenkolonnen, die Hanemann ihm gebracht hatte. Sie rechneten verschiedene Planspiele durch, nur um für alle Eventualitäten gerüstet zu sein. »Ja, er ist sehr krank, der kranke Mann am Bosporus«, sagte er fast zu sich selbst.

Wie sollte es auch anders sein? Alle europäischen Staaten waren ihnen davongaloppiert, mit gigantischen Stahlkutschen, die unter Dampf standen. Und die osmanische Wirtschaft betrieb ihren Warenhandel weiterhin mit Kutschen, Kamelen und Eseln.

Es war eine anerkannte Wahrheit, dass der Aufschwung Deutschlands beziehungsweise der Länder, die seit siebzehn Jahren das Deutsche Kaiserreich bildeten, erst wirklich mit dem Ausbau der Eisenbahn begonnen hatte. Bis dahin waren alle Wege zu weit gewesen, um profitabel zu sein. Landwirtschaftliche wie industrielle Produkte waren in großen Mengen kaum zu transportieren gewesen. Womit auch, mit Kutschen? Per Schiff ins Ausland verschiffen war auch dann nur rentabel, wenn man die Waren zuvor kostengünstig und schnell bis zum Hafen gebracht hatte.

Der wirtschaftliche Aufschwung des Kaiserreiches hing an der Eisenbahn – damals wie heute. Er selbst hatte davon profitiert und gutes Geld gemacht. Wollte man sich nicht mit dem Bau von Neben- und Kleinbahnstrecken abgeben, dann musste man ins Ausland. Gerade wurden die letzten Lücken der Orient-Express-Linie zwischen Serbien und dem osmanischen Saloniki geschlossen. Ab diesem Sommer sollte der Luxuszug endlich von Paris bis Konstantinopel durchfahren. Niemand würde noch in andere Züge oder auf Schiffe umsteigen müssen. Ein Großprojekt mit mehr als dreitausend Kilometern Schienennetz, quer durch Europa, an dem er leider nicht beteiligt gewesen war.

Jetzt flüsterte man es an allen Ecken in Berlin: Das nächste große Projekt war die Anatolische Eisenbahn. Dieses Mal sollte es anders laufen. Dieses Mal wollte er einen Teil der Aufträge bekommen. Es war ein riesiges Projekt, so umfangreich, dass nur die ganz Großen mitspielen durften. Und er gehörte zu den ganz Großen. Fünfhundert Kilometer Bahnstrecke von Konstantinopel nach Ankara. Weitere fünfhundert Kilometer von dort nach Konya, und noch mal tausend Kilometer Schienen, wenn man sich anschließend zum Ausbau der Strecke über Damaskus bis nach Bagdad entschloss. Und ein Ende war nicht in Sicht. Es könnte immer weitergehen, durch die Landschaften um Euphrat und Tigris, weiter bis zum Persischen Golf und auf dem Landweg nach Indien. Indien! Eine solche Bahnlinie würde die Vorherrschaft der Briten in Indien beenden. Die Karten der wirtschaftlichen Oberhand über diesen Teil der Welt würden vollkommen neu gemischt. Das musste den Deutschen und der deutschen Regierung doch recht sein.

Aber bisher stand ja noch nicht mal fest, ob die Hohe Pforte überhaupt neben der Planung auch den Bau an eine ausländische Firma übergeben würde. Ja, ob sie überhaupt so weitsichtig war, dieses Projekt durchführen zu wollen. Bisher hatte er kaum mehr als ein Gerücht gehört. Er war dringend auf mehr Informationen angewiesen, wenn er die Chance bekommen wollte, bei dem Projekt mitzuspielen. Was er unbedingt wollte. Dabei gab es tausend Fragen, die alle noch nicht geklärt waren. Umso schwieriger war es, eine Kalkulation zu erstellen. Aber Egidius war nicht der Mann, der vor Schwierigkeiten zurückschreckte. Er war ein Mann, der in die Zukunft blickte und Chancen sah. Und hier sah er die Chance, einen Bauauftrag gigantischen Umfangs zu ergattern.

»Gibt es denn schon eine Aussage der deutschen Regierung?«

Egidius schüttelte den Kopf. »Ich habe noch nichts gehört. Nach dem Tod des Kaisers rechne ich auch nicht mit einer zügigen Äußerung. Bismarck hat gerade anderes zu tun.«

»Ob der neue Kaiser der technischen Modernisierung gegenüber aufgeschlossener sein wird, wer weiß«, gab Hanemann zu bedenken.

Egidius schnaufte laut auf. Das war in der Tat zu bezweifeln. Kaiser Friedrich III. galt zwar als liberal und aufgeschlossen, aber nur in gesellschaftlicher und sozialer Hinsicht. »Bisher habe ich noch kein Sterbenswörtchen aus der Wilhelmstraße erfahren.«

Die Wilhelmstraße war die Schaltzentrale der deutschen Regierung. Hier saßen alle Ministerien, hier arbeiteten die wichtigsten Beamten des Kaisers. Und obwohl sein eigenes Wohnhaus, Palais Louisburg, an die Wilhelmstraße angrenzte, benutzte er dieses Wort, weil es gleichwertig war mit der deutschen Regierung. Wohnte man nicht in Berlin, dachte man vermutlich, dass alle wichtigen Entscheidungen im königlichen Schloss gefällt würden. Aber dem war nicht so. Außerdem traf ohnehin Reichskanzler Fürst Otto von Bismarck, der wahre Gründervater des Deutschen Kaiserreichs, die meisten Entscheidungen. Zu gegebener Zeit würde er zur Anatolischen Eisenbahn ein Machtwort sprechen.

So groß Egidius' Imperium war und so gut seine Verbindungen hinter die Kulissen der Berliner Regierung waren, es gab andere, die noch größere Imperien besaßen und weitaus bessere Verbindungen hatten. Krupp, Siemens, die Borsigwerke – seine größten Konkurrenten in diesem Spiel. Er musste sicherstellen, dass er alles erfuhr, was sie wussten. Dass er wusste, was sie planten. Und dass er wusste, wie ihre Angebote aussehen würden.

Es klopfte an der massiven Holztür. Sie ging auf, und ein Diener steckte seinen Kopf herein. »Herr Louisburg, ein Herr Nipperdey hat sich angekündigt.«

Egidius nickte. »Er soll kurz warten. Wir sind so gut wie fertig.«

Eilfertig packte Hanemann seine Unterlagen zusammen. »Wie gesagt, nähere Berechnungen über die Kosten von Schienen und

Eisenverbrauch kann ich sofort liefern, sobald wir eine festgelegte Spurweite haben.«

»Rechnen Sie es schon mal alles durch auf unsere Normalspur. Die Osmanen werden ja wohl hoffentlich dem Argument zugängig sein, dass alle Bahnen direkt weiterfahren könnten. Und vor allem, dass sie die ausgemusterten Lokomotiven und Waggons von uns Europäern kaufen können.«

»Damit habe ich bereits begonnen. Nächste Woche werde ich Ihnen eine erste Kalkulation liefern können.«

»Sehr gut. Wenn Sie mich nun entschuldigen würden.«

Hanemann packte seine Kladde in eine Ledertasche, klemmte sich diese unter den Arm, verbeugte sich knapp und verließ in seinem dunkelgrauen Anzug den Raum.

Egidius ließ seinen Blick über seinen mächtigen Schreibtisch gleiten. Nichts deutete mehr auf das Projekt Anatolische Eisenbahn hin. Sein Interesse daran lief unter größtem Stillschweigen.

So nüchtern Herr Hanemann in seinem schlichten Anzug ausgesehen hatte, so verspielt und farbig sah der Mann aus, der nun im Türrahmen erschien. Dicke, glänzende Goldknöpfe zierten den wohlgenährten Bauch, der unter einer unangemessen hellblauen Anzugjacke ruhte. Er war um die fünfzig, hatte einen aschblonden Haarkranz, aus dem er längere Strähnen über eine Halbglatze gekämmt hatte, und trug einen ausladend gezwirbelten Kaiser-Wilhelm-Bart. Sein Anzug wirkte eher wie die Livree eines Zirkusdirektors. Dass ein Mann wie dieser aus dem ehrwürdigen Königsberg stammen könnte, so wie Egidius selbst, hätte er nicht für möglich gehalten. Aber nun denn, vielleicht musste man so aussehen, wenn man ein Zeremonienmeister war, ein Künstler. Wobei er sich sicher war, dass der Zeremonienmeister des Kaisers sicherlich keine so schillernde Erscheinung war. Aber was wusste er schon? Bürgerliche wie er wurden nicht zu Hofe eingeladen.

»Herr Nipperdey, guten Tag.«

»Einen wunderschönen guten Tag wünsche ich auch Ihnen.« Er machte eine schwungvolle Handbewegung und verneigte sich ausführlich. Was Egidius' Eindruck eines Zirkusdirektors noch verstärkte. »Was für ein prächtiges Gebäude. Ausgesprochen günstig, um einen Hausball abzuhalten, wenn ich das schon vorwegschicken darf.«

Die Tür ging auf, und der Diener trat wieder ein. »Darf ich den Herren Kaffee oder Tee bringen?«

Noch bevor Egidius etwas sagen konnte, nickte der Zeremonienmeister eifrig. »Kaffee, und dazu gerne einen Portwein.« Er drehte sich zu Egidius um. »Einen guten Kaffee sollte man nicht vereinsamen lassen.«

Egidius zog die Augenbraue hoch, wandte sich dann aber an seinen Diener. »Für mich dann bitte das Übliche.« Er wies Herrn Nipperdey vor den Kamin, wo mehrere bequeme Sessel standen. Beide setzten sich. Herr Nipperdey sah sich aufgeregt um, schien aber mit dem Ergebnis zufrieden zu sein.

»Ist das eine der Räumlichkeiten, die ich in den Ablauf des Balls miteinbeziehen darf?«

»Keinesfalls«, sagte Egidius leicht irritiert.

»Ich habe letztens einen Ball organisiert, da wurde das Arbeitszimmer als Rauchsalon für die Herren benutzt.«

»Ähm ... Also, das wäre mir nicht recht. Nein. Wir haben genügend andere Räume.« Er sah sich den Mann näher an. Seine Referenzen waren vorzüglich. Er hatte mehr als eine große Veranstaltung organisiert, für Grafen, Freiherren und reiche Industrielle.

Herr Nipperdey ließ sich in den Sessel zurücksinken. »Fangen wir doch sofort an. Das Wichtigste vielleicht zuerst: der Anlass und die Personenzahl, die Sie einzuladen gedenken.«

Nipperdey kam direkt zur Sache. Das gefiel Egidius. »Wie gesagt, es soll ein großer Hausball werden.« Der konkrete Anlass, ja, das allerdings war eine Sache, die Egidius noch möglichst lange geheim halten wollte. »Meine älteste Tochter, Felicitas, nun, sie ist jetzt in dem Alter, da sie sich nach einem passenden Ehemann umschauen sollte. Und ich will auch für mich die Gelegenheit nutzen, meine Stellung in dieser Stadt zu untermauern. Ich plane, die

Honoritäten Berlins einzuladen. Der Ball soll unvergesslich werden.«

»Denken Sie an so etwas wie vor fünf Jahren in New York?«

Egidius stutzte. Was war denn 1883 in New York gewesen? Nipperdey sprach direkt weiter. »Der Maskenball von Madame Vanderbilt. Mrs. Vanderbilt konnte damit schlussendlich ihre hohe Stellung in der Gesellschaft zementieren, gegenüber Mrs. Aston. Vierhundert Gäste waren geladen. Und man spricht noch heute von dem Ereignis.«

Ach, das meinte er. Davon wusste Egidius natürlich. Vanderbilt war selbst ein Eisenbahn-Magnat. »Nun, vierhundert Gäste werden es wohl nicht, aber an die dreihundert könnten es werden. Ich bin mir nicht sicher, was die Platzmöglichkeiten angeht. Vor allem beim Essen.«

»Dreihundert Gäste hört sich allerdings sehr nach einem Büfett an. Ein Essen bei Tisch ist sehr viel aufwendiger. Ein Büfett ist enorm platzsparend.«

»Ein Büfett? Essen im Stehen? Ist das nicht sehr unbequem?«

»Die Herrschaften sind es gewohnt. Die Damen sitzen, die Herren essen im Stehen. Ganz wie bei Hofe.«

»Tatsächlich. Wie bei Hofe? Ja dann.«

»Natürlich müsste ich mir als Erstes einen Überblick über die Räumlichkeiten verschaffen. Dann kann ich Ihnen Genaueres sagen. Aber was haben Sie grundsätzlich im Sinn – einen Hausball, einen Maskenball?«

»Nein, kein Maskenball, bitte.« Was für eine grässliche Vorstellung. Egidius verzog seine Miene.

»Und eher in einem konventionellen Rahmen, oder auch ein wenig *Chichi*?«

»*Chichi*?«

»Also, sollen wir ungewöhnliche Dinge einplanen, oder bleiben wir beim normalen Ablauf?«

»Wie wäre denn ein normaler Ablauf?«

»Der Empfang der Gäste, die Eröffnung des Balls und anschließend das Essen. Zu Beginn tanzen alle, aber sehr bald werden sich die Mütter der jungen Damen an den Rand setzen und zuschauen, während sich die Herren meist in den Rauchersalon zurückziehen. Um Mitternacht gibt es noch mal ein leichtes Souper. Eventuell einige kleine Aufführungen. Und man wird sehen, wann die Gäste gehen.«

»Das klingt doch vernünftig.«

»Das bedeutet, ich bestelle Bestuhlung, Essen und Diener, die servieren. Ich werde mich um ein Orchester kümmern. Um entsprechende Dekoration und die Umgestaltung der einbezogenen Räumlichkeiten. Wir sollten extra Tanzkarten für die jungen Damen herstellen lassen. Und für die gedruckten Einladungen bräuchte ich zeitnah die Gästeliste.«

»Wie zeitnah? Ich bin ein viel beschäftigter Mann.«

»Aber natürlich. Je eher ich weiß, wer kommt, desto eher kann ich mir ein Bild darüber machen, welcher Rahmen für den Ball infrage kommt.«

»Rahmen?« Egidius fühlte sich überfordert. »Es soll eben ein großer Ball werden, ein Fest, das denkwürdig bleibt.«

»Sehr wohl. Ein Extra wäre, wenn Sie sich überlegen, kleine Geschenke, natürlich unterschiedliche Geschenke, je nach Geschlecht und Alter, für die Gäste vorzuhalten, wenn sie sich verabschieden.«

»Geschenke? Ist das üblich?«

»Es wird gelegentlich doch gemacht. Und Sie erwähnten, dass Sie ein unvergessliches Fest wünschen. Daher bevorzuge ich immer etwas, was in Erinnerung bleibt. Also, zum Beispiel für die Herren ein Set bester Zigarren, aber auch ein Zigarrenetui, das mit einer Gravur auf Ihr Fest geprägt ist. So werden die Herren sich noch ewig an den Abend erinnern. Und für die Damen Entsprechendes. Für die jungen Damen darf es gerne immer ein Fläschchen Parfüm oder Pariser Seife sein. Zusätzlich zu ihrer Tanzkarte.«

Der Mann gefiel ihm immer mehr. Offensichtlich wusste er, was er tat. Und was er zu bedenken hatte. »Das halte ich für eine ausgezeichnete Idee. Machen Sie mir da gerne Vorschläge. Aber Sie kümmern sich um die Herstellung all dieser Dinge?«

»Selbstverständlich. Bis auf die Gästeliste, die natürlich nur Sie zusammenstellen können, und bis auf die Einladungen, die Sie persönlich signieren, müssen Sie nichts mit dem Ablauf zu tun haben, wenn Sie es so wünschen. Ich würde Ihnen eine Büfett- und Getränkekarte vorlegen, die wir gemeinsam mit Ihrem Personal besprechen können. Und ich würde Sie in allen Dingen selbstverständlich auf dem Laufenden halten. Aber nein, wenn Sie es wünschen, werde ich Sie so wenig wie möglich mit den Details behelligen. Eine wichtige Frage noch: Planen Sie, hohe Gäste einzuladen? Müssen wir höfische Etikette berücksichtigen?«

Egidius lehnte sich in den Sessel. Tja, das war eine berechtigte Frage. Vorhin, im Gespräch mit Hanemann, war ihm eine Idee gekommen. Vielleicht könnte Graf von Brück-Bürgen mit seinen exzellenten Kontakten dafür sorgen, dass der neue Kaiser auf der Gästeliste auftauchte. Ob das in seiner Macht lag? Wohl kaum. Der Monarch hatte gerade erst das Amt übernommen. Sicher hatte er keine Zeit für den Ball eines Bürgerlichen, den er nicht kannte. Trotzdem.

»Es ist noch nichts gewiss. Planen Sie es so, als würde jemand von Stand kommen.«

»Ah, ja. Dann weiß ich nun, in welche Richtung ich arbeiten muss. Näheres würden wir besprechen, wenn Sie mir die Gästeliste übergeben. Aber zuerst müssen wir den Rahmen festlegen. Und das hängt von den Räumlichkeiten ab. Aber wir haben ja reichlich Zeit. Der Ball ist für Mitte Juni geplant?«

»Für den 23. Juni, ein Samstag.«

Nipperdey machte gerade den Eindruck, als wollte er aufstehen, ließ sich aber wieder in den Sessel zurücksinken. »Eins noch. Es geht also um ein unverbindliches gesellschaftliches Zusammenkommen. Es gibt keinen ausgesprochenen Höhepunkt? Eine Ansprache, etwas, das es zu verkünden gibt? Etwas, wo alle in einem

Raum zusammenkommen müssen, um mit einem Glas Champagner anzustoßen?«

Damit hatte er Egidius auf dem falschen Fuß erwischt. Nein, von seinem Plan durfte er nichts verraten. Erstens war noch lange nichts in trockenen Tüchern. Die Ankündigung eines Balls diente ja gerade dazu, den Herrn Grafen aus der Reserve zu locken. Egidius war sich sicher, die Kunde vom Ball war auf dem besten Weg hin zu dem Mann, der bisher sehr zurückhaltend war. Der Graf wollte sich wohl bitten lassen. Dachte, dann sei er in der besseren Verhandlungsposition. Aber nicht mit Egidius. Er wäre nicht dort, wo er heute war, wenn er vor Grafen und Fürsten gekatzbuckelt hätte.

Mit leicht belegter Stimme sagte er: »Es wird eine Überraschung für eine meiner Töchter geben. Eine große Überraschung. Planen Sie gerne einen Moment der Verkündung mit Champagner ein. Aber um Gottes willen darf niemand sonst davon wissen. Vor allem nicht meine Tochter. Auch nicht meine Dienerschaft. Niemand, verstehen Sie! Ich kann gar nicht genug betonen, dass es ein großes Geheimnis ist und bis zum Abend des Balles bleiben muss.«

Mit Geheimnissen kannte Egidius sich aus. Er wusste, wann es besser war, aus der Wahrheit ein Geheimnis zu machen. Selbst wenn es einem schwer auf der Seele lastete. Manche Geheimnisse waren einfach zu wichtig, als dass man riskieren durfte, dass sie den Weg in die Öffentlichkeit fanden. Er war erprobt darin, Geheimnisse zu hüten. Und er wusste, wie man andere dazu brachte.

»Ach, das hört sich vielversprechend an. Seien Sie versichert, Ihr Geheimnis ist bei mir in bester Obhut. Sagen wir, eine Versammlung im Ballsaal, alle bekommen Champagner, und es dauert um die dreißig Minuten. Würde das so weit passen?«

Egidius nickte.

»Ich bräuchte nur frühzeitig den ungefähren Zeitpunkt der Überraschung. Und ob dafür etwas präpariert werden muss. Brauchen wir einen Tisch oder eine Bühne? Wird etwas präsentiert oder aufgeführt?«

»Nein. Nichts davon.«

Herr Nipperdey nickte zufrieden. »Keine Angst, es wird nicht auf den Tanzkarten der Fräuleins erscheinen. Ich brauche nur gewisse Informationen, damit ich drumherum planen kann.« Nun stand er wirklich auf.

Gerade ging die Tür auf, und der Diener kam mit einem Tablett herein. Nipperdeys Blick lag begehrlich auf dem Portwein. Doch nun stand er schon, und es wäre unschicklich gewesen, sich nur des Kaffees wegen wieder zu setzen.

»Bringen Sie uns später frischen Kaffee«, wies Egidius seinen Diener an. Auch er war aufgestanden und wollte gerade Herrn Nipperdey den Weg weisen, da erschien Felicitas in der Tür.

»Papa!? Ich habe vernommen, wir haben interessanten Besuch.« Sie schaute ihn mit einem enttäuschten Blick an. Enttäuscht, dass er sie vorher nicht eingeweiht hatte. Aber es war zu wichtig gewesen, das erste Gespräch mit dem Zeremonienmeister alleine zu führen.

Herrn Nipperdey verbeugte sich vor Felicitas. »Fräulein Louisburg, wie angenehm, Sie kennenzulernen.«

»Wir wollten uns gerade die Räumlichkeiten anschauen. Du darfst uns gerne begleiten«, schlug Egidius vor.

Seine Tochter schien genau das vorgehabt zu haben. Was für ein Glück, dass sie nicht früher gekommen war. An dem Erfolg des Balls hing mehr als nur seine Reputation. An ihm hing vermutlich das Schicksal all seiner Unternehmen für die nächsten fünfzehn Jahre. Es sollte sein Vermächtnis werden.

Mitte März 1888

Verstohlen griff Minna nach den alten Zeitungen, die unten in einem Regal vor der Küche gelagert wurden. Fräulein Felicitas durfte sie eigentlich nicht lesen, weil es in den Augen von Fräulein Korbinian unschicklich war, sich die Finger mit Druckerschwärze zu beschmutzen. In den Augen des Vaters war es nicht angemessen, wenn seine Töchter mit dem Unrat der Welt da draußen, wie er es nannte, in Berührung kamen. Aber in den Augen von Fräulein Felicitas war es überlebenswichtig, wenigstens das bisschen, was sie aus der Zeitung erfahren konnte, aufzusaugen. Ihr Gehirn würde sonst verdorren, sagte sie. Sie hielt sich für belesen, dabei wusste sie rein gar nichts von dieser Welt da draußen, vom richtigen Leben, von dem, wie die normalen Leute lebten.

Ihre größte Klage war, dass sie nirgends allein hingehen durfte. Als wäre es ihr, der afrikanischen Zofe, möglich, jederzeit und alleine das Haus zu verlassen. Und selbst wenn sie es gelegentlich tat, was selten vorkam, war es ein Spießrutenlauf. Sie wurde angestarrt. Kinder, manchmal sogar Erwachsene, zeigten mit dem Finger auf sie. Sie war eine Kuriosität, im Zweifelsfall etwas, was entweder auf den Völkerschauen ausgestellt wurde, oder ein Objekt, das man wissenschaftlich untersuchte.

Es gab andere dunkelhäutige Menschen in Berlin, in Preußen, im Kaiserreich. Doch deren Zahl war verschwindend gering. Die Deutschen hatten gerade erst angefangen, sich ihren Platz an der Sonne zu erobern. Erst allmählich kamen mehr Andersfarbige ins Land. Minna war einsam. Die Dienstboten anderer Häuser wollten nichts mit ihr zu tun haben. Doch davon wusste Felicitas Louisburg nichts.

Sie war verwöhnt. Sie verachtete ihr luxuriöses Leben. Nichts, was sie lernte, interessierte sie. Wie man Blumen steckte, wie man Kissen bestickte und wie man das Besteck in der richtigen Reihenfolge benutzte. Vielmehr interessierte sie sich für die Geschäfte ihres Vaters. Minna konnte den Wunsch des reichen Fräuleins nicht nachvollziehen. Wäre sie an ihrer Stelle, hätte sie sich keinen Deut darum geschert.

War das Fräulein außer Haus, probierte Minna heimlich ihre Kleider an und bestaunte sich vor dem Spiegel. Gelegentlich schaffte sie es, sich ihren Schmuck anzulegen, bevor er in den Schatullen zurück in den Tresor ging. Diamanten, Rubine, Smaragde – all das funkelte auf ihrer Haut. Nein, sie konnte die Klagen des noblen Fräuleins nicht nachvollziehen. Wäre sie an ihrer Stelle, sie würde ausschlafen, sich die leckersten Speisen auftischen lassen und sich ansonsten vergnügen. Wichtig war doch nur, dass Geld da war. Woher es kam, war unerheblich. Dabei wäre es ihr egal, dass immer eine Aufpasserin mit dabei war. Letztendlich war die Aufpasserin noch immer der Mensch, der etwas tragen musste, wenn es etwas zu tragen gab. Oder etwas organisieren musste, wenn es etwas zu organisieren gab. Oder bezahlen, wenn man etwas bezahlen musste. Fräulein Felicitas konnte sich leisten, was immer sie wollte – Schuhe, die perfekt passten, die schönsten Kleider, den teuersten Schmuck, aufregende Reisen ins Ausland.

Minna arbeitete nun seit über sechs Jahren bei der Familie, seit Felicitas dreizehn geworden war und das Ankleiden und Frisieren einer vermögenden höheren Tochter hatte angepasst werden müssen. Eigentlich durfte sie sich nicht beschweren, schließlich waren die letzten sechs Jahre vermutlich die besten ihres Lebens gewesen. Sie besaß aparte Kleider, bekam reichlich zu essen, gutes Essen, schlief in einem weichen Bett, nur für sie alleine, und die Arbeit war nicht anstrengend. Vermutlich hätten andere Dienstboten sie genauso verwöhnt und undankbar genannt, wie sie über das gnädige Fräulein schimpfte. Und doch war sie alles andere als glücklich.

Minna versteckte die drei Ausgaben der alten Zeitung unter einem Kleid des Fräuleins, das sie gerade aus dem Waschraum, wo die Wäsche auch zum Trocknen hing, geholt hatte. Dann ging sie über die Hintertreppe nach oben in die Räumlichkeiten der jungen Dame.

Fräulein Felicitas saß schon am Toilettentisch, nur mit dem langen Hemdchen bekleidet.

»Ich habe Zeitungen mitgebracht, für heute Abend.« Fräulein Felicitas las sie spätabends im Bett, wenn sie nicht Gefahr lief, dass Fräulein Korbinian hereinkam und sie erwischte.

»Ich danke dir.«

Das gnädige Fräulein stand auf, und Minna half ihr in die Beinkleider aus Leinen. Darunter kamen die Strümpfe, die sie über den Knien festband. Als Nächstes zog sie ihr das Unterkleid über das Hemdchen, dann kam das Korsett.

»Mach es nicht zu eng.« Zum Ausgehen wurde sie immer besonders eng geschnürt.

Minna nickte. Das sagte das Fräulein jedes Mal, wenn sie das Korsett schnürte. Als würde sie sich ihr je widersetzen. Die nächste Kleiderschicht folgte in Form eines Überkleides. Dann band sie ihr die Tournüre um die Taille, eine Art Hüftkissen, um den Stoff des Rockes über dem Po anzuheben. Nun folgte eine duftige cremefarbene Seidenbluse mit feinsten Stickereien. Minna knöpfte ihr die vielen Knöpfchen an den Handgelenken zu. Sie hasste diese Bluse. Es dauerte immer ewig, bis sie fertig war. Endlich kam die letzte Schicht – ein ausladend geschnittener Rock aus strahlend blauem Satin und schließlich das passende Jäckchen darüber.

Zum Schluss richtete Minna ihr die Frisur und zog ihr dann die Schnürstiefeletten an. Das Korsett der jungen Dame saß noch enger als ihres, sodass sie sich keinesfalls so tief hinunterbeugen konnte. Fräulein Felicitas hasste es, so eingeschnürt zu sein. Aber für das, was sie nun vorhatte, war es erforderlich, die Taille eng zu schnüren.

Minna half ihr in den Mantel, reichte ihr Handschuhe und setzte ihr den Hut auf. Aber kaum standen sie auf dem Flur, entdeckten sie Fräulein Korbinian.

»Fräulein Felicitas, es tut mir unendlich leid. Ich fürchte, wir müssen den Termin absagen. Ich leide unter furchtbaren Kopfschmerzen. Sie haben gerade erst angefangen. Sie kamen wie angeflogen.«

»Oje, können wir etwas für Sie tun?«

»Ich denke, ich ziehe mich besser zurück in mein Schlafgemach. Ich habe mir schon etwas Laudanum bringen lassen. Wenn ich mich im Dunkeln hinlege, wird es sicher bald besser. Gott sei Dank ist es ja noch nicht so dringend mit dem Kleid.«

Minna, die hinter Fräulein Felicitas stand, sah, wie diese überlegte. Wie immer, wenn sie über ein Problem brütete, knabberte sie an ihrer Unterlippe.

»Es wäre natürlich auch möglich, dass Minna mich begleitet. Dann müssen Sie sich nicht die Mühe machen, und wir müssten nicht bei Meesters absagen. Ich denke mir, seit die Kunde rum ist, dass bei uns ein Hausball stattfinden wird, sind vermutlich alle Schneider der Stadt belegt.«

»Aber nein, machen Sie sich nur keine Umstände«, antwortete Fräulein Korbinian. »Wir gehen einfach Ende der Woche ...«

»Aber ich bin bereits angekleidet. Außerdem ist es eine vorzügliche Idee. Minna, mach dich geschwind fertig.«

»Aber Sie können nicht alleine ...«, insistierte Fräulein Korbinian.

»Ich bin ja nicht alleine. Minna ist bei mir, und Herr Krumbach bringt uns bis vor die Türen der Schneiderei. Ich will nicht riskieren, dass die besten Stoffe schon weg sind. Wir werden auch sofort wieder zurückkommen, sobald wir fertig sind. Versprochen. Machen Sie sich keine Gedanken und ruhen sich aus.«

»Wir könnten doch morgen ...«

»Nein, nein. Ich bin so begierig, mich nun endlich um mein neues Kleid zu kümmern. Minna hat einen ausgezeichneten modischen Geschmack, das sagen Sie doch selbst immer.«

»Ich bitte Sie inständig ...«

Statt einer Antwort schritt Felicitas aus und hüpfte fast die Treppe hinunter. »Minna, kommst du?!«

Schweren Herzens folgte Fräulein Korbinian ihr. Minna wusste, was sie nun tun würde. Sie würde vielleicht nicht selbst mitkommen, aber sie würde Herrn Krumbach genaueste Instruktionen geben. Er würde nun zu verantworten haben, dass das hohe Fräulein einzig und allein die Schneiderei betrat und ansonsten keinen Schritt nach links oder nach rechts machte.

Schnell holte Minna ihren Mantel, Hut und ihre Handschuhe. Fräulein Felicitas saß bereits in der Kutsche und plauderte mit Herrn Blum, als sie vor die Tür trat.

»Fräulein Minna, dann wünsche ich Ihnen einen angenehmen Ausflug.« Blum lächelte freundlich, als er ihr in die Kutsche half. Der Portier schien durchweg höflich und nett und hatte für alle, gleich welchen Standes, stets ein liebenswürdiges Wort. Schon ging der Wagenschlag zu, und sie waren unterwegs.

Fräulein Felicitas war aufgeregt. »Minna, endlich. Endlich mal allein draußen. Wir machen uns einen schönen Nachmittag. Das wird aufregend. Du musst mir unbedingt sagen, was dir gefällt. Du kennst dich da viel besser aus.«

Im Gegensatz zu Fräulein Felicitas las Minna liebend gern die Modejournale, die das Fräulein zwar zuhauf bekam, aber meist links liegen ließ. Sie kannte sich aus, wusste, was gerade modisch war, was junge Damen trugen und welche Farben gerade besonders beliebt waren.

»Es war eine gute Entscheidung, nicht zu vertagen. So bringen Sie die Schneider Berlins nicht gegen sich auf.«

Fräulein Felicitas sah sie irritiert an. »Wieso das?«

»Na, weil der Rest der jungen Damen, die sich ihr Kleid für den Ball fertigen lassen, alle warten, bis Sie sich für eine Farbe und für einen Stil entschieden haben. Niemand will mit einem altmodischen Kleid auf dem Ball erscheinen. Oder in der falschen Farbe. Sie alle werden sich an Ihnen orientieren.«

»Ist das so?«

Minna nickte.

»Dann sollte ich vielleicht überlegen, mir ein Kleid aus tiefrotem Samt nähen zu lassen. Oder aus grasgrünem Taft. Mit einem Hut so groß wie ein Teetisch.« Fräulein Felicitas kicherte laut.

»Die Mütter Berlins würden ohnmächtig werden«, sagte Minna. Die Vorstellung hatte was.

»Aber nein, ich werde brav sein und natürlich etwas Helles und Solides, wie mein Vater es ausdrücken würde, bestellen.«

Die Kutsche brauchte nur wenige Minuten, da stand sie schon vor einer der besten Schneidereien der Stadt. Herr Krumbach half ihnen beiden heraus.

Von innen eilte jemand zur Tür und riss sie auf. Das Ehepaar Meesters bat sie mit einer einladenden Geste zu sich herein. Herr und Frau Meesters begrüßten Minna recht freundlich, aber natürlich galt ihr Augenmerk der vermögenden Tochter eines der reichsten Männer Berlins. Die Schneiderei würde heute ein gutes Geschäft machen.

Sie gingen nach hinten, wo bequeme Sessel standen und Tischchen, gedeckt mit feinstem Porzellan und Etageren mit Pralinen und Eclairs. Im Kamin brannte ein wärmendes Feuer. Man fragte, ob sie Tee oder Kaffee bevorzugten oder lieber eine heiße Schokolade hätten. Minna schloss sich Felicitas' Wunsch nach einem kräftigen Ceylon an. Noch bevor die Dame des Hauses den Auftrag weitergereicht hatte, erschien schon ihr Mann mit einer Fülle an Modejournalen, die an verschiedenen Stellen aufgeschlagen waren.

»Ich habe mir erlaubt, schon einmal einige infrage kommende Modelle herauszusuchen. Alle ganz aktuell. Diese Modelle hier werden derzeit in Paris getragen. Und hier haben wir die allerneueste Frühjahrsmode aus Wien.« Herr Meesters legte nun die aufgeschlagenen Journale auf zwei freien Tischchen aus. »Natürlich wartet bereits eine umfangreiche Stoffauswahl auf Sie.«

»Das ist sehr aufmerksam von Ihnen.« Felicitas griff nach mehreren Zeitschriften, die sie auf ihren Schoß zog. »Oh, sieh mal, das hier ist doch schön.«

Fräulein Felicitas hielt ihr die erstbeste Seite hin, die sie aufgeschlagen hatte. Das Kleid war ein Traum aus Taft, Atlas und Tüll in einem zarten Rosé.

»Bezaubernd.« Minna hatte auch bereits etwas entdeckt. »Das hier wäre auch etwas. Taft mit Seidenripp, elegant fließend. Das schwingt bestimmt herrlich beim Walzer. Und das helle Grün würde wunderbar Ihre Augen betonen.«

»Du hast recht. Und was meinst du, welches Modell würde mir eher schmeicheln?«

»Ich glaube, da brauchen Sie sich keine Sorgen zu machen. Mit

Ihrer Taille können Sie tragen, was immer Sie wollen«, sagte die Dame des Hauses.

Was eine charmante Lüge war. Fräulein Felicitas war reizvoll, aber sie war nicht so schlank wie andere junge Damen, dachte Minna. Eine Tür ging auf, und jemand kam herein.

»Ein paar Seiten weiter finden Sie die Rückenansicht«, sagte die Dame des Hauses, während sie jemandem gestikulierte, etwas auf die Tischchen mit den Süßigkeiten zu stellen.

Minna drehte leicht den Kopf und war wie vom Blitz getroffen. Und auch der junge Kerl, der gerade das Tablett mit dem frisch aufgebrühten Tee brachte, schien für einen Moment aus der Fassung zu geraten.

Starr ihn nicht an, sagte Minna sich leise. Um Gottes willen, starr ihn nicht an. Eilig wandte sie ihren Blick auf die Zeitung in ihrem Schoß. Seit sie in Deutschland lebte, war sie niemandem, der ebenso dunkelhäutig war wie sie, so nah gekommen.

In ihren ersten Jahren in Hamburg hatte sie gelegentlich Menschen mit dunkler Hautfarbe gesehen. Bedingt durch den großen Hafen, auf dem internationale Schiffe ankamen, gab es dort einen regen Austausch an Nationalitäten. Hier in Berlin sah sie nur selten Menschen, die nicht weiß waren. Der junge Kerl in dem kunterbunten Pagenanzug neben ihr war genauso dunkel wie sie.

Ihre Hände flatterten leicht. Und sie kam nicht umhin zu bemerken, dass auch seine Hände leicht zitterten, als er den Tee servierte.

»Zucker?«

Hatte er etwa sie zuerst gefragt?

Seinen Fehler bemerkte er nun wohl auch und schaute schnell zu Felicitas rüber, »Nehmen Sie Zucker, Mademoiselle?«

»Zwei Löffelchen, und etwas Sahne«, sagte Felicitas, ohne aufzuschauen.

Sie hatte seinen Fauxpas gar nicht bemerkt. Der Schneider allerdings warf ihm einen bösen Blick zu.

Er gab den Zucker in die Tasse, goss Sahne hinzu und stellte die

Tasse vor Fräulein Felicitas ab, die viel zu schnell durch die Zeitung blätterte.

»Und was wünschen Sie?«, fragte er höflich, aber mit belegter Stimme.

Minna krallte sich an den Heftseiten fest. »Bitte genauso ... mit etwas weniger Zucker«, brachte sie mühsam über die Lippen.

Er tat das Gewünschte hinein und reichte ihr die Tasse. Ihre Hände berührten sich beinahe. Minna musste ihre Tasse mit zwei Händen nehmen, damit sie nichts verschüttete. Sie nippte an ihrem Tee, starrte vor sich auf die zwei Tischchen mit den Zeitschriften, erkannte das *Journal des Demoiselles* wieder, eine Modezeitschrift, die Fräulein Felicitas gelegentlich gekauft bekam, und versuchte währenddessen, sich ihre Aufregung nicht anmerken zu lassen.

»... nicht so eine große Tournüre. Oder was meinst du, Minna?«

»Bitte, was?« Sie schüttelte den Kopf. Felicitas hatte sie etwas gefragt, aber sie hatte wirklich keine Ahnung, was.

»Bezüglich der Tournüren. Sie werden doch jetzt kleiner, oder? Oder vertue ich mich da? Mir wäre es nur recht, nicht so einen riesigen Höcker hinten tragen zu müssen. In der Mitte das Korsett, hinten diese Tournüren – man kann auf den Bällen ja nicht ewig tanzen und rumstehen. Ich muss mich auch mal bequem setzen können.«

»Ja, ja, sie werden nun von Jahr zu Jahr kleiner«, bestätigte Minna schnell.

Ihr Blick lief zur Seite, wo der Page wartend an der Wand stand. Sein Blick, der eigentlich ins Nirgendwo gerichtet sein sollte, traf ihren. Sofort wendeten sie beide ihre Blicke ab.

»Ich erinnere mich noch daran, wie gewaltig die Tournüren noch vor zehn Jahren gewesen sind. Du liebe Güte.« Frau Meesters lachte hell.

»Boy«, sagte der Schneider nun leise. »Die Stoffe!«

Der Page, Boy, nickte und ging in einen anderen Raum. Sofort kam er mit zwei Stoffballen zurück, die er nun auf einem weiteren, höheren Tisch auslegte. Er ging und kam noch viermal, bis er sich wieder mit dem Rücken zur Wand stellte.

Felicitas stand auf und ging zu dem Tisch. Minna folgte ihr und stellte sich auf die andere Seite des Tisches, während sie die Stoffe betrachtete.

Fräulein Felicitas strich über einen fliederfarbenen Stoff, und sofort eilte die Dame des Hauses herbei, nahm den Stoffballen und wickelte zwei Meter davon ab.

»Wenn Sie hier schauen mögen, hier am Fenster«, sagte sie.

Sofort trat Boy hinzu und schob einen mächtigen Spiegel auf einem Holzgestell mit Rollen ans Fenster. Er drehte den Spiegel ein wenig, sodass er gut positioniert war, und blieb daneben stehen. Die Dame des Hauses drapierte nun den Stoff über Felicitas' Vorderseite.

»Wirklich ganz apart. Und die Farbe, sie kommt praktisch nie außer Mode. Die richtige Farbe für junge Damen.«

Während Felicitas ihre Hände über den Stoff gleiten ließ und mal hier und mal dort zupfte und sich dabei im Spiegel ansah, fiel Minnas Blick wieder auf Boy.

Der prüfte, wohin der Schneider gerade sah, und jedes Mal, wenn der sich wegdrehte, sah Boy sie an. Erst noch irritiert, dann interessiert. Schließlich brachte er ein sympathisches Lächeln zustande. Etwas, was auch sie versuchte. Nur war sie sich nicht ganz sicher, wie gut das funktionierte.

»Was meinst du, Minna?«

Minna trat vor und betrachtete Fräulein Felicitas im Spiegel. »Vielleicht, eben weil diese Farbe nie außer Mode kommt, wäre eine andere Farbe doch weitaus interessanter.«

»Du hast so recht. Gut, dass ich dich mitgenommen habe.« Sofort nahm sie den Stoff von sich und drehte sich zum Stofftisch um. Das Ehepaar Meesters zeigte ihr nun die Vorzüge der anderen Stoffe.

Nun schaffte Minna es tatsächlich, ein scheues Lächeln in Boys Richtung zustande zu bringen. Es war, als würden sie ohne Worte miteinander reden. Sie hätte auch nicht gewusst, was sie hätte sagen sollen. Trotzdem war Minna vollkommen elektrisiert. Es gab einen anderen schwarzen Menschen, nur wenige Straßenzüge von ihrem Wohnort entfernt. Wie wunderbar.

21. März 1888

»Na, du Hübscher. Wie geht es dir?« Der braune Ackergaul ließ es sich gefallen, von ihr gestriegelt zu werden. Eine gute Woche stand das Brauereipferd nun hier, in einem der Berliner Tattersalls, einer der großen Mietställe, die es überall in der Stadt gab. Felicitas besuchte Freedom heute zum ersten Mal. Sie war zufrieden. Der Brabanter hatte schon ordentlich zugelegt. Die aufgeschürften Stellen an Hals und Widerrist heilten ab. Das Fell war zwar immer noch ein wenig stumpf, aber noch zwei oder drei Wochen, dann würde es vermutlich glänzen. Felicitas' Finger richteten die warme Wolldecke über dem braunen Fell, dann hielt sie ihre Hand vor die Nüstern. Das Kaltblut schnupperte, dann schnaubte es. Ihm gefiel es.

»Fräulein Felicitas«, hörte sie die mahnende Stimme von Fräulein Korbinian. Sie sollte darauf achten, dass das Pferd nicht ihren Umhang beschmutzte.

Felicitas war es egal. »Wie schön zu sehen, wie gut es dir schon geht.« Ungeachtet der Worte von Fräulein Korbinian tätschelte sie die Ganaschen des Pferdes. Zutraulich drückte es seinen Kopf an ihren Körper.

»Nun bräuchte ich nur noch ein schönes Gestüt, auf dem ich dich unterbringen kann. Mit saftigen grünen Weiden, auf denen du dich austoben kannst. Um deinem Namen alle Ehre zu machen, Freedom.«

Doch mit solchen Ideen brauchte sie sich nicht mehr zu befassen. Sie wusste jetzt, dass ihr Vater kurz vor dem Bankrott stand. Und um den abzuwenden, würde er sicher auf ihre Konten zurückgreifen. Sechsundsechzigtausend Mark. Es wäre selbstverständlich, dass sowohl sie als auch Tessa ihren persönlichen Besitz opfern würden, wenn Vater sie darum bitten würde.

Was sie immer noch nicht begriff, war, warum er dann einen so aufwendigen Ball organisierte. War das eine geschickte Finte von ihm? Plante er den Ball, um sich als Mann von Welt zu präsentieren, der alles im Griff hatte? Damit keine Zweifel aufkamen, dass er nicht mit Geld umgehen konnte? Nichts war besser dazu geeignet, sein enormes Vermögen zu präsentieren – ob nun vorhanden oder nicht – als ein opulenter Ball.

Die Pfändung von Teilen Ihres Vermögens – nicht auszudenken. Das durfte doch nicht wahr sein! Konnte sie sich derart in ihrem Vater getäuscht haben? Diese Verunsicherung mischte sich mit großem Ärger. Vater schien den Ball komplett ohne sie zu planen. Sie hatte nur erfahren, dass er einen Zeremonienmeister engagiert hatte, weil sie am Lüftungsschacht beim Kamin in ihrem Zimmer gelauscht hatte. Ihre Zimmer lagen genau über Vaters Arbeitszimmer.

Praktisch jeden Tag, wenn er Besuch bekam, lauschte sie seinen Gesprächen. Sie war bestens informiert. Gelegentlich brachte sie in den darauffolgenden Tagen das Gespräch dann zufällig auf jenes Thema. Welche neuen Pläne er mache und auf welche anstehende Reise sie sich vorbereiten müsse? Vater sprach nicht gerne mit ihr über das Geschäft, aber er hatte schon mehr als einmal Ideen von ihr später umgesetzt.

Und nur durch ihr Lauschen hatte sie mitbekommen, dass Vater einen Zeremonienmeister engagiert hatte. Wie so oft hatte Vater ihr diese wichtige Information vorenthalten. Dieser merkwürdige Mensch schien für keinen ihrer Vorschläge zugänglich zu sein. Felicitas hegte den Verdacht, dass der Zeremonienmeister den Ball zu einem öden, steifen Fest verkommen lassen würde. Sollte es nicht ihr Ball werden? Ihr zu Ehren, mit ihren Freundinnen und jeder Menge möglicher Heiratskandidaten, von denen sie allerdings noch nicht wusste, wer das sein sollte. Schließlich war es der

Ball, auf dem sie sich einen Ehemann aussuchen sollte. Aber bisher war Felicitas niemandem begegnet, der auch nur ansatzweise interessant genug gewesen wäre, um den Rest ihres Lebens mit ihm zu planen.

»Fräulein Felicitas, wir kommen zu spät«, mahnte ihre Aufpasserin nun.

Elsa hatte sie eingeladen. Ihre Entschuldigung, warum sie sich so lange nicht mehr gemeldet hatte, klang erfunden. Sicher wusste bereits halb Berlin von dem Ball. Einmal in der Welt, lief es von den Dienstboten zu den Dienstboten anderer Häuser. Und ab diesem Zeitpunkt verbreitete sich die Nachricht wie ein Feuer im trockenen Gras. Vermutlich würde sie in nächster Zeit häufiger Post bekommen, unerwartete Einladungen zum Tee oder zu Abendgesellschaften jüngerer Damen. Die eine oder andere würde in ihrem Lieblingscafé auf sie lauern oder ganz unverschämt bei den Damenschneidern der Stadt nachfragen, wann sie dort einen Termin habe.

Ein Hausball im Palais Louisburg – es würde erinnerungswürdig werden. Man durfte spektakuläre Eleganz und Luxus erwarten. Die meisten höheren Töchter würden sich dafür duellieren, um eingeladen zu werden. Alles, was Rang und Namen hatte, käme. Zu Vaters Leidwesen natürlich nicht die allerfeinste Gesellschaft Berlins, die oberste Garde des Adels. Vater hatte Herrn Nipperdey gesagt, dass nicht an Geld gespart werden müsse. Er solle nur das Beste, nur das Teuerste einplanen. Ob nun das Essen, die Getränke, die Anzahl der Diener oder goldbedruckte Einladungen. Ihr Kleid würde ohne Zweifel atemberaubend werden müssen. Ihr Schmuck so teuer, dass man ein Fürstentum davon kaufen könnte.

Dieses Fest vorzubereiten, würde sie die nächsten Monate wenigstens etwas ablenken. Manchmal dachte Felicitas, sie müsse sterben vor Langeweile. Nun durfte sie sich mit der Frage beschäftigen, wen sie einladen sollte. Welche jungen Frauen brachten vielleicht interessante Brüder mit? Welche Dame ihre gut aussehenden Söhne, welche bekannten Herren junge Cousins aus dem Umland?

Und natürlich musste sie ausreichend junge Fräuleins einladen. Das wäre nur angemessen, anderen auch eine Chance zu geben, jemanden kennenzulernen.

Denn das war ja einer der wichtigsten Gründe, einen Ball zu veranstalten, wenn nicht gar der wichtigste. Natürlich war ein Ball ein gesellschaftliches Ereignis für alle Generationen. Aber vor allem war er doch ein Heiratsmarkt. Sehen und gesehen werden, miteinander bekannt gemacht werden, Begegnungen auffrischen, eventuell verfestigen und durch die Wahl der Tänze zeigen, dass eine Bekanntschaft verbindlich wurde. Dabei könnte Elsa ihr tatsächlich helfen. Adelig, aber mit bescheidenen finanziellen Mitteln ausgestattet, hatte das Freifräulein gute Verbindungen, war bei Hofe eingeführt und würde sowohl die richtigen Jünglinge als auch die passenden Komtessen kennen.

»Fräulein Felicitas, mich fröstelt es«, sagte Fräulein Korbinian vorwurfsvoll.

Felicitas warf Freedom noch etwas Heu hin und verließ den Verschlag. Über eine Rampe mussten sie aus dem zweiten Stock der großen Pferdepension hinunterlaufen. Fräulein Korbinian fühlte sich hier offensichtlich unwohl. Zu viele Männer, zu viele Arbeiter, zu viel Unterklasse. Sie gingen runter zur Kutsche, bei der Herr Krumbach bereits auf sie wartete.

Der Kutscher gab sich redlich Mühe, doch bei dem vielen Schnee war es schwierig, den Wagen in der Spur zu halten. Ein ums andere Mal holperten sie über Schneehaufen oder rumpelten über eine vereiste Spurrille. Trotz der guten Federung kam es Felicitas vor, als würde sie auf einem bockenden Pferd sitzen.

Hinter dem Bahnhof Westend bogen sie in die neue Villenkolonie ein. Freifräulein Elsa von Zerpitz-Maltzahn wohnte im Grünen, zumindest kam es Felicitas immer so vor. Sie lebte in einer Villa, die zwar deutlich kleiner war als das Palais Louisburg, aber einen riesigen Garten hatte. Und da all die Nachbarvillen ebenso einen Garten hatten, war es dort unglaublich grün. Zumindest, wenn es nicht so anhaltend schneite wie in diesen Tagen.

Hier in der Gegend saß der niedere Adel, das kleine Geld, die gut betuchten Bürger mit neuem Geld, von dem man noch nicht wusste, wie lange es reichen würde. Elsa hatte ihre Einführung bei Hofe schon seit drei Jahren hinter sich. Sie war einundzwanzig Jahre alt, also schon großjährig. Mit ihren aschblonden Haaren und ihrer reinweißen Haut war sie nett anzusehen, wie tausend andere Komtessen auch. Aber noch immer war weit und breit kein Verlobter in Sicht.

Vater hielt es für eine gute Idee, sich mit Elsa zu befreunden. Zum einen war sie eine mögliche Eintrittskarte in die adelige Gesellschaft. Und zum anderen hatte Elsas Vater notgedrungen eine Stelle im Reichsjustizamt annehmen müssen, für Vater eine Verbindung, die sich vielleicht irgendwann auszahlen würde. Gute Kontakte waren das A und O, wenn man frühzeitig wissen wollte, welche Gesetze neu verfasst werden sollten. So war es nun mal.

Das verarmte Freifräulein würde sich sicher freuen, wenn sie freundschaftlichen Kontakt hielt zu der ach so vermögenden Tochter eines Eisenbahn-Industriellen. Dass Elsa das genauso sah, bezweifelte Felicitas. Sie konnte doch manches Mal sehr snobistisch sein. Per Geburt befand sie sich in einem höheren Stand, und das galt in ihren Augen mehr als Geld.

Auch wenn sie nicht gerade herzlich miteinander verbunden waren, besuchte Felicitas Elsa doch gerne, denn anders als bei ihnen im Palais konnte man hier herrlich mitten im Grünen sitzen oder den Nachmittag im Teepavillon verplempern. Wenn das Wetter mitspielte, also heute sicher nicht. Aber natürlich gab es heute einen bestimmten Anlass.

»Fräulein Felicitas, ich bitte Sie inständig, denken Sie an Ihre Figur. Ihre Taille ist schon wieder gewachsen, wie mir scheint. Und die Wochen bis zum Ball vergehen im Fluge«, mahnte die Korbinian. Sie wusste genau, dass es gleich Schokoladentörtchen und Eclairs geben würde.

Felicitas schnaufte, sagte aber nichts. Ihre Taille, ihre Hüften, ihre Frisur – alles an ihrem Körper schien beständig Anlass zu geben, sie zu tadeln. Es gab mittlerweile kein Essen mehr, an dem Fräulein Korbinian sie nicht ermahnte, sich einzuschränken oder ganz auf etwas zu verzichten.

Schon ging die Tür der Villa auf. Elsa begrüßte sie persönlich. Was ungewöhnlich war. Normalerweise wartete sie im Salon auf sie.

»Meine Liebe, wie wunderbar, dass du den weiten Weg auf dich genommen hast. Bei diesem Wetter.«

Sie begrüßten sich förmlich. Felicitas schälte sich aus dem Mantel, legte Handschuhe und Hut ab und ließ sich in den großen Salon führen. Fräulein Korbinian ging direkt in den kleinen Salon. Sie hatte sich ein Buch mitgebracht und ließ die beiden jungen Damen ungestört plaudern. Ihr war es recht, wenn Felicitas sich alleine vergnügte, solange sie beaufsichtigt war.

Sie saßen kaum, da fing Elsa auch schon an. »Nun sag mal, was hört man denn aus Berlin? Es soll einen Sommerball geben. Einen riesigen Ball, bei euch.«

Felicitas lächelte. Wenigstens redete Elsa nicht um den heißen Brei herum.

»Ich habe schon befürchtet, es wird ein öder langer Sommer«, sagte Elsa ganz verzückt.

»Wolltet ihr nicht in die Sommerfrische nach Heiligendamm?«

Elsa griff nach ihrer Kaffeetasse, als wollte sie sich dahinter verstecken. »Ja, vielleicht dieses Jahr zur Abwechslung nicht. Es steht noch nicht fest. Aber sag, wann wäre denn der Ball? Nur dass ich nichts verpasse.«

Sie hatte sich also schon selbst eingeladen, wie praktisch. Aber nun gut, Felicitas hätte sie sowieso eingeladen. »Am 23. Juni, kurz bevor alle in die Sommerfrische entfliehen.«

Elsa nickte. »Wohin werdet ihr dieses Jahr reisen?«

»Das weiß ich noch nicht. Vater entscheidet das ja immer sehr kurzfristig.«

Was bedeutete, nach seinem Terminkalender. Letztes Jahr hatte er seine Töchter sogar alleine fahren lassen. Zwar nicht besonders weit, wobei das relativ war. Sie waren nach Ahlbeck gefahren und hatten dort mit Fräulein Korbinian, Minna und der Mamsell gemeinsam im Grandhotel logiert. Aber das Jahr davor waren sie mit Vater in Italien am Gardasee gewesen. Es war ganz wunderbar gewesen. Davor das Jahr hatten sie in den Schweizer Alpen in Interlaken logiert, natürlich auch in einem Grandhotel mit Blick auf das Jungfrauenmassiv in den Berner Alpen. Sie waren auch schon nach Österreich-Ungarn und England gereist. Vater plante diese Reisen, um ausgiebig die Eisenbahnen der jeweiligen Länder auszukundschaften.

»Erst einmal sind wir schwer beschäftigt mit dem Ball. Und danach sehen wir dann weiter.«

»Wenn du dann noch Zeit hast«, sagte Elsa verschwörerisch.

»Wieso sollte ich dann keine Zeit mehr haben? Ich habe den ganzen Sommer über noch nichts vor.«

Elsa rückte näher auf ihrem Sessel. »Nun hör mal! Auf dem Ball wirst du sicher einen Kavalier finden. Und dann hast du ganz plötzlich keine Zeit mehr für irgendetwas anderes.«

»So schnell schießen die Preußen nicht. Ich weiß ja noch nicht einmal, wen ich einladen soll. Geschweige denn, wer mir gefallen könnte.«

»Das soll dein Problem nicht sein.« Elsa stand auf, ging hinaus und kam geschwind mit einem Füllfederhalter und zwei Briefbögen zurück. »Auf dem einen notieren wir die Komtessen.«

»Und Fräuleins«, warf Felicitas eilig ein.

Elsa nickte ergeben. »Und auf dem anderen die Kavaliere, die wir einladen. Es muss ja von der Zahl her ausgeglichen sein. Nicht auszudenken, es gäbe da ein großes Ungleichgewicht.«

»Es gibt schon die ersten Herren, die ihre Karte abgegeben haben.«

»Wirklich? Sag wer.«

Felicitas zählte einige auf. Elsa kommentierte jeden einzelnen Namen. Der war nicht reich genug, der andere schon, hatte aber einen Onkel, der in der Irrenanstalt saß. Mit zweien war sie persönlich bekannt, befand sie aber für zu langweilig. Den Weg auf die Gästeliste fanden ihre Namen dennoch, schließlich würde man ja für eine Auswahl für all die anderen jungen Damen sorgen müssen.

Felicitas fand es witzig, wie sehr sich Elsas Einschätzung von der unterschied, die Hannes Blum ihr zu jeder abgegebenen Karte geliefert hatte. Ein Snob. Keine guten Manieren. Eine scheußliche Rotznase. Abgetragene Schuhe.

Dann fing Elsa an, mit großem Elan die Seite der jungen Damen zu füllen. Sechs Namen, zehn Namen, zwanzig Namen, fünfundzwanzig. Alle adelig. Keine einzige Bürgerstochter war dabei.

»Ich kenne davon gerade mal drei persönlich«, warf Felicitas ein, als Elsa am Ende ihrer Einfälle angekommen war.

»Aber ist es nicht eine fabelhafte Möglichkeit, sie alle kennenzulernen?«

»Ich werde auf jeden Fall noch etliche höhere Töchter einladen. Alleine in meiner Straße gibt es ein halbes Dutzend.« Die sie allerdings auch kaum kannte. Keins der Themen, über die junge Frauen sich gerne unterhielten, fand sie spannend.

»Aber das ist doch nicht vorrangig. Ich gebe dir zu bedenken, dass du mit jeder Einladung deinen Stand untermauerst. Bei meinen Vorschlägen steigst du in der öffentlichen Achtung. Das wird dir bei den meisten höheren Töchtern nicht gelingen.«

»Aber ich habe doch Kontakte, die ich pflegen muss.«

»Nun, es ist dein Ball«, gab Elsa verschnupft von sich. »Es ist deine Entscheidung. Vielleicht passen alle auf die Gästeliste. Ihr habt ja viel Platz.« Es schien Elsa nicht recht zu sein, sich mit wohlhabenden Bürgerstöchtern auf dem Ball messen zu müssen.

Als Felicitas ihr nun ein paar Namen nannte, kritzelte sie sie unwillig auf das Papier. Und es gab nicht eine junge Frau, für die sie nicht eine negative Bemerkung, eine abfällige Erwähnung oder puren Klatsch und Tratsch übrig gehabt hätte. Felicitas fragte sich, was Elsa ihren noblen Freundinnen wohl über sie erzählte, wenn sie nicht dabei war.

Seufzend legte Elsa die Liste beiseite.

»Ich weiß ja noch gar nicht, wie viele überhaupt Zeit haben werden zu kommen«, sagte Felicitas ausweichend.

»Es sind höhere Töchter, die ihre Ausbildung hinter sich haben. Was sollten sie schon zu tun haben? Und auch die Komtessen. Sind wir nicht immer alle jederzeit verfügbar, um angeregt mit den Männern zu plaudern?«

Felicitas dachte daran, wie Fräulein Korbinian ihr ständig angemessene Themen vorschlug, die man zu gegebener Zeit für ein anregendes Gespräch mit dem anderen Geschlecht nutzen könne. Wenn sich nicht von allein eine anregende Unterhaltung ergäbe, wäre der Mann ihr doch egal, hatte Felicitas laut gesagt, was die Korbinian direkt zum Gebrauch ihres Riechfläschchens genötigt hatte.

Sie griff nach der Liste mit den Herren. Die meisten kannte sie höchstens namentlich, einige wenige Namen sagten ihr rein gar nichts. Nur vieren oder fünfen war sie persönlich schon mal begegnet. Doch keiner hatte einen bleibenden Eindruck hinterlassen. »Ich kann mir kaum vorstellen, dass auf dieser Liste mein künftiger Ehemann stehen soll.«

»Wie meine Frau Mutter immer zu sagen pflegt: Schau nach Rang und Stand der Familie. Die Liebe kommt später.«

Felicitas wünschte sich, ihre Mutter würde noch leben. Sie hätte sicherlich ein geschickteres Händchen dafür, ihre Töchter zu verheiraten, als ihr Vater es hatte. Felicitas war erst fünf Jahre alt gewesen, als Mama gestorben war, und konnte sich kaum noch an sie erinnern. Doch in Momenten wie diesen fehlte sie ihr schmerzhaft.

Ihr war unwohl bei dem Gedanken, bald heiraten zu müssen. Wollte sie sich wirklich schon für den Rest ihres Lebens binden? Aber was sonst? Gab es eine Alternative dazu, zu heiraten und Kinder zu kriegen? Sie schaute auf die Liste mit den vielen jungen Frauen. Vermutlich trachteten alle danach, auf dem Ball ihren Zukünftigen kennenzulernen. Durfte sie ihnen das verwehren? Oder gab es unter den Namen vielleicht noch mehr, die einfach nur Spaß haben wollten?

Elsa legte ihr vertraulich eine Hand auf den Oberschenkel. »Ich weiß, was wir machen. Ich werde einige von der Liste einladen, damit du sie vor dem Ball kennenlernen kannst. Vielleicht proben wir für ein *Tableau vivant*.«

Ein *Tableau vivant*, ein lebendes Bild? Felicitas hatte das noch nie gemacht. Man suchte sich ein Gemälde aus, das man stilecht nachbildete. Alle verkleideten sich, und man musste nach den passenden Kulissen suchen. Und am Ende hatte man hoffentlich das perfekte Bild zusammen.

»Und nun lass uns über die Reihenfolge der Tänze sprechen. Habt ihr da schon was festgelegt?«

»Papa hat einen Zeremonienmeister engagiert, der den Ball organisiert.«

»Einen echten Zeremonienmeister? Das ist ja wie bei Hofe«, sagte Elsa entzückt.

* * *

Zwei Stunden später, als Felicitas mit Fräulein Korbinian wieder in der Kutsche saß, schaute sie sich die beiden Blätter an.

»Was ist das?«

»Elsa hat mir bei der Gästeliste geholfen.«

»Darf ich mal sehen?«

Felicitas reichte ihr die beiden Seiten.

Ihre Aufpasserin las. »Kadetten, Unteroffiziere, Feldwebel, Fähnriche. Sie scheint das ganze preußische Heer einladen zu wollen.«

»Und nicht nur das.«

»Was meinen Sie?«

»Schauen Sie noch mal genauer drauf. Auf beide Seiten.«

»Ja?«, sagte Fräulein Korbinian, die wohl nicht recht wusste, was Felicitas meinte.

»Es stehen nur adelige Söhne auf der einen Seite. Und die wenigen Bürgerstöchter auf dem anderen Blatt habe ich nur mit Mühe und Not drauf bekommen. Mir dünkt, Elsa hat für jede ihrer adeligen Freundinnen jemanden auf die Gästeliste gesetzt, auch für sich selbst.«

Fräulein Korbinian seufzte. »Ein Ball ist nun mal ein Heiratsbasar. Man kann es ihr doch nicht verdenken. Sie ist schon so fortgeschritten in ihrem Alter. Und nicht gerade vermögend.«

Heiratsbasar. »Also sind wir Fräuleins nur goldene Schmuckstücke, die es zu einem möglichst hohen Preis zu verhökern gilt?«

»Fräulein Felicitas ... Sie sollten sich schämen, die Ehe, den Lebensinhalt der Frauen, so abfällig zu beurteilen.«

Und was, wenn ich einen anderen Lebensinhalt will, dachte Felicitas. Aber sie sagte es nicht. Solche Worte hätten bei Fräulein Korbinian sicher einen weiteren Migräneanfall ausgelöst.

»Eine Frau hat schön und schöngeistig zu sein. Und um Ihre Vorzüge auch zur richtigen Geltung zu bringen, habe ich übrigens den Schnitt Ihres Ballkleides ändern lassen. Sie haben ein so prächtiges Dekolleté. Der Schnitt, den Sie gewählt hatten, war doch arg züchtig.«

Felicitas sträubten sich die Haare. Fräulein Korbinian hatte ernsthaft vor, ihren Busen zur Schau zu stellen? Wenigstens bedeutende Teile davon. »Das kommt gar nicht infrage. Ich nehme den Schnitt, den ich erwählt habe. Ich bin doch keine Preiskuh, die ihre Haut zu Markte tragen muss.«

»Fräulein Felicitas, Sie sollten ...«

»Nein! Sie werden höchstpersönlich diese Änderung wieder rückgängig machen lassen, wenn Sie nicht riskieren wollen, dass ich am Ballabend absolut unpässlich bin und die Feier ohne mich stattfindet.« Sie sagte das in einem so energischen Ton, dass kein weiterer Widerspruch von Fräulein Korbinian kam. Trotzdem war sie auf die erste Anprobe gespannt.

Ende März 1888

Egidius beobachtete die Straße, verborgen hinter der Gardine im Vestibül. Die Fenster waren außen nicht blank poliert, wie er grimmig feststellte. Er hasste allen Schmutz und Unrat. Später würde er dem Diener Bescheid geben. An einem Taschentuch wischte er sich die Hände ab. Schmutz und Unrat hatten zu seinem Verderben geführt, das sagte er sich immer wieder. Mittlerweile so oft, dass er es selbst glaubte. Nur noch selten schaffte die Wahrheit es, durch seine Lüge hindurch zu scheinen. So schuldig. Er würde sein Versprechen einlösen, und dann wäre er frei.

Endlich. Graf Alphons von Brück-Bürgen fuhr mit einer Droschke vor. Das Reichseisenbahnamt in der Linkstraße war keine sechshundert Meter weit entfernt, aber es war wärmer geworden, und der schmelzende Schnee verwandelte die Straßen Berlins in eine einzige Matschgrube. Egidius sah noch, wie Blum draußen den Kutschschlag aufriss, dann gab er einem Diener ein Zeichen und ging zurück in sein Arbeitszimmer.

Der Graf hatte sich also seine ... wie sollte er es nennen – Anregung, denn ein konkreter Vorschlag war es nicht gewesen –, überlegt. Mal sehen, wozu er sich entschieden hatte. Der Köder war groß genug. Prächtig, wunderschön und lukrativ, wie es sonst kaum einen zweiten in Berlin gab.

Egidius blieb an der Tür stehen und wartete. Bald schon kam der Diener und kündigte den Grafen an. Er folgte ihm zurück ins Vestibül und setzte ein seriöses Lächeln auf.

»Mein werter Graf, wie erfreulich, dass Sie sich frei machen konnten.« Sicher umgehend, nachdem er erfahren hatte, dass Egidius nun Nägel mit Köpfen machte. Der Ball war in aller Munde.

Graf Alphons von Brück-Bürgen nickte leicht und begrüßte ihn kühl. Egidius wies ihm den Weg in den rückwärtigen Bereich, wo sein Arbeitszimmer lag, abseits vom Trubel des Hauses. Sie gingen vorbei an einer Galerie aus Fotografien und Zeichnungen. Statt floraler Stofftapeten mit Ahnengemälden, wie bei den Adeligen üblich, gaben diese Wände Auskunft einer anderen Art. Zwar waren sie mit edelstem Damast bespannt, aber die Zeichnungen und Fotografien zeugten von keiner Ahnengalerie – sie zeichneten Egidius' Lebensweg nach, vor allem seinen wirtschaftlichen Erfolg. Brück-Bürgen war stehen geblieben und schaute auf eine Zeichnung.

»Das Walzwerk. Seit den 1850ern werden dort Schienen für die Eisenbahn gefertigt. Wir haben damals die Schienen für die erste Strecke in Ostpreußen produziert, von Königsberg nach Braunsberg. Und auch die Schienen, die später bis nach Berlin führten. Ich habe das Werk von meinem Vater übernommen. So fing es damals an, in Königsberg.«

»Gehört es Ihnen noch?«, fragte der Graf.

»Aber selbstverständlich. Von dort aus habe ich mein Reich ausgebaut. Dem Walzwerk hat sich hier vor den Toren Berlins die Fabrik für Lokomotiven und Waggons angeschlossen.«

»Im Berliner Feuerland?«

»Sicher. Dorthin kommt ja alles, was Schmutz und Hitze ausstößt. Man könnte meinen, es ginge nur darum, Qualm, Hitze und Feuer zu produzieren. Eine Hölle auf Erden, laut und heiß und stinkend. An manchen Tagen wirkt es, als würden Kaiser Barbarossa und seine fleißigen Zwerge Waffen und Gerätschaften aller Art schmieden.« Egidius lachte leise und zeigte auf eine weitere Zeichnung. »Ein paar Jahre später folgte die Reparaturwerkstätte für Lokomotiven, direkt nebenan. Eine meiner lukrativsten Unternehmungen, wie ich mit Stolz sagen darf.«

Der Graf nickte. »Ich kenne die Zahlen aus unserem Amt. Sie verdienen nicht wenig an uns.«

»Und gebe Ihnen die Stahlrösser in allerbestem Zustand zurück.« Egidius trat einen Schritt weiter. »Das hier ist eine Karte, auf der meine Wälder eingezeichnet sind. Drei große Areale in Pommern. Dort lasse ich das Holz für die Holzschwellen schlagen.« Er ging zur anderen Flurseite und deutete auf zwei Fotografien. »Und das hier sind zwei Kohlegruben im Niederschlesischen, an denen ich große Beteiligung besitze.«

Graf von Brück-Bürgen sah beeindruckt aus.

»Und hier haben wir schließlich die zweite Eisengießerei, direkt neben meiner Maschinenbaufabrik. Beides liegt im Brandenburgischen. Auch der Innenausbau der Waggons erfolgt dort. Alles greift ineinander. Sie sehen hier an den Wänden vierzig Jahre Arbeitsleben. In diesen vierzig Jahren konnte ich ein Orchester zusammenstellen, das all meine Bedürfnisse bezüglich des Eisenbahnbaus abdeckt. Ich muss nur das Allerwenigste von außen zukaufen.«

Der Graf sollte auch redlich beeindruckt sein. Das alles stand zur Verhandlung. Jemand, der eine seiner Töchter heiraten würde, und das war beiden bewusst, würde einen guten Anteil daran erben, wenn nicht sogar schon früher übernehmen können, in der einen oder anderen Funktion.

Sie begaben sich ins Arbeitszimmer und setzten sich vor den lodernden Kamin.

»Von Königsberg nach Berlin«, sagte der Graf etwas zusammenhangslos.

»Mein Vater hatte schon eine Eisengießerei in Königsberg. Während meiner Studentenzeit baute er die nächste Fabrik – größer und eindrucksvoller. Das Walzwerk, in dem Schienen hergestellt wurden. Nach dem Tod meines Vaters habe ich das Walzwerk übernommen. 1873 bin ich dann nach Berlin gezogen. Nach der Reichsgründung schien es mir doch günstig, direkt hier im Zentrum des Auf- und Ausbaus des Reiches zu leben.«

Der Diener erschien und servierte ihnen Kaffee. Dann schob er einen kleinen runden Wagen mit Spirituosen näher. »Darf ich den Herren etwas anbieten?«

»Cognac. Warmen Cognac vorzugsweise«, antwortete Egidius. »Was nehmen Sie?«

Ohne den Diener anzusehen, sagte der Graf: »Ich nehme das Gleiche.«

Sie bekamen beide riesige Cognacschwenker, die der Diener kurz über einer Kerze erwärmte. Egidius nutzte die Zeit, sich den Grafen etwas genauer anzuschauen. Er war Ende fünfzig, also höchstens wenige Jahre älter als Egidius. Nur hatte er bedeutend weniger Haare, ehemals vermutlich hellbraun, jetzt schmutzig grau. Ein schmaler Schnäuzer stand unter seiner Nase. Seine tiefliegenden Augen verrieten nicht viel über ihn. Ein Schmiss auf der linken Wange krönte sein mittelmäßiges Aussehen mit Ehre. Duelle oder Mensuren waren längst verboten, doch der Ehrenkodex solcher Herren sah vor, den einstigen militärischen Waffengang mitten im Gesicht zu tragen.

Egidius wusste, dass ihm ein altes Rittergut gehörte, ein Gestüt, wo er Pferde züchtete. Ein bisschen Landwirtschaft, eine kleine Zucht von Militärpferden und die Rennpferde. Nichts, was der Graf besaß, interessierte Egidius. Ihn interessierte nur, in welchen Kreisen er sich bewegte.

Egidius hatte immer mal wieder mit ihm zu tun, weil er im Reichseisenbahnamt beschäftigt war. Er wusste außerdem, dass der Graf einen Sitz im preußischen Herrenhaus innehatte. Zudem war er Mitglied im Club von Berlin, dem exklusivsten Herrenclub der Hauptstadt. Egidius hoffte, eines Tages dort auch aufgenommen zu werden. Das war immer ihrer beider Traum gewesen – in die erste Gesellschaft aufzusteigen. Seiner und auch Valentinas. Dafür hatten sie ihre Heimat verlassen. Und dafür hatten sowohl seine Frau als auch er einen hohen Preis gezahlt. Er war es Valentina schuldig, sein Versprechen einzulösen. Und nun war er auf dem besten Weg dahin.

In einer überaus diplomatischen Art hatte Graf von Brück-Bürgen Egidius darüber in Kenntnis gesetzt, dass er mehr über das osmanische Projekt wusste. Und dass er gewillt war, dieses Wissen zu teilen, gegen einen entsprechenden Preis. Offensichtlich hatte der Graf gehofft, Egidius würde ihm ein Angebot machen. Doch er wusste es besser: Man verhandelte erfolgreicher, wenn man aus einer Position des Gefragten heraus agierte. Der Graf war gezwungen zu handeln. Nicht wegen des Balls. Nicht wegen Egidius. Sondern weil er finanziell schwer in der Bredouille war, wie Egidius durch eine seiner vielen Quellen erfahren hatte.

Er war sich unsicher, ob er den Grund für ihr Treffen zur Sprache bringen sollte oder ob er besser noch etwas wartete. Der Graf selbst schien sich zu zieren. Oder lag ihm etwas anderes im Magen? Er drückte sich nun zum wiederholten Mal auf den Bauch, sagte aber kein Wort. Egidius entschloss sich dazu, den Graf noch etwas hinzuhalten.

»Sehen Sie dort, der große Druck an der Wand. Ich war auf der Weltausstellung in London, 1851. Die Briten haben uns bei der Eisenbahn lange etwas vorgemacht. Ich bin sehr stolz darauf, dass wir diesen Abstand aufholen konnten. Hätten wir nicht so zügig die Eisenbahn ausgebaut, in Preußen und im gesamten Deutschen Reich, dann wäre das Land wirtschaftlich jetzt nicht so gut aufgestellt.«

Es war Männern wie ihm, Egidius Louisburg, zu verdanken, dass die deutsche Wirtschaft den Anschluss an die Insel und andere europäische Staaten nicht verpasst hatte. Männer wie er hatten mit viel Tatendrang und Geschick private Investoren an Land gezogen, um den Bau der Schienen und am besten gleich den Bau der Lokomotiven und Waggons zu finanzieren und durchzuführen.

Wenigstens waren sie jetzt schon mal beim Thema – Eisenbahnbau. Egidius hielt es nicht mehr aus. »Sagen Sie, gibt es bereits Neuigkeiten in Sachen Anatolische Eisenbahn?«

Nun war es der Graf, der seine Antwort hinauszögerte. Er trank einen Schluck Cognac, den er langsam genoss.

»Nein, alles liegt auf Eis. Der neue Kaiser trauert noch um seinen Vater und ist natürlich schwer damit beschäftigt, die Regierungsgeschäfte zu übernehmen. Ich würde auch so zügig nicht damit rechnen, dass etwas entschieden wird. Einzig, dass die deutsche Regierung sich vermutlich nicht selbst beim Bau engagieren wird, scheint immer wahrscheinlicher. Zumindest hört man so etwas aus Richtung der Reichskanzlei.«

»Tja, Bismarck hatte seine liebe Not, all die privat gebauten Strecken zu verstaatlichen.«

»Es war ja auch teuer genug, die Strecken aus privaten Händen in preußische Obhut zu überführen«, sagte der Graf etwas gallig.

Natürlich wusste er nur zu gut, dass Egidius selbst vor über zehn Jahren eine der ganz großen Strecken besessen hatte. Und an Preußen hatte verkaufen müssen, das allerdings mit schwindelerregendem Gewinn.

»Nachdem wir mit unserem eigenen Vermögen das Risiko eingegangen sind, solche Unternehmungen zu starten. Das darf man ja bei alldem nicht vergessen. Wie ich schon sagte: Wo wäre das Deutsche Reich heute, wenn es nicht den privaten Eisenbahnbau gegeben hätte? Ja, vielleicht gäbe es das Reich nicht einmal. Sie wissen doch vermutlich, wie wichtig die Eisenbahn für die Versorgung der Soldaten und der Front war. Nur mithilfe der guten Nachschublinien wurde der Krieg gegen Frankreich gewonnen.«

»Und mithilfe der mutigen und treuen Offiziere.«

»Und der deutschen Soldaten«, schob Egidius nun etwas trotzig nach. Es waren schließlich nicht die adeligen Offiziere gewesen, die ganz vorne an der Front gestanden hatten. Aber er sollte vorsichtig sein, sonst käme es noch zu einem unangenehmen Schlagabtausch.

»Lassen Sie uns von etwas Erfreulicherem reden. Wir planen einen Ball, Mitte Juni. Für meine älteste Tochter.«

»Ich hörte davon.«

Natürlich hörtest du davon, dachte Egidius grimmig. Sonst wärst du heute nicht hier. Sie hatten schon zweimal vage über Möglichkeiten der Kooperation, wenn man es so nennen wollte, gesprochen. Es war der Graf selbst gewesen, der Felicitas ins Spiel gebracht hatte. Sein Sohn würde sich allmählich nach einer Frau umschauen, hatte er gesagt und sich dann vornehm zurückgehalten.

Der feine Herr wusste sehr wohl: Der Transfer größerer Summen könnte auffallen. Außer, es gäbe gute Gründe, wie zum Beispiel eine Hochzeit, Mitgift, familiäre Verbindungen.

Egidius war im Zugzwang. Aber dieses Spiel spielte man zu zweit. Geschickt hatte er es arrangiert, dass der Graf nun am Zuge war. Die Trophäe stand fest. Auf einem Ball sahen sich die jungen

Damen nach einem geeigneten Ehekandidaten um. Und da es der Graf selbst gewesen war, der an Felicitas Interesse bekundet hatte, musste er nun also handeln.

Im Gegenzug wollte Egidius mehr als Informationen über den Stand des Projektes. Er wollte unbedingt mitspielen. Dazu musste er früh einsteigen. Als Erstes musste er wissen, was gerade hinter den Kulissen lief. Wer war am Anatolischen Eisenbahnprojekt interessiert? Wer würde es finanzieren? Gab es schon offizielle oder auch inoffizielle Angebote, Schienen, Lokomotiven und Waggons an die Osmanen zu liefern? Denn wer am Ende den Zuschlag für das Großprojekt bekommen würde, klärte sich bereits in den laufenden Verhandlungen, nicht erst, wenn es beschlossen wurde.

»Einige Dinge kann ich Ihnen allerdings verraten: Ich weiß nun, von wem die Idee zu dem Anatolischen Eisenbahnprojekt stammt. Alfred von Kaulla, Vorstandsmitglied der Württembergischen Vereinsbank, war im letzten Jahr in Konstantinopel, um über Waffengeschäfte zu verhandeln. Die osmanische Regierung machte ihm überraschend ein Angebot, dass die Konzessionen für die Planung, eventuell auch für den Bau und die Finanzierung der Anatolischen Eisenbahn nach Deutschland gehen könnten. Doch das Projekt war für die Vereinsbank zu groß. Die ganze Geschichte liegt jetzt bei der Deutschen Bank.«

Egidius stöhnte innerlich. Deutsche Bank hieß Georg Siemens, der dort Vorstandsvorsitzender war. Er ließ Brück-Bürgen weiterreden.

»Die sind derzeit allerdings noch zögerlich. Sie wissen ja: wegen der Northern Pacific Railway.«

»O ja. Das ist ja gründlich in die Hose gegangen.« 1875 hatte die amerikanische Eisenbahnbaugesellschaft Konkurs anmelden müssen, was viele Kreditgeber hart getroffen hatte, auch in Deutschland.

»Also wird die Deutsche Bank nicht finanzieren?«

»Es wurde noch keine abschließende Absage erteilt. Derzeit wird auf eine Rückmeldung der deutschen Regierung gewartet.«

Egidius schwenkte den Rest seines Cognacs. Die bernsteinfarbene Flüssigkeit schwappte in dem großen Glas und hinterließ zähflüssige Ränder. Genau wie ein guter Cognac sein sollte.

Was bedeuteten die Informationen von Brück-Bürgen? Erst müsste die deutsche Regierung sich dazu äußern, dann müsste man die Finanziers finden, die sich dort engagieren würden. Und erst dann würden konkrete Pläne gemacht und danach die Bauaufträge vergeben. Manchmal aber war es andersherum. Manchmal machten die Bauherren die Pläne und suchten dann nach Investoren.

»Würde es sich lohnen, schon den einen oder anderen Herrn anzusprechen? Kaulla oder Siemens?«

Als wenn Siemens mit ihm sprechen würde. Dazu war er viel zu dicke mit den Borsigwerken, den wahren Eisenbahnkönigen von Deutschland. Aber versuchen würde Egidius es trotzdem, wenn es notwendig wäre.

»Das kann ich nicht genau sagen. Aber ich könnte natürlich versuchen, das herauszufinden. Im guten Einvernehmen läge das sicherlich in unserem beiderseitigen Interesse«, sagte der Graf doppeldeutig. Und schob sogleich hinterher. »Einiges liegt leider einfach nicht in meinen Händen.«

Er will seinen Preis klein halten, dachte Egidius grimmig. Aber eine so große Trophäe bekommst du nicht für Botengänge. »Vielleicht könnten Sie sich darum kümmern, dass bestimmte Dinge in Ihren Händen zu liegen kommen. Und dass Sie an bestimmte Informationen herankommen.«

»Mmh«, kam es vage. »Gibt es einen bestimmten Anlass für den Hausball? Einen Geburtstag oder ein Jubiläum?«

So lief der Hase also. »Nun, ein solches Fest ist doch immer eine gute Gelegenheit, die einen oder anderen Honoratioren einzuladen. Und vielleicht, in einem vertraulichen Gespräch, das eine oder andere zu klären. Die jungen Damen vergnügen sich, halten Ausschau und machen interessante Bekanntschaften.«

»Natürlich, alle haben einen ereignisreichen Abend.« Der Graf zögerte kurz. »Mein Sohn schwärmt immer noch von seinem letzten Ballbesuch. Im Schloss.«

Egidius wusste, dass der Graf und seine Familie sich in höfischen Kreisen bewegten. Im späten Winter gaben die Exzellenzen Hofbälle und Bälle bei Hof – für die engeren Freunde der Kaiserfamilie. Alle von Stand zeigten sich. Und wer es sich verdient hatte, für den gab es eine kurze Plauderei mit Seiner Exzellenz. Das war dann Gesprächsthema für das kommende Jahr oder den Rest des Lebens.

Egidius war klar, dass der Graf wusste, dass er sich jetzt gerade bestimmt diese eine Frage stellte: Wie gut bekannt waren die Brück-Bürgens mit der kaiserlichen Familie?

»Mein Sohn kennt den Kronprinzen ja persönlich. Noch aus seiner Zeit beim Garde-Regiment in Potsdam.«

»Ach, tatsächlich?«

Darauf wollte er also hinaus. Stellte er gerade in Aussicht, er könnte mit dem Kronprinzen sprechen? Aber der Kronprinz war nicht der Kaiser. Lieber wäre es ihm, wenn er Bismarck mit ins Spiel brächte. Andererseits war das ein deutliches Angebot gewesen.

»Sie stehen natürlich auf der Gästeliste. Meine Tochter wird sich sicher freuen, die eine oder andere Quadrille mit Ihrem Herrn Sohn zu tanzen.«

»Sicher. Das wäre famos.« Der Graf lächelte kurz, verbarg dann aber die Freude über das Gesagte.

Nun also waren sie im Geschäft: nützliche Informationen im Gegenzug für eine Vermählung samt Mitgift.

»Rudolph hat mir gesagt, dass er Ihre Tochter sehr gerne einmal kennenlernen möchte.«

»Das wäre sehr erfreulich, für beide. Eine kleine nachmittägliche Teegesellschaft lässt sich sicher arrangieren.« Jetzt musste Egidius allerdings klarmachen, was ihm das wert war und was nicht. »Wie gut ist Ihr Sohn mit dem Kronprinzen bekannt? Wäre es nicht eine schöne Idee, ihn auch auf den Ball einzuladen?«

Graf von Brück-Bürgen zog die Augenbrauen hoch. »Ich werde meinen Sohn gerne fragen, ob es das für machbar hält. Der Kronprinz ist ja häufig auf Reisen.«

So also wollte er aus der Nummer herauskommen. Erwartete er ernsthaft, den Hauptpreis fürs Däumchendrehen zu bekommen? »Ich möchte mich andererseits auf dem Fest natürlich nicht ... mit etwas aus dem Fenster lehnen, das später nicht eingehalten werden kann. Für mich wäre es also sehr günstig, wenn die Dinge, die ich klären muss, vor dem Fest geklärt würden. Auch ich habe auf den Ruf meiner Familie, meiner Töchter zu achten.«

»Selbstverständlich«, erwiderte Brück-Bürgen zähneknirschend.

Eine Verlobung durch die Anzahl der gemeinsamen Tänze öffentlich in Aussicht zu stellen oder sie gar zu verkünden und sie dann wieder zurückzuziehen, war ausgeschlossen. So etwas würde seinem Ruf schaden und vor allem dem seiner Tochter.

»Möglicherweise kann Rudolph etwas arrangieren. Er gehört nicht zu dem engsten Freundeskreis seiner Exzellenz, aber nun ja, es gibt eben bestimmte Verbindungen.«

»Das wäre ganz vorzüglich.« Der Graf sollte sich nicht einbilden, dass Egidius sich über den Tisch ziehen ließ. Nebulöse Informationen, die man auch an anderen Ecken Berlins zu hören bekam, waren ihm keine horrende Mitgift wert. Da musste der Graf schon mit bedeutend detaillierteren Informationen herausrücken. Und mit weitaus mehr als nur Informationen. Egidius hoffte nur, dass er mit dem Grafen nicht aufs falsche Pferd gesetzt hatte. Er musste Erfolg haben. Unbedingt. Wenigstens das war er Valentina schuldig. Sonst wären all sein Leid und seine Trauer um seine Frau umsonst gewesen.

KAPITEL 2

Ende März 1888

Felicitas hatte sich sofort in ihr Zimmer begeben, als sie erfahren hatte, dass Vater Besuch hatte. Als sie am Kamin saß und lauschte, sprachen die beiden Männer gerade über den Ball. Vater erklärte, die jungen Damen sollten Ausschau halten nach interessanten Bekanntschaften. Der Graf erzählte davon, dass sein Sohn mit dem Kronprinzen bekannt sei, und Vater erklärte, dass sie natürlich mit dem Grafensohn tanzen solle. Dieser Rudolph wollte sie anscheinend einmal kennenlernen. Soweit fand Felicitas es noch nicht bemerkenswert. Doch dann hörte sie, wie ihr Vater sagte:

»*Ich möchte mich andererseits auf dem Fest natürlich nicht ... mit etwas aus dem Fenster lehnen, das später nicht eingehalten werden kann. Für mich wäre es also sehr günstig, wenn die Dinge, die ich klären muss, vor dem Fest geklärt würden. Auch ich habe auf den Ruf meiner Familie, meiner Töchter zu achten.*«

Sie stutzte. Auf den Ruf seiner Töchter achten? Wie sollte der Ruf denn geschädigt werden können? Womit könnte Vater sich denn aus dem Fenster lehn... Sie erschrak. Doch nur, wenn ... Nachmittägliche Teegesellschaft, mehrere Tänze auf dem Ball, mit etwas aus dem Fenster lehnen – alles zusammen machte den Eindruck, als hätte Vater bereits einen Heiratskandidaten ins Auge gefasst. Stand schon fest, mit wem sie verlobt werden sollte? Ihre Eingeweide zogen sich zusammen. Ihr wurde heiß und kalt zur gleichen Zeit. Aber nein, sie durfte sich nicht verrückt machen.

Offensichtlich kannte Vater den Grafensohn nicht einmal persönlich. Würde er tatsächlich über ihren Kopf hinweg entscheiden? Wie alt war dieser Rudolph überhaupt? Die Stimme des Besuchers klang alt. Der Kronprinz ging auch schon auf die dreißig zu. Das würde Vater ihr doch wohl nicht antun. Oder doch? War am Ende gar eine Vermählung mit dem Grafensohn Vaters Weg aus den Schulden? Durfte sie ihm das abschlagen? Andererseits, Adelige heirateten Bürgerliche selten aus Liebe. Sie vermählten sich nur unter ihren Stand, weil sie verarmt waren. Normalerweise heirateten mittellose Adelige in neues Geld ein. Aber wenn Vater pleite war, dann wäre es hier ja genau andersherum. Was war dann der Grund, warum der Graf eine Hochzeit in Betracht zog? War sein Sohn ungewöhnlich hässlich? Neugierig drückte sie ihr Ohr gegen das gusseiserne Gitter, das vor dem Lüftungsschacht hing.

»*Selbstverständ*...«

Verdammt! Es klopfte, und kurz darauf ging die Tür auf. Felicitas riss ihren Kopf vom Gitter und strich sich verlegen das Kleid glatt. Fräulein Korbinian trat ein. Felicitas war mehr als froh, dass sie gleich an die frische Luft kam.

»Ich wäre dann so weit«, sagte diese gallig. Sie war gar nicht damit einverstanden, jetzt ausreiten zu müssen. Aber Felicitas wollte unbedingt an die frische Luft, und die Alternative wäre ein Spaziergang im Matsch. Sie waren schon ewig nicht mehr draußen gewesen. Es regnete seit Tagen, aber heute Nachmittag schien es trocken zu bleiben.

»Herr Krumbach wartet unten«, sagte Fräulein Korbinian verschnupft. Wenigstens hatte sie durchgesetzt, dass sie nicht zum Pferdestall Tattersall gingen. Der ganze Matsch, igitt. Ihre Pferde warteten in der Remise.

»Ich bin schon fertig«, sagte Felicitas und griff ganz in Gedanken nach ihrem Reitmantel. Sie gingen hinunter.

Unten stand Balduin für sie gesattelt. Felicitas holte einen Apfel aus der Manteltasche, und er biss zu. Unruhig tänzelte er auf der Stelle. Vermutlich konnte er es gar nicht erwarten, endlich in den

Park zu kommen. Ihr schlechtes Gewissen meldete sich. Viel zu lange schon war sie nicht mehr mit ihm ausgeritten. Pferde brauchten Auslauf. Sie brauchten Freiheit, frische Luft, Bewegung. Darin erkannte Felicitas sich selbst. Sie nahm sich vor, demnächst wieder öfter auszureiten. Sie drückte ihre Nase in sein Fell. Was für ein herrlicher Geruch.

Über ein kleines Treppchen stiegen sie auf. Fräulein Korbinian saß auf einem Drei-Horn-Sattel, der es den Frauen erleichterte, im schrägen Damensitz auf dem Pferd zu bleiben. Felicitas hatte durchgesetzt, wenigstens auf einem normalen Sattel ausreiten zu dürfen.

Langsam setzten sie sich in Gang. Felicitas tätschelte Balduins Hals. Wer war dieser Rudolph?

Wie immer, wenn es zu Pferde hinausging, war Fräulein Korbinian übel gelaunt. Und strafte sie mit Schweigen. Erst, als sie bereits im Tiergarten waren, hob sie ihre Stimme.

»Sie sind so still, Fräulein Felicitas.«

»Ja ... ich ...« Sie beendete den Satz nicht. Tatsächlich war sie in Gedanken ganz woanders. Wenn der Besucher mit dem Kronprinzen bekannt war, dann war er von Stand. Natürlich, Vater beschwerte sich ständig darüber, nicht in diesen illustren Kreis aufgenommen zu werden. Seine Tochter mit einem Freiherrn oder Grafen verheiraten zu wollen, sähe ihm ähnlich.

Würde sie sich einen Mann nach eigenem Willen und Sympathie aussuchen dürfen? Früher hatte Vater ihr das oft in Aussicht gestellt. Jetzt schien es so, als würde er ihr jemanden präsentieren. Hatte er sie deswegen nicht eingeweiht, als er einen Zeremonienmeister engagiert hatte? Fand er deswegen nie Zeit, um mit ihr die Gästeliste zu besprechen? Es rumorte in ihr.

»Ich habe den Schnitt für das Ballkleid anpassen lassen.«

Vermutlich dachte Fräulein Korbinian, dass Felicitas noch immer verärgert war und deswegen so wortkarg.

»Es wird eine Symbiose aus Ihren und meinen Vorstellungen«, gab die Gouvernante vorsichtig zu.

»Nein! Das wird es nicht. Ich hatte mich da ganz klar ausgedrückt.«

»Aber dann können Sie ja gleich in einem Nonnengewand auf dem Ball erscheinen.«

»Wenn ich überhaupt auf dem Ball erscheine«, sagte Felicitas wütend.

Alle Entscheidungen wurden über ihren Kopf hinweg getroffen, daran sollte sie sich vielleicht einfach gewöhnen. Sie hatte nichts zu sagen. Und wenn sie erst einmal verheiratet wäre, hätte sie noch weniger zu sagen. So hatte sie sich ihr Leben nicht vorgestellt. Dass alle anderen über sie bestimmen durften, während sie sich allem und jedem fügen musste. Obwohl es noch kalt war, glühte heiße Wut in ihr. Felicitas trieb Balduin an. Fräulein Korbinian kam kaum mit.

»Nicht so eilig. Wir haben doch Zeit«, rief sie ihr hinterher.

Felicitas reagierte nicht. Ihr Zorn wuchs. Ein allzu freizügiges Ballkleid. Irgendein Rudolph. Eine Verlobung, schon auf dem Ball verkündet. Diese Themen schwirrten ihr unentwegt durch den Kopf. Entgegen allem, was Fräulein Korbinian ihr hinterherrief, verfiel sie in einen Trab, dann in einen leichten Galopp. Sie war so unendlich wütend auf Vater, auf die ganze Welt. Sie war wütend darüber, was sie alles nicht durfte. Was sie alles nicht tun sollte. Sie hatte einfach keine Lust mehr, sich immer anderen fügen zu müssen.

»Fräulein Felicitas …! Warten Sie!«, hörte sie Fräulein Korbinian wieder von weiter hinten.

Es war ihr egal. Es musste jetzt mal endlich Schluss sein damit, dass sie ständig machen musste, was andere wollten. Ihr war bewusst, dass die Frage des Ehemanns die vermutlich wichtigste Entscheidung für den Rest ihres Lebens war. Natürlich hatte ihr Vater erheblichen Einfluss darauf. Sie durfte nicht einfach irgendjemanden heiraten. In Ermangelung eines Sohnes würde schließlich ein Schwiegersohn Vaters Nachfolge antreten. Trotzdem, sie durfte ihm diese Entscheidung nicht alleine überlassen.

Aus purem Trotz gab sie Balduin noch einmal die Sporen. Sie flogen nur so dahin. Felicitas erhob sich aus dem Sattel. Nur hier, nur auf dem Rücken eines Pferdes spürte Felicitas Freiheit. Eine begrenzte Freiheit, aber wenigstens ein bisschen Freiheit. Sie lehnte sich nach vorne und wurde noch schneller. Im Galopp näherte sie sich einer Wegkreuzung. Plötzlich scheute das Tier und stieg hoch. Felicitas hatte Mühe, im Sattel zu bleiben. Sie hörte ein Scheppern und ein Fluchen. Das Pferd tänzelte und ließ sich kaum bändigen.

Felicitas nahm die Zügel kurz und tätschelte dem Pferd den Hals. »Ganz ruhig, Balduin. Ganz ruhig.« Sobald sie ihr Reittier wieder unter Kontrolle hatte, schaute sie nach unten.

Jemand saß dort im Schlamm. Ein junger Mann in einem braunen Wollanzug, der nun überall Flecken vom Matsch und vom Regenwasser hatte, schüttelte seine Hände aus. Er fluchte und stand auf, ohne hochzuschauen. Nun griff er nach etwas, was Felicitas auf den ersten Blick nicht identifizieren konnte. Er hob ein Drahtgestell aus dem Matsch.

»Es tut mir so leid. Es tut mir furchtbar leid.« Weiter hinter hörte sie Fräulein Korbinians aufgeregte Stimme.

»Es tut mir so leid. Ich werde alles ersetzen, was kaputtgegangen ist. Und auch die Reinigung Ihres Anzuges übernehmen. Ich war nicht aufmerksam genug.«

Doch der junge Mann untersuchte derweil gründlich sein Drahtgestell, ohne von ihr Notiz zu nehmen. Erst, als er damit fertig war, schaute er hoch. Für einen Moment lag ein böser Blick auf Felicitas, dann verzog sich sein Mund zu einem Lächeln.

»Ich glaube, es ist alles noch mal gut gegangen.«

»Aber der Anzug ...«

Nun schaute er an sich herunter, als würde er erst jetzt bemerken, dass er im Matsch gelandet war. Seine ganze Aufmerksamkeit hatte bis eben dem Gestell mit den zwei Rädern gegolten. Ihre jetzt auch. »Was ist das?«

»Kennen Sie keine Fahrräder?«

»Nicht so eins.«

»Man nennt es Sicherheits-Niederfahrrad. Ich habe es selbst gebaut.«

»Sie haben es selbst gebaut?«, stieß Felicitas verblüfft aus.

»Ja.« Er kramte in seiner Jackentasche nach einem Taschentuch und wischte sich damit die Hände sauber.

»Und, ist es beschädigt?«

»Nein. Kaum. Vorne das Schutzblech ist etwas verbogen. Aber das krieg ich wieder hin.«

Felicitas schaute ihn beeindruckt an. Sie kannte keine jungen Männer, die etwas eigenhändig reparieren konnten, abgesehen von Dienstboten.

»Oje.« Schnell riss er eine Ledermappe vom Boden hoch und wischte sie ebenfalls ab.

»Ich hoffe, da war nichts Wichtiges drin.«

»Meine Studienunterlagen. Ich bin eigentlich auf dem Weg zur Vorlesung.«

Zur Vorlesung! Studieren! Was würde Felicitas alles dafür geben, wenn ihr dieser Weg auch offen stünde. Als Sohn hätte sie studieren dürfen. Und wäre später in Vaters Unternehmen eingestiegen.

»Was studieren Sie denn?«

»Maschinenbau. Und Theoretische Maschinenlehre.«

»Und damit kann man dann Fahrräder bauen?«

Jetzt sah er wieder hoch und lächelte wieder. »Fahrräder, Nähmaschinen, Kutschen und sogar Motordroschken.«

Nun musste auch Felicitas lächeln. »Fahrräder und Motordroschken. Das klingt spannend.«

»Oh, das ist es auch. Das dürfen Sie mir glauben.«

Fräulein Korbinian war jetzt in Hörweite. »Haben Sie sich verletzt?«, rief sie.

»Ja, haben Sie sich verletzt?«, gab Felicitas die Frage weiter.

»Nicht der Rede wert.«

»Ich …« Es war ihr unangenehm, ihn so von oben herab anzustarren. Sie wusste nicht, was sie sagen sollte. Sie hatte sich entschuldigt, und er hatte die Entschuldigung angenommen. Sein Fahrgerät war nicht kaputt, sein Anzug nur verdreckt. Er war nicht verletzt, und vermutlich würden sich ihre Wege trennen, sobald Fräulein Korbinian bei ihnen angekommen war.

»Wir wohnen nicht weit entfernt. Sie könnten mitkommen, und ich lasse Ihre Kleidung reinigen.«

»Das ist ein nettes Angebot, aber ich denke, es ist nicht nötig.« Er zögerte. »Ich sollte jetzt auch weiter. Sonst verpasse ich meine Vorlesung.«

»Ja, natürlich ... Wirklich, es tut mir so, so leid. Ich war ganz in Gedanken.«

»Ich hätte auch aufpassen müssen.«

Fräulein Korbinian war endlich da und brachte ihr Pferd zum Stehen. »Was ist passiert?«

»Der Herr hier ...«

»Lorenz Schwerdtfeger ist mein Name.«

»Herr Schwerdtfeger und ich sind kollidiert«, sagte Felicitas eine Spur zu erfreut.

Fräulein Korbinian schaute ihn an, warf einen geringschätzigen Blick auf seinen schmutzigen Anzug. Dann blieb ihr Blick am Fahrrad hängen. »Was ist das denn?«

»Ein Fahrrad.«

»Ein Veloziped?«, fragte Fräulein Korbinian irritiert nach.

»Es bürgert sich so langsam ein, dass man es Fahrrad nennt«, sagte Lorenz Schwerdtfeger freundlich.

»Würden Sie ... Würden Sie für uns ein paar Meter fahren? Ich würde gerne sehen, wie man das macht«, fragte Felicitas enthusiastisch.

»Sie haben noch nie jemanden Fahrrad fahren sehen?«

»Doch, natürlich. Aber nur auf einem Hochrad. Und auf diesen breiten Fahrgestellen, wo die Räder links und rechts neben dem Sitz sind.«

»Ist das Fahren mit diesen Rädern nicht eigentlich verboten?«, setzte Fräulein Korbinian nach.

Stimmt ja, dachte Felicitas. Deswegen sah man Fahrradfahrer so selten. Vor etlichen Jahren hatte es da eine Mode gegeben. Betuchte Männer waren auf Hochrädern durch die Straßen gefahren. Doch diese Gerätschaften waren sehr gefährlich. Man saß auf Kopfhöhe der anderen Passanten, wenn nicht sogar noch weiter oben. Es führte zu vielen Unfällen, manche davon endeten sogar tödlich. Es waren so viele gewesen, dass in Berlin und anderen Städten das Radfahren ganz verboten worden war. Dass man es nun wieder durfte, hatte sie gar nicht mitbekommen.

»Auf den Straßen darf man nicht fahren. Aber mittlerweile ist das Verbot gelockert. Man darf bereits mit Drei- und Vierrädern fahren. Und hier im Tiergarten auch mit den Zweirädern. Am Großen Stern haben sogar schon Rennen stattgefunden.«

»Mit diesem Höllengerät ist der Unfall ganz ohne Zweifel Ihre Schuld«, sagte Fräulein Korbinian streng.

»Nein, Fräulein Korbinian. Ich habe nicht auf den Weg geachtet«, sagte Felicitas eilig.

»Es war wohl ein unglücklicher Zufall«, sagte der sympathische Mann und zuckte mit den Schultern.

»Ich nehme die ganze Schuld auf mich«, bot Felicitas an.

Er nickte nur. Nun wusste sie nicht weiter. So gerne hätte sie ihm noch Fragen zu dem modernen Zweirad gestellt. Eine unangenehme Pause entstand.

Lorenz Schwerdtfeger befestigte seine Ledermappe an einem merkwürdigen Gestell, das vorne am Lenker hing. »Ja, ich muss dann jetzt auch mal ...«

»Ich wünsche Ihnen alles Gute.«

»Ich Ihnen auch«, antwortete er. Er nickte ihnen zu und schob das Fahrrad neben sich her.

Felicitas schaute ihm nach. Was für eine spannende Begegnung! Wie schade, dass sie schon endete.

»Ich denke, das war genug Aufregung für heute. Lassen Sie uns nach Hause reiten.« Fräulein Korbinian setzte ihr Pferd ganz langsam in Gang.

Doch Felicitas blieb stehen und schaute Lorenz Schwerdtfeger hinterher. Fahrräder selber bauen, sogar Motordroschken. Davon hatte sie bereits gehört. Es waren Kutschen, die man mit einem Motor ausstattete. Mehr wusste sie darüber nicht, aber sie wusste sofort, dass sie mehr darüber erfahren wollte.

Jetzt schwang Lorenz Schwerdtfeger ein Bein über den Sattel und stieg auf. Er drehte sich nochmals um und winkte ihr freundlich. Felicitas winkte enthusiastisch zurück.

Er stellte einen Fuß auf das Pedal und trat an. Das metallische Gefährt setzte sich in Bewegung. Schon auf dem Sattel sitzend, fuhr er winkend davon.

So sah das also aus, wenn man nicht auf einem von diesen gemeingefährlichen Hochrädern herumeierte. Es erschien ihr sehr viel eleganter und auch nicht zu wagemutig. Es war ausgeschlossen, dass eine Frau auf einem Hochrad fuhr. Höchstens eine Akrobatin im Zirkus. Fahrradfahren, das war etwas für verwegene Männer. Felicitas sah ihm hinterher. Aber wenn man so ein Fahrrad hätte, ein Sicherheits-Niederfahrrad, wie er es genannt hatte, dann würde man doch vermutlich auch als Frau fahren können. Es wirkte nicht besonders gefährlich.

»Fräulein Felicitas ...«

Felicitas seufzte. Mit einem Schnalzen trieb sie Balduin an und folgte ihrer Aufpasserin langsam. Bevor sie die Wegkreuzung verließ, sah sie sich noch einmal um. Lorenz Schwerdtfeger war kaum noch zu sehen. Er war sympathisch, sehr sympathisch sogar. Und modern. Und spannend. So jemanden hätte sie sofort zu ihrem Ball eingeladen. Aber natürlich war das nicht möglich. Felicitas stellte sich Vaters Blick vor, wenn jemand in einem braunen Wollanzug auf dem Ball erscheinen würde. Sie lächelte. Etwas, was sie schon viel zu lange nicht mehr getan hatte.

Dann dachte sie an Vater und seine störrische Ignoranz. Und schon war das Lächeln verschwunden. Doch es tauchte sofort wieder auf. Sie hatte einen Einfall.

Er müsse zur Vorlesung, hatte der junge Mann gesagt. Bestimmt studierte er an der Königlich Technischen Hochschule in Charlottenburg. Vielleicht wohnte er in Berlin und ging oder fuhr jeden Tag nach Charlottenburg rüber. Dann wäre es möglich, dass sie sich noch einmal trafen, zufällig. Zum Beispiel nächste Woche am gleichen Tag, zur gleichen Zeit. Sie wusste nicht viel vom Studieren, nur dass es Zeitpläne gab, so ähnlich wie die Stundenpläne in der Schule. Dann würde er vermutlich jede Woche am gleichen Tag zur gleichen Stunde hier vorbeikommen.

Ende März 1888

Fräulein Felicitas war wütend. Worüber genau, wusste Minna nicht. Als sie sie gefragt hatte, hatte die junge wohlhabende Frau sehr lange und sehr ausführlich über sich und ihre Unfreiheit gesprochen. Was sie alles nicht dürfe, was sie alles nicht solle, was sie angeblich alles nicht könne, und doch schon bewiesen habe, dass sie es könne. Und wie sehr sie im Grunde genommen nur die Wünsche anderer erfülle.

Erst, als Minna irgendwann sagte, dass ihr das alles sehr bekannt vorkomme, stutzte Fräulein Felicitas. Sie auch? Sie wäre auch unfrei? Minna lachte laut, aber es klang schal und bitter. Dann fragte sie Fräulein Felicitas, ob sie denn einfach so hier aus dem Palais marschieren könne? Die starrte sie nur verwundert an. Aber wohin sie denn wolle, fragte sie.

Das wäre doch egal. Es gehe nur darum, ob sie einfach machen könne, was sie wolle.

Alle Angestellte hätten natürlich Pflichten und Aufgaben, die sie zu verrichten hätten, antwortete Fräulein Felicitas.

Und wenn diese nun erledigt wären, dürfe sie sich frei bewegen?

Sie würde doch gelegentlich in Berlin spazieren gehen. Und alleine Besorgungen machen, antwortete die junge Dame.

Da setzte Minna sich zu ihr aufs Bett, ergriff ihre Hand und fragte: »Und wenn ich gar nicht hierbleiben will? Wenn ich zurück nach Hause will, in meine Heimat?«

Es dauerte, bis sie eine Antwort bekam. Eine denkbar naive und unwissende Antwort. »Du willst zurück nach Afrika?« Als hätte sie gesagt, sie wolle zum Mond reisen. Und Minna hatte nur genickt.

Es schien, als würde die höhere Tochter sie nun mit anderen Augen anschauen. Trotz ihrer Naivität, oder sollte sie es beim Namen nennen – Gleichgültigkeit –, war es ein tiefgehender Moment gewesen. Das gnädige Fräulein hatte ihr tatsächlich zugehört. Das erste Mal in ihrem Leben, wie es schien. Sie hatte ehrlich interessiert gewirkt. Als würde ihr gerade erst aufgehen, wen sie da vor sich hatte. Als würde zwischen ihnen beiden eine Kruste aufbrechen.

»Dürfte ich Sie um etwas bitten?«

»Aber natürlich.«

»Darf ich mit zur nächsten Anprobe?«

»Es ist wegen Boy, oder?«, fragte Fräulein Felicitas.

Minna nickte.

»Verstehe. Vielleicht hat er ja auch Heimweh. Vielleicht kommt ihr sogar aus dem gleichen Land.«

Wieder nickte Minna.

»Dann fahren wir eben zu dritt. Es ist ohnehin besser, wenn ich noch etwas Rückendeckung bekomme. Fräulein Korbinian will mich partout halb nackt auf den Ball schicken.«

Heute war die erste Anprobe, und Minna war vollkommen aufgelöst vor Aufregung. Was sollte sie zu Boy sagen? Worüber würden sie sprechen, wenn sie denn Gelegenheit dazu bekämen? Was hatten sie gemeinsam, außer ihrer schwarzen Haut? Und der offensichtlichen Tatsache, dass sie beide nicht in diesem Land geboren waren.

Die Stimmung in der Kutsche war frostig. Fräulein Korbinian und Fräulein Felicitas schienen immer weniger miteinander auszukommen. Nach einer kurzen Fahrt kamen sie beim Salon an, stiegen aus der Kutsche, und der Schneider öffnete galant die Tür.

Minna war kaum im Raum, da sah sie ihn schon. Anscheinend hatte auch er ihrem nächsten Treffen entgegengefiebert.

Die anderen tauschten Höflichkeiten aus, während Minna und Boy, wie er genannt wurde, sich verstohlene Blicke zuwarfen. Dann war es so weit. Die Männer mussten den Raum verlassen, denn nun würde das Kleid an Fräulein Felicitas festgesteckt.

Minna half ihrer Herrin beim Ausziehen. Jäckchen, Rock und Bluse fielen, dann das Oberkleid, das Korsett und schließlich das Unterkleid und die Schuhe. Nur in Strümpfen und einem neuen Unterkleid über dem Hemdchen half Minna ihr beim neuen Korsett, das extra für das Ballkleid angefertigt worden war.

Sie zog hinten an den Schnüren, bis Fräulein Felicitas einen Ton von sich gab. Das war der Ton, der besagte, nun reichte es. Minna kannte ihn nur zu gut.

»Nein, das muss enger«, sagte die Frau des Schneiders.

»Enger geht nicht. Ich will mich schließlich noch bewegen können«, sagte Fräulein Felicitas, während Minna sich bereits anschickte, die Bänder zu verknoten.

»Lassen Sie mich mal«, gab Fräulein Korbinian von sich und schob Minna unhöflich beiseite.

»Nicht so eng«, stöhnte Felicitas schon. »Ich will nicht ausgerechnet auf meinem eigenen Ball unpässlich werden.«

Dann kam der Moment, auf den Minna gewartet hatte.

Felicitas drehte sich zu ihr um. »Würdest du bitte Bescheid sagen, dass ich gerne einen Tee hätte?«

»Sehr gerne.« Minna deutete einen Knicks an und verließ das Zimmer.

Einen Raum weiter beschäftigten sich die Männer. Sie näherte sich Boy.

»Fräulein Louisburg hätte gerne einen Tee.«

»Sehr gerne. Welche Sorte darf es sein?«

»Oolong Lady Grey, wenn Sie ihn vorrätig haben.«

Der Schneider drehte sich um. »Da müssen wir in der Küche nachfragen. Sag unten Bescheid«, trug er Boy auf. Der nickte.

»Ich könnte mitkommen. Er soll recht stark sein. Ich weiß, wie das gnädige Fräulein ihn trinkt. Oder falls wir ausweichen müssen auf eine andere Sorte.«

»Aber natürlich«, sagte der Schneider ausnehmend höflich.

Zu zweit verließen sie das Zimmer, und Boy zeigte ihr den Weg runter ins Kellergeschoss, wo die Küche lag. Er ging ein paar Treppenstufen runter, dann blieb er stehen und sah sie an.

»Minna, ist das richtig?«

»Ja. Und Sie?«

»Sag ruhig Du. Ich bin hier für alle Boy, aber mein richtiger Name ist Menkam. Wir haben nicht viel Zeit. Aber … Darfst du euer Haus verlassen? Alleine?«

»Schon, wenn es nichts zu tun gibt. Ich geh aber nur selten aus. Du weißt schon …«

»Ja, es ist nicht sehr angenehm, angestarrt zu werden. Also … können wir uns treffen?«

»Sicher. Wir müssen nur etwas ausmachen. Ich wohne im Palais Louisburg in der Voßstraße 1. Am besten, du adressierst den Brief an Fräulein Felicitas. Sie ist eingeweiht.«

»Oh«, gab er überrascht von sich. »Wenn du mir schreibst, dann unter einem männlichen Namen. Das ist besser.«

Sie nickte.

»Also treffen wir uns bald auf einen Spaziergang?«, fragte er freudig.

»Sehr gerne.«

Er nickte, und sie gingen weiter in den Keller. Ein paar Minuten später ging Minna wieder hoch. Menkam folgte ihr mit dem Tee. Vor dem Umkleideraum übernahm Minna das Tablett.

Fräulein Felicitas streifte gerade erst die hellgrüne Seide des Kleides über. Das bedeutete, es musste einen längeren Kampf um die Enge des Korsetts gegeben haben. Vier Hände glätteten und zogen an dem Stoff, richteten hier und da eine Falte, dann drehte Fräulein Felicitas sich einmal um ihre eigene Achse.

»Und?«

»Atemberaubend«, sagte Minna ehrlich. Das Kleid war wunderschön, leicht asymmetrisch und hatte nur eine kurze Schleppe.
»Allerdings ...«

»Ja, genau«, erklärte Fräulein Felicitas. »Der Ausschnitt ist viel zu freizügig. Da muss noch etwas Stoff hin.«

»Fräulein Korbinian sagte, Sie wollten einen hochmodernen Schnitt«, wandte Frau Meesters ein.

»Dann darf Fräulein Korbinian gerne mit einem solchen Ausschnitt auf dem Ball auftauchen. Ich werde mich derart nicht öffentlich präsentieren.«

»Das trägt man jetzt so, in Paris und auch in Wien«, erklärte Fräulein Korbinian nachdrücklich.

»Oben kommt mehr Stoff hin«, bestimmte Fräulein Felicitas. Sie drehte sich so, dass sie ihr aufgebauschtes Hinterteil im Spiegel sehen konnte. Seit Beginn der 1880er erlebte die Tournüre eine Wiedergeburt.

»Außerdem hätte ich gerne weniger Tournüre«, sagte Fräulein Felicitas.

»Aber die ist doch wieder in Mode«, fiel die Korbinian ein. Sie sah all ihre Felle dahinschwimmen.

»Nur kurzzeitig. Sie kommt gerade wieder aus der Mode. Eine schlankere Silhouette würde für Fräulein Felicitas sehr von Vorteil sein«, erklärte Minna.

Minna und Felicitas wechselten einen Blick. Natürlich hatte Fräulein Korbinian zu ihrer Zeit noch Krinoline getragen, einen Reifrock, der rund um den ganzen Körper ging.

»Lassen Sie da noch wenigstens die Hälfte weg. Es ist mein Ball. Ich werde die ganze Nacht tanzen. Ich will mich bewegen können. Und zwischendurch will ich mich bequem hinsetzen können«, entschied Fräulein Felicitas.

»Aber so sieht es doch so damenhaft aus«, wandte die Aufpasserin schwach ein. Sie wusste, sie hatte verloren. »Die buschigen Ärmel gefallen mir«, schob sie klein beigebend hinterher.

»Und die Ärmel sollten ruhig auch schmaler anliegen. Ich seh ja sonst aus wie eine Gänsemagd auf Stadtausflug«, bestimmte Felicitas Louisburg mit einem angriffslustigen Blick in Richtung von Fräulein Korbinian.

Die Gouvernante schien sich geschlagen zu geben. Fräulein Felicitas warf Minna einen bedeutungsvollen Blick zu.

»Dann haben wir also so weit alles geklärt, oder?«

»Ja, haben wir«, gab Minna zweideutig zurück.

Minna war elektrisiert. Sie würde sich mit Menkam treffen. Es war überhaupt das erste Mal, dass sie sich mit jemandem traf. Dann die neue Beziehung zu Fräulein Felicitas. Das gefiel ihr. Ihre dunklen Tage schienen gezählt. Endlich hatte sie etwas Persönliches. Etwas Aufregendes. Ein Lichtblick in ihrem tristen Einerlei.

3. April 1888

Die Osterfeiertage lagen endlich hinter ihnen. Vater hatte vier Tage lang keine beruflichen Verpflichtungen gehabt. Sie hatten fast täglich den Gottesdienst besucht, waren gemeinsam spazieren gewesen und hatten ausgiebig gegessen, mehr als üblich, denn sie hatten immer lange bei Tisch gesessen. Fräulein Korbinian hatte sie bei jedem Essen ermahnt, sich zurückzuhalten. Sie wolle doch wohl nicht riskieren, dass das Ballkleid am Ende zu eng sitze. Felicitas hatte es nicht interessiert. Eher hatte sie gehofft, während der Feiertage einen günstigen Moment zu finden, in dem sie mit Vater über die jungen Männer sprechen konnte, die sie auf die Gästeliste setzen wollte. Vielleicht würde er ihr dann von seinen geheimen Plänen berichten. Oder gar von den Schulden. Denn wenn es so war, dann würden sie doch wohl gemeinsam eine Lösung finden können. Sicher ließen sich seine Firmen auch anders retten.

Sie befand sich in einem echten Dilemma. Sie konnte Vater schlecht direkt nach dem Grafensohn fragen. Denn sonst hätte sie ihr Geheimnis preisgegeben, dass sie ihn beständig belauschte bei seinen geschäftlichen Unterredungen. Genauso wie es ausgeschlossen war, ihm zu beichten, dass sie von seiner Verschuldung wusste. Ihre ständigen Heimlichkeiten, das Lauschen am Lüftungsschacht und ihre nächtlichen Streifzüge waren ihr einziger Trumpf. Sonst würde sie ja gar nichts mitkriegen, was in diesem Haus vor sich ging. Doch keinesfalls durfte er das herausbekommen. Neugierde, List und Tücke wurden den Frauen nachgesagt. Dabei waren es doch die Männer, die ihnen diese Wege aufzwangen, weil sie ihnen alle anderen Wege zum Wissen versperrten.

Doch trotz Vaters freier Zeit über die Feiertage hatte sie keine Gelegenheit gefunden, mit ihm zu sprechen. Es war, als würde er ihr absichtlich aus dem Weg gehen. Also hatte sie die freien Plätze der Gästeliste wahllos mit Namen bestückt, die Elsa ihr genannt hatte. Viele hatten es nicht auf die Liste geschafft.

Herr Nipperdey hatte ihre Liste in Empfang genommen und gesagt, er werde sie mit ihrem Vater abstimmen. Ihrem Wunsch, dabei sein zu dürfen, war auch er ausgewichen. Das machte sie noch kribbeliger. Seit dem regnerischen Märztag dachte sie praktisch an nichts anderes mehr, als dass Vater schon eine Verlobung arrangiert haben könnte.

An wen sie noch dachte, war Lorenz Schwerdtfeger, nach dem sie Ausschau hielt, wenn sie im Tiergarten spazieren gingen. An ihn und sein modernes Zweirad. Heimlich, wie sie alle spannenden Dinge heimlich und meistens nachts tun musste, hatte sie Zeichnungen angefertigt von dem Rad. Leider war ihre Begegnung viel zu kurz gewesen, als dass sie sich die technischen Feinheiten hätte einprägen können. Diese Sicherheitsräder sahen so ganz anders aus als die gefährlichen Hochräder. Sie hatte ihre neuen Skizzen mit ihren alten Konstruktionszeichnungen von Hochrädern verglichen. Bei einem nächsten Treffen mit Lorenz Schwerdtfeger musste sie sich die Mechanik des Antriebs ganz genau anschauen. Solche neuartigen Technologien fand sie besonders spannend.

Sie hoffte inständig, dass es zu einem weiteren Treffen kam. Sicher verlebte auch er Ostern bei seiner Familie. Zudem war der Tiergarten über die Feiertage voller Spaziergänger, und selbst wenn er dort gewesen wäre, wäre er sicher nicht mit seinem Fahrrad gefahren. Schade, sehr schade. Aber heute war wieder Dienstag, und sie hatten sich an einem Dienstag getroffen. Sie war entschlossen, heute wieder zur gleichen Zeit in der Nähe der Kreuzung im Tiergarten zu sein. Sollte sie die Reitpferde ordern? Auch wenn sie es liebend gerne getan hätte, wäre es heute doch besser, zu Fuß zu gehen. Dann waren sie auf gleicher Höhe, wenn sie miteinander sprachen. Er war so sympathisch und so wenig gestelzt. Sie wollte ihn unbedingt wiedersehen. Es war wie ein Zwang. Was versprach sie sich davon? Beinahe schien es ihr, als würde seine bloße Nähe ihr eine Tür zu einer anderen, neuen, spannenden Welt aufstoßen.

Felicitas starrte auf ihr Stickzeug. Gerade war sie dabei, mit rotem Zwirn das Wörtchen *Glück* zu sticken. *Suche das Glück nicht weit, es liegt in der Häuslichkeit* würde am Ende auf dem feinen Leinen stehen. Gott, wie sie das hasste. Sie hasste alles daran. Das Sticken, das stundenlange Sitzen, diese faden Sprüche. Mit jedem Nadelstich war ihr, als würde sie sich selbst feststicken in einem Leben, in dem sie ersticken musste. Die Standuhr schlug fünfzehn Uhr. Wieder eine Stunde ihres Lebens vergeudet. Sie ließ den Stickrahmen sinken.

»Schon fertig?«, fragte Fräulein Korbinian freundlich.

Felicitas atmete tief ein. »Ich habe keine Lust mehr.«

»Aber wir können uns ja nicht von unserer Lust leiten lassen. Wenn nun jeder tun wollte, wozu er Lust hätte … Tse.« Sie lachte, als wäre das eine völlig absurde Vorstellung.

Lust lag direkt neben *Begehren* und *Verlangen*. Drei Wörter, die sie sicher nie sticken durfte. Genau wie *Freiheit* oder *Vergnügen*. Als wären es moralisch verwerfliche Dinge. Dabei war ihr Begehren vollkommen harmlos. Mal einen ganzen Nachmittag spazieren gehen, in der freien Natur, ohne Aufsicht, ohne sich schicklich versteifen zu müssen.

Einfach über die Wiesen tollen, das hatte sie das letzte Mal gemacht, da hatte Mama noch gelebt. Eine Ewigkeit war das her.

Felicitas konnte es kaum glauben, als sie es sich nun vergegenwärtigte. Überhaupt, Mama – ein verblasstes Abbild mit aus Sehnsucht gefärbten Erinnerungen. Wäre sie heute streng mit ihr? Würde sie von Felicitas das erwarten, was Vater erwartete? Oder würde sie sich für ihre Tochter ein besseres Leben wünschen?

Mama war kurz nach Tessas Geburt an Typhus gestorben, genau wie Jahre zuvor Vaters jüngerer Bruder. Vater sprach nie über Mama. Alles, was mit ihr zu tun hatte, war tabu, etwas Unsagbares, etwas Unaussprechliches. Er wolle seine Töchter nicht mit seiner Trauer belasten, behauptete er. Manchmal kam es Felicitas so vor, als hätte es ihre Mutter nie gegeben. Stattdessen war Vater peinlich darauf bedacht, jeden Dreck aus dem Haus zu verbannen. Die Dienerschaft musste täglich putzen, wienern und was sonst dazugehörte. Wenn mal ein Glas nicht blitzeblank poliert war, konnte er fuchsteufelswild werden.

Unruhig warf Felicitas das Stickzeug neben sich aufs Sofa. Schon seit Tagen konnte sie sich auf nichts konzentrieren. Zu viel spukte ihr durch den Kopf. »Gehen wir spazieren.«

»Heute? Wir waren doch gestern schon. Nicht, dass Sie sich überanstrengen.«

Ein lächerlicher Gedanke. Sie war höchstens unteranstrengt. »Wenn es Ihnen zu anstrengend ist, kann ich auch alleine gehen. Ich kenne ja den Weg.«

»Fräulein Felicitas«, sagte Fräulein Korbinian nur, aber in einem Ton, der deutlich machte, wie lächerlich diese Vorstellung war. Stattdessen schlug sie überraschend vor: »Ich habe eine Idee. Ich lasse uns eine schöne warme Tasse Schokolade kommen. Mit Sahne. Und wir machen es uns hier gemütlich.«

In den letzten Wochen hatte Fräulein Korbinian alles daran gesetzt, Felicitas jegliche süßen Freuden, die zur Dickleibigkeit führen konnten, zu verbieten. Eine Schokolade mit Sahne war in ihren Augen ein echtes Entgegenkommen.

»Wir haben es uns die ganze Zeit über schon gemütlich gemacht. Ich will an die frische Luft!«, brach es aus Felicitas heraus.

»Aber Fräulein Felicitas, man sagt nicht *Ich will*. Das ist nicht schicklich«, mahnte ihre Aufpasserin, machte aber immer noch keine Anstalten, aufzustehen.

Felicitas hatte das Gefühl, gleich explodieren zu müssen. Sie würde es keine Minute weiter im Salon aushalten, in dem die tickende Standuhr schon das Lebendigste im ganzen Raum zu sein schien. Sie wollte an die frische Luft. Sie musste. »Wenn Sie nicht mitkommen, gehe ich eben allein.«

»Na gut, aber nicht so weit. Vielleicht ein Viertelstündchen«, verhandelte Fräulein Korbinian bereits, immer noch, ohne aufgestanden zu sein. »Sie wissen doch, meine Hüfte.«

Mal war es ihre Hüfte, mal ihr Knie, mal ihre Kopfschmerzen. Fräulein Korbinian fand ständig neue Körperstellen, die es ihr unmöglich machten, sich zu bewegen.

»Nein, wir gehen eine große Runde. Wenn Sie das nicht schaffen, nehme ich vielleicht besser Minna mit.«

Fräulein Korbinian schaute sie empört an. Sie zurücklassen. Überhaupt, ihr zu unterstellen, ihre Arbeit nicht machen zu können. Und dann in diesem aufrührerischen Ton, der in letzter Zeit immer häufiger durchschlug.

»Fräulein Felicitas, ich bin sehr wohl in der Lage, den Erfordernissen meiner Anstellung nachzukommen«, sagte sie verschnupft und stand endlich auf. »Vor dem Ball sollten wir noch ein paar Stunden Benimmunterricht einstreuen. Ich hege doch große Zweifel, ob Sie mit dieser widerspenstigen Haltung einen guten Eindruck auf Männer machen.«

Ich will gar keinen guten Eindruck auf irgendwelche Männer machen, dachte Felicitas. »Ich will gar keinen Mann, der will, dass ich den ganzen Tag still sitze. Ich will laufen, spazieren oder reiten. Tanzen!« O ja. Eigentlich sollte sie sich auf den Ball freuen. Erst die Tanzstunden vorab. Und dann endlich tanzen, sich endlich bewegen, einen ganzen Abend lang. Das wäre famos.

»Und wieder zweimal das Wörtchen *will*. Tse, tse, tse.«

Felicitas hätte ihr an die Gurgel gehen wollen. Sie flog die Treppe hoch und ließ sich umziehen. Ungeduldig wartete sie darauf, dass Fräulein Korbinian endlich mit ihr vor die Tür trat. Sie liefen die Voßstraße entlang, machten einen kleinen Schlenker und waren bereits im Tiergarten. Es war wolkig und kühl, aber trocken.

»Die Wege sind noch ganz matschig«, war das Erste, was Fräulein Korbinian zu ihr sagte, nachdem sie das Palais verlassen hatten.

»Das war ja zu erwarten. Trotzdem können wir nicht wegen schlechtem Wetter acht Monate nur im Haus rumsitzen«, gab Felicitas pampig zurück.

»Man könnte schon. Man müsste es nur wollen. Es wäre einer Dame angemessen.«

Felicitas verzichtete auf eine Antwort, ging stattdessen stracks weiter. Sie wusste genau, wo sie hinwollte.

»Lassen Sie uns doch wenigstens die Bellevueallee gehen. Bleiben wir auf den großen Wegen.«

Aber Felicitas steuerte gezielt an der Luiseninsel vorbei. Zwischen Luiseninsel und Rousseau-Insel, in der Nähe des Rosengartens, lag die Kreuzung der Wege, wo sie Lorenz Schwerdtfeger vom Zweirad geholt hatte. Vermutlich war er über unzählige kleine Wege in Richtung der Technischen Hochschule gefahren, die an der Berliner Straße lag.

»Haben Sie ein bestimmtes Ziel, oder wieso rasen Sie so?«, fragte Fräulein Korbinian schnaufend.

Felicitas reduzierte ihre Schrittgeschwindigkeit. Erstens wollte sie nicht, dass die Korbinian auf die Idee kam, was sie hier suchte. Zweitens war sie ohnehin beinahe an der Kreuzung angekommen. Es war ungefähr die gleiche Uhrzeit, aber sie konnte ja nun schlecht eine halbe Stunde hier im Kreis laufen. Doch dann sah sie eine Parkbank in der Nähe und steuerte auf sie zu. Sie setzte sich, was Fräulein Korbinian wiederum zum Jammern veranlasste.

»Doch nicht auf das schmutzige Holz. Ich bitte Sie!«

»Na, jetzt ist es egal. Jetzt sitze ich ja bereits.«

Fräulein Korbinian schüttelte den Kopf, zog ein Taschentuch

hervor, legte es auf das Holz und setzte sich. Vermutlich war sie ganz froh, endlich wieder sitzen zu dürfen.

»Ist das nicht ein gutes Gefühl, wenn man sich ein wenig bewegt hat?«

»Ich transpiriere, gnädiges Fräulein. Ich würde das nicht ein gutes Gefühl nennen wollen.«

»Ich finde es herrlich, mal richtig Luft in die Lungen zu ziehen.«

Ihre Sitznachbarin schüttelte nur den Kopf. Unauffällig inspizierte Felicitas die Umgebung. Da vorne lag die Kreuzung, wo Balduin vor Schreck gestiegen war. Lorenz Schwerdtfeger war von der anderen Seite gekommen, wo ein paar Sträucher den Weg in Richtung Norden verdeckten.

»Aber wenn wir gleich zurückkommen, dann gibt es eine heiße Schokolade. Zur Stärkung der Gesundheit.«

Felicitas nickte nur. Gelegentlich hatte sie den Eindruck, dass Fräulein Korbinian süchtig nach Schokolade war, in welcher Form auch immer – als süße Tafelschokolade, als Pralinen oder als Heißgetränk. Als Ausrede brachte sie immer die gesundheitliche Förderung durch Schokolade ins Spiel, der eine stärkende Wirkung nachgesagt wurde.

Im Park war nicht viel los. Einige wenige Spaziergänger waren unterwegs, noch weniger Reiter waren zu sehen. Felicitas setzte sich ein wenig schräg, mit Blick zum Rosengarten, um die Kreuzung besser im Auge zu behalten.

Zweimal forderte Fräulein Korbinian sie auf, doch nun endlich aufzustehen und weiterzugehen oder am besten direkt zurück. Doch jedes Mal lehnte Felicitas ab, mit dem Hinweis, es wäre doch so spannend, sich die Natur anzuschauen, die so kurz davor stand, ihr prächtigstes Frühlingsgewand anzuziehen. Das würde aber noch dauern, sagte Fräulein Korbinian.

Endlich sah sie ihn. Ihr Puls beschleunigte sich. Heute war er zu Fuß. Seine Ledertasche klemmte unter seinem Arm. Fast schien es, als würde auch er nach etwas suchen. Als er sie dann auf der Parkbank entdeckte, begann er, zielstrebiger zu laufen.

»Jetzt können wir gehen. Wir nehmen den Weg oben rum«, sagte Felicitas und schoss hoch. Wenn sie nun zügig gingen, würden sie sich genau auf der kleinen Kreuzung treffen.

Fräulein Korbinian jammerte über irgendetwas, vermutlich darüber, dass das Taschentuch dreckig geworden war. Kurz vor der Kreuzung verlangsamte Felicitas ihre Schritte. Und blieb stehen, bis Lorenz Schwerdtfeger bei ihr war.

»Gnädiges Fräulein«, begrüßte er sie lächelnd. »Wie schön, Sie hier wiederzutreffen.«

»Und wie zufällig«, sagte Fräulein Korbinian etwas angesäuert, als sie zu ihr trat.

»Ich habe mich gar nicht vorgestellt. Mein Name ist Felicitas Louisburg.«

»Wie angenehm, Fräulein Louisburg, Sie kennenlernen zu dürfen.«

»Konnten Sie Ihr Fahrrad reparieren?«

»Das war gar kein Problem«, sagte er mit einem Aufblitzen in den blauen Augen.

»Ich hatte gehofft, Sie wären heute wieder damit unterwegs.«

»Ich fahre nur, wenn wenig los ist. Und natürlich nur dort, wo ich es darf«, sagte er mit Blick auf die Korbinian.

»Und Ihr Anzug?« Als sie es fragte, merkte sie, dass er denselben Anzug trug.

»Alles wieder sauber und trocken. Meine Pensionswirtin kümmert sich darum.«

»Sie wohnen nicht zu Hause?«

»Nein, meine Familie lebt in Coburg. Ich studiere hier nur.«

Felicitas wollte das Gespräch nicht abreißen lassen. »Wo darf man hier in Berlin denn eigentlich mit dem Fahrrad fahren?«

Ihre Begleiterin trippelte auffällig nervös neben ihr. Sie schien gehen zu wollen.

»Im Grunewald kann man gut fahren. Eigentlich überall außerhalb der Stadt, wenn die Straßen eben und fest sind.«

»Ach wirklich?«

»Ja. Wollen Sie Fahrradfahren lernen?«

»Nicht auf einem Hochrad.«

»Wir könnten meins nehmen, wenn Sie mögen. Ich kann es Ihnen gerne zeigen.«

Felicitas merkte, wie Fräulein Korbinian neben ihr beinahe in Ohnmacht fiel. Nichts an diesem Gespräch gefiel ihr – nicht der junge Mann, nicht dass Felicitas mit einem Fremden sprach, das Thema Fahrradfahren an sich und dass er ihr jetzt auch noch anbot, sie einfach so zu treffen. Felicitas allerdings gefiel es außerordentlich. Sie wusste nicht, wann ein so sympathischer junger Mann das letzte Mal ganz schnörkellos und ohne Etikette gefragt hatte, ob sie sich treffen könnten. Ohne böse Hintergedanken und vor allem, ohne zu wissen, wie steinreich sie war, beziehungsweise ihr Vater.

»Also das ist doch ... Jetzt hören Sie mal, junger Mann. Das Fräulein wird sich ganz sicher nicht mit Ihnen treffen. Und schon mal gar nicht, um Fahrrad fahren zu lernen. Das ist viel zu gefährlich. Frauen können so etwas nicht.«

Lorenz Schwerdtfeger schaute Fräulein Korbinian überraschend freundlich an. »Das stimmt nicht so ganz. Meine Schwester fährt hervorragend Fahrrad.«

»Wirklich?«, fragte Felicitas aufgeregt.

»Wirklich?«, echote Fräulein Korbinian abschätzig. »Das spricht nicht gerade für die Erziehungsmethoden Ihrer Eltern.«

»Auf meinem Modell ist das überhaupt kein Problem. Es ist eben ein Sicherheitsrad und viel niedriger als ein Hochrad. Meine Schwester zieht sich allerdings immer Hosen an, wenn sie Rad fährt. Röcke und Kleider verheddern sich in den Speichen.«

Fräulein Korbinian sog scharf die Luft ein. »Hosen? Schämt sie sich denn nicht?«

Felicitas wusste gar nicht, wann sie sich das letzte Mal so amüsiert hatte. Unbeobachtet von ihrer Aufpasserin grinste sie Lorenz Schwerdtfeger breit an.

»Aber nein. Es ist ja so ungemein praktisch. Wie sollten Frauen denn sonst Fahrrad fahren?«

»Meiner Meinung nach gar nicht«, sagte Fräulein Korbinian schnippisch und drehte sich zu ihr um. »Fräulein Felicitas, wir gehen jetzt!«

Als hätte Felicitas es geahnt. Sie wollte noch nicht gehen, aber sie wusste, wenn sie es nicht tat, würde Fräulein Korbinian sehr unangenehm werden. Das wäre ihr wiederum sehr unangenehm.

»Dann wünsche ich Ihnen noch eine interessante Vorlesung.«

Er verbeugte sich höflich. »Und Ihnen wünsche ich noch einen schönen Spaziergang.«

Fräulein Korbinian war schon ein paar Meter gegangen, blieb nun stehen und schnaubte laut. Felicitas ging einen Schritt rückwärts, lächelte ihn weiter an und war ganz überrascht, als er plötzlich zwei Schritte nach vorne machte.

»Sie müssen alleine kommen. Die Hose kann ich Ihnen besorgen. Am Freitagabend. Zum Wasserturm am Hippodrom«, flüsterte er eilig. »Wenn nicht an diesem Freitag, dann an einem der nächsten.«

»Fräulein Felicitas!«, mahnte Fräulein Korbinian.

Sie nickte ihm zu. Dann schloss sie auf und lief neben einer ihrer Empörung Luft machenden Gouvernante her. Zweimal noch drehte sie sich verstohlen um. Und beide Male sah sie, wie er nun ebenfalls rückwärtsging, seinen Arm hob und winkte, als sie sich umdrehte.

War das herrlich aufregend! Es war aufregender als all die Vorbereitungen für den Ball.

Anfang April 1888

Egidius war direkt von seiner Maschinenfabrik, wo er den Vormittag mit Kontrollgängen verbracht hatte, hierhergefahren. Hier oben, auf der Galerie der Börse, hatte er den besten Überblick. Über den zwei größten Sälen der Hauptstadt atmete man den Duft der weiten Welt. Die Berliner Börse war neben London und New

York eine der drei wichtigsten der Welt. Egidius liebte es, zwischen zwölf und zwei Uhr hier zu stehen und das Geschehen unten mitanzuschauen. Zu sehen, wie viel Geld hier im Umlauf war, und zu wissen, dass ein nicht unbeträchtlicher Teil davon ihm gehörte, beruhigte sein schlechtes Gewissen auf eine Art, wie es sonst kaum etwas schaffte.

Die neusten Kursstände flogen hier nur so ein, im wahrsten Sinne des Wortes. Die Kursnachrichten aus dem Deutschen Reich oder aus dem Ausland wurden aus der Ferne zum Haupttelegrafenamt in der Französischen Straße telegrafiert. Dort packte man die Zettel mit den ausländischen Börsenkursen in schlanke Metallzylinder, die mittels der Rohrpost in Windeseile bei der Telegrafenstation der Börse ankamen. Schneller ging es kaum noch. Egidius war von der Technologie fasziniert. Natürlich hätte es ihm völlig gereicht, die Kurse heute Abend in der Zeitung zu lesen. Doch das war nur Nebensache. Seit Jahren schon kämpfte er vergeblich um einen eigenen Anschluss an das städtische Rohrpostnetz. Auch dieser Kampf zeigte ihm einmal wieder, dass er in den Augen der Mächtigen noch nicht wichtig genug war.

Die Börse lag an der Burgstraße, vis-à-vis zur Friedrichsbrücke. Die der Spree zugewandten Kolonnaden auf der Rückseite ließen das Gebäude entsprechend seiner Bedeutung majestätisch wirken. Direkt gegenüber lag der Berliner Dom auf der Museumsinsel. Ein herrlicher Anblick. Am liebsten wäre es ihm, ein neues Projekt zu bekommen, bei dem er hierbleiben durfte, in dieser Stadt, die jede Annehmlichkeit bot. Doch alle großen Eisenbahnstrecken aus und in die Reichshauptstadt waren bereits gebaut.

Als er sich sattgesehen hatte, ging er. Zum Essen traf er sich mit Graf von Brück-Bürgen im kleinen, aber umso edleren Restaurant Hiller auf Unter den Linden. Der neue Besitzer, ein Herr Adlon, bewirtete hier in exklusiver Weise besonders den Hochadel, aber auch vermögende Bürgerliche. Egidius ließ nie eine Gelegenheit verstreichen, sich und sein Vermögen zu präsentieren. Sollten es doch alle wissen, dass er es sich leisten konnte, hier zu speisen. Und wer weiß, vielleicht traf Graf von Brück-Bürgen auf jemanden Bekanntes, den er Egidius vorstellen konnte. Es wurmte ihn, dass er einfach keinen Zugang zum innersten Zirkel der Macht bekam. Am liebsten wäre ihm eine vertrauliche Unterredung mit Bismarck. Dann würde er ihm erklären, warum es vorteilhafter war, die Eisenbahnen weiterhin von privaten Investoren bauen zu lassen.

Reichskanzler Bismarck hatte seit 1873 das Ziel verfolgt, all die vielen einzelnen Eisenbahnlinien miteinander zu verbinden. Dafür hatte er eigens das Reichseisenbahnamt gegründet. Sein Vorhaben scheiterte allerdings am Widerstand der einzelnen Bundesstaaten. Doch jemand wie Bismarck ließ nicht locker, wenn er sich einmal festgebissen hatte. Er verfolgte den Plan weiter, nur mit einer anderen Strategie. Fortan setzte er alles daran, die Eisenbahnlinien zu verstaatlichen. Was ihm Jahre später auch gelungen war. Und Egidius Millionen in seine Schatulle gespült hatte.

Danach musste Egidius sich auf ein anderes Geschäftsfeld verlagern. In weiser Voraussicht hatte er in der Gründerkrise viel Land zu Spottpreisen einkaufen können. Land für neue Trassen für Nebenstrecken und Kleinbahnen. Die letzten Jahre hatte er sich damit beschäftigt. Doch ihm war immer klar, dass das nur ein Zwischenspiel sein durfte, bis die Zeiten wieder besser wurden. Er war wirtschaftlich nicht so erfolgreich und reich geworden, weil er den bequemsten Weg wählte. Er wählte stets den lukrativsten Weg.

Und das Projekt Anatolische Eisenbahn war extrem lukrativ. Er musste nur noch geschickt die richtigen Fäden ziehen. Und Graf von Brück-Bürgen war einer seiner Fäden. Brück-Bürgen hatte beruflich mit Ministern der höchsten Regierungsebene, wichtigen Bankiers und auch mit Industriellen seines Ranges zu tun. All diese Umstände machten ihn zu einer perfekten Informationsquelle. Und nicht nur zu einer Quelle, sondern hoffentlich auch zu jemandem, der zu gegebener Zeit das eine oder andere in die richtige Richtung leitete. Besaß er so viel Macht, so viel Einfluss?

Wenn Egidius nicht bald einen Fuß in die Tür zu diesem osmanischen Projekt bekam, dann musste er sich schleunigst nach etwas anderem umsehen. Doch ein anderes derart großes Projekt in deutscher Hand gab es im Moment nicht. Er würde den Grafen heute und hier festnageln. Und wenn der sich nicht festnageln ließ, hatte er immer noch die Möglichkeit, die Idee mit der Verlobung einfach verpuffen zu lassen. Andererseits, ohne eine familiäre Bindung würde der Adel ihn nie akzeptieren. Niemals. Egal, wie viel Geld er hatte. Vermutlich war Egidius einer der hundert reichsten Männer Berlins, wenn nicht gar des Kaiserreichs. Und doch schaffte er es nicht, einen Fuß in die Tür des Adels zu bekommen. Nun hatte er einen anderen Weg eingeschlagen, einen Umweg, der über familiäre Bande führen würde.

Er war früh dran und bestellte sich Champagner, um die Wartezeit genussvoll zu nutzen. Kaum hatte er sein Glas vor sich, erschien der noble Graf. Sie begrüßten sich steif, und der Gast setzte sich.

»Mein werter Herr Graf, was gibt es Neues zu berichten?«

Graf von Brück-Bürgen fühlte sich sichtlich unwohl bei dieser direkten Frage. »Nun, im Schloss macht man sich Sorgen um Kaiser Friedrichs Gesundheitszustand.«

Egidius musste an sich halten, keine unwirsche Antwort zu geben. Gestern hatten die Zeitungen berichtet, dass der neue Kaiser gesundheitlich angeschlagen sei. Für solche Art von Nachrichten brauchte Egidius den Grafen nicht. Alles, was ihn interessierte, waren verwertbare Nachrichten über die Verhandlungen zur Anatolischen Eisenbahn.

»Das habe ich nicht gemeint. Ich wollte natürlich wissen, wie es bei unserem Vorhaben steht.« Er sagte extra *unserem Vorhaben*. Entweder der Graf entschied sich dazu, mitzuspielen, oder nicht. Ein Dazwischen gab es nicht.

Ein Kellner brachte ein weiteres Glas, und der Graf genehmigte sich erst einmal einen Schluck Champagner. »Die Verhandlungen laufen ja eher jenseits der offiziellen Kanäle.«

Egidius nickte. »Genau deswegen habe ich Sie miteinbezogen. Würde ich mich nur auf die Informationen aus den offiziellen Kanälen verlassen müssten, würde das Projekt ganz sicher ohne meine Beteiligung beschlossen werden. Aber das liegt ja nicht in unser beider Interesse.«

Der Graf druckste herum, rutschte auf seinem Stuhl hin und her, als würde er eine bequemere Position finden wollen.

Egidius sah ihn auffordernd an. »Konnte Ihr Sohn in der Zwischenzeit schon mit dem Kronprinzen Kontakt aufnehmen?«

»Wozu?«

So ein arroganter Schnösel. Als hätte er ihn nicht selbst auf die Idee gebracht. Nun gut, der Graf spielte sein Spiel. Vielleicht war es an der Zeit, dass Egidius ihm klarmachte, wie hoch der Spieleinsatz war.

»Wir sprachen doch über eine Einladung zum Ball. Ich könnte mir vorstellen, dass der Kronprinz bei einem so luxuriösen Ball in der Hauptstadt dabei sein will.«

Vielleicht spielte ihm die Krankheit des neuen Kaisers in die Karten. Denn wenn der neue Kronprinz in nicht allzu ferner Zukunft übernehmen würde, dann würde es der Wirtschaft des Reiches sicher zupasskommen. Kronprinz Wilhelm war bekannt für sein Interesse an Wissenschaft und technischem Fortschritt. Aber nein, bei dem vorliegenden Problem half es ihm nichts. Der neue Kaiser, selbst wenn gesundheitlich angeschlagen, würde sicher noch etliche Jahre leben. Da wäre das Projekt schon lange in trockenen Tüchern. Trotzdem, den Kronprinzen auf seinem Ball begrüßen zu dürfen, würde sein Ansehen enorm aufwerten.

»Das kann ich nicht beurteilen.«

»Nun, angenommen, wir würden eine Verlobung verkünden – sicher würde der Kronprinz einer Verbindung zwischen dem Adel und einem der führenden Industriellen des Landes persönlich seine Glückwünsche ausdrücken wollen.« Zum ersten Mal war es ausgesprochen. Eine Verlobung. Das Versprechen einer Heirat. Ein ewiger Bund.

Egidius entging nicht, wie die Augenbraue seines Gegenübers kurz zuckte.

»Ich möchte meine Tochter natürlich nur in die besten Hände geben. In Hände, in denen ich mir sicher sein kann, dass sie für den Rest ihrer Zeit abgesichert ist. Natürlich wird sie ihr eigenes Vermögen mitbringen.«

Wieder zuckte die Augenbraue, dieses Mal höher.

»Bitte sprechen Sie weiter«, forderte der Graf Egidius auf.

Er beugte sich vor und sprach leise. »Nun, die Mitgift meiner ältesten Tochter wird fünfzigtausend Goldmark betragen.«

Dem Grafen stockte der Atem. Fünfzigtausend Goldmark waren auch für ihn keine Kleinigkeit. Seine Pferdezucht, sein Sitz im preußischen Herrenhaus und sein Gehalt im Reichseisenbahnamt brachten höchstens gerade die Hälfte im Jahr. Für ihn wäre die Mitgift ein Vermögen. Für Egidius, gemessen an dem, was an möglichem Verdienst auf dem Spiel stand, nur Spielgeld.

»Allerdings kann ich mir natürlich ganz andere Summen vorstellen, wenn ich mir der Auftragsvergabe beim osmanischen Großprojekt sicher sein könnte. Das würde mir noch mal deutlich freiere Hand geben, um die Mitgift aufzustocken.« Egidius machte eine bedeutungsvolle Pause.

»Wie viel freiere Hand denn?«, fragte der Graf nun ungewöhnlich deutlich nach, während die Gier in seinen Augen aufblitzte.

»Das käme darauf an, wie sicher ich im Sattel sitze.«

»Und wenn Sie das Projekt nun zugesprochen bekämen?«

Wieder beugte Egidius sich vor. »Wenn ich den Hauptauftrag für dieses Projekt zugesichert bekäme, Schienen und Lokomotive samt Waggons, dann reden wir hier über ein Vielfaches.«

Er sah, wie sich die Hand des Grafen um sein Champagnerglas krallte.

Egidius lehnte sich zurück. »Sie werden aber sicher verstehen, dass ich mich in diesem Falle nicht auf haltlose Versprechen verlassen kann. Die Mitgift würde natürlich notariell abgesichert. Weitere Gelder sukzessive ausgezahlt, je nach Fortschritten bei dem Projekt.«

Die Augen des Grafen besagten, dass er diese Worte schon nicht mehr mitbekam. Sicherlich kreisten all seine Gedanken um das Wörtchen *Vielfaches*. Ein Vielfaches von fünfzigtausend Mark war ein unvorstellbares Vermögen.

»Vielleicht wäre es eine gute Idee, die beiden bald miteinander bekannt zu machen«, schlug der Graf vor.

»Gerne. Aber solange ich keinen Fuß in der Tür zu diesem Projekt habe, soll meine Tochter nicht den Eindruck gewinnen, dass da etwas im Busch ist. Darauf bestehe ich.«

Anfang April 1888

»Du könntest doch fließendes Wasser in die Schlafcoupés legen lassen. Waschbecken mit Wasserhähnen statt Waschschüsseln. Das wäre sehr modern. Eventuell würden wir nur noch drei statt vier Coupés in einen Waggon bekommen«, schlug Felicitas ihrem Vater vor, »doch der Luxus von fließendem Wasser in größeren Coupés würde sich rentieren. Gerade, wenn die Leute eine ganze Nacht im Zug verbringen oder gar mehrere.«

»Du stellst dir immer Sachen vor, die gar nicht gehen«, antwortete Vater abweisend. Er saß an seinem Schreibtisch und hatte seine Arme wie eine Zange über seine Unterlagen ausgebreitet, als wollte er Felicitas davon abhalten, seine Unterlagen zu begutachten. Was sie natürlich heute Nacht längst getan hatte.

»Du sagst doch immer, man soll groß denken.«

»Das gilt aber nur für Männer«, sagte er ehrlich irritiert.

Felicitas biss sich auf die Zunge. Ja, ja, ja. Nur für Männer. So wie alles nur für Männer galt: Freiheit, Bildung, Spaß haben. Es war so ungerecht. Sie war überrascht, dass sie gerade in letzter Zeit solche Gedanken hatte.

»Was seid ihr Weibsbilder nur immer so neugierig«, schob er nun genervt hinterher.

Felicitas schluckte. *Neugierige Weibsbilder,* eine von Vaters Lieblingsbezeichnungen für seine Töchter. Aber was blieb Felicitas denn, als neugierig zu sein? Er sprach ja nicht freiwillig mit ihr über seine Geschäfte. Wenn sie nicht von sich aus fragte, wenn sie nicht verbotenerweise lauschte oder sich nachts heimlich über die Geschäfte des Vaters informieren würde, dann wäre sie vollkommen ahnungslos. Alles, was auch nur annähernd von Interesse war, blieb den Frauen versperrt. Sie durften ja nicht mal studieren. Und dann verspottete man sie als unwissend. Und schimpfte über sie, wenn sie doch mehr von der Welt wissen wollten.

Vater mochte es gar nicht, wenn eine seiner Töchter sich um geschäftliche Dinge kümmerte. Eine seine Töchter meinte natürlich ausnahmslos Felicitas. Tessa war keine Spur an den Kosten zur Eisenherstellung, dem Bau einer stärkeren Lokomotive oder auch nur der praktischen Einrichtung der Schlafcoupés interessiert. Felicitas dagegen schon. Vater verbot ihr, sich mit derlei Dingen zu beschäftigen. Aber dann und wann fand Felicitas Hinweise darauf, dass Vater sehr wohl ihre Vorschläge miteingebracht hatte, auch wenn er das natürlich nie zugeben würde. Alleine das war Felicitas eine Befriedigung.

Vielleicht würde sie Vater vom Orient-Express zur Anatolischen Eisenbahn leiten können. Vielleicht würde er ihr etwas darüber erzählen. Und dann würde sie nachfragen, wie wichtig das Projekt war. Denn eines war ihr erst später eingefallen: Wieso eigentlich hatte der Brief der Bank im Ordner *Anatolische Eisenbahn* gelegen, einem bisher unbekannten Projekt? Dafür konnte er doch noch gar keine Schulden gemacht haben. Zumindest keine so großen, die einen vermögenden Mann wie Egidius Louisburg in die Verschuldung treiben würden.

»Außerdem würde ich an deiner Stelle noch mehr Damencoupés in der zweiten Klasse anbieten. Gerade für uns Frauen ist es doch wichtig, dass wir uns freier bewegen können.« Für alleinreisende Damen gab es extra Abteile, die nur ihnen vorbehalten waren.

Vater schüttelte den Kopf. »Hast du denn nichts anderes zu tun? Wieso zerbrichst du dir deinen schönen Kopf über solche Dinge?«

»Weil ich auch gerne so reisen würde.«

»Alleine?«

Von mir aus auch allein, dachte Felicitas. Was ihr aber natürlich nie gestattet werden würde. »Wenn Fräulein Korbinian etwas wagemutiger wäre, könnte ich mir sehr gut vorstellen, mit ihr und Tessa nach Paris zu fahren, um unser Französisch aufzufrischen.«

»Ich bin ganz froh, dass Fräulein Korbinian kein Stück wagemutig ist«, murmelte Vater.

Es klopfte, und der Diener erschien im Türrahmen. »Herr Nipperdey wäre dann da.«

Vater nickte nur.

»Du hast eine Besprechung mit dem Zeremonienmeister? Wieso hast du mir das nicht gesagt?«, fragte Felicitas entrüstet. Sie hatte extra darum gebeten, beim nächsten Treffen dabei sein zu dürfen. Herr Nipperdey und Vater schienen einen Ball ausschließlich für ältere Herrschaften zu planen.

»Felicitas, ich bezahle den Mann extra dafür, dass er sich seinen Kopf zerbricht, damit du es nicht tun musst.«

»Ich würde mir aber gerne den Kopf zerbrechen.«

Ihr Vater seufzte auf, als wäre bei ihr Hopfen und Malz verloren. Dann winkte er dem Diener, der Gast solle eintreten.

Herr Nipperdey erschien in einem kaiserblauen Anzug. Er schien eine Vorliebe für kräftige Farben zu haben. Kurz verneigte er sich und schlug gleichzeitig militärisch die Hacken zusammen, was bei ihm unangebracht aussah. Geschmückt mit bunten Knöpfen und Besatzstreifen aus Moiréband wirkte er heute wie ein Operetten-Sänger.

»Fräulein Louisburg, ich grüße Sie.« Heute schien es ihm nichts auszumachen, dass sie blieb. »Es geht voran. Ich habe bereits einen Fotografen engagiert. Er wird von allen Gästen Fotografien machen«, verkündete Nipperdey.

Fotografien waren eine ausgesprochen teure Angelegenheit, also etwas, was genau Vaters Vorstellungen entsprach.

»Ich werde nach dem Ball veranlassen, dass einige ausgesuchte

Aufnahmen an entsprechende Zeitungen weitergeleitet werden. Möglicherweise sogar an internationale Zeitungen. Alle Welt wird sehen, wie opulent der Ball gewesen ist, wie ausgesucht die Gäste und luxuriös geschmückt das Palais.«

»Famos. Das ist famos«, freute Vater sich.

Natürlich, das würde ihm gefallen, dachte Felicitas. Ruhm über die Grenzen von Berlin hinaus, ja womöglich internationale Anerkennung dessen, zu was er es gebracht hatte.

Nipperdey sprach weiter. »Ich habe Proben mitgebracht. Sicher besitzen Sie einen vorzüglichen Geschmack. Sie können uns gerne behilflich sein bei der Auswahl der passenden Exemplare.«

Hinter ihm erschien der Diener und brachte nacheinander drei unterschiedlich große Pakete herein, die er auf das kleine Tischchen stellte. Vater kam hinter seinem Schreibtisch hervor und trat an das Tischchen vor dem Kamin.

»Herr Louisburg, wie versprochen eine Auswahl an möglichen Einladungskarten.« Mit diesen Worten zog der Zeremonienmeister einen Packen mit Papierbögen hervor, die er auffächerte.

»Alle sehr schön. Einige schöner als andere. Wenn ich so frei sein darf, Ihnen etwas zu empfehlen: Dieses Büttenpapier hier ist fein und doch sehr schwer. Mit einem goldenen Prägedruck auf Ihren Einladungen sähen sie schon fast königlich aus.«

Vater nahm das Papier kurz in die Hand. »Ich hätte nicht gedacht, dass ich mich mit derlei Kleinigkeiten aufhalten muss. Dafür habe ich doch Sie.«

»Aber natürlich. Ich möchte nur sichergehen, dass ich mich in die richtige Richtung bewege.«

»Die Vorgabe war doch deutlich: von allem nur das Beste«, sagte Vater etwas ungehalten.

»Natürlich. Natürlich.« Schnell packte Nipperdey die Papierbögen wieder weg.

»Ich habe auch verschiedene Fächer mitgebracht, die als Tanzkarte fungieren. Einer galanter als der andere«, sagte er etwas verloren, erst in Richtung des Hausherrn, dann in Felicitas' Richtung.

»Und Parfüm und Seifen. Sie wissen schon. Als Geschenke für die Gäste.« Seine Stimme wurde leiser, je länger er Vaters ungehaltene Miene betrachtete. »Also nehmen wir das Luxuspapier von Otto«, sagte er fast nur zu sich selbst.

»Meine Tochter wird sich um die Gastgeschenke kümmern. Und um derlei Kleinigkeiten. Haben Sie das Menü schon zusammengestellt?«

»Das wird derzeit erledigt. Bei Borchardt in der Französischen Straße. Eine ausgezeichnete Adresse.«

»Wann kann ich es sehen?«

»Anfang nächster Woche sollte es fertig sein.«

»Dann kommen Sie doch dann bitte wieder vorbei. Um derlei Dinge kann und will ich mich nicht kümmern müssen.« Vater winkte vage in Richtung der Pakete.

Herr Nipperdey wirkte verloren.

»Lassen Sie uns in einen der Salons umziehen. Ich werde mir die Sachen dann genau anschauen«, sagte Felicitas freundlich und zog an der Klingel für den Diener.

Eine Minute später standen sie im kleinen Salon, und Felicitas begutachtete die Fächer, die als Tanzkarten fungieren sollten. Was Nipperdey ihr nun zeigte, gefiel ihr sehr. Statt einer schlichten gedruckten Tanzkarte sollte es für jedes Fräulein einen Federfächer geben, mit Pergament zwischen den Elfenbeinstäben, auf dem die Fräuleins ihre Tanzpartner notieren konnten. Mittels eines angebundenen Stiftes konnte man auf den einzelnen Feldern der Fächer seine Tanzpartner für die verschiedenen Tänze eintragen.

Bei den Galanteriewaren entschied sie sich für eine umfangreiche Sammlung aus Bändern aller Farben, verschiedenen Federn und etlichen Haarkämmen, nur für alle Eventualitäten, falls eine der Fräuleins und Komtessen auf dem Ball etwas verlieren sollte. Nipperdey hatte bereits eine Kleidermacherin engagiert, die an dem Abend im Damenboudoir darauf warten würde, die eine oder andere Naht auszubessern. Die zu erwartenden Roben der jungen Frauen waren delikat und aufwendig verarbeitet. Und niemand würde den Ball verlassen wollen, nur weil eine kleine Naht aufgesprungen war.

»Für das Porzellan haben Sie sich beim letzten Mal schon entschieden. Ich muss nur noch in der Königlichen Porzellan-Manufaktur in der Leipziger Straße Bescheid geben, wie viele Sets wir brauchen.«

»Ist die Gästeliste denn nun endgültig beschieden?«, fragte Felicitas neugierig nach.

Es schien, als wollte Nipperdey herumdrucksen. »Eins der Themen, die ich mit Ihrem Vater noch besprechen möchte.«

»Ich werde meinen Vater gleich fragen«, stellte Felicitas in Aussicht, erfreut, endlich einen Grund zu haben, damit Vater sich diesem Thema nicht mehr entziehen konnte. »Wie sieht es denn mit der Harfenistin aus?«

»Also, Ihr Vater war der Ansicht, das Orchester im Ballsaal würde reichen.«

»Und was ist mit den Mitternachtseinlagen? Und steht die Tombola? Hat mein Vater sich für einen guten Zweck entschieden?«

Herr Nipperdey versuchte sich verzweifelt an einem Lächeln. »Das ist auch noch nicht entschieden.«

»Woran hapert es denn noch?«

»Ähm ... ja ... Also. Ich glaube, Ihr Herr Vater dachte .... Es sei vielleicht zu viel des Guten.«

»Ach papperlapapp. Ich rede noch mal mit ihm. Was ist mit dem Feuerartisten?«

Nipperdey schüttelte den Kopf.

»Das Feuerwerk?«

»Da schien mir Ihr werter Herr Papa eher geneigt.«

»Aber er hat noch nichts entschieden?«

»So ist es.«

»Was ist mit der Auswahl der Tänze?«

An Nipperdeys zerknirschtem Gesichtsausdruck konnte sie schon erkennen, dass es viele ihrer Wunschtänze nicht auf die Liste geschafft hatten.

»Ihr Herr Vater hat sich dafür ausgesprochen, möglichst viele Quadrillen und Kontratänze aufzunehmen. Er sieht das mit dem Paartanz nicht so gerne.«

»Es soll doch ein Ball für uns Jüngere sein.«

»Aber man muss Anstand und Sitte einhalten.«

»Ich wüsste wirklich nicht, was an einem Wiener Walzer verkehrt sein sollte.«

»Ich habe schon viele Beschwerden von Müttern wie Vätern entgegennehmen müssen. Derart enger Körperkontakt ist nicht so gerne gesehen ...«

»Es ist schließlich kein Debütantinnenball. Wir sind alle bereits eingeführt.«

»Dennoch ...«

»Ich will mindestens einen Rheinländer, einen Schottischen und eine Bayrisch-Polka, und mehrere Galopptänze.« Die schnelleren Tänze versprachen wenigstens etwas Spaß.

Als Antwort zog Nipperdey die Augenbrauen in die Höhe. »Vielleicht könnten wir kurz vor Mitternacht eine Schnellpolka aufnehmen«, schlug er vor.

Felicitas seufzte. Der Ball nahm allmählich die Gestalt eines staubtrockenen Geschäftstreffens an. »Nehmen Sie bitte mit auf, dass die Damen den Herren gestatten, sich selbst vorzustellen.«

Nipperdey sagte nichts, sog aber hörbar den Atem ein. Sicher etwas, was er auch erst noch mit Vater absprechen würde.

»Und selbstverständlich planen Sie bitte so, dass wir ein paar Extratouren tanzen können.« Sie sagte das mit viel Überzeugung in der Stimme. Schließlich wollte sie nicht nur ein beschlossenes Programm abtanzen, sondern sich vielleicht zwischendurch überraschen lassen.

Es klopfte. Mamsell Jarausch, die Vorsteherin über das weibliche Personal, trat ein. Die Haushälterin hatte wohl Wind von Herrn Nipperdeys Besuch bekommen. Und da die Vorbereitungen für den Ball ganz besonders ihren Bereich betrafen, war es nachzuvollziehen, dass sie sich informieren wollte.

»Herr Nipperdey, wie angenehm.« Sie stellte sich mit an den Tisch. »Wie geht es mit Ihren Planungen voran?«

»Wissen Sie nun, welche Salons wir für die Boudoirs nehmen?«, fragte er die Mamsell.

Für die Männer war ein Rauchsalon als Rückzugsmöglichkeit geplant, während für die Frauen ein Umkleide- und Erholungsraum vorbehalten wurde, in dem sich die Damen erfrischen konnten, etwas aßen oder sich die Frisuren richten lassen konnten. Zudem war jeweils in der Nähe ein Separee, in dem die Gäste ihren menschlichen Bedürfnissen nachkommen konnten. Es wurden extra Dienstbotinnen abgestellt, um den Damen auf dem Abtritt mit der Garderobe zu helfen.

»Wie vermutet, den hinteren Salon.«

»Sehr gut. Ich habe bereits alles geplant – die Getränke, Sandwiches und die Kleidermacherin, für alle Fälle. Aus Ihrem Haus kommen dann die Zofen, um den Damen zu helfen.«

»Wir haben nur eine Zofe, und die ist ...« Mamsell Jarausch warf einen kurzen Blick auf Felicitas. »Sie kann ja nicht alle bedienen. Deswegen haben wir in der Nachbarschaft herumgefragt. Es werden zwei Zofen anwesend sein.«

Felicitas verdrehte die Augen. Das war mal wieder typisch. Alle fanden es exotisch, dass sie eine afrikanische Zofe hatte. Doch sich von ihr bedienen lassen, würde niemand wollen. Das hatte die Mamsell ihr vor ein paar Tagen schon erklärt. So unangenehm sie es auch fand, Minna diese Mitteilung machen zu müssen, so erleichtert schien diese allerdings zu sein.

»Ich hatte darüber nachgedacht, kurzfristig Eiscreme bereitstellen zu lassen, falls es wider Erwarten im Juni schon sehr warm sein wird«, sagte Nipperdey zur Mamsell mit einem fragenden Unterton in der Stimme.

»Das ist eine sehr gute Idee«, sagte Felicitas eilig. Sie gewann den Eindruck, dass hier alle über ihren Kopf hinweg entschieden.

»Und was ist mit dem Kristall?«, erkundigte sich Mamsell Jarausch.

»Wird bereitgestellt. Wie gesagt, ich bräuchte auch hier noch die abschließende Zahl der Gäste.« Er zog einen Zettel aus seiner Anzugtasche. »Ich hätte hier auch noch die Planung der Dekoration. Palmen, Blumengestecke für die Tische, Paravents zum Abtrennen von Bereichen ... Bestellt ist bereits alles.«

Die Mamsell schaute auf den Zettel und nickte, während sie las. Dann tauschten sich die beiden darüber aus, wo man am besten die Orchesterbühne aufbauen konnte. Und ob sechs Musiker ausreichten. Felicitas kam sich ausgeschlossen vor. Mal wieder. Als ob der Ball nichts mit ihr zu tun hätte. Als wenn es nicht Felicitas am meisten anginge, was dort passierte. Sie beschloss, dass sie den Ball hasste. Er stand für alles, was sie nicht wollte. Dieses Verstaubte, diese Enge, das Eingesperrtsein in Regeln, Gebote und Konventionen. So ging das nicht weiter. Sie musste sich endlich aus der Kontrolle aller anderen lösen, was ein ziemlich verstörender Gedanke war. Und doch. All diese Gedanken vermengten sich zu einem wütenden Gebräu in ihrem Kopf.

»Ich entscheide über die Dekoration, die Eiscreme und die Tänze!«, schrie sie beinahe.

Nipperdey und die Mamsell schauten überrascht auf.

Tatsächlich war Felicitas über sich selbst überrascht. Der Ausbruch hatte sich lange schon angekündigt. Sie hatte es nur nicht wissen wollen. Aber jetzt fühlte es sich fantastisch an.

»Ich, ja ... dann ...« Mamsell Jarausch gab Nipperdey die Zettel zurück, auf denen die Informationen zur Dekoration standen. »Ich lass Sie dann mal allein.« Schon war sie aus dem Salon verschwunden.

Nipperdey sah sie nervös an. »Wenn Sie dann vielleicht die Gästeliste ...«

* * *

Vor Vaters Tür blieb sie kurz stehen und atmete tief durch. Jetzt war womöglich der Moment gekommen, an dem ihr Vater von ihrem möglichen Verlobten in spe sprach. Sie klopfte und trat ein. Er saß wieder an seinem Schreibtisch und las in seinen Unterlagen.

Sie trat näher. »Papa, für das Essen, die Tischsets und die Getränke braucht Herr Nipperdey nun die endgültige Gästeliste.« Sie sagte es bestimmt, als hätte es nie infrage gestanden, dass sie das mit ihm beredete.

Er schaute kurz über den Rand seiner Brille und senkte sofort wieder seinen Blick. »Ich werde sie ihm Anfang der Woche mitteilen.«

»Papa ...« Er rührte sich nicht. »Papa!«

Seufzend nahm er seine Brille ab und sah sie an. »Ja, mein Kind?«

Es ärgerte sie, dass er sie immer noch ›Kind‹ nannte. »Ich hatte dir eine Liste mit den jungen Damen und Herren gegeben, die wir einladen sollten.«

»Die habe ich gesehen.«

»Und sind sie alle auf der Gästeliste?« Im Grunde war ihr egal, wer kam. Sie wollte nur, dass Vater endlich mit ihr über diesen Rudolph sprach.

Er strich sich über den gestutzten Schnurrbart. »Nicht alle.«

»Wer denn nicht?«

»Einige.«

»Einige der Herren, vermute ich?«

Vater nickte leicht.

»Wen laden wir also ein?«, insistierte sie.

Noch lauter seufzend zog er eine Schublade auf, kramte darin herum und zog eine Mappe hervor. »Das ist die abschließende Gästeliste.«

Felicitas griff danach, klappte die Mappe auf und flog über die Zeilen. Dreihundertzweiundzwanzig Gäste, viele davon, die zu zweit, zu dritt oder zu viert eingeladen würden. Zuoberst standen Ehepaare – Politiker, hohe Beamte, einige Offiziere und jede Menge von Vaters Geschäftspartnern, die mit ihrer Gattin erscheinen würden. Wie zu erwarten entdeckte sie auf dieser Seite den Namen Brück-Bürgen, der Graf, der mit seinem Sohn Rudolph kam. Auf dem zweiten Blatt standen Ehepaare mit Töchtern aufgelistet. Auf der dritten Seite Ehepaare mit Söhnen. Die Namen kannte sie alle, die meisten Personen aber nicht persönlich. Auf dem vierten Blatt kamen etliche Mütter, die ihre Töchter begleiten würden. Hier kannte sie fast alle persönlich. Erst ganz zum Schluss gab es eine sehr kurze Liste mit Namen von jüngeren Männern. Sie wusste genau, wen sie auf die Liste geschrieben hatte. Von den jungen Damen fehlten einige, von den jungen Männern der allergrößte Teil.

Sie schüttelte den Kopf. »Papa. Wir haben nicht genug Tanzpartner.«

»Die älteren Herren werden sich sicherlich zur Verfügung stellen.«

Wer wollte schon mit älteren Männern tanzen? Sie sicher nicht. Sie nahm ihren ganzen Mut zusammen. »Papa, aus welchem Grund veranstalten wir diesen Ball?«

Alarmiert hob er den Kopf. »Wie meinst du das?«

Ihr Herz sprang ihr fast aus der Brust. »Ich dachte, ich solle mich nach einem geeigneten Kavalier umsehen. Geht es nicht darum?« Sie schaute ihn prüfend an.

Vater fuhrwerkte mit seiner Zunge im geschlossenen Mund. Er überlegte. »Es sind doch einige Kandidaten darunter. Meine Wahl. Alles gute Männer.«

»Von denen, die noch auf der Liste sind, will ich sicher keinen.«

»Du kennst sie doch gar nicht alle.«

Das stimmte. Die Söhne von Vaters Geschäftspartnern kannte sie ausnahmslos nicht. »Da bleibt dann aber nicht mehr viel übrig.«

»Du brauchst ja auch nicht viele. Du wirst schließlich nur einen Mann heiraten, nicht viele.«

»Aber die Auswahl ist denkbar klein.«

»Wie ich vorhin schon sagte: nur das Beste vom Besten.«

Was sollte sie darauf antworten? Dass sie sowieso keine Lust auf den Ball hatte? Dass sie schon wusste, dass von dieser Liste niemand für sie infrage käme?

»Und was ist mit den anderen jungen Damen? Soll es etwa ein Ball werden, auf dem die Töchter rumsitzen und darauf warten, einmal die Stunde einen jüngeren Mann ergattern zu können, mit dem sie tanzen könnten?«

»Ehrlich gesagt interessiert mich nicht, was die Töchter anderer Männer machen. Ich gebe sehr viel Geld aus für das Fest. Unglaublich viel Geld. Und es soll etwas Großes werden. Etwas, worüber man noch Jahre spricht. Da musste ich die Gästeliste eben etwas aufräumen. Schließlich soll es eine sehr exklusive Veranstaltung werden.«

»Es wird kein Ball, sondern ein verknöchertes Fest für deine Bekannten. Ein Abend, an dem man Geschäfte macht«, gab sie trotzig von sich.

Vater lehnte sich mit ernster Miene zurück. »Genau das ist ein Ball. Ein Abend, an dem man Geschäfte macht. Das Tanzen ist nur eine Art Dekoration. Du willst doch immer so erwachsen sein. Dann lernst du das am besten schnell.«

Felicitas war schockiert, dass ihr Vater es tatsächlich so offen zugab. Für einen Moment wusste sie nicht, was sie noch sagen sollte. »Und die Suche nach einem Ehemann? Ist die auch ein Geschäft?«

Die Retoure war gelungen. Jetzt gerade sah Vater so aus, als wollte er sie schlagen. Was er früher öfter getan hatte. Bis er seine Töchter gänzlich den Händen der Dienstbotinnen überlassen hatte. Mit steinerner Miene verschränkte er die Arme vor der Brust. »Du solltest deinem Vater vertrauen, dass er nur das Beste für dich will.«

»Ich frage mich, was Mama dazu sagen würde.« Die Worte verließen ihren Mund, bevor sie nachdenken konnte.

Vater lief rot an. Er presste seine Lippe zusammen, war bemüht, sich zu kontrollieren. »Du bist meine Tochter. Du hast mir zu gehorchen«, sagte er schließlich. Das Gespräch war für ihn beendet.

Sie starrten sich an. Keiner sagte etwas. Felicitas wusste, er saß sowieso am längeren Hebel. Und doch ...

»Dann werde ich die Gästeliste jetzt Herrn Nipperdey übergeben.«

»Ja, tu das«, sagte Vater knapp und wandte sich wieder seinen Unterlagen zu.

Felicitas verließ den Raum. Doch statt in den Salon zu gehen, lief sie eilig die Treppe hoch in ihr Zimmer.

»Jetzt nicht«, sagte sie zu Minna, die ihr dennoch folgte. Sie setzte sich an ihren Sekretär und las die Liste noch einmal ganz in Ruhe. Dann zählte sie alle Namen durch. Die der Söhne der Geschäftspartner und die, die alleine kommen würden. Es gab letztlich achtunddreißig junge Frauen und nur neunzehn junge Männer. Der Ball war jetzt schon ein Misserfolg.

Im Grunde waren ihr all diese Namen sowieso egal. Wenn es nach ihr gehen würde, könnte Vater die Liste bis auf einen jungen Mann auch zusammenstreichen. Ihr fiel nur ein Name ein, den sie gerne auf die Liste setzen würde – Lorenz Schwerdtfeger, dieser faszinierende Radfahrer. Ob er am Freitag tatsächlich auf sie warten würde, mit einer Männerhose für sie, am Hippodrom? Felicitas hatte keine Idee, wie sie alleine dort hingelangen sollte. Denn eins stand fest: Fräulein Korbinian würde sie sicher nicht begleiten und schon mal gar nicht dabei zusehen, wie sie in Männerhosen auf einem Velozipeds herumstrampelte.

So ging es nicht weiter. Sie durfte sich nicht wie ein dummes Lamm zum Altar führen lassen, um für den Rest ihres Lebens von einem Mann erklärt zu bekommen, wie sie sich zu verhalten hatte. Gerade eben, da hatte sie Mut bewiesen. Es war ein berauschendes Gefühl gewesen. Eins, welches sie zuvor noch nie gefühlt hatte. Befreit.

Frei fühlte sie sich sonst nur auf dem Rücken eines Pferdes. Und selbst das war allzu oft nur eine kleine Freiheit. Ihr schlechtes Gewissen meldete sich. Schon viel zu lange hatte sie sich nicht bei Balduin sehen lassen. Und bei ihren drei Kutschpferden. Und bei ihren alten armen Schützlingen. Gerade jetzt im Frühjahr sollte sie eigentlich jeden Tag ausreiten, zumindest, wenn es nicht regnete. Außerdem konnte sie so ihren Zorn runterkühlen. Sie gab Nipperdey die Liste und ging in den Salon.

»Fräulein Korbinian, wir reiten aus. Es wäre nett, wenn Sie sich fertig machen würden.«

»Jetzt sofort?«, fragte die Gouvernante überrascht.

»Jetzt sofort. Der Nachmittag scheint sonnig zu bleiben. Es ist also perfektes Wetter zum Ausreiten. Und Herr Krumbach muss sich nicht bemühen. Wir laufen und holen uns die Pferde direkt bei Tattersall«, setzte Felicitas sehr zum Unwillen ihrer Gouvernante nach.

Keine Viertelstunde später liefen sie die Wilhelmstraße hoch. Es ging vorbei an den vielen Ministerien und einigen privaten Palais. Sie ließen den Pariser Platz und den Blick aufs Brandenburger Tor links liegen. Felicitas legte einen strammen Schritt an den Tag. Fräulein Korbinian hatte Schwierigkeiten, ihr zu folgen. Felicitas bemerkte eine Unruhe auf der Straße. Dann roch sie etwas. Noch war es nicht wirklich warm, aber doch warm genug, dass die meisten Leute ihre Kaminöfen erst am Abend anfeuern würden. Je weiter sie gingen, desto intensiver wurde der Geruch.

Aus der Ferne hörten sie Alarmglocken der Feuerwehrwagen. Ein eisiges Kribbeln zog Felicitas' Schädel hoch. Leute strömten in die gleiche Richtung wie sie. Zügig überquerten sie die Marschallbrücke, als sie sah, was los war. Auf der anderen Spreeseite brannte ein Haus, ein riesiges Haus.

»Tattersall brennt!«, schrie Felicitas und fing an zu rennen.

»Nein! Nicht!« Fräulein Korbinian war zu langsam, um sie einzuholen.

Als Felicitas den Schiffbauerdamm entlanglief, wurde sie gestoppt. Etliche Schutzmänner hatten sich dort versammelt und hielten die Leute an den zulaufenden Straßen vom Näherkommen ab.

Die riesige Pferdepension brannte lichterloh. Die ersten Wagen der Feuerwehr stoppten vor dem Gebäude. Doch das wäre ein verzweifelter und hoffnungsloser Kampf. Das Gebäude ging über drei Stockwerke. Bis oben reichte das Wasser der von Hand gepumpten Spritzen niemals. Das Einzige, was die Feuerwehr versuchen konnte, war, das Feuer einzudämmen, damit es nicht auf die Nachbarhäuser übergriff.

Aus dem Inneren des Gebäudes kamen fürchterliche Geräusche. Lautes, panisches Wiehern. Pferde mit Schmerzen, Pferde, die brannten, die verbrannten. An einer Seite sah sie, wie Männer versuchten, die Pferde, die es aus dem Gebäude hinaus geschafft hatten, einzufangen und zu beruhigen. Aber es waren kaum mehr als ein Dutzend Tiere. Ein Pferd galoppierte mit brennender Mähne die Rampe herunter. Unten warteten schon drei Männer, um es aufzuhalten.

Felicitas sah versteinert zu. Ihr Atem stockte. Sie fasste sich an die schmerzende Brust. In dem Gebäude waren um die dreihundert Pferde untergebracht. Glücklich waren die, die gerade ausgeritten wurden oder vor eine Kutsche gespannt waren.

Sie sank auf ihre Knie und schlug die Hände vors Gesicht. Balduin, Freedom, ihre Tiere. Alle Pferde. Die Kutschpferde, die Reitpferde und auch ihre drei alten Zugpferde – alle waren Opfer des Feuers. Zu retten gab es nichts mehr. Nicht eine Seele mehr.

6. April 1888

»Möchten Sie noch Bratkartoffeln?« Frau Beese verwöhnte ihn, wie immer.

Lorenz schaute verstohlen auf Johann und Carl. Den beiden bot Frau Beese selten Nachschlag an. Oder nur, wenn etwas wegmusste. »Gerne«, sagte er und wartete darauf, dass sie den Rest der Schüssel auf seinen Teller leerte.

»Möchte einer der Herren noch etwas Tee?«

»Sehr gerne«, sagten alle.

Kaum war sie draußen, schob Lorenz einen Teil der Bratkartoffeln auf die Teller der anderen, die sie sogleich verputzten. So ähnlich würden sie es auch mit dem Zucker machen, den Lorenz sehr großzügig bekam, während den anderen beiden nur zwei Löffel Zucker pro Tag zustanden.

»Ich weiß gar nicht, wo Sie das viele Essen immer hinstecken. So gertenschlank, wie Sie sind«, sagte die Witwe, als sie mit einer Blechkanne zurückkam.

»Ich bewege mich viel«, antwortete Lorenz, während er so tat, als müsste er erst einen großen Bissen runterschlucken.

Es war der Witwe gegenüber ein bisschen ungerecht. Sie verdiente ihren Unterhalt mit ihren drei Kostgängern. Und je mehr die aßen, desto mehr musste sie für Lebensmittel ausgeben. Anderseits taten ihm Johann und Carl leid. Ihre Eltern waren nicht begütert. Sie zahlten weniger, schliefen dafür aber auch in einem Raum und bekamen auch weniger zu essen. Die Witwe Beese betrieb ihre kleine Privatpension in ihrer für sie zu großen Wohnung. Sie schleppte das Wasser, wusch die Kleidung, putzte, und es gab drei Mahlzeiten pro Tag. Natürlich kostete vieles extra. Zucker, so viel man wollte, echter Bohnenkaffee, Nachschlag oder mehr Kohle im Winter. Lorenz war das egal. Seine Eltern konnten es bezahlen.

Er hätte sich eine bessere Unterkunft leisten können, aber er fand die Gegend hier inspirierend. Hier, unweit des Stettiner Bahnhofs, lagen mehrere Maschinenbauanstalten. Auch die Eisengießerei und Maschinen-Fabrik von L. Schwartzkopff, ein Zentrum des Lokomotivbaus, genau wie etwas weiter stadteinwärts das große Borsiggelände. Es dampfte und stampfte. Lorenz fand es herrlich. Es erinnerte ihn an zu Hause. Zwar stand die Villa seiner Familie abseits ihrer Fabriken. Aber Vater hatte sie schon als Kinder mitgenommen, Mutter auch. Die Fabriken waren sein Spielplatz gewesen.

Deswegen fühlte er sich im Brunnenviertel heimisch. Eigentlich war es ein Arbeiterviertel, wo sich auch Industrie angesiedelt hatte.

Damit es die Menschen nicht so weit zur Arbeit hatten. Die meisten Wohnungen hier waren sehr schlicht gehalten. Es gab keine Bäder, und die Toiletten befanden sich auf dem Treppenabsatz. Doch sie wohnten im etwas besseren Vorderhaus mit einem extra Baderaum und Kohleöfen in jedem Schlafraum.

Was die Unterkunft ebenfalls so besonders machte, war, dass die Witwe ihm erlaubte, sein Fahrrad mit aufs Zimmer zu nehmen. Frau Beese gab ihm alle paar Tage alte Zeitungen, worauf er das Rad abstellen konnte, um den Boden nicht schmutzig zu machen.

Insgesamt funktionierte dieses Arrangement ganz gut für alle. Die Witwe nahm genug ein, um über die Runden zu kommen. Johann und Carl bekamen von ihm etwas ab. Und wenn er seine Eltern in Coburg besuchte, dann schlief einer von den beiden in seinem Zimmer. Außer im Winter, wenn extra geheizt werden müsste. Dafür bekam Lorenz alle Mitschriften seiner Kommilitonen, die er wollte. Die beiden studierten auch an der Königlich Technischen Hochschule. Johann Architektur und Carl das neu eingeführte Fach Elektrotechnik.

Lorenz war gerade auf dem Weg gewesen, sich im Institut für Elektrotechnik eine Privatvorlesung über Batterien anzuhören, als er mit diesem interessanten Fräulein kollidiert war. Es hatte ihn ungemein gefreut, als sie sich am letzten Dienstag erneut begegnet waren. Hatte sie, genau wie er, darauf gehofft, sich am selben Ort, am gleichen Wochentag und zur gleichen Zeit wieder zu begegnen? Dieses charmante Fräulein, dessen große grüne Augen so interessiert in die Welt blickten. Sie schaute ihn nicht so an, wie andere Fräuleins es taten – zweifelnd und mit Argwohn. Stattdessen hatte sie sich sofort für sein Fahrrad interessiert. Etwas, das bei Damen meist Abscheu oder wenigstens Verwunderung hervorrief. Nun gut, es rief bei den meisten Menschen Abscheu oder Verwunderung hervor, bei Frauen wie Männern. Außer seiner Schwester Clarissa kannte Lorenz keine einzige junge Frau, die an Technik interessiert war. Allerdings schien dieses Fräulein Felicitas eine Ausnahme zu sein.

Auf Anhieb war er von ihren schön geschwungenen Augenbrauen und den elegant hohen Wangenknochen fasziniert gewesen. Ihre grünen Augen strahlten neugierig. Wie sie das Fahrrad angeschaut hatte, als wollte sie es auseinandernehmen und wieder zusammensetzen. Solch interessierte Blicke war er höchstens von Männern gewohnt, und das auch nur von den wenigsten. Sie war eine ganz und gar faszinierende Person.

Nach ihrem zweiten Aufeinandertreffen im Park hatte er sich kaum auf seine Vorlesung konzentrieren können. Er hatte ihr angeboten, freitagabends auf sie zu warten. Seit drei Tagen dachte er kaum noch an etwas anderes. Ob sie heute Abend käme? Auf dem Hippodrom konnte man gerade abends in Ruhe seine Runden drehen und wurde nicht von anderen Spaziergängern beschimpft. Niemand warf ihm dort Steine an den Kopf oder faule Eier. Und niemand steckte ihm dort Stöcke in die Speichen. Dort würde er dem Fräulein in Ruhe das Radfahren beibringen können, wenn es denn auftauchte.

Auf dem Hippodrom hatten schon vor Jahren Radrennen stattgefunden, natürlich, wie es damals noch üblich gewesen war, mit Hochrädern. Kein Wunder, dass die Velozipeden so einen schlechten Ruf hatten. Diese Dinger waren gefährlich. Lorenz selbst hatte sich mehr als eine Schramme geholt, bei dem Versuch, damit zu fahren.

Letztes Jahr dann hatte er kurzerhand etwas Eigenes konstruiert. Die Briten waren weit vorne, was Erfindungen in diesem Bereich anging – ob nun Hochrad, Niedrigrad, Bereifung, Speichen oder andere hilfreiche Details. Sein Bruder Vinzent, der in London studierte, versorgte ihn stetig mit den neusten Informationen von der Insel. Er hatte ihm mehrere Zeitungsausschnitte geschickt, in dem neuartige Modelle vorgestellt wurden. Das eine war ein Niedrigfahrrad, Rover genannt. Ein Rad, mit zwei beinahe gleich großen Rädern bestückt, die bedeutend kleiner waren als die der Hochräder. Das zweite Modell, Juno, war ebenfalls ein niedrigeres Sicherheitsfahrrad. Bei beiden Modellen saß man mittig auf dem

Sattel. So kam man mit den Füßen auf den Boden. Die Unfallgefahr war somit deutlich reduziert.

Lorenz hatte, kaum, dass er die beiden Ausschnitte gelesen hatte, sich sofort daran gemacht, sich selbst so ein Rad zu bauen. Natürlich war das ein Sammelsurium aus Modellen von anderen Konstrukteuren. Seine gesamten Sommerferien hatte er letztes Jahr daran gesessen. Einmal die Rohre geschweißt, sah sein Modell den englischen sehr ähnlich. Wesentlich mehr Aufwand war es, die Laufräder in der richtigen Größe zu bekommen. Räder mit Tangentialspeichen, also mit gekreuzten statt von der Radmitte aus gerade laufenden Speichen, waren nicht sehr verbreitet, und auf dem Kontinent schon mal gar nicht. Aber er war bei den Adler-Werken in Frankfurt fündig geworden und hatte dort direkt mehrere Drahtspeichenräder in verschiedenen Größen erstanden. Natürlich waren die Adler-Räder mit Vollgummireifen bezogen.

Genau wie beim Rover hatte sein Rad statt eines Tretkurbelantriebs in der Mitte des Vorderrads einen von der zentralen Radnabe unabhängigen Pedalmechanismus, der das Hinterrad mittels einer Kette antrieb. Der Lenker saß höher, sodass man bequem sitzen konnte. Es gab eine Klotzbremse, über dem hinteren Rad ein Schutzblech, und natürlich hatte er vorne eine Triumph-Achsenlaterne installiert sowie ein Schild mit einer Nummer, wie es im Kaiserreich für Fahrradfahrer vorgeschrieben war.

Er liebte sein Gefährt. Und auch, wenn man hier in Berlin nicht viele Gelegenheiten fand zu fahren, nahm er das Rad in der Eisenbahn immer mit. War er zu Hause in Coburg, tüftelte er dort in den Werkstätten der heimischen Fabriken daran herum. In die Eisengießerei seines Vaters musste er nur, wenn der Rahmen kaputtging. Alle anderen Arbeiten erledigte er in der mütterlichen Nähmaschinenfabrik oder der väterlichen Kutschenfabrik.

Und bei jedem seiner Besuche daheim versuchte er, Vater dazu zu überreden, in den Fahrradbau einzusteigen. Jetzt, mit den Niedrigfahrrädern, die viel sicherer waren, würden viel mehr Menschen aufs Fahrrad umsteigen. Viel zu teuer, war die Antwort seines Vaters. Wer könne sich denn dreihundert oder gar vierhundert Mark leisten? Obwohl es natürlich immer noch viel preiswerter war, als sich ein Pferd zu kaufen und es anschließend zu unterhalten. Die wenigsten konnten sich ein eigenes Pferd leisten. Und die, die es konnten, würden nicht wechseln. Oder auf die Bequemlichkeit einer Kutsche verzichten.

Allerdings waren diese neuartigen Fahrräder schneller als Fuhrwerke und Kutschen. Das hatten Vinzent und er zu Ostern gerade ausprobiert. Vinzent hatte ihn mit dem Zweispänner nicht einholen können. Schneller waren nur noch Rennpferde auf der Rennbahn oder die Eisenbahn. Nun denn. Lorenz gab nicht auf. Immerhin bedeutete Zweiräder zu bauen viel weniger Investitionen. Aber Vater blieb lieber bei seinen eigenen Plänen. Doch eines Tages würde er die Eisengießerei seines Vaters übernehmen, und spätestens dann würde er Fahrräder bauen.

Und so lange würde er Vater helfen, seine hochmodernen Pläne weiterzuentwickeln. Neben seinen eigenen Vorlesungen begleitete er Carl manchmal zu den Vorlesungen des gerade neu geschaffenen Instituts für Elektrotechnik. Vater hatte nicht unrecht, wenn er sagte, dass in der Elektrifizierung die Zukunft liege. Es hing viel daran, dass sie bei der Technologie der modernen Batterien Fortschritte machten. Lorenz wusste viel zu wenig über neuartige Entwicklungen in diesem Bereich. Leider hatte die Privatvorlesung ihm keine neuartigen Erkenntnisse beschert.

»Wollen wir heute Abend Skat spielen?«, fragte Carl.

»Ich gehe noch mal weg«, sagte Lorenz.

Johann warf einen kurzen Seitenblick auf Frau Beese, sagte dann aber doch: »Bist du mit einem schönen Fräulein verabredet?«

Normalerweise durfte man sich so liederlicher Sprache nicht bedienen. Aber Johann neckte ihn immerzu mit solchen Andeutungen.

»Ach, er geht bestimmt wieder freiwillig zu einer Vorlesung«, warf Carl ein.

Lorenz ging gerne zu Vorlesungen. Es gab so viel zu lernen. Er konnte gar nicht genug Wissen aufsaugen. Nur heute, heute hatte Johann ausnahmsweise mal recht. Und Carl unrecht. Trotzdem sagte er: »Genau wie Carl sagte.«

Er hoffte, dass sie kommen würde. Allerdings, das musste er zugeben, war seine Einladung doch reichlich kurzfristig. Solche Fräuleins hatten doch immer schon Soireen oder Opernbesuche oder musikalische Abende, zu denen sie eingeladen waren. Und sicher war es für sie auch schwer, sich von ihrer Aufpasserin freizumachen. Vielleicht würde sie also heute Abend nicht aufkreuzen. Das wäre nicht schlimm. Dann würde er es nächste Woche noch einmal probieren und die Woche danach ebenfalls. Das war so gar nicht seine Art. Und doch bemerkte er, wie aufgeregt er war. Wann auch immer, er hoffte, sie bald wiederzusehen. Zweifelsfrei war sie jemand, für den es sich zu warten lohnte.

Er würde sich einfach einen Jules-Verne-Roman mitnehmen und darin lesen. Wenn sie nicht kam, war es wenigstens keine vertane Zeit. Ob sie wohl auch Jules Verne las? Zutrauen würde er ihr es. Und das war selten. Das traute er ja nicht einmal den meisten jungen Männern zu.

Als er drei Stunden später wieder in der Pension auftauchte, war ihm kalt. Und er war enttäuscht. Zwar war er einige Runden Fahrrad gefahren und hatte zuvor noch gelesen, aber aufgetaucht war niemand. Felicitas Louisburg war nicht gekommen. Würde das feine Fräulein jemals auftauchen, oder machte er sich da nur etwas vor? War er närrisch, dass er auf sie wartete? Er wusste noch nicht, ob er am nächsten Freitag wieder seine Zeit vergeuden sollte. Aber insgeheim, ohne es sich offen einzugestehen, wusste er: Er würde wieder dort warten.

Mitte April 1888

Der Kanarienvogel trillerte in seinem Vogelbauer. Felicitas nahm ein paar Sonnenblumenkerne und reichte sie ihm durch die Stäbe. Der Vogel hüpfte von Stange zu Stange näher, um an das angebotene Futter zu kommen. Schon wieder liefen ihr Tränen über die Wangen. Felicitas schwankte zwischen Verzweiflung, rasendem Zorn, Hoffnungslosigkeit, Loyalität ihrem Vater gegenüber, Illoyalität ihrem Vater gegenüber und abgrundtiefer Traurigkeit. Balduin, Freedom, all die anderen Tiere waren in Flammen aufgegangen. Sie wachte morgens mit dem Bild von brennenden Pferden auf. Pferden, die unerträgliche Schmerzenslaute von sich gaben. Es war unwirklich, weil es schlicht unerträglich war. Am Tag des Brandes hatte sie sich übergeben müssen, und auch die nächsten Tage konnte sie kaum etwas essen. Stattdessen hatte sie beinahe ununterbrochen geweint, drei Tage lang.

Sie wischte sich die Tränen weg. »Ich muss über mein eigenes Geld verfügen. Ich hätte schon längst ein Landgut kaufen sollen.«

Brände waren nichts Ungewöhnliches in einer Stadt, in der die meisten Menschen Licht mit Kerzen und Petroleumlampen machten, mit Holz und Kohle heizten und sommers wie winters mit Kohle kochten. Trotzdem, oder vielleicht gerade deswegen, machte sie sich die größten Vorwürfe. Dass sie schon längst dafür hätte sorgen müssen, dass die Tiere auf einem Landgut unterkamen. Letztendlich waren bei dem Feuer zweihundertsiebzehn Tiere verendet. Pferden, die verletzt gewesen waren, hatte man den Gnadenschuss versetzt. Niemand wollte ein Pferd, das man über Wochen oder gar Monate pflegen musste. Alle ihre Reit- und Kutschpferde hatten zur Zeit des Brandes bei Tattersall gestanden. Sie alle waren gestorben, qualvoll verendet, genau wie ihre drei geretteten Zugpferde. Zurück blieb ein Gefühl, als hätte man ihr das Herz herausgerissen.

Alle anderen im Haus verloren unterdessen kaum ein Wort über die Tragödie. Vater schimpfte lediglich darüber, was nun die neuen Pferde kosten würden, die der Stallmeister kaufen musste. Es war eher ein Ärgernis für alle, weil man im Moment Droschken vorbestellen musste. Felicitas hatte Fräulein Korbinian in Verdacht, dass sie sogar froh war, den wöchentlichen Ausritten zu entkommen. Doch für Felicitas war eine Welt zusammengebrochen. Dieser Vorfall führte ihr mehr als deutlich vor Augen, welche Folgen ihre Mittellosigkeit tatsächlich hatte.

Minna kam herein. »Sie sind da.«

»Ich komme.« Zwei Minuten später stand sie im Ballsaal und begrüßte ihre Gäste.

Elsa war mit einigen befreundeten Komtessen aufgetaucht. Sie trafen sich, um das *Tableau vivant* zu planen. Felicitas verstand immer noch nicht so recht, was Elsa daran so spannend fand. »Und was genau sollen wir nachstellen?«

»Na, das suchen wir uns nun zusammen aus.«

»Es muss ein Gemälde mit vielen Frauen sein«, sagte eine der jungen Besucherinnen.

»Und die Kostüme dürfen nicht zu aufwendig sein«, ergänzte eine andere.

Plötzlich sprachen alle durcheinander.

»Vielleicht etwas aus der griechischen Mythologie?« – »Aphrodite.« – »Nein, Helena.« – »Was mit vielen jungen Frauen«, rief irgendjemand von hinten. »Wir wollen doch alle aufs Bild.«

»Besser etwas Biblisches«, schlug Elsa nun vor. »Unsere Eltern kommen doch.«

Felicitas war immer noch nicht so ganz überzeugt. »Und dann sollen wir die ganze Zeit ruhig dastehen?«

»Darum geht es ja gerade. Das Tableau ist perfekt, wenn man die Szene eins zu eins nachmacht und dabei wirklich wie das Gemälde wirkt. Also völlig bewegungslos.«

Felicitas seufzte leise. Wieso nur hatte sie sich darauf eingelassen? Das war mal wieder so ein typischer Zeitvertreib für junge Damen. Sich nett anziehen und dann still stehen bleiben. Als wäre ihr Leben nicht bereits ein *Tableau vivant*.

Nachher hatten sie Tanzprobe, weswegen sich später noch ein Dutzend junger Damen hier einfinden würden. Noch saßen sie zu siebt in einem kleinen Kreis im großen Ballsaal. Elsa hatte sich die Freiheit genommen, ihre engsten Freundinnen früher kommen zu lassen, damit sie das *lebende Bild* besprechen konnten. Die Komtessen, es waren ausschließlich adelige Töchter, hatten Bücher mitgebracht, in denen sie Bilder von Gemälden oder Zeichnungen gefunden hatten, die für ein solches Bild infrage kämen. Nun blätterten sie in ihren Büchern und zeigten sich gegenseitig Bilder.

Elsa hatte ihr nicht gesagt, dass auch sie etwas vorbereiten sollte. Irgendwie kam ihr das merkwürdig vor. So, als wäre sie außen vor. Doch ihre Freundin hatte erklärt, sie habe doch schon genug Arbeit mit den Vorbereitungen für den Ball.

»Ich weiß wirklich nicht, wann wir dieses Tableau vorführen sollen. Und wem eigentlich?«, fragte Felicitas noch mal nach. »Und wo?«

»Na, unseren Eltern.«

»Und natürlich können wir den einen oder anderen Junggesellen dazu einladen«, gab eine der Komtessen keck von sich.

»Und wir dachten«, Elsa biss sich auf die Unterlippe, »vielleicht hier. Ihr habt ja nun reichlich Platz.«

Und scheinbar genug Geld, dass es ihnen egal sein sollte, noch eine weitere Großveranstaltung zu organisieren. »Das muss ich erst mit Vater absprechen. Er besteht immer darauf, selbst die Gäste auszuwählen. Und im Moment ist er noch vollauf mit dem Ball beschäftigt.«

Alle jungen Damen sahen enttäuscht aus, besonders Elsa.

»Aber vielleicht können wir das ja dann im Herbst machen. Wenn es ruhiger wird und das Wetter schlechter«, schlug Felicitas nun doch vor, als sie die enttäuschten Mienen sah.

»Aber im Herbst wirst du doch keine Zeit mehr für uns haben, wenn du erst einmal verlobt bist«, warf Elsa ein.

»Noch habe ich mir ja niemanden ausgesucht«, gab Felicitas vage zurück.

»Erzähl doch mal, wer nun alles eingeladen ist.«
Plötzlich war sie umringt von neugierigen Gesichtern. Felicitas schluckte. Sicher würden sie gleich böse werden, wenn sie erfuhren, dass viel zu wenig junge Männer eingeladen waren.

»Also, es kommen folgende Junggesellen.« Dann zählte Felicitas einige Namen auf. Die Aufregung wuchs. Kommt der? Kommt jener? Leider nicht. Die Damen warfen fragend andere Namen ein, die Felicitas unter allgemeinem Geseufze verneinen musste. Schnell merkten alle, dass es an Tanzpartnern fehlte.

»Es kommen ja noch einige Herren mit ihren Eltern.« Felicitas zählte wiederum zwei, drei Namen auf, bis sie zum Grafen von Brück-Bürgen kam. »… kommt mit seinem Sohn Rudolph.« Nun wartete sie auf die Reaktion der anderen Frauen.

»Oh, der sieht sehr gut aus.« – »Der Älteste, nicht wahr? Er wird einmal alles erben.« – »Groß gewachsen, noch mit vollem Haar.«

Besonders Elsa schien sehr angetan von ihm.

»Du kennst ihn persönlich?«, fragte Felicitas nach.

»Nicht wirklich. Ich habe ihn schon auf Bällen getroffen, aber er hat mich nie zum Tanz aufgefordert.« Sie sagte das mit leisem Bedauern in der Stimme.

»Und ist er nett?«

»Nett? Er ist eine ausgezeichnete Partie. Dein Vater hat seinen Vater bestimmt eingeladen, weil er beim Reichseisenbahnamt arbeitet.«

»Ach ja?«, gab Felicitas überrascht von sich.

»Graf von Brück-Bürgen hat einen exzellenten Ruf. Er verkehrt in den höchsten Kreisen. Und seine Söhne sollen sogar mit dem Kronprinzen bekannt sein. Das wäre ein wahrhaft guter Fang.« Elsa schien ganz aus dem Häuschen.

Felicitas wusste nicht so recht, was sie davon halten sollte. Hannes Blum hatte ihr den Namen des Besuches verraten, aber nicht, dass er im Reichseisenbahnamt arbeitete. Aber natürlich, das passte perfekt. Felicitas' Wut wurde immer größer. Gab es schon eine feste Absprache der Väter?

Die Türe ging auf, und der Diener führte das kleine Orchester in den Saal. Alle begrüßten sie artig. Die Musiker schoben sich Stühle in eine Ecke und begannen mit dem Einstimmen der Instrumente.

Gleich würden die anderen Besucherinnen kommen, alles junge Damen aus der bürgerlichen Schicht. Die Einladungen zum Ball waren erst vor fünf Tagen verschickt worden. Und seitdem hatte Felicitas schon ein Dutzend höflich formulierte Briefe von Töchtern wie Müttern bekommen. Die einen bedankten sich für die Einladung und sagten zu. Andere ließen durch die Zeilen durchblicken, wie gerne auch sie eine Einladung bekommen hätten.

Fünf Briefe stammten von jungen Herren, die sich jetzt schon ihren Platz auf der Tanzkarte von Felicitas sichern wollten. Ihr war das alles zu viel. Es hatte doch eigentlich ein vergnüglicher Abend werden sollen. Nun aber sah es so aus, als würde es ein Spießrutenlauf. Dutzende Fettnäpfchen taten sich auf. Wann sollte sie sich entscheiden, welchen Tanz sie wem versprach?

Elsa nahm sie beiseite und flüsterte ihr zu. »Was machen wir denn nun mit Clementine und Sieglinde? Sie sind ja nicht zum Ball eingeladen.«

Und da war es schon, das nächste Fettnäpfchen, dem sie ausweichen musste. »Wussten sie denn nicht, dass wir hier gleich proben?«, antwortete Felicitas vage.

»Aber wir können sie ja nun schlecht einfach heimschicken«, drängte Elsa.

»Aber die Gästeliste ist bereits geschlossen. Ich wollte ja mehr junge Leute einladen, aber Vater hat sich durchgesetzt.«

»Und nun?«

Was sollte Felicitas jetzt antworten? Sie würde es ohnehin nie allen recht machen können. Elsa war sowieso schon verschnupft, weil es ihrer Meinung nach zu viele Bürgerstöchter auf die Gästeliste geschafft hatten. Unbenommen der Tatsache, dass Felicitas schließlich auch eine Bürgerstochter war.

»An der Gästeliste kann ich leider nichts mehr ändern«, gab

Felicitas von sich, in der Hoffnung, dass Elsa ein Einsehen haben würde.

Die Tür ging auf, und die erste höhere Tochter wurde vom Diener angekündigt. Eine schüchterne junge Frau in einem fliederfarbenen Kleid trat ein. Das war Felicitas' Gelegenheit, sich aus der unangenehmen Situation herauszuwinden.

»Sybille, wie schön, dass du kommen konntest.« Sie ging mit offenen Armen auf die Brünette zu.

Der jungen Dame folgten auf dem Fuße noch zwei Neuankömmlinge. Aus den Augenwinkeln bemerkte Felicitas, wie die Komtessen zusammengluckten und gemeinsam Richtung Tür strebten.

Elsa warf ihr noch ein kurzes »Wir gehen uns frisch machen« zu und war verschwunden.

In den nächsten Minuten begrüßte Felicitas ihre neuen Gäste, und man schob die Stühle wieder an den Rand.

Der Zeremonienmeister, dieses Mal in Froschgrün gekleidet, trat mit ihrem Vater ein, stellte sich den Damen vor, und ohne weiter groß Notiz von den Tänzerinnen zu nehmen, strebte er zum Orchester und fing an, mit ihnen eine Reihenfolge der Musikstücke zu besprechen.

Felicitas nahm ihren Vater beiseite. »Papa, haben wir noch Platz auf der Gästeliste?«

»Nein. Wieso?«

»Elsa hat noch zwei Komtessen eingeladen, die heute hier sind, aber nicht zum Ball eingeladen wurden.«

Er schaute sich um und bemerkte wohl auch, dass die adeligen Damen alle fort waren.

»Sie sind sich frisch machen«, erklärte sie.

»Mein Kind, besser, du lässt dir von dieser Elsa nicht auf der Nase herumtanzen. Wir sind die Gastgeber. Wir bestimmen, wer kommt und wer nicht«, sagte er eine Spur zu laut.

Felicitas hatte zwar nicht das Gefühl, dass sie Gastgeberin war. Schließlich war ja beinahe alles an ihr vorbei geplant worden. Trotzdem sagte sie: »Jawohl, Papa.«

Er nickte ihr zu, wünschte allen noch einen vergnüglichen Nachmittag, gab zweien noch beste Grüße für deren Eltern mit auf den Weg und verließ schon wieder den Saal.

Der Zeremonienmeister kam auf sie zu. »Wertes Fräulein Louisburg, wir können gleich mit den Proben beginnen.«

»Danke. Ich sage den anderen Bescheid.« Sie wandte sich an eine kleine Gruppe, die zusammenstand, verkündete, dass auch sie sich schnell noch frisch machen wolle, und verließ ebenfalls den Saal.

Eilig lief sie die Haupttreppe hoch. Sie würde sich nicht unten in dem zum Boudoir umgewandelten Salon frisch machen, sondern oben in ihrem eigenen Badezimmer. Minna saß in ihrem Zimmer und folgte ihr.

»Fräulein Felicitas. Ich helfe Ihnen.« Während sie die Röcke hob, damit Felicitas sich erleichtern konnte, sagte sie verschwörerisch: »Ich war gerade unten, um den Damen noch frische Handtücher hinzulegen.«

»Haben sie dich wieder angestarrt?«

»Natürlich.«

Minna hörte sich aber dieses Mal nicht so verschnupft an wie sonst. Eher wirkte sie amüsiert. »Sie haben sich weiter unterhalten, nachdem ich raus war. Ich habe die Türe nicht ganz geschlossen ...«

»Oh ...«

»Dieses Fräulein Elsa ...«

»Ja?«

»Kann es sein, dass sie auf Sie neidisch ist?«

»Gut möglich. Viele der adeligen Töchter stammen aus weitaus beschränkteren Verhältnissen als ich. Elsa ganz sicher.«

»Nun, sie hat gerade verkündet, dass sie irgendeinen der eingeladenen Herren für zu gut für Sie befindet. Er solle doch besser in seinem Stand heiraten, jemanden aus einer guten Familie, eine wie sie selbst.«

»Tatsächlich?« Sie dachte einen Moment nach, aber die angemessene Entrüstung wollte sich nicht einstellen. »Ehrlich gesagt wäre es mir gar nicht so unrecht, wenn Elsa sich um diese Grafensöhne kümmert. Mir sind sie alle einerlei.«

Es gab überhaupt nur einen jungen Mann, der ihr im Geist herumspukte, und der war alles andere als adelig. Und er achtete auch nicht auf Etikette. Was ihn umso sympathischer und interessanter machte.

»Das ist noch nicht alles.« Minna zog ihr die Beinkleider hoch und machte eine Schleife in die Bänder, während Felicitas den Rest ihrer Kleider hochhielt.

»Was denn noch?«

Minna druckste verlegen. »Sie hat auch nicht gut über Sie gesprochen. Sie seien schließlich nur eine Neureiche. Und nicht von Stand. Und dass man sich nun eben mit Ihnen arrangieren müsse, solange die Väter es wollten. Natürlich möchte sie den Ball nicht verpassen. Aber sie sei gar nicht so eng mit Ihnen befreundet. Und wenn sie erst verheiratet wäre, und das sicherlich nur mit einem Gentleman, dann würde sie Sie nicht mehr kennen.«

»Ach ja ...?«

»Und dass die anderen jungen Damen allesamt fürchterlich gewöhnlich seien, was auf Ihren eigenen schlechten Geschmack zurückzuführen sei.«

Felicitas verschlug es die Sprache. Dass Elsa ein wenig snobistisch war, wusste sie. Dass sie aber derart lästerlich über sie herziehen würde, hätte sie nicht vermutet.

»Und weiter?«

»Nun, das war es. Aber die Komtessen haben ihr allesamt zugestimmt. Und Sie sollten sich glücklich schätzen, dass sie überhaupt zu Ihrem Ball kämen. Schließlich wären die Komtessen ja alle bei Hofe eingeführt worden. Sie bekämen mehr Glanz ab, als Sie verdienen.«

»Ist das so?« Es verschlug Felicitas wieder fast die Sprache.

»Ja, so haben sie sich ausgedrückt. Ich finde, es wirft wirklich kein gutes Licht auf diese sogenannten edlen Damen. Ihr Verhalten lässt doch an Anstand und Erziehung zweifeln.«

»Da hast du allerdings recht. Ich danke dir.«

Minna ordnete noch den Rest der Kleidung. Felicitas wusch sich die Hände und verließ dann ihre Gemächer.

Dann waren sich also all ihre adligen Besucherinnen darüber einig, dass sie über ihr standen. Und sie mit der Gunst ihrer Anwesenheit Felicitas heller scheinen ließen, als es ihr gebührte. Am liebsten hätte sie alle von Elsas Freundinnen, die es auf die Gästeliste geschafft hatten, sofort ausgeladen. Und Elsa erst recht. Aber das wäre ein großer Affront. Das konnte sie nicht machen. Andererseits wollte sie es ihrer sogenannten Freundin nicht durchgehen lassen, dass sie in ihrem eigenen Haus über sie lästerte. Na warte.

Sie ging runter, betrat den Ballsaal und sah, dass die adeligen Töchter auf der einen Seite Platz genommen hatten. Und ihre bürgerlichen Freundinnen auf der anderen. Es herrschte eine merkwürdige Stimmung.

Sie trat an die rechte Seite zu Elsa. »Auf ein Wort.«

Die stand auf und folgte ihr.

»Wir fangen ja nun mit den Tanzproben an. Nun, du müsstest dann Clementine und Sieglinde Bescheid geben.«

»Was Bescheid geben?«

»Nun, wir proben für den Ball. Und sie sind nicht eingeladen.«

»Ich soll sie fortschicken?!«, fragte Elsa mit spitzer Stimme.

»Ich habe sie für heute ja schließlich nicht eingeladen. Das warst du.«

»Aber das geht doch nicht.«

»Dass du versuchst, deine Freundinnen auf die Gästeliste für meinen Ball zu schmuggeln? Stimmt. Das geht tatsächlich nicht.«

Ertappt lief Elsa puterrot an. Felicitas blickte ihr mit Genugtuung ins Gesicht. »Und wir sollten darauf achten, dass sich die Gruppen mischen. Nur damit es nicht nachher auf dem Ball zu merkwürdigen Verteilungen kommt. Ich will keinen Ball, auf dem auf der einen Seite die einen und auf der anderen Seite die anderen tanzen. Das wäre ein Schlag ins Gesicht der Hälfte meiner Gäste und zutiefst unschicklich. Findest du nicht?«

»Ja ... Ich ...«

Der Zeremonienmeister hatte seine Diskussion mit dem Orchester beendet, lief nun in die Mitte des Saales und klatschte in die Hände. »Meine werten Damen, es kann losgehen.«

»Nun, Elsa ...«

Elsa schlich zurück, nahm zwei Komtessen beiseite und tuschelte aufgeregt mit ihnen. Clementine und Sieglinde warfen Felicitas verstörte Blicke zu. Dann setzte Elsa sich zu den anderen, während die beiden Komtessen nun auf Felicitas zukamen.

»Wir wollen noch zum Charlottenburger Schloss fahren und schauen, ob wir einen Blick auf die englische Königin erhaschen können.«

»Wir müssen uns nun leider verabschieden. Wir haben noch eine Verpflichtung«, sagte die andere gleichzeitig. Sie wechselten irritierte Blicke.

Nun, eine Verpflichtung war es nicht, sich die englische Königin anzuschauen. Sie hatten wohl ihre Ausreden nicht gut abgestimmt.

»Es tut mir ja so leid, dass Fräulein Elsa Ihnen nicht mitgeteilt hat, dass wir hier für den Ball proben. Leider ist es mir nicht möglich, die Gästeliste zu erweitern, so gerne ich es auch täte. Ich wünschte, Elsa hätte es mir vorher mitgeteilt. Dann wäre uns diese unangenehme Situation erspart geblieben.«

Die Komtessen druksten herum. Es war ihnen offensichtlich peinlich, hinausgeschickt zu werden. Was hatte Elsa ihnen versprochen? Dass sie Felicitas schon um den Finger wickeln würde?

»Dann wünsche ich Ihnen viel Vergnügen am Schloss. Sie tauschen sich bestimmt dazu aus, wie Sie bei Hofe eingeführt wurden. Ein Vergnügen, das mir ja leider nicht zuteilwurde«, gab Felicitas angriffslustig von sich. Die beiden schauten sie entsetzt an, als ihnen klar wurde, dass Felicitas von ihrem Gespräch im Boudoir wusste.

Mit Genugtuung verabschiedete Felicitas die beiden höflich, brachte sie noch zur Tür, um sich dann zu dem Zeremonienmeister zu gesellen.

»Was proben wir als Erstes?«

»Natürlich die Quadrillen-Tänze. Fangen wir mit dem *en carré* an. Haben wir genug für vier Tanzpaare im Viereck?«

Er zählte kurz durch. Mit Felicitas zusammen waren es elf junge Frauen. Für *en carré* brauchten sie aber sechzehn Teilnehmer.

»Hach, auch noch eine ungleiche Zahl. Das ist allerdings unangenehm.«

»Ich hatte meinen Herrn Vater gefragt, ob wir die Herren einladen dürfen. Wie Sie sehen, wäre es dann viel leichter gewesen.«

»In der Tat. In der Tat. Aber nun gut.« Er überlegte noch.

»Ich habe eine Idee. Ich werde meine Schwester rufen lassen.«

»Aber sie darf noch nicht auf den Ball.«

»Doch sicher schadet es nicht, wenn sie jetzt schon mal die Tanzschritte lernt. Es kann ja nicht mehr allzu lange dauern, bis sie eingeführt wird.« Felicitas ließ ihn stehen und wollte hinaus, um den Diener zu beauftragen, Tessa zu rufen. Doch als sie die Tür öffnete, sah sie, wie Tessa direkt davorstand und überrascht aufschaute.

»Du hast spioniert. Das gehört sich nicht«, schalt sie ihre jüngere Schwester amüsiert.

Tessa zuckte mit den Schultern. »Was bleibt mir denn sonst übrig?«

Wie recht sie hatte. Sie tat es doch auch, wenn sie den Vater belauschte. »Du darfst mitproben. Damit wir eine runde Anzahl Tänzerinnen haben.« Sie machte noch einen mahnenden Ausdruck, damit Tessa nun nicht in lauten Jubel ausbrach, dann gingen sie zusammen hinein.

»Zwölf. Hm, auch damit schaffen wir nicht mal zwei Quadrillen *en croisé*.« Die wurde mit vier Paaren in einer Rautenaufstellung getanzt, und sie hätte ebenfalls sechzehn Tanzende benötigt.

»Dann müssen wir die *Quadrille en colonne* üben. Alle Paare stehen sich gegenüber.«

Felicitas seufzte lautlos. Wie langweilig er war. Quadrille bedeutete fast ausschließlich, dass man mit dem Tanzpartner auf Distanz blieb.

»Und danach auf jeden Fall etwas Schnelles. Wissen Sie was, vielleicht sollten wir mit dem Cachucha-Galopp beginnen. Dann kommen wir direkt richtig in Schwung.«

»Aber das ist ja ein Einzelpaartanz. Wie sollen wir diesen denn ohne männliche Begleitung üben?«

»Wir tanzen einfach abwechselnd. Jeder ist mal Mann, mal Frau«, sagte Felicitas schnippisch.

Ohne seine Antwort abzuwarten, rief sie den anderen zu. »Cachucha-Galopp. Lasst uns beginnen.«

Alle standen erfreut auf und ohne, dass jemand etwas gesagt hätte, stellten sich alle zu Paaren zusammen.

Elsa erhob sich langsam. Sie sah wütend aus, und sicherlich war sie gekränkt. Ihr kleiner Plan war nicht aufgegangen. Und Clementine und Sieglinde waren sicher nicht froh, dass sie vor den Augen aller so vor den Kopf gestoßen worden waren. Das hatten sie nicht allein Felicitas zu verdanken.

Sie dagegen hatte Spaß. Sie hatte ja nicht gewusst, wie viel Vergnügen es machte, ungehorsam zu sein. Sie konnte dieses sittsame Leben kaum noch ertragen.

23. April 1888

Das ging jetzt aber schnell. Kaum, dass der Graf wusste, wie horrend hoch die Mitgift sein würde, spurte er. Er hatte Egidius geschrieben, dass sie sich in der Konditorei Spargnapani treffen mögen. Viele Angestellte der Ministerien, Staatsräte, aber auch Journalisten gingen in dem Café Unter den Linden ein und aus. Es gab nicht nur exzellenten Kaffee und Kuchen. Neben internationalen Zeitungen, die hier auslagen, hingen dort auch die frischesten Telegramme mit Börsennachrichten und Nachrichten aus aller Welt aus. Schneller als aus jeder Zeitung erfuhr man dort, was es Aktuelles und Wissenswertes aus New York, London, Rom, Paris oder Odessa gab.

Egidius war recht früh dort, denn so konnte er noch die Aushänge der Nachrichtenagentur Wolff studieren. Er war bester Laune. Der Graf schien endlich gewillt, Informationen zu überbringen. Er hatte gerade Pflaumenkuchen mit Sahne zum Kaffee bestellt, da trat der adelige Herr ein und grüßte nach links und nach rechts einige andere Besucher. Schwungvoll nahm er den Zylinder ab, legte ihn auf einen leeren Stuhl an seinen Tisch und setzte sich.

»Ich höre, der Brand von Tattersall hat auch Sie schwer getroffen«, sagte der Graf mitleidig nach der anfänglichen Begrüßung.

»Ein ungelegener Zustand, mehr nicht. Ich fahre nicht gerne mit Mietdroschken. Mein Stallmeister hat sich schon umgeschaut. Wir bekommen in zwei Wochen neue Kutschpferde aus der Uckermark. Damit sollten die größten Unbequemlichkeiten beendet sein.«

»Es ist allerdings eine große Tragödie. So viele Tiere sind verendet.«

Egidius war überrascht. War das nur Geplänkel, oder fühlte der Graf tatsächlich mit den Tieren mit? Er hörte sich beinahe an wie Felicitas.

»Ein unfassbares Kapital, was da in Flammen aufgegangen ist. Ich kenne mich mit den Zahlen aus«, setzte der Graf nach.

Aha, so kannte er ihn doch. Das Wichtigste für ihn war das Geld. Etwas, was Egidius schließlich entgegenkam.

»Wir alle sind natürlich höchst besorgt über den Zustand des Kaisers«, setzte Brück-Bürgen nun nach.

»O ja. Es scheint etwas Ernstes zu sein. Wissen Sie mehr?« Das interessierte auch Egidius.

Gestern Nachmittag waren sogar Extrablätter erschienen, um davon zu berichten, dass sich der neue Kaiser in einem prekären Gesundheitszustand befand. Obwohl es ihm seit ein paar Tagen besser zu gehen schien und die Zeitungen von jedem Grad, den das Fieber herunterging, berichteten, war mittlerweile allen klar, dass der Kaiser sich eigentlich nicht in einem Zustand befand, um das Reich zu regieren.

»Leider nein. Nichtsdestotrotz tut sich etwas hinter den Kulissen. Ich habe andere interessante Neuigkeiten.«

Ein Kellner brachte eine Tasse Kaffee und ein Stück Streuselkuchen. Der Graf schien hier öfter zu sein.

»Da bin ich nun wirklich gespannt.« Egidius konnte es gar nicht abwarten und setzte sich aufrecht hin.

»Zu unserem gemeinsamen Projekt.« Er trank einen Schluck Kaffee, um es spannend zu machen. »Nun, ich habe gerüchteweise vernommen, dass die Hohe Pforte darüber nachdenkt, die Verzinsung des von den deutschen Bauherrn eingebrachten Kapitals zu garantieren.«

»Oh, das sind äußerst erfreuliche Nachrichten.«

Der Graf nickte. »Und nun scheint auch die Deutsche Bank wieder größeres Interesse an dem Projekt zu bekunden.«

»Selbstverständlich.« Das war die logische Konsequenz. Jeder wusste, dass der Sultan des Osmanischen Reiches 1876 den Staatsbankrott erklärt hatte. Mit solchen Staaten machte man keine Geschäfte ohne weitreichende Sicherheiten.

Andererseits war es Europa und den USA auch nicht viel besser ergangen. Der sogenannte Gründerkrach hatte das junge Deutsche Reich ebenfalls in die Knie gezwungen. Reihenweise waren Banken insolvent gegangen. In der Euphorie über die Gründung des Deutschen Kaiserreiches waren sie zu optimistisch, zu arglos gewesen und hatten enorme Summen verliehen, an Firmen, die wirtschaftlich nicht annähernd das Potenzial gehabt hatten, was man ihnen zugesprochen hatte. Dann brach im Mai 1873 die Börse ein, erst in Wien, dann überall auf der Welt. Eine enorme Spekulationsblase platzte. Kredite wurden extrem teuer. In der Folge taumelten Hunderte, ja Tausende von Firmen in den Abgrund.

Egidius war damals mit einem blauen Auge davongekommen, weil er sehr viel Eigenkapital besaß. Privat allerdings war dieses Jahr ein rabenschwarzes für ihn gewesen. Und für alle eine Lehre.

»Georg Siemens ist bewusst, wie riskant dieses Vorhaben ist, gerade eben, weil es in einem Land stattfinden soll, das sich noch von den Folgen des Staatsbankrottes erholt und erst auf dem Weg zu einem moderneren Staat ist.«

Georg Siemens war der Vorstandsvorsitzende der Deutschen Bank. Er würde letztendlich darüber bestimmen, ob die Großbank bei dem Projekt einstieg.

»Hat er sich denn schon entschieden?«

»Soweit ich weiß, noch nicht. Aber immerhin liegt das Projekt Anatolische Eisenbahn überhaupt mal wieder auf dem Tisch.«

»Dann kann es also losgehen mit den Angeboten?«

»Meines Wissens warten alle ab, was der Kaiser und Bismarck dazu sagen. Gerade der Reichskanzler ist da sehr eitel. Wenn man das Projekt schon halb geplant hat, ohne ihn vorher wenigstens nach seiner Meinung zu fragen, wäre das nicht gut. Er neigt dazu, solche Vorgänge dann zu torpedieren.«

O ja, so kannte man den Eisernen Kanzler. Störrisch und eitel. Aber auch immer strategisch denkend. Ein privates Wirtschaftsvorhaben dieser Größenordnung hatte mehr Dimensionen als nur die technischen und finanziellen. Die Briten und Franzosen, die beide Kolonien und Protektorate in Vorderasien besaßen, würden dieses deutsche Vorhaben mit Argusaugen beobachten. Das Bauvorhaben startete ausgerechnet in Konstantinopel, dem Ort, an dem die russische Flotte ins Mittelmeer gelangen könnte. Die anderen Mächte würden nicht tatenlos mitansehen, dass die Deutschen sich am Bosporus, dem Nadelöhr zum Schwarzen Meer, einnisteten. Wenn es ihren wirtschaftlichen Interessen widersprach, würden sie intervenieren, möglicherweise militärisch. Das könnte ein solches Bauprojekt um Jahre zurückwerfen. Und zu politischen Verwicklungen führen. Nein, ohne die Zustimmung von höchster Stelle würde sich hier niemand die Finger verbrennen.

»Der Reichskanzler ist derzeit in Berlin. Es soll gerade im Schloss sein, so hörte ich. Ich werde versuchen, eine Begegnung mit ihm zu arrangieren. Sie können sich denken, dass das nicht einfach ist. Wenn Bismarck sich ausnahmsweise in die Hauptstadt bequemt, dann will alle Welt ihn sprechen.«

»Natürlich. Und Unsere Majestät? Ist er überhaupt in der Lage, sich mit so etwas zu befassen?«

»Ich denke, in seinem geschwächten Zustand wird er sich sicherlich nur um die dringendsten Regierungsgeschäfte kümmern.«

»Also warten alle ab?«

»Es scheint so. Bisher habe ich im Reichseisenbahnamt nicht Neues vernommen. Es steht auf keiner Agenda. Und noch viel wichtiger: Es gibt auch keine Tratschereien auf den Fluren und in den Büros des Amtes.«

Auf keiner Agenda, kein Getratsche. Nun denn. »Gut Ding will Weile haben. Halten Sie mich aber auf dem Laufenden. Sobald Sie etwas hören, wäre es wertvoll, mir sofort Bescheid zu geben.«

Draußen fuhr eine von Tausenden Droschken vorbei, die Berlins Straßen bevölkerten. Der Graf steckte einen Finger zwischen Hals und Hemd und lockerte seinen Kragen.

»Ihr Fräulein Tochter ist sicher sehr betrübt. Sie erwähnten, dass sie sehr an den Tieren hängt.« *Wertvoll*, dieses Wort lenkte die Gedanken des Grafen auf das Thema, das ihn am meisten beschäftigte.

»Ja, außerordentlich. Zu sehr eigentlich.«

»Ich dachte, es sei nun allmählich an der Zeit, dass die beiden sich kennenlernen.«

Jetzt schon, dachte Egidius. Schließlich wollte er dem Grafen nicht etwas geben, was er sich noch nicht verdient hatte. Andererseits, heute hatte er geliefert.

»Ja, ich dachte an eine Einladung bei uns. Dann können die beiden sich ganz in Ruhe austauschen.«

»Eine vorzügliche Idee. Mein Sohn beschäftigt sich gerade mit dem Verkauf der Vierjährigen. Jetzt ist der letzte Schliff beim Einreiten dran. Außerdem wird er noch eine Reise unternehmen. Wir suchen gerade nach einem neuen Zuchthengst. Er hat also viel zu tun. Doch gleich danach sollten wir etwas arrangieren.«

»Ja, gleich danach.« Und keine Minute früher, dachte Egidius grimmig.

KAPITEL 3

27. April 1888

Der April war beinahe vorbei, und der Frühling hatte sich nun endgültig entschlossen zu bleiben. Felicitas stand am Fenster. Der Kanarienvogel zwitscherte, hoffte darauf, gefüttert zu werden. Sie beobachtete den kleinen Piepmatz, der von einer Stange zur nächsten hüpfte, nicht fähig, überhaupt die Flügel auszubreiten, um zu fliegen. Entschlossen legte sie den zierlichen Hebel um und öffnete den Vogelbauer. Aus einem Glasbehältnis nahm sie eine Fingerspitze voller Körner und legte sie neben dem Käfig aufs Fensterbrett. Der bunte Vogel hüpfte heraus und flog sofort hoch. Er kreiste mehrere Male durch den Raum, setzte sich schließlich auf einen Lampenschirm und tschilpte vergnügt.

Recht so, dachte Felicitas. Sie wollte kein Tier mehr um seine Freiheit bringen. Beherzt öffnete sie das Fenster und legte eine ganze Handvoll Körner draußen auf die Fensterbank. Dann ging sie beiseite und wartete. Es dauerte ein paar Minuten und einige weitere Flugrunden, bis der Vogel sich auf den offenen Fensterrahmen setzte. Er hüpfte auf dem Holzrahmen umher, als wäre er unschlüssig.

»Nun flieg schon. Flieg!«, sagte Felicitas und scheuchte den Vogel nach draußen. Dann schloss sie eilig das Fenster. Die Bäume zeigten ihr frisches Grün, und die Luft war mild. Sie schaute ihm nach, wie er sich erst auf eine Laterne setzte, sich umschaute, dann zu einem Baum flog und schließlich ganz aus ihrer Sicht verschwand. Ach, hätte sie dieses Glück doch nur ihren Pferden zuteilwerden lassen können.

Doch ihr Tod sollte nicht umsonst gewesen sein. Felicitas hatte einen Entschluss gefasst: Heute Abend würde sie etwas ganz Ungehöriges tun. Sie würde nicht weiter hier im Haus veröden und darauf warten, dass ihr Lebenshunger ebenso verbrannte wie die Tiere. Sie hatte Minna gefragt, ob sie ihr helfen würde. Bei etwas Verbotenem. Und Minna hatte zugesagt. Weil Felicitas ihr ebenfalls geholfen hatte. Nun waren sie Verbündete. Verschwiegen in ihren Geheimnissen. Felicitas löste die Haken an ihrer Bluse und zog sie rasch aus. Sie fingerte an den Schnüren herum, die den schweren Rock mit der ausladenden Tournüre hielten. Dann beugte sie sich, um die Schnürstiefel auszuziehen. Aber sie kam einfach nicht tief genug. Dieses Korsett schnürte sie derart ein, dass sie sich nicht mal allein die Schuhe ausziehen konnte. Unter ihrem Unterkleid fühlte sie noch die Abdrücke der Korsettstäbe aus leichtem Stahldraht auf ihrer Haut. Vielleicht sollte sie sich doch bei den Kartoffeln und den Soßen zügeln.

»Ich mach das schon«, sagte Minna eilig, kaum, dass sie den Raum betreten hatte. Mit geübten Griffen schnürte sie ihr das eng sitzende Korsett auf.

Tessa kam hinter ihr hereingepoltert. »Vater sagt immer noch, ich darf nicht auf den Ball«, schmollte sie.

Nur zur Vertuschung ihrer Absichten griff Felicitas nach dem Nachthemd. »Du erhältst jeden Tag die gleiche Antwort von ihm, Tessa. Wieso gibst du nicht auf?«, fragte sie ihre jüngere Schwester. Und dachte sofort, dass es eine blöde Bemerkung war. Sie gab ja schließlich auch nicht auf. Ihr Kampf fing gerade erst an. Aber Tessa nervte alle mit ihrer Beharrlichkeit, für die sie ihre Schwester eigentlich bewunderte.

Felicitas fasste sich an die Schläfen und stöhnte. Schon den ganzen Tag machte sie allen vor, sie hätte fürchterliche Kopfschmerzen. Sie hatte sogar das Abendessen ausfallen lassen.

Tessa schmollte. »Ich bin fast fünfzehn.«

»Bis dahin dauert es noch ein halbes Jahr. Du bist einfach noch zu jung, um eingeführt zu werden.«

»Führt mich trotzdem ein. Dafür haben wir doch einen Ball im eigenen Haus.«

»Ich war fast achtzehn, als ich eingeführt wurde. Und nun geh ins Bett. Es ist schon spät.«

»Päh. Ihr könnt mich nicht aufhalten«, stieß Tessa trotzig aus und verließ eingeschnappt ihr Zimmer.

»Was will sie denn tun? Ohne ein Ballkleid auf dem Ball erscheinen?«, warf Minna spöttisch ein.

»Es ist ja nicht so, als hätte sie nicht genug schöne Kleider im Schrank.«

»Aber doch kein richtiges Ballkleid. Das würde sie nicht wagen, oder?«

Felicitas zog die Augenbrauen hoch und zuckte mit den Schultern. Wer wusste schon, was in Tessa vorging. Sie war viel frecher als ihre ältere Schwester.

»Was meinst du? Kommt jetzt noch jemand?«

»Ihr Herr Vater war schon da, um sich nach Ihrem Wohlbefinden zu erkundigen. Fräulein Korbinian haben wir erfolgreich vergrault und Ihr Fräulein Schwester wohl nun auch. Ich werde mich später zu ihr gesellen, ihr sagen, dass Sie schlafen, und ihr ein Brettspiel vorschlagen. Dann wird sie Sie nicht stören. Sollen wir Sie dann jetzt umziehen?«

»Ja.« Aufgeregt legte Felicitas ihr Nachthemd wieder ab. Eilig lief sie hinter den Paravent. Falls doch jemand sie stören würde, musste er ja nicht unbedingt sofort sehen, was sie hier planten.

Allein die Maskerade war schon aufregend. Sie konnte sich gar nicht ausmalen, wie es wäre, in Männerkleidung herumzulaufen.

»Und du glaubst, sie passt?«

»Oben an der Taille nehmen wir die Hose mit einem Gürtel zusammen«, erklärte Minna.

Felicitas, jetzt in Hemdchen, Bluse und langer Leinenunterhose, sah sich die billige Hose an, die Minna ihr aus einem Gebrauchtkleidergeschäft besorgt hatte. Sie zog sie an, ließ sich den Gürtel eng schnallen, zog einen Pullover über ihre Bluse und dann noch eine Jacke. Schließlich setzte sie sich eine Schiebermütze auf, unter der ihre Haarpracht versteckt wurde. Aufgeregt drehte sie sich vor dem Spiegel.

»Wenn man nicht zu nahe rangeht, sehen Sie aus wie ein bürgerlicher Student.«

»Du meine Güte, wie bequem!«, gab Felicitas begeistert von sich. »Mit all meinen vielen Schichten – Hemdchen, Unterkleidern, Unterröcken, Korsett, Überkleidern, Blusen, Röcken und Jäckchen – komme ich mir manches Mal vor, als wäre ich in Teppiche eingewickelt. Man kann sich kaum bewegen. Ich bin ja schon immer heilfroh, wenn ich im Haus nur ein bequemes Teekleid statt eines Nachmittagskleides tragen muss. Aber das hier ist … Es ist so bequem. Kein Wunder, dass die Männer so viel freier sind. Allein mit ihrer Kleidung können sie sich schon viel besser bewegen.«

»Jetzt müssen wir Sie nur noch ungesehen aus dem Haus kriegen.«

Heimlichtuerei war ihr neues Spiel, das sie gemeinsam spielten. Alles war plötzlich geheim. Und wenn es geheim war, dann war es aufregend. Es war, als wären sie beide frisch belebt.

»Und Sie sind sich sicher, dass Sie alleine gehen wollen?«

»So wie ich aussehe, werde ich doch keine Probleme bekommen«, sagte Felicitas in der Hoffnung, dass es auch so war. Sie war praktisch noch nie alleine aus dem Haus gewesen. Erst recht nicht in den späten Abendstunden. Und dann traf sie sich noch mit einem beinahe fremden Mann. Aber weil es so ungewiss war, war es auch aufregend. Es war ihr, als wäre ein völlig neues Leben angebrochen. Obwohl sie leichte Angst fühlte, konnte sie es kaum abwarten, dieses Spiel zu spielen. Dieses Spiel der Freiheit.

»Wird es Ihnen nicht zu kalt werden?«

»Ach wo. Ich werde mich ja schnell bewegen. Endlich einmal!«, schob Felicitas hinterher. Ob sie nun heute lernte, Fahrrad zu fahren oder nicht – allein ein Spaziergang mit zügigem Schritt würde schon etwas Ungewohntes sein.

»Wie Sie meinen ... Dann gehe ich jetzt besser schauen, was auf dem Flur und im Keller los ist.«

Felicitas nickte. Natürlich konnte sie sich nicht zum Hauptportal aus dem Haus schleichen. Auch wenn Herr Blum mittlerweile seinen Posten dort verlassen hatte – jemand in ihrem Aufzug kam und ging ganz sicher durch den Dienstboteneingang. Der Schlüssel für den Dienstboteneingang hing bei der Mamsell am Bund. Doch es gab einen Zweitschlüssel, und Minna wusste, wo Mamsell Jarausch den aufbewahrte. Sie hatte ihn sich geholt und würde ihn nach Felicitas' Rückkehr wieder zurücklegen. Die Tage der Dienstboten begannen früh, so früh, dass alle immer zeitig ins Bett gingen. Wer wegen der Herrschaften nicht aufbleiben musste, war oben in seiner Kammer in der Mansarde.

Während Felicitas wartete, drehte sie sich immer weiter vor dem Spiegel. Ihre Verwandlung war unglaublich. Sie kam sich selbst fremd vor. Fremd und frech. Und befreit. Herrlich.

Die Tür ging leise auf, und Minna trat ein.

»Jetzt ist gerade die Luft rein. Kommen Sie. Schnell!«

Sie packte Felicitas' Hand und zog sie mit sich hinaus auf den dunklen Flur in Richtung Hintertreppe. Doch plötzlich bemerkte sie eine Bewegung. Jemand trat aus dem Dunkeln hervor. »Wusste ich es doch!«

»Tessa! Was machst du denn hier?«

»Leise«, mahnte Minna.

»Auf euch warten«, flüsterte Tessa jetzt.

Felicitas hätte sich die Haare raufen können, wenn die nicht unter der Schiebermütze versteckt gewesen wären. »Warum?«

»Weil ich wusste, dass ihr was vorhabt. Mich könnt ihr nicht so leicht täuschen. Von wegen schlimme Kopfschmerzen ... Pfft.«

»Psst.«

»Also, was macht ihr?« Tessa trat vor. Ihre Miene zeigte höchste Neugierde.

»Du darfst mich nicht verraten.«

»Nur, wenn ich auf den Ball darf.«

Felicitas rollte mit den Augen. Das durfte doch wohl jetzt nicht wahr sein. »Das kann ich nicht bestimmen.«

»Aber ihr könnt mir helfen. Ich werde mich auch verkleiden.«

»Was?!«

»Psst«, mahnte Minna wiederholt.

»Genau. Ich verkleide mich auch. Als Page. Ich frag Frederick, ob er mir seine Uniform gibt.«

»Tessa ...?!«

»Ja oder nein?«

Felicitas' Gedanken rasten. Sie stand hier in Männerkleidung auf dem Flur, auf dem jeden Moment Fräulein Korbinian, ihr Vater oder wahlweise ein Dienstbote auftauchen konnte. Hitze flutete ihren Körper. Was sollte sie sagen? Tessa hatte sie so oder so in der Hand.

»Ja. Ja, wir helfen dir.«

Tessa riss die Arme hoch und jubelte stumm. Ausgerechnet jetzt hörte man Bewegung von jemandem auf der Herrschaftstreppe. Felicitas erkannte Fräulein Korbinian am Schritt.

»Ich mach das«, versprach Tessa gewitzt. Und schlich auf Zehenspitzen davon.

Sie und Minna drückten sich in eine dunkle Ecke und warteten mit angehaltenem Atem. Fräulein Korbinian kam den Flur entlang in Richtung Felicitas' Schlafzimmer. Vermutlich wollte sie doch noch mal nach ihr schauen, bevor sie sich selbst zurückzog.

Ganz leise hörten sie, wie Tessa so tat, als käme sie gerade aus dem Schlafzimmer ihrer Schwester, und in überzeugendem Ton sagte, dass Felicitas nun schlafe und Fräulein Korbinian sie besser nicht störe.

* * *

Zwischen ihren Beinen spürte sie den Wollstoff. Wie ungewohnt es war, in Hosen zu laufen. Ungewohnt, aber auch irgendwie bequem. Sie schritt weit aus, machte ihr Kreuz breit, hoffte, wie ein

Junge auszusehen. Selbst wenn sie Lorenz Schwerdtfeger nicht antraf, was sie für ziemlich wahrscheinlich hielt, denn wer würde schon vier Wochen hintereinander auf sie warten, war das hier ein tolles Abenteuer. Gerne wäre sie schon früher gekommen, denn ihr war bewusst: Sie war nicht nur hier, weil sie Fahrrad fahren lernen wollte. Oder weil sie den sympathischen und so überaus interessanten Studenten kennenlernen wollte. Sie war vor allem hier, weil sie wütend war. Am ersten Freitag nach ihrer letzten Begegnung war sie durch den Brand von Tattersall zu nichts imstande gewesen. Danach hatte sie zwei gesellschaftliche Verpflichtungen gehabt, die sie schlecht hatte absagen können. Aber dass sie heute hier alleine unterwegs war, hatte seinen Grund in ihrer Wut. Wut darüber, wie der Vater sie behandelte. Wut darüber, dass sie nie etwas alleine machen durfte. Oder etwas, das ihr selbst Vergnügen bereitete. Wut darüber, dass sie keine eigenen Entscheidungen treffen durfte. Egal, ob Lorenz Schwerdtfeger nun auf sie wartete oder nicht, sie musste sich befreien. Sie musste ihren eigenen Weg finden. Sie musste sich selbst bestätigen, dass sie wirklich so mutig war, wie sie es von sich glaubte.

Aber jetzt und hier, in der Dämmerung, wurde ihr doch etwas mulmig. Hinter dem Zoologischen Garten, beim gleichnamigen Bahnhof, betrat sie die Grünanlage. Nur wenige Meter entfernt lag das Hippodrom-Gelände. Eingebettet zwischen dem Bahnhof und dem Landwehrkanal gab es zwei Reitbahnen, in der Mitte einen rechteckigen Sandplatz mit Rasen drumherum und an einem Ende die Verlängerung zu dem prägnanten Wasserturm. Hier, hatte der Radfahrer gesagt, sollten sie sich treffen.

Felicitas kannte das Hippodrom in- und auswendig. Hunderte Male war sie hier ausgeritten. Seit man vor ein paar Jahren angefangen hatte, den Kurfürstendamm, zuvor ein Reitweg, auszubauen, mussten die Reitenden hierher ausweichen. Morgens tummelte es sich hier, aber auch mittags und in den frühen Abendstunden traf man Reiterinnen und Reiter.

Nun aber war es beinahe dunkel, und die Reitanlage war leer.

Das Hippodrom lag in unmittelbarer Nähe der Königlich Technischen Hochschule, weshalb Lorenz Schwerdtfeger den Platz vermutlich gewählt hatte.

Sie lief auf den Wasserturm zu, da sah sie ein kleines Licht vor der hohen Steinwand. Jemand saß dort und las. Ihr Herz machte einen Hüpfer. Er wartete tatsächlich auf sie, nach all dieser Zeit noch. Das musste etwas bedeuten. Flüchtig hob er den Kopf, schaute aber sofort wieder in sein Buch. Sie tat so, als ginge sie vorbei. Erst kurz vorher steuerte sie auf ihn zu.

»Sie haben Ihr Versprechen gehalten«, sagte sie aufgeregt, als sie direkt vor ihm stehen blieb.

»Fräul...« Er sprang auf und sah überrascht aus. Sein Blick lief an ihr hoch und runter. »Sind Sie es wirklich?« Eilig steckte er sein Buch weg.

»Ja, ich bin es. Der Umstände halber trage ich Hosen.«

»Fräulein Louisburg. Ich freue mich.«

»Ich konnte leider nicht früher weg ... Ich bin ausgebüxt«, sagte sie schalkhaft.

»Also kein Fräulein Korbinian?«

»Nein. Ich will mir doch den Spaß nicht verderben lassen. Es tut mir leid, dass ich die letzten Freitage nicht konnte. Es war ... einfach zu kurzfristig.« Außerdem war sie da noch nicht wütend genug gewesen, um derart ungehorsam zu sein.

Er schaute hoch. »Wunderbar. Und Sie tragen bereits Hosen. Wie praktisch.« Er deutete auf ein Netz, in dem etwas lag, vermutlich eine Hose, die er mitgebracht hatte. »Dann lassen Sie uns loslegen, solange wir noch etwas Licht haben. Kommen Sie.«

Sein Rad neben sich schiebend, redete er munter drauflos. »Direkt hier in der nächsten Straße, auf der Kurfürstenallee, zwischen Hippodrom und der Artillerie Ingenieurs Schule, ist abends kaum was los. Perfekt für unser Vorhaben. Eigentlich ist es ja verboten, auf der Straße Fahrrad zu fahren. Aber im Park selbst ist es schon zu dunkel.«

Felicitas lief neben ihm her. Seine lockere Art gefiel ihr sehr.

Wohl noch nie hatte sie so ungezwungen mit einem jungen Mann geredet.

»Damit die Polizei bei Verstößen Name und Anschrift aufnehmen kann, muss man immer eine Radfahrerkarte mitführen. Aber wie gesagt, wenn man niemanden stört ... Ich begegne nachts immer wieder Radfahrern.«

Nachts. Er fuhr nachts alleine durch Berlins Straßen. Wie aufregend und wie mutig. Sie kannte die nächtlichen Straßen der Stadt nur durch das Fenster der Kutsche.

Sie waren an der erwähnten Straße angekommen. Tatsächlich war kein Passant im Schein der Gaslaternen zu sehen.

Lorenz blieb stehen. »Das Schwierigste ist natürlich das Gleichgewicht. Sobald Sie den Trick raushaben, ist alles andere leicht.«

»Ich dachte, das Aufsteigen sei das Schwierigste.«

»Nur bei den Hochrädern. Da ist es ja geradezu kriminell. Ich bin mehr heruntergefallen, als dass ich gefahren wäre.«

»Und deswegen haben Sie sich selbst eins von diesen niedrigen Sicherheitsrädern gebaut?«

»Genau.«

»Woher können Sie so was?«

»Ich stamme aus einer Fabrikantenfamilie. Zu Hause habe ich das Material, die Werkstätten und die Maschinen, die man dafür braucht.«

»Faszinierend.«

Er hielt das Rad zwischen ihnen und fing an mit der Erklärung. »Dieses Rad ist niedrig genug, um sicher aufzusteigen. Man kann nicht mehr herunterfallen. Hier ist der Lenker, mit dem man die Richtung angibt.« Er wackelte ein wenig an der vorderen Stange. »Das hier sind die Pedale, mithilfe derer man sich vorwärts bewegt. Über den Kettenantrieb wird die Kraft auf die Räder umgesetzt.«

Dieses Mal schaute Felicitas sich die Konstruktion genau an. Zu Hause würde sie sie nachzeichnen.

»Aber zunächst üben wir ohne Pedale. Erst einmal geht es nur darum, darauf zu sitzen und ein Gefühl fürs Fahren zu bekommen.«

»Gleichgewichtsübungen?« Felicitas schwante, dass es nicht ganz so einfach werden würde wie erhofft. Ehrfürchtig schaute sie sich das Stahlross an.

Lorenz Schwerdtfeger holte etwas aus einer Hosentasche und kniete sich vor sie. Felicitas sah, dass er mit zwei Wäscheklammern ihre Hosenbeine enger steckte.

»Damit sie nicht schmutzig werden in der Kette. Oder sich gar dort verfangen«, erklärte er und stand wieder auf. »Und jetzt, jetzt setzen Sie sich auf den Sattel.«

Felicitas griff nach dem Lenker und wusste nicht, was sie tun sollte.

»Ein Bein über den Sattel, dann stehen bleiben. Versuchen Sie, das Rad mittig zu halten.«

Sie schwang ein Bein über den Sattel. Allerdings kam sie kaum mit den Füßen auf dem Boden auf. Fast wäre sie umgefallen.

Lorenz Schwerdtfeger packte sie eilig an den Schultern. »Ganz ruhig. Das machen wir schon.«

Felicitas war elektrisiert. Es war ganz und gar ungewohnt, von einem fremden Mann berührt zu werden. Eigentlich schickte es sich nicht, außer man tanzte auf einem Ball, umgeben von Dutzenden anderer Menschen. Doch hier waren sie alleine, und dazu noch im Dunkeln. Für Lorenz Schwerdtfeger schien dieser Umstand allerdings keineswegs befremdlich zu sein. Als wäre es das Normalste der Welt, ihr unter die Arme zu greifen. Und Felicitas sah ein, dass es vermutlich auch nicht anders ginge, als dass er ihr sehr nahe kam. Zu ihrer Überraschung war es ihr nicht unangenehm. Im Gegenteil. Während sie das Tanzen mit jungen Männern oft als unerquicklich empfand, gefiel ihr hier diese Nähe.

Mit seiner Hilfe stellte sie sich auf die Zehenspitzen, was gerade so klappte. Nun stand sie da, mit dem Stahlungetüm zwischen ihren Beinen.

»So. Und nun lassen Sie das Rad etwas zur Seite kippen und

schieben Ihren ... Und setzen sich auf den Sattel. Das linke Standbein gestreckt, das rechte lassen Sie in der Luft baumeln.«

Felicitas tat, wie ihr befohlen. Fast wäre sie umgefallen, so schräg stand sie. Lorenz wechselte schnell auf die linke Seite und hielt das Rad am Lenker. Endlich fand sie einen wackeligen Stand.

»Alles gut. Ich halte das Rad am Lenker. Wenn ich ›Jetzt‹ sage, stoßen Sie sich mit dem Fuß leicht hoch. Sobald Sie oben sitzen, halte ich Sie. Sie brauchen gar nichts zu machen.«

Was gelogen war. Die nächsten Minuten verbrachten sie damit, dass Felicitas von einer Seite zur anderen kippte. Mit oben oder in der Mitte bleiben war da gar nichts. Aber ihr machte es nichts aus. Es machte so viel Spaß. Und sie mussten beide viel lachen. Es hatte sogar etwas Befreiendes, so ungezwungen mit einem jungen Mann umgehen zu können. Sie konnte nicht umhin, sich zu fragen, ob sie sich nicht das ein oder andere Mal absichtlich zur Seite fallen ließ. Sein sanfter Griff fing sie immer auf.

»Da. Jetzt ... Und ruhig bleiben«.

Endlich hatte Felicitas es geschafft. Sie saß auf dem Rad, die Beine links und rechts herunterbaumelnd, die Hände am Lenker.

Er hielt das Rad weiter am Lenker fest. »Gut. Nun einfach sitzen bleiben. Versuchen, immer in der Mitte zu balancieren. So ist es gut.«

Wieder kippte sie weg, aber es gelang ihr immer öfter, für einen kurzen Moment in der Schwebe zu bleiben, natürlich nur, weil er das Rad festhielt.

Nun ging er nach hinten und hielt das Rad am Sattel. »Wieder hoch, und dieses Mal schubse ich Sie leicht an. Die Hand an der Bremse. Gut so. Guuut ... und jetzt ...«

Felicitas fuhr ein paar Zentimeter, war aber so erschrocken darüber, dass sie sogleich die Bremse zog. Der Gummiblock blockierte den Reifen sofort. Abrupt kam sie zum Stehen. Sie kippte zur Seite, ließ das Rad auf den Boden fallen, und sie konnte sich gerade noch so auf dem Boden abstützen.

»Bravo!«

»Bravo?«, fragte sie schnaufend nach. »Was war denn daran jetzt gut?« Sie rieb ihre Hände gegeneinander, um den Schmutz wegzubekommen.

»Na ja, Sie sind ein Naturtalent. Was glauben Sie, wie oft ich mit dem Fahrrad gestürzt bin, lange bevor ich an diesen Punkt gekommen bin?«

Felicitas schaute ihn überrascht an.

»Das ist normal. Beim Radfahrenlernen stürzt man nun mal.«

»Das haben Sie mir vorher nicht gesagt«, gab sie leicht empört von sich.

»Na ja ... Ich dachte ... Ist ja auch egal. Sie haben es prima gemacht. Nur nicht so schnell bremsen. Beim nächsten Mal zählen sie bis drei und bremsen dann, aber langsam. Mit viel Gefühl.« Er hielt ihr das Rad hin, das er schon wieder aufgehoben hatte.

Felicitas hatte wenig Lust, sich erneut auf das Rad zu setzen. Wenn sie nun richtig stürzte? Wenn sie sich die Hände aufschürfte oder Schlimmeres? Was sollte sie dann zu Hause sagen?

»Haben Sie schon genug?«, fragte er nach.

»Nein, ich hab nur Angst, dass ich mir Blessuren zuziehe. Ich wüsste nicht, wie ich das erklären sollte.«

»Dann bringe ich beim nächsten Mal Handschuhe mit.«

Er wollte sie wiedersehen. Ihr Herz machte einen Extraschlag. »Beim nächsten Mal?«

»Man lernt Rad fahren doch nicht an einem Tag.«

Obwohl sie gedacht hatte, sie würde heute das Radfahren erlernen, war sie dennoch mehr als erfreut, dass es nicht bei diesem Treffen bleiben würde. Sie würden sich wiedersehen.

»Diese blöden Dinger sind mir immer im Weg, wenn ich aufsteige.« Sie stieß mit einem Fuß an ein Pedal.

»Sobald Sie nach dem Anschubsen rollen können, ohne zur Seite zu fallen, können wir die Pedale nutzen. Dann wird alles sehr viel leichter.«

»Wieso machen wir es dann nicht jetzt sofort?«

Er wackelte mit dem Kopf. »Tja, es ist schwierig, alles gleichzeitig zu koordinieren. Besser, wir schaffen erst mal das Gleichgewicht auf dem Rad, das Rollen und das Bremsen. Kommen Sie. Noch einmal. Auf den Sattel, und dann schieb ich Sie an.«

Dieses Mal klappte es etwas besser. Sie bremste viel sanfter. Und tatsächlich kam das Rad langsam zum Stehen, und Felicitas sprang auf den Boden.

»Ich bin gefahren!«, rief sie erfreut aus.

»Gerollt«, sagte Lorenz verschmitzt. »Aber ja, der Anfang ist gemacht.«

Sie wiederholten das ein Dutzend Male, und es klappte immer besser. Er schob sie, lief hinter ihr her, schob wieder, und so schafften sie es die Straße hinunter. Dann drehten sie um.

»Sollen wir es jetzt mal mit Pedalen probieren?«, schlug er irgendwann vor.

»Im Leben schaffe ich das nicht. Noch nicht heute«, sagte Felicitas voller Ehrfurcht.

»Es tut mir leid. Es würde viel leichter klappen, wenn das Rad etwas kleiner wäre. Ich hab es ja für mich gebaut.«

»Außerdem ... Es ist schon spät.« Sie sollte besser schauen, dass sie nach Hause kam. Wobei, niemand wartete auf sie. Niemand außer Minna.

»Wo wohnen Sie?«

»In der Voßstraße.«

»Wo liegt die?«

»Die Wilhelmstraße runter und dann irgendwann rechts ab.« Vorbei an all den Ministerien. Direkt hinter dem Palais des Reichskanzlers, hätte sie sagen können. Aber das hätte furchtbar angeberisch geklungen.

»Eine noble Gegend«, sagte er laut, als hätte er das nicht vermutet. »Ich muss zwar ins Brunnenviertel, im Norden von Berlin-Mitte, aber ich bringe Sie noch nach Hause. Jetzt ist schon viel weniger auf den Straßen los. Und mit dem Rad bin ich in fünfzehn, zwanzig Minuten zu Hause.«

»Wirklich? Nur fünfzehn Minuten?«

»Schätze ich mal. Je nachdem. Wenn ich keinem Schutzpolizisten begegne. In der Innenstadt darf man noch nicht Rad fahren. Also zwanzig Minuten.«

»Jesses, bis da oben brauche ich ja ...« Ihr fiel ein, dass sie nicht wusste, wie lange sie dorthin laufen würde. Wenn überhaupt, dann fuhr sie solche Strecken nur mit der Kutsche.» ... eine Ewigkeit.«

»Passen Sie auf. Auf dem Rückweg können wir noch etwas üben. Setzen Sie sich, und ich schiebe Sie an.«

»Lieber nicht. Lieber möchte ich mich noch ein wenig unterhalten. Es ist so spannend. Alles daran ... Man kann wirklich so viel Zeit sparen, wenn man ein solches Gefährt hat.«

»O ja. Man ist so schnell wie ein Pferd im Galopp.«

»Wirklich? Etwas Schnelleres als Pferde im Galopp gibt es auf der ganzen Welt nicht.«

»So schnell können sie fahren. Also nur die neumodischen Räder. Mit den alten Hochrädern erreicht man diese Geschwindigkeit natürlich nicht.«

»Wirklich? So schnell wie ein Rennpferd?« Felicitas kannte das Gefühl, auf einem Pferd dahinzufliegen. Auch, wenn sie das hier in der Stadt kaum jemals konnte. Dieses Gefühl von Freiheit war mit nichts anderem vergleichbar. Was für eine Vorstellung, sie könnte auf einem Rad so schnell sein. Allein, aus eigener Kraft.

»Fast. Es kommt auch auf den Untergrund an. Er muss fest und eben sein. Glücklicherweise gibt es ja seit etlichen Jahren die Vollgummireifen. Ich bin nie auf einem *Boneshaker* gefahren. Aber ich stelle es mir schrecklich vor.«

»*Boneshaker*? Knochenschüttler?« Felicitas lachte.

»So nannte man die früheren Velozipeden. Die ersten Modelle waren mit Holzrädern bestückt, die Eisenbänder drumherum hatten. Das war sicher kein Vergnügen. Man muss jedes Steinchen gespürt haben.«

»Die frühen Velozipeden. Wann hat das angefangen? Wer hat es erfunden?«

»Karl von Drais, im Jahr 1817 hat er seine Laufmaschine präsentiert. Sie wird auch Draisine genannt. Er suchte nach einer Möglichkeit, sich ohne Pferde fortzubewegen. So fing alles an. Erst mal nur mit zwei Rädern und einem Lenker und einem Sattel. Es gab noch keine Pedale.«

»Und diese neuartigen Räder, mit den niedrigen Rädern, die gibt es nur in England?«

»Solche Modelle wie meins kommen eigentlich alle aus England. Noch. Aber in wenigen Jahren haben wir sie hier auch. Das prophezeie ich Ihnen. Sie sind so praktisch. Jedes Kind könnte nach ein paar Stunden Übung darauf fahren.«

»Selbst Frauen.«

»Ja, sogar Frauen. Meine Schwester ist ganz vernarrt in ihr Rad.«

»Sie hat ein eigenes?«, gab Felicitas überrascht von sich.

»Ich hab ihr eins gebaut.«

»Meine Güte. Ihre Familie sollte eine Fabrik für Fahrräder aufmachen.«

Lorenz schaute erst erstaunt, dann beglückt. »Genau das sage ich meinem Vater immer! Aber er will nicht auf mich hören.«

»Was macht Ihr Vater?«

»Er baut Kutschen.«

»Kutschen? Mein Vater baut Eisenbahnen. Wir kommen also aus einem ähnlichen Umfeld«, sagte Felicitas erfreut.

»Eisenbahnen. Deswegen wohnen Sie so ... Es ist eine gute Adresse.«

»Ja«, sagte sie schlicht.

»Wissen Sie, wenn ich später mal das Geschäft von meinem Vater übernehme, baue ich auf jeden Fall Fahrräder. Vielleicht sogar früher. Stellen Sie sich vor, alle Menschen hätten Räder. Wie viel schneller und preiswerter sie dann durch die Stadt kämen. Pferde kaufen und deren Unterhaltung können sich die meisten gar nicht leisten. Man müsste keine Pferde mehr satteln oder vor die Kutsche spannen oder auf den Pferde-Omnibus warten. Man holt das Fahrrad hervor und fährt einfach los. Ohne jede Vorbereitung. So einfach wäre das.«

Und die Pferde müssten sich nicht mehr so abrackern für die Menschen, dachte Felicitas. Allerdings hatten Reitpferde es nicht ganz so schlimm. Und die Zugpferde konnte man durch Fahrräder ja nicht einfach ersetzen. Immerhin könnte man so wenigstens einen Teil der Pferde vor einem Schicksal wie dem der ihren im abgebrannten Pferdehotel retten.

Lorenz sprach weiter. »Man bräuchte keine Billetts mehr zu kaufen für die Bahnen. Wenn die Straßen besser wären auf dem Land, dann könnte man dort auch fahren. Und kleinere Lasten könnte man auch transportieren, wenn man sich einen Karren hinten dran baut.«

»Oh, tatsächlich.« Lorenz dachte so herrlich praktisch.

»Das klingt fantastisch. Ich kann nicht verstehen, dass Ihr Vater nicht sofort anfängt, Räder zu bauen.«

»Nun, er hat eben andere Pläne. Außerdem, die alten Velozipeden haben einen denkbar schlechten Ruf. Auf diese Hochräder setzen sich doch nur reiche Snobs und verrückte Gentlemen, um anzugeben. Das sind keine Fahrzeuge, die man nimmt, um schnell und einigermaßen bequem von A nach B zu kommen.«

»Es wäre fantastisch, wenn jeder ein Rad hätte. Alle könnten sich frei bewegen. Alle. Ich sollte meinem Vater davon erzählen.«

»Was? Nein, bitte nicht. Ich will nicht, dass mir Ihr Herr Vater zuvorkommt.« Lorenz war erschrocken stehen geblieben.

Sie auch. »Das wäre allerdings nicht fair ... Machen Sie sich keine Gedanken. Ich werde ihm nichts sagen. Schon alleine aus dem Grund, dass er mich für verrückt erklären würde. Und wissen wollen würde, woher ich diese absurde Idee habe.«

Sie gingen ein Stück schweigend nebeneinander.

»Wissen Sie, ich beneide Sie. Sie leben so ein aufregendes Leben«, sagte Felicitas beeindruckt.

»Ich? Meine Mitbewohner beschweren sich immer, dass ich meine Nase nur in Bücher stecke.«

»Aber ja doch. Sie leben in einer anderen Stadt als ihre Eltern. Allein. Sie dürfen studieren. Sie dürfen einen Beruf ausüben. Sie dürfen in einer Werkstatt arbeiten und so spannende neue Dinge herstellen. Ich beneide Sie wirklich. Ich darf ja nicht mal spazieren gehen, wann ich will.«

»Hm«, gab er leise von sich. Aber dann hob er seine Stimme. »Und wie gefällt es Ihnen in der Männerkleidung?«

»Herrlich! Es ist so viel besser als meine Ritterrüstung aus Stoff. Man kann sich wahrhaftig bewegen.«

»Das stimmt. Wobei ich sagen muss, in Ihrer eigenen Kleidung gefallen Sie mir doch besser.«

War das gerade ein Kompliment? Felicitas wusste nicht, was sie darauf antworten sollte.

»Allerdings schimpft meine Schwester auch immer über ihre Kleidung. Wenn sie arbeitet, zieht sie sich nur ein schlichtes Kleid an.«

»Wenn sie arbeitet?!«, stieß Felicitas laut aus. »Sie arbeitet? Was arbeitet sie denn?«

»Sie leitet zusammen mit meiner Mutter deren Nähmaschinenfabrik.«

»Ihre Mutter besitzt eine Nähmaschinenfabrik?!« Ja, war sie denn hier in ein leibhaftiges Märchen geraten? Frauen auf Fahrrädern, die Fabriken besaßen.

»Na ja, dem Gesetz nach gehört sie natürlich meinem Vater, aber wir machen diesen Unterschied nicht. Sie hat die Fabrik von meinem Großvater geerbt und sich immer um deren Geschäfte gekümmert. Großvater wollte, dass es in der Familie bleibt.«

Felicitas ging kopfschüttelnd weiter. Dann könnte Vater es also so regeln, dass er seine Fabriken an seine Töchter vererbte. Er müsste das nur geschickt anstellen. Oder erwachsene Enkel haben. Und vor allem müsste er es wollen.

»Wo hat Ihre Schwester das alles gelernt?«

»Na, nicht in der Schule für Höhere Töchter«, sagte er lakonisch.

»Allerdings«, antwortete sie in bitterem Ton. »Da lernt man ja nichts Gescheites.« Außer, auf das Leben als Ehefrau vorbereitet zu werden.

Dennoch war Felicitas berauscht. Was für Möglichkeiten taten sich plötzlich auf! Chancen, an die sie vorher nicht einmal gedacht hatte. Lorenz konnte selber Räder bauen, obwohl er noch nicht einmal ein fertiger Ingenieur war. Und seine Schwester hatte natürlich keine technische Ausbildung und arbeitete trotzdem in einer Nähmaschinenfabrik, genau wie ihre Mutter. Man brauchte also gar nicht unbedingt eine fertige Ausbildung oder ein Studium, um eigene Ideen umzusetzen. Wenn sie nur genug Vorwissen hätte und etwas Praxiserfahrung, dann könnte auch sie Dinge bauen, Sachen erfinden. Dieser Gedanke beflügelte sie, zumindest so lange, bis ihr wieder einfiel, dass sie nichts tun konnte, rein gar nichts, solange sie kein eigenes Geld hatte.

Auf dem Potsdamer Platz blieb Lorenz stehen und schaute hoch. »Ist das nicht phänomenal?«

»Was?«

Felicitas blickte hoch. Über ihnen hing eine der neumodischen Kohlebogenlampen, die schon die halbe Innenstadt hell erleuchteten.

»Die Magie des Unsichtbaren.«

Felicitas wusste immer noch nicht, was er meinte.

Er zeigte auf den hohen stählernen Kandelaber, der über ihnen mit seinen vier Lampenschirmen die Straße erhellte. »Ich bin immer wieder fasziniert – diese Elektrizität. Ein wahres Wunderwerk. So vieles, was es da noch zu entdecken gibt. Elektrizität, Bakterien, Radiowellen – die Welt des Unsichtbaren. All diese Kräfte oder Mächte oder Wesen, die man nicht sehen kann. Und doch sind sie da und wirken. Das hat etwas Magisches. Ich bin überzeugt, dass sie alle erst in den nächsten Jahrzehnten ihr wahres Potenzial entfalten werden.«

»Glauben Sie?«, fragte Felicitas wissbegierig nach.

»Sie denken doch nicht etwa, dass elektrische Straßenbeleuchtung oder der Strom in den Häusern schon alles ist«, sagte Lorenz begeistert. »Da wird in der Zukunft noch vieles auf uns zukommen, das elektrisch betrieben wird.«

Felicitas mochte es, wie er sich für technische Dinge begeistern konnte. Als wäre es tatsächlich etwas Aufregendes, Maschinen zu bauen. Oder Maschinen zu erfinden. Sie gingen vorbei am Potsdamer Tor, ein Relikt der alten Zollmauer, die einst um das abgeschlossene Berlin gestanden hatte, und bogen in die Voßstraße ein. Kurz vor dem Palais blieb sie stehen.

»Es war wirklich außerordentlich nett, dass Sie sich die Zeit genommen haben. Und so geduldig mit mir sind.«

»Es war mir ein Vergnügen. Wann haben Sie Zeit, damit wir das mit den Pedalen üben können?«

»Oh, ich bekomme ja ein schlechtes Gewissen, wenn ich Sie stundenlang warten lasse. Wir müssen das anders handhaben. Geben Sie mir Ihre Adresse, und ich schreibe Ihnen. Und Sie schreiben mir zurück, ob es Ihnen passt.«

»Sehr gerne.« Er nannte seine Adresse im Brunnenviertel, die sie sich leicht merken konnte. Und sie versprach, ihm baldmöglichst zu schreiben. »Und Sie? Wo wohnen Sie nun?«

Felicitas zeigte verschämt hinter sich auf das Palais.

»Ihr Vater muss furchtbar viele Eisenbahnen bauen, wenn er sich so ein Haus leisten kann«, sagte er beeindruckt.

»Ja, sehr viele«, sagte sie bedauernd. So viele, dass es für seine Tochter nicht statthaft war, sich mit einem einfachen Fabrikantensohn zu treffen. Was also machte sie hier eigentlich?

Für einen Moment wurde es merkwürdig. Felicitas wollte nicht hineingehen. Und offensichtlich wollte auch Lorenz Schwerdtfeger sie nicht verlassen. Beide drucksten herum.

»Ich freue mich schon sehr auf unser nächstes Treffen.«

»Ja, ich auch«, stieß Felicitas erleichtert aus. Sie war froh, dass es zu dunkel war, um zu erkennen, wie sie rot wurde.

»Dann erwarte ich also Ihre Nachricht«, sagte er mit einem sich verabschiedenden Ton und nickte ihr zu. Sogleich schwang er sein Bein über den Sattel und fuhr los.

»Bis bald«, rief sie leise. Sie schaute ihm hinterher, wie er auf die Wilhelmstraße einbog und winkend um die Ecke verschwand.

Vorsichtig öffnete sie das Kutschtor. Normalerweise war es nachts verschlossen. Aber Minna hatte versprochen, es aufzuschließen und drinnen beim Dienstboteneingang auf sie zu warten.

Sie wollte schon leise die Hintertür öffnen, als sie innehielt. Das war doch wohl der aufregendste Tag in ihrem ganzen Leben. Dieser Lorenz ... Er war so lebensfroh, so unternehmungslustig. Er war vollkommen anders als alle anderen jungen Männer, die sie kannte. Wobei das zugegebenermaßen nicht viele waren. Er probierte offensichtlich gerne Dinge aus, und er war wohlhabend genug, es einfach zu tun, wenn ihm danach war. Ach, könnte er doch nur zum Ball kommen. Sie würde die ganze Nacht nur mit ihm tanzen.

Selbstredend kam das nicht infrage. Der Sohn eines Kutschenfabrikanten bewegte sich nicht in so hohen Kreisen. Und schon gar nicht wurde er auf einen Ball eingeladen, auf dem die Tochter eines vermögenden Eisenbahnfabrikanten sich einen Heiratskandidaten aussuchen sollte.

Anfang Mai 1888

Der Mai war angebrochen, und es blieb abends länger hell. Minna und Menkam trafen sich vor dem Krollschen Theater. Sie begrüßten sich erst zurückhaltend, aber dann siegte bei beiden die freudige Erwartung.

»Sollen wir in den Tiergarten gehen und uns dort ein ruhiges Plätzchen suchen?«, schlug er vor.

»Da ist so viel los«, sagte Minna, die das Areal kannte.

Man hatte vor ein paar Jahren angefangen, die Zelte aus Leinen, die die Hugenotten schon im vorigen Jahrhundert aufgestellt hatten, um hier im Sommer Erfrischungsgetränke auszuschenken, umzubauen. Mittlerweile stand das erste richtige Gebäude aus Stein. Dort war immer etwas los.

»Genau deswegen ja. Die Leute haben genug anderes zu tun.«

Gemeinsam mit anderen Vergnügungssüchtigen flanierten sie die Straße In den Zelten hinunter und suchten sich eine ruhige Bank, die etwas abseits stand. Sie setzten sich. Von hier aus hatten sie einen guten Blick auf die Spree und das gegenüberliegende Ufer.

»War es leicht für dich, frei zu nehmen?«, fragte Menkam.

»Ja. Das gnädige Fräulein hat mir dabei geholfen. Sie ist ... sehr aufgeschlossen«, antwortete Minna.

»Gnädiges Fräulein«, wiederholte Menkam abwertend, redete dann aber weiter. »Wo kommst du her? Erzähl mir deine Geschichte.«

»Eigentlich stamme ich aus Lüderitzland, also Deutsch-Südwestafrika, wie es nun heißt. Ich bin jetzt seit sechs Jahren die Zofe der ältesten Tochter.«

»Stinkreiche Familie. Ich hoffe, du bekommst genug zu essen.«

»Aber natürlich.«

»So natürlich ist es nicht. Reich zu sein, heißt ja nicht gleichzeitig, auch gerecht zu sein. Eigentlich ist das eine immer das Hindernis des anderen.«

Der junge Afrikaner schien ein echter Revolutionär zu sein. Aufmüpfig und schnell in seinem Urteil. »Und davor?«, fragte er nun.

»Vorher war ich drei Jahre bei einer Kaufmannsfamilie in Hamburg. Zugegeben, sie waren auch reich, und da wurde ich deutlich knapper gehalten. Ich hab es hier gut angetroffen.«

»Du sprichst gut Deutsch. Seit wann bist du im Kaiserreich?«

»Tatsächlich bin ich von einem Onkel der Kaufmannsfamilie, der in der Nähe von Keetmanshoop eine Farm hat, nach Hamburg verschickt worden. Aber schon im Alter von fünf kam ich in die Mission in Keetmanshoop, wo ich Deutsch gelernt habe. Dort habe ich die nächsten sechs Jahre gelebt und bin mit elf auf die Farm gekommen. Bis ich nach Hamburg verschickt wurde.«

»Dann haben sie dich also von deiner Familie weggeholt, noch als ganz kleines Kind. Hast du noch Erinnerungen?«

Minna war etwas überrascht, dass er so direkt war. Sie schüttelte den Kopf. »Wenige. Ich kann mich kaum noch an die Gesichter meiner Eltern erinnern. Ich weiß, ich hatte drei Geschwister.«

»Weißt du, wo du herkommst?«

»Nein. Ich schätze mal, irgendwo aus der Nähe von Keetmanshoop. Und du?«

»Ich komme aus Kamerun, auch ein deutsches Schutzgebiet. Mein richtiger Name ist Menkam Ipuabato.«

Minna senkte den Kopf. Seit mehr als achtzehn Jahren hatte sie niemand mehr mit ihrem richtigen Namen gerufen. Sie konnte sich nicht an ihn erinnern. »Das weißt du alles noch? Wann hat man dich weggeholt?« Sie schätzte ihn grob auf Mitte zwanzig.

»Mit sechzehn. Da hatte ich aber lange schon auf einer Kautschukplantage eines Deutschen gearbeitet. Und war vorher auch in eine deutsche Missionsschule gegangen. Aber bis zwölf habe ich noch bei meiner Familie gelebt. Der Plantagenbesitzer hat mich dann einfach seinem Bruder hier in Berlin geschenkt. Weil es so schick ist, einen exotischen Kammerdiener zu haben. Der hat mich aber schnell weiterverkauft. Schon der preußische König Friedrich Wilhelm I. hatte Diener aus exotischen Ländern. Seitdem zeigt man, dass man reich ist und international Handel betreibt, indem man einen Schwarzen als Diener hat.«

Minna nickte. »Dann kannst du dich noch sehr viel besser erinnern an deine Heimat. Ich weiß noch, dass mein Vater auf den Feldern gearbeitet hat und meine Mutter im Haus eines deutschen Farmers. Und dass es immer Krach gab, wenn sie sich um ihre Kinder gekümmert hat. Eines Tages setzte mich der Deutsche auf einen Ochsenkarren. Danach habe ich sie nie wiedergesehen.«

»Hast du seitdem noch mal was von ihnen gehört?«

»Nein. Als ich zehn war und schreiben konnte, wollte ich ihnen einen Brief schicken. Ich habe mich an die Frau des Missionars gewandt, um die Adresse herauszubekommen.«

»Und konntest du Kontakt aufnehmen?«

»Leider nicht. Die Missionarsfrau sagte mir, dass meine Eltern

bei den Kämpfen der Hereros gegen die Namas getötet wurden.«
Wie traurig das alles war.

»Gut möglich, dass das eine Lüge ist«, sagte Menkam.

»Wieso sollten sie lügen?«

»Na ja, weil es besser ist, du glaubst, dass du keine Familie mehr hast. Dann willst du auch nicht zurück nach Hause.« Er klang verbittert.

»Zurück nach Hause ...«

»Hast du nie daran gedacht?«

Sie zuckte mit den Schultern. »Ich wüsste ja nicht einmal, wo ich anfangen sollte mit dem Suchen. Vor allem, wenn die Eltern tot sind oder tot sein sollen.«

Er nickte verständig. Sein Blick wanderte über das frische Grün des Parks. Am Spreeufer vertäuten einige Männer die Gondeln, mit denen die Parkbesucher über den Fluss setzen konnten. Minna folgte seinem Blick. Für einen Moment schoss ihr ein Bild durch den Kopf. Männer, die am Ufer eines Flusses aus einem Boot stiegen. Rundherum umgaben schroffe, unbewachsene Steilhänge den Fluss, der in einem Canyon verlief. Eine Erinnerung, an die sie schon ewig nicht mehr gedacht hatte. Zu Hause. Heimat. Familie.

»Und du? Willst du gerne wieder nach Hause?«, fragte sie.

»Ja und Nein. Ich würde meine Familie sehr gerne wiedersehen. Aber ich weiß auch, dass es in den letzten Jahren nicht leichter geworden ist für uns. Vermutlich würde ich früher oder später als Arbeiter auf einer Plantage landen. Da habe ich es hier besser.«

Minna seufzte. Es war alles so unglaublich kompliziert. Doch der Gedanke daran, dass ihre Eltern und ihre Geschwister vielleicht gar nicht tot waren, versetzte ihr einen Stich. Vielleicht hatte sie noch Familie.

»Außerdem«, setzte er nach, »außerdem müsste ich um die halbe Welt reisen. Ich habe zwar schon genug gespart, aber dann wäre das Geld auch weg.«

Minna wusste, was er meinte. Eine Passage nach Hause kostete über dreihundert Mark. Da müsste sie lange drauf sparen. Und da ja nicht einmal eine Familie auf sie wartete, lohnte es sich auch gar nicht. Sie gab ihr Geld lieber für schöne Sachen aus. Das war ihr bisschen persönliche Freiheit, die sie sich gönnte. Tatsächlich bekam sie bei der Familie Louisburg Lohn. Früher fünfzig Pfennige in der Woche, seit zwei Jahren eine Mark. Unterkunft und Essen wurden gestellt, ebenso ihre Arbeitskleidung. Für alles andere musste sie selbst aufkommen, aber das waren nur wenige Kleinigkeiten. Schuhe brauchte sie sich nicht zu kaufen, denn schon immer bekam sie die abgelegten Schnürstiefel des gnädigen Fräuleins. Auf dem gleichen Wege war sie an einen Sommermantel, einen Wintermantel und etliche andere Kleidungsstücke gelangt. Ihre Haare steckte sie hoch, und wenn sie das Haus verließ, trug sie ebenfalls die abgelegten Hüte des gnädigen Fräuleins.

»Weißt du, ich bin so glücklich, dass wir uns kennengelernt haben«, sagte Menkam nun. »Ich habe in den letzten vier Jahren ein paar mehr Afrikaner gesehen als davor. Aber sie sind immer noch sehr selten. Und außer einmal, vor sieben Jahren ungefähr, wo ich eine junge Afrikanerin in einer Kutsche habe vorbeifahren sehen, ist mir noch keine Afrikanerin begegnet.«

Obwohl die deutschen Händler schon seit Jahrzehnten an fremden Gestaden siedelten und Handel trieben, eignete sich das Deutsche Kaiserreich erst jetzt, mit großer Verspätung zu Großbritannien und Frankreich, offiziell Kolonien an. Deutsch-Südwestafrika, Deutsch-Ostafrika mit dem nun höchsten Berg Deutschlands, dem Kilimandscharo, Kamerun und Togo standen seit vier Jahren ganz offiziell unter deutschem Schutz. Natürlich war fraglich, wer da eigentlich was vor wem schützte. Nicht geschützt wurde das Recht der Menschen, die dort schon immer gelebt hatten.

»Ich kenne sonst auch niemanden. Allerdings habe ich einige Fotografien gesehen. Von den Völkerschauen«, sagte Minna mit einem ängstlichen Unterton in der Stimme.

»Ein grausames Spektakel. Die armen Menschen. Mein Herr hat mich letztes Jahr hier in Charlottenburg zu einer mitgenommen. Zu den Aschanti, damit ich mal mit eigenen Augen sehe, wie gut es mir eigentlich geht, hat er gesagt. In sogenannten Eingeborenendörfern wurden sie ausgestellt wie Tiere im Zoo.« Seine Worte klangen gallig.

Minna drehte sich auf der Parkbank zu ihm und sah ihm tief in die Augen. »Menkam, was sind wir? Sind wir Sklaven?«

Er schüttelte den Kopf. »Deutschland hat keine Sklaven, wenigstens nicht nach dem Gesetz. Mit dem preußischen Landrecht 1794 wurde die Sklaverei abgeschafft, wobei das Gesetz eigentlich nur die eigene Bevölkerung betraf. Und auf dem Wiener Kongress wurde von vielen europäischen Staaten, auch von Seiten der deutschen Souveränen, die Abschaffung des atlantischen Sklavenhandels beschlossen. Dennoch, wie alle europäischen Küstenländer betrieben auch einige Deutsche mit ihren Schiffen diesen Handel. Sie verschifften eigene Waren nach Afrika, kauften dort Menschen und verkauften sie als Sklaven an die Plantagenbesitzer in der Karibik und Amerika. Vom Erlös kauften sie wiederum Rum, Zucker, Baumwolle und anderes und verkauften es mit Gewinn in Europa.«

Minna schaute ihn staunend an. Wie viel er wusste. Und worüber er sich alles Gedanken machte, beeindruckte sie.

»Andererseits sind wir eben auch keine freien Menschen. Unsere Heimat gehört jetzt dem Deutschen Kaiserreich. Aber Deutsche sind wir auch nicht. Ich habe vor drei Jahren nach einer preußischen Pass-Karte gefragt und habe damit größte Verwirrung ausgelöst.«

»Wieso?«

»Vor vier Jahren wurde Deutschland Schutzmacht über Kamerun. Ein paar Monate später habe ich die Karte beantragt. Wenn Kamerun doch nun Teil des Deutschen Kaiserreiches war, hätte ich als in Preußen Lebender doch einen Ausweis bekommen müssen.«

»Und, hast du?«

Er schüttelte den Kopf. »Nein. Wir sind zwar der deutschen Gerichtsbarkeit unterstellt, aber wir gelten nicht als Reichsangehörige.«

»Und was sind wir dann?«

»Für die Deutschen sind wir Eingeborene. Etwas, das man eben aus Afrika mitbringt.«

»Dann sind wir so was wie Kakao, Zucker oder Kautschuk? Eine koloniale Ware?«

»Rechtlich gehören wir niemandem.«

»Dann könnten wir also einfach gehen?«

»Nun ja. Das Gesetz sieht vor, dass du verpflichtet bist, erst deinen Einkaufspreis abzuarbeiten, wenn deine Herrschaften darauf bestehen.«

»Was?«

»Weißt du, wie viel deine Herrschaften für dich bezahlt haben?«

Minna schüttelte den Kopf. »Nein.«

»Dann frag mal dein ach so aufgeschlossenes gnädiges Fräulein. Mich würde interessieren, was sie dazu sagt.«

Er sagte das in einem so barschen Ton, dass Minna innerlich zuckte. Menkam schien große Wut in sich zu tragen. Und er schien sie auch partout davon überzeugen zu wollen, dass seine Weltsicht die einzig richtige war. Wäre das ihre Zukunft? Wollte sie sich so fühlen? Aber hatte er nicht recht?

Mitte Mai 1888

Sie hingen mit den Köpfen über dem aufgeschlagenen Atlas. Minna hatte Felicitas gebeten, einmal in den Atlas schauen zu dürfen, um zu wissen, wo eigentlich ihre Heimat lag.

»Hier, das alles gehört jetzt zu Deutschland.« Felicitas fuhr mit dem Finger über die große Weltkarte. »Oberhalb der britischen Kronkolonie Australien liegt Kaiser-Wilhelms-Land. Und etliche Inseln auf dem Bismarck-Archipel, auf denen wir jetzt das Sagen haben. Die Inselgruppe Samoa, inmitten des Pazifischen Ozeans, ist ein Streitapfel zwischen Briten, Amerikanern und Deutschen. Jede Nation beansprucht die Inseln und deren Rohstoffe für sich«, erklärte Felicitas und blätterte weiter. »Hier haben wir Afrika. Links unten ist Deutsch-Südwestafrika. Seit vier Jahren ist es deutsche Kolonie oder, wie es offiziell genannt wird, deutsches Schutzgebiet.«

Minna beugte den Kopf über den aufgeklappten Atlas. »Was steht da? Ich kann es nicht lesen.«

»Ich auch nicht. Es ist so klein geschrieben.«

Selbst in diesem älteren Atlas war es kaum möglich zu ersehen, wie der Landstrich früher geheißen hatte.

»Lüderitzland? Ja, und hier steht noch was. Namaland? Kann das sein?«

»Nama? Und hier, ist das nicht Keetmanshoop?«, fragte Minna und zeigte auf einen kleinen Kreis. Keetmanshoop und Nama waren die einzigen beiden Namen, die ihr überhaupt etwas sagten.

»Und da kommst du her? Aus Keetmanshoop?«

»Nein, dort habe ich in der Mission gelebt. Aber vorher bei meinen Eltern auf dem Land. Aber ich weiß nicht, wo.«

»Und du sagst, du erinnerst dich an einen Fluss?«

Minna nickte.

»Hier ist der Fish River. Vielleicht meinst du den?«

»Wie überaus enttäuschend. Ich weiß nicht einmal, woher ich stamme.« Wieder hatte Minna Tränen in den Augen.

»Ich könnte der Mission schreiben. Vielleicht bekomme ich eine andere Antwort, was deine Eltern betrifft«, sagte Felicitas mitfühlend.

Gestern Abend hatte sie ihre Zofe weinend vorgefunden und gefragt, was sie bedrücke. Minna hatte von ihrer Familie gesprochen und davon, dass sie sich kaum noch an sie erinnere. Gut erinnerte sie sich allerdings an ihre schwere Zeit in der Missionarsschule, wo sie wenig gelernt und viel hatte arbeiten müssen. Schon mit sieben Jahren musste sie den großen Gemüsegarten des Missionarsehepaares ganz alleine bewirtschaften. Sie hatte nähen, putzen und kochen gelernt, war auf eine Farm gekommen, dann nach Hamburg verschifft worden und schließlich bei ihnen gelandet. Das alles hatte Felicitas nicht gewusst. Und jetzt schämte sie sich, dass sie ihre Zofe in all diesen Jahren nie danach gefragt hatte.

Mit dreizehn war Felicitas eines Morgens in einem blutgetränkten Bett aufgewacht. Panisch war sie zu ihrem Vater gerannt. Sie dachte, sie müsse sterben, und weinte bitterlich. Nur mit Mühe konnte er sie beruhigen. Erklären, was passiert war, musste allerdings Fräulein Korbinian. Vater war vollkommen ungehalten über den Umstand, dass sowohl sie als auch das Kindermädchen sich gegenseitig die Verantwortung zuschoben, wer das Kind rechtzeitig hätte aufklären müssen.

Irgendwie schaffte Fräulein Korbinian es, die Schuld für das Versäumnis abzuwälzen. Als Vater von seiner nächsten Reise aus Hamburg wiederkehrte, brachte er Minna mit, und das ältere Kindermädchen wurde entlassen. Vater befand, dass eine jüngere Frau als Zofe eingestellt werden sollte. Eine, die hoffentlich mehr von den Lebensnöten junger Mädchen verstand.

Damals war Minna sehr scheu gewesen, hatte kaum gesprochen, eigentlich nur, wenn sie etwas gefragt wurde. Zu behaupten, sie hätten sich angefreundet in all den Jahren, wäre vermutlich übertrieben. Trotzdem hatten sie sich aneinander gewöhnt und kamen gut miteinander aus.

Das hatte sich in den letzten Wochen geändert. Plötzlich waren sie Verbündete. Felicitas hatte sie gebeten, ihr bei ihren heimlichen Ausflügen zu helfen. Und Minna hatte ihr erzählt, dass sie sich mit dem afrikanischen Boy ihres Schneiders treffen wolle. Menkam hieß er richtig. Minna sagte, es gehe nicht um etwas Amouröses, sondern lediglich darum, dass sie sonst niemand anderen kenne, der aus Afrika komme.

Heute Vormittag hatte Felicitas heimlich den großen Atlas geholt, damit sie sich die Landkarten anschauen konnten. Heimlich, weil ihr klar war, dass auch dieses Thema, die Zofe könnte sich mit ihrer Heimat beschäftigen, keinen Gefallen bei Vater oder Fräulein Korbinian finden würde. Also hatten sie bis zum Abend gewartet, um hineinzuschauen. Vielleicht würde Minna ja etwas wiedererkennen. Doch all diese Karten, auf denen der afrikanische Kontinent abgebildet war, waren viel zu grob.

»Oder wir könnten uns an die Deutsche Kolonialgesellschaft wenden. Die haben doch die besten Kontakte in die Schutzgebiete. Ich könnte beim Reichskommissar von Lüderitzland nachfragen.«

»Und Sie glauben, das würde was bringen? Ich kann mir nicht vorstellen, dass sich die Leute mit solchen Dingen aufhalten wollen.«

»Ich weiß es nicht«, sagte Felicitas ehrlich und klappte den Atlas zu. Sie wurde allmählich unruhig. Für heute Abend hatte sie sich wieder mit Lorenz Schwerdtfeger verabredet. Den Abend verbrachte Vater außer Haus. Es war die beste Gelegenheit, sich heimlich wegzuschleichen.

Es klopfte. Schnell ließ Felicitas sich auf einen Sessel sinken und hielt sich den Unterleib. Mitfühlend legte Minna ihr eine Hand auf die Schulter.

Fräulein Korbinian trat ein. »Ach, Sie Ärmste.«

Minna hatte ihr vorhin erklärt, dass Felicitas unpässlich sei.

»Ich bringe Ihnen etwas Laudanum. Falls es heute Nacht schlimmer wird, können Sie davon noch einen Löffel nehmen.« Sie stellte eine Flasche auf dem Nachttisch ab und legte einen Löffel dazu.

»Herzlichen Dank«, sagte Felicitas, unterdrückend stöhnend. »Ich werde mich nun zu Bett begeben.«

»Ja. Ruhe ist das Beste. Ruhe und Ausgeglichenheit. Sie strengen sich geistig zu sehr an. Das führt medizinisch nachgewiesen zu schmerzhaften Monatsblutungen.«

In eine andere Richtung schauend verdrehte Felicitas die Augen. Denken machte Frauen also krank. Sie konnte und wollte es nicht länger glauben.

»Dann wünsche ich Ihnen eine gute Nachtruhe. Ich werde später noch nach Ihnen sehen.«

»Das ist nicht nötig. Minna wird sich ein paar Stunden an mein Bett setzen und mir vorlesen.«

Ihre Zofe nickte bestätigend.

»Gehen Sie ruhig schlafen. Sie haben sich Ihre Nachtruhe auch verdient«, sagte Felicitas mitfühlend.

»In der Tat. Also sehe ich morgen früh als Erstes nach Ihnen«, sprach Fräulein Korbinian und verließ sie.

»Dann ziehe ich mich jetzt um«, sagte Felicitas kaum eine Minute später. Sie konnte es schwerlich abwarten.

Minna brachte ein Bündel, in dem sie die Männerkleidung versteckt hatte, und half Felicitas beim Ausziehen. Die Hose und den Rest anzuziehen, gelang Felicitas ohne Hilfe.

Wieder ging Minna in den Fluren vor, um zu sehen, ob die Luft rein war. Dann schlich sich Felicitas aus dem Hintereingang hinaus.

* * *

Wie verabredet wartete Lorenz schon an der Straßenecke. Er begrüßte sie höflich, und sie erwiderte die Höflichkeit. Es lag eine prickelnde Spannung in der Luft. Und auch, obwohl es nicht lange dauerte, bis sie sich angeregt unterhielten, blieb die Spannung doch bestehen.

»Herr Schwerdtfeger ...«

»Ja?« Er schob sein Rad nebenher.

»Ich hätte eine Bitte. Ich würde gerne ...«

Der junge Mann mit dem charmanten Lächeln sah sie interessiert an. In seiner Nähe fühlte sie sich immer besonders unbeschwert, geradezu befreit von allen Regeln, allen Vorgaben, den gesellschaftlichen Erwartungen.

»Ich hätte gerne, dass wir uns duzen. Nur, wenn es Ihnen recht ist ...«

»Ja, sehr gerne sogar.« Sein Lächeln war umwerfend. »Felicitas ist ein ausnehmend schöner Name. Felicitas – Glück oder Gedeihen, wenn ich es richtig übersetze«, sagte er.

Dicht nebeneinander liefen sie Richtung Tiergarten. Kaum, dass sie den Park erreicht hatten, sahen sie sich um. Nur noch vereinzelt waren Menschen zu sehen.

»Warten wir noch ein paar Minuten, bis die Wege ganz frei sind«, schlug Lorenz vor. Sie setzten sich auf eine Parkbank.

»Ich möchte dich nicht in Schwierigkeiten bringen. Fällt es nicht auf, dass du außer Haus bist?«, entschuldigte Lorenz sich.

»Ich bin sehr vorsichtig. Ach, ich freu mich schon seit Tagen auf unser Treffen. Wenn ich könnte, würde ich öfter kommen. Radfahren macht so viel Spaß. Außerdem hätte ich gerne eigene Hosen.«

Lorenz nickte. »Meine Schwester hat mir Ähnliches erzählt. Wobei sie sich vor Kurzem die englischen Hosen hat nähen lassen, um auch tagsüber Rad fahren zu können.«

»Am helllichten Tag? Als Frau? Ist das Radfahren bei euch in Coburg nicht verboten?«

»Nicht außerhalb der Stadt. Da darf man fahren.«

»Und was sind das für englische Hosen?«

»*Bloomers* nennen sie sich. Nach der Engländerin, die sie für sich selbst genäht hat. Sie sind sehr weit, sehen fast aus wie ein Rock, und doch sind es Hosen. Unten an den Beinenden sind sie zusammengefasst. So ähnlich wie bei türkischen Hosen. So flattert der Stoff nicht herum und kann nicht in die Speichen geraten. Und fürs Radfahren sind sie perfekt.«

»Und diese Hose trägt deine Schwester tatsächlich draußen, auf der Straße?«

Lorenz nickte. »Diese Hose und auch kein Korsett.«

»Kein Korsett?! Oh, wie verheißungsvoll. Sie muss sich so frei fühlen. Einfach so dahinsausen.«

»Allerdings werden auch wir Männer angepöbelt, wenn wir auf dem Fahrrad sitzen.«

»Was? Wieso das denn?«

»Die Leute pöbeln eben gerne rum. Oder sie ärgern sich, wenn ihre Pferde scheuen. Oder wenn jemand sie schnell überholt. Das mögen sie nicht. In Coburg hat mir mal jemand einen Stein an den Kopf geworfen. Das war auf dem Land, wo ich fahren durfte.«

»Herrje. Die Menschen sind so dumm. Es wäre doch auch für sie eine große Erleichterung. Weißt du, als ich das letzte Mal nach Hause kam, von unserem kleinen Ausflug, da musste ich so weit laufen. Da dachte ich, es wäre so ungemein praktisch gewesen, ein

Fahrrad zu haben. Wenn ich ein Pferd will, muss ich es mir satteln lassen. Und selbst wenn ich es selber satteln würde, würde es dauern.«

»Und beim Fahrrad steigst du nur auf, und schon geht's los«, ergänzte Lorenz ihre Begeisterung.

»Genau. Ganz einfach, ganz schnell. Und niemand muss das Fahrrad füttern. Oder im Winter warm halten oder den Doktor holen.«

»Na ja. Manchmal muss es schon zum Doktor. Ausgereift ist die Technik noch nicht.«

»Ich wünschte, Berlin würde die Straßen endlich für alle Fahrräder freigeben«, sagte Felicitas.

»Im Juni soll hier im Lustgarten ein Radfahrer-Corso eröffnet werden. Es tut sich gerade so einiges. Wart nur ab. Es wird sich bald viel ändern.«

»Das klingt nach Revolution«, rief Felicitas begeistert aus.

Sie wollte Veränderung. Sie wollte frei sein, Pläne schmieden, sich auf die Zukunft freuen können. Das alles wollte sie. Ihr Leben dagegen schien nur aus Grenzen und Regeln zu bestehen. Und nun sollte sie auch noch bald verheiratet werden. Ihre Zeit wurde knapp. Wenn sie noch etwas erleben wollte, bevor sie heiraten musste, dann sollte sie es jetzt tun. So wie Lorenz. Er schien Tausende Pläne im Kopf zu haben. Ihm stand die Welt offen, und das, obwohl er zwar nicht arm war, aber dennoch aus deutlich bescheideneren Verhältnissen kam. Lorenz Schwerdtfeger würde sicher nicht bei so etwas Ödem wie einem *Tableau vivant* mitmachen.

»Hat deine Schwester denn keinen Chaperon?«

»Eine Aufpasserin? Nein, meine Schwester kann ganz gut auf sich selbst aufpassen. Wenn sie mich in Berlin besucht, kommt sie im Damencoupé. Und hier in der Stadt ist sie natürlich abends auch nicht alleine unterwegs. Aber in Coburg schon.«

»Oh, das dürfte ich gar nicht. Wenn das rauskommen würde, dass ich mich raussteheLe, dann wäre der Teufel los. Fräulein Korbinian würde in Ohnmacht fallen, wenn sie wüsste, dass ich hier auf der Parkbank sitze. Ich darf nicht mal tagsüber ohne Aufpasserin nach draußen.«

»Wirklich?«, fragte Lorenz ungläubig nach. »Gehst du denn nie einkaufen?«

»Schon, aber immer mit Fräulein Korbinian. Sobald meine Schuhsohlen auch nur die Stufen zur Außenwelt berühren, scharwenzelt die Korbinian wie ein scharfer Hund um mich herum.«

»Besuchst du niemals eine Freundin?«

Felicitas schüttelte den Kopf. »Gelegentlich, aber wie gesagt, niemals alleine.«

»Was macht Fräulein Korbinian denn dann? Setzt sie sich zu euch? Da kommt doch gar kein Spaß auf.«

»Mein Leben ist derart gestaltet, dass es nicht um Spaß geht. Sondern um Sitte und Anstand.« Sie stockte einen Moment. »Wenn mein Vater das hier wüsste, oje ... Er darf das nie erfahren. Vermutlich würde er mich fesseln und einsperren.«

Lorenz sah sie merkwürdig an. Und sagte für einen Moment nichts. Er rückte näher. Seine Hand zuckte, als wollte er nach ihrer fassen, was er aber nicht tat. Leider. Und dennoch, es wäre unschicklich gewesen.

»Ich habe gedacht, weil es ja auch wirklich gewagt ist für dich, spätabends hier draußen ...«

»Mit dir zusammen ist es doch wohl kaum gewagt.«

»Nein, aber wenn es tatsächlich herauskäme ... Nun, ich dachte, wenn es ... Vielleicht ... Ob ich mich nicht bei deinem Vater vorstellen sollte. Und dann könnten wir uns in aller Öffentlichkeit treffen. Also natürlich nicht zum Radfahren, aber vielleicht könnten wir uns in einem Kaffeehaus treffen. Oder im Sommer in einem Biergarten Jause machen. Und ...«

»Und nehmen Fräulein Korbinian mit?«

»Wenn es nicht anders geht, nehme ich auch Fräulein Korbinian in Kauf. Wenn ich dafür Zeit mit dir verbringen darf.«

Das war wohl das Netteste, was jemals jemand zu ihr gesagt hatte. Und das Schwierigste zugleich.

Nun griff er tatsächlich nach ihrer Hand, die sie aber erschrocken wegzog. Sie sollte ihm keine Hoffnung machen. Auch wenn sie ihm nur zu gerne Hoffnung gemacht hätte. Aber sie hatte ja selbst keine.

Er schien leicht irritiert. »Wir müssen nicht in einen Biergarten gehen. Ich könnte auch Karten für die Oper besorgen.«

Vater würde jemanden wie Lorenz nie akzeptieren. Da konnte er ihr noch so galant den Hof machen. Außerdem ... Da war ja noch dieser vermaledeite Grafensohn. »Das ... ist es nicht. Ich halte das ... nur für keine gute Idee.« Ihre eigenen Worte schmerzten, als sie sie laut hörte.

»Das ist ... sehr schade.« Er starrte einen Moment vor sich hin, dann sprang er auf. »Dann eben nur Rad fahren? Also auf, auf. Los geht es.« Seine Stimme hatte einen verletzten Unterton, den er mit gespielter Fröhlichkeit zu übertünchen versuchte.

Als würde sie sich das eigene Herz herausreißen. So sollte sich das doch nicht anfühlen. Am liebsten hätte sie jede einzelne Silbe zurückgenommen. Am liebsten wäre ihr gewesen, sie hätten Händchen halten können. Was für eine wunderbare Vorstellung, sie könnten sich ganz offiziell zu Kaffee und Kuchen treffen. Gemeinsame Abende in der Oper, mit heimlichen Berührungen im Dunkeln der Loge. Aber das wäre niemals möglich. Vater würde jemanden wie Lorenz Schwerdtfeger in hohem Bogen aus dem Haus werfen. Nein, es wäre nicht redlich von ihr, ihm derartige Hoffnung zu machen.

Mitte Mai 1888

»Wir bekommen heute Nachmittag erfreulichen Besuch. Graf von Brück-Bürgen besucht uns mit seinem Sohn zum Tee.« Vater hatte Felicitas rufen lassen, und sie stand vor seinem Schreibtisch.

»Aha«, sagte sie gedehnt. Also sollte sie jetzt den Sohn kennenlernen. »Der Graf arbeitet im Reichseisenbahnamt, glaube ich. Du hast also Berufliches mit ihm zu besprechen?«

»In der Tat. Woher weißt du das?«, fragte Vater argwöhnisch.

»Elsa hat es erwähnt, als wir die Gästeliste durchgesehen haben«, gab sie so unbedarft wie möglich von sich.

»Ach so. Wie auch immer. Ich möchte dich bitten, dich in der Zwischenzeit um seinen Sohn zu kümmern. Ihr könntet zusammen Tee trinken. Oder Kaffee.«

Graf von Brück-Bürgen, das war der Mann, den sie im Gespräch mit Vater belauscht hatte. Der seinen Sohn mitbrachte, mit dem Felicitas auf dem Ball mehrere Male tanzen sollte. Rudolph. Mit dem sie jetzt einen Nachmittag verbringen sollte. Die Anzeichen verdichteten sich. Aber natürlich konnte sie nicht zugeben, dass sie gelauscht hatte.

»Sie stehen auf der Gästeliste. Ist der Graf ein wichtiger Kontakt für dich?«

»In der Tat. Ein überaus wichtiger Mann. Weshalb ich dich bitte, ganz besonders zuvorkommend zu seinem Sohn zu sein.«

Wie nur sollte sie das formulieren, was sie bisher nur ahnte. »Bin ich nicht immer zuvorkommend zu unseren Gästen?«

Ihr Vater lehnte sich zurück und schaute sie durchdringend an. »Nun, um ehrlich zu sein, finde ich, dass der Grafensohn eine ausgesprochen lohnenswerte Partie ist.«

Felicitas stockte der Atem. Nun war es also heraus. »Papa, ich muss dich das fragen, weil du so viele junge Männer von meiner Vorschlagsliste für die Gästeliste gestrichen hast: Hast du schon jemand Speziellen ins Auge gefasst? Etwa den Grafensohn?« Ihr Herz pochte so schnell, dass sie dachte, er müsse es hören können.

Vater starrte sie an. »Ihr sollt euch doch erst mal nur kennenlernen. Aber irgendwann wirst du heiraten müssen. Und ich will sichergehen, dass es der richtige Mann ist. Irgendwo müssen wir ja mal anfangen. Und der junge Brück-Bürgen wäre passend.«

Irgendwann wirst du heiraten müssen! Vater war also fest entschlossen, sie bald zu vermählen. Dabei hatte sie gerade erst begonnen zu begreifen, was Freiheit tatsächlich bedeuten konnte.

Die Knie wurden ihr weich. Sie hoffte, dass ihre Stimme gefasst genug klang. »Aber ich habe doch sicher ein Mitspracherecht. Was, wenn er mir nicht gefällt?«

Seine Miene schillerte zwischen Ungläubigkeit und Zorn. »Du musst endlich eine Familie gründen. Du bist schon neunzehn. Es wird allmählich Zeit. Ich will, dass du mir recht schnell einen Stammhalter schenkst. Ich werde auch nicht jünger.«

»Aber es geht um den Rest meines Lebens.«

Vater seufzte genervt auf. »Wenn du noch länger wartest, wirst du zu einer alten Jungfer. Und so ein Weibsbild will niemand mehr.«

»Wenn er mir nicht gefällt? Wenn ich ihn nicht liebe!«

»Liebe?! Du und deine Fantastereien. Es zeigt mir doch, wie wenig erwachsen du bist. Und dass du Führung und Anleitung brauchst.«

Jäh kochte in Felicitas Wut hoch. »Habt Mama und du euch etwa nicht geliebt?«

Sein Blick erstarrte. So viel Widerrede hatte er wohl nicht von ihr erwartet. »Felicitas!« Seine Stimme klang gepresst. »Du hattest lang genug Gelegenheit, dich umzuschauen. Aber du hast deine Zeit lieber mit deinen Flausen verbracht. Mit deinen alten Mähren und dem Traum von einem Landgut.«

Sie sagte nichts. Verdammt, das mit Mama war ihr herausgerutscht. Ihre Hände ballten sich zu Fäusten, aber sie zügelte ihre Wut.

Überraschend erhellte sich sein Gesicht, und beinahe brachte er ein Lächeln zustande. »Weißt du, wer ein Landgut mit vielen Pferden hat? Graf von Brück-Bürgen. Sie züchten Pferde – Rennpferde und Pferde fürs Militär. Rudolph von Brück-Bürgen liebt Pferde genau wie du. Sicher kommt ihr bestens miteinander aus.«

»Das wusste ich nicht«, sagte sie überrascht.

»Nun, stell dich mit seinem Sohn gut, und bestimmt können wir einen Besuch auf dem Gestüt arrangieren. Dann könntest du wenigstens schon mal sehen, wie so was läuft. Und dass Pferdezucht harte Arbeit ist und aus mehr besteht, als nur die Tiere zu füttern und zu striegeln.«

»Es wäre durchaus spannend ...«

»Sicher wirst du dich mit seinem Sohn großartig verstehen. Ihr habt gemeinsame Interessen.«

»Ach ja ...« Das hörte sich allerdings wieder gut an. Ein Landgut mit Gestüt sogar. Genau, wie sie es sich immer gewünscht hatte.

»Nun, auf jeden Fall werden wir ein angeregtes Gespräch führen können«, sagte Felicitas nun. Sie könnte ihn sich ja mal anschauen. Elsa und ihre Freundinnen hatten davon gesprochen, wie gut er aussähe, wie ansprechend er sei und was für eine gute Partie. Jemand, der Pferde genauso liebte wie sie, war allemal ein interessanter Gesprächspartner.

Vater schlug einen versöhnlichen Ton an. »Sieh mal, Graf von Brück-Bürgen ist ein wichtiger Mann für mich. Deswegen möchte ich, dass du zu seinem Sohn besonders nett bist. Und ich sehe auch wirklich keine Schwierigkeiten, dich für ein paar Stunden mit ihm zu unterhalten. Gerade, weil ihr beide euch für Pferde interessiert. Grundsätzlich darfst du darauf vertrauen, dass ich für meine beiden Töchter immer nur das Beste will.«

Felicitas nickte. Was sollte sie dem entgegenhalten?

* * *

Felicitas hatte ein extra schönes Kleid angezogen, wobei sie eigentlich nur schöne Kleider hatte. Minna hatte soeben Bescheid gesagt, dass der Gast eingetroffen sei. Der Gast, fragte sie nach. Sie habe gedacht, der Graf komme mit seinem Sohn. Tatsächlich, so sagte Minna ihr, sei wohl nur ein junger Herr gekommen. Leicht angespannt stieg sie die Treppe hinunter, und der Diener öffnete ihr die Tür.

Sie betrat den kleinen Salon. Fräulein Korbinian wartete neben der Sitzgruppe. Vater stand ebenfalls dort und unterhielt sich mit einem Mann, den Felicitas auf Ende Zwanzig schätzte. Seine dunkelbraunen Haare waren etwas zu lang für die vorherrschende militärische Mode. Seine blaugrauen Augen strahlten, sein Spitzbart hatte etwas Neckisches. Tatsächlich sah er sehr gut aus. Gleichzeitig wirkte er so, als wäre ihm dieser Umstand sehr bewusst. Ein eitler Pfau, schoss es Felicitas sofort durch den Kopf. Zielstrebig kam er auf sie zu.

»Meine älteste Tochter, Felicitas«, stellte Vater sie vor.

»Fräulein Louisburg, es ist mir eine Freude, Sie kennenzulernen.« Es klang irgendwie gelangweilt. Und doch glitt sein Blick über ihren Körper, abschätzend und abwägend.

»Sehr erfreut.«

»Rudolph von Brück-Bürgen«, stellte er sich nun namentlich vor.

»Angenehm ... Ich dachte, Ihr Herr Vater würde Sie begleiten?!«

»Er ist leider verhindert. Wir werden unsere berufliche Besprechung verlegen müssen. Aber da der Herr Graf nun gerade in der Stadt weilt ...«, erklärte Vater eilig. »Bitte, setzen Sie sich doch«, wandte er sich nun an den Gast, wartete, bis er in einem Sessel Platz genommen hatte, und setzte sich ebenfalls. Felicitas nahm neben Fräulein Korbinian auf dem Sofa Platz.

Fast gleichzeitig ging die Tür auf, und der Diener brachte Tee, Kaffee und heiße Schokolade für ihre Aufpasserin und eine Etagere mit allerlei Süßem.

»Dann kommen Sie gerade vom Lande?«, fragte Fräulein Korbinian, ganz so, als wäre es an ihr, ein Gespräch in Gang zu bringen.

»So ist es. Ich bin heute Vormittag angereist.«

»Ich hörte, Ihre Familie besitzt ein Landgut?«, mischte sich Felicitas in das Gespräch.

Rudolph von Brück-Bürgen schien die Bemerkung seltsam zu finden. »Da sind Sie richtig informiert. Es liegt in der Nähe von Ludwigsfelde.«

»Wie lange brauchen Sie mit der Bahn dorthin?« Der Anfang war geschafft.

Fräulein Korbinian bediente sich unterdes an der Etagere, die mit Eclairs und Pralinen bestückt war.

»Mittlerweile kaum noch eine Stunde«, sagte der junge Graf an Felicitas gewandt.

»Dann sind Sie erfreulich schnell in Berlin.«

»Wir sind schon sehr lange durch die Anhalter Bahnstrecke an die Hauptstadt angebunden. Wir kennen es nicht anders.«

»Die Strecke wurde erst 1886 komplett in die Hände des Staates überführt«, steuerte Vater einen Wortbeitrag bei. »Aber bevor ich die Gesellschaft mit Details zum Eisenbahnbau langweile, muss ich mich leider verabschieden. Ich habe noch einige Dinge zu erledigen.« Er stand auf und verließ den Salon.

Felicitas schaute ihm irritiert nach. Die ganze Situation war merkwürdig. Sie hatte Vater so verstanden, dass sie den Sohn unterhalten sollte, solange die Väter Berufliches zu besprechen hatten. Aber nun schien es so, als wäre der Grafensohn extra für dieses Teekränzchen den weiten Weg gekommen. Aber wenn sie eins gelernt hatte, dann, ihre Gäste zu unterhalten.

»Leben Sie hauptsächlich auf dem Landgut?«

»Das kann man nicht sagen. Ich bin häufig in Berlin. Lieber als auf dem Landgut.« Er saß etwas steif auf seinem Sessel und nippte kaum an seinem Kaffee.

»Ich liebe es auf dem Land. Wenn es möglich wäre, würde ich die allermeiste Zeit auf dem Land verbringen.«

Er schaute sie an, als hätte sie etwas Verrücktes gesagt. »Haben Sie jemals länger auf dem Land gelebt?«

»Nein, leider nicht.«

»Dann können Sie es wohl kaum beurteilen, wie es dort ist. Man hat dort einfach zu wenig Abwechslung.«

Es klang etwas schroff, wie er das sagte. Und gleichzeitig affektiert. Felicitas fühlte sich gemaßregelt. »Nun, dafür kenne ich das Stadtleben umso besser. Mit all seinen Vergnüglichkeiten. Kennt man sie erst alle, dann kann man sich durchaus für etwas mehr Natur und Ruhe begeistern.«

Mit einer solchen Gegenrede hatte er wohl nicht gerechnet. Er starrte sie an, als wäre er beleidigt. »Sie glauben tatsächlich, Sie kennen alle Vergnüglichkeiten der Reichshauptstadt?«, fragte er spöttisch. »Das will ich doch wohl arg bezweifeln. Zudem wäre es auch wirklich besser für Sie, wenn dem nicht so wäre.«

Felicitas blickte ihn an und wusste nicht, was er meinte. Und auch nicht, was sie nun sagen sollte.

Fräulein Korbinian, die merkte, dass das Gespräch sich in eine falsche Richtung entwickelte, legte ein zweites Eclair, in das sie gerade beißen wollte, auf ihren Teller zurück.

»Sie müssen wissen, Fräulein Louisburg ist eine Pferdenärrin. Sie wäre am liebsten den ganzen Tag bei ihren Pferden.«

»Sie verstehen etwas von Pferden?«

»Ein wenig. Wir haben Reitpferde und Kutschpferde, und ich habe es mir zur Aufgabe gemacht, altersschwache Arbeitspferde zu retten. Ich hatte drei gekauft. Unglücklicherweise sind sie alle im großen Brand von Tattersall umgekommen. Ich wünschte, sie hätten am Ende ihres Lebens noch ein bisschen grünes Gras zu sehen bekommen.«

»Sie meinen, auf einer Art Gnadenhof für altersschwache Zugpferde? Was für eine absurde Idee!«

Felicitas saß wie versteinert da. Wie unhöflich er war. Am liebsten hätte sie ihm eine gepfefferte Antwort entgegengeschleudert. Aber sie musste Rücksicht auf Vater nehmen. Ganz offensichtlich war der Graf wichtig für ihn. Anscheinend hing ihr Wohlstand von ihm ab. Sie schalt sich, weil sie sich in der Nacht leider nicht die erste Seite des Bankbriefes angeschaut hatte. Dort hätte sie vermutlich nähere Details zu Vaters Schulden erfahren. Offensichtlich war seine finanzielle Lage so prekär, dass er von dem Grafen abhängig war. Trotzdem merkte sie, wie die Wut in ihr hochkochte. Fräulein Korbinian sah sich gezwungen, ihre heiße Schokolade wegzustellen.

»Nun, Sie sind natürlich jemand, der sicherlich viel von Pferden versteht. Ich sage es Fräulein Felicitas auch immer wieder, dass ihr Engagement für die Pferde wunderlich wirkt.«

»Tse …«, ließ der Grafensohn abwertend erklingen. »Der Einfall, klapprige Arbeitspferde durchzufüttern, wenn sie nicht mehr arbeiten, das ist etwas für einsame ältere Damen.«

»Wohl kaum. Denn ich bin weder einsam noch älter!«, gab Felicitas nun schnippisch zurück.

Rudolph von Brück-Bürgen setzte seine Tasse auf die Untertasse und diese geräuschvoll auf dem Beistelltischchen ab. »Offensichtlich verstehen Sie so gut wie gar nichts von Pferden. Oder dem Leben auf einem Landgut.«

Felicitas schnappte laut nach Luft. Sie merkte, wie Fräulein Korbinian neben ihr äußerst nervös wurde.

»Es ist natürlich Fräulein Felicitas' empfindsamer Seele geschuldet, dass sie sich so sehr um alte und kranke Tiere kümmert«, sprang sie ein, um zu retten, was zu retten war.

»Das Mitgefühl wäre sinnvoller aufgehoben bei den versehrten Veteranen aus den Einigungskriegen.«

»Da gebe ich Ihnen recht. Frauen sollten sich unbedingt karitativ beschäftigen«, sagte Fräulein Korbinian nun in ihre Richtung.

Felicitas fand sich wie vor den Kopf gestoßen. Sollte sie sich etwa beleidigen lassen? Dieser Kerl war so völlig anders, als Elsa und ihre Freundin ihn beschrieben hatten. Ausgesprochen arrogant, und wie herablassend er war. Ganz offensichtlich nahm er sie nicht für voll. Felicitas sah sich in der Situation, gleichzeitig für ihre eigene und für die Freiheit der Pferde kämpfen zu müssen.

»Und verstehen Sie viel von Pferden?«

»Was für eine Frage. Unsere Familie züchtet seit Generationen Pferde.«

»Und doch ist Ihnen noch nicht aufgefallen, dass auch diese Tiere eine Seele haben?«

Nun war es an ihm, stumm zu sein. Er schien aber eher genervt als wütend.

»Ich lege es Ihnen nicht zur Last, dass Sie so wenig von den Dingen dort draußen in der Welt verstehen. Frauen haben nun mal nur eine begrenzte Bildung und leben weitestgehend in Unwissenheit. Sie können nicht logisch und rational denken.«

Jetzt reichte es ihr aber. »Und sind Männer etwa so viel logischer? Erst beschneiden sie den Vögeln die Flügel, und dann regen sie sich darüber auf, dass die Vögel nicht fliegen können. Sich über die fehlende Bildung von Frauen zu echauffieren, nenne ich unlogisch. Es sind doch Männer, die bestimmen, was wir lernen dürfen und was nicht.«

Für einen Moment war er perplex und vollkommen sprachlos. Dann stand er auf, zwang sich zu einem Lächeln.

»Es tut mir leid, dass ich mich jetzt schon verabschieden muss. Ich habe noch dringende Geschäfte in der Stadt zu erledigen, bevor ich heute Abend wieder zu dem so überaus vergnüglichen Landleben zurückkehren werde.« Er nickte knapp.

Fräulein Korbinian schnappte laut nach Luft. Felicitas selbst war eher erleichtert. Sollte er doch gehen. Sie sollte Vater besser direkt Bescheid geben, dass sie ganz sicher nicht diesen arroganten Schnösel heiraten würde. Was für ein Snob. Seine Familie züchtete seit Generationen Pferde, päh! Das taten sie ja nicht mit ihrer eigenen Hände Arbeit. Da gab es Dutzende von Stallburschen, Stallmeistern und Pferdeknechten. Ob er tatsächlich etwas von diesen Tieren verstand, entzog sich ihrer Kenntnis. Aber ganz sicher hatte er nichts für sie übrig. Das war mal wieder typisch, jemand von Stand, der sich so selbstsicher präsentierte, ohne je wirklich und persönlich etwas geleistet zu haben.

Felicitas stand ebenfalls auf. »Dann wünsche ich Ihnen noch vergnügliche Stunden in der so aufregenden Reichsmetropole«, parierte sie seine Beleidigung.

Fräulein Korbinian schoss in die Höhe. »Aber Fräulein Felicitas ...«, stammelte sie. »Werter Herr Graf, so bleiben Sie doch. Wir werden sicherlich noch ein erfreulicheres Thema finden, um uns einen vergnüglichen Nachmittag zu machen.«

»Ein nächstes Mal vielleicht«, sagte er ausweichend, nickte beiden Damen zu und verließ schleunigst den Salon.

Fräulein Korbinian funkelte sie wütend an. Leise, durch ihre Zähne gepresst, schimpfte sie: »Wie können Sie nur! Habe ich Ihnen denn nicht genug über Etikette und Anstand beigebracht? Er ist ein Graf. Er kennt sogar den Kronprinzen höchstpersönlich! Ist Ihnen nicht klar, welche Folgen das haben könnte?«

»Wenn er ein Graf ist und sich sogar bei Hofe bewegt, dann sollte man doch annehmen, dass auch er genug Anstand und Etikette kennt!«

»Oh ... Sie ...!« Schon rauschte auch Fräulein Korbinian hinaus.

Keine zwei Minuten später tauchte Vater auf. Felicitas biss gerade genüsslich in ein Eclair.

»Was muss ich da hören? Du hast den Mann vor den Kopf gestoßen?«

Sie hatte den Mund noch voll und schüttelte den Kopf. Endlich hatte sie runtergeschluckt. »Er hat mich beleidigt. Ich lasse mich doch nicht in meinem eigenen Haus beleidigen.«

»Wie hat er dich denn beleidigt?«

»Er hat mich nicht für voll genommen.«

»Natürlich nimmt er dich nicht für voll, wenn du so einen Blödsinn erzählst über alte Schindmähren, die zum Abdecker und nicht auf die Wiese gehören. Du weißt ja gar nicht, was du angerichtet hast.«

»Offensichtlich nicht. Wieso ist er so wichtig?«

»Nicht er ist wichtig. Sein Vater ist wichtig. Für meine zukünftigen Projekte. Du bist wirklich noch ein Kind ...«

Dann war es also wahr. Dann war Vater auf den Grafen, der im Reichseisenbahnamt viel Einfluss hatte, angewiesen. Und sie hatte ihm vielleicht gerade den besten Ausweg verbaut, aus der Schuldenfalle herauszukommen. Wie hatte sie nur so töricht sein können? Was, wenn Vater nun ihretwegen anfangen musste, Teile seiner Unternehmen zu verkaufen? Das würde sie sich nie verzeihen. Und er ihr auch nicht.

Sein Gesicht lief rot an. »Der Grafensohn kommt aus einem exzellenten Stall.«

Und vermutlich soll er mich zügeln wie eine Stute, dachte Felicitas bitter.

»Bei eurem nächsten Treffen wirst du tun, was ich dir sage. Das ist mein letztes Wort ... Pass bloß auf, sonst wirst du noch zu einem richtigen Blaustrumpf. Und eine herrische und rechthaberische Frau will niemand heiraten.«

Bei eurem nächsten Treffen ... Vater würde nicht nachgeben. Unsicher griff Felicitas nach einem weiteren süßen Stück, da trat Fräulein Korbinian, die ihrem Vater gefolgt war, an sie heran.

»Um Himmels willen. Nun lassen Sie das süße Zeug doch liegen. Sie wollen doch auf dem Ball in Ihr Kleid passen.«

Felicitas legte das Stück auf ihren Teller und stellte ihn beiseite. Sie hatte in den letzten Wochen an der Freiheit genippt, und nun wusste sie, wie süß sie schmeckte. Wenn sie nicht einmal essen durfte, was sie wollte, war es mit ihrer eigenen Freiheit nicht weit her.

»Ich werde schön genug auf dem Ball aussehen. Da mache ich mir keine Sorgen. Außerdem, jemand, der nur auf mein Äußeres schielt, den würde ich sowieso nicht erwählen.«

»Bild dir mal nicht ein, dass du überhaupt irgendjemanden wählst!«, schnauzte Vater sie an und rauschte zornig und mit hochrotem Kopf hinaus.

Felicitas war schockiert. *Bild dir mal nicht ein, dass du überhaupt irgendjemanden wählst!* Vaters Worte waren deutlich. Dann sollte sie sich am Ende mit jemandem wie Rudolph von Brück-Bürgen vermählen? Das konnte doch wohl nicht wahr sein. Das durfte nicht wahr sein. Was war mit ihrem eigenen Willen? Ihren Vorstellungen? Ihren Wünschen?

Lorenz Schwerdtfeger kam ihr in den Sinn. Er durfte das alles, und noch viel mehr. Sie hatten sich bereits wieder verabredet. Nicht nur wegen des Fahrradfahrens war sie aufgeregt. Er selbst ging ihr nicht mehr aus dem Kopf. Mit Lorenz schlug ihr Herz im Takt der Freiheit.

Ende Mai 1888

Montag und Freitag waren die einzigen Abende, an denen Lorenz keine Vorlesungen besuchte. Fräulein Felicitas hatte ihm geschrieben, dass sie sich am Freitag am Floraplatz in der Nähe der Baumschule im Tiergarten treffen sollten. Abends war dort nicht mehr viel los. Sie könnten also ungestört üben. Vor allem aber lag es deutlich näher an ihrem Zuhause.

Lorenz war schon den ganzen Tag über aufgeregt. Er schlang geradezu das Abendessen in sich hinein und stand so schnell vom Tisch auf, dass er sich eine Rüge von Witwe Beese einhandelte.

Nun wartete er auf dem kreisrunden Platz, von dem sternförmig sechs Alleen in alle Richtungen führten. Die Promenaden waren zwar nicht gepflastert, aber doch so festgetreten, dass es kein größeres Problem sein sollte, mit den Vollgummireifen hier zu fahren.

Die Reifen waren teuer, weil man einfach so viel Gummi dafür brauchte. Aber bisher hatte noch niemand eine Alternative erfunden. Und Lorenz war eher ein Konstrukteur. Mit der Beschaffenheit von Material kannte er sich nur mäßig aus. Vielleicht sollte er mal ein paar Vorlesungen in Chemie besuchen.

Er lehnte sein Fahrrad an, setzte sich auf eine Bank und holte sein Büchlein hervor. Er las *20 000 Meilen unter dem Meer* von Jules Verne zum zweiten Mal. Bereits als Vierzehnjähriger hatte er alle Jules-Verne-Romane verschlungen. Seine Visionen von einer modernen Welt waren einfach unfassbar interessant. Und jetzt, mit mehr Fachwissen über Technik und ein klein bisschen Ahnung von Elektrizität, war es umso interessanter, die Visionen des Meisters des Fiktiven zu überdenken.

Lorenz war gerade an der Stelle, als Kapitän Nemo sagte:

```
»Es gibt eine mächtige, leicht zu beherrschende und je-
derzeit verfügbare Energie, die sich für alle Zwecke ein-
setzen lässt und das Leben hier an Bord bestimmt. Sie er-
```

füllt alle Bedürfnisse, sorgt dafür, dass ich Licht habe, dass mir warm ist und dass meine mechanischen Geräte funktionieren. Diese Energie ist die Elektrizität.«

O Wunder, was der Autor damals schon alles hatte voraussehen können. Er sprach von einem umfassenden Reigen an Anwendungen, die man mit dieser Elektrizität betreiben konnte: Beleuchtung natürlich, Uhren, Öfen und Kochherde, die nicht mehr mit der stinkenden Kohle, sondern allein durch die Kraft der Elektrizität erhitzt wurden. Badezimmer mit Waschbecken, in denen aus dem einen Hahn kaltes, aus dem anderen warmes Wasser floss. Wasser, das durch Elektrizität erwärmt worden war. Und mehr noch. Die Dampfmaschinen hätten ausgedient, und die Fahrzeuge, ja dieses Unterwasserboot sogar, würden durch Elektrizität angetrieben. Elektrizität, die man in sogenannten Batterien speicherte. Wobei das tatsächlich ein Punkt war, der Lorenz näher interessiert hätte, aber auf den Jules Verne nicht weiter einging.

In besser gestellten bürgerlichen Haushalten sowie bei ihnen zu Hause in Coburg hatten sie zwar schon eine nachträglich eingebaute zentrale Gasbeleuchtung, die sich durch das ganze Haus zog. Und sie besaßen sogar ein separates Badezimmer. Aber das Wasser wurde noch immer mithilfe einer Pumpe in einen großen Behälter gepumpt. Und bevor man warmes Wasser in den Zuber füllen konnte, musste man den Kohleofen darunter anfeuern. Alles in allem gab es da noch viele Verbesserungsmöglichkeiten.

Plötzlich hörte er ein leises Kichern.

»So spannend?« Eine junge Frau in Männerkleidung stand vor ihm. Er hatte sie gar nicht kommen hören.

Sofort sprang er auf. »Felicitas. Bitte entschuldige. Wenn ich in ein Buch vertieft bin, vergesse ich oft alles um mich herum.«

»Wunderbar. Ich sollte mir deine Bücher ausleihen. Sie scheinen deutlich spannender zu sein als meine Lektüre.«

»Kennst du Jules Verne? Er hat überhaupt die fabelhaftesten Einfälle.«

»Abenteuerromane?«

»In gewisser Weise. Es wird viel über zukünftige Technik fantasiert. Er hat schon sehr früh darüber geschrieben, was man alles mit der Elektrizität anfangen kann.«

»Du meinst, so wie in der Kaisergalerie? Die Beleuchtung ist dort auch durchgehend elektrisch. Die Gaslampen wurden ausgetauscht.«

Lorenz war leicht verunsichert. Natürlich kannte er den Eingang auf Unter den Linden in die Kaisergalerie. Doch er war dort noch nie hineingegangen.

»Ja, vermutlich«, sagte er vage und steckte das Buch weg. »Wie ist es dir seit unserem letzten Treffen ergangen?«

Felicitas wackelte undeutbar mit dem Kopf, sagte aber nichts. Wieder hatte sie ihre Haare unter einer Schiebermütze versteckt. Eine Locke schaute heraus. Eine verräterische Locke, denn sofort sah man, dass sie eine Frau war. Aber dazu musste man ihr nahe genug sein.

»Ich habe dir etwas mitgebracht. Mein jüngerer Bruder studiert in London. Und er schickt mir immer interessante Zeitungsausschnitte. Den hier wollte ich dir unbedingt zeigen.« Er kramte wieder sein Büchlein hervor, blätterte darin und holte einen Ausschnitt heraus. »Schau.«

»*Psycho Ladies' Safety*«, las Felicitas laut vor. Sogleich folgte ein lauter Ausruf des Erstaunens. »Ein Fahrrad extra für Damen!«

Lorenz lächelte. »Ich wusste doch, dass es dir gefallen würde. Die Briten sind so viel weiter, was das Fahrradfahren angeht.«

Felicitas schaute sich das Bild noch mal genau an. »Die Mittelstange ist anders. Man muss gar nicht mehr sein Bein über den Sattel schwingen.«

»Das wird es für viele Frauen einfacher machen, zum Fahrrad zu greifen.«

Sie konnte ihren Blick nicht abwenden. »Darf ich das behalten?«, fragte sie ehrfürchtig.

Eigentlich hatte Lorenz es wieder mitnehmen wollen. Andererseits hatte er bereits zu Hause einige Skizzen nach der Zeitungsanzeige angefertigt. »Gerne.«

Sie steckte den Zettel in ihre Hosentasche. »Ich muss dir gestehen, dass ich von der Männerkleidung fasziniert bin. Ich brauch nicht einmal ein Viertel der Zeit, um fertig angezogen zu sein.«

Er lächelte, vor allem, weil er es liebte, wenn sie sich für etwas begeisterte. Es dämmerte bereits, und hier auf dem freien Platz war noch länger genug Licht vorhanden. Trotzdem sollten sie langsam beginnen. »Wenn wir noch ...«

Sie standen etwas unbeholfen herum, wussten nicht, was sie als Nächstes tun sollten.

»Ich hab mich sehr über deinen Brief gefreut. Ich war mir nicht sicher, ob du dieses gefährliche Unterfangen weitertreiben willst.«

»Aber ja doch. Dann dauert es eben etwas länger. Aber wenn ich danach so fahren kann wie du, lohnt sich die Mühe.«

Lorenz war sich sicher, dass sie es sich leisten konnte, sich solch ein Damenrad aus England kommen zu lassen. Das Palais, in dem sie wohnte, war riesig und lag mitten in der Stadt. Wenn sie erst einmal Rad fahren konnte, würde sie lange Freude daran haben.

Sie hatte sich dicke Handschuhe mitgebracht, die sie nun überzog. »Nur für alle Fälle«, erklärte sie.

»Eine gute Idee. Es könnte durchaus sein, dass du heute zu Boden gehst.«

Sie schaute leicht erschrocken, doch ließ sich nicht entmutigen. »Dann wollen wir mal anfangen. Heute also mit Pedalen«, sagte sie aufgeregt.

»Ja, heute mit Pedalen. Wir machen es erst noch wie beim letzten Mal und üben noch nicht das Treten der Pedale während des Aufstiegs. Das ist vielleicht doch noch etwas zu schwer. Am besten, du setzt dich auf den Sattel und stößt dich ab. Dann werde ich dich anschieben, während du deine Füße auf die Pedale stellst.«

»Und dann?«

»Die Pedale drehen sich ja die ganze Zeit mit den Rädern mit.

Stell deine Füße drauf und bewege dich erst einmal einfach mit. Das mit dem Treten machen wir später.«

Die nächste Stunde verbrachten sie mit vielen unglücklich verlaufenden Versuchen. Felicitas schaffte kaum mehr als drei Pedalumdrehungen. Aber sie hatten ungeheuren Spaß und lachten die ganze Zeit.

Lorenz wusste gar nicht, was er von sich selber halten sollte. Natürlich hatte er bereits mit jungen Fräuleins geschäkert, aber noch nie hatte er sich wirklich für eine näher interessiert. Ganz sicher hatte er noch nie einen einzigen Gedanken daran verschwendet, sich zu binden, und an all das, was zu dieser Bindung dazugehören würde. Er studierte noch und hatte klare Pläne für seine Zukunft. Viel zu sehr war er damit beschäftigt, welche bahnbrechende Erfindung er in seinem Leben machen könnte.

Doch als Felicitas sich nun ein ums andere Mal an seiner Schulter festhielt, ihm halb in die Arme fiel oder rutschte oder er sie im letzten Moment auffing, war es um ihn geschehen. Keine Ahnung, wozu das hier noch führen konnte, aber er wusste, er wollte ihr immerzu so nah sein wie jetzt. Wollte sie auffangen, sie lachen hören, Scherze mit ihr machen und herumtollen.

Gerade hatten sie für heute ihre Übung beendet und liefen nebeneinander durch den mittlerweile sehr dunklen Park. Sie zog die Handschuhe aus, steckte sie weg und blies sich eine Haarsträhne aus dem Gesicht.

»Also, der bahnbrechende Unterschied zwischen Hoch- und Niederfahrrädern ist der Kettenantrieb?«

Lorenz war fasziniert. Dass ein vornehmes Fräulein sich für so etwas interessierte. »Richtig. Bei den Hochrädern sind die Pedale mittels der Nabe in der Mitte starr am Vorderrad befestigt. Die Tretkurbelpedale drehen sich fest mit den Rädern mit. Das ist auch der Grund, warum die vorderen Räder so riesig sind. Je größer das Rad, desto weiter der Weg, den man mit einer vollständigen Umdrehung der Pedale zurücklegt. So kommt man schneller voran.«

»Wenn ich es richtig verstehe, dann kann man mit einem Kettenantrieb auf die riesigen Vorderräder verzichten?«

»Genau. Die ersten Modelle waren noch mit riesigen Rädern und dem Kettenantrieb vorne. Dann kam sehr schnell der Antrieb auf das Hinterrad, und die Größe der Laufräder konnte angeglichen werden.« Das mechanische Verständnis und vor allem ihr Interesse für solche Dinge faszinierten ihn.

»Also war der Kettenantrieb die Geburtsstunde der Nieder-Sicherheitsfahrräder?«

»Könnte man so sagen. Allerdings werden weltweit ständig modernere Modelle mit unterschiedlichen Neuerungen gebaut. Es ist schwierig zu sagen, wann was zuerst da war. Doch seit es seit circa zehn Jahren diese Räder mit Kettenantrieb gibt, nimmt die Produktion von Hochrädern stetig ab.«

»Ich glaube, nun habe ich es mir gut genau angeschaut, um eine Zeichnung davon zu machen«, erklärte Felicitas.

»Wieso?«

»Die Pedale bewegen sich beständig mit, bei jeder Bewegung der Laufräder. Ich finde das sehr hinderlich, wenn sie ständig gegen die Schienbeine stoßen. Vielleicht stört es mich nicht mehr, wenn ich erst richtig fahren kann. Trotzdem, man sollte etwas erfinden, das die Pedale außer Gefecht setzt.«

Lorenz schaute sie verblüfft an. »Genau dieser Gedanke ist mir auch schon gekommen.«

»Bedauerlicherweise habe ich viel zu wenig Ahnung von Konstruktion, um selbst etwas zu erfinden.«

In seinen Augen hatte er nie eine bemerkenswertere Frau kennengelernt. Und ganz bestimmt keine klügere. Ihre so wenig gestelzte Anmut hatte ihn schon bei ihrer ersten Begegnung gefangen genommen. Doch mit jeder Minute, die er mit ihr verbrachte, faszinierte sie ihn mehr. Sie war ganz anders als andere junge Frauen, in jeder Hinsicht – ihre so wenig eitle Erscheinung, ihr Mut, ihr blitzgescheiter Verstand.

Genau deswegen vielleicht war er seit ihrem letzten Treffen außerordentlich beunruhigt. Sie hatte ihm etwas erzählt, was ihn nicht mehr losließ. Etwas, dessen Details ihn näher interessierten. Und jetzt, im Angesicht seiner Gefühle, sah er sich dazu gezwungen, diese Details in Erfahrung zu bringen.

Beim letzten Mal hatte sie erzählt, dass sie in wenigen Wochen in ihrem Palais einen Ball veranstalten würden. Lorenz wusste genau, wozu man Bälle veranstaltete. Natürlich konnte er sie nicht einfach offen fragen, ob sie bereits verlobt war. Andererseits konnte er doch wohl davon ausgehen, dass es nicht so war. Ein junges Fräulein aus gutem Hause würde sich doch niemals in den Abendstunden mit einem fremden Mann treffen, zudem alleine, wenn sie nicht ihre Verlobung aufs Spiel setzen wollte. Und davon ging Lorenz bei Felicitas nicht aus.

Also war sie noch ungebunden. Zumindest hoffte er das. Würde sie sich also auf dem Ball nach einem geeigneten Kandidaten umschauen? Das war anzunehmen. Nur wie stellte er es an, das Gespräch ganz unverfänglich auf den Ball und seine Hintergründe zu lenken? Vielleicht einfach durch eine direkte Frage? Er merkte, wie seine Hände schwitzig auf dem Lenker lagen.

»Und wie geht es voran mit den Planungen für den Ball?« Herrje, noch offensichtlicher konnte er nicht mit der Tür ins Haus fallen.

Felicitas seufzte und machte eine wegwerfende Handbewegung. »Ach, alles in allem wird das immer mehr zu einer unangenehmen Veranstaltung.«

Lorenz horchte auf. Jetzt bloß nichts anmerken lassen. »Weshalb?«

»Erstens scheint mein Vater gewillt, jede einzelne Entscheidung alleine zu treffen. Zudem hat er einen langweiligen Zeremonienmeister mit der Organisation des Balls betraut. Es wird eine furchtbar steife und verstockte Angelegenheit werden, befürchte ich.«

»Nun ja, wenn genug nette Menschen kommen, lässt es sich auf einem Ball doch immer ertragen.«

»Das ist auch so etwas. Vater plant, den Ball für geschäftliche Zusammenkünfte zu nutzen. Und für die wenigen noch freien Plätze habe ich mich dummerweise von meiner angeblichen Freundin, einer Komtess, zu einer unausstehlichen Gästeliste überreden lassen.«

»Wieso unausstehlich?«

»Sie hat ihre Freundinnen, allesamt Komtessen, auf die Liste gesetzt und dazu eine Menge unverheirateter Freiherren- und Grafensöhne.«

»Ist denn ein Ball nicht für gewöhnlich ein Heiratsmarkt?« Jetzt war es heraus. Wäre es nicht schon dunkel, könnte sie sehen, wie er rot wurde. Sicher war er zu offensiv.

Doch sie seufzte nur. »Ganz offensichtlich. Nur kenne ich wirklich kaum jemanden von der Liste. Zudem hat sich meine angebliche Freundin, wie mir meine Zofe berichtete, auf unseren Tanzproben ihren Freundinnen gegenüber despektierlich über mich ausgelassen. Ich sei ja nur eine Bürgerliche«, sagte sie und warf ihm ein verschmitztes Lächeln zu.

»Dieses Thema kenne ich zur Genüge. Die meisten, mit denen ich studiere, kommen aus mehr oder weniger wohlhabenden bürgerlichen Familien. Aber es sind doch auch etliche Söhne aus adeligen Familien dabei. Und man merkt immer sehr genau, wer wer ist. Die einen glucken zusammen, genau wie die anderen.«

»Allerdings.«

Dann suchst du auf dem Ball nach einem Ehemann, lag ihm auf der Zunge. Er war ja unkonventionell, aber eine solch unverblümte Frage konnte selbst er nicht stellen. Trotzdem war er nun etwas schlauer. Ganz begeistert schien sie von der Veranstaltung also nicht zu sein. Das war schon mal ein gutes Zeichen.

Sie liefen ein paar Meter nebeneinander, beide in ihren Gedanken verloren.

»Vielleicht, wenn doch noch ein Platz frei werden sollte, wenn es Absagen gibt ...«, begann Felicitas.

Lorenz' Herz schlug höher. Er wünschte, dass sie sagen würde, was er nicht zu hoffen wagte.

»Dann würde ich dich einladen. Könntest du dich am 23. Juni frei machen? Dann hätte ich wenigstens eine Menschenseele auf dem Ball, mit der ich Spaß haben könnte.«

Er musste an sich halten, nicht laut zu jubeln. Nun gab es keinen Zweifel mehr für ihn – sie war auf gar keinen Fall schon verlobt. Und hatte offensichtlich auch niemand anderen ins Auge gefasst.

»Am 23. Juni?« Er blieb stehen und schaute sie an. »Und wenn ich an diesem Tag zum Mond fliegen könnte, würde ich zu deinem Ball kommen.«

Ein Strahlen glitt über ihr Gesicht. »Ich denke, es gibt bestimmt die eine oder andere Absage. Ich werde meinen Vater davon überzeugen müssen, dass ich dich einladen darf. Aber ...« Sie biss sich auf die Unterlippe.

»Aber was?«

»Was soll ich sagen, woher ich dich kenne? Ich kann ja schließlich nicht irgendeinen fremden Mann einladen.«

Er nickte verständig. Nein, das war natürlich ausgeschlossen. Sie liefen weiter, dann fiel ihr etwas ein.

»Ich müsste mir eine Ausrede einfallen lassen. Ich lade deine Schwester ein, und du kommst als ihre Begleitung.«

Er lachte hell auf. »Clarissa würde sich sicher freuen. Und ich denke, ich bekomme sie leicht überredet.«

»Aber natürlich muss ich erst warten, ob wir eine Absage bekommen.«

Ein Hausball in einem so schönen Palais. Lorenz konnte sich denken, dass die meisten kommen wollten. »Dann warten wir doch einfach ab. Mit der Eisenbahn ist man ja gut innerhalb eines Tages vor Ort. Ich werde meiner Schwester schreiben und sie instruieren. Sie hat für solche abenteuerlichen Pläne immer ein offenes Herz.«

»Und ich würde mich freuen, deine Schwester kennenzulernen. Sie scheint mir eine außerordentlich interessante Frau zu sein. Eine Frau, die eine Fabrik leitet. Wie überaus verwegen. Mein Vater verbietet mir ja sogar, seine Unterlagen nur anzuschauen.«

»Und, hältst du dich daran?«

»I-wo. Ich mach es heimlich. Sonst hätte ich ja überhaupt keine Ahnung davon, wie sein Geschäft läuft. Er redet nicht mal mit uns darüber.«

»Und das interessiert dich wirklich?«

»Würdest du gerne dein Leben damit verbringen, zu sticken oder stundenlang Klavier zu spielen? Nein? Ich auch nicht. Ich würde vor Langeweile sterben, wenn ich mir nicht einige Freiheiten herausnehmen würde.«

Mit jedem Wort, das sie sagte, verliebte er sich mehr in sie. Das könnte ein ausgewachsenes Problem werden. Ihre Familie war ziemlich sicher bedeutend reicher als seine. Fragte sich nur, wie viel bedeutend reicher?

3. Juni 1888

Sei zugänglich, hatte Vater gesagt. Liebenswert und interessiert. Es kann nicht schaden, ihn ein wenig anzuhimmeln, hatte er gesagt. Felicitas war empört, ließ es sich aber nicht anmerken. Jemanden wie Rudolph von Brück-Bürgen anzuhimmeln, schien ihr lächerlich. Aber Vater hatte ihr tüchtig zugesetzt. Unmöglich habe sie sich dem Grafensohn gegenüber verhalten. Zu viel hänge vom Einfluss seines Vaters ab. Er sei auf Brück-Bürgens Hilfe angewiesen. Was sie vorher nur vermutet hatte, bestätigte er nun selbst. Vater war in Kalamitäten. Sie solle dem Grafensohn schmeicheln. Bei ihrem gemeinsamen Besuch auf der Rennbahn Hoppegarten sollte sie alles wiedergutmachen.

Wie sehr solle sie ihm schmeicheln, hatte Felicitas nachgefragt.

Natürlich alles im Rahmen der Etikette, hatte Vater geantwortet. Sie solle nicht nur an ihn, sondern auch an die vielen Arbeiter in seinen Fabriken denken. Und an ihr Vaterland, an das solle sie auch denken. Die Eisenbahn war der Wegbereiter der bürgerlichen Freiheit. Praktisch jeder könnte es sich nun erlauben, in die nächste

Stadt oder hundert Kilometer weiter zu fahren. Die Eisenbahn hatte das Deutsche Reich in die Moderne gebracht, zu einer der führenden Großmächte der Welt gemacht. Und das solle auch so bleiben. Ihr patriotischer Einsatz dabei sei eben, Graf Rudolph von Brück-Bürgen schöne Augen zu machen. Felicitas hätte laut auflachen wollen, doch die ganze Angelegenheit war zu bitter.

Sie pfiff auf den Grafensohn. Er war ungehobelt, arrogant und versnobt. Nun gut, beim letzten Treffen hatten sie es kaum eine halbe Stunde miteinander ausgehalten. Vielleicht würde sie heute neue Seiten an ihm entdecken. Vater hatte ihr verboten, über ihre spinnerte Idee eines Gnadenhofes zu schwadronieren, wie er sich ausdrückte. »Kein Wort darüber, oder ich setze dich auf die Straße.« Das waren seine Worte gewesen. Wie ernst er seine Drohung meinte, wusste sie nicht. So wütend hatte ihn Felicitas noch nie erlebt.

Minna hatte sie mit einem hellen Kostüm angekleidet. Es hatte keine Schleppe und sah auch ansonsten recht sportlich aus. Nachdem Fräulein Korbinian sie so fest eingeschnürt hatte, dass sie vermutlich schon in der Eisenbahn ohnmächtig geworden wäre, hatte Minna die Schnüre ihrer Corsage heimlich etwas gelockert.

Dazu trug Felicitas den größten und auffälligsten Hut, den sie besaß. Das war so üblich auf einer Pferderennbahn. Vater hatte sie vor vier Jahren mal mitgenommen, als er noch gänzlich ungetrübt die Hoffnung gehegt hatte, in den Union Club, der Initiator und zugleich wichtigster Spender für den Bau der Pferderennbahn Hoppegarten gewesen war, aufgenommen zu werden. Die Mitglieder des Union Clubs hatten vor über zwanzig Jahren Kaiser Friedrich Wilhelm überredet, dort, wo früher Hopfen angebaut worden war, eine Galopprennbahn zu errichten.

Heute musste sie gute Miene zum bösen Spiel machen. Das schuldete sie ihrem Vater, nicht den Arbeitern in der Fabrik und auch nicht dem Vaterland, sondern nur ihrem Vater. Nach seinem Wutausbruch war sie mehr denn je davon überzeugt, dass er sich tatsächlich in einem großen finanziellen Dilemma befand.

Gemeinsam mit Fräulein Korbinian fuhr sie mit einem Extrazug der Ostbahn zum Bahnhof Hoppegarten und stieg dort aus. Wie verabredet wartete Rudolph von Brück-Bürgen dort. Er schien verdrießlich, als sie sich begrüßten. Felicitas fragte sich, ob sein Vater ihn ebenso zu diesem Treffen genötigt hatte.

»Ich möchte mich ganz herzlich bedanken, dass Sie mich heute eingeladen haben. Es ist ja so aufregend, bei einem Pferderennen dabei zu sein. Sie können mir sicherlich alles genauestens erklären.« War das nun genug Honig um den Bart geschmiert?

»Fräulein Louisburg, wie angenehm. Wir werden sicherlich einen vergnüglichen Tag verbringen. Wir müssen uns leider ein klein wenig beeilen.« Dann drehte er sich um und geleitete sie zur Droschke. Offensichtlich hatte er es eilig, zur Rennbahn zu kommen.

Nach wenigen Minuten waren sie an der Galopprennbahn angekommen. Hinter ihm stiegen sie die Treppen zu der obersten Tribüne hoch. Die dreistöckige Zuschauerbühne war gerade neu und massiv aufgebaut worden. Fräulein Korbinian suchte sich schnaufend einen Sitzplatz.

Der Grafensohn schickte jemanden, um ihnen Erfrischungen zu holen. Dann ließ er sie stehen und ging nach vorne zur Brüstung.

»Ich finde das äußerst unhöflich, wie er uns behandelt«, sagte Felicitas leise.

Fräulein Korbinian tupfte sich ihr Gesicht mit einem Taschentuch ab. »Sehen Sie, das kommt davon, wenn man sich so blaustrümpfig benimmt wie Sie beim letzten Mal. Die Männer wollen einen dann nicht mehr.«

Felicitas verdrehte insgeheim die Augen, aber stand auf und ging zu ihm. Er schien nun nicht mehr ganz so gehetzt und lehnte sich gegen die Holzbrüstung.

»Ich verstehe nicht viel von Pferderennen. Erklären Sie mir den Ablauf?« War das dumm genug gestellt? War ihr Lächeln ausreichend naiv?

Ihre Fragen schienen seiner Eitelkeit zu schmeicheln, und er erklärte ihr einige Dinge zum Ablauf der Rennen und zu den Wettquoten. Unter ihnen, auf dem breiten Sandplatz vor der Tribüne, stand jede Menge Volk. Die etwas betuchtere Gesellschaft hatte schon einen erhobenen Tribünenplatz unter ihnen. Ganz oben logierten sie auf den besten Plätzen, wie es sich gehörte. Die gekühlte Limonade kam, und er brachte Felicitas zum Platz. Wieder schien er angespannter als zuvor.

»Wenn Sie so freundlich wären, mich kurz zu entschuldigen. Eins unserer Pferde läuft heute im Diana-Rennen. Ich will es mir unbedingt vorher noch anschauen.«

Felicitas war sofort Feuer und Flamme. »Darf ich mitkommen? Es würde mich sehr interessieren.«

Seine Miene sah wenig begeistert aus, trotzdem stimmte er zu. Gemeinsam gingen sie die Treppe wieder hinunter und dorthin, wo niedrige Stallungen aufgebaut waren.

Zügigen Schrittes ging er voran. Felicitas hatte Mühe, ihm zu folgen. Dabei lief sie an etlichen Rennpferden vorbei, um die jeweils zwei oder drei oder noch mehr Männer standen.

Eins scheute, stieg hoch und wurde sofort mit der Peitsche malträtiert. Auf der anderen Seite riss ein brauner Fuchs die Augen angstverzerrt auf. Sein Kopf wurde von einem Mann mit den Zügeln niedergerungen. Felicitas wechselte einen mitleidigen Blick mit dem panischen Tier. Noch ein Stück weiter versuchte ein Rennpferd, sich dem Satteln zu entziehen. Wieder kam die Peitsche zum Einsatz.

Mit gerafften Röcken ging sie weiter und musste schlucken. Nach großer Pferdeliebe sah das nicht aus. Überall entdeckte sie nun, wie an den Pferden herumgezerrt wurde, sie geschubst und vielfach eben auch mit Peitschen bearbeitet wurden. Keins der Pferde sah so aus, als hätte es Freude an dem, was es hier tun sollte. Die Stimmung war aggressiv, gegenüber den Pferden, aber auch den Gegnern. Wieder ein paar Tiere, die ihrer Rettung bedurft hätten. Doch dann dachte sie an den Brand. Es war einfach alles ungerecht.

Felicitas holte tief Luft, woran sie von ihrem Korsett gehindert wurde. Sie ging weiter und gelangte schließlich dort an, wo Brück-Bürgen stand und harsch auf den schmächtigen Jockey einredete.

»... keine weiteren Ausreden hören. Setz die Peitsche ein, von mir aus die ganze Zeit. Ich will heute einen Sieg mit nach Hause bringen. Ich muss! Sonst wird es euch allen schlecht ergehen«, drohte er in die Runde der Männer.

Felicitas trat an die Stute, die sich von den Männern weggedreht hatte, so weit sie es vermochte.

»Na, meine Hübsche«, sagte sie und hielt ihre offene Hand vor die Nüstern. Es war ein dreijähriges Englisches Vollblut.

»Gehen Sie von dem Pferd weg. Sie machen es noch ganz verrückt«, sagte einer der Männer.

Felicitas zog ihre Hand wieder weg. Dass sie die Stute allerdings beunruhigen würde, diesen Eindruck hatte sie gar nicht. Ganz im Gegenteil. Sie selbst schien überhaupt der einzige Ruhepol in diesem ganzen Gewühl zu sein.

»Wie heißt sie?«, wandte sie sich an den Grafensohn.

»Xanthippe, weil sie so eigensinnig ist.«

Felicitas musste sich Mühe geben, ihr Lächeln zu verbergen. Im Grunde war es doch ein großes Kompliment, wenn ein weibliches Wesen seinen eigenen Sinn besaß.

»Wir müssen jetzt gehen. Gleich stellen sie sich für das Rennen auf.«

Gemeinsam gingen sie zurück Richtung Tribüne. Der junge Graf war äußerst wortkarg.

»Meinen Sie, ich sollte auch eine Wette platzieren? Auf Xanthippe?«

»Wenn Sie Vergnügen daran haben«, sagte er ohne jedes Interesse. Als wäre es gar nicht sein Pferd. Als empfände er keinerlei Besitzerstolz.

Trotzdem erklärte er Felicitas noch den Unterschied zwischen einer Sieg-Wette und einer Platz-Wette, bei der das Pferd nur einer der ersten drei werden musste. Und dass sie daher besser auf Platz setzen sollte. Dann brachte er Felicitas zu einem Schalter, an dem sie ein Los für fünf Mark kaufte. Vater hatte ihr extra zehn Zweimarkstücke für die Wetten gegeben. Die anderen Münzen würde sie allerdings einfach behalten und nur so tun, als hätte sie gespielt. Sie brauchte Bargeld, für alle Eventualitäten.

Sie stieg allein die Treppen zur Tribüne hoch und sah ihn an der Brüstung stehen. Nun schien er noch aufgeregter als zuvor. Vermutlich hatte er viel Geld auf sein eigenes Pferd gesetzt. Es müsse unbedingt siegen, hatte er geschnauzt.

Felicitas setzte sich neben Fräulein Korbinian. Unten wurden die Pferde zur Startlinie geführt.

»Ist das nicht herrlich aufregend?«, sagte nun auch ihre Gouvernante.

Felicitas aber zuckte nur mit den Schultern. Ihr taten jetzt schon die armen Pferde leid. Sie mochte gar nicht zusehen, wie sie auf der Rennbahn geschunden wurden.

Der Preis der Diana, das Stutenderby, ging über zwei Kilometer. Die Anspannung wurde immer größer. Felicitas bemerkte, wie aufgeregt Rudolph war. Er krallte sich an der Brüstung fest, kratzte sich an der Schläfe, holte aus seiner Jackentasche mehrere Zettel hervor, die er sortierte, anstarrte und wieder in der Jackentasche verschwinden ließ. Anscheinend hatte er mehrere Lose gekauft.

Endlich wurde die Rennglocke geläutet. Die Tiere stoben davon. Auf der Tribüne gab es Bewegung. Plötzlich standen alle, auch Fräulein Korbinian und sie. Doch Felicitas wollte gar nicht den Pferden zuschauen. Stattdessen beobachtete sie den Grafensohn. Anscheinend hatte er sie vollkommen vergessen. Er stand vorne an der Brüstung, war bleich wie ein Bettlaken, schob sich einmal sehr unhöflich an einem anderen Mann vorbei und fuchtelte wild mit den Armen. Nun schrie er Flüche, so laut, dass sich die anderen Umstehenden pikiert nach ihm umschauten.

Felicitas war ganz froh, dass sie nicht bei ihm stand. Das Rennen ging auf die letzten hundert Meter, und erst jetzt bemerkte Felicitas, dass sie nicht einmal wusste, welches der Pferde Xanthippe war. Anscheinend war für die Stute das Rennen schon verloren, denn nun stand Rudolph ganz starr an der Brüstung, hielt sich mit der einen Hand verkrampft an dem Holzbalken fest, während er die Knöchel der anderen zwischen seine Zähne presste. Es sah schmerzhaft aus. Zunehmend schmerzhaft. Er riss die Augen auf und sah aus, also würde er geradewegs in den Lauf einer Waffe schauen.

Dann lief ein Pferd ein, dann ein zweites, dicht gefolgt von einem dritten. Das Rennen war vorüber. In einer Ecke links von ihnen wurde gejubelt. Andere schauten auf ihre kleinen Wettzettel und ließen sie auf den Boden fallen.

Rudolph von Brück-Bürgen keuchte auf. Felicitas war versucht, zu ihm zu gehen und ihn zu beruhigen, so schlecht schien es um ihn bestellt. Doch dann dachte sie daran, wie er und all die anderen Männer gerade die Pferde behandelt hatten. Und ließ es. Er blieb vorne stehen, leicht über die Brüstung gebeugt, als wollte er sich gleich runterstürzen.

Überhaupt, sie wusste nicht, wie viel er gesetzt hatte. Wenn es sein Pferd war, möglicherweise ja auch eine wirklich große Summe. Aber deswegen musste er doch nicht derart mitgenommen sein. Ein Pferderennen war letztendlich nur ein Spiel, ein Glücksspiel eben. Dass es dabei immer mehr Verlierer als Gewinner gab, wusste man vorher. Aber es gab ja noch anderes Geld zu gewinnen. Sie drehte sich zu einer Dame, die zwei Sitze weiter saß.

»Entschuldigen Sie bitte. Ich kenne mich nicht gut aus, was Pferderennen betrifft. Wie hoch ist denn eigentlich das Preisgeld für das gelaufene Rennen?«

»Der Besitzer der Gewinnerstute Herzdame bekommt sechstausend Mark. Für den zweiten gibt es zweitausend und für den dritten Platz eintausend Mark.«

»Ich danke Ihnen.«

Sie schaute wieder zu dem Grafensohn hinüber. Hatte er vielleicht fest damit gerechnet, den dritten, zweiten oder sogar den ersten Platz zu machen? Wenn er neben seinen Wettlosen auch auf das Preisgeld spekuliert hatte, dann hatte er gerade doppelt verloren.

Zum ersten Mal dachte sie darüber nach, von welchem Geld er lebte. Er war der älteste Sohn, und wenn sie es richtig verstanden hatte, kümmerte er sich auf dem Gestüt um die Zucht der Rennpferde. Bekam er dafür einen Lohn, so wie seine Stallmeister? Oder bekam er einfach eine Apanage von seinem Vater, nicht für seine Arbeit, sondern vielmehr für seine bloße Existenz? Und reichte ihm das Geld, diesem verwöhnten jungen Mann, der offensichtlich keinen Gefallen am Landleben und sehr viel mehr Gefallen an Vergnüglichkeiten der Hauptstadt fand?

Endlich schien er sich zu erinnern, dass er Gäste hatte. Er holte ein Taschentuch hervor, wischte sich das Gesicht ab und brauchte noch ein paar Sekunden, um sich zu fangen. Dann trat er von der Brüstung weg und kam zu ihnen.

»Haben Sie das Rennen genossen?«

»Ja, sogar sehr. Auch wenn Fräulein Felicitas leider verloren hat«, antwortete Fräulein Korbinian aufgewühlt.

Er nickte, als wüsste er es schon. Nun wandte er sich direkt an sie, mit einem überaus charmanten Lächeln. Felicitas war sofort alarmiert. Wo kam das denn plötzlich her? Es war ein derart falsches Lächeln. Für einen kurzen Moment zog ihr der Anblick von Lorenz' Lächeln durch die Gedanken. Sein Lächeln war ehrlich und aufrichtig. Und er wäre sicherlich sehr viel mehr an Radrennen interessiert als daran, dass arme Tiere mit Peitschen geschlagen wurden.

Ihre Gedanken liefen zu dem Abend, als sie das erste Mal auf dem Fahrrad geübt hatte. Wieder und wieder hatten sich ihre Körper berührt. Lorenz hatte sie aufgefangen. Und sie konnte sich des Eindrucks nicht erwehren, dass sie sich mehr als einmal unnötig hatte zur Seite fallen lassen. Seine Berührungen lösten in ihr Gefühle aus, die sie noch nie zuvor gefühlt hatte. Dagegen der Grafensohn, allein die Nähe zu ihm fand sie beinahe unerträglich.

»Und Sie, meine Werteste? Hat es Ihnen gefallen?«

Felicitas wusste gar nicht, was sie darauf antworten sollte. Die Wahrheit wäre zu unhöflich gewesen. Diese armen Tiere, wie sie leiden mussten. Außerdem, wie unhöflich er sie da hatte am Schalter stehen lassen. Und später alleine mit Fräulein Korbinian sitzen lassen. Als wären sie gar nicht da. Es war keine Frage, dass dieser Mann nicht an ihr interessiert war. Wieso also war er plötzlich so überaus galant? War das etwa die Konsequenz daraus, dass er verloren hatte? War er neben all seinen negativen Charaktereigenschaften auch noch ein Spieler? Hatte er gerade sein Geld verspielt oder das seines Vaters? Und glaubte er, dass sie seine finanzielle Rettung wäre?

In dem Moment wurde ihr klar, dass sie Rudolph von Brück-Bürgen nicht respektierte. Und ihn niemals als Verlobten oder gar als Ehemann akzeptieren würde. Egal wie schwierig die finanzielle Situation von Vater war. Dann sollte er doch eines seiner vielen Unternehmen verkaufen, um seine Schulden zu tilgen. Am Ende würde es für ihn keinen großen Unterschied machen. Aber für sie, für sie wäre es das Ende ihres Lebens, wenn sie sich mit diesem Kerl da verbinden müsste. Sie musste sich überlegen, wohin sie ging, wenn ihr Vater sie wirklich auf die Straße setzen würde.

»Ich fand es überaus lehrreich, in vielerlei Hinsicht«, antwortete sie ihm mit einem ebenso zuckersüßen wie falschen Lächeln.

Anfang Juni 1888

Lorenz trat durch den Portikus des Anhalter Bahnhofs, einem majestätischen gelben Backsteingebäude am Askanischen Platz. Papa würde gleich ankommen. In einer Stunde schon hatten sie den Termin bei der Bank. Glücklicherweise konnte man sich auf die deutsche Eisenbahn verlassen. Sie kam immer pünktlich.

Lorenz ging durch die Empfangshalle und die Treppe hoch Richtung Querbahnsteig, trat nach vorne und sah sich die imposante Bahnhofshalle an. Die Hallenkonstruktion war ein Meisterwerk der Technik, hatte er Papa bei seinem letzten Besuch erklärt. Die Halle besaß mit vierunddreißig Metern Höhe und zweiundsechzig Metern Breite die derzeit größte Spannbreite in Europa. Eben meisterhafte deutsche Ingenieurskunst. Lorenz hatte eine Privatvorlesung besucht, in der darüber berichtet worden war. Auch wenn er später ganz sicher keine Metallkonstruktionen für Hallen bauen würde, interessierte es ihn doch, wie die Baumeister das bewerkstelligt hatten.

Er verzichtete darauf, sich eine Bahnsteigkarte zu kaufen, und wartete hier vorne, vor den Bahnsteigen. Ein Postbeamter schob einen Gitterwagen mit Postsendungen auf einen Bahnsteig. Wie bei allen Kopfbahnhöfen in Berlin war hier Endstation. Der Zug würde später in die gleiche Richtung zurückfahren.

Und da fuhr er schon ein, der Zug aus Halle. Lorenz reckte sich und entdeckte seinen Vater, als er aus dem Zug stieg und mit seinem Koffer in seine Richtung kam.

»Papa!« Erfreut umarmten sie sich. Lorenz nahm ihm den Koffer ab. Aber noch bevor sie weitergingen, hielt Vater sein Ritual ab. Ein Ritual, das er immer vollzog, wenn er in Berlin ankam. Er zog seine Westentaschenuhr hervor und richtete den Blick auf die große Zeigeruhr über dem Treppenabgang.

»Dann stellen wir mal auf Berliner Zeit um.« Er drehte an kleinen Rädchen, kontrollierte noch mal die Bahnhofsuhr und steckte die Uhr wieder weg.

Das Deutsche Kaiserreich war 1871 gegründet worden, aber noch waren die fünfundzwanzig Einzelstaaten nicht zu einem Land zusammengewachsen. Obwohl seitdem siebzehn Jahre vergangen waren, ließen wesentliche Fortschritte bei der Vereinheitlichung auf sich warten. Zwar gab es seit 1873 mit der Mark eine einheitliche Währung, aber die einzelnen Bundesstaaten durften die Kleinmünzen noch selbst prägen, was sie auch taten. Und der Taler galt weiterhin. Auch hatte man es bis heute nicht geschafft, eine reichseinheitliche Staatsbürgerschaft anzubieten. Man war entweder Preuße, Sachse, Bayer oder sonst was. Es gab keine deutsche Pass-Karte.

Außerdem herrschte in den deutschen Teilstaaten noch eine eigene Zeitrechnung. Die Zeit richtete sich nach dem jeweiligen Sonnenstand des Ortes. Für die Eisenbahn, die verschiedene deutsche Teilstaaten anfuhr und Fahrpläne brauchte, die sich an der jeweiligen Ortszeit orientierten, hatte man die Eisenbahnzeit eingeführt. Um die Zeitdifferenz nachhalten zu können, hatten die Beamten eine Uhr für den Inneren Dienst und eine zweite für den Äußeren Dienst. In Preußen galt die Berliner Zeit, die absurderweise auch in Elsass-Lothringen galt, was ja Hunderte von Kilometern weiter im Westen lag. Aber je nachdem, von wo man wohin fuhr, zum Beispiel von Berlin ins Großherzogtum Baden oder von Hessen ins Königreich Bayern, mussten die Bahnmitarbeiter bis zu zwanzig Minuten dazu- oder abrechnen. Eine verwirrende Geschichte. Wenn Vater also aus Coburg anreiste, dann stellte er seine Uhr in Berlin um.

»Nun erzähl, Junge. Wie geht es dir? Was macht das Studium?«

»Es läuft hervorragend. Es ist so spannend, all diese Dinge zu lernen. Ich besuche viele Privatvorlesungen.«

»Ich hab auch wieder einen Umschlag mitgebracht. Und deine Mutter hat dir etwas extra für deine Privatvorlesungen eingepackt.«

»Danke.« Die Universität kostete schon reichlich Hörergeld. Aber für Privatvorlesungen musste man extra zahlen. Lorenz hatte gehofft, dass Vater sich großzügig zeigen würde. Seine Eltern waren sparsam, einzig was Bildung und Technologie anging, waren sie sehr spendabel.

»Und du bist noch immer fest entschlossen, die motorisierten Kutschen zu bauen?«

Papa blieb kurz stehen und putzte seine Brille mit einem Taschentuch. »Junge, fang nicht wieder von deinen Sicherheits-Rädern an. Die Engländer sind uns da schon weit voraus. Die Dampf-Chaisen werden als Nächstes die Welt erobern. Wirst schon sehen.«

»Papa, tu mir einen Gefallen und nenn sie bei der Bank nicht

Dampf-Chaisen. Das ist ein veralteter Ausdruck für eine veraltete Technologie.«

»Was soll ich denn sonst sagen?« Sie gingen weiter.

»Motorwagen. Motorkutsche. Motordroschke, so was in der Art. Hauptsache, das Wort Motor ist mit drin. Dein Gefährt soll ja nicht mit Kohle und Wasserdampf betrieben sein.«

»Um Himmels willen, bloß nicht. Das ist ein hilfreicher Vorschlag. Es ist gut, dass du hier in der Reichshauptstadt lebst. Ihr seid doch alle so viel moderner.«

»Und, hast du einen neuen Versuch gestartet?«, erkundigte Lorenz sich neugierig.

»Allerdings. Der Elektromotor funktioniert einwandfrei. Er könnte stärker sein. Aber das wird mit der Zeit schon kommen. Derzeit hängt eben alles an der Leistungsfähigkeit der Batterie. Hast du dahingehend neue Erkenntnisse?«

»Leider nein. Mir fehlt das umfassende Wissen in der Elektrotechnik. Vielleicht sollte ich in Erwägung ziehen, dieses Fach auch noch zu studieren.«

»Das können wir gerne überlegen«, sagte Vater wohlwollend. Für ihn war eine gute Ausbildung seiner Kinder überhaupt das Wichtigste.

Sie liefen Richtung Berlin-Mitte. Auf dem Weg dorthin kamen sie an der Ecke Voßstraße, Wilhelmstraße vorbei. Lorenz blieb zwar nicht stehen, konnte aber seinen Blick nicht von dem herrschaftlichen Palais, in dem Felicitas wohnte, abwenden. Direkt an der Wilhelmstraße gelegen, die Nähe zu all den wichtigen Ministerien und Einrichtungen der Macht, machte ihm bewusst, wie unterschiedlich ihre Herkunft war. Seine Familie war weiß Gott nicht arm, aber Felicitas' Wohlstand schwebte in anderen Regionen.

Hatte sie deswegen ihre Hand weggezogen, als sie vor ein paar Tagen gemeinsam auf der Parkbank gesessen hatten? Was versprach er sich von ihren Treffen? Deutlich mehr als sie, wie es schien. Sie wollte ein wenig Freiheit schnuppern. Und das Radfahren lernen. Er sollte vorsichtig sein, dass seine Gefühle nicht unter die Räder kamen. Andererseits hatte noch nie eine junge Dame solche Gefühle in ihm ausgelöst. Und auch jetzt zog ein Kribbeln durch seinen Körper. So nahe ging er an ihrem Zuhause vorbei. Er hätte nur klingeln brauchen und nach ihr fragen. Aber nein, natürlich ging das nicht, aus vielerlei Gründen.

Nach guten dreißig Minuten Fußweg hatten sie die Französische Straße erreicht, in der das repräsentative Gebäude der Deutschen Bank stand. Sie traten in die prachtvolle und Ehrfurcht gebietende Schalterhalle. Einen Moment bestaunten sie die reich verzierten Stuckornamente, dann traten sie an einen der Schalter.

»Guten Tag, mein Name ist Schwerdtfeger. Ich habe einen Termin in der Kreditabteilung«, kündigte Lorenz' Vater sich sonor an.

»Sehr wohl. Ich schaue nach.« Der Mann mit der runden Brille blätterte in einer Kladde. »Schwerdtfeger, ja?« Als Vater nickte, setzte er nach: »Bitte gehen Sie dort diesen Gang lang. Am Ende finden Sie Sitzgelegenheiten, wo Sie bitte Platz nehmen, bis Sie aufgerufen werden. Ich werde Ihre Anwesenheit ankündigen.« Er winkte einen Pagen heran und kritzelte etwas auf einen Zettel.

Der Junge flitzte an Lorenz und seinem Vater vorbei. Sie folgten ihm und kamen am Ende des Gangs wie beschrieben zu einer kleinen Vorhalle, von der viele Türen abgingen. Sie setzten sich auf zwei von mehreren Polstermöbeln. Auf der anderen Seite der Halle saß ein Mann, sonst war hier alles ruhig.

»Und, bist du aufgeregt?«

»Natürlich bin ich aufgeregt, Junge. Drei Absagen habe ich bereits von unseren hiesigen Banken. Aber das, was ich anzubieten habe, ist schließlich von enormer Tragweite für das gesamte Kaiserreich. Stell dir vor, eine motorisierte Bevölkerung. Man bräuchte nicht mehr auf Pferde oder fremde Fortbewegungsmöglichkeiten zu warten. Man setzt sich in seine Motordroschke, und schon ist man unterwegs. In der Minute, in der man es wünscht. Das wird die Welt revolutionieren.«

Das Gleiche konnte man auch über die neuen Fahrräder sagen,

dachte Lorenz. Aber diese Diskussion hatten sie bereits vielfach geführt. Deshalb schwieg er.

Vater holte aus seinem Koffer einige Unterlagen hervor, blätterte sie durch und stellte fest, dass er alles dabei hatte. So oder so hatte er eine Übernachtung in der Reichshauptstadt geplant. Lorenz hatte ihm ein Zimmer in einem Hotel in der Nähe seiner Behausung gebucht. Aber je nachdem, wie das Gespräch lief, würde er vielleicht auch länger bleiben. Alles hing von der nächsten Stunde ab.

Eine der mächtigen Holztüren ging auf, und zwei Männer traten heraus. Anscheinend waren es auch Vater und Sohn, zumindest sah es so aus. Der eine war etwas älter, hatte einen strengen Gesichtsausdruck, graue Haare, einen gestutzten Schnäuzer und tiefliegende Augen, die düster wirkten. Der andere war deutlich jünger. Sein dunkelbraunes Haar fiel ihm über den Kragen. Er trug einen Spitzbart und sah enttäuscht, ja geradezu beleidigt aus. Beide wirkten niedergeschlagen. Sie trugen elegante Kleidung und waren sicher von Stand.

Der Ältere presste seine Lippen aufeinander, setzte seinen Zylinder auf und ging voran. Der Jüngere folgte ihm mit hängenden Schultern. Ganz offensichtlich war ihr finanzielles Ansinnen ausgeschlagen worden. War das ein schlechtes Omen? Ach, Blödsinn, niemand in seiner Familie war abergläubisch. Das hier war die Kreditabteilung der wichtigsten Bank des Reiches. Es ging sicher immer um größere Summen. Niemand kam hierher für einen Kredit für ein neues Bett. Und wo Glanz war, da war auch Schatten.

Ein Mann mittleren Alters in dunklem Anzug und mit einer dicken runden Brille trat aus dem Kontor. »Herr Schwerdtfeger?«

Vater stand sofort auf.

»Meyers, Kreditabteilung. Bitte kommen Sie doch herein.«

Sie setzten sich, der Mann hinter seinen mächtigen Schreibtisch und sie beide auf bequeme Stühle gegenüber. Ein Sekretär kam herein und brachte ihnen Wasser und Kaffee. Die ersten Minuten waren mit Anfangsgeplänkel und Erkundigungen darüber, wie die

Zugreise gewesen war, gefüllt. Dann endlich kam der Bankmensch zum Wesentlichen.

»Herr Schwerdtfeger, Sie haben uns ein wirklich außerordentlich interessantes Projekt mitgebracht.«

»Es freut mich, dass Sie es so betrachten, Herr Meyers.«

»Sie haben eine gutgehende Droschkenfirma. Und jetzt wollen Sie eine neue Fabrik aufbauen, in der elektrisch motorisierte Droschken gebaut werden. Ein durchaus ambitioniertes Projekt.«

»Ja, zusätzlich. Die Pferdedroschkenproduktion läuft ja weiter. Da ich bereits einige Fabriken besitze, bringe ich die nötige Erfahrung mit, die man braucht, um eine Fabrik zu leiten. Ich kenne mich mit allen damit behafteten Themenfeldern aus: von der Idee und Planung solcher Produktionen, vom Einkauf der Materialien über die Buchhaltung bis hin zum Vertrieb.«

»Das ist in der Tat ein großer Pluspunkt für Sie. Und doch: Die Technologie ist neuartig. Und neuartige Technologien sind natürlich immer extrem risikobehaftet.«

»Natürlich, das ist mir bewusst. Deswegen habe ich bereits einen Prototyp gebaut. Eine Holzdroschke mit Elektromotor, die durch einen Batteriespeicher gespeist wird. So wie es aus den Unterlagen hervorgeht, die ich Ihnen geschickt habe. Wäre Coburg nicht ganz so weit, hätte ich Ihnen das Modell selbstredend vorgeführt. Sollte Ihnen ein Praxistest für Ihre Entscheidung hilfreich sein, sind Sie herzlich eingeladen, sich das Modell vor Ort anzuschauen.«

»Das würde mich in der Tat sehr interessieren. Aber zunächst muss ich das natürlich intern besprechen. Ihnen ist sicher bewusst, dass Sie nicht der Einzige sind, der motorisierte Droschken bauen will.«

»Der Einzige allerdings, zumindest in Deutschland, der an einer elektrischen Antriebskraft arbeitet. Sie spielen auf Daimler und Benz an?«

»Da haben Sie recht.«

»Nun, Gottlieb Daimler hat seine Motorkutsche mit dem verbesserten Ottomotor vor zwei Jahren vorgestellt. Seitdem baut er allerdings eher Luftschiffe und motorisierte Ballons, wie mir zu Ohren kam. Und was den Patentwagen von Benz betrifft: Ich bin der Meinung, dass, wer sich ein solches Gefährt leisten kann, der will sich doch nicht Wind und Wetter aussetzen. Unser Modell ähnelt mehr einer geschützten Droschke als sein offenes Gefährt.«

Der Patentwagen war ein motorisiertes Dreirad. Etwas, was Lorenz ganz besonders interessierte. Gerade, weil es mit dem Fahrrad verwandt war. Carl Benz war bekannt als überzeugter Velozipedist. Vorne ein Rad, hinten zwei, ein Kutschbock obendrauf und mit einem Motor versehen war sein Patent-Motorwagen die perfekte Mischung aus einem Fahrrad und einer Kutsche.

»Natürlich gibt es Konkurrenz. Ich werde Ihnen nicht sagen müssen, dass nicht nur deutschlandweit, sondern weltweit etliche Ingenieure daran arbeiten, Kutschen zu motorisieren«, fuhr Papa fort. »Aber genau dieser Umstand sollte Ihnen zeigen, wie zukunftsfähig diese Technologie ist. Ein einzelner Mann hat vielleicht eine aberwitzige Idee. Aber mehrere Männer auf verschiedenen Kontinenten … Da liegt was in der Luft, wie man so schön sagt.«

Der Mann auf der anderen Seite des mächtigen Schreibtisches nickte und blätterte durch einige Unterlagen.

»Sie nutzen einen Elektromotor?«

»Sie kennen natürlich den von Siemens. Wir haben ihn verbessert, verstärkt. Und vergrößert.«

Meyers nahm seine runde Brille ab und schaute kurz in die Unterlagen. »Und die Leistung des Elektromotors wird mithilfe von Lederriemen auf die Hinterachse übertragen?«

»So ist es.«

»Reicht denn allein die elektrische Leistung aus, so ein schweres Gefährt in Bewegung zu setzen?«

»Das beste Beispiel für die Kraft der Elektrizität können Sie in Berlin selbst sehen. Die elektrisch angetriebene Electromote, die Wagonnette, von Siemens, die er schon vor sechs Jahren vorgestellt hat. Oder die elektrische Straßenbahn in Berlin-Lichterfelde, die seit fünf Jahren fährt. Und seitdem ist viel geforscht worden. Die Elektrizität wird ihren Siegeszug in vielen verschiedenen Lebensbereichen antreten. Und einer davon werden elektrisch betriebene Wagen sein.«

»Da könnten Sie durchaus recht haben«, sagte der Mann zugeneigt, fand aber sofort den nächsten Einwand. »Andererseits, Siemens' Electromote hat ihren Strom über eine Oberleitung bekommen. Diese Technologie kann man höchstens in Städten, auf bestimmten Routen nutzen. Nicht, wenn man überall fahren will.«

»Dafür gibt es dann unser Modell. Natürlich ist unser Prototyp nur der Anfang. Wir arbeiten an leistungsfähigeren Batterien. Das ist das A und O bei einem Elektromotor. Aber sobald die komfortable Technologie Einzug in den Alltag der Menschen gehalten hat, werden auch die Batterien besser werden.«

»Ja, aber wie leistungsfähig ist die Batterie? Wie lange kann man damit fahren?«

Nun wurde es knifflig für Vater, wie Lorenz wusste. Vater war in zweieinhalb Stunden von seiner Fabrik in Coburg nach Redwitz gefahren. Doch auf einer Anhöhe war die Batterie plötzlich leer gewesen. Anwohner hatten ihm geholfen, das letzte Stückchen der Hügelkuppe zu überwinden, und bis zum Wasserkraftwerk geschoben. Dort hatte Vater die Batterie wieder aufladen können, hatte dann allerdings den gesamten Heimweg damit geschafft.

»Nun, natürlich stehen wir ganz am Anfang. Wir sprechen ja hier über eine vollkommen neuartige Technologie. Aber um von einem Ort zum anderen zu kommen, reicht es allemal.«

»Und wie kommen Sie dann zurück?«

»Man lädt die Batterie eben wieder auf.«

»Was bedeutet, man muss Zugang zu einem Haus haben, das bereits über elektrischen Strom verfügt. Auf dem Land ist es ja nicht ganz so weit verbreitet.«

»Schauen Sie sich nur an, wo überall Elektrizitätswerke gebaut werden. Große Städte, die noch kein Werk haben, planen oder bauen gerade ihre ersten Elektrizitätswerke. Die Kleinstädte werden nachziehen. Und danach wird das Land verkabelt. Diese Entwicklung ist schlicht nicht mehr aufzuhalten. Und sollte daher in wenigen Jahren schon kein Problem mehr darstellen. Hält die Deutsche Bank nicht auch Anteile an der AEG? Sicher aus gutem Grund.«

»Doch noch ist es nicht so weit. Und das Modell von Gottlieb Daimler hätte da natürlich große Vorteile. Das Petroleum-Benzin kann man mit sich führen.«

»Andererseits, wer will schon in einem Gefährt sitzen, bei dem es unter seinen Füßen zu ständigen Explosionen kommt? Petroleum, das permanent unter hohem Druck in ein Gasgemisch umgewandelt wird und dann explodiert. Verzeihen Sie mir meinen Einwand, aber mir wäre das nicht geheuer«, erwiderte Vater. »Und ich gebe zu bedenken: Herr Daimler baut Bootsmotoren, während ich schon ewig in der Kutschenherstellung Erfahrung habe.«

Was Verhandlungsgeschick anging, konnte Lorenz noch viel von seinem Vater lernen.

Herr Meyers blätterte noch ein wenig länger in den Unterlagen, stellte noch die eine oder andere Frage zur Finanzierung, zum Bau der Fabrik und den nötigen Facharbeitern, die Vater alle zu seiner Zufriedenheit beantworten konnte.

»Ich sehe, es ist alles gut durchdacht. Wir müssen nun noch intern die Chancen dieser Technologie abwägen. Sie fragen nach einem Kredit, der nicht eben klein ist.«

»Es ist eine realistische Kalkulation, denke ich.«

Der Mann nickte und schloss die Akte.

»Wie lange wird die Prüfung ungefähr dauern?«, fragte sein Vater nach.

»Wir müssen uns natürlich erst einmal über die Technologie und mögliche Konkurrenzangebote Informationen einholen. Es könnte also durchaus vier bis sechs Wochen dauern. Und grundsätzlich müssen wir erst einmal die Idee an sich beurteilen. Hierbei handelt es sich um ein Produkt, das sich nur die Allerwenigsten werden leisten können. Oder akzeptieren wollen. Wer kauft sich schon eine Motordroschke, wenn er den Stall voller Pferde hat?«

»Es wird sein wie bei der Eisenbahn. Es hat auch etliche Jahre gebraucht, bis sich alle getraut haben, mit dem Dampfungetüm zu reisen. Und es für die niedrigeren Schichten erschwinglich war. Aber denken Sie sich das Land heute ohne die Eisenbahn. Wir wären nichts. Wirtschaftlich abgehängt.«

»Das stimmt. Aber die Eisenbahn ist eine Technologie, die für alle da ist. Diese Motordroschken scheinen mir doch eher ein Produkt zu sein, das nur auf eine sehr kleine, vermögende Schicht zielt.«

»So ist es doch aber am Anfang von jeder Technologie.«

Meyers schien nicht geneigt, diesem Argument nachzugehen.

»Sehen Sie. Wir sind immer bemüht, den Wünschen unserer Kunden zu entsprechen. Soweit es uns möglich ist. Aber wir müssen auch die Risiken abwägen. Manchmal sind Menschen derart überschuldet, dass es uns unmöglich ist, ein weiteres Risiko einzugehen. Ich hatte gerade hier so einen Fall.«

Lorenz dachte an die beiden Männer, die vor ihnen auf diesen Stühlen gesessen hatten. Dann hatte er also recht gehabt.

»Heillos überschuldet und dennoch keine Idee, wie sie sich und ihr Hab und Gut retten können. Nur weil jemand adelig ist, ist es kein Freifahrtschein, seinen mondänen Lebensstil für immer fortzuführen. Bei Ihnen sieht es natürlich anders aus. Dennoch müssen wir Ihre Unterlagen erst ausführlich prüfen. Zudem müssten alle Ihre Fabriken als Sicherheit hinterlegt werden. Da sehe ich allerdings kein Problem.«

Die Fabriken als Sicherheit zu hinterlegen – Mama würde auf die Barrikaden gehen, wenn Papa versuchen würde, ihre Nähmaschinenfabrik als Sicherheit anzugeben. Natürlich gehörte sie offiziell nach bürgerlichem Recht ihm, dem Ehemann. Aber diesen Streit wollte Lorenz nicht miterleben müssen.

Trotzdem nickte sein Vater, als hätte er mit genau so etwas schon gerechnet. Aber Lorenz kannte Vaters Verhandlungsgeschick. Solche Diskussionen fing man erst an, wenn es spruchreif wurde.

Als sich der Bankmensch erhob, standen auch Vater und er auf. Mit einem freundlichen Händedruck verabschiedeten sie sich.

»Wir melden uns schriftlich zu unserer Entscheidung.«

»Mein Sohn studiert hier. Es bedeutet für mich keinerlei Umstand, noch einmal persönlich vorstellig zu werden. Wenn Sie zum Beispiel Unklarheiten über Konkurrenz oder Antrieb haben, komme ich gerne wieder vorbei.«

Meyers nickte nur und brachte sie noch zur Tür. Sie gingen Richtung Ausgang.

»Das lief doch gar nicht so schlecht«, sagte Lorenz optimistisch.

Papa blieb mitten auf dem Gang stehen. »Ich habe in meinem Leben schon sehr viele Verhandlungen geführt. Ich sehe das eher mit gemischten Gefühlen. Begeisterung für eine Sache merkt man sofort. Und er war nicht begeistert.«

»Du glaubst, du bekommst den Kredit nicht?«

Sein Vater neigte den Kopf und sah ihn an. »Ich glaube, dass das Pendel sich eher zu einem Nein hinbewegt als zu einem Ja.«

»Und dann?«, fragte Lorenz erschrocken.

»Dann machen wir das, was wir immer machen in unserer Familie: Wir machen so lange weiter, bis wir das erreichen, was wir uns vorgenommen haben. Manchmal dauert es eben ein wenig länger.« Er grinste. »Und jetzt lass uns etwas essen gehen. Ich habe furchtbaren Hunger.«

Lorenz führte ihn durch die Straßen, beantwortete jede seiner vielen Fragen, die er zum Leben in Berlin hatte, aber in Gedanken war er woanders: *Wir machen so lange weiter, bis wir das erreichen, was wir uns vorgenommen haben. So machen wir das in unserer Familie.* Papa hatte so recht. Wenn man von etwas überzeugt war, dann musste man dranbleiben, seiner Gewissheit folgen. Ihm wurde bewusst, dass Felicitas die Richtige für ihn war. Und er würde dranbleiben. Auch wenn es eben etwas länger dauerte.

Anfang Juni 1888

Das Beste wäre gewesen, Egidius hätte Felicitas zur Rennbahn begleitet. Aber wie hätte das ausgesehen? Außerdem wollte er ja gerade, dass die beiden jungen Leute sich besser kennenlernten. Da hätte er nur gestört. Zudem, Egidius ging nie auf die Rennbahn. Er hielt das für ein unnützes Unterfangen. Also hatte er Fräulein Korbinian eingebläut, bloß dafür zu sorgen, dass alles reibungslos lief.

Felicitas' Verhalten könnte alles umstoßen, was er sich mühsam aufgebaut hatte. Sie war seine Tochter. Sie hatte ihm schlicht zu gehorchen. Deswegen auch hatte er sich entschieden, die Verlobung erst auf dem Ball kundzutun, auch ihr. Sie hatte kein Mitspracherecht, aber er kannte seine eigensinnige Tochter. Wenn Felicitas vorher die Wahrheit erfahren würde, dann würde sie sich vehement sträuben. Und er wollte das Geschäft mit dem Grafen so geräuschlos über die Bühne gehen lassen wie nur eben möglich. Wenn es denn überhaupt zum Äußersten kam. Was noch nicht feststand.

Nervös tigerte er in seinem Arbeitszimmer auf und ab. Wann kam der Graf endlich? Heute würden sie Tacheles reden. Der Ball rückte unaufhörlich näher, und bisher hatte er kaum Informationen vom Grafen erhalten, die ihn weiterbrachten.

Vor zwei Wochen schon hatte er seine Fühler in Richtung Deutsche Bank ausgestreckt und dort durch einen Mittelsmann versucht, einen verdeckten Kontakt zu generieren. Gleiches versuchte er bei seinem größten Konkurrenten. Einer der Ingenieure aus den Borsigwerken würde schon noch anbeißen. Hoffentlich früher als später. Aber bisher hatte er keine neuen interessanten Kontakte knüpfen können, die Zugang zu den Informationen über das in kleinstem Kreise verhandelte Projekt liefern könnten.

Endlich ging die Tür auf, und der Diener kündigte von Brück-Bürgen an. Sie tauschten die üblichen Willkommensfloskeln aus und setzten sich. Der Diener kam herein, servierte ihnen Kaffee, dann waren sie endlich allein.

»Mein Sohn sagte mir, er sei ganz angetan von Ihrer Tochter. Sie haben sich wohl beim ersten Treffen auf dem völlig falschen Fuß erwischt«, sagte der Graf versöhnlich.

Egidius atmete erleichtert aus. Dem Himmel sei Dank. Fräulein Korbinian hatte bereits erzählt, dass auf der Rennbahn alles glattgelaufen sei. Aber es aus dem Mund des Grafen zu hören, war die Bestätigung, auf die er gehofft hatte.

»Das war auch die einzige Erklärung, die ich hatte. Vermutlich hatten die beiden einfach einen schlechten Tag. Soll ja mal vorkommen. Meine Tochter hat sonst ein sehr mildes Gemüt.« Wenn es nur so wäre. Es schien ihm, als würde sie mit jeder Woche störrischer.

Der Graf lächelte spröde. Ohnehin saß durch seinen Schmiss jedes Lächeln schief. »Ich kann Ihnen leider nicht viel Neues über die Verhandlungen zum Projekt Anatolische Eisenbahn erzählen. Doch ich habe zwei andere Informationen erfreulicher Art.« Er machte eine gehaltvolle Pause.

Erwartungsvoll nickte Egidius und trank seinen Kaffee.

»Die erste Nachricht ist: Ich konnte herausfinden, dass es keine ausländische Konkurrenz gibt. Wenn die Osmanen das Projekt realisieren, dann mit uns Deutschen. Bei allen anderen europäischen Staaten, die mitspielen könnten, gibt es eigene politische Interessen in der Gegend. Nur wir Deutsche haben keinerlei sich überschneidende Interessen, die sich ins Gehege kommen könnten.«

Egidius fiel ein Stein vom Herzen. Die Briten, die stärkste Konkurrenz, waren also heraus. »Das ist sehr erfreulich zu hören.«

»Ansonsten gibt es derzeit nichts zu berichten. Alle Verhandlungen stocken. Es liegt am Kaiser. Doch das könnte sich bald ändern. Es soll ihm von Tag zu Tag besser gehen.«

Egidius nickte verständig. Es gab im Moment kein wichtigeres Thema als den Gesundheitszustand des Kaisers. In den Zeitungen wurden die kleinsten Kleinigkeiten täglich berichtet. Von wann bis wann der Kaiser geschlafen hatte, wann er ausgefahren war und ob er Fieber hatte. Dass er sich gerade erst nach Potsdam begeben hatte, werteten alle als ein gutes Zeichen. Er war wieder reisefähig.

Immerhin war Kaiser Friedrich III. Anfang Mai noch kräftig genug gewesen, den Ingenieur Werner Siemens in den Adelsstand zu erheben, dachte Egidius bissig. Der findige Ingenieur hieß nun Werner von Siemens. Das war natürlich die einfachste und auch die viel bessere Art, in den Adelsstand aufzusteigen, dachte Egidius. Preußen und das Kaiserreich hatten ihm viel zu verdanken, ihm und seinen Eisenbahnen. Doch ihm dankte niemand auf diese Weise. Er hatte dem Vaterland einen großen Dienst erwiesen, und er war unermesslich reich. Was musste er noch tun, um endlich in diese elitären Kreise aufsteigen zu können?

Vorletzten Donnerstag hatte der Amerikaner Rothschild im Zoologischen Garten einige erlesene Reiche zu einem, wie es nun in der Presse hieß, Millionärsdiner geladen. Da hätte auch er dabei sein sollen. Seine große Hoffnung war, mit dem Bau der Anatolischen Eisenbahn endgültig in den ersten Rang der deutschen Unternehmer aufzusteigen.

Der Graf beugte sich eilfertig vor. »Und die zweite gute Nachricht: Mein Sohn hat den Kronprinzen höchstpersönlich getroffen. Zwar ist dieser derzeit außerordentlich beschäftigt. Zur Hochzeit seines Bruders Prinz Heinrich war ja viel Familie angereist. Aber Rudolph hat trotzdem eine Gelegenheit gefunden, ihm die Einladung persönlich zu übergeben.«

»Ach. Wunderbar.« Höchstpersönlich. Das klang vielversprechend. »Und hat der Kronprinz sich schon geäußert?«

»Noch nicht. Da er im Moment seinen Vater vertreten muss, ist noch nicht abzusehen, ob er Zeit hat. Er hat sich vage ausgedrückt. Wenn er sich frei machen könne, würde er gerne kommen. Aber bitte verstehen Sie es noch nicht als Zusage.«

»Natürlich nicht. Es können immer wichtige Regierungsgeschäfte dazwischenkommen. Hoffen wir einfach, dass es seinem Vater bis dahin besser geht. Wir haben ja noch zwei Wochen Zeit.«

Der Graf schluckte. »Ansonsten muss ich Sie leider vertrösten.

Sie dürfen mir glauben, dass ich mein Möglichstes tue. Ich strecke meine Finger in jede erdenkliche Richtung aus, aus der ich Informationen bekommen könnte. Doch bisher habe ich keine neuen Informationen zum Projekt. Aber ich versichere Ihnen, ich und mein Sohn werden alles daran setzen, dass der Kronprinz zum Ball kommt.«

»Im Eisenbahnamt spricht niemand darüber?« Egidius konnte es kaum glauben. »Keine Besucher, die in diesem Zusammenhang zu erwähnen wären? Keine Vorgänge, oder Nachfragen von Konkurrenten?« Er konnte doch nicht der Einzige sein, der versuchte, den Großauftrag an Land zu ziehen.

»Ich war diese Woche ohnehin bei der Deutschen Bank, in einer anderen Angelegenheit. Und habe das Gespräch ganz nebenbei auf die Anatolische Eisenbahn kommen lassen.« Er schüttelte den Kopf. »Nichts. Dort nicht und auch bei uns im Amt nicht. Obwohl die Adjutanten der Borsigwerke und andere jeden Tag bei uns ein und aus gehen, höre ich nichts. Es scheint, als würde das Projekt tatsächlich gerade auf Eis liegen.«

Das passte Egidius gar nicht. Lag das Projekt wirklich auf Eis, oder wurde es nur hinter den Kulissen verhandelt? Hoffentlich hatte er mit Brück-Bürgen nicht aufs falsche Pferd gesetzt.

»Ich brauche diese Informationen. Unbedingt. Und Sie? Für Sie ist es doch auch von essenzieller Bedeutung, dass ich diesen Auftrag bekomme.«

»Mein werter Herr Louisburg. Was soll ich machen? Mir wäre nichts lieber, als wenn Sie das Projekt bereits in trockenen Tüchern hätten. Die Möhre, die Sie mir und meinem Sohn vor die Nase halten, ist wahrlich schmackhaft. Auch ich sehne nichts mehr herbei als eine Verbindung unserer Häuser.«

»Fünfzigtausend Mark sind wahrhaftig eine schmackhafte Möhre.«

Nun beugte sich der Graf wieder vor. »Allerdings, ich liefere Ihnen Informationen, jede Information, die ich zu diesem Projekt habe. Aber was, wenn die Informationen nicht so sind, wie Sie sie gerne hätten? Ist unsere Abmachung dann gestorben? Mit Verlaub: Wer sagt mir denn nun, dass Sie überhaupt jemals mit den Informationen zufrieden sein werden? Ich habe Ihnen versprochen zu tun, was in meiner Macht steht, damit Sie das Projekt bekommen. Aber die letztendliche Entscheidung liegt nicht in meinen Händen. Und das wussten Sie von Anfang an. Also stelle ich mir die Frage: Ab welchem Zeitpunkt sehen Sie unser kleines Projekt als erfüllt an?«

Er hatte recht. Egidius blinzelte. Er war doch nicht so ein schlechter Verhandler, wie er gedacht hatte. Was nun?

»Nun, bisher haben Sie mir keine wirklichen Informationen in Sachen Anatolische Eisenbahn geliefert.«

»Was, im allerschlimmsten Fall, wenn ich nun erfahre, dass Borsig und Co. ihre Finger schon tief in dem Projekt haben? Wenn die Auftragsvergabe stillschweigend unter sechs oder acht Augen ausgemacht wird? Dann bringe ich Ihnen irgendwann diese Information. Und habe damit mein Soll erfüllt. Aber Sie werden nicht zufrieden sein damit. Was habe ich dann noch davon? Kriege ich dann immer noch die Möhre?«

Wusste er schon etwas? Oder wollte er nur vorbauen?

»Woran dachten Sie als Lösung?« Sicher hatte er schon eine Idee. Nur um ihm mitzuteilen, dass sein Sohn die Einladung dem Kronprinzen persönlich übergeben hatte, wäre er nicht gekommen.

Der Graf sah plötzlich ganz bleich aus. »Ich dachte an eine Vorauszahlung. Sagen wir die Hälfte.«

»Die Hälfte. Das wären fünfundzwanzigtausend Mark. Ganz schön viel Geld für die persönliche Übergabe einer Einladung.«

»Was wäre Ihnen denn die Anwesenheit des nächsten Kaisers des wichtigsten europäischen Landes auf Ihrem Ball wert?«

Der Graf verstand zu verhandeln. Und tatsächlich war das ein Pfund. Der nächste deutsche Kaiser, auf seinem Ball. Daraus konnte sich viel entwickeln. Das hatte nicht nur Strahlkraft an die Banken und andere Industrielle. Wenn er vielleicht sogar mit dem

Kronprinzen eine Unterhaltung hätte und sich mit seinen Errungenschaften und Lorbeeren ins rechte Licht rücken könnte, wer weiß, vielleicht wäre er der nächste Industrielle, der geadelt würde. Andererseits, es war zu viel Geld. Schließlich war nicht sicher, ob der Kronprinz kommen würde.

»Nein, das ist zu viel. Sagen wir zehntausend.«

Der Graf lächelte bissig. »Sagen wir einfach, ein Viertel der Möhre.«

Zwölfeinhalbtausend Mark. Egidius wusste, der Graf war in größeren finanziellen Kalamitäten. Die Banken warteten nicht ewig auf ihr Geld. Würde er noch spuren, wenn er seine Schulden erst einmal getilgt hätte? Allerdings wusste Egidius auch, dass diese Vorauszahlung beileibe nicht dafür reichen würde.

»Gut, sagen wir ein Viertel der Möhre. Wenn ... Wenn Sie mir bis drei Tage vor dem Ball eine Information liefern, die mich ins Spiel bringt.« Das ließ ihm kaum noch vierzehn Tage Zeit.

Der Graf presste seine Lippen zusammen. »Wie gesagt, es liegt ja nicht alles in meinen Händen.«

»Dann kümmern Sie sich darum, dass es in Ihren Händen zu liegen kommt«, sagte Egidius so freundlich wie möglich.

Der Graf machte ein Gesicht, als hätte er saures Bier getrunken. Er dachte nach. Schließlich erhob er seine Stimme: »Da ist dann noch eine Sache, um die ich Sie bitten möchte.«

»Ja?«

»Da wir hier über meine Leistung sprechen und nicht über die meines Sohnes, würde ich Sie bitten, über diesen Teil unserer Verabredung Stillschweigen zu bewahren. Mein Sohn muss von dem vollen Umfang unseres Handels gar nicht in Kenntnis gesetzt werden.«

Egidius nickte zustimmend.

»Das müsste aber auch bedeuten, dass dieser Teil der Mitgift ...«

»Nicht direkt an Ihren Sohn geht? Das ließe sich arrangieren ... Das Gleiche trifft übrigens auf meine Tochter zu. Sie muss davon nichts wissen.«

Letztendlich war es besser, wenn Felicitas nichts von dem Arrangement wusste. Weder, wie hoch ihre Mitgift war, noch, was er hier mit dem Grafen verhandelte.

»Das versteht sich ja von selbst«, sagte der Graf erlöst.

KAPITEL 4

10. Juni 1888

Sie trafen sich am Potsdamer Bahnhof. Menkam hatte sie dorthin bestellt, ihr aber nicht verraten, was er vorhatte. Mit der öffentlichen Pferdekutsche ging es auf der Belle-Alliance-Straße Richtung Süden. Minna genoss den Ausflug. Sie fuhren durch Tempelhof, dann war es nicht mehr weit. Sie erreichten das Seebad Mariendorf. Das Wetter war perfekt, die Sonne schien, und die ersten mutigen Schwimmer wagten sich im Freibad ins Wasser.

»Überraschung gelungen?«, fragte Menkam.

»Allerdings. Es ist wunderbar hier. Das riesige Schwimmbad, der große Teich, die Gartenanlage.«

Menkam führte sie am Freibad vorbei in die große Gartenanlage. »Ich dachte, wir mieten uns einen Kahn.«

»Einen Kahn?«, fragte Minna spitz.

»Ja, ein kleines Ruderboot.«

Das war eine ziemlich romantische Angelegenheit, dachte Minna und wusste nicht so recht, was sie davon halten sollte. Andererseits war sie noch nie zu etwas so Romantischem eingeladen worden. Und hatte auch nicht die Hoffnung, dass es so bald wieder passieren könnte. Trotzdem... Kritisch schaute sie auf ein einzelnes Ruderboot, auf dem ein Pärchen über den kleinen See paddelte.

»Ich weiß noch, welch riesige Angst ich auf dem Dampfer hatte. Ich habe mich kaum an die Reling gewagt. Jesses, ich war so froh, als wir endlich in Hamburg angekommen waren«, erklärte Minna beim Anblick des Wassers.

»Da ist es mir besser ergangen. Ich konnte ein wenig schwimmen. Und hier, hier habe ich es endgültig gelernt.«

»Du kannst schwimmen?«

»Es ist nicht so schwer.«

Das behauptete Fräulein Felicitas auch über das Radfahren. Und doch war sie wiederholte Male zum Radfahrenlernen hinausgeschlichen.

»Nun, eines Tages will ich es vielleicht lernen.«

»Keine Angst. Wenn du ins Wasser fällst, dann rette ich dich.«

»Wenn ich ins Wasser falle?!«

»Das war doch nur so daher gesagt«, beruhigte Menkam sie.

Minna ließ sich erweichen, und Menkam half ihr in den Holzkahn. Er setzte sich ihr gegenüber und legte sich in die Ruder.

»Bist du schon mal gerudert? Du kannst das gut.«

»Ich stamme aus der Nähe von Kribi. Mein Volk der Bantu, die Batanga, leben hauptsächlich vom Fischfang. Alle haben Fischerboote.«

»Deshalb kennst du dich so gut mit Booten aus und kannst schwimmen.«

»Soweit ich weiß, ist die ganze Region jetzt von den Deutschen eingenommen. Mein Volk wurde zu Hörigen, wie sie es nennen. Fast alle meine Leute leben in Abhängigkeit. Deswegen will ich auch nicht zurück.«

»Du willst für immer in Deutschland bleiben?«

Er unterbrach das Rudern und ließ den Kahn durchs Wasser gleiten. Mit einem Schulterzucken sagte er: »Nein. Aber zurück nach Afrika will ich auch nicht.«

»Aber was dann?«

»Ich überlege, eines Tages nach Amerika zu gehen. An die Ostküste, wo unsereins ein freies bürgerliches Leben führen kann.«

»Tatsächlich? Ich höre immer nur von den vielen Deutschen, die nach Amerika auswandern. Dass es vielen von ihnen dort nicht besonders gut ergeht.«

»Man muss sich eben erst in der Fremde zurechtfinden. Ich hab es einmal geschafft. Ich schaff es auch ein zweites Mal. Eines Tages gehe ich. Gespart habe ich schon etwas, aber das große Problem sind die Papiere. Ich habe keinen Ausweis. Ohne Ausweis würde ich schon in Hamburg oder Bremerhaven gar nicht auf ein Schiff gelassen.«

»Und selbst wenn. Was würdest du dort arbeiten?«

»Nun, natürlich würde ich eine Schneiderei aufmachen. Ich hab das Handwerk ja bei Meesters gelernt.«

Minna nickte beeindruckt. Menkam steuerte das Ruderboot geradewegs auf einen Wasserfall zu, der über eine künstliche Grotte herabfiel.

»Willst du nicht irgendwann ein eigenes Leben leben? Dein Schicksal selbst bestimmen?«

Natürlich, dachte Minna. Aber ihr Leben war derart, dass sie sich nie Gedanken darüber gemacht hatte, wie das vonstattengehen könnte. Sie zuckte mit den Schultern.

Menkam machte ein Gesicht, als wäre er mit ihrer Reaktion nicht zufrieden. Er steuerte das Ruderboot nun in die Grotte hinter den Wasserfall. Hier waren sie abgeschieden von den Blicken anderer. Er zog die Ruder ein.

»Ist das nicht wunderschön? Ein Ort zum Verweilen.«

Ein Ort, wo ein Mann eine Frau küssen würde, dachte Minna etwas ängstlich. Und tatsächlich, Menkam rückte näher und griff nach ihrer Hand.

»Wir werden sehen, was uns die Zukunft bringt. Wir haben ja noch Zeit. Ich würde lieber heute als morgen gehen. Aber solange ich nicht weiß, wie ich an Papiere komme, muss ich hierbleiben. Aber jetzt habe ich ja wenigstens dich.« Er führte eine ihrer Hände an seinen Mund und küsste sie.

Minna zog sie eilig weg. Ihr ging das zu schnell. Menkam tat so, als würde er ihre Reaktion nicht bemerken. Er lehnte sich zurück und schien einfach nur die Ruhe und Abgeschiedenheit zu genießen.

»Ist das nicht herrlich? Riech mal.« Er schnupperte.

Und auch sie sog den Duft nach Wasser und Moos ein. Erdig, vollmundig, pure Natur. Für einen Moment verweilten sie in aller Stille. Dann griff er wieder zu den Rudern und sie glitten hinter dem Wasserfall hervor.

Er steuerte den Kahn zurück an die Anlegestelle. Sie gingen noch in das Gartenlokal und bestellten Kaffee und Kuchen. Eine Stunde später ging es mit der Pferdekutsche zurück in die Hauptstadt. Menkam brachte sie noch bis nach Hause.

»Hier wohnst du? Direkt neben dem Reichskanzlerpalais?«, fragte Menkam erstaunt, als sie angekommen waren.

»Ja.«

Verblüfft schüttelte Menkam den Kopf. »Dann warst du nur wenige Meter von dem Ort entfernt, an dem unsere Heimat verschachert wurde.«

Minna schaute ihn überrascht an.

»Hier, das herrschaftliche Nebengebäude, in dem Bismarck residiert, dort hat 1884 die Afrikanische Konferenz stattgefunden. Die Kongo-Konferenz, wie sie auch genannt wird. Dort wurden zwischen den europäischen Mächten und den USA die Spielregeln für die Inbesitznahme Afrikas festgelegt. Seitdem gibt es ein Wettrennen, wer welchen Landstrich zuerst besiedelt. Wer zuerst kommt, dem gehört es dann. Noch ist der Kuchen nicht ganz verteilt.«

Minna schluckte. Das hatte sie gar nicht gewusst. Sie gingen um die Ecke und blieben vor der hoch aufragenden Fassade stehen.

»So groß hatte ich mir das Palais Louisburg gar nicht vorgestellt«, sagte er ehrfürchtig.

»Ja, es ist riesig und unglaublich bequem. Es ist zwar nicht erlaubt, aber ... Komm mit in den Hinterhof, ich zeig es dir.«

Sie drückte das große Tor auf, und sie gingen in den Hof.

»Hier im Keller«, sie deutete Richtung Souterrain, »steht eine zentrale Warmwasserheizung, die das ganze Haus versorgt. Und die Fenster sind so dick, dass sie im Winter die Kälte abhalten.«

Menkam kam aus dem Staunen gar nicht heraus. »Das ist noch mal deutlich luxuriöser als das Haus von Meesters.«

»Es gibt richtige Bäder mit fließendem Wasser, sogar warmem Wasser. Und trotz all dieser Erleichterungen gibt es jede Menge Bedienstete«, erklärte Minna weiter. »Der Hausherr hat große Angst vor Schmutz und Dreck jeder Art.«

»Kein Wunder, dass du noch nie darüber nachgedacht hast, von hier wegzugehen.«

»Das stimmt nicht. Ich habe schon über das Weggehen nachgedacht. Ich habe bloß keine Idee, wohin.«

Menkam griff nach ihren Händen und zog sie Richtung Remise. Hier standen sie etwas verdeckt vom Haus. Er schaute ihr tief in die Augen. »Das war wohl einer der schönsten Tage, die ich hier in Deutschland erlebt habe. Ich danke dir dafür.«

Sie spürte die Wärme seiner Hände. Und wieder dachte sie, er würde sie küssen wollen. »Es war wirklich eine wunderbare Abwechslung«, entgegnete Minna eilig.

Nun zog er sie an sich und wollte sie tatsächlich küssen. Doch sie nahm den Kopf zurück. »Nicht. Wenn uns jemand sieht!« Er hatte sie nicht gefragt.

Enttäuscht ließ Menkam von ihr ab. »Wann sehen wir uns wieder?«

Minna war verwirrt. Er schien gerne zu bestimmen. Und er fragte gar nicht nach ihrer Meinung. Trotzdem sagte sie: »Ich kann mir alle zwei Wochen einen halben Tag freinehmen. Aber in weniger als drei Wochen findet der Ball statt. Und in den Tagen vorher wird der Teufel los sein. Vermutlich werden wir uns erst nach dem 23. Juni wiedersehen können.« Das würde seinen Elan vielleicht etwas abkühlen.

»Schreib mir, wann du wieder kannst. Also dann, bis zum nächsten Mal.«

Er ergriff ihre Hand und drückte ihr einen herzlichen Kuss auf. Gleichzeitig hörten sie ein Geräusch und sprangen auseinander.

»Äh ... Minna ...?« Fräulein Felicitas kam von einem Ausritt wieder. Sie saß auf ihrem neuen Pferd und schaute sie erstaunt an.

Doch dann wisperte sie verschwörerisch: »Fräulein Korbinian ist jeden Moment da.«

Minna begriff, was sie damit sagen wollte. Sie wandte sich an Menkam. »Es ist nicht gut, wenn man dich hier sieht. Ich darf niemanden mitbringen.«

Schon hörten sie das Hufklappern eines zweiten Pferdes. Gleichzeitig tauchte Herr Krumbach am Hintereingang auf. »Hatten Sie einen schönen Ausritt?«

Fräulein Felicitas lenkte das Pferd so, dass Menkam nicht zu sehen war. »Ganz wunderbar. Helfen Sie bitte erst Fräulein Korbinian. Sie ist froh um jede Sekunde, die sie nicht auf einem Pferd sitzen muss.« Sie drehte sich zu Minna um, machte mit den Augen eine Bewegung, die bedeutete, sie solle ihren Gast zum Hinterausgang der Remise bringen.

Die Verabschiedung fiel denkbar dürftig aus. Minna flüsterte noch: »Ich schreib dir.« Dann war er schon hinten durchs Tor geschlüpft.

Es tat ihr leid. Gleichzeitig wurde sie auch wütend. Wieso eigentlich durften die Dienstboten keinen Besuch mit ins Haus bringen? Man wolle nicht, dass fremde Menschen hier spionierten, hieß es immer. Dabei würden in wenigen Wochen dreihundert Fremde hier im Palais herumspazieren. Es wurde wahrlich Zeit, sich ein paar Gedanken zu machen. Zu ihrem Leben, zu ihrer Unfreiheit und darüber, es nicht mehr als selbstverständlich zu erachten, dass andere über sie bestimmten. Und das betraf leider auch Menkam.

14. Juni 1888

Ein Zeitungsjunge rannte an Lorenz vorbei. Vermutlich wollte er zum Potsdamer Platz und dort die Exemplare der Abendausgabe loswerden. Mittlerweile berichteten alle Blätter darüber, dass der Gesundheitszustand des Kaisers prekär sei. Plötzlich schien es, als könnte der Tod des neuen Kaisers nicht ausgeschlossen werden.

Frau Beese hatte heute Morgen am Frühstückstisch lautes Wehklagen von sich gegeben, die Hände vors Gesicht geschlagen und sich zurückgezogen, um schnell ein Gebet für den Kaiser zu sprechen. Den ganzen Tag hatte Lorenz darüber nachgedacht, was das für ihn, für das ganze Reich bedeuten könnte. Wenn Friedrich III. starb, kam sein Sohn ans Steuer. Sein Vater war zwar liberaler als sein Vorgänger, aber Prinz Wilhelm von Preußen, noch Kronprinz, stand der Wissenschaft und technischen Fortschritten sehr aufgeschlossen gegenüber. Er könnte dem Land einen bedeutsamen Schub geben. Eine Regierung unter seiner Führung könnte sogar bedeuten, dass solchen Projekten wie dem seines Vaters mit mehr Wohlwollen und öffentlicher Förderung begegnet würde.

Lorenz, genau wie seine ganze Familie, war sehr fortschrittlich eingestellt. Sie hingen nicht so sehr am Kaiser und der Monarchie wie andere. Zudem bemängelte sein Vater schon seit Jahren, dass der gesamte Adel ein großes Hindernis beim technischen Fortschreiten des Reiches war. Der Adel bestand samt und sonders aus Gutsherren, die ihren Reichtum ihren Landgütern zu verdanken hatten. Nicht nur im Reichstag saßen viele adelige Gutsherren, auch im preußischen Herrenhaus, das für die Gesetzgebung zuständig war, dominierten neben wenigen Vertretern von Städten und Universitäten die Adeligen. Dort saßen überwiegend Fürsten und Herzöge und Grafen, die ihre Sitze ihren Söhnen vererbten. Diese Herren neigten nicht dazu, Gesetze zu verabschieden, die ihren ureigensten Interessen widersprachen. Und natürlich kam der größte Teil der Steuergelder diesen Interessen zugute.

Eigentlich müsste der Vater von Felicitas doch ähnliche Ansichten haben, dachte er mit Blick auf das herrschaftliche Palais. Er war ebenso ein Emporkömmling wie seine Familie. Nur, dass er es viel höher geschafft hatte. Alleine die Fassade dieses Gebäudes strahlte Macht und Einfluss aus.

Felicitas hatte ihm vor drei Tagen geschrieben. Sie wolle sich mit ihm treffen, aber nicht zum Radfahren, sondern um auszugehen. Nun wartete er auf sie. Der Zietenplatz lag unter einem dunkelblauen Himmel. Die blaue Stunde hatte begonnen. Er stand vor der Ritterschaftsbank, eine Bank, die den Besitzern verschuldeter Adelsgüter Kredite gewährte. Zu dieser späten Stunde war hier nichts mehr los. Sein Blick ging über den Wilhelmplatz direkt zur Ecke, an der das Palais stand.

Vor dem eleganten Haus tat sich etwas. Eine Kutsche kam um die Ecke und stellte sich vor den Portikus. Die konnte nicht für Felicitas sein. Sie hatten sich hier verabredet. Neugierig lief er über den Wilhelmplatz und postierte sich an der gegenüberliegenden Ecke. Jemand kam aus dem Haus, lief die wenigen Stufen herunter und stieg in die Kutsche. Sie fuhr direkt an ihm vorbei.

Der elegant gekleidete Mann schaute aus dem Fenster. Sein Blick lief über Lorenz hinweg ins Leere. Lorenz bemerkte überrascht, dass er ihn schon mal gesehen hatte – in der Deutschen Bank, als er mit Vater dort gewesen war. Es war der Mann gewesen, der mit seinem Sohn nach einem Kredit gefragt hatte. Und ihn nicht bekommen hatte. Was hatte der Mann in der Kreditabteilung noch gesagt? Die beiden seien heillos überschuldet. Wollten oder mussten ihr Hab und Gut retten. Und wollten dennoch ihren mondänen Lebensstil weiterführen. Was hatte dieser Mann mit der Familie Louisburg zu tun?

Er ging zurück zu seinem Platz, wo er vorher gewartet hatte. Gut zwanzig Minuten später kam sie aus dem großen Tor, wo die Kutschen in den Innenhof fuhren.

Heute trug sie keine Männerkleidung, aber auch keine elegante Robe. Vermutlich von einem Dienstmädchen hatte sie sich ein schlichtes braunes Kleid geben lassen. Sie rannte über den Wilhelmplatz auf ihn zu.

»Lorenz«, keuchte sie erfreut. »Es tut mir leid, dass ich zu spät komme. Vater hatte noch Besuch. Ich musste warten, bis die Luft rein war.« Sie strahlte über das ganze Gesicht.

»Wenn das Warten sich lohnt, übe ich mich gerne in Geduld.« Sein Herz klopfte wie wild bei ihrem Anblick.

Für einen Moment schaute sie verblüfft, rief dann freudig: »Lass uns bitte schnell gehen, damit ich außer Sichtweite komme.«

»Hier lang. Wir haben es nicht weit.«

»Was hast du ausgesucht?«

»Lass dich überraschen.«

In ihrem Brief hatte Felicitas geschrieben, dass sie gerne irgendwohin gehen würde, wo sie normalerweise nie hinging. Er führte sie die Kanonierstraße hinunter über die Leipziger und bog dann links ab. Nach zwanzig Minuten standen sie vor der Markthalle II, der Lindenhalle. Direkt neben dem riesigen Gebäude mit der Halle im Inneren lag ein weiteres großes Gebäude mit einem Turm, auf dem eine Kuppel war.

»Ist das die Sternwarte?«, fragte Felicitas.

Lorenz nickte. »Lass uns etwas zu trinken kaufen.«

Sie gingen in die Markthalle. Der Trubel des Tages war bereits abgeflaut. Viele Stände waren geschlossen, aber es gab noch einige, die geöffnet hatten. Lorenz kaufte zwei Flaschen gekühltes Bier der Königlich Preußischen Biermanufactur, mit denen sie wieder vor die Tür gingen. Sie setzten sich auf zwei Stapel Holzkisten, die draußen neben der Halle standen. Es war noch nicht ganz dunkel, aber dunkel genug, um den ersten Stern am Himmel zu entdecken.

Lorenz reichte Felicitas eine Flasche Bier. »Schau, so macht man das.« Er legte beide Daumen an den Porzellanzapfen und ließ den Bügelverschluss nach hinten schnappen. Es ploppte laut.

Felicitas versuchte es. Auch bei ihr ploppte es laut. »Phänomenal. Weißt du, dass das meine erste Bierflasche ist, die ich selbst öffne?«

Er nahm einen Schluck und schüttelte unterdessen den Kopf. »Aber Bier hast du schon mal getrunken?«

»Ja, natürlich.« Sie nahm auch einen Schluck und schüttelte sich kurz.

»Schmeckt es dir nicht?«

»Doch, es schmeckt herrlich«, sagte sie grinsend.

»Vom Hoflieferanten«, ergänzte Lorenz und trank einen weiteren Schluck. Dann zeigte er auf die Sternwarte. »Die erste Sternwarte in Preußen, die ein drehbares Kuppeldach hat. Und diese Metallplatten, die du da siehst, die können aufgeschoben werden. Durch den freien Spalt kann man dann den Himmel beobachten.«

»Warst du schon mal drinnen?«

»Leider noch nicht. Aber ich weiß, dass man von hier aus im Jahr 1846 einen neuen Planeten entdeckt hat. Pluto. Das muss so aufregend sein, etwas völlig Neues zu entdecken.«

»Dein Leben ist doch aufregend. Du darfst dich mit all diesen Dingen beschäftigen.«

»Du etwa nicht?«

»Nein. Ich darf malen. Und Schönschrift üben. Du kannst dir nicht vorstellen, wie öde mein Leben ist.« Vermutlich seinem ungläubigen Blick geschuldet, sprach sie weiter. »Ich weiß, was du denkst. Dass ich alles darf und haben kann, weil mein Vater reich ist.«

Aus Verlegenheit nahm Lorenz noch einen weiteren Schluck Bier. Natürlich, genau das hatte er gedacht. »Mit Geld ist es so viel einfacher, sich Träume zu erfüllen. Seine Ziele zu erreichen. Wenn ich Geld genug hätte, dann wüsste ich genau, was ich täte.«

»Und was tätest du?«, fragte Felicitas nach.

»Ich würde eine Fabrik für Fahrräder bauen.«

»Also gar nicht teure Sachen kaufen, reisen und im Luxus schwelgen?«

»Also reisen würde ich. Nach England, meinen Bruder besuchen und mir die neuesten Fahrradmodelle anschauen. Auch in Amerika bauen sie schon moderne Fahrräder. Es muss fantastisch sein, sich jeden Wunsch erfüllen zu können.«

»Es muss fantastisch sein, überhaupt solche Wünsche und Träume hegen zu dürfen.«

»Was hindert dich denn, deine Träume wahr werden zu lassen?«

Sie zuckte mit den Schultern. »Ich merke gerade, wie abhängig ich bin. In allen Belangen. Ich kann doch nur frei sein, wenn ich mein eigenes Geld habe. Tatsächlich muss ich darum betteln, überhaupt Bargeld in die Hand zu bekommen.« Sie schüttelte wütend den Kopf.

Er sah sie an. Ihre Familie war steinreich, und doch musste sie um jede Mark betteln. Offensichtlich funktionierte ihre Familie so ganz anders als seine. Seine Schwester hatte schon früh gelernt, Verantwortung zu übernehmen. Auch für den Einsatz von Geldmitteln für die Fabrik. Tatsächlich war sie darin sehr viel geschickter als er. Er war der Bastler, sein Bruder Vinzent der Theoretiker und seine Schwester Clarissa die Rechnungsführerin.

»Fällt es eigentlich nicht auf, dass du dich aus dem Haus schleichst?«

»Nein. Erstens kommt niemand auf die Idee, dass ich so etwas Verwegenes tun könnte. Und zweitens sind gerade alle überaus beschäftigt mit den Vorbereitungen für den Ball.« Sie sagte das mit viel Bitterkeit in der Stimme.

»Freust du dich nicht auf den Ball?«

Vehement schüttelte sie den Kopf. »Nein, überhaupt gar kein Stück freue ich mich.«

»Wieso nicht?«

Sie starrte auf ihre Bierflasche und schien nicht antworten zu wollen. Lorenz wusste nicht, ob er noch mal nachfragen oder doch besser das Thema wechseln sollte. Er entschied sich für Letzteres.

»Ihr hattet heute Besuch.«

Erstaunt blickte Felicitas ihn an.

»Ich habe schon länger gewartet und gesehen, wie eine Weile vor dir ein Mann aus dem Haus gekommen ist. Ich kenne ihn.«

Blitzartig richtete Felicitas sich auf. »Du kennst ihn? Woher?«

»Kennen ist zu viel gesagt. Aber ich war vor vierzehn Tagen mit meinem Vater bei der Deutschen Bank. Er hat dort einen Kredit beantragt für eine neue Fabrik. Dieser Mann kam vor uns aus dem Raum. Er wurde begleitet von einem Jüngeren, ich vermute seinem Sohn.«

»Längere dunkelbraune Haare, elegantes Aussehen, eine arrogante Haltung?«

»So könnte man ihn beschreiben. Anscheinend haben auch sie einen Kredit angefragt. Und ihn nicht bekommen. Der Bankmensch sagte, dass sie heillos überschuldet seien und es um ihr Hab und Gut gehe.«

»Heillos überschuldet?«, fragte sie mit Stirnrunzeln. Als ginge ihr weitaus mehr durch den Kopf.

»Ja, heillos überschuldet, das waren die genauen Worte des Bankmannes. Und er sagte, dass sie ihren Lebensstil nicht ändern wollten, weil sie adelig wären. Das hörte sich nicht gut an. Und als sie an uns vorbeigingen, sahen sie ziemlich bedrückt aus.«

»Und du bist dir sicher, dass es derselbe Mann war?«

Er nickte. »Absolut.«

Felicitas nahm einen Schluck, dann noch einen und einen weiteren. Es sah wütend aus, als wollte sie mit jedem Schluck etwas beweisen. Kurz legte sie ihre Hand vor die Augen, schüttelte den Kopf und hatte sich anscheinend zu etwas durchgerungen.

»Mein Vater ... Es ist so. Es sind noch neun Tage bis zum Ball. Und auf dem Ball ...« Sie nahm noch einen Schluck, als bräuchte sie für ihre Worte Mut. »Und auf dem Ball soll ich verlobt werden. Das hat mein Vater so entschieden.« Jetzt richtete sie ihren Blick direkt auf Lorenz. »Und zwar mit dem Sohn von diesem Mann, der heute bei uns zu Besuch war. Den du in der Bank gesehen hast.«

»Dann ist er ...« Er schnappte nach Luft. Es stand also fest, dass sie verlobt werden sollte. Natürlich wusste er, wie wenige Chancen er bei Felicitas hatte. Oder vielleicht auch einfach nur bei Felicitas' Familie. Aber dass dieses drohende Szenarium bereits so fortgeschritten war, verschlug ihm die Sprache. Sein Mund wurde ganz trocken, und er spülte mit ein wenig Bier nach.

»Dann ist er also der Vater deines Verlobten in spe?«

»Mein Verlobter«, spie sie verächtlich aus. »Nur, wenn es nach meinem Vater geht. Jetzt erklärt sich so einiges. Ich musste mit ihm auf die Rennbahn Hoppegarten und sollte ihm schöne Augen machen. Aber er ist kein guter Mensch. Er malträtiert seine Pferde.

Und außerdem vermute ich seitdem, dass er ein Spieler ist. Vielleicht hat er ja das Vermögen der Familie auf der Rennbahn gelassen.«

»Weiß dein Vater, dass diese Familie dem Bankrott entgegengeht?«

Sie wischte mit einem Daumen über die braune Glasflasche. »Ja. Ich glaube, er weiß es. Und ich, ich bin wohl einem großen Irrtum aufgesessen. Ich dachte, mein Vater wäre verschuldet und in einer finanziellen Zwickmühle. Wenn ich es jetzt aber recht bedenke, könnte es sein ... Vielleicht sind es diese Herren, deren Hab und Gut zur Pfändung steht. Und ich bin Teil der Abmachung.«

»Wie bitte?« Lorenz verstand nicht, was sie damit meinte.

»Du hast mir gerade einen sehr großen Dienst erwiesen. Ich habe eben eine überaus wichtige Information erhalten, die mich aus meinem größten Dilemma erlöst.« Plötzlich grinste sie über beide Wangen. »Vielleicht ist ja doch noch nicht alles verloren.«

»Das hoffe ich«, sagte Lorenz, der immer noch nicht verstand, was gerade passiert war. Was er aber verstand, war, dass sie nun eine neue Möglichkeit sah, der Ehe mit diesem unsympathischen Menschen zu entgehen. Das stimmte ihn ebenfalls hoffnungsfroh. Er griff nach ihrer Hand. Und sie zog sie nicht weg. Im Gegenteil. Sie verschränkte ihre Finger mit seinen und lächelte ihn selig an.

15. Juni 1888

Dann hatte Vater gar keine Geldsorgen. Nachdem sie sich zurück ins Palais geschlichen hatte, war Felicitas direkt in Vaters Arbeitszimmer gehuscht und hatte bei den Bankunterlagen nachgeschaut. Sie hatte den Brief gefunden, und dieses Mal hatte sie sich alle Seiten angeschaut. Ihr Verdacht bestätigte sich: Der Brief von der Bank war tatsächlich an den Grafen von Brück-Bürgen adressiert. So lange hatte sie mit ihrem Schicksal gehadert. Gehadert, weil sie ihren Vater und ihre Familie nicht ins Unglück stürzen wollte.

Doch jetzt musste sie keine Rücksicht mehr auf Vater oder seine Finanzen nehmen. Das stellte sie von jeder Verantwortung frei. Ohne mit der Wimper zu zucken, versprach Vater sie einem heillos überschuldeten Grafensohn.

Allmählich ergab sich ein Bild, bei dem ihr Vater keine besonders gute Figur machte. Wie war Vater an diesen Brief gekommen? Sie wusste nicht viel über seine Geschäftspraktiken, aber ahnte, dass hier vermutlich etwas nicht mit rechten Dingen zugegangen war. Vermutlich hatte er jemanden bei der Bank bestochen, um an den Brief über die Schulden zu kommen. Dann hatte er Brück-Bürgen mit Geld geködert, wissend, dass der es dringend benötigte. Doch statt ihn einfach für seine Dienste zu bezahlen, hatte er ihm die Tochter samt Mitgift versprochen. Erstens fielen größere Geldsummen in einer familiären Bindung nicht weiter auf. Zudem könnte man so den Kronprinzen auf den Ball locken. Selbstredend würde der Graf, wenn erst mal Familienbande bestanden, auch in den nächsten Jahren im Eisenbahnamt dafür sorgen, dass alles glattlief mit Vaters Aufträgen. Und zum guten Schluss würde sich Vaters größter Traum erfüllen: Durch ihre Vermählung würde auch er in die Welt des Adels aufsteigen.

Das machte so viel mehr Sinn. Der opulente Ball, bei dem an nichts gespart werden sollte, war keine letzte Verzweiflungstat, um ein Unglück abzuwenden. Vater war nach wie vor vermögend und setzte das Geld möglichst gewinnbringend ein. Drei Fliegen mit einer Klappe. So kannte sie ihren Vater.

Ihr fiel ein, wie abweisend Rudolph von Brück-Bürgen zunächst auf der Rennbahn gewesen war. Und als er keinen Wettgewinn hatte einstreichen können, war er plötzlich außerordentlich galant und charmant geworden. Felicitas hatte den Eindruck, als hätte sein Vater ihm von der Absprache erzählt. War er damit einverstanden? Oder war es für ihn auch nur ein Geschäft?

Ihrem Vater waren die Geschäfte so viel wichtiger als ihr persönliches Glück. Er ließ sie sogar absichtlich im Dunkeln, um auf dem Ball das Großereignis verkünden zu können. Er wusste, oder zumindest nahm er an, dass Felicitas keine Szene in der Öffentlichkeit machen würde. Denn eine bereits verkündete Verlobung aufzulösen, das wäre ein Affront in alle Richtungen. Am meisten würde es ihr selbst und ihrem guten Namen schaden.

Ihre Befürchtungen wuchsen. Wenn nur Mama noch da wäre. Sie fehlte ihr gerade schmerzlich. Sie könnte Vater sicher die Stirn bieten. Oder machte sie sich da etwas vor? Sie war fünf gewesen, als Tessa geboren worden und ihre Mutter kurz nach Tessas Geburt an Typhus gestorben war. Was für die beiden Töchter als zu schmerzlich galt, um die Mutter überhaupt noch zu erwähnen. Ihre Erinnerungen waren kindlich. Wie war ihre Mutter wirklich gewesen? War sie eine starke Frau gewesen? Oder nur eine vorsichtige, die an ihren Töchtern hatte gutmachen wollen, was ihr nicht gegönnt gewesen war – ein wenig Freiheit. Denn Freiheit hatte man in dieser Gesellschaft anscheinend nur, wenn man ausreichend Geld besaß.

Eine Frau mit eigenem Geld, wie Tante Apollonia! Über die ebenfalls nicht geredet werden durfte. Felicitas hatte Mamas Schwester nicht mehr gesehen seit deren Beerdigung. Sie schrieb ihren Nichten zu den Geburtstagen und zu Weihnachten. Es gab immer schöne Geschenke – samtige Handschuhe, silberne Ketten oder Seidenschuhe. Letztes Weihnachten hatte sie ihnen je eine Kamee aus Koralle geschenkt. Vater hatte den Kontakt bis auf Dankesbriefe für die Geschenke reduziert. Und einladen würde er sie erst recht nicht. So ein Frauenzimmer komme ihm nicht ins Haus, hatte er vor zwei Jahren gedonnert, als Felicitas den Vorschlag gemacht hatte, sie zu Weihnachten einzuladen. Eigentlich war sie genau die richtige Person, die ihr einen guten Ratschlag würde geben können. Überhaupt gehörte sie doch eigentlich zum Ball eingeladen. Felicitas würde sie einladen, beschloss sie kurzerhand. Und sie konnte sie vielleicht sogar um Hilfe bitten.

Es war gerade noch eine gute Woche bis zum Ball. Im Palais überschlugen sich die Arbeiten und Vorbereitungen. Herr Nipperdey, der Zeremonienmeister, war praktisch jeden Tag im Haus.

Zweimal hatten sie letzte Woche Tanzstunden gehabt. Jetzt schon wurde geplant, welche Tische und Stühle und andere Dinge die Dienstboten bald in die Remise bringen würden. Die Mamsell hatte bereits damit begonnen, wertvolle Objekte einzulagern. Neue Gardinen hingen an den Fenstern. Stühle wurden in den Ecken der Salons aufgestapelt. Die ersten Palmen waren geliefert worden. Zwei Diener reinigten seit Tagen die Fassade mit Bürsten. Alles wurde auf Hochglanz poliert.

Gestern hatte sie mit Mamsell Jarausch die Geschenke – die Seifen und die Tanzkartenfächer – für die eingeladenen jungen Damen kunstvoll verpackt. Anfang der Woche waren die Kristallgläser angeliefert worden. Alles steuerte auf den großen Abend hin.

Wie sah die Lösung aus? Denn es musste eine geben. Weglaufen? Wohin? Wie weit käme sie schon ohne Geld? Und dann? Würde sie sich ihren Unterhalt selbst verdienen können, mit dem mageren Wissen, das ihre Hauslehrer ihr beigebracht hatten? Im Moment schien es, als würde ihr nur ein Wunder helfen. Gut möglich, dass heute eins geschah. Mit viel Glück, und Felicitas schämte sich ein wenig für diesen Gedanken, bekam sie einen Aufschub.

Heute Morgen hatte sie im noch leeren Salon am Frühstückstisch heimlich die Zeitung überflogen. Und war elektrisiert gewesen. Man munkelte, der Kaiser liege im Sterben. Er habe nur noch wenige Tage, vielleicht sogar nur noch Stunden. Die Worte schenkten ihr einen Funken Hoffnung. Denn wenn der Kaiser starb, dann würde der Ball in acht Tagen nicht stattfinden können. Das wäre überaus pietätlos, genau wie ihre Gedanken.

Sie hatte kaum etwas runterbekommen zum Frühstück. Tessa hatte versucht, die brüllende Stille zwischen ihr und ihrem Vater mit allerlei Plapperei zu übertünchen. Schon den ganzen Vormittag über war Felicitas kopflos durch die Räumlichkeiten gelaufen. Alle Zeichen deuteten auf das ausstehende Unglück hin. Man spürte die Unruhe im Haus.

Nach dem Mittagessen hielt sie es nicht mehr aus. Felicitas trat zur Vordertür hinaus und stellte sich vor dem Portikus zu Hannes

Blum. Er trug seine leichte Sommeruniform und nickte ihr höflich zu. Der alte Portier war Felicitas der liebste aus der Dienerschaft. Er war immer freundlich, immer aufmerksam, freute sich stets, Felicitas zu sehen. Er war niemand, mit dem sie sich über etwas streiten musste.

Hannes Blum stand von früh bis spät vor dem Palais, sehr beharrlich, bei Wind und Wetter, bei Hitze und Schnee. Wenn es regnete, zog er sich unter den Portikus zurück, direkt vor die Tür. Nur bei Gewitter verzog er sich nach drinnen, schaute dann aber beständig durch das Fenster neben der Eingangstür, ob Gäste kamen, denen man den Kutschschlag oder die Türen öffnen musste.

»Fräulein Felicitas, hatten Sie eine Kutsche bestellt?«

»Nein. Man munkelt so einiges im Haus. Und ich wollte nur sehen, ob es eventuell Extrablätter gibt.«

Denn eins war klar: Sobald die Nachricht vom Tode des Kaisers die Runde machte, würden die Zeitungshäuser ihre Druckmaschinen anwerfen und Extrablätter drucken, die sofort auf den Straßen der Stadt verkauft würden.

»Nein. Bisher gibt es keine Anzeichen dafür. Vielleicht geht es ja noch mal gut.«

»Der Kaiser soll schwer krank sein. Wenn ich richtig informiert bin, lautet die Frage nicht, ob er stirbt, sondern nur wann.«

»Das ist außerordentlich bedauerlich.«

Felicitas wusste nicht, was sie noch sagen sollte, aber sie wollte auch nicht hineingehen. Für einen Moment ließen sie beide ihre Blicke über die Ecke Voßstraße, Wilhelmstraße gleiten, und weiter bis zum Zietenplatz. Aus dieser Richtung würde die Nachricht des Todes des Kaisers kommen, wenn sie kam.

»Herr Blum, was würden Sie sich wünschen, wenn Sie sich irgendetwas wünschen könnten für Ihr Leben?«

Er schaute sie verwundert an, dachte aber nach. »Ich habe ein schönes Zimmer in der Mansarde. Es ist hell und sauber und im Winter warm. Ich bekomme gutes Essen, und die Arbeit ist auch nicht allzu schwer. Ich muss nur hier herumstehen, mir Namen merken und höflich sein.«

»Aber wenn Sie nun ausreichend Geld hätten, viel Geld, was würden Sie sich wünschen?«

»Bessere Schuhe.«

»Bessere Schuhe?«

»Ja. Schuhe mit einer dicken und bequemen Sohle. Richtig gute Winterschuhe würde ich mir kaufen.«

»Aber ich meine, wenn Sie frei wären«, setzte Felicitas nach.

»Richtig frei.«

»Was ist richtig frei? Freiheit ist ein großes Wort, gnädiges Fräulein. Außerdem, nicht jeder kann es sich leisten, frei sein zu wollen.«

Jetzt hatte er die ungeteilte Aufmerksamkeit von Felicitas. »Wie meinen Sie das? Nicht jeder kann es sich leisten, frei sein zu wollen.«

»Ich bin schon recht alt, sehr alt, um genau zu sein. Und ich habe in meinem Leben viele Dinge erlebt und viele Dinge gesehen, die mich zu diesem Schluss gebracht haben.«

Noch immer war Felicitas nicht schlauer. »Erzählen Sie es mir bitte. Ich habe Zeit, viel mehr Zeit, als mir lieb ist.«

Er lächelte milde. »Ich bin am 10. November 1810 geboren worden, südlich der Müritz. Ich zähle nun also gute siebenundsiebzig Jahre. Mein Vater arbeitete als Chausseehauswächter. Wann immer jemand vom Herzogtum Mecklenburg-Schwerin nach Preußen einreiste, kassierte mein Vater für den Landesfürsten das Chausseegeld. Und natürlich gegebenenfalls den Zoll. So war das damals. Jedes Herzogtum, Fürstentum und Königreich kassierte an seinen Schlagbäumen den Zoll.« Er nickte ihr kurz zu, als wollte er sich versichern, dass sie alles verstanden hatte. »Neunzehn Jahre später, nach der Volksschule und nachdem ich im Dorfladen gearbeitet hatte, verließ ich mein kleines Dorf. Ich wollte hinaus in die weite Welt. Ich wollte dorthin, woher die Postkutschen kamen – raus in die weiten Lande. Ich wollte dorthin, woher die ganzen Kolonialwaren kamen. An die Küste, an die Häfen, nach Hamburg und nach Berlin. Und das durfte ich sogar, denn wissen Sie, was einen Tag nach meiner Geburt passierte?«

Felicitas, die interessiert zuhörte, schüttelte den Kopf.

»Im Königreich Preußen wurden die Erbhörigkeit und die Erbuntertänigkeit und die Leibeigenschaft endgültig abgeschafft. Seit dem 11. November 1810 waren alle Menschen frei. Zumindest besaßen sie das Recht, von der heimischen Scholle fortzugehen.«

Allmählich begann Felicitas zu verstehen, was er damit meinte: Freiheit sei ein großes Wort.

»Aber frei zu sein, bedeutet meist nicht, wirklich frei zu sein.«

Schon wieder war sie verwirrt. »Wie meinen Sie das?«

»Sie können sich vorstellen, ich war einmal jung. Und verliebt. Ein glücklich verliebter Preuße. Im Königreich Sachsen war ich ein Ausländer. Da mir das Leipziger Bürgerrecht fehlte, war eine standesrechtliche Eheschließung nicht möglich. Nun war ich ein unglücklich verliebter Preuße. Irgendwann wurde sie doch verheiratet, nur mit einem anderen Mann. Ich verließ Sachsen. Und kam nach Berlin.«

Unglücklich verliebt. Da regte sich etwas in Felicitas' Magengegend. Sie konnte es nachvollziehen. »Wann sind Sie nach Berlin gekommen?«

»In den Vierzigern. 1844, um genau zu sein. Nicht mehr ganz so jung, nicht mehr ganz so naiv, aber immer noch auf der Suche nach meinem Glück. Ich habe mich mit allerlei Arbeit über Wasser gehalten. Und es eigentlich immer ganz gut angetroffen. Dann kam die Kartoffelrevolution 1847. Das war wie eine Art Weckruf. Und ein Jahr darauf dann die große Revolution im März. 1848, was für ein Jahr. Wir alle, die ganze Bevölkerung, dachten, nun tut sich wirklich was. Nun hat diese elendige Kleinstaaterei ein Ende. Und dass nur die Adeligen Rechte haben und wir Bürger und Arbeiter gar nichts, damit wäre nun Schluss. Und es gab ein Parlament, die Frankfurter Nationalversammlung. Wir dachten, nun endlich wird das Volk gehört. Es roch nach Freiheit, und für eine kleine Zeit fühlte es sich tatsächlich wie ein Versprechen auf größere Freiheit an. Doch schon bald wurden all unsere Hoffnung gestutzt.«

Was dann geschehen war, wusste Felicitas natürlich aus dem Geschichtsunterricht. Das Parlament wurde aufgelöst, die Kleinstaaten machten ewig so weiter, bis man mit ersten hilflosen Unternehmungen wie dem Norddeutschen Bund versuchte, so etwas wie einen Zusammenhalt der deutschen Lande aufzubauen. Es dauerte noch einmal dreiundzwanzig Jahre, bis Deutschland vereint wurde. Erst mit dem Sieg über Frankreich wurde im Spiegelsaal von Versailles der erste Kaiser aller Deutschen ausgerufen. Der Mann, der in diesem März gestorben war.

Der Portier, Minna, sie selbst – Unfreiheit hatte so viele Facetten mehr, als Felicitas gedacht hatte. »Ich glaube, ich habe noch viel zu lernen. Aber danke für die hilfreichen Einsichten.«

»Gern geschehen«, sagte Hannes Blum und lächelte so sanft und höflich wie immer. Dann richtete er seinen Blick wieder auf die Straße.

Als sie zurück ins Vestibül trat, wollte Vater gerade die Treppe hoch. Im Moment sprachen sie so gut wie gar nicht miteinander, aber als er sie nun sah, steuerte er direkt auf sie zu.

»Kind, ich muss dir einen sehr traurigen Umstand zur Kenntnis bringen. Ich habe gerade einen Anruf bekommen. Unser Kaiser ist gestorben.«

Tatsächlich fühlte Felicitas sich überrumpelt. Obwohl sie genau darauf gehofft hatte, war sie nun doch überrascht.

»Ach herrjemine.«

Vater schaute sie nachdrücklich an. »Du weißt, was das bedeutet?«

Sie sagte nichts.

»Der Ball am nächsten Samstag kann nicht stattfinden.«

Ihr Mund war ganz trocken. Sie musste an sich halten, dass sie nicht in Jubel ausbrach. »Ich verstehe. Das ziemt sich nicht.«

»Wir müssen ihn verschieben. Es wird eine sechswöchige Trauerzeit geben.«

»Das scheint mir angemessen«, sagte sie mit spröder Stimme. Dann verbarg sie ihr Gesicht hinter ihren Händen, sodass man glauben könnte, sie würde in Tränen ausbrechen. Sie stürzte die Treppe hoch, aber in ihrem Gesicht stand nichts als pures Strahlen. Sechs Wochen mehr Zeit, in denen sie ihren Plan, den Grafensohn nicht heiraten zu müssen, besser vorbereiten konnte.

25. Juni 1888

Die hektische Betriebsamkeit der letzten Wochen war zum Erliegen gekommen. Die großen Palmen waren nach vorne ans Fenster des Vestibüls gebracht worden. Die Möbel, die bereits geliefert worden waren, und auch die Kristallgläser waren im Keller zur Seite geschafft worden. Im Eiskeller schmolzen die großen Eisblöcke zu Pfützen.

Die Regierung hatte eine sechswöchige Trauerzeit ausgerufen. Es wäre mehr als unschicklich, währenddessen Feste und andere lustige Veranstaltungen stattfinden zu lassen. Egidius überlegte noch, an welchem Tag er den Ball nachholen sollte. Er sollte besser noch eine oder zwei Wochen länger warten. Ende Juli kamen die meisten Honoratioren mit ihren Familien gerade erst aus der Sommerfrische zurück. Vor Mitte August war also ohnehin nicht damit zu rechnen, dass alle seine sorgfältig erwählten Gäste teilnehmen konnten.

Natürlich hatte jedermann Verständnis gehabt, dass der Ball nicht zum anberaumten Termin hatte stattfinden können. Umgehend nach der Todesnachricht hatte Egidius Briefe verschickt, mit der Mitteilung darüber, dass der Ball aus Trauergründen nicht ausgerichtet werden würde.

Für heute hatte sich der Graf wieder angekündigt. Er kam am späten Nachmittag direkt aus dem Eisenbahnamt. Egidius hatte kurz in Erwägung gezogen, ihn zum Abendessen einzuladen. Doch dann dachte er daran, wie sauertöpfisch Felicitas in letzter Zeit war, und verwarf den Gedanken. Der Graf sollte keinen falschen Eindruck von ihr bekommen.

»Wenn das Projekt vorher noch nicht auf Eis lag, dann ganz sicher jetzt. Niemand ist so pietätlos und behelligt die Regierung in dieser Zeit mit Anfragen, egal wie klein oder groß die Projekte sein mögen. Mein Gott, drei Kaiser in einem Jahr.«

Allerdings. Kaiser Friedrich III. hatte nur neunundneunzig Tage regiert.

»Niemand will im Moment vorpreschen. Wir arbeiten alles Vorhandene ab, aber es ist merkwürdig ruhig auf den Fluren. Alle sind bedrückt. Und es gibt so gut wie keine Besucher, die vorstellig werden. Die Trauer um den alten Kaiser hat unser aller Herz zerrissen. Aber die Trauer um seinen Sohn scheint vor allem große Verunsicherung auszulösen.«

»Das kann ich mir vorstellen. Der Kronpr... Der neue Kaiser ist noch so jung. Kaum dreißig. Ob er schon reif dafür ist?«

»Das fragen sich gerade viele. Bisher hat er sich ausgiebig allerlei Lustbarkeiten hingegeben. Am liebsten, so scheint es, ist er weit weg vom Regierungsgeschehen und macht Urlaub. Ich weiß nicht recht, was ich von ihm als unserem neuen Staatenlenker halten soll. Mein Sohn allerdings ist begeistert.«

»Er glaubt, Kaiser Wilhelm II. ist geeignet, uns durch die tiefen Täler der internationalen Wirtschaft und wilden Stürme der Politik zu führen?«

»Er ist davon überzeugt. Außerdem, er hat bereits angekündigt, sobald es möglich ist und schicklich erscheint, bei Unserer Majestät vorstellig zu werden und ihn nochmals zum Ball einzuladen. Stellen Sie sich vor: der deutsche Kaiser. Hier im Haus!«

»Hoffen wir mal, dass das Regierungsamt ihn nicht überfordert. Hoffen wir, dass er Zeit findet.«

»Sie müssen nicht glauben, dass der Kaiser den Abend hier verbringen wird. Für ihn ist es keine Feier, auf der er sich vergnügen will. Für ihn wird es nur eine Pflicht. Er wird auftauchen, seine Runde machen, ein paar Hände schütteln, seinem alten Kameraden zur Verlobung gratulieren, mit Glück ein Gläschen trinken und dann samt Entourage wieder entschwinden.«

»Das soll mir recht sein. Auch wenn er gerne länger bleiben darf.«

»Was Ihnen zur außerordentlichen Ehre gereichen würde. Wenn er sich irgendwo wohlfühlt, bleibt er länger.«

»Was kann ich tun, damit er sich wohlfühlt?«

Brück-Bürgen presste kurz die Lippen aufeinander. »Man muss es leider so sagen: Er mag Pomp und Pracht. Ich kann Ihnen nicht fest versprechen, dass er kommen wird. Aber was ich weiß, ist, dass er bleiben wird, wenn es ein außergewöhnlich luxuriöses Fest ist. Etwas nie Dagewesenes.«

Waren seine Pläne ausreichend? Vielleicht sollte er noch ein paar wichtige Menschen einladen. Jemanden, den der Kaiser kannte. »Ich sollte noch ein paar Herrschaften einladen. Bevorzugt Ihren Chef. Könnten Sie das arrangieren?«

»Sehr gerne lade ich Präsident Schulz ein. Oder ich stelle Ihnen die Kontakte her. Ganz, wie Sie wollen. Ich würde nur noch ein paar Tage mit den Einladungen warten. Mit Abstand zur Beerdigung und doch noch früh genug, damit alle Herrschaften die Einladung noch vor der Sommerfrische erhalten.«

»Sie müssen ohnehin noch gedruckt werden.«

Vorgestern war der Kronprinz aus Potsdam angereist. Gestern hatte er zur Feier seiner Thronbesteigung eine Rede im Reichstag gehalten. Egidius sollte möglichst schnell einen Termin im August festsetzen, sodass der Grafensprössling den neuen Kaiser zum Ball einladen konnte. Je früher er davon wusste, desto größer standen die Chancen, dass er kam.

Nun war Egidius in Hochstimmung. Der deutsche Kaiser, hier in seinem Palais. Darüber würde man noch über Generationen sprechen. Wenn es so käme, da war er sich ganz sicher, würde er den Monarchen überzeugen können, dass er der richtige Mann für dieses Projekt war.

Mittlerweile hatte sein Buchhalter ihm Zahlen gegeben. Was

würde es kosten, tausend Kilometer Schiene zu bauen? Wie viele Lokomotiven, wie viele Coupés und wie viele Gepäckwaggons brauchten die Osmanen zum Betreiben der Strecke? Der Mann hatte mehrere Angebote kalkuliert, die man im Zweifel schnell einem Konsortium, das sich für das Projekt zusammenfand, weitergeben konnte. Selbst wenn sie mit dem preisgünstigsten Angebot den Auftrag gewinnen würden, stand Egidius ein wahrer Geldregen ins Haus. Er könnte Hunderttausende verdienen, wenn er die Lokomotiven und Waggons für die Anatolische Eisenbahn bauen dürfte. Millionen, wenn er den Zuschlag für den Schienenbau bekam. Um einen Fuß in die Tür zu bekommen, würde er alles Notwendige versuchen. Es war ein Großprojekt, von dem Egidius sicher war, dass es ein gutes Dutzend schwerreicher Unternehmer im Moment nachts nicht schlafen ließ.

»Gibt es Neuigkeiten zur Finanzierung, Neuigkeiten aus der Deutschen Bank?«, fragte Egidius.

Der Graf nickte. »Es scheint derzeit keine andere Option als die Deutsche Bank zu geben. Entweder sie machen es, oder gar keiner macht es. So viel steht bereits fest.«

Mit der Finanzierung stand oder fiel das Projekt. Da konnte man viel kalkulieren, wie viel die Schienen, wie viel die Bahnhöfe oder wie viel einzelne Viadukte kosten würden. Wenn sich niemand fand, der für das riskante Projekt Geld vorschoss, dann war es gestorben, bevor es aus der Taufe gehoben worden war.

Wie gewohnt saßen sie vor dem Kamin mit einem Cognac. Der Graf schüttelte den Kopf.

»Sie werden sicher verstehen, dass der Vorstandsvorsitzende der Bank, Georg Siemens, keine offiziellen Wege gehen muss, um mit seinen Verwandten aus der Siemens-Halske-Familienlinie, Werner und Arnold, etwas auszukungeln. Diese Gespräche mit den beiden Unternehmern werden bei einem Familienessen geführt. Das macht es ja gerade so kompliziert, Informationen zu bekommen.«

»Hören Sie denn etwas aus Richtung Borsig?«

Die Borsigwerke waren seine größte Konkurrenz. Weltweit standen sie auf Platz zwei bei der Lokomotivherstellung. Die Firma besaß beste Kontakte zum preußischen König, hatte sie doch einst die Dampfpumpanlage für die Fontänen von Schloss Sanssouci in Potsdam gebaut. Vater August Borsig hatte die Firma groß gemacht, sein Sohn Albert hatte die Firma riesig gemacht, aber auch er war schon seit zehn Jahren tot. Noch waren seine beiden Söhne nicht großjährig, daher wurde die Firma von einem Kuratorium verwaltet. Und genau dieser Umstand verlieh Egidius Hoffnung. Niemand brachte eine Firma so weit nach vorne wie jemand, dem sie gehörte. Angestellte verwalteten eine Firma eben bloß. Sie hatten keine Visionen von einer glorreichen Zukunft, der sie vielleicht schon nicht mehr angehörten.

»Nichts. Die mauern. Nichts dringt nach außen. Sicher aus gutem Grund.«

»Wenn ich doch nur in den Club von Berlin käme!«, fluchte Egidius leise. »Mir scheint, dass dort alle Fäden zusammenlaufen. Wie häufig sind Sie dort?«

»In der letzten Zeit zwei- bis dreimal die Woche. Würde ich jeden Tag gehen, würde es auffallen. Aber auch hier gibt es nichts zu berichten.«

»Was ist mit Rudolph von Delbrück, Bismarcks rechter Hand? Er ist doch Mitglied.«

»Und lässt sich selten im Club sehen.«

»Verflucht.« Egidius schlug genervt mit der Faust auf die Lederlehne seines Sessels. Alles eine Mischpoke, dachte er. Da hackte die eine Krähe der anderen kein Auge aus, weil sie entweder alle dem Adel angehörten oder miteinander verwandt waren. Nun, im Grunde genommen versuchte er diese Strategie ja selber, nur würde es dauern. Wäre Felicitas erst eine *Von*, würde man bestimmt anders über ihn denken.

»Wie Sie sehen, es gibt Grund zur Hoffnung. Der Ball wird sicherlich atemberaubend. Und da nun gerade ein Besuch des neuen Kaisers durch die persönliche Bekanntschaft mit meinem Sohn umso wahrscheinlicher wird, möchte ich noch mal darauf hinweisen, dass mein Sohn nichts von den Details unserer Abmachung erfahren soll.«

»Sie meinen, dass er den größten Teil der Mitgift gar nicht sehen wird?«

Der Graf schien unangenehm berührt. »Exakt. Und was ich auch noch wissen muss: Bleibt es bei unserer Verabredung, dass, wenn ich Ihnen Informationen weitergebe, ich den Vorsch... das Viertel der Möhre erhalte?«

»Aber selbstverständlich.«

Der Graf stand auf. »Mein werter Louisburg, ich muss mich empfehlen. Aber seien Sie gewiss, sobald ich etwas Neues höre, werde ich Sie darüber unterrichten.«

Egidius brachte ihn noch zur Tür. Kaum, dass er zehn Minuten alleine war, wurde Herr Nipperdey hereingeführt. Wie immer war der Mann mit einem aberwitzigen Anzug bekleidet. Heute trug er einen kupferfarbenen.

»Herr Louisburg, Ihr ergebener Diener.« Er nahm Platz, nachdem Egidius ihn aufgefordert hatte. »Nun, wie haben Sie sich entschieden?«

»Der Ball wird stattfinden. Am 18. August«, sagte Egidius nachdrücklich.

»Sehr wohl. Dann sollten wir an diesem Punkt vielleicht über mein Honorar sprechen.«

Egidius zog die Augenbrauen hoch. »Ihre Unterkunft und Verpflegung werden natürlich weiterhin gestellt.«

»Aber nun kümmere ich mich nicht nur um die Reorganisation, sondern muss weitere acht Wochen zur Verfügung stehen. Alles muss ja neu disponiert werden.«

Sie hatten ein Honorar für die Organisation des Balles ausgemacht.

»Woran dachten Sie?«

»Wenn ich so frei sein darf. Ich denke, wir reden hier noch mal über die gleiche Summe.«

»Es ist doch der gleiche Ball. Es werden ja keine nennenswerten Änderungen vorgenommen.«

»Nun, ich muss einen anderen Fotografen finden, weil dieser in diesem Zeitraum nicht zur Verfügung steht. Auch mit dem Orchester ist die Zeitfrage noch nicht geklärt. Und ähnlich geht es mir mit den Speisen, dem Kühleis, den geordneten Getränken und so weiter. Und für mich ist es auch eine Zeitfrage.«

Egidius seufzte. Natürlich hatte der Mann recht. Einige Ausgaben fielen doppelt an. Bei anderen machte die Verschiebung nicht viel aus. Aber Nipperdey, der musste natürlich nun gute zwei Monate weiterhin zur Verfügung stehen. Er nickte.

»Die Hauptsache ist nach wie vor, dass es ein unvergessliches Ereignis wird.«

»Das wird es sicherlich. Vertrauen Sie mir.«

»Es ist nun viel wahrscheinlicher geworden, dass Kronprinz Wilhelm, verzeihen Sie, unser neuer Kaiser erscheinen wird.«

»Vielleicht sollten wir dann noch einiges nachjustieren. Jetzt, da wir mehr Zeit haben, könnte ich noch einige Vorschläge machen.«

»Woran haben Sie gedacht?«

»An ein Feuerwerk zu Mitternacht. Und an Figuren aus Zucker, die die Tische schmücken könnten. Ihre Tochter hatte noch die Idee einer Harfenistin im Vestibül zum Empfang.«

»Das hört sich so weit alles ganz vernünftig an.«

Nipperdey räusperte sich leise. »Ich werde mir noch einige Dinge überlegen. Aber sehen Sie, ich kenne Ihre Intention. Es soll ein gesellschaftliches Ereignis werden, durch das Sie gesellschaftlich geadelt werden. Wenn sogar der deutsche Kaiser erwartet wird, sollten wir wirklich an nichts sparen.«

»Genau so wünsche ich es«, sagte Egidius zufrieden.

An nichts sparen, und er würde endlich in den erlauchten Kreis aufsteigen. Wenn der Kaiser kam. Und wenn nicht, sollte es noch immer ein phänomenaler Abend werden, an den man sich noch Jahre erinnern würde.

Valentina wäre stolz auf ihn. Diese Gewissheit war für ihn

von größter Bedeutung. Auch wenn er sie mit niemandem teilen konnte.

Ende Juni 1888

Fräulein Felicitas hatte nichts zu dem Vorkommnis in der Remise gesagt. Wartete sie darauf, dass Minna das Thema selber zur Sprache brachte? Oder war es ihr mal wieder, wie alles, was Minnas Leben betraf, zu uninteressant, um darüber zu sprechen? Immerhin war das immer noch besser, als dafür Schimpfe oder gar Strafe zu erhalten. Sie hätte Menkam nicht mit in den Hinterhof bringen dürfen. Fräulein Felicitas hatte ihren Fehler gedeckt. Was aber nicht hieß, dass sie damit einverstanden war. Zudem hatte sie sicherlich gesehen, dass Menkam ihre Hand gehalten hatte. Was dachte sie darüber? Aber auch hierüber hatte sie kein einziges Wort verloren. Minna nahm sich vor, es zu einer passenden Gelegenheit anzusprechen. Nur nicht jetzt, nicht heute. Und nicht, bevor sie nicht wusste, was sie selbst von Menkams Annäherungsversuch hielt.

Heute waren sie wieder verabredet. Seit sie sich das letzte Mal getroffen hatten, gingen Minna seine Worte nicht mehr aus dem Kopf. Ihr Leben selbst in die Hand nehmen. Er hatte Pläne, er legte sich seine Zukunft zurecht. Und sie? Wann hatte sie das letzte Mal Pläne gehabt? Hatte sie überhaupt jemals Pläne gehabt?

Heute war ihr freier Nachmittag. Sie verließ das Palais und lief Richtung Osten. Nach vierzig Minuten hatte sie das Engelbecken am Luisenstädtischen Kanal erreicht. Hier lag die Konditorei, in der sie verabredet waren. Minna betrat die Räumlichkeiten. Menkam saß an einem Tisch vorne am Fenster. Sie begrüßten sich freundlich und bestellten Kaffee und Kuchen.

»Suchst du dir immer einen Platz am Wasser aus?« Beim letzten Mal waren sie auf einem See gerudert, und nun schauten sie auf die Wasseroberfläche des Engelbeckens.

»Das ist vermutlich meiner Heimat geschuldet. Glücklicherweise gibt es hier in Berlin viel Wasser, sonst wäre mein Heimweh noch viel größer.«

»Ich dachte, du willst gar nicht zurück.«

»Will ich auch nicht. Aber nicht, weil ich meine Heimat nicht vermissen würde. Ich will nur nicht unter diesen Umständen leben müssen, unter denen meine Leute nun leben.«

Es hatte ja nicht lange gedauert, dass sie wieder beim Thema waren. »Glaubst du wirklich, es wäre in Amerika so viel besser? Deren eigene Geschichte der Sklaverei ist schrecklich. Mehr als das. Und jetzt willst du mir erzählen, dass es ausgerechnet dort so viel besser sein soll?«

»Du hast recht, aber nur teilweise. Oben im Norden, an der Ostküste, da sind sie viel liberaler.« Gelassen rührte er sich Milch und Zucker in seinen Kaffee.

»Wie viel liberaler?«

»In Boston, Massachusetts, sitzen Schwarze sogar im Stadtrat. Es soll dort viele Schwarze geben, viele ehemalige Sklaven aus dem Süden. Man bewegt sich dort unter seinesgleichen. So wie es auch die Deutschen machen, sich nur unter ihresgleichen in Amerika zu bewegen. Es gibt ganze Stadtviertel, wo nur Schwarze oder wo nur Deutsche wohnen.«

Schwarze im Stadtrat, das war kaum vorzustellen. Minna nahm sich vor, im Atlas von Fräulein Felicitas zu schauen, wo Boston lag.

»Dort willst du hin? In den Norden?«

»Genau dort will ich hin. Ich will irgendwo leben, wo ich ein freier Bürger sein kann. Wo mir meiner Hände Arbeit nicht einen Hungerlohn, eine klapprige Hütte zum Wohnen und Schläge mit der Nilpferdpeitsche einbringt, sondern eine nette Wohnung oder ein eigenes Haus.«

»Das klingt zu schön, um wahr zu sein«, sagte Minna mit leichtem Spott in der Stimme. Doch Menkam reagierte gar nicht darauf.

»Es ist sicherlich auch dort schwierig. Aber wo ist es für uns nicht schwierig?«

Minna schaute auf ihren Kaffee und auf ihr Stückchen Schokoladenkuchen. Alles Kolonialwaren – Kaffee, Zucker oder Kakao für die Schokolade –, alles wurde aus vieler Herren Länder importiert, auch aus Afrika. Ihre Heimatländer waren so reich, aber deren Menschen so arm. Das war nicht gerecht. Aber Gerechtigkeit suchte man in dieser Gesellschaft ohnehin vergebens. Sie wusste, dass das nicht nur den Schwarzen so ging. Es ging den allermeisten Menschen so. Gerechtigkeit war etwas für wenige Reiche.

Menkam sprach weiter. »Willst du das nicht auch? Ein eigenes Leben, überhaupt ein freies Leben? Ein Leben, das du selbst bestimmen kannst?«

»Natürlich würde ich mir ein eigenes Leben wünschen, aber bisher habe ich nie eigene Entscheidungen über mein Leben treffen können.«

»Wurdest du von deinen Herrschaften gekauft?«

»Fräulein Felicitas wusste nicht darüber Bescheid«, musste sie zugeben. Sie nickte beschämt. Was war man, wenn man einen Geldwert hatte? Ein Ding. Ein Besitz. Bis heute hatte Minna nicht gewagt, überhaupt an dieses Thema zu denken. Zugeben zu müssen, dass man gekauft und verkauft werden konnte, war wohl das Beschämendste, was einem Menschen passieren konnte.

»Aber ich habe große Freiheiten.«

Menkam sah sie erstaunt an. »Ach ja? Kannst du denn deine Stelle wechseln, wenn du nicht mehr dortbleiben willst? Dürftest du heiraten? Kinder kriegen? Dürftest du einfach woanders hinziehen, wenn du es wollen würdest?« Er ließ nicht locker.

Minna dachte darüber nach, was er gesagt hatte. »Ich weiß es nicht.«

Er sah sie mit einem milden Gesichtsausdruck an. »Wir kennen uns noch nicht lange und noch nicht sehr gut. Aber vielleicht fängst du nun an, darüber nachzudenken, was du mit deinem Leben anfangen willst. Und vielleicht … vielleicht findest du es ja auch interessant, nach Amerika zu gehen. Dann könnten wir eines Tages zusammen nach Boston reisen.«

Minna gab ein unsicheres Lachen von sich. Der ganze Plan klang so aberwitzig, wunderbar traumhaft, aber doch aberwitzig. »Was sollte ich in Amerika?«

»Das ist Amerika. Dort findet sich für jeden etwas, auch für dich.«

Ein selbstbestimmtes Leben, das wäre etwas. »Für mich? Was für eine abwegige Idee.«

»Denk einfach eine Weile darüber nach.« Er griff über den Tisch nach ihrer Hand. Sie spürte die Wärme seiner Hände, die sehr angenehm war. »Amerika hat sich erfolgreich von den Europäern und ihren Kolonien losgesagt.«

Sie wollte ihre Hand zurückziehen, aber sein Griff war besitzergreifend. »Und was sollte ich deiner Meinung nach in Amerika machen, in deinem Boston?«

»Was du willst. Du arbeitest als Zofe bei einem reichen Unternehmer. Die gibt's in Boston auch. Du kannst lesen und schreiben. Du könntest in einer Schule arbeiten. Oder in einem Laden, wo Deutsche einkaufen. Ich habe gehört, viele von denen beherrschen nicht einmal die Sprache dort drüben.«

»So wie ich auch. Ich kann kein Wort Englisch.« Trotzdem – alles, was sie wollte! Das klang verführerisch. Menkam sah ihr noch einmal tief in die Augen, strich mit seinen Daumen sanft über ihre Hände und ließ sie dann los.

»Ich würde mir wünschen, du würdest über meine Pläne nachdenken. Beim nächsten Treffen bringe ich dir etwas zu lesen mit, über Amerika und über Boston.«

Amerika. Boston. Sie ließ die Worte über ihre Zunge rollen. »Wir kennen uns ja kaum.«

»Aber wir lernen uns gerade kennen. Ich mag dich. Ich mag dich sogar sehr.«

»Ich mag dich auch«, antwortete Minna schüchtern. Obwohl sie sich beinahe sicher war, dass sie beide etwas Unterschiedliches darunter verstanden.

»Wir werden einfach sehen, was die Zukunft uns bringt. Ich

weiß nicht, wann. Ich weiß nicht, wie. Aber ich weiß, ich werde nicht aufhören, für mein Lebensglück zu kämpfen.«

Das sollte eigentlich auch ihr Motto sein. »Du hast recht. Ich werde es mir überlegen.«

Er mochte sie. Er hielt ihre Hand. Er hatte versucht, sie zu küssen. Er wollte sogar mit ihr zusammen nach Amerika. Das war alles schön und gut. Aber was genau wollte sie eigentlich?

6. Juli 1888

Sie waren alleine in Felicitas' Schlafzimmer. Minna übergab ihr den Brief. »Der Umschlag steckte in einem größeren Umschlag, der an mich adressiert war.«

»Herzlichen Dank.« Sofort schlug Felicitas' Herz einen Takt schneller.

Es war ein Antwortbrief von Tante Apollonia. Endlich! Vermutlich hatte ihr Brief länger gebraucht, bis er die Adressatin erreicht hatte. Sie hatte den Brief an das Walzwerk adressiert. *An Frau Apollonia Melzer, persönlich, Walzwerk Melzer, Duisburg.* Mehr war ihr nicht über die Adresse bekannt.

Felicitas hatte Tante Apollonia seit über vierzehn Jahren nicht mehr gesehen. Sie wusste nicht viel von ihrer Tante, außer dass sie als junge Frau ins Rheinische geheiratet hatte, einen Ruhrbaron, der viel Geld mit Kohle verdiente, ein Walzwerk besaß und eins, in dem riesige Stahlfedern produziert wurden. Ihre Eltern waren damals entsetzt gewesen, hatte sie doch einen Katholiken geheiratet. Vor einigen Jahren waren sowohl ihr Mann als auch ihre beiden Söhne gestorben, seitdem leitete sie die Fabriken mithilfe von Geschäftsführern selbst. Sie hatte sich durchgesetzt. Deshalb wusste Felicitas auch, dass sie genau die richtige Person war, die ihr helfen konnte. Jemand, der sich gegen seine Eltern aufgelehnt hatte, um sein persönliches Glück zu verfolgen. Und eine Frau, die sich in der Berufswelt durchzusetzen wusste.

Auch heute Abend würde Felicitas sich wieder hinausstehlen. Allzu oft konnte sie es nicht machen, denn es würde auffallen, wenn sie plötzlich ständig krank oder unpässlich war. Schon seit Wochen freute Felicitas sich auf diesen Abend. Über Briefe, die Lorenz in eine kleine Mauerritze am Ende ihres Anwesens steckte, hielten sie Kontakt. Für heute waren sie verabredet. Doch noch war es zu früh. Vater war noch wach, und auch Fräulein Korbinian war gerade erst über den Flur gegangen.

»Ich gehe ins Badezimmer«, sagte Felicitas und verschwand in dem kleinen Raum. Trotz aller Vorsicht konnte es doch immer sein, dass plötzlich jemand klopfte und eine Dienstbotin oder ihre Gouvernante im Zimmer stand.

Erwartungsvoll öffnete sie den Umschlag von Tante Apollonia. Die Schrift war nicht so geschwungen und rein, wie sie es erwartet hätte. Als sie selbst schreiben gelernt hatte, hatte sie viele Stunden damit verbracht, Schönschrift zu üben. Vielleicht war Tante Apollonia jemand, der nicht viel Zeit für das Schöne im Leben hatte.

Meine liebe Felicitas,
du ahnst gar nicht, wie sehr mich der Brief erfreut hat. Auch wenn deine Sorgen daraus sprechen. Ja, ich kenne das Gefühl, gefangen zu sein, sehr gut. Auch wenn meine Eltern damals nicht so vermögend waren wie dein Vater nun, ist es doch so, dass wir als Töchter immer in einer großen Abhängigkeit stehen. Ob nun vermögend, wohlhabend oder auch arm.
Du schreibst von einem Ball und dass du möglicherweise mit jemand Fremdem verheiratet werden sollst. Bedauerlicherweise muss ich sagen, dass es mich nicht überrascht. Dein Vater hat schon immer seine wirtschaftlichen Interessen über das Wohl seiner Liebsten gestellt.

Seine wirtschaftlichen Interessen über das Wohl seiner Liebsten gestellt. Felicitas war überrascht, wie harsch und deutlich Tante Apollonia das formulierte. Sie wusste, dass ihre Tante sich mit

Vater kurz nach dem Tod von Mama überworfen hatte. Sie wusste allerdings nicht, wieso. Jetzt fragte sie sich, ob in dieser Formulierung etwas lag, was mit dem Tod ihrer Mutter zu tun hatte. Sie las weiter.

Was für ein Glück, dass der Ball verschoben wurde. Dann komme ich mit meinem Hilfsangebot noch nicht zu spät. Wenn es etwas gibt, was ich tun kann, dann tue ich es. Schreib mir bitte umgehend, wie sich alles entwickelt hat.
Jetzt im Sommer habe ich etwas mehr Luft. Ich habe Anfang des Jahres einen neuen Geschäftsführer im Walzwerk eingestellt, der sich ganz gut eingeführt hat. Und ich kann nun endlich das tun, was ich schon länger tun wollte – reisen. Ende August werde ich in Hamburg auf ein Schiff gehen. Aber ich könnte vorher nach Berlin kommen, und wir könnten uns persönlich treffen.

Persönlich treffen. Das wäre was. Natürlich musste das in größter Heimlichkeit passieren. Aber ja, direkt morgen würde sie einen Brief an Tante Apollonia aufsetzen und sie bitten, ganz bald nach Berlin zu kommen.

Du solltest deinem Vater allerdings nichts davon mitteilen, sonst würde er ein Treffen ganz sicher verhindern. Unsere Korrespondenz kann gerne weiter über deine Zofe verlaufen. Und sobald ich in Berlin bin, musst du einen Weg finden, wie wir uns unbemerkt treffen können.

Deine dich liebende und euch unendlich vermissende Tante Polly

Erst war der Kaiser gestorben. Das Schicksal gewährte ihr einen Aufschub. Und jetzt schrieb ihre Tante noch so deutlich, dass sie sie verstehe und ihr helfen würde. Das alles musste etwas zu bedeuten haben. Das Schicksal hatte ein Einsehen mit ihr. Aber sie musste auch das ihre zu ihrem Lebensglück dazutun. Sie war fest entschlossen, gegen die Pläne ihres Vaters aufzubegehren.

Eine Stunde später kleidete sie sich in schlichte Kleidung und verschwand ungesehen aus dem Palais. Gegenüber auf dem Zietenplatz wartete Lorenz auf sie. Wie immer, wenn sie sich trafen, wurde ihr warm, geradezu heiß. Sie musste sich Lorenz nur vorstellen, dann wurden ihre Knie weich und ihre Hände flatterten. Denn sie stellte sich Lorenz nie alleine vor, sondern immer gemeinsam mit ihr. Und es fühlte sich so anders an. Als wäre sie mit einem einzigen Schritt aus ihrer Kindheit herausgetreten. Ins Licht der Erwachsenenwelt. Noch musste sie sich erst in der neuen Umgebung zurechtfinden.

Sie begrüßten sich herzlich. Lorenz nahm dieses Mal sogar ihre Hand und hauchte einen Kuss darauf. Sie war selig. Eng nebeneinander gingen sie Richtung Unter den Linden, überquerten die Prachtstraße und liefen immer weiter in den Norden. Hinter der Marschallbrücke wurde die Gegend allmählich weniger luxuriös. Sie liefen über die Invalidenstraße Richtung Invalidenhaus, vorbei am Naturhistorischen Museum, gingen noch um zwei Ecken und standen in einem Biergarten.

»Ich gehe hier öfter hin, mit meinen Studienkollegen. Es ist annehmbar und auch preiswert.«

»Wunderbar. Endlich!« Felicitas schaute sich begeistert um. Die Tische des kleinen Gartenlokals waren fast vollständig besetzt. Über den Köpfen der Gäste hingen Lampions, und ein Drei-Mann-Orchester spielte Volkslieder.

»Beim nächsten Mal üben wir wieder Fahrrad fahren, aber ich wollte mir die Gelegenheit nicht nehmen lassen. Nur mit dir kann ich solche Dinge tun«, sagte sie enthusiastisch. Und sie meinte es. »Wenn mein Leben doch nur immer so wäre.«

»Du meinst abendliche Ausflüge in einen Biergarten?«, fragte Lorenz verblüfft, während sie sich an einen freien Tisch setzten. Sofort war ein Kellner da, und Lorenz bestellte ihnen Bier.

»Offensichtlich habe ich so viele normale Dinge im Leben noch gar nicht getan. Und wenn ich nicht aufpasse, dann werde ich sie nie tun können.«

Er runzelte die Stirn.

»Oder glaubst du, ein Graf Rudolph von Brück-Bürgen würde sich mit mir in einem Biergarten sehen lassen?«

Er grinste, als würde ihn diese Bemerkung ganz besonders freuen.

Felicitas hatte länger nachgegrübelt, ob sie mit Lorenz darüber reden sollte. Aber nun, da sie sich dazu entschlossen hatte, war sie doch nervös. »Ich werde ihn auf gar keinen Fall heiraten.«

Genau jetzt stellte der Kellner zwei Weißbier auf ihren Tisch, und Lorenz musste sofort zahlen. Als der Mann weg war, prosteten sie sich zu und tranken einen Schluck.

Es schien, als würde auch er Anlauf brauchen, um über dieses Thema zu sprechen. »Kannst du das denn? Darfst du dich dagegen sträuben?«

»Können. Dürfen. Ich werde es einfach tun. Also, natürlich wird es nicht einfach. Es wird das genaue Gegenteil von einfach. Trotzdem muss ich es tun. Es geht hier schließlich um den Rest meines Lebens.«

Lorenz nickte verständig.

»Ich will einen Mann, der mich respektiert. Mit dem ich lachen und mich amüsieren kann.« Sie wischte das kondensierte Wasser von ihrem Bierglas ab. »Wenn ich es nur einmal in meinem ganzen Leben tue, mich dagegen wehre, was ein Mann mir befiehlt, dann muss es jetzt sein.«

»Ich bin ganz deiner Meinung«, ermunterte Lorenz sie.

»Ich muss meine eigenen Entscheidungen treffen. Ich werde niemanden heiraten, den ich nicht liebe.« Sie sah, wie er schluckte. Kein Bier, sondern bei ihren Worten schluckte.

»Das ist eine sehr sinnvolle Ansicht.« Seine Stimme klang rau.

»Ich hatte eine Erkenntnis ... in den letzten Tagen.« Sie nahm einen Schluck, um sich für ihre nächsten Worte zu wappnen. Sie hatte sie noch nicht laut ausgesprochen und wusste nicht, wie sich das anfühlen würde.

»All meine Bemühungen um die armen Pferde, mein Versuch, den Arbeitstieren zur Freiheit zu verhelfen – ich glaube, im Grunde wollte ich das für mich. Und weil ich es mir nicht selbst zugestanden habe, habe ich es für die Pferde getan. Aber die Wahrheit ist doch: Ich verdiene genauso die Freiheit wie die armen Arbeitstiere.«

Nun schaute Lorenz sie erstaunt an. »Oh, das ist in der Tat eine überraschende wie tiefgreifende Erkenntnis. Das hätte ich nicht gedacht.«

»Dass mein Mitgefühl nicht den Tieren, sondern eigentlich mir gilt? Dass ich mich selbst bemitleide?« Natürlich war sie immer noch untröstlich wegen der verbrannten Pferde.

»Nein. Das ist klug. Jetzt, wo du es sagst, erscheint es mir sehr logisch. Aber ich wäre nie auf die Idee gekommen.«

»Dass mein Kampf für die Freiheit der Pferde eigentlich der Kampf ist für meine eigene Freiheit, so etwas darf sich doch ein gehorsames Fräulein nicht erlauben zu sagen. Ich sollte so etwas nicht einmal denken. Das wäre nicht opportun.«

Lorenz lachte auf, als hätte sie gerade eine sehr lustige Bemerkung gemacht. Aber er schien nicht über sie zu lachen, sondern es war ein befreites Lachen. Ein Lachen, das ihr sagte, dass er solche Gedanken sehr wohl erlaubte. Erleichtert änderte Felicitas ihren verkrampften Sitz.

»Mein Vater predigt mir seit Jahren, dass ich bei den Kavalieren, die mir den Hof machen, unbedingt aufpassen muss. Sie würden mich alle nur meines Geldes wegen heiraten wollen. Aber die bittere Wahrheit ist, dass mein Vater mich jetzt des Geldes wegen verheiraten will. Seines Geldes wegen, vor allen Dingen deshalb. Ich will nicht wegen Geld heiraten oder verheiratet werden. Lieber verzichte ich auf meine Mitgift. Und auf mein luxuriöses Gefängnis.«

Nun war es heraus. Ein Gedanke, der ihr schon seit Wochen

durch das Gehirn spukte. Aber genauso war es. Sie würde einfach auf ihre Mitgift verzichten. Vielleicht war das sogar die Lösung für ihr Problem. Vielleicht sollte sie das ihrem Vater mitteilen. Sollte er doch sein Geld nehmen und diesen Grafen damit überschütten. Er sollte ihn einfach bezahlen für seine Dienste. Und sie, sie sollte er in Ruhe lassen.

»Und im Gegenzug dazu darf ich tun, was ich will. Mein Vater macht aus allem ein Geschäft. Vielleicht nimmt er diesen Handel ja einfach an«, sagte sie mit bitterer Stimme.

»Darf ich dich etwas fragen?«

»Ja sicher.«

»Warum will dein Vater dich überhaupt mit einem bankrotten Grafensohn verheiraten?«

»So wie ich es mir zusammenreime, hat der bankrotte Graf sehr gute Kontakte. Er arbeitet im Reichseisenbahnamt und ist wohl sehr empfänglich für Geld. Im Gegenzug dazu bietet er meinem Vater Informationen und Kontakte, die er für ein neues Projekt benötigt. Ein sehr großes, lukratives Projekt. Mein Vater ist ein ausgesprochen guter Geschäftsmann. Er wird seinen Anteil des Handels schon sehr gut im Blick haben ... Weißt du, als du mir vom Grafen erzählt hast, von seinem Besuch bei der Deutschen Bank und dass sie bankrott sind, hast du mir einen großen Gefallen erwiesen. Ich dachte nämlich, mein Vater wäre bankrott. Und ich wollte ihm nicht schaden. Doch nachdem ich nun die Wahrheit kenne, brauche ich nicht länger Rücksicht zu nehmen.«

»Du dachtest, dein Vater hätte finanzielle Schwierigkeiten und du solltest deswegen den Grafensohn heiraten? Das scheint mir ein unangemessen großes Opfer zu sein. Er hätte doch einfach etwas aus seinem unglaublichen Reichtum verkaufen können.«

»Ja. Hätte er. Aber jetzt ist es eh egal. Ich habe mittlerweile rausgekriegt, dass ich Teil eines Handels bin. Eines Handels, in dem es um sehr viel Geld geht. Und Informationen.« Sie lachte gequält auf. Sie dachte an ein Gespräch zwischen ihrem Vater und dem Grafen, das sie Anfang Juni belauscht hatte.

»Willst du etwas Witziges hören? Ich habe ein Gespräch der beiden belauscht. Der Graf spielt mit seinem Sohn ebenfalls ein falsches Spiel. Rudolph, der arme Tropf, soll nur einen kleinen Teil der Mitgift bekommen. Den Rest wird sein Vater einstreichen, heimlich.«

»Was?«, fragte Lorenz nach.

»Er weiß gar nicht, wie viel Mitgift im Spiel ist. Selbst wenn er nur einen Teil bekommt, ist das immer noch wahnsinnig viel Geld. Er wird nichts merken.« Sie schüttelte entrüstet den Kopf. »Mein Vater hat mich angelogen, wiederholt angelogen. Und nun frage ich mich, wenn er in einer solch wichtigen Frage meines Lebens gelogen hat – wann und worüber hat er sonst noch gelogen?«

Über den Tod ihrer Mutter? Die Bemerkung von Tante Apollonia ging ihr nicht aus dem Kopf. Dass es sie nicht wundere, dass Vater schon immer seine wirtschaftlichen Interessen über das Wohl seiner Liebsten gestellt habe. Und vielleicht war Tante Apollonia auch gar nicht so selbstsüchtig und herrisch und ein echtes Mannsweib, wie er sie immer darstellte. Vermutlich war sie einfach nur eine Frau, die ihren Willen durchgesetzt hatte. Gegen den Willen ihres Vaters, gegen die Gewohnheiten der Gesellschaft. Plötzlich freute sie sich noch viel mehr darauf, sie bald wiederzusehen.

Hier, jetzt, an diesem Abend, mit Lorenz zusammen, fühlte sie sich wirklich frei. Dieses Gefühl war so unendlich viel mehr wert als Geld. Neben ihr an den Tischen lachten die Leute, tranken Bier, rauchten, erzählten Witze und waren ausgelassen. Das war das wahre Leben. Nicht ihr gestelztes und geziertes Im-Salon-Herumsitzen und Sich-Langweilen. Das wollte sie nicht mehr. Nie mehr. Sie musste lächeln, als ihr einfiel, dass dieser arrogante Grafensohn doch in einem recht behielt: Sie kannte noch lange nicht alle Vergnüglichkeiten der Stadt.

»Weißt du, so wie jetzt möchte ich mich immer fühlen. Frei und schwerelos. Als würde ich schwimmen.«

Sie erinnerte sich noch gut an einen Tag an der See, letzten Sommer. Sie hatte die Sonnenstrahlen beobachtet, die das Wasser durchstochen hatten. Bis zum Grund der Ostsee waren sie vorgedrungen. Als sie nun von ihrem Glas aufblickte, sah sie, wie intensiv Lorenz sie anblickte. Auch er durchstieß einfach ihre äußere Oberfläche und drang bis zum Grund ihrer Seele vor. Sie schnappte nach Luft, versuchte, sich nichts anmerken zu lassen. Er sagte nichts, aber sein Schweigen sagte so viel.

Fühlte er ähnlich wie sie? Sie hoffte es, ja, erflehte es geradezu. Und doch ...

»Was denkst du gerade?«

Er räusperte sich, ließ den Blick aber nicht sinken. »Ich denke gerade, dass du das faszinierendste Wesen bist, das mir je begegnet ist. Und dass ich mich auch immer so fühlen möchte wie jetzt gerade hier. Mit dir zusammen.«

War das ein Liebesgeständnis? Waren nicht auch ihre Worte ein Geständnis gewesen? Es war Felicitas egal. Es fühlte sich so unendlich gut an, geradezu fantastisch. Am liebsten hätte sie diesen Moment festgehalten, für immer.

6. Juli 1888

Sage und schreibe drei Bier hatte sie getrunken, als sie den Biergarten wieder verließen. Sie liefen Richtung Süden. Auch wenn Lorenz eigentlich ganz hier in der Nähe wohnte, bestand er darauf, Felicitas nach Hause zu bringen. Sie liefen die Wilhelmstraße hinunter und waren schon an der Behrensstraße vorbei. Es blieben nur noch wenige Minuten bis zum Palais. Je näher sie ihrem Zuhause kamen, desto langsamer liefen sie. Keiner von beiden wollte diesen Abend enden lassen.

Felicitas wankte ein wenig. Lorenz griff nach ihrem Arm. »Komm, ich stütze dich.«

Doch Felicitas blieb stehen und sah ihn an. »Es ist ganz bestimmt der schönste Abend, den ich je in meinem Leben verlebt habe.«

»Mir geht es genauso.« Schon den ganzen Abend grübelte Lorenz darüber nach, ob er sich ihr offenbaren sollte. Sie hatten noch über vielerlei Dinge geredet. Felicitas hatte ihm von einer Sprachreise nach England erzählt, die sie vor zwei Jahren unternommen hatte. Er berichtete über seine Reisen und viele andere Dinge. Vielleicht war es noch zu früh. Sie kannten sich ja kaum. Und Felicitas hatte deutlich gemacht, dass sie nicht irgendwen heiraten wollte.

Überhaupt, heiraten. War er schon so weit? Er studierte ja noch. Bis sie sich kennengelernt hatten, hatte er eine vollkommen andere Vorstellung von seiner Zukunft gehabt. In zwei Jahren würde er den Abschluss haben und zurückgehen nach Coburg, dort in den elterlichen Fabriken arbeiten und nebenher eine Werkstatt aufmachen, in der er Fahrräder herstellte. Eigentlich waren seine nächsten Jahre schon durchgeplant.

Aber nun, da er Felicitas kennengelernt hatte, schien das alles Nebensache zu sein. Das Wichtigste war jetzt erst einmal, dass Felicitas es schaffte, sich gegen den Willen ihres Vaters durchzusetzen. Auf keinen Fall durfte sie jemand anderen heiraten. Aber wenn das so wichtig für ihn war, sollte er ihr da nicht klarmachen, was er für sie fühlte? Dass er sich mit ihr eine gemeinsame Zukunft vorstellen konnte? Dass er nicht mehr ohne sie sein wollte? Er musste sich offenbaren.

»Felicitas.« Er ergriff ihre beiden Hände. »Für mich ist es mehr als nur der schönste Abend meines Lebens. Für mich ist es ...« Oh herrjemine.

Sie schaute ihn erwartungsvoll an.

»Ich weiß ja, was für gewöhnlich auf einem Ball passiert. Und es ist nicht mehr lang hin. Ich ... Ich möchte nicht ein Mann sein, der durch zu langes Zaudern seine beste Chance verpasst hat. Ich würde dir gerne sagen, wie sehr ... Ich will auf gar keinen Fall, dass du jemand anderen heiratest. Ich will der Mann an deiner Seite sein. Für den Rest deines Lebens.«

Er schluckte. Sie sagte nichts.

»Ich könnte dir ...«

»Ja, mir geht es ebenso. Für den Rest meines Lebens. Ich könnte mir das gut vorstellen. Auch ich fühle ...«

Nun gingen auch ihr die Worte aus. Doch Worte brauchte es nun nicht mehr. Ganz langsam näherten sich ihre Körper, und ihre Lippen fanden zueinander. Sein Mund strich sanft über ihre Haut, als wollte er ihre Lippen nachzeichnen. Endlich fanden ihre Lippen einander. Sie küssten sich. Erst zart, dann immer leidenschaftlicher. Es fühlte sich weltbewegend an. Nichts wäre mehr wie zuvor. Er wollte nie wieder damit aufhören. Sie anscheinend auch nicht. Sie verloren sich aneinander. Und gaben sich unausgesprochene Versprechen.

»Ja, sapperlot. Wen haben wir denn da?« Eine Stimme aus der Dunkelheit.

Sie sprangen auseinander und schauten beide in die gleiche Richtung. Vor ihnen stand ein Schutzmann und sah sie verächtlich an.

»Ein leichtes Mädchen und ein junger Herr, den ich wohl kaum Kavalier nennen darf.« Seine Pickelhaube saß korrekt, ebenso wie der gezwirbelte Schnauzbart.

»Was? Nein!«, rief Felicitas entsetzt.

»Aber nein. So ist es nicht«, sagte Lorenz eilig und versuchte, sich schützend vor Felicitas zu stellen.

»So sieht es aber aus.« Schon hatte der Schutzmann Felicitas am Handgelenk gepackt. »So, meine Hübsche. Wir gehen dann mal auf die Wache. Das gibt Arrest. Auf frischer Tat ertappt.«

»Nein. Das dürfen Sie nicht.«

Felicitas versuchte, ihr Handgelenk seinem Griff zu entziehen. Doch nun packte er sie mit beiden Händen am Oberarm.

»Eine Dirne, die frech wird gegen einen Ordnungshüter. Der Arrest wird länger und länger. Der Richter wird sich freuen.«

Felicitas hörte sofort auf, sich zu wehren, fing aber an zu weinen.

»Lassen Sie sie los«, forderte Lorenz nun.

»Sie sollten froh sein, dass ich Sie laufen lasse. Sie wissen, dass es verboten ist. Aber bei Ihnen drücke ich noch mal ein Auge zu. Lassen Sie sich aber bloß nicht noch mal erwischen.«

»Aber es ist nicht so, wie Sie glauben«, versuchte Lorenz es wieder. Bisher waren sie panisch gewesen. Felicitas schluchzte beinahe hysterisch. Ihm wurde bewusst, dass er es dem Schutzmann ganz ruhig erklären musste.

»Sie ist keine Dir.... Sie ist eine wohlbehütete Tochter.«

»Erzählen Sie mir keine Märchen. Wenn sie sich hier nachts auf der Straße rumtreibt und mit Männern poussiert, kann sie doch wohl kaum wohlbehütet sein.«

»Doch, ich bitte Sie. Hören Sie mir zu, bitte. Ich bin ein Student, und sie ist die Tochter eines der reichsten Männer der Stadt. Und sie wohnt auch hier direkt in der Nähe, dort hinten, in der Voßstraße. Und ich wollte sie gerade nach Hause bringen. Und es war durch und durch allein mein Fehler, sie zu küssen.«

»Ihr Fehler? Ich hätte nicht gesehen, dass sie sich gewehrt hätte.«

»Bitte, ihr Vater ist sehr einflussreich. Er würde nicht wollen, dass seine Tochter so behandelt wird.«

»Papperlapapp. Diese freche Dirne wohnt ganz sicher nicht hier in der Gegend. Schauen Sie sich doch ihre Kleidung an. Wenn überhaupt, ist sie ein Küchenmädchen in einem dieser hohen Häuser.«

Was sollte er dazu sagen? Dass Felicitas sich extra schlicht angezogen hatte, um nicht aufzufallen? Das würde nur noch mehr unangenehme Nachfragen nach sich ziehen.

»Ich bitte Sie. Gehen Sie doch mit uns dorthin und ...«

Felicitas schüttelte hektisch den Kopf. »Nein«, kam es gequält aus ihrem Mund. »Bloß nicht.«

Nun wusste Lorenz nicht mehr, was er tun sollte. Felicitas wollte nicht von einem Schutzmann nach Hause gebracht werden. Die Alternative war wohl kaum besser. Käme sie in Arrest auf die Wache, würde man sicher früher oder später ihren Vater verständigen.

Der Schutzmann schien aber gerade das besonders interessant

zu finden. »Na, das gefällt mir ja immer besser. Dann haben wir hier also ein Dienstmädchen, das sich ohne das Wissen der Herrschaften nachts herumtreibt. Das wird ein Spaß.«

Er hielt Felicitas nun nur noch mit einer Hand am Oberarm, zog sie aber die Straße entlang.

»Nein. Bitte ... Bitte nicht ... Tun Sie das nicht. Bitte!«, jammerte sie unentwegt.

Lorenz war erstarrt. Was sollte er tun? Was konnte er tun? Wenn er dazwischenging, würde der Schutzmann ihn auch direkt festnehmen. Und doch, genau das war eine Chance. Er musste ihn ablenken, damit Felicitas entfliehen konnte. Für ihn wäre die Strafe herbe, aber für sie bedeutete die Verhaftung eine Katastrophe.

»Ich bitte Sie. Nehmen Sie mich fest. Sie hat doch gar nichts getan.« Er umrundete sie und breitete seine Arme aus. »Sie dürfen sie nicht ...«

»Ich darf, und ich werde.«

»Nein!« Er stellte sich dem Beamten bedrohlich in den Weg.

Plötzlich fühlte er einen Schlag. Der Schutzmann traf ihn mit seinem Holzknüppel. Er hatte wohl Richtung Kopf gezielt, aber erwischte ihn nur an der Schulter. Lorenz sprang weg.

Der Kerl zerrte Felicitas weiter, fuchtelte unterdessen mit seinem Knüppel durch die Luft und versuchte gleichzeitig, seine Pickelhaube gerade zu schieben. »Wehe, Sie kommen mir zu nahe. Dann nehme ich Sie beide fest. Ein heldenhafter Kavalier, wo gibt es denn so was? Sie wissen doch, dass Prostitution streng verboten ist.«

»Ich bin keine Prostituierte!«, sagte Felicitas tränenerstickt.

Nun blieb der Mann stehen. »Nein? Aber Sie wären nicht das erste Dienstmädchen, das sich ihren kümmerlichen Lohn ein wenig aufbessert.« Er zog sie weiter, und schon waren sie an der Ecke Voßstraße angelangt.

»So, wo wollen Sie denn angeblich wohnen?«

Felicitas biss sich auf die Lippe.

»Und Sie? Haben Sie etwas zu sagen?«, schnauzte der Kerl.

»Lorenz, nicht!«, flehte Felicitas.

Er wusste nicht, was er sagen sollte.

»Wusste ich es doch. Dann gehen wir jetzt mal schön auf die Wache.«

Wie sollte er ihr helfen? »Bitte. Ich bringe Sie unbeschadet nach Hause. Ich verspreche es. Ich flehe Sie an. Haben Sie doch ein Einsehen.«

Oben im Palais, unter der Mansarde, wo die Dienstboten schliefen, ging kurz ein Licht an, dann wieder aus. Felicitas machte einen Fehler. Verschreckt drückte sie sich hinter den Schutzmann, als könnte man sie entdecken.

»Wenn ich es mir recht überlege, versuchen wir es doch mal hier«, sagte der Beamte mit einem fetten Grinsen hinter seinem gewichsten Schnauzbart.

»Neeein«, gab Felicitas leise von sich und fing nun wieder an, sich zu wehren.

»Also, da brat mir doch einer 'nen Storch.« Er packte fester zu und zog sie die Stufen des Portikus hoch. Oben betätigte er die Klingel.

Felicitas sackte vor der Tür in sich zusammen, obwohl er weiterhin ihr Handgelenk umklammerte. Lorenz kniete sich zu ihr.

»Ich werde die Schuld ganz auf mich nehmen. Ich werde es erklären. Es ist besser, als eine Nacht auf der Wache zu verbringen.«

»Das wird Vater egal sein«, schluchzte sie. »Ich bin verloren.«

»Du kannst nicht verloren sein. Du hast immer noch mich. Ich werde mich um dich kümmern, egal was passiert.«

Drinnen ging Licht an. Es dauerte dem Schutzmann wohl zu lange, denn er klingelte noch ein weiteres Mal und dann noch mal. Man hörte Schritte und wie sich jemand empörte über diese unhöfliche Klingelei.

Die Tür ging auf, und der Portier stand dort im Morgenmantel. Offensichtlich hatte er schon geschlafen. Seine Haare waren zerzaust. »Was gibt es denn so Dringendes mitten in der Nacht?«

Felicitas sprang auf. »Herr Blum, bitte erklären Sie dem Herrn hier, dass ich hier wohne. Bitte schnell. Ich möchte sofort zu Bett gehen.«

»Fräulein Felicitas, ich wusste gar nicht, dass Sie noch aus waren. Ich hätte doch hier gewartet.«

»Sie kennen dieses Fräulein?«, fragte der Schutzmann nun mit hochoffizieller Stimme.

»Aber sicher doch. Unser gnädiges Fräulein.« Der ältere Mann wechselte verwirrte Blicke zwischen Felicitas, dem Schutzmann und ihm. »Was gibt es denn? Was ist vorgefallen?« Er klang besorgt.

»Herr Blum«, flehte Felicitas nun wieder. »Machen Sie schnell, bevor ...«

Zu spät. Aus dem Haus drang noch mehr Licht.

»Das gnädige Fräulein hat sich abends mit diesem Kerl hier herumgetrieben. Ich wollte sie sicher nach Hause bringen.«

Ganz offensichtlich wurde dem Polizeibeamten gerade klar, dass sie tatsächlich die Tochter des Hauses war. Eines reichen Hauses. Da benahm man sich doch direkt ganz anders.

»Was ist denn hier los?« Vaters Stimme kam näher.

Felicitas sah ihn steinerweichend an. Sie wirkte vollkommen verloren. Ihre Augen waren riesengroß, panisch. Lorenz musste etwas unternehmen.

Nun stand er dem Herrn des Hauses direkt gegenüber. »Ich ... ich habe Ihr Fräulein Tochter aus dem Haus gelockt. Und sie dazu überredet, mit mir in einen Biergarten zu gehen. Es tut mir sehr leid. Es ist etwas spät geworden.«

Lorenz war eine Handbreit größer als Felicitas' Vater, aber der war gebieterisch und äußerst furchteinflößend. Ein Mann, der um seine Macht und seine Wirkung wusste. Doch der interessierte sich nicht für ihn. Er entdeckte gerade seine Tochter vor der Eingangstür, am späten Abend.

»Was trägst du denn da für Lumpen? Was machst du überhaupt hier draußen? Was soll das?«

»Wenn ich so frei sein darf, Sie in Kenntnis zu setzen«, erklärte der Schutzmann plötzlich ganz unterwürfig, »ich habe diese beiden jungen Herrschaften hier auf der Straße aufgegriffen. Er«, dabei zeigte er auf Lorenz, »hat sich Ihrer Tochter unsittlich genähert.« »Was?!«, schrie Felicitas' Vater. »Du warst draußen? Alleine? Also das ... Das wird .... Du gehst sofort auf dein Zimmer!« Felicitas warf ihm einen letzten kummervollen Blick zu, drehte sich weg und lief ins Haus.

»Und Sie ...« Herr Louisburg hatte einen hochroten Kopf. Sein Mund zuckte, seine Lippen verzogen sich in alle Richtungen. Dann hatte er wohl etwas überlegt. Nun wandte er sich zunächst an den Schutzmann.

»Ich möchte Ihnen sehr dafür danken, dass Sie mir meine Tochter unbeschadet wiedergebracht haben. Ich kann mir nicht ausdenken, wie sie hinausgekommen ist. Sicher hat man sie übertölpelt. Ich kann Ihnen gar nicht genug danken, dass Sie sie gerettet haben. Und natürlich wäre es sehr in meinem Sinne, wenn wir diesen kleinen ... Ausrutscher vertraulich behandeln könnten. Selbstverständlich werde ich mich großzügig bei Ihnen dafür bedanken. Herr Blum, bitten Sie doch den Mann in die Leutestube und versorgen ihn mit einem kühlen Getränk. Und ... Sie wissen schon.«

»Sehr gütig«, sagte der Schutzmann nun.

Der Hausherr trat beiseite und machte ihm Platz. Der Schutzmann ging ins Vestibül und schaute sich beeindruckt um.

Herr Louisburg flüsterte dem Portier einige Anweisungen zu. »Reichlich!«, sagte er nun etwas lauter und rieb Daumen und Zeigefinger aneinander.

Der alte Dienstbote folgte dem Schutzmann. Erst, als die beiden außer Sicht waren, winkte Felicitas' Vater ihn hektisch herein.

»Herr Louisburg, bitte lassen Sie mich erklären. Felicitas kann nichts dafür. Ich habe Sie angestiftet. Sie überredet. Sie wollte erst gar ...«

Louisburg schloss die Tür hinter ihm. Nun waren sie ganz allein.

»Halten Sie Ihren Mund.« Er trat näher, drohend nahe. »Wer sind Sie, und woher kennen Sie meine Tochter?«

»Wir haben uns im Park kennengelernt. Und sind ...«

»Name!«

»Lorenz Schwerdtfeger. Ich studiere hier in Charlott...«

Bevor er noch was sagen konnte, schnauzte der Mann weiter. »Was macht Ihr Vater?«

»Er hat eine Kutschenfabrik, in Coburg. Und auch noch eine Eisengießerei. Ich komme aus einer Fabrikantenfa...«

Nun trat er ganz nahe an ihn heran. »Schwerdtfeger aus Coburg mit Fabriken. Soso. Das kann ich mir gut merken ... Ich sage Ihnen jetzt etwas. Nein, ich verspreche es sogar. Sollten Sie auch nur ein Sterbenswörtchen über diese Angelegenheit oder über meine Tochter oder diese Familie verlieren, dann vernichte ich Ihre Familie. Ihnen wird nichts übrig bleiben als das, was Sie am Leib tragen. Haben Sie mich verstanden?«

Lorenz nickte. Und glaubte ihm aufs Wort.

»Ich werde Sie wirtschaftlich ruinieren«, wiederholte er noch mal. »Nicht ein Sterbenswörtchen!«

»Auf keinen Fall. Ich wollte ja auch nur ...«

»Schämen sollten Sie sich. Und nun raus mit Ihnen. Alles Weitere erfahre ich von meiner Tochter.«

Lorenz stolperte hinaus, hörte noch, wie ihm ein »Ich kann Ihre Familie wirtschaftlich ruinieren, vergessen Sie das nicht!« hintergerufen wurde. Unten auf der Straße blieb er stehen und blickte zu dem Palais hoch.

Schlimmer hätte es gar nicht kommen können. Für Felicitas war es schlichtweg eine Katastrophe. Und für ihn – er hatte es sich gerade gründlich mit dem Mann verscherzt, den er um die Hand seiner Tochter bitten wollte.

6. Juli 1888

O Gott. Ogottogottogott. Sie war verloren. Man hatte sie verdächtigt, eine Prostituierte zu sein. Immerhin hatte der Schutzmann diesen Verdacht nicht ihrem Vater gegenüber geäußert. Und Lorenz hatte die Schuld auf sich genommen. Trotzdem, es erwartete sie ein fürchterlicher Sturm.

Wieso nur hatten sie den Schutzmann nicht bemerkt? Weil gerade die Welt um sie herum nicht mehr existiert hatte. Weil sich alles aufgelöst hatte, in Glückseligkeit. Es war ihr erster Kuss, und er war so wunderschön, so leidenschaftlich, so aufwühlend gewesen. Die Welt existierte nicht mehr. Nur noch sie beide existierten. Und das, was sie füreinander fühlten. Noch immer konnte sie Lorenz' Lippen auf ihren spüren.

Doch nun wartete ein Donnerwetter auf sie. Sie wusste, jeden Moment würde die Tür aufgehen und ihr Vater würde hereinkommen. Wie sollte sie sich rechtfertigen?

Verkrampft saß sie auf einem Sessel und wartete darauf, dass der Himmel über ihr hereinbrach. Stimmen wurden laut. Die Tür wurde aufgerissen, und Vater kam herein. Mit hochrotem Kopf sah er aus, als würde er alles kurz und klein schlagen wollen. Schnurstracks lief er auf sie zu und schlug ihr mit der flachen Hand ins Gesicht. Felicitas' Kopf flog zur Seite. Sie krümmte sich. In ihren Ohren klingelte es. Ihre Wange brannte heiß. Doch der körperliche Schmerz wurde überlagert von ihrer Angst. Vater hatte sie früher schon geschlagen, selten, und noch nie so heftig.

Im Türrahmen tauchte Fräulein Korbinian auf, mit Nachthaube und in Pantoffeln. Sie schien äußerst verwirrt und hatte wohl noch nicht erfahren, was vorgefallen war.

»Wie konntest du nur! Was hast du dir dabei gedacht? Dieser Kerl, wer ist das überhaupt? Wo hast du ihn kennengelernt?« Schon spürte sie wieder Vaters Hand. Ein unglaublicher Schmerz brüllte durch ihren Schädel, durch alle Glieder.

»Welcher Kerl?«, fragte Fräulein Korbinian irritiert.

Felicitas sortierte sich. Der Schmerz fegte ihre Benommenheit hinweg. Die Schläge rissen einen Schleier mit sich. Sie war auf der Hut.

Vater drehte sich zur Gouvernante um. »Kennen Sie einen Lorenz Schwerdtfeger?«

Fräulein Korbinian holte tief Luft. »Allerdings! Der Radfahrer aus dem Tiergarten. Was hat er getan?« Ihre Verwunderung wuchs mit jedem Wort. »Was für ein Kleid tragen Sie da überhaupt?«, richtete sie nun ihr Wort an Felicitas.

»Meine Tochter war ...«, Vater holte tief Luft, »... sie war draußen. Alleine! Können Sie mir erklären, wie es dazu kommen konnte?«

Die Augen gingen Fräulein Korbinian über. »Wie bitte? Sie war draußen?«

»Offensichtlich ist Ihre Aufsicht über meine Töchter nicht so gelungen, wie Sie es immer darstellen. Wie konnte es passieren, dass meine Tochter einfach so entwischt? Abends, alleine, mit einem Fremden!«

»Ich verstehe immer noch nicht.« Fräulein Korbinian wurde mit jedem Wort kleiner.

»Sie ist gerade von einem Schutzmann nach Hause gebracht worden, weil der Kerl sie bedrängt hat.«

Fräulein Korbinian schnappte nach Luft.

Das war der Moment, an dem Felicitas aufsprang. »Er hat mich nicht bedrängt. Er hat mich nach Hause gebracht. Nachdem wir im Biergarten waren. Etwas, was ich ja sonst nie tun darf. Ich habe einfach nur einen kleinen Ausflug mit ihm unternommen. Mehr nicht.«

»Einen Ausflug? Mit einem fremden Mann? Bist du denn noch bei Trost?«, schrie ihr Vater.

»Wann jemals hätte ich Ihnen erlaubt, alleine außer Haus zu gehen?«, schob Fräulein Korbinian streng hinterher.

Ihre Wut war geweckt. »Das ist ja genau der Punkt. Dass ich hier nichts darf. Nichts alleine entscheiden darf. Ich darf weder über mein eigenes Geld verfügen noch eigene Entscheidungen über mein Leben treffen. Ja, ich darf noch nicht einmal einen harmlosen Ausflug machen. Und offensichtlich darf ich nicht einmal mit Menschen Umgang haben, die mir sympathisch sind!«

»Sympathisch? Dieser kleine Fabrikantensohn ist doch nur auf dein Geld aus. Wie kann man nur so naiv sein!«

»Er ist nicht auf mein Geld aus. Er wusste am Anfang gar nicht, wie vermögend ich bin.«

»Woher willst du das wissen? Vielleicht hat er dir im Tiergarten aufgelauert, nachdem er gesehen hat, wo du wohnst.«

»Aber ich bin doch in ihn ...«

»Selbst wenn. Deine Kleidung allein verrät alles. Man kann Menschen ansehen, ob sie vermögend sind oder nicht.« Er schüttelte den Kopf und ließ sich auf einem Stuhl nieder. »Ich weiß wirklich nicht, womit ich das verdient habe.«

Felicitas hätte ihm sagen können, womit er das verdient hatte. Mit seinen Lügen. Mit seinem Handel, wo ein Teil seiner Abmachung aus viel Geld und vor allem ihrem Lebensglück bestand. Damit hatte er es verdient. Und mit all den Verboten und Regeln, die ihr Leben beherrschten.

Er wischte sich über seine müden Augen, starrte Felicitas stumm an, und sie wusste, er würde nicht mit ihr darüber reden, was er vorhatte. Er traf seine Entscheidungen über ihr Leben immer ohne sie. Und jetzt erst recht.

Tessa und Minna erschienen beinahe gleichzeitig in der Tür.

»Fräulein Tessa, Sie gehen sofort in Ihr Bett zurück«, herrschte Fräulein Korbinian sie an, um zu demonstrieren, dass sie noch immer das Heft des Handelns in der Hand hatte.

Minna blieb stumm neben der Tür stehen.

»Wusstest du davon? Hast du ihr etwa geholfen?« Fräulein Korbinian wusste genau, in welch prekärer Lage sie sich gerade befand.

»Minna wusste genauso wenig darüber wie Sie«, sprang Felicitas eilig ihrer Zofe bei.

»Und woher haben Sie dann ihr Kleid?«

Felicitas überlegte schnell. »Ich habe es mir aus der Wäsche geholt.«

Vaters Kopfschütteln wurde immer stärker. »Was tun sich da für Abgründe auf? Die schmutzigen Kleider einer Dienstbotin! Mitten in der Nacht, sich heimlich aus dem Haus schleichen. Die Gouvernante – grenzenlos unfähig.« Nun richtete er sich auf. »Ich werde mir genau überlegen, ob Sie für den Dienst hier im Haus noch geeignet sind.«

Fräulein Korbinian wurde bleich. Für einen Moment wusste sie nicht, was sie sagen sollte. Dann wandte sie sich an Felicitas und sah sie streng an. »Wie konnten Sie sich überhaupt mit Herrn Schwerdtfeger verabreden?«

Jetzt wurde es wirklich brenzlig. Sie durfte Minna auf gar keinen Fall verraten. Deswegen musste sie mit einer überzeugenden Ausrede aufwarten.

»Über Briefe«, sagte sie einsilbig, »die wir über die Mauer geworfen haben.«

»Über Briefe? Das gibt es doch nicht. Wie unverschämt. Ich werde ...«

Vater stoppte Fräulein Korbinians Redeschwall. »Was Sie werden, werde ich Ihnen sagen. Sie werden meine Tochter nicht mehr aus den Augen lassen. Sie geht keinen einzigen Schritt mehr außer Haus, ohne dass Sie dabei sind. Nein! Sie geht gar nicht mehr aus dem Haus!«, er drehte sich zu Felicitas um. »Das ist es, was vorläufig passieren wird. Ich werde mir deine Situation genauestens durch den Kopf gehen lassen, sobald ich ein wenig Schlaf gefunden habe.« Er stand auf und lief zur Tür. »Je eher ich dich verheiratet habe, desto schneller sind deine Flausen nicht mehr mein Problem«, sagte er beim Hinausgehen, mehr zu sich als zu den anderen.

Als er draußen war, baute sich Fräulein Korbinian vor Felicitas auf. »Wie konnten Sie nur! Mit diesem mittellosen Kerl! Ihr Herr Vater hat recht. Ganz bestimmt ist er nur auf Ihr Vermögen aus.

Und ich? Haben Sie auch nur einen Moment an mich gedacht? Was, wenn Ihr Vater mir kündigt?«

Sie beide wussten, dass es in der Macht ihres Vaters lag, die Gouvernante von heute auf morgen auf die Straße zu setzen. Ohne Arbeit, ohne Unterkunft und ohne zuvor eine neue Anstellung gefunden zu haben.

»Das lag nicht in meiner Absicht.«

»Sie sind ein Kindskopf, wissen Sie das? Kinder denken nicht über die Konsequenzen ihres Handelns nach. Daran, ob sie Verantwortung tragen können oder nicht, misst man den Grad des Erwachsenseins. Und nun fragen Sie sich doch, wie erwachsen sind Sie wirklich? Nicht erwachsen genug, um nachts mit einem fremden Mann hinauszuschleichen!« Fräulein Korbinian war unfassbar wütend. Dann drehte sie sich weg und rauschte hinaus.

Minna schloss hinter ihr die Türe. »Ich war die ganze Zeit wach. Ich habe am Fenster gewartet, ob Sie zum Tor hereinkommen«, sagte sie entschuldigend. Sie wusste auch nicht genau, was vorgefallen war. Eigentlich hatten sie verabredet, dass Minna oben am Fenster darauf wartete, bis Felicitas heimkommen würde. Dann wollte sie ihr von innen die Hintertür aufmachen. Offensichtlich dachte sie, Felicitas sei aufgeflogen, weil sie nicht zur Stelle gewesen war.

Felicitas beschwichtigte sie. »Es ist nicht deine Schuld. Ein Schutzmann hat uns entdeckt, als wir ... uns geküsst haben.«

»Sie haben sich geküsst?«

Felicitas nickte, und obwohl sie sich elendig fühlte, musste sie lächeln. »Und es war so wunderschön. Weltbewegend.«

Mit Sorge in der Stimme sagte Minna: »Das hoffe ich für Sie, dass es weltbewegend war. Denn sonst würde sich all das nicht lohnen, was jetzt auf Sie einprasseln wird.«

Felicitas seufzte. Wog der Kuss all das Elend auf, was sie nun erwartete? Ja. Auf jeden Fall. Und egal, was kam, Lorenz hatte versprochen, ihr zu helfen. Und für sie da zu sein. Jetzt würde sich zeigen, ob seine Gefühle für sie wahrhaftig waren.

7. Juli 1888

Was in aller Welt war nur in Felicitas gefahren? Sie war doch immer so ein braves Mädchen gewesen. Gut, sie hatte ihre Flausen im Kopf, zum Beispiel diesen Gnadenhof. Lächerlich. Das zeigte doch aber nur, wie wenig erwachsen sie noch war. Sie interessierte sich schon immer viel zu viel für technische Dinge. Was lästig war, aber nicht mehr. Sie hielt nicht viel von Rudolph von Brück-Bürgen, aber schließlich hatte sie sich doch gefügt. Wo kam plötzlich dieser Widersinn her? So kannte Egidius seine Tochter gar nicht. Dieser Ungehorsam. Mit einem fremden Mann. Nachts! Alleine! Was da alles passieren konnte. Sie war kindisch, aber dermaßen naiv hätte er sie nicht eingeschätzt. Ob etwas vorgefallen war? Ob er in wenigen Wochen davon erfahren würde, dass sie ein Kind unter dem Herzen trug? Was für eine Katastrophe. Ach, hätte er sie doch wenigstens schon verlobt.

Hatte er Fehler in ihrer Erziehung gemacht? Sicher hatte er sie zu sehr verwöhnt. Sie hatte viel zu viele Freiheiten und immer alles bekommen, was sie wollte. Das kam davon, wenn man Weibsbilder an der langen Leine ließ. Das würde sich ab sofort ändern. Ab heute würde er ein strenges Regiment führen.

Und dann hatten andere das auch noch mitbekommen! Seine Tochter, allein mit einem fremden Mann, beinahe mitten in der Nacht, auf den Straßen Berlins. Und ein Schutzmann bringt sie nach Hause. Blum hatte sich um den Schutzmann gekümmert, und der hatte ihm versichert, dass er kein Sterbenswörtchen über diese ganze Angelegenheit verlieren würde. Sollte er den Schutzmann noch mal kommen lassen? Reichte das Geld aus, was er für sein Schweigen bekommen hatte? Würde er schlafende Hunde wecken, wenn er ihm noch mehr anbot? Es war schwierig, das zu entscheiden. Alles hing davon ab, dass dieses Wissen sein Haus nie verließ.

Wenn der Graf davon erfahren würde, dass seine Tochter mit einem anderen Mann, ohne jegliche Aufsicht, sich in unschicklicher Weise ... Als würde nicht der gesamte Adel darauf warten, dass eine Bürgerstochter einen Fehltritt beging. Wie die Aasgeier würden sie sich auf das gefundene Fressen stürzen. Seht her, sie können sich doch nicht benehmen. Fehltritte durfte sich nur die erste Gesellschaft leisten. Fehltritte unter ihresgleichen würden immer doppelt so schwer wiegen. Egidius nahm einen großen Schluck Cognac. Was ungewöhnlich war, so früh am Vormittag.

Was für ein glücklicher Umstand, dass halb Berlin gerade in die Sommerfrische gereist war. Die Herrschaften waren weg und mit ihnen ein guter Teil der Dienstboten. Das würde die Gerüchteküche schon mal klein halten. Nicht auszudenken, was wäre, wenn diese Geschichte die Runde durch die Berliner Salons machte.

Das überhaupt war das Wichtigste. Dass niemand davon erfuhr. Hannes Blum wusste natürlich Bescheid, genau wie Fräulein Korbinian und auch Felicitas' Zofe. Wie viel Tessa wusste, konnte er nicht sagen. Sicherlich hatte sie nicht mehr mitbekommen, als dass es einen Aufruhr in Felicitas' Zimmer gegeben hatte. Ob ihre Schwester ihr von ihrem Fehltritt erzählte? Wohl kaum.

Hatte sonst noch jemand etwas davon mitbekommen? Er hatte keinen von den Dienstboten auf dem Flur gesehen. Was nichts hieß. Es war die Aufgabe der Dienstboten, unsichtbar zu sein. Und er bezahlte sie gut, gut genug, dass sie nur dann sichtbar waren, wenn sie sichtbar sein sollten. Konnte er sicher sein, dass niemand sonst etwas bemerkt hatte? Nein. Er würde das herausfinden müssen. Etwas, wozu er wenig Muße hatte – sich um das Geschwätz von Dienern und Dienstbotinnen zu kümmern.

Es klopfte, der Diener trat ein. »Es gibt unerwarteten Besuch. Ein Herr Schwerdtfeger bittet darum, Sie zu sehen.«

Das gab's doch nicht. Der Kerl war wirklich dreist. Jetzt tauchte er auch noch am helllichten Tage hier auf. Egidius wollte schon wütend werden und dem Diener sagen, dass er ihn hochkant hinausschmeißen solle, doch dann besann er sich. Sicher würde sich jetzt zeigen, was der Kerl wirklich wollte. Geld. Vermutlich wollte er seinen Anteil am Schweigegeld kassieren. Genau wie der Schutzmann. Hatte er es doch gewusst.

»Bringen Sie ihn herein.« Egidius setzte sich hinter seinen imposanten Schreibtisch.

Die Tür ging auf, und der junge Mann trat ein. Wie Egidius schien auch er nicht besonders viel geschlafen zu haben. Er wirkte übernächtigt. Trotzdem hatte er sich wohl, natürlich nur nach seinem Dafürhalten, in Schale geschmissen. Er hatte einen guten Anzug an und drehte einen billigen Zylinder nervös vor seinem Körper.

»Werter Herr Louisburg. Ich danke Ihnen, dass Sie mich empfangen. Ich möchte mich nochmals ausdrücklich entschuldigen für die gestrigen Vorkommnisse. Und ... ich wollte noch mal zum Ausdruck bringen, dass es allein meine Schuld war. Alles ist nur meine Schuld. Ich habe Ihre Tochter dazu überredet, mit mir auszugehen. Aber ich darf Ihnen versichern, dass alles ganz harmlos war.«

Egidius ließ ihn schmoren. Schaute ihn an, schätzte ihn ab, blickte auf ihn herunter, obwohl er saß und der Kerl stand.

»Ich möchte Ihnen allerdings sagen, dass ich es ernst meine mit Ihrer Tochter. Ich würde Sie gerne um die Hand ...«

Mit einer knappen Geste stoppte Egidius den Kerl an dieser Stelle. »Wagen Sie es bloß nicht, diese Worte auszusprechen. Wagen Sie es nicht!«, donnerte er.

Der Bursche schrumpfte in sich zusammen. »Bitte, ich bitte Sie, lassen Sie mich ausreden. Zum Glück Ihrer Tochter und auch zu meinem größten Glück.«

»Sie haben Nerven. Was glauben Sie denn, wer Sie sind? Glauben Sie wirklich, Sie seien gut genug für meine Tochter?«

Ein verschämtes Nicken. »Ich stamme ebenfalls aus einer Fabrikantenfamilie. Und ich studiere hier Maschinenbau. Ich werde später die Fabriken meines Vaters in Coburg übernehmen. Auch wenn wir vermutlich nicht so vermögend sind wie Sie, ist meine Familie doch sehr solvent.«

Ein Fabrikantenlümmel aus dem katholischen Bayern. Auch das noch. Es wurde schlimmer und schlimmer. »Gütiger Gott. Aus Bayern? Ein Katholik!«

»Nein, wir sind Protestanten. Wie fast ganz Coburg.«

Egidius lachte bitter auf. Als würde das etwas ändern. Das war alles so lächerlich. Unerquicklich lächerlich. Auch er hatte so angefangen. Auch er hatte Maschinenbau studiert, sein früheres Ich. In Königsberg an der ehrwürdigen Albertina hatte er Physik, Mathematik und Mechanik studiert. Doch das lag Äonen zurück. Das war ein anderes Leben gewesen. Ein Leben, in dem auch sein Vater ein Fabrikbesitzer gewesen war, der sich einiges hatte leisten können.

Aber nun lagen Welten zwischen ihnen. Und er hatte seine Welt geschaffen, aus eigener Hände Arbeit. Aus Anstrengung, aus Schweiß und Blut. Er hatte seinen Preis dafür bezahlt, diesen Aufstieg zu schaffen. Was redete dieser mickrige Kerl da von vermögend oder solvent?

»Bitte hören Sie mich an. Ich kann Ihrer Tochter ein glückliches Leben bieten. Meine Familie hat genug Vermögen, um ihre Wünsche zu erfüllen. Sie wird in Wohlstand leben, so wie sie es verdient hat.«

Egidius stand auf und umrundete den Schreibtisch. Er baute sich vor diesem schlaksigen Kerl auf.

»Natürlich könnten Sie ihr ein Leben in Wohlstand finanzieren, wenn Sie erst einmal ihre Mitgift hätten.«

Lorenz Schwerdtfeger schnappte nach Luft und wollte etwas erwidern, aber Egidius ließ ihn nicht dazu kommen.

»Ich habe es Ihnen gestern gesagt, und ich sag es Ihnen heute noch mal: Halten Sie sich von meiner Tochter fern. Sie wird Sie nie wiedersehen. Und falls Sie meinen Wünschen nicht entsprechen, meinem Befehl, dann werde ich Sie und Ihre solvente Familie vernichten. Nicht das kleinste Fitzelchen wird von Ihrem Vermögen überbleiben. Habe ich mich deutlich genug ausgedrückt?«

Der junge Mann vor ihm hielt seinem Blick stand. Für einen kurzen Moment schoss Egidius Respekt durch den Kopf.

»Ich bin nicht auf die Mitgift Ihrer Tochter aus. Für mich ist das einerlei. Ich heirate Ihre Tochter auch ohne Mitgift.«

»Aber besser wäre mit, was?« Egidius lachte höhnisch. Er zeigte dem naseweisen Kerl, was er glaubte. Natürlich, selbst wenn man es sich mit seinem Schwiegervater verscherzt hatte, früher oder später waren die Familienbande doch so stark, dass man sich erweichen ließ. Wer wollte schon, dass seine eigene Tochter in Armut fiel?

»Ich möchte Ihre Tochter heiraten. Ich liebe sie. Und ich glaube, sie empfindet ähnlich für mich. Ich bitte Sie inständig und mit dem allergrößten Respekt um die Hand Ihrer Tochter.«

Impertinent, unverschämt, an Frechheit kaum noch zu überbieten. Er würde ihm eine Lektion erteilen. Er reckte seinen Kopf und sagte in harschem Ton. »Die Hand meiner Tochter ist bereits vergeben.«

Das hatte gesessen. So schlaksig und hochgewachsen wie der Kerl war, sah man genau, wie sein Adamsapfel auf- und abhüpfte. Egidius weidete sich an diesem Anblick.

»Wussten Sie das etwa nicht? Erzählt Ihnen meine Tochter doch nicht alles? Sind Sie dann doch nicht ganz so vertraut miteinander, wie Sie dachten?«

Nun sagte der Kerl nichts mehr und blickte ihn nur stumm und leidend an. Er schien angestrengt über etwas nachzudenken. Vielleicht wurde ihm ja gerade klar, dass hier nichts mehr zu holen war.

»Tja, so sieht es aus. Ich verspüre nicht das Bedürfnis, Sie je wiederzusehen. Was ich allerdings tun werde, wenn ich erfahre, dass Sie auch nur ein Sterbenswörtchen über diese Angelegenheit verlieren, dann bringe ich größtes Unglück über Sie und Ihre Familie. Und das ist eine Drohung, die Sie ernst nehmen sollten!«

Er blickte den jungen Kerl an. Der kaute an einer Antwort. »Ich werde nie ... jemals .... mit einer anderen Seele darüber sprechen.«

»Dann dürfen Sie sich jetzt empfehlen«, spie Egidius bitter aus.

Wachsbleich, ohne ein weiteres Wort zu sagen, verneigte Lorenz Schwerdtfeger sich vor ihm, drehte sich um und ging zur Tür hinaus. Egidius griff nach dem Cognacschwenker und nahm genüsslich einen Schluck. Dem hatte er es gezeigt. Das erste einer Reihe von Problemen, die er zu lösen hatte. Nun waren die anderen dran.

7. Juli 1888

Vor zehn Minuten war Minna ganz aufgeregt zu ihr hochgekommen. Es sei jemand zu Besuch, ein junger Mann, gut aussehend, aber bedrückt. Könnte es ihr nächtlicher Begleiter sein? Felicitas hatte Minna gebeten, an der Tür Schmiere zu stehen, falls Fräulein Korbinian auftauchte, was die nun quasi jede Viertelstunde tat. Sofort hatte sie sich an das Gitter vom Lüftungsschacht gedrückt und gehorcht. Ja, es war Lorenz. Sein Besuch war denkbar kurz. Und doch, er machte ihr Hoffnung. Auch wenn Vater ihm gedroht hatte. Aber was er gesagt hatte ...

Lorenz hatte nicht zu viel versprochen. Er war gerade bei Vater gewesen und hatte um ihre Hand angehalten. Er wolle sie heiraten. Den Rest ihres Lebens miteinander verbringen. Sollte sie wütend sein, dass schon wieder ein Mann nicht nach ihrem Wunsch gefragt hatte? Schließlich ging es um ihr Leben. Aber nein: Er liebe sie, hatte er gesagt. Ihre Gefühle vollführten Purzelbäume.

Als sie sich geküsst hatten, hatte sein Kuss ein brennendes Mal auf ihren Lippen hinterlassen. Noch immer hatte sie den Eindruck, als würde jeder sehen können, dass sie geküsst worden war. Dass sie selbst geküsst hatte. Wenn sie an den Moment nur dachte, standen ihre verwirrten Gefühle in dicken Lettern auf ihrer Stirn. Und ihr Gesicht brannte wie Feuer. Das war so anders, als sie sich jemals gefühlt hatte. Unfassbar, dass dieser bezaubernde Moment sich in so etwas Furchtbares verwandelt hatte.

Sie klatschte sich kaltes Wasser ins Gesicht, um klare Gedanken zu fassen. Es wurde Zeit für sie. Sie ging hinunter. Um Punkt elf sollte sie sich bei Vater einfinden. Das war das Einzige, was Fräulein Korbinian ihr heute Morgen am Frühstückstisch mitgeteilt hatte. Die Gouvernante war unfassbar empört. Gleichzeitig bangte sie um ihre Stellung.

Tatsächlich hatte Felicitas kaum einen Gedanken daran verschwendet, was wäre, wenn ihre abendlichen Eskapaden auffallen würden. Was dann mit Fräulein Korbinian wäre. Aber natürlich hatte sie nicht damit gerechnet, dass sie in derart eklatanter Weise enttarnt würde.

Felicitas klopfte und trat ein. Vater saß hinter seinem Schreibtisch und schaute hoch. Er sagte nichts, ließ sie kommen.

»Du wolltest mich sehen.«

Er starrte sie stumm an. Als die Pause unerträglich wurde, sagte er endlich: »Heute Nacht musste ich erschreckend zur Kenntnis nehmen, dass meine eigene Tochter sich verhält wie eine Kokotte.«

Kokotte, das war ein mehr als beleidigendes Wort. »Papa, lass mich bitte erklär...«

»So habe ich dich nicht erzogen.«

»Und das bin ich auch nicht. Ich habe nicht...«

»Du kannst mir viel erzählen. Du glaubst doch wohl nicht, dass ich dir jetzt noch ein einziges Wort glaube?« Er erwartete wohl gar keine Antwort, denn er sprach direkt weiter. »Du entschuldigst dich besser auch bei Fräulein Korbinian. Sie hat mir erzählt, wie du diesen Fabrikantensohn kennengelernt hast.« Er sagte das Wort Fabrikantensohn mit der größtmöglichen Verachtung. Als wäre er nicht selber einer.

»Jawohl. Sie kann nichts dafür. Auch sie habe ich getäuscht.«

»Wie oft hast du diesen Halunken schon getroffen?«

Felicitas war auf der Hut. Vater war nicht dumm. Irgendetwas sollte sie zugeben, denn dass sie mit einem Wildfremden einfach so spät am Abend ausging, würde auch er nicht glauben.

»Ich habe Lorenz Schwerdtfeger im März kennengelernt, als wir zusammengestoßen sind. Dann hab ich ihn noch mal eine Woche später im Park gesehen, als ich mit Fräulein Korbinian dort spazieren war. Wir haben uns heimlich verabredet. Fräulein Korbinian kann rein gar nichts dafür. Sie wusste nichts davon. Zweimal haben wir uns getroffen, damit er mir das Fahrradfahren beibringt. Und gestern waren wir in einem Biergarten.«

»Fahrradfahren? Das ist alles noch viel idiotischer, als ich befürchtet hatte. Neben deinem guten Ruf riskierst du deine leibliche Unversehrtheit, in jeglicher Hinsicht.«

»Nicht auf einem Hochrad. Er hat ein Nieder-Sicherheitsrad. Da kann man nicht runterfallen.«

»Pfft ...«, stieß er ungläubig aus. »Fahrrad fahren, ausgerechnet du. Das ist ein riskanter Zeitvertreib für dumme Männer, die zu viel Zeit und zu viel Geld haben.«

Felicitas hatte den Impuls, Lorenz und das Fahrradfahren zu verteidigen. Doch sie schluckte ihren Unmut herunter. Jetzt war nicht die Zeit, um mit Vater über moderne Technik zu diskutieren. Stattdessen sagte sie: »Es ist gar nicht so schwer. Ich kann es jetzt. Einigermaßen.«

»Dann kannst du es auch direkt wieder vergessen. Denn ganz sicher werde ich dich nicht auf ein Fahrrad lassen.« Er schüttelte den Kopf, als wenn er nicht glauben könnte, was ihm da alles aufgetischt wurde. »Dumm. So dumm, so naiv und so leichtfertig. Was hätte alles passieren können!«

»Ja, Papa.«

Er starrte sie eine weitere Minute an. Schätzte wohl ab, was er ihr noch glauben konnte. Ob er ihr noch vertrauen konnte. Sein Urteil fiel anscheinend nicht gut aus.

»Du wirst das Haus nicht mehr verlassen, bis du verheiratet bist.«

Felicitas schluckte. Sie hegte nicht die Hoffnung, dass er damit meinte, dass sie Lorenz heiraten würde.

Sie nickte nur. Was immer er ihr jetzt sagte, was immer er ihr befahl, war für sie nicht mehr bindend. Er hatte sie angelogen, zum Handel freigegeben, ja quasi verkauft. Wenn er lügen durfte, dann durfte sie es auch.

»Papa, ich möchte mich entschuldigen.«

Er hob den Kopf, als könnte er sie dann besser hören.

»Ich habe die Gefahren nicht bedacht. Ich war wohl zu leichtsinnig.«

»Leichtsinnig«, sagte er in einem Ton, als würde sie nicht annähernd die wahren Umstände treffen.

»Und ich wollte dir sagen … Ich werde mich deinem Willen beugen und das Haus nicht mehr ohne dein Einverständnis verlassen.« Lüge und Gegenlüge.

»Das wäre wohl das Beste für uns beide. Aber da du mich nun so enttäuscht hast, abgrundtief enttäuscht, und auch getäuscht hast, reicht es mir nicht, deinen Worten zu glauben.«

»Ich verstehe.«

»Du verstehst? Nicht einmal das glaube ich dir noch. Oder bist du etwa über Nacht erwachsen geworden?«

Felicitas wusste, das Beste war jetzt, den Mund zu halten. Die Stille legte sich wie heißer Teer über sie beide. Bedrückend, stinkend, zäh.

»Ich werde dich auf dem Ball verloben«, donnerte Vater in den Raum. Als würde er umgehend Widerrede erwarten.

»Ich nehme an, der Erwählte ist Graf Rudolph von Brück-Bürgen?« Wer sonst sollte es sein?

»So ist es. Und ich will nicht, dass du mir da in irgendeiner Hinsicht Schwierigkeiten machst.«

»Natürlich nicht.«

Er sah sie durchdringend an, dann nickte er. Sie war entlassen. Sie deutete einen artigen Knicks an und ging. Draußen schloss sie die Tür und lehnte sich an die Wand.

Keine Ahnung, ob Vater ihr auch nur ein Komma von dem, was sie gerade gesagt hatte, glauben würde. Aber das war ihr egal. Ab sofort würde sie doppeltes Spiel spielen, so wie er es ihr vorgemacht hatte.

Gerade, als sie nach vorne ins Vestibül ging, klingelte es. Herr Blum öffnete von außen die Tür und führte Elsa herein.

»Entschuldige meine Verspätung«, sagte sie höflich und ließ sich vom Diener, der herbeigeeilt war, ihr Sommercape abnehmen.

»Elsa ... Wie schön.« Natürlich, sie waren heute verabredet. Das hatte sie nach dem Aufruhr der letzten Nacht völlig vergessen. Sie wollten einen Ausflug in die Kaisergalerie unternehmen, um im Wiener Café die Zeit totzuschlagen, nachdem sie sich an den Auslagen der Geschäfte sattgesehen hatten.

Schon stand Fräulein Korbinian oben auf dem Treppenabsatz. Jetzt kam auch ihr Vater, wohl aufgeschreckt durch die Klingel, nach vorne.

»Meine liebste Elsa, ich fürchte, wir müssen unseren Ausflug verschieben«, sagte Felicitas bedauernd.

Vater begrüßte den Gast nickend, sagte aber nichts und blieb einfach nur dort stehen, während Fräulein Korbinian die Treppe hinuntereilte. Beide sahen den Gast argwöhnisch an, als hätte Elsa etwas verbrochen. Offensichtlich bemerkte sie es, denn sie schien irritiert.

Felicitas musste die Situation retten. »Ich fühle mich unwohl. Es tut mir sehr leid.«

»Das ist ja jammerschade.« Nervös verschränkte Elsa ihre Hände vor dem Körper. »Was hast du denn?«

»Ich bin ... ein wenig unpässlich«, sagte Felicitas ausweichend.

»Soll ich wieder nach Hause fahren?«, fragte Elsa höflich.

Etwas verloren schaute sie zu Fräulein Korbinian, zu ihrem Vater, dann zu ihr. Sie merkte schon, dass etwas ungewöhnlich war. Es gab keinen Grund, warum Vater dort stehen sollte. Und auch Fräulein Korbinian wartete offensichtlich auf ein Wort des Hausherrn.

»Wenn du dich wohl genug fühlst, Kind, könnt ihr hier gerne einen Kaffee trinken. Und natürlich sind Sie mehr als eingeladen, mit uns zu Mittag zu speisen«, sagte Vater nun endlich.

»Sehr gerne«, antwortete Elsa.

Felicitas begleitete Elsa in einen Salon. Fräulein Korbinian folgte ihnen auf dem Fuße. Sie nahmen Platz.

»Und? Was hat dein Vater entschieden?«

Für einen Moment war Felicitas verwirrt. Sie konnte unmöglich etwas wissen. Doch dann fiel ihr wieder ein, worum es ging. »Der Ball wird nachgeholt, Mitte August. Wenn alle wieder aus der Sommerfrische zurück sind und die Trauerzeit hinter uns liegt«, sagte Felicitas beklemmt.

»Famos. Das wird alle freuen.«

Der Diener brachte Kaffee und eine heiße Schokolade für die Gouvernante. Eine unangenehme Stille lag über dem Raum. Felicitas war mit ihren Gedanken woanders.

Fräulein Korbinian sprang ein. »Haben Sie sich schon für ein Kleid entschieden? Welche Farbe wird es haben?«

»Himmelblau«, sagte Elsa. Und als müsste sie von einem unangenehmen Thema ablenken, redete sie weiter. »Nächste Woche wollen wir auf die Rollschuhbahn Hasenheide. Hättest du Lust, uns zu begleiten?«

Felicitas schaute kurz auf, dann wieder weg. Was sollte sie darauf antworten? Lust hätte sie schon. Als sie nichts sagte, redete Elsa weiter.

»Es ist sehr exklusiv. Und teuer. Sogar einige der Hohenzollern laufen dort gelegentlich. Ich bin schon sehr gespannt, ob ich jemandem aus der Kaiserfamilie begegne.«

Felicitas warf einen Blick zu Fräulein Korbinian, die für sie antwortete.

»Fräulein Felicitas hat sich den Knöchel verstaucht. Bis zum Ball benötigt sie Schonung.«

»Ach herrje, so ein Unglück aber auch. Wie ist es passiert?«

Felicitas schaute wieder zu Fräulein Korbinian, doch dieses Mal antwortete sie selbst. »Ich war unachtsam, als ich die Treppe hinuntergegangen bin.«

»Ja, unser Fräulein Felicitas ist ein echter Wildfang«, schob Fräulein Korbinian hinterher, mit bitterem Ton.

»Dann hoffen wir, dass du auf dem Ball wieder richtig tanzen kannst. Das wäre ja eine arge Verschwendung.«

Felicitas nickte schwach. Sie merkte, wie ihr übel wurde. Ganz kalt ließen Vaters Befehle sie dann doch nicht. Nicht mehr aus dem Haus gehen dürfen, bis sie verheiratet war. Mit Graf Rudolph von Brück-Bürgen. Und auf dem Ball wurde sie verlobt.

»Ich muss mich kurz entschuldigen«, sagte sie und stand auf. Auch Fräulein Korbinian stellte ihre Tasse beiseite und folgte ihr zur Tür. »Wir sind gleich wieder da. Ich werde nur sehen, ob ich etwas tun kann.«

Das fehlte ihr noch, eine Aufpasserin, die ihr auf Schritt und Tritt und sogar auf die Toilette folgte. Aber für die nächste Zeit würde das wahrscheinlich so sein. Und ehrlich gesagt hatte sie es auch verdient. Sie hätten viel vorsichtiger sein müssen. Sie hätten den Schutzmann unbedingt bemerken müssen. Es war ihre eigene Schuld, dass sie erwischt worden waren.

* * *

Elsa blinzelte in Richtung des Fensters, durch das die Sonne hereinfiel. Irgendwas ging hier vor. Felicitas war merkwürdig, genau wie Fräulein Korbinian. Die war normalerweise viel redseliger, als sie es wünschten. Und sonst, wenn Elsa zu Besuch kam, begleitete sie sie in den Salon, verschwand aber sofort. Damit die Freundinnen ungezwungen miteinander reden konnten. Doch heute schien sie jeden einzelnen Schritt von Felicitas überwachen zu wollen.

Dann diese merkwürdige Begegnung, vorhin im Vestibül. Herr Louisburg hatte dagestanden, als würde er abschätzen müssen, ob er sie direkt zum Haus hinausjagte. Als hätte sie etwas verbrochen. Seine höflichen Worte waren gepresst gewesen. Irgendetwas war vorgefallen. Ihre Neugierde war geweckt. Aber sie wusste, dass Felicitas ihr vermutlich nichts erzählen würde.

Just in diesem Moment kam eine Bedienstete mit einer Blumenvase herein. »Oh, entschuldigen Sie bitte, gnädiges Fräulein. Ich wusste nicht, dass der Salon besetzt ist.«

Sie wollte schon wieder rückwärts zur Tür hinaus, als Elsa eilig sagte: »Kommen Sie nur herein. Sie stören nicht.«

»Herzlichen Dank. Ich muss auch nur die Blumen austauschen.«

Sie ging zum Kaminsims und stellte dort die Vase ab. Dann kam sie zu dem kleinen Tischchen, das direkt neben Elsas Sofa stand und nahm dort die Vase mit den alten Blumen weg. Jetzt stellte sie diese Vase auf den Kaminsims, nahm die frischen Blumen und platzierte sie auf dem Tischchen.

»Die sehen aber hübsch aus.«

»Nicht wahr?«

»Schmeißen Sie die anderen Blumen weg? Sie sind doch noch gar nicht verwelkt.«

»Ja, leider. Aber einmal die Woche kommen frische Blumen«, sagte die junge Frau etwas ausweichend. »Dann werden sie eben ausgetauscht.« Sie ging zum Kaminsims.

Mit einem Satz war Elsa aufgestanden und griff nach ihrem Täschchen. »Ich möchte Sie um einen Gefallen bitten.«

Schon hielt sie ein Zwei-Mark-Stück in die Höhe. Das war selbst für Elsa viel Geld. Eigentlich hatte sie sich etwas Schönes in der Kaisergalerie kaufen wollen, aber sie war sich gerade ziemlich sicher, dass ein anderer Einsatz des Geldes lohnenswert sein könnte. Ein Geheimnis aus dem Hause Louisburg. Ein Geheimnis von einem der reichsten Männer Berlins, das musste sich einfach lohnen.

»Irgendwas hier im Haus ist vorgefallen. Alle sind so komisch. Sie können mir sicher sagen, was passiert ist.« Sie hatte ihre Stimme gesenkt und blickte der Dienstbotin tief in die Augen.

Die griff nach der Münze. Zwei Mark, das war sicher ein ganzer Wochenlohn für sie.

Elsa ließ die Münze nicht los. »Nur eine kleine Andeutung. Zwei Mark, nur für ein paar wenige Worte.« Herrje, jetzt rück schon raus. Jeden Moment konnten die beiden zurückkommen.

»Das ist mehr wert als zwei Mark«, sagte die junge Frau frech.

Elsa war überrascht über so viel Unverschämtheit, trotzdem griff sie noch einmal in ihr Täschchen und holte ein weiteres Zwei-Mark-Stück heraus.

»Nun rede schon.«

Das Dienstmädchen flüsterte gerade so laut, dass Elsa es verstehen konnte. »Fräulein Felicitas ist nachts mit einem fremden Mann erwischt worden.«

»Wie bitte?«

»Sie war alleine unterwegs, draußen, mit jemandem, mit dem sie eigentlich nicht bekannt sein dürfte. Sie waren im Biergarten. Auf dem Rückweg wurde sie von einem Schutzmann aufgegriffen und heute Nacht, um kurz vor Mitternacht, nach Hause gebracht.«

Elsa schnappte hörbar nach Luft. Das war allerdings eine lohnenswerte Information. Felicitas alleine mit einem fremden Mann, auf der Straße aufgegriffen von einem Schutzmann. Das war allerhand.

»Ich danke Ihnen.«

Die Dienstbotin ließ das Geld in ihrer Schürzentasche verschwinden, nahm die alten Blumen und ging hinaus.

Schon saß Elsa wieder. Das hätte sie Felicitas gar nicht zugetraut. Und doch ... Was tat sie nun mit dieser Information? Sie hatte viel Geld dafür gezahlt. Sie sollte sich etwas überlegen, wie sich diese Information für sie ebenso auszahlte wie für die junge Dienstbotin. Und sie wusste auch schon, wie sie das bewerkstelligen könnte.

KAPITEL 5

10. Juli 1888

In der Nacht hatte sie Stunden über ihren neuesten Konstruktionszeichnungen gesessen. Hatte hier was verbessert, dort ein Detail gezeichnet. Schlafen konnte sie nicht. Ihre Gedanken fuhren Karussell, Runde um Runde. Zu zeichnen war die beste Methode, sich abzulenken. Nachdem sie im Morgengrauen doch noch weggedämmert war, war sie zu ihrem Erstaunen heute Morgen mit einem wunderbaren Gefühl von Freiheit aufgewacht. Sie war freihändig Fahrrad gefahren, im Traum. So wie Lorenz es ihr vorgeführt hatte.

Der Vorfall war nun drei Tage her. Vater strafte sie mit Schweigen, Tessa war wahnsinnig vor Neugierde geworden, bis Felicitas ihr erzählt hatte, was vorgefallen war. Fräulein Korbinian stürmte wie eine Furie alle paar Minuten in ihr Zimmer. Sie sah schon übernächtigt aus, denn sie tauchte sogar nachts alle paar Stunden in ihrem Schlafzimmer auf. Gestern hätte sie Felicitas fast erwischt, wie sie einen Antwortbrief an Tante Apollonia geschrieben hatte.

Die Gouvernante hatte auch Minna das Leben unerträglich gemacht, bis Felicitas ihre Zofe lautstark in Schutz genommen hatte. Minna sei so unschuldig wie sie selbst. Das kühlte Fräulein Korbinians Unmut kaum ab. Vater hatte ihr den Lohn gekürzt. Und ihr Schlimmeres angedroht, falls da noch was nachkomme.

Felicitas hatte mehrmals einen Brief angefangen und wieder verworfen. Sie war sich nicht sicher, wie Tante Apollonia ihren nächtlichen Ausflug aufnehmen würde. Würde sie ihre Nichte ebenfalls schelten? Fand sie ihren Ausflug auch einfach nur verwerflich und hochriskant?

Schließlich hatte sie diesen Vorfall schlicht unterschlagen. Der Tante hatte sie nur geschrieben, dass der Ball verschoben worden sei, auf den 18. August. Und dass sie an diesem Tag mit diesem unsympathischen Grafensohn verlobt werden sollte, mit Aussicht auf eine baldige Hochzeit. So habe es der Vater über ihren Kopf hinweg entschieden. Sie schrieb ihr auch, dass sie wisse, dass die ganze Geschichte für Vater ein Handel sei und dass ein großes Eisenbahnprojekt der Anlass sei.

Eindringlich erklärte sie, dass sie den Verlobten in spe kennengelernt habe und wie wenig sie ihn schätze. Ja, geradezu verabscheue. Nur in einem Satz erwähnte sie, dass es da einen anderen jungen Mann gebe, mit dem sie gern ihr Leben teilen würde. Erst einmal ging es darum, ob Tante Apollonia ihr helfen könne, aus Vaters Gefangenschaft zu entkommen. Felicitas hoffte, dass die Tante ihr anbieten würde, sie im schlimmsten Falle aufzunehmen.

Das letzte Mal hatte Felicitas Tante Apollonia persönlich auf der Beerdigung ihrer Mutter gesehen. Danach hatte es diesen großen Streit gegeben. Felicitas war hinausgeschickt worden und hatte in den Raum der Amme gehen müssen, die man für Tessa geholt hatte. Als sie dort wieder herausgekommen war, war Tante Apollonia fort gewesen. Sie hatten sich nicht einmal verabschieden können. So lange Jahre hatten sie sich nicht mehr gesehen, und die Briefe zu den Geburtstagen und Weihnachten waren das einzige Lebenszeichen.

Plötzlich konnte sie es gar nicht erwarten, ihre Tante persönlich zu treffen. Plötzlich hatte sie tausend Fragen, die weit über ihr Problem hinausgingen. Wie war Mutter eigentlich gewesen? Woran hatte sie Spaß gehabt? Hatte sie Vater geliebt, als sie geheiratet hatten? Wie hatten sie ihre Jugend verbracht? Waren ihre Eltern auch so streng gewesen? Wie hatte die Tante es geschafft, sich gegen den Willen der Eltern durchzusetzen?

Denn eins war unumstößlich: Auf gar keinen Fall und unter gar keinen Umständen würde sie Rudolph von Brück-Bürgen heiraten. Denn nachdem sie Lorenz geküsst hatte, war sie ganz gewiss, dass sie nie wieder einen anderen Mann küssen wollte.

Seit seiner Vorstellung bei Vater hatte sie nichts mehr von ihm gehört. Hatten Vaters Drohungen ihm einen so gehörigen Schrecken eingejagt, dass er sich von ihr fernhalten würde? Würde er, und letztendlich sprach es mehr für ihn als gegen ihn, seine Familie schützen und sich an Vaters Weisungen halten?

Auch Lorenz hatte sie geschrieben, nur einen sehr knappen Brief, den Minna ebenfalls heimlich einwerfen sollte. Sie fragte darin, wie es ihm nun gehe, erzählte kurz, was auf dem Ball passieren würde und dass sie sich auf jeden Fall weigere, diesen Mann zu heiraten. Dass sie in der Zwischenzeit Vater an der Nase herumführe, um sich einen Plan zurechtzulegen.

Lorenz wusste nicht, dass sie sein Gespräch mit Vater belauscht hatte. Ihm war vielleicht nicht bewusst, dass ihr bekannt war, dass er um ihre Hand angehalten hatte. Und dass er gesagt hatte, er liebe sie. Sollte sie schreiben, dass sie ihn auch liebte? Oder war das nicht viel zu forsch für eine Frau? Dann dachte sie wieder, dass es ja typisch war, dass es ihr verboten wurde, so etwas von sich zu geben. Und unterschrieb, wie sie fand, äußerst mutig mit *In Liebe deine Felicitas*.

Minna hatte beide Briefe an sich genommen. Nun wartete sie darauf, sie bei irgendeiner Gelegenheit, einer kleinen Besorgung oder einem Spaziergang, völlig unverdächtig in einen Postbriefkasten werfen zu können. Genau wie Fräulein Korbinian hatte auch Minna ein unangenehmes Gespräch mit Vater gehabt. Sie musste schwören, von nichts zu wissen. So hatte Felicitas es ihr aufgetragen. Es sollte allein ihre Verantwortung bleiben. Und wenn Vater jemanden bestrafen wollte, dann nur sie.

Minna betrat ihren Raum. »Ich habe mit Fräulein Korbinian gesprochen. Sie ist der Ansicht, dass Ihr Herr Vater nicht davon angetan wäre, wenn wir zu dritt spazieren gingen. Das Haus nicht verlassen hieße, das Haus nicht zu verlassen. Auch nicht, wenn wir beide Sie begleiten und auf Sie aufpassen. Sie will Ihren Herrn Vater erst gar nicht fragen.«

Felicitas nickte. So etwas hatte sie sich schon gedacht. Dabei war bestes Wetter draußen. Die Sonne schien, und es war nicht zu heiß. Die Bäume und die Blumen im Tiergarten würden in voller Pracht stehen. Die Leute hätten bessere Laune, und die Stadt wäre nicht ganz so voll.

»Ich fühle mich wie eine Haussklavin«, sagte Felicitas. Doch es klang gar nicht bedrückt. Es klang eher wie eine Kampfansage. Und so war es auch. Je mehr Druck sie verspürte, desto stärker wurde ihr Wille, sich Vaters Wünschen auf keinen Fall zu beugen.

Minna bedachte sie mit einem merkwürdigen Blick. »Gnädiges Fräulein, ich würde Sie gerne etwas fragen. Es ist zu einem etwas heiklen Thema.«

Felicitas schaute sie überrascht an. Was kam denn jetzt? Würde sie ihr auch Vorwürfe machen, dass sie sich zu leichtsinnig verhalten habe? Oder würde sie sie etwa fragen, ob etwas Unschickliches vorgefallen sei? Deswegen zog sich ihr »Ja« wie ein Fragezeichen.

Tatsächlich setzte Minna sich überraschend neben sie auf das Sofa und starrte auf ihre ineinander gekrallten Hände.

»Es ist so ... Ich weiß nicht recht, wie ich anfangen soll. Wegen der Sklavin.«

Felicitas' Augenbrauen gingen überrascht in die Höhe.

»Ihr Herr Vater hat mich ja vor sechs Jahren in Hamburg erstanden. Gekauft, glaube ich. Ich bin ... mir gar nicht so recht im Klaren darüber, welchen Status ich habe.«

Felicitas' Augen wurden immer größer. Was für ein Themenwechsel. »Ich ... Ähm ...« Ihr Mund klappte auf und wieder zu und wieder auf.

»Es tut mir so leid, aber tatsächlich weiß ich es auch nicht.« Sofort war sie beschämt darüber, dass sie sich noch nie im Leben darüber Gedanken gemacht hatte. »Ich ... Wie kommst ...? Wieso fragst ...?« Wieso sollte ihre Zofe nicht fragen? Schließlich war das eine sehr bedeutsame Frage für Minna. Bestürzt griff Felicitas nach ihren Händen. »Es tut mir so leid. Ich bin so egoistisch. Ich habe noch nie darüber nachgedacht. Aber jetzt, wo du es ansprichst ... Ich bin entsetzt. Wir haben doch schließlich keine Sklavinnen im Haus!«

Minna atmete tief ein und tief aus. »Ich weiß, es ist ein denkbar schlechter Zeitpunkt, aber wenn Sie diese Frage vielleicht mit Ihrem Vater erörtern könnten, früher oder später. Ich würde gerne wissen, woran ich bin.«

»Im Moment ist Vater für keinen meiner Gedankengänge empfänglich. Ich fürchte sogar, wenn ich ihn das jetzt fragen würde, dann könnte es sein, dass er mir schon aus Prinzip eine abwehrende Antwort gibt. Nur, um mich in meine Schranken zu weisen. Das würde auf dich zurückfallen.«

»Ich weiß. Ich wollte auch nur ... Damit ich es wenigstens schon mal ausgesprochen habe.«

»Wir sind doch jetzt Verbündete. Wir teilen doch jetzt unsere Geheimnisse«, sagte Felicitas in einem vertraulichen Ton. »Minna, ich möchte, dass du weißt, wie beschämt ich bin. Und ich werde dir versprechen, mit Vater zu reden. Du hast mir so sehr geholfen. Ohne dich wäre ich gerade verloren. Dafür möchte ich mich liebend gerne revanchieren.«

»Ich danke Ihnen.«

Sie schauten sich an, und ihnen beiden standen die Tränen in den Augen. Felicitas wusste, dass Minna sich das niemals erlauben würde, deswegen legte sie die Arme um sie und zog sie an sich.

»Jesses, wir werden ja beide ganz rührselig«, sagte Felicitas, als sie Minna aus ihrer Umarmung entließ. »Nur eins musst du mir noch verraten.«

»Was denn?«, sagte Minna und schniefte glücklich in ihr Taschentuch.

»Hast du Pläne für deine Zukunft? Verrate sie mir bitte. Ist es wegen dem Mann, mit dem ich dich in der Remise gesehen habe?«

»Ja. Ich weiß noch nicht, was das ist. Oder was das wird. Aber wir haben darüber gesprochen, wie wir nach Preußen gekommen sind. Aber er will hier nicht für immer bleiben. Er will nach Amerika gehen, irgendwann. Und er spart darauf, dass er sich freikaufen kann. Also, er weiß es auch noch nicht. Aber für den Fall, dass Herr Meesters den Kaufpreis zurückhaben will, spart er schon mal. Und als er mich fragte, was mit mir sei, wusste ich einfach gar nichts zu antworten.«

»Sich freikaufen.« Felicitas seufzte laut. »Letztlich ist es doch immer das Geld, was einen frei macht oder unfrei.« Sie machte eine Pause. »Und du, willst du mit ihm zusammen nach Amerika gehen?«

»Ich weiß es nicht. Das ist für mich eine neue Idee. Aber ich will auf jeden Fall ein freier Mensch sein. Eine, die nach Amerika gehen könnte, wenn sie es wollte.«

»Das kann ich gut nachvollziehen.«

Minna stand wieder auf und strich sich ihr Kleid glatt.

»Nein, setz dich zu mir. Wir haben uns nämlich jetzt miteinander verschworen.« Felicitas lächelte glücklich. »Ich muss auch mit dir über Dinge sprechen. Ich brauche ...«

Sie stockte kurz. Sie würde Minna nun in ein bedeutsames Vorhaben einweihen. Sie hatte einen Entschluss gefasst. Und davon würde sie sich nicht abbringen lassen.

»Ich brauche ein paar Ideen, wie ich den Ball gründlich sabotieren kann, ohne dass es auf mich zurückfällt. Die Gäste sollen vergrault werden. Nur wenn alles von Anfang an richtig gründlich schiefläuft, wird Vater darauf verzichten, eine Verlobung zu verkünden.«

Minna erschrak. »Das wollen Sie wirklich tun?«

Felicitas bestätigte es mit einem Nicken. »Mein Vater verlangt doch immer von mir, erwachsen zu werden. Was bedeutet: Verantwortung und Konsequenzen für sein eigenes Handeln zu übernehmen. Wenn er also so erwachsen ist, dann soll er auch selber die Konsequenzen seines Handelns tragen. Und nicht die Last auf mir abladen. Dann muss er eben schauen, wie er anders an den Auftrag rankommt. Oder sich einen anderen Auftrag beschaffen. Und ich übernehme nun Verantwortung für mein Glück. Und das bedeutet: Ich muss alles tun, um die Verlobung zu verhindern.«

Minna schaute sie beeindruckt an. »Und haben Sie schon ein paar Ideen?«

»Ein paar«, antwortete Felicitas verschmitzt. »Die könnten dazu führen, dass der Ball ein großer Misserfolg wird. Und hoffentlich dadurch Vaters Pläne durchkreuzt.«

20. Juli 1888

In den letzten Tagen waren die Briefe nur so hin und her geflogen. Natürlich über einen Umweg, den Felicitas ihm in ihrem ersten Brief erklärt hatte. Lorenz hatte Felicitas umgehend geantwortet. *In Liebe deine Felicitas,* war ihr Brief unterschrieben. Er wusste, was er zu tun hatte. Jetzt, da er wusste, dass seine Gefühle erwidert wurden, durfte er sie nicht mehr verlieren.

Er hatte ihr zurückgeschrieben, dass er natürlich umsichtig sein müsse, wegen seiner Familie. Aber er hatte ihr auch von seinem Antrag geschrieben. Und dass er es ernst meine. Er würde alles tun, damit sie ihr Leben gemeinsam leben könnten. Aber er wisse noch nicht so recht, wie er die Geschichte am schlauesten anfangen solle, nachdem ihr Vater ihn aus dem Haus gejagt hatte. Und er wollte wissen, wann sie eigentlich großjährig wurde. Dann wäre ihr Vater vielleicht zugänglicher. Ohne die Zustimmung der Eltern würde sie nach dem Gesetz allerdings noch einmal drei Jahre länger warten müssen, bis sie heiraten durfte.

Keine drei Tage später hatte er den Antwortbrief erhalten. Sie müsse noch vierzehn Monate warten, bis sie einundzwanzig wurde. Und selbst wenn sie noch viereinhalb Jahre auf ihn warten müsse, gemessen am Rest eines gemeinsamen glücklichen Lebens sei das eine kurze Zeit. Sie würde lieber einsam sterben, als sich für den Rest ihres Lebens an jemanden zu binden, den sie nicht liebe. Und dann hatte sie ihm von ihren Plänen erzählt, sich strikt zu weigern, sich mit dem Grafensohn auch nur verloben zu lassen.

Über den Sommer gab es keine Vorlesungen. Aber er fuhr nicht zurück nach Coburg. Schon zweimal hatte er zur vereinbarten Zeit auf der Straße vor dem Palais gewartet, und sie hatte ihm zugewunken. So wenig und doch so viel blieb ihnen. Im dritten Brief hatte sie ihn eingeladen, ins Haus zu kommen, heimlich. So viel Frechheit hätte er ihr überhaupt nicht zugetraut. Ob er das wagen sollte, musste er sich erst einmal gründlich überlegen.

Die Drohung gegen seine Familie durfte er nicht auf die leichte Schulter nehmen. Gleichzeitig sehnte er sich danach, Felicitas wiederzusehen. War es zu gefährlich? Wurde sie nicht rund um die Uhr bewacht? Ja, aber nachts nicht. Außerdem habe sie eine Verbündete, ihre Zofe, über die die Briefe liefen. Im Grunde habe sie sogar zwei Verbündete. Tessa sei schwer beeindruckt von dem Mut ihrer großen Schwester und habe ihr jede Unterstützung zugesichert. Als Felicitas ihm einen wasserdichten Plan zuschickte, sagte er zu. Und heute Abend war es endlich so weit.

Es war kurz nach zwölf Uhr nachts. Alle unbescholtenen Bürger schliefen jetzt. Von draußen auf der Straße sah er das Zeichen durchs Fenster: eine brennende Kerze. Von jetzt an noch zwei Minuten. Er lief zum Tor und wartete. Es wurde geöffnet, und er huschte hinein.

»Felicitas?«

»Nein. Minna«, sagte jemand mit einer angenehm warmen Stimme. »Das gnädige Fräulein wartet in der Waschstube auf Sie. Ich führe Sie hin.«

Leise und ohne jegliches Licht betraten sie den Dienstboteneingang. Sie führte ihn an der Schulter. Zweimal stieß er gegen eine Wand, aber der Weg war kurz und die Gänge breit.

»Pst!«, mahnte die Zofe nochmals und öffnete eine Tür. Sanfter Kerzenschein fiel durch den Türschlitz.

Er trat ein. Felicitas saß dort im Morgenrock, mit offenen Haaren, an einem Holztisch. Neben ihr brannte eine Kerze. Sie sah hinreißend aus.

»Felicitas!« Schon war er bei ihr und griff nach ihren Händen.

»Lorenz. Du bist gekommen. Ich war mir nicht sicher.«

»Ich auch nicht«, gestand er. »So viel steht auf dem Spiel. Aber euer Plan war überzeugend.« Minna und Tessa standen Schmiere. Sollte Vater oder Fräulein Korbinian oben auftauchen, würde Tessa einen lauten Unfall vorspielen und sie warnen. Er grinste, doch dann wurde er wieder ernst. Eine vielsagende Pause entstand.
»Endlich. Ich habe so sehr darauf gehofft, dich wiederzusehen. Ich konnte es kaum aushalten, nachdem wir bei unserem letzten Treffen ohne Abschied ... Alles war so fürchterlich. Geradezu unmenschlich. Ich musste immerzu an dich denken. Wie ist es dir ergangen?«

»Schrecklich, aber es hat mir die Augen geöffnet. Wenn es mir noch etwas an Willenskraft mangelte, dann habe ich diese nun. Und Wut. Ich habe nun den Entschluss gefasst, und ich werde mich um nichts in der Welt davon abbringen lassen.«

»Dein Vater wird sich das nicht gefallen lassen.«

»Das ist mir egal. Soll er mich doch in die Irrenanstalt stecken.«

»Nein, bitte nicht!«

Sie legte beruhigend eine Hand auf seine. »Ich erwarte in Kürze meine Tante, die Schwester meiner verstorbenen Mutter. Sie hat mir bereits jede Hilfe angeboten. Zur Not tauche ich unter und lebe bei ihr, bis ich vierundzwanzig bin. Dann kann ich auch ohne Vaters Zustimmung heiraten.«

Lorenz war erleichtert und doch auch wieder nicht. Wo lebte diese Tante? »Ich hoffe inständig, dass du es nicht bereust.«

»Es wird nicht leicht. Aber wenn ich mich jetzt nicht erwehre, dann bereue ich es ganz sicher, jeden Tag, jede Stunde, jede Minute meines restlichen Lebens.«

Er lächelte sie warm an. »Darf ich ... Ich würde gerne ... dort weitermachen, wo wir vom Schutzmann gestört wurden«, sagte er zaghaft.

Im warmen Schein der Kerze nickte sie lächelnd. Wie zuvor im Dunkeln fanden sich ihre Lippen. Es war ein süßer Kuss. Und dieses Mal, dieses Mal bedeutete er mehr. Sie hatten sich ihre Liebe gestanden. Dieses Mal war es kein leichtsinniges Unterfangen, kein Ausprobieren, kein Versuch, wie man es fand. Dieses Mal war es ein Versprechen. Atemlos ließen sie ein paar Minuten später voneinander ab.

»Du siehst bezaubernd aus«, sagte er und strich ihr eine Haarsträhne aus dem Gesicht. »Erzähl mir, was so dringend ist, dass du es mir persönlich erzählen willst«, forderte Lorenz sie auf.

Felicitas rutschte näher zur Tischkante. »Ich werde die Pläne meines Vaters untergraben. Ich werde den Ball sabotieren.«

»Du gehst nicht hin? Wie willst du das machen?«

»Oh, ich werde hingehen. Aber der Ball, der ach so große, prächtige, prestigeträchtige, erinnerungswürdige Ball wird ganz anders in Erinnerung bleiben, als Vater es sich vorstellt.«

»Was hast du vor?«, fragte Lorenz neugierig.

»Minna hilft mir. Tessa auch. Ich habe einen Plan. Bis zum Ball werde ich die folgsamste aller Töchter sein. Und überaus zerknirscht und reumütig. Aber auf dem Ball muss so viel schiefgehen, dass Vater davor zurückschreckt, mich an diesem Abend zu verloben. Und nichts von dem, was schiefgeht, wird auf mich zurückzuführen sein. Alles könnte auch ohne unser Zutun aus dem Ruder gelaufen sein. Nummer eins: Herr Nipperdey, der Zeremonienmeister, der alles haarklein organisiert, ist dem Port und anderen geistigen Getränken sehr zugeneigt. Er wird schon früh zugegen sein. Und wir werden ihn mit reichlich alkoholversetzten Getränken bewirten. Fräulein Korbinian werden wir ebenfalls kaltstellen.«

»Oh.« Lorenz lächelte. Das war zumindest eine lustige Vorstellung.

»Dann haben wir bei all den anderen Dingen freie Fahrt. Wir planen unzählige Zwischenfälle.« Felicitas erzählte von lauter kleinen Pannen, die leicht zu bewerkstelligen waren. Dann war sie beinahe am Ende angekommen. »Außerdem haben wir ein paar Einladungen rausgefischt. Die ersetzen wir durch andere Gäste.«

»Andere?«, fragte Lorenz nach.

»Zum Beispiel wollte ich von dir wissen, wie der Mann bei der

Deutschen Bank heißt, der für die finanziellen Angelegenheiten des Grafen von Brück-Bürgen zuständig ist.«

»Du meinst Herrn Meyers?«

»Es wird bestimmt interessant, wenn die beiden aufeinandertreffen.«

»Allerdings. Aber es wird deinem Vater auffallen. Er weiß doch, wen er eingeladen hat.«

»Nun kommen wir zu einem weiteren Streich. Meine Tante kommt in wenigen Tagen nach Berlin. Sie will mich unterstützen. Ich weiß noch nicht, ob er gelingt, aber wir versuchen es einmal.«

»Sie hilft dir? Beim Boykott des Balls? Wie?«

»Ich lade sie ein. Und sobald sie auftaucht, wird es eine Szene geben. Aber mein Vater würde nie eine Szene vor den Gästen machen. Er wird sich mit ihr zurückziehen. Sicher in sein Arbeitszimmer, den einzigen Raum, der nicht von den Ballgästen in Beschlag genommen wird. Du weißt ja, wo er ist. Auf der Einladung von Herrn Meyers wird ein späterer Beginn des Festes stehen.«

»Das ist aber sehr riskant. Was, wenn dein Vater ihn später sieht?«, fragte Lorenz skeptisch.

»Es sind über dreihundert Gäste eingeladen. Selbst wenn er ihn im Gewühl entdeckt, wird er denken, dass er ihn selber eingeladen hat. Ein feiner Herr kommt nicht ohne Einladung.«

»Das wäre ein echtes Husarenstück.«

Felicitas zögerte. »Und ich hatte da noch eine Idee ... Vielleicht die gewagteste überhaupt.«

Lorenz schaute sie verblüfft an. Was hatte sie vor? Etwas, was noch gewagter war als all das andere, was sie schon vorhatte?

»Ich dachte ... Also, ich würde dich gerne einladen.«

Lorenz stand der Mund offen, so überrascht war er.

Eilig schob sie hinterher: »Mit deiner Schwester zusammen. Das wäre weniger auffällig für all die anderen Gäste, wenn ihr zu zweit kämt. Alle würden denken, sie wäre eine meiner Freundinnen mit Begleitung.«

»Ja, aber dein Vater wird mich doch erkennen. Felicitas, ich riskiere viel, vor allem für meine Familie. Und nur, um auf dem Ball einen Tanz mit dir zu …« Im Schein der Kerze sah Felicitas so entzückend aus. Nichts wünschte er sich mehr, als den Rest seines Lebens mit ihr zu verbringen. Für immer mit ihr zusammen zu sein. Und doch … »Felicitas. Das kann ich nicht.« Er griff nach ihren Händen und küsste sie. »Felicitas, ich werde ewig auf dich warten. Aber lass uns nicht unvernünftig werden.« Hoffentlich nahm sie seine Bedenken nicht als Zeichen mangelnder Gefühle. »Ich liebe dich. Aber lass uns unsere Liebe nicht auf den Trümmern meiner Familie aufbauen.«

»Ja, vielleicht hast du recht. Ich habe nur … Angst. Ich möchte den Abend nicht allein verbringen.«

»Egal, was passiert. Wir werden unseren gemeinsamen Weg finden – früher oder später.«

Es klopfte leise. Das musste die Zofe sein. Es wurde Zeit für ihn zu gehen. Er trat an Felicitas heran, nahm ihr Gesicht in seine Hände und küsste sie sanft. »Ich liebe dich. Und diese Liebe wird uns durch alle Stürme tragen.«

4. August 1888

Es war schlicht zum Verrücktwerden. Der neue Kaiser war, kaum, dass er sein Amt angetreten hatte, Mitte Juli nach Russland gereist. Dem hatte sich eine Reise nach Österreich, Italien und an die süddeutschen Höfe angeschlossen. Gerade wieder zurück hatte er schon die kaiserliche Jacht betreten und war nach Schweden und Dänemark gesegelt.

Vor zehn Tagen hatten die Zeitungen berichtet, dass der Sultan des Osmanischen Reiches ihn zu seiner Thronbesteigung feierlich beglückwünschen wolle. Der türkische Oberzeremonienmeister und einige andere hohe Würdenträger sollten den Kaiser dazu aufsuchen.

Wann kam der junge Kaiser wieder zurück? War die osmanische Delegation bereits in Berlin? Wann würde der neue Kaiser sie empfangen? Sicher würden sie während der Audienz über das anatolische Eisenbahnprojekt sprechen. Wie stand Kaiser Wilhelm II. dazu? Wusste er überhaupt schon Bescheid?

So viele Fragen. Einige davon konnte Egidius nun beantworten. Der Kaiser war vorgestern nach Potsdam zurückgekehrt. Der türkische Sondergesandte war in Berlin eingetroffen und logierte im Hotel Kaiserhof. Sollte Egidius vorher mit ihnen Kontakt aufnehmen? Würden sie überhaupt mit ihm sprechen wollen? Wichtiger noch: Sprachen sie Deutsch? Oder hatten sie einen Dolmetscher dabei?

Graf von Brück-Bürgen war derzeit auf seinem Gestüt im Brandenburgischen. Was nicht ungewöhnlich war. In der Hitze des Sommers flüchteten die betuchteren Bewohner Berlins gerne aufs Land. Dort war es erträglicher. Aber der Graf war dort schlecht zu erreichen. Auch wenn Berlin das weltweit größte Telefonnetz hatte, die meisten Landgüter besaßen noch keinen Telefonapparat. Also war er nur schriftlich zu erreichen, und das dauerte eben. Zudem hätte Egidius gedacht, dass er sich gerade jetzt dafür starkmachte, Informationen zu dem Projekt zu erhalten. Doch stattdessen hatte er ihm lapidar zurückgeschrieben, im Moment sei niemand von den im Projekt involvierten Männern überhaupt in der Hauptstadt. Die Gelegenheit wolle er nutzen, wenigstens für ein paar Tage auf seinem Landgut nach dem Rechten zu sehen.

Grundsätzlich eine nachvollziehbare Entscheidung, und dennoch war Egidius gekränkt. So etwas hätte mit ihm erst abgesprochen werden müssen. Er mochte den Grafen immer weniger. Im Grunde war er genau so, wie er sich Männer von Stand vorstellte – arrogant, hochnäsig und in wirtschaftlichen Fragen allzu bequem.

Und wenn er schon dabei war, musste er zugeben, dass er den Sohn des Grafen, Rudolph, sogar noch weniger leiden konnte. Mittlerweile konnte Egidius sich vorstellen, dass Felicitas mit ihrer Vermutung richtig lag, wenn sie sagte, er sei ein Spieler. Die Pferdezucht des Grafen hatte vor zwei Jahren einen erheblichen Schlag hinnehmen müssen. Große Teile des Tierbestandes hatten den

Rotz bekommen. Sie hatten gekeult werden müssen. Ein herber Verlust für ein Gestüt. Aber auch nicht der einzige Grund für die horrenden Schulden, die auf dem Landgut lagen.

Wenn Felicitas den Grafensohn heiratete und ihm dann etwas passierte, dann wären es ausgerechnet diese beiden Männer, die die Geschicke seiner Fabrik zu bestimmen hätten. Er erfreute sich exzellenter Gesundheit und hatte sicher noch viele Jahre. Aber was wäre wenn ... Eigentlich hatte er gedacht, der Graf mit seinem Wissen aus dem Eisenbahnamt müsste genau der Richtige sein. Doch je besser er den Grafen und seinen Sohn kannte, desto weniger war er von seiner Wahl überzeugt. Würde er auf seinen Bauch hören, müsste er das Geschäft schon jetzt rückgängig machen. Aber er war ein Mann, der immer auf seinen Verstand hörte.

War das Projekt Anatolische Eisenbahn das wert? Ja, denn daran hingen Millionen Goldmark. Zudem, ohne die entsprechenden Informationen, das hatte Egidius klargemacht, würde es keine Verlobung geben. Nicht auf dem Ball und möglicherweise auch später nicht.

Auch deswegen würde er heute etwas auf eigene Faust unternehmen. Er kannte sich im Hotel Kaiserhof bestens aus, lag es doch praktisch vis-à-vis zu seinem Palais, auf der anderen Seite des Wilhelmplatzes. Er musste also nur zu Fuß rübergehen. In dem mächtigen fünfstöckigen Luxushotel hatte er sich schon mehrfach zu Besprechungen getroffen. Dort gab er seine Telegramme auf. Es war ein mit vielen Annehmlichkeiten ausgestattetes Gebäude. Sie hatten sogar zwei hydraulische Aufzüge.

Bekleidet mit seinem besten Gehrock und dem elegantesten Zylinder trat er wenige Minuten später durch den mächtigen Portikus in das Gebäude. Es war wahrlich herrschaftlich. Das beste Hotel der Stadt. Er schritt durch die riesige Halle zum Empfang.

»Werter Herr Louisburg, was darf ich für Sie tun?« Man kannte ihn dort.

»Ich würde gerne mit dem außerordentlichen Gesandten des Sultans sprechen. Ist er im Hause?«

Der Mann hinter dem eleganten Tresen schaute kurz nach.
»Leider nein.«

»Und was ist mit dem türkischen Botschafter? Ist er im Hause?«

»Ich bin mir nicht sicher. Ich werde fragen. Wenn Sie bitte einen Moment warten möchten.«

»Natürlich.«

Der Mann verschwand in einem Raum hinter dem Empfang, in dem vermutlich ein Haustelefon stand. Es dauerte etwa drei Minuten, da kam der Concierge wieder.

»Die Herren sagten, sie würden keinen Besuch erwarten.«

»Das stimmt. Ich bin nicht angemeldet, aber ich würde mich ihnen gerne vorstellen. Es geht … um eine geschäftliche Angelegenheit von größter Bedeutung.« Sicher würde er dem Hotelangestellten nicht verraten, um welche Angelegenheit es sich handelte.

Wieder verschwand der Mann im Hinterzimmer. Dieses Mal dauerte es etwas länger, bis er zurückkam.

»Es tut mir leid, aber die Herren möchten keinen Besuch empfangen.«

Egidius grummelte. Er konnte ja schlecht einfach dort reinstürmen. Vielleicht hätte er ihnen eine Grußkarte schicken und um ein Gespräch bitten sollen.

»Ich danke Ihnen«, sagte er und drehte sich um. Doch er war nicht gewillt, schon aufzugeben. Stattdessen steuerte er das Wiener Café an, das in einer Ecke des Hotels gelegen war. Er nahm dort Platz, bestellte sich einen Kaffee und starrte zur Tür. Vielleicht kam ja die türkische Delegation gerade jetzt hierher und trank türkischen Mokka, den das Café auch anbot.

Doch mit jeder Minute, die er wartete, wuchs sein Unmut. War dieses Großprojekt es wirklich wert, dass er sich hier wie ein Bittsteller verhalten musste? Ihm wären andere Großaufträge auch lieber. Wollte er wirklich in die Hitze der Levante, in die heißen Ostländer des Mittelmeeres reisen müssen? Nein! Aber er wollte auch nicht im Klein und Klein um jeden geringfügigen Auftrag für kurze Nebenstrecken kämpfen. Überhaupt, Schmalbahnen, da hätte er ja seine Produktion jedes Mal umstellen müssen. Nein, lieber drehte er das ganz große Rad. Am liebsten wäre Egidius in das Geschäft mit den Militärbahnen, die auf gesonderten Strecken verliefen und besondere Schienenfahrzeuge benötigten, eingestiegen. Aber auf diesem Geschäft saßen schon andere mit ihren Hintern – wie eine Glucke auf dem Ei. Wenn er also expandieren wollte, dann musste er ins Ausland gehen.

Die Goldgräberstimmung im Eisenbahnbau war schon lange vorbei. Zugegebenermaßen waren die Anfänge des Eisenbahnbaus auf dem Gebiet des heutigen Deutschen Kaiserreiches nach Wildwestmanier abgelaufen. Eisenbahnkonzessionen waren allzu freizügig gewährt worden. Die Bauherren hatten mehr oder minder tun und lassen können, was sie wollten. Gesetzlich war dem kaum ein Riegel vorgeschoben worden, im Gegenteil. Gab es Riegel, so hatten die schnell reich gewordenen Eisenbahnkönige und Spekulanten durchsetzen können, was für sie am dienlichsten war.

Früher hatte Egidius beste Kontakte zum Grafen von Itzenplitz gehabt, dem damaligen Leiter des Ministeriums für Handel, Gewerbe und öffentliche Arbeiten, das für den Eisenbahnbau zuständig war. Doch nach Itzenplitz' erzwungenem Rücktritt im Jahr 1873 hatte Egidius den Anschluss an die Ministerien verloren. Zu sehr hatte er sich auf den Mann verlassen, der anscheinend gar kein Interesse daran gehabt hatte, die Fäden in der Hand zu halten. Als Bismarck danach begann, nach und nach die privaten Bahnlinien zu verstaatlichen oder direkt den preußischen Staat als Bauherrn fungieren zu lassen, wurde die gesamte Branche vom Wohlwollen der Regierung abhängig. Ob das für die Wirtschaft ein Segen war, bezweifelte Egidius.

Deutschland stand an der Weltspitze bei Technologie und Wissenschaft. Die Engländer hatten sich im letzten Jahr selbst ein Ei ins Nest gelegt. Wegen der vielen billigen deutschen Produkte, die der englischen Wirtschaft den Rang abliefen, hatten sie vor ungefähr einem Jahr ein Markenschutzgesetz kreiert. Alle deutschen Produkte mussten nun den Stempel oder die Gravur *Made in Germany* tragen. So wollte man die englische Bevölkerung dazu bringen, mehr einheimische Produkte zu kaufen. Doch dieser Zaubertrick war nach hinten losgegangen. Die deutschen Produkte waren nicht nur billiger, sondern auch besser. *Made in Germany* war auf dem besten Weg, ein Gütesiegel für besonders gute Produkte zu werden.

Dieser deutsche Erfolg war der engen Zusammenarbeit von Wissenschaft und Wirtschaft zu verdanken. Viele Erfindungen und Patentanmeldungen kamen aus dem Reich oder von deutschen Erfindern in Amerika. Der stete Wille zur Innovation, zur Verbesserung des Guten, die Verbindung von Menschen, die selbst forschten, aber gleichzeitig Konzerne führten und ausbauten, war der teutonische Erfolgsweg. Besonders beim medizinischen Fortschritt hatte das Kaiserreich mittlerweile eine führende Rolle inne. Gleiches galt für die Herstellung und den Export von chemischen Produkten. Selbst die Briten lagen hier nur auf dem zweiten Platz. Zudem war man weit vorne, was den Export von Maschinen jeglicher Art anging.

Dieses Exportwunder, ja schon die Herstellung dieser exportierten Produkte und Maschinen, wäre ohne den Ausbau der Eisenbahn nicht möglich gewesen. Er, Egidius Louisburg, war mitverantwortlich für diesen Erfolg. Und es machte ihn unendlich wütend, dass seine Leistung immer noch nicht honoriert wurde von den Männern aus den höchsten Kreisen.

Und jetzt sollte er dem Gesandten eines halb bankrotten Staates hinterherlaufen wie ein Zeitungsjunge? Er sollte nicht hier sitzen und warten müssen, bis ihm einer von diesen Osmanen über den Weg lief. Nachdem er seinen Kaffee getrunken hatte, holte er seine Uhr aus der Westentasche. Erst dreißig Minuten und doch vergeudete Zeit, schimpfte er innerlich. Präzise im Sekundentakt rückte der schmale Zeiger vor. Deutsche Wertarbeit, auf die man sich verlassen konnte. Mit Blick auf die goldene Uhr formte sich eine Idee. Natürlich, es war doch etwas unhöflich, einfach so unangekündigt mit der Tür ins Haus zu fallen. Er sollte sich erst einmal gebührlich vorstellen. Und er wusste auch schon, wie.

5. August 1888

Vater verbrachte den heutigen Abend im Krollschen Theater. Es war schon spät, und sie hatten noch gut und gerne anderthalb Stunden Zeit, bevor er zurückkehren würde. Die Dienerschaft ging immer früh zu Bett, denn sie mussten alle morgens früh aufstehen. Nur Hannes Blum und Vaters Diener blieben auf. Aber sie würden erst in einer guten Stunde aus ihren Zimmern kommen, früh genug, um bei Vaters Heimkehr bereitzustehen. Gestern war Tante Apollonia in Berlin eingetroffen. Sie hatten sich verabredet. Eine solch gute Gelegenheit würden sie in der nächsten Zeit nicht mehr finden. Nicht mehr bis zum Abend des Balles, der in knapp zwei Wochen stattfand.

Felicitas konnte kaum an sich halten vor Nervosität. Sie lief im Zimmer auf und ab. Fräulein Korbinian hatte vor fünf Minuten reingeschaut und Felicitas im Bett lesend vorgefunden. Sie gehe nun auch zu Bett, hatte sie ihr verkündet. Jetzt würden sie erst einmal Ruhe haben. Sie wusste, irgendwann in den nächsten zwei oder drei Stunden würde ihre Aufpasserin wieder in der Tür stehen. Sie hatte es sich angewöhnt, Felicitas einmal die Nacht zu kontrollieren.

Minna war umgehend nach unten gegangen. Auch Tante Apollonia wurde durch den Dienstboteneingang hereingeschleust. Nun war ihre Zofe schon fast zehn Minuten fort. Die Aufregung brachte Felicitas fast um. Endlich hörte sie etwas an der Tür.

Eine ältere Dame trat ein, gefolgt von Minna. Die machte nur ein Zeichen und zog sich sofort wieder zurück. Sie würde vor ihrer Tür Schmiere stehen.

»Tante Apollonia!«, sagte Felicitas scheu. Im Gesicht der Frau entdeckte sie Züge ihrer Mutter. Ihr Herz zog sich zusammen.

»Felicitas, mein Gott, bist du groß geworden. Erwachsen. Lass dich ansehen.« Tante Apollonia stand vor ihr, doch sie hielt es wohl nicht aus, kam auf sie zu und schloss sie in ihre Arme. »Kind, endlich. Du weißt nicht, wie sehr ich mich nach euch gesehnt habe. Ist Tessa auch da?« Der Dame mit dem elegant frisierten Haar standen die Tränen in den Augen.

»Ein andermal. Ich muss erst in Ruhe mit dir reden. Wir haben ja leider nicht so viel Zeit.«

»Ja, du hast recht. Erst sollten wir alles besprechen, was dringend ist. Also deine Verlobung. Es sieht deinem Vater so ähnlich, dass er seine geschäftlichen Interessen mal wieder vor das Glück seiner Familie stellt. Das war schon bei deiner Mutter so.«

»Tante Apollonia, waren die beiden glücklich miteinander? Waren sie verliebt? Denn dann könnte ich Papa vielleicht damit überzeugen.«

Die Tante machte ein zerknirschtes Gesicht. »Am Anfang wohl. Doch dann war dein Vater immer mehr von seinem Erfolg vereinnahmt. Und das hat zu gewissen ... Schwierigkeiten geführt. Und letztendlich zu einer Katastrophe. Aber das erzähle ich dir ein anderes Mal.«

Trotz des warmen Wetters trug sie elegante Handschuhe, die sie abstreifte, während sie redete. Sie setzten sich auf die Chaiselongue, Knie an Knie. Tante Apollonia hielt ihre Hand, als wollte sie Felicitas gar nicht mehr loslassen.

»War deine Reise angenehm?«, fragte Felicitas.

»O ja. Die Fahrt mit der Eisenbahn im ersten Coupé ist sehr bequem. Ich habe den Schnellzug von Köln nach Berlin genommen. Es geht so viel schneller als damals.«

»Was hast du geplant für die kommenden Wochen?« Tante Apollonia wollte zwei Wochen in Berlin bleiben, um dann über Hamburg weiterzureisen, und zwar nach Amerika, wie sie ihr geschrieben hatte. Teils aus geschäftlichen Gründen, aber vor allem wohl aus privaten Gründen.

»Nun, ich war ewig nicht mehr hier. Das letzte Mal im Jahr 1873. Da war Berlin gerade seit zwei Jahren zur Hauptstadt des neuen deutschen Reiches gekrönt. Seit damals hat sich Berlin von einer Provinzhauptstadt zur Weltmetropole gemausert, wie es mir scheint.«

»Ja, es wächst unentwegt.«

»Ich werde wohl auch ins Krollsche Theater gehen, ein Konzertbesuch im Zoologischen Garten ist geplant, vielleicht ein Ausflug zur Flora in Charlottenburg. Aber auf jeden Fall will ich mir die Affen im Aquarium anschauen. Ich hörte, es gibt einen Orang-Utan, einen Schimpansen und sogar einen Gorilla zu sehen. Morgen schaue ich mir als Erstes den Archäopteryx im Naturkundlichen Museum an. Mein verstorbener Heinrich war sehr angetan von solchen Urviechern. Als es damals gefunden wurde, wollte er ihn sich immer anschauen. Es ist so jammerschade, dass er ihn nie gesehen hat. Ich bin ja offiziell nicht bei deinem Vater gemeldet. Aber vielleicht könntet ihr beide, du und Tessa, mich dort zufällig treffen?«

»Ich darf leider nicht mehr weg. Es … gab einen Vorfall. Der Grund, dass ich nicht mehr außer Haus darf, ist … Ich war abends alleine unterwegs, mit einem Freund.«

»Einem Mann? Wie muss ich mir diese Freundschaft vorstellen?« Tante Apollonia schien alarmiert.

»Wir verstehen uns ausgezeichnet. Und Lorenz ist … Ich bin ihm sehr zugeneigt.«

Tante Apollonia sah sie skeptisch an. »Du wurdest erwischt, als du nachts mit einem Mann heimlich unterwegs warst?«

Felicitas nickte.

»Jetzt wundert es mich nicht, dass dein Vater dich wegschließt. Ist dir klar, welche Gefahren da draußen auf junge Damen lauern? Außerdem, wenn er dich mit jemand anderem verheiraten will, dann darf so etwas nicht vorkommen. Und erst recht nicht öffentlich werden.«

Endlich waren sie beim Thema.

»Es ist mir vollkommen gleich, was dieser Grafensohn von mir denkt.«

»Es sollte dir aber nicht egal sein, was die Gesellschaft von dir denkt«, mahnte die Tante. »Also, eins nach dem anderen. Egidius will dich mit diesem Grafensohn verheiraten. Wieso? Was hat der Graf, was ihn so besonders macht? Also, außer natürlich seinen

Grafentitel. Dein Vater hat schon früher keinen Hehl daraus gemacht, dass er seine Töchter gerne in den Stand verheiraten möchte. Damit er endlich einen Fuß in die Tür der Noblen und Edlen bekommt.«

»Sein Vater ist im Reichseisenbahnamt beschäftigt.«

Tante Apollonia schnalzte laut. »Das erklärt natürlich alles. Egidius erhofft sich dadurch also Informationen und Aufträge für dieses türkische Bauprojekt, von dem du geschrieben hast. Die Türken machen Geld locker, um sich endlich eine eigene Eisenbahn in ihr riesiges Reich zu bauen? Da hängt sicher enorm viel Geld dran, will ich meinen. Kein Wunder, dass er dafür seine Tochter verschachert.« Sie klang verbittert.

»Tante Apollonia, ich möchte dich bitten, mir zu helfen. Du weißt, wie es ist, als Frau selbstständig bestehen zu müssen.«

Ihre Tante schien verwirrt. »Ich dachte, es ginge darum, dass du jemand anderem zugeneigt bist. Und den Grafensohn deshalb nicht heiraten willst.«

»Im Grunde kommt alles zusammen«, sprudelte es nun aus Felicitas nur so heraus. »Ich will mein Leben selbst bestimmen. Ich will tun, was ich gut kann. Wofür meine Leidenschaft brennt.«

Die elegante Dame bedachte sie mit einem nachdenklichen Blick. »Und was wäre das?«

Sie hatte es noch nie laut ausgesprochen. Und jetzt, da sie es gleich tun würde, wurde ihr eins klar: Ihr Traum von einem Hof für die alten Pferde, deren Befreiung aus dem Leid, aus ihren Ketten, aus diesem Gefängnis – dieser Wunsch, etwas zu verändern, zu verbessern, hatte sich gewandelt. Er hatte sich entblättert und zeigte nun ihr eigentliches Bedürfnis nach Freiheit.

»Ich würde gerne eine Fahrradfabrik bauen.«

»Eine was?«

»Eine Fahrradfabrik. Für die modernen Nieder-Sicherheitsfahrräder, die es nun gibt. Hast du sie schon mal gesehen?«

»Velozipeden? Diese Ungetüme?« Ihre Tante schüttelte irritiert den Kopf.

»Nein, eben nicht. Diese neuen Räder sind niedrig und sogar sehr bequem.«

Ihre Tante schaute sichtlich ungläubig. Es sah so aus, als würde auch sie Felicitas für einen Kindskopf halten.

»Lorenz, der Student, mein Freund, dem ich sehr zugeneigt bin, hat mir das Fahrradfahren beigebracht. Heimlich«, schloss sie an.

»Ich kenne mich in diesem Metier nicht aus. Aber sag, sind das nicht nur Flausen? Wer braucht Fahrräder?«

»Na alle. Alle, die sich kein Pferd leisten können. Hier, ich habe dir eins aufgemalt. Weil ich mir schon dachte, dass es neu für dich sein könnte.«

Sie stand auf und zog aus einer Schublade ihres Sekretärs eine Zeichnung hervor.

»Siehst du, zwei Räder, die etwa gleich groß sind. Ich weiß, alle denken, Rad fahren wäre gefährlich. Aber das gilt nur für die Hochräder. Dieses hier ist gar nicht gefährlich. Ich habe an zwei Abenden gelernt zu fahren.«

»Es sieht also so ähnlich aus wie die Dreiräder, die man gelegentlich sieht. Die kenne ich natürlich. Tatsächlich habe ich schon auf einem gesessen. Es macht Spaß, aus eigener Kraft zu fahren. Aber wie bist du denn auf dem Zweirad gefahren? Das kann ich mir nicht vorstellen.«

»Ich ... hatte eine Hose an.«

Tante Apollonia zog die Augenbrauen hoch. »Eine *Bloomers?*«

»Nein, eine echte Männerhose.«

Ihre Tante lächelte. »Du bist kesser, als ich es mir vorgestellt hätte. Aber kess ist gut für junge Frauen, wenn sie sich ihrer Verantwortung bewusst sind.«

»Ich würde Fahrräder für Frauen bauen. Und ich würde sie so bauen, dass wir auch mit Röcken fahren können. Sonst hätte es wohl nur fünfzig Prozent des Verkaufspotenzials.«

»Das hast du dir schon überlegt, ja? Wie viel Potenzial es hat?«, fragte ihr Gegenüber überrascht.

»Du hast gefragt, was ich am liebsten machen würde. Und das wäre es.«

»Und du meinst, das hat Zukunft?«

»Ich bin davon überzeugt. Du musst das Radfahren unbedingt einmal selbst probieren. Es wird dich überzeugen. Ich kann gerne Lorenz Bescheid geben. Sicher würde er es dir beibringen. Hier im Tiergarten, am Großen Stern, darf man Fahrrad fahren.«

Auf dem Gesicht ihrer Tante Apollonia standen Bedenken. »Felicitas, dir muss klar sein, dass bei dem Vermögen deines Vaters viele Männer Interesse an einer Heirat haben, egal, wie gut ihr euch kennt oder schätzt.«

»Lorenz ist anders. Ich bin schuld an unserem Zusammenstoß im Tiergarten. Er wusste gar nicht, wer ich bin.«

Tante Apollonia machte eine Miene, als könnte man das nicht sicher sagen.

»Es ist bestimmt eine gute Idee, dass du ihn kennenlernst, ob du nun Rad fahren willst oder nicht.«

»Also, versteh ich das richtig: Du willst ihn heiraten, und ihr wollt zusammen eine Fahrradfabrik aufbauen?«

»Über Heirat haben wir erst gesprochen, als ich aufgeflogen bin. Also er hat mit Vater darüber gesprochen. Er hat um meine Hand angehalten, nachdem wir ...«

Tante Apollonia hörte gespannt zu, als Felicitas ihr von ihrem nächtlichen Ausflug und dessen Folgen erzählte. Die Dame saß stumm da und lauschte mit gerunzelter Stirn.

»Das muss man ja mal sagen, das war ganz schön gewagt, großes Fräulein. Sich alleine rausschleichen, mit einem fast fremden Mann. Also sag mir, wie hat er sich betragen?«

»Betragen? Er ist nett, wir haben geredet. So wie ich sonst mit niemandem reden kann. Über unser Leben, über unsere Familien, und er hat mir viel über die Fahrräder erzählt. Er baut sie selbst.«

»Er baut die Fahrräder selbst?«

»Er hat eins für sich gebaut und noch eins für seine Schwester. Derzeit studiert er. Danach will er in die Kutschenfabrik seines Vaters einsteigen, aber nebenbei will er eben auch eine Fahrradfabrik aufbauen.«

»Das klingt ganz schön ambitioniert. Aber was ich meinte, war er … Hat er sich dir genähert? Also, ist er körperlich geworden?«

»Nein … Also nur … Als wir auf dem Rückweg waren, da hat er mich … Also wir … haben uns geküsst.«

»Du wolltest es auch?«

Felicitas nickte.

»Und dabei hat euch der Schutzmann erwischt und dich nach Hause gebracht. Und jetzt hat Egidius dich eingesperrt?«

»Ja. Direkt am nächsten Morgen, ganz früh, war Lorenz bei Vater und hat um meine Hand angehalten.«

»Das bedeutet jetzt erst mal nicht, dass er die besten Absichten für dich hat. Mittlerweile weiß er wohl, wie vermögend du bist.«

»Er hat mir gesagt, dass er mich auch ohne Mitgift heiraten würde. Seine Familie ist lange nicht so vermögend wie meine, aber sie sind doch einigermaßen wohlhabend.«

Der Kopf ihrer Tante wog hin und her, als müsste sie etwas überdenken. »Sag, willst du ihn denn heiraten?«

»Ich weiß nicht. Wir haben uns erst ein halbes Dutzend Mal getroffen. Und bisher hatte ich noch gar nicht an Heirat gedacht. Nicht mit ihm, aber auch nicht mit einem anderen Mann.«

»Du möchtest noch ein wenig deine Freiheit genießen, was? Das kann ich verstehen. Und es ist auch dein gutes Recht, hörst du!« Sie schien dem zuzustimmen.

Felicitas nickte nur.

»Ich werde ihn mir auf jeden Fall besser mal ansehen. Aber nun zum Ball. Das ist ja das Entscheidende. Erzähl mir mehr. Dein Vater will dich verloben, mit einem Grafensohn, der höchst unsympathisch ist.«

»Äußerst unsympathisch. Außerdem vermute ich, er ist ein Spieler. Sie haben eine Pferdezucht, für Rennpferde und Tiere fürs Militär. Aber ich habe gesehen, dass er die Tiere schlecht behandelt und schlecht behandeln lässt. Und dann ist da noch die Tatsache, dass der Graf anscheinend pleite ist.«

»Woher willst du das denn wissen?«

»Ich habe einen Brief der Bank gefunden, adressiert an den Grafen. Gefunden habe ich ihn in Papas Unterlagen.«

»Du spionierst heimlich deinem Vater hinterher?«

»Wie sonst sollte ich je Dinge erfahren, die von Belang sind?«, verteidigte Felicitas sich. »Außerdem: Findest du Papas Vorgehen nicht auch verwerflich?«

»So kenne ich ihn allerdings. Ihm ist alles andere egal, wenn er sich wirtschaftlichen Erfolg davon verspricht«, sagte sie bitter.

Felicitas presste ihre Lippen aufeinander. Allmählich schien es ihr, als würde ihr eine wichtige Information über die Vergangenheit fehlen. »Im Moment ist das Wichtigste, wie ich verhindern kann, dass ich diesen Grafensohn heiraten muss.«

»Eins würde ich gerne wissen: Wie stellst du dir deine Zukunft denn überhaupt vor?«

»Ich kann mir vorstellen, das zu tun, was alle Frauen tun müssen: heiraten und Kinder kriegen. Irgendwann. Aber darüber hinaus möchte ich auch etwas tun, was meine persönliche Leidenschaft ist. Etwas Sinnvolles. Ich habe mich schon immer für Vaters geschäftliche Dinge interessiert. Auch wenn er sehr versucht, mich außen vor zu halten.«

Ihre Tante schaute sie durchdringend an. »Meinst du es wirklich ernst mit der Fabrik für Fahrräder?«

»Natürlich. Die Anzeigen in den Zeitungen für Dreiräder, aber auch für Sicherheitsräder häufen sich. Beinahe jeden Tag wird annonciert. Häufig aber sind es englische Modelle, die angeboten werden. Wieso sollten wir diese neuartigen Räder nicht direkt hier in Deutschland herstellen?«

»Jetzt, wo du es sagst. Stimmt. Ich sehe auch immer öfter diese Anzeigen. Wenn ich mal zum Zeitunglesen komme.«

»Ich müsste natürlich erst alles durchkalkulieren. Dafür brauche ich die Preise für Stahl, Eisen, für all die anderen Dinge. Aber im Moment werden Fahrräder zwischen zweihundertfünfzig und fünfhundertfünfzig Mark pro Stück verkauft. Wenn man die Herstellung standardisieren kann, dann muss es eigentlich gelingen, sie deutlich billiger zu machen. Dann würden Arbeiter und Arbeiterinnen sich das immer noch nicht leisten können, aber ein Großteil der Bürgerlichen schon. Alle würden so viel mobiler werden. Auch wir Frauen.«

Tante Apollonia schien beeindruckt von ihrer Erklärung. »Du hast dir das schon alles genau überlegt, was?«

Felicitas stockte für einen Moment. »Tante Apollonia, ich muss dich noch etwas fragen. Es geht um Geld. Es gibt zwei Konten, eins für mich und eins für Tessa, über die Papa verfügt. Ist das unser Geld? Oder gehört das Geld Papa? Hat er es für die Mitgift beiseitegelegt? Weißt du da was drüber?«

»Ich habe es damals deiner Mutter ans Herz gelegt, dass sie ihren Mann überreden soll, dass ihr beide ausreichend Geld bekommt. Geld, das auch nach eurer Hochzeit nur zu eurer persönlichen Verfügung bestehen soll.«

»Also ist es nicht unsere Mitgift! Und würde auch nicht meinem Ehemann gehören?«

»Deine Mutter hat mir kurz vor ihrem Tod erzählt, dass dein Vater wohl bereit sei, eine erhebliche Summe für euch beiseitezulegen. Wie die genauen Vertragsbedingungen aussehen, kann ich dir aber nicht sagen.«

»Ich habe nämlich gerade gelernt, dass eine Frau nicht unabhängig sein kann und selbstständig, wenn sie nicht über ihr eigenes Geld verfügt«, sagte Felicitas mit Nachdruck.

»Wohl war. Da hast du eine wichtige Lektion sehr viel früher gelernt als ich.«

»Ich befürchte nämlich, dass Papa mein Geld nehmen will, um den Grafen damit auszuzahlen. Zu bezahlen für irgendwelche Dienste, die der ihm andient.«

»Was mich nicht wundern würde, ehrlich gesagt.«

»Nun gut. Ich habe einen Entschluss gefasst. Möglicherweise

überlässt Papa mir ja das Geld, wenn ich einundzwanzig werde. Damit ich eventuell an mein Geld komme, werde ich nicht heiraten, bevor ich großjährig bin.«

»Das hast du schon fest beschlossen? Und was ist mit deinem Lorenz?«

»Er wird so lange warten müssen. Er will ja ohnehin erst zu Ende studieren. So oder so würde es uns guttun, wenn wir erst noch ausreichend Zeit hätten, uns kennenzulernen. Damit ich mir auch wirklich sicher sein kann.«

Ein leises Grinsen stahl sich auf Tante Apollonias Gesicht. Es wurde immer breiter. »Du gefällst mir, Felicitas. Du gefällst mir sehr. Das ist ein ausgesprochen guter Plan, und ich bin beruhigt, dass du nichts überstürzt. Also müssen wir irgendwie verhindern, dass dein Vater dich auf dem Ball mit dem Grafensohn verlobt. Dabei hast du meine volle Unterstützung.«

»Ich bin dir so dankbar«, stieß Felicitas aus. »Ich hatte so darauf gehofft, dass du mich verstehst. Dass du verstehst, dass ich nicht gleich heiraten will. Und dass ich eigene Pläne für mein Leben habe.«

Ihre Tante lächelte sie mit einer seltenen Mischung aus Güte und Bewunderung an. »Ich danke dir, dass du so ein vernünftiges Wesen bist.«

Felicitas genoss den Augenblick. So stellte sie sich immer Gespräche mit ihrer Mutter vor. Von Frau zu Frau.

»Ich habe schon eine lange Liste von unvorhergesehenen Unfällen, die auf dem Ball auftreten sollen. Und dich möchte ich auch um einen großen Gefallen bitten.«

»Was soll ich tun?«

Wieder stand Felicitas auf, ging zum Sekretär, holte einen eleganten Umschlag heraus und gab ihn Tante Apollonia. »Ich lade dich zu dem Ball ein. Immerhin bist du die Schwester meiner Mutter.«

Tante Apollonia schnappte nach Luft. »Bist du dir da sicher? Für deinen Vater wird es ein Affront sein.«

»Genau darauf hoffe ich. Denn das ist der Plan.« Felicitas beugte sich vor und erzählte ihrer Tante in aller Ausführlichkeit, mit welchen Mitteln und auf welchen Wegen sie versuchen würde, den Ball zu sabotieren.

Am Ende saß Tante Apollonia staunend vor ihr. »Das alles hört sich ziemlich ausgefeilt an. Es könnte sogar klappen. Wir sollten nur noch ein wenig an den Details arbeiten.«

8. August 1888

Lorenz war nervös. Nicht ganz so nervös, wie er gewesen war, als er bei Felicitas' Vater um ihre Hand angehalten hatte. Aber Felicitas hatte ihm geschrieben, dass sie ihre Tante um Hilfe gebeten habe. Dass die Schwester ihrer Mutter ihr versprochen habe, ihr zu helfen. Er musste einen guten Eindruck hinterlassen.

Seit einer guten Viertelstunde wartete er schon auf der Friedrichstraße vor dem Haupteingang des hochmodernen Hotels Continental. Erst vor drei Jahren erbaut, besaß es einen Personenaufzug, und in allen Räumen gab es elektrisches Licht. Lorenz las in seinem neusten Roman von Jules Verne. Als endlich eine elegant gekleidete Dame vor die Tür trat, die sowohl vom Alter als auch der Beschreibung her Felicitas' Tante sein konnte, steckte er eilig sein Buch weg. Sie steuerte direkt auf ihn zu, denn er war unschwer zu erkennen. Sein Fahrrad stand direkt neben ihm.

»Sie sind also Lorenz Schwerdtfeger«, sagte sie mit einem Blick, der abschätzend über ihn lief.

»So ist es. Guten Tag, Frau Melzer.« Er reichte ihr höflich die Hand.

»Und das ist nun eins von diesen Ungetümen. Ein Velociped.«

»Fräulein Felicitas hat mir geschrieben, dass Sie interessiert daran wären, Fahrrad fahren zu lernen.« Sein Blick fiel skeptisch auf ihr elegantes Sommerkleid.

»Das ist nicht ganz richtig. Ich selbst will überhaupt nicht aufsteigen. Aber Sie, Sie können mir zeigen, wie es geht. Wie es aussieht. Ich will mich erst einmal davon überzeugen lassen, dass es wirklich so ungefährlich ist, wie meine Nichte behauptet.«

»Dann würde ich gerne mit Ihnen zum Großen Stern im Tiergarten laufen. Dort darf man auch mit den zweirädrigen Rädern fahren. Im Stadtgebiet Berlins ist es bisher nur auf den drei- und vierrädrigen Fahrrädern erlaubt.«

»Wie weit ist es bis dort?«

Lorenz lächelte. »Zu Fuß etwas länger als eine halbe Stunde. Aber mit dem Fahrrad bräuchte ich keine zehn Minuten.«

»Und was machen Sie jetzt mit dem Rad, wenn Sie nicht darauf fahren dürfen?«

»Ich schiebe es«, sagte er froh gelaunt.

»Das sollte uns Gelegenheit zu einer Unterhaltung geben«, sagte Felicitas' Tante hintersinnig.

Lorenz nickte. Damit hatte er gerechnet, dass es der Tante wohl eher darum ging, ihn kennenzulernen. »Wir müssen hier entlang.« Er wies ihr den Weg, quer über die Friedrichstraße Richtung Tiergarten.

»Felicitas erzählte mir, dass Sie hier an der Technischen Hochschule Maschinenbau studieren.«

»Seit zwei Jahren schon. Für noch weitere zwei Jahre.«

»Und dann wollen Sie zurück nach Coburg gehen?«

Das war jetzt eine heikle Antwort. Wollte sie, dass Felicitas in Berlin blieb? Oder wollte sie ihre Nichte vielleicht zu sich nach Duisburg locken? »So hatte ich es bisher eigentlich geplant. Dort stehen die Fabriken meiner Eltern.«

»Aha ... Ja, ja ... Felicitas erzählte mir, dass Sie wohl aus einer Familie von Erfindern kommen. Und dass Ihr Vater Kutschen motorisieren will.«

Hatte Felicitas doch Details von Vaters Projekt erzählt? Das wäre ihm gar nicht recht. Deshalb sagte er nur schlicht: »Das stimmt. Mein Vater hat eine große Kutschenfabrik. Nun will er die Modelle motorisieren. Es gibt schon einige im Land, die das gerade versuchen.« Mehr brauchte die Dame nicht zu wissen.

»Ja, ich habe von dem Dreirad von Carl Benz gehört. Und dieser Motorkutsche von Daimler. Meine Ingenieure schwärmen von seinem Viertaktmotor. Die Motorenfabrik Deutz in Köln ist mit ihrem Motor von Otto äußerst erfolgreich.«

»Überall auf der Welt versuchen Männer gerade, Kutschen oder überhaupt Straßenfahrzeuge zu motorisieren.«

»Und Sie glauben, das wäre ein erfolgreiches Unterfangen?«

»Auf jeden Fall. Mein Vater hat es gut durchkalkuliert. Man wäre ähnlich schnell und es wäre ähnlich bequem, wie mit einer Pferdekutsche zu fahren. Aber man bräuchte eben keine Pferde mehr dafür. Außerdem haben wir ja bei der Eisenbahn gesehen, dass man im Laufe der Zeit immer bessere und leistungsstärkere Motoren wird bauen können. Aber ein Pferd bleibt immer ein Pferd.«

»Und wenn Sie zu Hause in Coburg bei Ihren Eltern sind, dann bauen Sie diese Fahrräder?«

»Ich beschäftige mich mit vielen Dingen.«

»Zum Beispiel?«

»Mit der Elektrizität. Ich gehe sehr oft zu Privatvorträgen an der neuen Physikalisch-Technischen Reichsanstalt. Es gibt so unglaublich viele Dinge, die man für die wirtschaftliche Entwicklung des Reiches in Betracht ziehen muss.«

»Dann glauben Sie tatsächlich, die Elektrizität wird sich durchsetzen?«

»Gerade hier in Berlin kann man schon sehen, wie sich die Elektrizität von Tag zu Tag weiterverbreitet.« Er hielt an. »Da vorne kommen wir auf dieser Seite nicht weiter. Da sind wir zu nahe an der Großbaustelle des Reichstags.«

Sie wechselten die Straßenseite. Schon nach wenigen Metern kamen die hochgezogenen Gerüste der Baustelle in Sicht.

»Das beste Beispiel sehen Sie hier. In fast alle neuen Gebäude werden mittlerweile elektrische Leitungen eingebaut. Der Reichstag bekommt sogar sein eigenes Kraftwerk, um ihn mit Strom zu versorgen. Eine zentrale Heizanlage, Telefone, einen luftgetriebenen Aufzug und natürlich Toiletten mit Wasserspülung. Die Elektrizität ist nicht der einzige technische Fortschritt unserer Zeit. Aber einer, der unsere Welt revolutionieren wird. Noch ist Amerika weltweit führend bei neuen Entwicklungen in der Elektrizität. Aber gerade hier, bei uns in Berlin, wird viel geforscht. Ich erwarte Großes.«

Apollonia Melzer lachte. »Felicitas hat mir schon berichtet, dass Sie so mitreißend erzählen können. Und dass Ihre Begeisterung für jeden technischen Fortschritt ansteckend ist.« Sie blickten von der Baustelle des halb fertigen Reichstagsgebäudes zur Siegessäule auf dem Königsplatz.

»Und die Berliner nennen sie wirklich Goldelse?«, fragte sie amüsiert.

»Lustig, nicht wahr«, sagte Lorenz. Ihn hatte es auch gewundert, wie despektierlich die Berliner die vergoldete Viktoria, Göttin des Sieges, nannten. Andererseits hatte es durchaus etwas Herzliches. Sie gingen weiter und erreichten endlich die Grünanlage. Ein frischer Wind brachte etwas Kühlung.

Lorenz führte sie extra nicht auf die Charlottenburger Chaussee, weil dort die Pferdeeisenbahn verlief. Und gerade die Kutscher und Pferde-Omnibusfahrer waren nicht gut auf Fahrradfahrer zu sprechen. Er hatte schon die eine oder andere Peitsche zu spüren bekommen. Dumme Bemerkungen oder böse Worte waren an der Tagesordnung.

Ein Mann, von weitem schon als modischer Geck zu erkennen, kam ihnen auf einem Hochrad entgegen. Felicitas' Tante blieb stehen und begutachtete seinen Fahrstil. Es war äußerst anstrengend, diese riesigen Räder in Bewegung zu halten. So hoch oben saß er ziemlich wackelig auf dem Sattel.

Der Mann kam näher, griff mit einer Hand zu seinem Zylinder und lüftete ihn. Sein abfälliger Blick aber ging zu Lorenz' Niederrad. Dabei geriet sein Hochrad mächtig ins Schlingern, und er hatte Mühe, wieder auf Kurs zu kommen.

»Es sieht so unbequem aus.«

»Ist es auch. Deshalb habe ich mir ja das hier gebaut.« Stolz tätschelte er sein Zweirad. »Ab hier darf ich fahren, aber lassen Sie uns noch bis zum Platz gehen. Dann kann ich es Ihnen besser zeigen.«

Der Große Stern war ein großer runder Platz, durch den mittendurch die Charlottenburger Chaussee verlief. Aber noch mehr Wege trafen hier aufeinander. Der Platz war gesäumt von Bäumen, Blumenbeeten, Rabatten. Sie blieben stehen.

»Also, junger Mann. Dann bin ich nun äußerst gespannt.«

Lorenz lächelte siegesgewiss, schwang sein Bein über den Sattel und fuhr los. Er fuhr erst einmal komplett den Platz ab, bog in einen kleinen Weg ein und kam in einem großen Bogen über den Rasen zurück. Er fuhr geradewegs auf sie zu und bremste im letzten Moment.

»Nun, was sagen Sie?«

»Ich muss zugeben, es sieht bedeutend wendiger und vor allen Dingen viel sicherer aus als bei dem Herrn, dem wir gerade begegnet sind. Und es macht wirklich Spaß?«

»O ja, sogar sehr. Und nicht nur uns Männern. Meine Schwester ist ganz begeistert. Und Felicitas ebenfalls.«

»Man kann auf jeden Fall nicht tief fallen«, sagte Frau Melzer mehr zu sich als zu ihm.

»Wenn man von einem Pferd fällt, ist es höher und sicher viel schmerzhafter.«

»Das ist auch wieder wahr.«

»Ein Fahrrad kostet jetzt schon nur die Hälfte dessen, was man für ein Pferd ausgeben muss. Und hat man es erst einmal, kostet es so gut wie gar nichts mehr. Alle paar Wochen oder Monate ein neuer Bremsklotz, etwas Karbid für die Lampe, eventuell eine gelegentliche Reparatur. Ich nehme meins immer mit auf mein Zimmer. Man braucht also keinen Stall, den man auch noch ständig säubern muss. Man braucht kein Futter wie für die Pferde, muss die Räder nicht striegeln, und sie brauchen auch keinen Tierarzt. Fahrräder werden sich deutlich mehr Leute leisten können als Pferde.«

»In der Tat, es spricht viel für dieses Gefährt. Ist es sehr schwierig, Rad fahren zu lernen?«

»Je nachdem, wie geschickt man sich anstellt. Felicitas hat es an zwei Abenden gelernt. Und es würde sicherlich noch mal viel einfacher werden, wenn man Räder für die Bedürfnisse der Frauen bauen würde. Die Engländer tüfteln bereits daran. Ein tiefer Einstieg und Netze über den Speichen, damit sich die Röcke nicht verfangen«, erklärte Lorenz.

Apollonia Melzer nickte. »Ich sehe nun, warum Felicitas derart angetan von diesen Fahrrädern ist. Und ich sehe auch, welche Vision sie hat. Das würde viel verändern. Fahren Sie bitte noch eine Runde. Ich will es noch mal sehen.«

Lorenz ließ sich nicht zweimal bitten, stieg aufs Rad, fuhr den Großen Stern in die andere Richtung ab, wich geschickt einigen Passanten aus, die ihm hinterherschimpften, fuhr an Felicitas' Tante vorbei, wendete geschickt und kam zu ihr zurück, um sie einmal zu umkreisen.

»Es ist deutlich besser lenkbar als dieses Monstrum, das wir vorhin gesehen haben«, rief sie entzückt aus.

Als er sich mit einem Bein auf dem Boden abstützte, fiel ihm das Buch aus dem Hosenbund. Die ältere Dame hob es auf.

»Das hätte ich mir auch denken können, dass jemand wie Sie Jules Verne liest.« Sie wischte den Staub weg und reichte es ihm.

»Sind Sie vertraut mit Jules Verne?«

»Nein, aber man kennt natürlich seinen Namen. Ein Fantast. Seine Abenteuerromane müssen sehr spannend sein. Ich habe leider nie Zeit für so was.«

»Das ist sehr schade. Ich lese viel, und ich habe fast alles von ihm gelesen. Er hat wirklich sehr viele außergewöhnliche Ideen. Er hat schon vor etlichen Jahren darüber geschrieben, dass die Elektrizität die Dampfkraftwerke ablösen könnte.«

»Ach wirklich? Ich dachte, es sei alles nur lustige Spinnerei, was er von sich gibt.«

»Manche halten es für Spinnerei. Er glaubt zum Beispiel auch, dass man aus speziell behandeltem Wasser sogenannten Wasserstoff machen kann, den man ebenfalls als Energiequelle nutzen kann. Und der die Kohle als Energieträger ablösen könnte. Ja, er glaubt sogar, dass man aus der Kraft der Sonne Energie gewinnen könnte, die man wiederum in Elektrizität umwandeln könnte. Das klingt doch zu schön, um wahr zu sein, oder? Er ist ein echter Visionär.«

»Zu schön, um wahr zu sein. Sie sagen es. Energie aus Sonne und Wasser. Tse! Die Sonne als Energieträger. Und was machen wir nachts? Das erscheint mir alles allerdings ein wenig albern.« Doch dann wechselte ihr Ausdruck von amüsiert zu ernst. »Felicitas erzählte mir, dass mein Schwager Sie bedroht hat. Gedroht hat, Ihre Familie in den Ruin zu treiben, falls Sie sich ihr noch einmal nähern.«

Nun stieg er vom Rad ab und hielt es neben sich. »Ja, leider.«

»Und doch lassen Sie sich nicht abhalten?«

»Tatsächlich bereitet es mir ziemliches Kopfzerbrechen. Ich könnte es nicht verantworten, wenn meiner Familie meinetwegen wirtschaftliche Nachteile entstünden. Oder gar ...«

»Felicitas hat mir erzählt, dass sie Sie und Ihre Schwester zum Ball eingeladen hat. Auch bei all den vielen Gästen, Sie könnten durchaus auf Felicitas' Vater treffen.« Sie schaute ihm prüfend in die Augen.

»Ich weiß. Auch ich bin äußerst unschlüssig, ob ich kommen sollte. Ich kann nicht einschätzen, ob Herr Louisburg seine Drohung wahr machen würde. Ich vermute aber, er hätte die Mittel dazu. Und wenn er es täte, würde ich meines Lebens nicht mehr froh.«

»Und was ist mit Ihren Gefühlen für meine Nichte?«

»Wir sind uns sehr zugeneigt. Und nichts täte ich lieber, als Ihre Nichte jeden Tag zu sehen. Aber wir haben es nicht eilig. Wir werden aufeinander warten, wenn es nötig ist. Ich zumindest kann warten. Das weiß ich bestimmt. Und wenn ich mich entschließe, nicht auf den Ball zu gehen, dann nur wegen meiner Familie. Nicht, weil mir Felicitas zu wenig bedeutet.«

»Und wenn sie nun dort tatsächlich verlobt würde?«

»Eine Verlobung kann man lösen. Wenn Felicitas' Gefühle für mich so sind wie meine für sie, dann kann auch keine Verlobung etwas daran ändern, dass wir schließlich zusammenkommen werden.«

Ihr prüfender Blick tastete jedes Zucken in seinem Gesicht ab. Als würde sie nach dem Haken an der Geschichte suchen.

»Wissen Sie, ich habe kein Problem damit, auf die Mitgift zu verzichten. Und auch auf jede folgende Zuwendung. Bei meiner Familie wird es ihr nie an etwas mangeln. Auch oder gerade nicht an geistiger Stimulierung. Und ich habe so das Gefühl, dass es gerade das ist, was Felicitas am meisten fehlt.«

Apollonia Melzer begann zu grinsen.

»Ich muss gestehen, Sie gefallen mir. Ich erkenne nun, warum meine Nichte sowohl für Sie als auch für Ihr Fahrrad schwärmt. Ich habe es für eine jugendliche Flause gehalten, das mit den Velozipeden. Aber Sie haben mich überzeugt. Und ich sag Ihnen was: Falls ich Gelegenheit dazu bekomme, werde ich ein gutes Wort bei meinem Schwager für Sie einlegen.«

Lorenz konnte sein strahlendes Lächeln nicht verbergen. »Dann müssen Sie mir aber auch erlauben, Ihnen irgendwann das Radfahren beizubringen.«

»Das machen wir auf jeden Fall, junger Mann. Versprochen. Irgendwann, nur nicht heute.«

10. August 1888

Was man in Berlin nicht alles bekommen konnte. Das war eine Wucht. Minna trat aus dem kleinen Laden heraus. Er verkaufte Terrarien und Aquarien, bot Vögel und Fische und noch vielerlei anderes Getier an. Minna hatte gerade eine besondere Bestellung aufgegeben.

Draußen vor dem Laden angebunden wartete das Pferd mit

dem Phaeton, einer offenen Kutsche ohne Verdeck. Sie fuhr selbst. Nicht einmal Herr Krumbach sollte wissen, dass sie vor ihrer offiziellen Besorgung einen kleinen Abstecher hierher machte.

Fräulein Felicitas hatte ihr erlaubt, den Phaeton zu nehmen. Wenn Felicitas selbst schon nicht hinausdurfte, so hatte sie doch größtes Vergnügen daran, dass Minna das tat, was ihr schon immer verweigert worden war: alleine mit der Kutsche zu fahren. Minna hatte die leichte Kutsche noch nie selbst gesteuert. Entsprechend aufgeregt war sie. Und fühlte sich geradezu verwegen.

Auf direktem Wege fuhr sie weiter zur Buchhandlung. Dort band sie das Pferd wieder fest und ging hinein. Wie immer sah man sie verwundert an, als sie den Laden betrat. Menkam hatte recht. Es wäre viel einfacher, irgendwo zu leben, wo sie nicht ständig angestarrt wurde, sobald sie das Haus verließ.

»Guten Tag. Ich komme wegen der Bestellungen für Louisburg«, sagte sie.

»Ich hole sie sofort.« Der Buchhändler ging nach hinten und kam mit fünf Büchern zurück.

»Die Rechnung wie gewohnt ans Haus?«, fragte er, während er die Summen der Bücher auf einem Zettel notierte.

»Nur von diesen vier. Das hier zahle ich direkt.« Sie legte ein Buch zur Seite. *Taschenbüchlein für Auswanderer und Reisende nach den Vereinigten Staaten von Nord-Amerika* stand auf dem Titel. Menkam hatte schon drei andere Ratgeber. Deshalb hatte sie sich für diesen entschieden.

»Sehr wohl«, sagte der Buchhändler überrascht und schenkte ihr noch einen Extrablick.

Minna schob ihm das Geld über den Verkaufstresen. Der Mann packte die Bücher in ihren Korb, und sie verabschiedete sich.

Menkam hatte sich bereits gründlich informiert. Was ihr zeigte, wie ernst er sein Vorhaben nahm. Er hatte ihr auch davon erzählt, dass jeder Deutsche seit 1870 per Gesetz das Recht hatte, auszuwandern. Die Allermeisten gingen nach Amerika. Amerika profitierte von den Einwanderern und hatte sogar Arbeitsschutzgesetze für die Neuankömmlinge erlassen. Ob ein Leben dort besser wäre, konnte Minna nicht sagen. Aber seit sie Menkam kannte, beschäftigte das Thema der persönlichen Freiheit sie mehr als alles andere. Vielleicht, weil auch Fräulein Felicitas derzeit von kaum etwas anderem sprach.

Sie fuhr weiter zur Schneiderei. Vor dem Ladenlokal wartete Minna. Keine zwei Minuten später kam Menkam heraus und pfiff beeindruckt durch die Zähne.

»Da wird ja der Hund in der Pfanne verrückt!«, sagte er beeindruckt.

Minna grinste über beide Wangen. »Steig schon auf.«

Sie fuhren durch die Straßen und zogen dabei jede Menge Blicke auf sich. Das hatte die Hauptstadt vermutlich auch noch nicht gesehen – zwei Schwarze allein auf einer Kutsche. Und dann hielt auch noch die Frau die Zügel in der Hand.

Die Leute starrten sie ganz ungeniert und unverhohlen an. Dienstboten durften natürlich mit Kutschen fahren. Aber zwei Schwarze! Ihre Tour führte sie durch das Brandenburger Tor, dann ging es in den Tiergarten, an der Siegessäule und am Krollschen Theater vorbei bis zum Spreeufer. Dutzende Spaziergänger blieben stehen und sahen ihnen verwundert nach.

Stolz lenkte Minna die elegante Kutsche vorbei an Schloss Bellevue, dann fuhren sie in südliche Richtung, bis sie im Seepark angekommen waren. Über die Löwenbrücke erreichten sie die Halbinsel. Hier war es einigermaßen ruhig und abgelegen. Galant half Menkam ihr von der Kutsche hinunter, und Minna band das Pferd an einem schlanken Baum an.

»Warte, ich muss dir zeigen, was ich mir gekauft habe.« Sie griff in den Korb, holte das Buch hervor, versteckte es aber hinter ihrem Rücken. Menkam setzte sich auf eine Bank und schaute ihr erwartungsvoll zu.

»Voilà!« Sie zeigte ihm ihr Buch.

Seine Miene verriet Überraschung und Freude zugleich. »Heißt das, du kommst mit?«

»Das heißt, ich werde mir erst einmal ein Bild machen, was mich erwarten würde. Du kannst mir ja viel erzählen«, sagte sie neckisch.

Doch sofort ließ er die Schultern hängen. »Ich weiß ja selbst nicht, ob da überhaupt mal was draus wird. Ich war beim Verein für Auswanderer, hier in Berlin. Sie waren nicht gerade hilfsbereit. Die einzig nützliche Information, die ich bekommen habe, ist, dass man unter Umständen auch einfach wieder nach Hause geschickt wird, wenn denen deine Nase nicht passt.«

»Oh, man hat also gar kein Recht darauf zu bleiben?«

Er schüttelte den Kopf. »Wenn man krank ist, wird man sofort aufs Schiff zurückgeschickt. Wenn man nicht die fünfundzwanzig Dollar pro Kopf hat, wird man nicht durchgelassen. Und die Amerikaner sortieren wohl nach Nationalität. Eigentlich sind Deutsche sehr willkommen. Aber nun ja ...«

»Du befürchtest also, dass wir direkt wieder zurückgeschickt werden?«

»Das wäre fatal. Erstens wäre das Geld für die Überfahrt futsch. Und wohin sollten wir dann? Hierher zurück? Und wenn sie uns hier nicht wieder reinlassen? Zurück in unsere Heimatländer? Wir wissen ja, was uns dort erwartet«, spie er verächtlich aus.

»Dann hast du Meesters also noch nicht gefragt, ob er eine Ablösesumme von dir haben will?«

»Nein, ich versuche ganz vorsichtig, das Gespräch auf einen besseren Lohn zu bringen. Ich meine, wenn er das Gefühl hat, ich würde ihm gehören, dann bräuchte er mir doch eigentlich gar keinen Lohn zu zahlen. Deswegen hege ich schon die Hoffnung, dass er das nicht so sieht. Und bei dir? Hast du dein Fräulein gefragt?«

»Das habe ich tatsächlich. Und sie war etwas schockiert, als ihr gewahr wurde, dass ich ihr gehören könnte. Aber sie weiß es nicht. Das hat damals alles ihr Vater geregelt, da war sie erst dreizehn. Aber aus bestimmten Gründen kann sie im Moment keinen Streit mit ihrem Vater riskieren. Deswegen warten wir damit noch etwas.«

»Hm«, gab er unzufrieden von sich. »Und du glaubst ihr, dass sie sich für dich einsetzt?«

»Das glaube ich ihr. Sie hat nämlich gerade gemerkt, wie unerfreulich das Leben sein kann, wenn man unfrei ist. Und wehrt sich mit aller Kraft dagegen. Und ich helfe ihr dabei. Wir haben einen Pakt geschmiedet. Ich helfe ihr, und sie hilft mir.«

»Dann hoffen wir mal, dass sich dein Fräulein später auch noch daran erinnert.« Er klang ungewohnt bitter. »Es gibt noch so viele Unwägbarkeiten. Manchmal habe ich das Gefühl, es klappt nie.«

»Frag Meesters doch einfach. Was soll schon passieren?«

»Wenn er weiß, dass ich eigentlich weg will? Vielleicht zahlt er mir dann gar keinen Lohn mehr.«

»Dann arbeitest du einfach nicht mehr. Schließlich kann er dich nicht zwingen. Das wäre Sklaverei.«

»Glaubst du? Weißt du nicht, dass die Dienstboten ihren Dienst nur zu bestimmten Tagen im Jahr verlassen dürfen? Wenn sie vorher gehen, werden sie von der Polizei zurückgebracht. Und oft genug werden sie überdies von den Gerichten noch dazu verdonnert, Strafe zu zahlen.«

»Aber dann käme es vor Gericht. Und die müssten entscheiden, ob du ihm gehörst oder gehen kannst. Du hast doch keinen Arbeitsvertrag, oder?«

Er schüttelte den Kopf. »Nein, so was habe ich nicht. Aber dann könnte er mich einfach auf die Straße setzen. Ohne Wohnung könnte man mich wegen Landstreicherei verhaften.«

»Weißt du, erst als ich mit Fräulein Felicitas über meine Situation gesprochen habe, hat sie sich darüber überhaupt mal Gedanken gemacht. Wir haben zum ersten Mal so richtig über etwas Persönliches gesprochen. Vielleicht ist es ja bei deinem Dienstherrn ähnlich.«

»Seid ihr jetzt Freundinnen oder so was?«

»Nein, aber ehrlich gesagt, seit das Fräulein den Mut gefasst hat, der ihr zugewiesenen Rolle zu entsagen, habe auch ich Mut gefasst. Sie will ihrem Schicksal ebenfalls entfliehen.«

»Wovor flieht sie denn? Vor warmen Pelzmänteln, Schmuck und reichlich Essen?«

Minna straffte ihren Rücken. »Sie flieht vor einem Leben, das ganz und gar und in jeder Hinsicht und der kleinsten Frage von einem einzigen Menschen bestimmt werden darf. Ihrem zukünftigen Ehemann.«

Er schaute sie überrascht an. Nun ergriff er ihre Hand. »Ich verspreche dir, wenn wir verheiratet sind, dann ... Ich werde dir sicher nicht ...«

Was war nun mit seinen Worten, sie könne in Amerika alles werden, was sie wolle – Zofe in reichen Häusern, Lehrerin, eben alles? »Du wirst mir ganz bestimmt nichts. Denn wir sind ja gar nicht verheiratet!«, sagte sie etwas verschnupft. »Sollte ich mich also dazu entschließen, nach Amerika zu gehen, wäre ich dort eine freie Frau. So wie du ein freier Mann.«

Ihre Worte ließen ein Stirnrunzeln auf seinem Gesicht erscheinen. Es schien ihm nicht recht zu passen, was sie da sagte. »Na ja, aber wenn du meine Frau wärst ... Willst du etwa nicht vorher heiraten? Und Kinder? Willst du etwa keine Kinder?«

Minna starrte ihn an. Sollte das etwa ein Heiratsantrag sein? Offensichtlich ging er davon aus, dass alles so laufen würde, wie er sich das vorstellte. Als wäre das alles schon abgemacht. Wollte sie wirklich einen Mann heiraten, nur weil er zufällig der einzige Schwarze war, den sie kannte? Und er würde sie heiraten, weil sie die einzige Afrikanerin war, die er kannte? Sollte da nicht etwas mehr im Spiel sein? Liebe zum Beispiel? Er schien schon alles durchgeplant zu haben, aber nur so, wie er es sich vorstellte.

Sie stand auf. »Komm, ich muss wieder nach Hause. Ich hatte ja gesagt, dass ich nur kurz Zeit habe. Der Ball steht ins Haus, und ich habe noch so viel zu organisieren.«

Menkam blieb beinahe stumm auf der Rückfahrt. Er verabschiedete sich sehr höflich und gab seiner Hoffnung Ausdruck, sie bald wiederzusehen.

Minna fuhr direkt nach Hause. Sie war aufgewühlt. Sie kannten sich kaum, und doch ging Menkam davon aus, dass sie schon tun würde, was er wollte. Erst machte er ihr die Freiheit schmackhaft, und dann sollte sie doch nach seiner Pfeife tanzen.

* * *

Am Palais nahm Herr Krumbach die Kutsche in Empfang, und Minna lief hoch in die Räumlichkeiten des Fräuleins.

»Und? Hast du alles erledigt?«, fragte Fräulein Felicitas, die schon angespannt auf ihre Rückkehr gewartet hatte.

Minna nickte. Geheimniskrämerisch setzten sie sich auf die Chaiselongue, und Fräulein Felicitas ging noch mal ihre Liste durch.

»Vater will die Einnahmen aus der Tombola einem Waisenhaus spenden. Im Gegenzug werden ein Dutzend Waisenkinder kommen, in weißen Engelskostümen, die während des Festes herumgehen, leere Gläser einsammeln, Konfekt verteilen und kleinere Aufgaben erledigen.«

»Dann können wir also …« Minna grinste. Endlich hatte sie etwas zu tun, was ihr Spaß bereitete.

»Ja, können wir«, sagte Fräulein Felicitas begeistert. »Wir müssen allerdings warten, bis sich die gewünschten Effekte bei Herrn Nipperdey und Fräulein Korbinian einstellen. Himmel, hätte ich nur früher gewusst, wie herrlich viel Spaß es macht, ungezogen zu sein.«

Minna fiel in ihr Lachen ein. »Ich habe Frederick gefragt. Er besitzt zwei Pagenuniformen. Er wird uns eine davon an diesem Tag zur Verfügung stellen.«

»Was will der Hausbursche dafür? Für die Uniform und für sein Schweigen?«, fragte die Hausherrin.

»Eine Tafel Schokolade. Von der guten Sarotti, hat er betont.«

Fräulein Felicitas lächelte. »Die soll er bekommen.«

»Und außerdem …«

»Ja?«

»Frederick würde gerne lesen und schreiben können. Und richtig zählen. Ich habe schon mit Fräulein Tessa gesprochen. Sie will es ihm beibringen.«

»Was? Tessa? Oh, das ist ja überraschend. Aber bestimmt wird das ein Spaß. Tessa ist so aufgeregt, dass sie kommen darf.«

»Aber tanzen wird sie natürlich nicht können in der Uniform.«

»Das weiß sie ja.«

»Hat Herr Schwerdtfeger sich denn schon geäußert? Kommt er?«

»Es ist immer noch nicht sicher. So oder so lass ich mich nicht verloben. Am wahrscheinlichsten ist, dass ich irgendwann tatsächlich einfach verschwinden muss.«

Minna zog die Augenbrauen hoch. Ob das so einfach werden würde, bezweifelte sie.

Fräulein Felicitas stand auf. »Dann wäre das alles so weit vorbereitet … Nun habe ich noch eine schöne Überraschung für dich.«

»Für mich?«

»Genau. Tessa hat sich heimlich bei der amerikanischen Botschaft erkundigt. Wegen dieser Pass-Karten-Geschichte. Es ist so: Falls du wirklich nach Amerika reisen willst, brauchst du oder ihr gar keine Pass-Karten.«

»Keine? Wirklich?«

»Pass-Karten sind zwar immer vorzuziehen, aber zur Not reichen zum Ausweisen auch andere Legitimationspapiere: Meldescheine, Heiratsurkunden, Bürgerbriefe, Taufscheine, Geburtsurkunden.«

»Ich habe nichts dergleichen.«

»Das stimmt. Aber was du hast, ist ein Dienstbuch«, sagte Fräulein Felicitas neckisch.

»Ich habe ein Dienstbuch?«

»Ich habe die Mamsell gefragt, und sie hat gesagt, sie hätte damals, als du ins Haus gekommen bist, ein Gesindebuch für dich angelegt. Genau wie für alle anderen Diener.«

»Ich habe einen Ausweis! Das ist ja … Danke. Ich bin so dankbar dafür.«

»Und ich auch. Wenn für uns alles gut geht, dann sind wir bald beide frei.«

»Da bin ich mir noch nicht so sicher. Menkam hat mir heute davon erzählt, dass die bei der amerikanischen Einwanderungsbehörde wohl sehr streng sein sollen. Selbst wenn man alles dabei hat, können die einen zurückschicken. Man kommt erst gar nicht ins Land.«

»Aber es heißt doch, dass die Amerikaner auf die tüchtigen Deutschen ganz versessen sind.«

»Stimmt, aber ... wir gelten ja nicht als Deutsche.« Das Thema der Staatsangehörigkeit hatte sie mit Fräulein Felicitas schon besprochen. Dass es aber solche Auswirkungen haben könnte, wurde ihnen erst jetzt bewusst.

»Hm«, murmelte Fräulein Felicitas undeutlich. Sie dachte einen Moment nach. »Mir kommt da gerade eine Idee. Die müsste ich allerdings erst mit meiner Tante besprechen.«

11. August 1888

Die Geräusche im Palais, die Zeugnis gaben von der vielen Arbeit, waren verstummt. Am frühen Abend schon fielen die Dienstboten in den Schlaf, weil sie den ganzen Tag durchs Haus gewirbelt waren. In einer Woche würden über dreihundert Gäste hier übers Parkett stolzieren. Das Haus war fast fertig dekoriert. Vorhänge waren abgehängt und neue oder zusätzliche aufgehängt worden. Etliches Mobiliar war ins Dachgeschoss getragen worden, damit es für den Ball aus dem Weg war. Dafür waren elegante Stühle geordert, die später im Ballsaal und übrigen Erdgeschoss aufgestellt werden würden, damit sich die Tänzerinnen und anderen Gäste zwischendurch setzen konnten. Im Vestibül würde man, wenn alle Gäste eingetroffen waren, etliche Sitzmöbel aufstellen. Alle Räume waren geschmückt mit üppig wuchernden Pflanzen, vor allem mit Palmen oder anderen exotischen Gewächsen. Die kostbaren Holzböden waren geschrubbt und würden in der kommenden Woche mit Bienenwachs versiegelt.

In der Küche überschlug sich alles. Zwar wurde ein Büfett geliefert, und doch blieb viel Arbeit im Haus. Sowohl das gemietete Geschirr, das Silberbesteck als auch die Kristallgläser wurden gespült und poliert. Schüsseln und Vasen wurden bereitgestellt. Es gab zehntausend Kleinigkeiten, die vorbereitet werden mussten.

Felicitas stand in der Tür zu dem großen Saal, in dem getanzt würde. Alles sah schmuck aus. Die Bilder, die hier normalerweise hingen, waren schon abgenommen und auf den Dachboden geschafft worden. An einem Kopfende war bereits das Podest für das Orchester aufgebaut. Die Wand dahinter war mit einem großen roten Samtvorhang bedeckt, als wäre dahinter eine Theaterbühne statt einer Mauer. Bis auf wenige Stellen waren die Wände gesäumt von den gemieteten Stühlen. Felicitas ließ ihren Blick über den leeren Saal gleiten. Hier also würde sich in sieben Tagen ihr Schicksal entscheiden.

»Felicitas, was machst du noch so spät hier?«

Sie erschrak. Vater stand hinter ihr. »Ich wollte mich nur versichern, dass auch alles perfekt wird«, sagte sie ausweichend. Seitdem ihr nächtlicher Ausflug aufgeflogen war, spielte sie ihm die folgsame und ihrer Fehler einsichtige Tochter vor. Es schmerzte sie, ihren Vater anzulügen. Noch mehr aber schmerzte sie, derart von ihm betrogen zu werden. Er hatte es nicht anders verdient.

»Es wird ein ganz besonderes Fest werden. Du wirst schon sehen.« Versöhnlich legte er eine Hand auf ihre Schulter.

»Ja, ein ganz besonderes Fest. Ich bin schon sehr aufgeregt.«

»Du bist nun erwachsen. Es wird Zeit, dass du das begreifst. Dass du Verantwortung übernimmst.«

Sie schluckte. »Ich weiß. Und ich bin jetzt bereit dazu.« O ja. Sie würde Verantwortung übernehmen. Für ihr Leben. Nur dass sie darunter etwas ganz anderes verstand als er.

»In einem Jahr schon könntest du verheiratet sein. Ich könnte in Erwartung sein, Großvater zu werden. Vielleicht bekomme ich endlich den Stammhalter, der das Unternehmen weiterführt«, sagte er beseelt.

Sie kannte darauf keine Antwort, die ihm gefallen würde, also starrte sie weiter in den leeren Raum. Als wenn sie nicht könnte, was er jedem Stammhalter blind zutraute. Als wenn jeder Sohn es zwangsläufig besser machen würde als sie. Sie schwor sich, wenn sie je eine Tochter hätte, würde sie sie ganz anders erziehen.

»Geh ins Bett. Die kommende Woche wird anstrengend«, sagte Vater.

Felicitas nickte und drehte sich zu ihm.

»Komm, wir gehen hoch.« Überraschend versöhnlich nahm er sie am Arm und führte sie zur Treppe. Seit sie ihm vorspielte, seinen Wünschen zu entsprechen, war sein Verhalten überraschend väterlich geworden. Als hätte er etwas gutzumachen.

Sie wusste nicht, wann sie sich das letzte Mal so nahe gewesen waren. Es musste Monate her sein. Normalerweise hatte er keine Zeit für solch sentimentale Flausen. War es, weil er wusste, dass er sie bald verlieren würde? War es, weil er sich tatsächlich seinen Stammhalter von ihr erhoffte?

Oben an ihrer Tür gab er ihr einen Kuss auf die Stirn. »Schlaf schön ... Ich bin schon sehr gespannt. Der Ball wird unvergesslich. In vielerlei Hinsicht.«

»Ganz sicher«, stimmte Felicitas zu. Und er wird dein Leben verändern, so wie er meins verändern wird. Da war sie sich ganz sicher. Ob ihr Plan nun funktionierte oder nicht. Doch es würde alles zwischen ihnen ändern. Sie würde in Ungnade fallen, vielleicht für den Rest ihres Lebens. Es tat ihr leid, was sie ihm antun würde. Aber ebenso tat ihr leid, was er ihr antat.

Sie betrat ihr Schlafzimmer. Minna wartete dort schon auf sie und fing sofort an, sie auszukleiden.

»Meinen Sie, er ahnt etwas?«, fragte sie leise.

»Nein. Ich glaube nicht. Wenn ... Himmel, ich bin so aufgeregt. Was, wenn alles schiefgeht? Also, ich meine, wenn unsere Pläne scheitern? Ich habe eine solch große Angst, dass ich nächste Woche aufwache und mit einem schrecklichen Mann verlobt bin.«

»Es wird schon gut gehen. Und selbst wenn nicht ... Ihr Herr Vater wird Sie doch sicher nicht zwangsverheiraten.«

Felicitas machte ein zweifelndes Gesicht. Da war sie sich nicht sicher, was Vater alles tun würde, wenn er so richtig wütend wurde. Kurz darauf war sie nur noch mit einem Nachthemd bekleidet. Minna reichte ihr einen Morgenmantel.

»Es ist ein Brief gekommen, von Herrn Schwerdtfeger.« Minna zog einen kleinen Umschlag aus ihrer Rocktasche.

Felicitas nahm ihn an, schaute aber nicht hinein. »Ist sie schon da?«, fragte sie.

»Wir haben noch etwas Zeit. Ich gehe zeitig runter. Vorhin war nur noch die Köchin unten, mit der Mamsell. Alle sind völlig übermüdet. Ich kann mir nicht vorstellen, dass jetzt noch jemand in den Räumlichkeiten ist.«

Felicitas setzte sich. Minna löste ihre Frisur und bürstete ihre Haare. Doch Felicitas war zu nervös. »Geh du schon. Ich mach das selbst.«

Minna verließ den Raum. Erst jetzt öffnete Felicitas den Umschlag. Auf dem Briefpapier standen nur wenige Zeilen.

Liebste Felicitas,
obwohl es mir das Herz bricht, muss ich dir leider mitteilen, dass ich nicht auf den Ball kommen werde. Ich kann meine Familie nicht einer solchen Gefahr aussetzen. Ich hoffe inständig, du verstehst meine Beweggründe und kannst mir verzeihen. Ich werde aber immer auf dich warten, egal, was auf dem Ball passiert.
In Liebe
dein Lorenz

Ihr Herz setzte aus. Natürlich konnte sie ihn verstehen. Und war doch tief enttäuscht. Es hätte sie beruhigt, ihn an ihrer Seite zu wissen, wenn sie sich gegen Vater auflehnte. Aber nein, von ihm zu verlangen, dass er seine Familie für sie ruinierte, das war zu viel. Sie nahm an, dass Vater sich nicht vor all den Gästen die Blöße geben und Lorenz mit einer großen Szene aus dem Haus schmeißen würde, wenn er ihn auf dem Fest entdeckte. Doch zu glauben, es würde nicht trotzdem verheerende Konsequenzen für Lorenz und seine Familie haben, war etwas völlig anderes. Dennoch fragte sie sich, wie sehr Lorenz zu ihr stehen würde, wenn es wirklich schwierig würde.

Die Tür ging auf, und Tessa, ebenfalls bekleidet mit einem Nachthemd, schlüpfte herein. »Ich wäre fast eingeschlafen«, sagte sie müde und kroch direkt in Felicitas' Bett. Die setzte sich zu ihr auf die Bettkante.

»Zeig, was hast du da?«

Tessa gab ihr einige Fotografien. »Ich war heute mit Frederick auf dem Dachboden. Er musste dort Sachen beiseiteräumen. Außerdem haben wir das ABC geübt.« Frederick war der Page, der Tessa seine Zweituniform für den Ball leihen würde.

»Dabei bin ich über einen großen Schrankkoffer gestolpert. Dort waren viele Schachteln, einige mit Kleidungsstücken oder Hüten und eine, in der ein paar von diesen Bildern lagen.«

Felicitas stockte der Atem. Mama! Fotografien ihrer Mutter waren aus ihrem Leben verbannt worden.

»Und schau mal hier«, forderte Tessa sie auf.

Sie gab ihr eine Fotografie von Tante Apollonia auf ihrer Hochzeit, mit ihrem Mann. Tante Apollonia war noch eine junge Frau, vielleicht auch gerade erst großjährig gewesen, als sie geheiratet hatte. Auf dem Foto wirkte sie überglücklich. Felicitas war sich sicher, dass sie ihren Mann geliebt hatte, sonst hätte sie wohl nicht gegen so viele Widerstände gekämpft. Einen Katholiken, jemanden aus dem Rheinischen. Dass es überhaupt zu dieser Hochzeit hatte kommen können, war vermutlich dem Umstand zu verdanken, dass ihr Gatte auch damals schon vermögend gewesen war. Felicitas konnte sich nicht an ihren Onkel erinnern. Er war nie in Königsberg gewesen. Die Reise von Duisburg in den äußersten Osten des Reiches war beschwerlich und dauerte ewig. Und kaum, dass sie in Berlin wohnten, war auch die Tante nicht mehr eingeladen gewesen.

»Und schau mal hier: Mama und Tante Apollonia.« Tessa reichte ihr eine weitere Fotografie. »Findest du nicht auch, ich sehe ihr ähnlich? Der Tante?«

»Allerdings.«

»Ist sie schon da?«

Felicitas schüttelte den Kopf. »Papa ist auch erst vor zwanzig Minuten zu Bett gegangen. Minna ist unten und wartet.«

Es dauerte weitere zwanzig Minuten, bevor die Tür wieder aufging. Eilig schob sich die elegante Dame vor Minna ins Schlafzimmer. Felicitas und Tessa sprangen beide auf und liefen ihr entgegen.

»Tante Apollonia.« Beinahe andächtig blieb Tessa vor ihrer Tante stehen.

»Kind, endlich!« Anders als bei ihrer Begegnung mit Felicitas, bei der sie sich beide erst zurückgehalten hatten, nahm Apollonia Tessa direkt in den Arm.

»Ich habe euch beide so vermisst. Und hoffen wir …« Tante Apollonia sprach nicht weiter. Vermutlich war ihr bewusst, dass das, was Felicitas und sie für den Ball planten, zur Folge haben könnte, dass Vater weiterhin den Kontakt mit ihr verweigerte.

Sie setzten sich zu dritt auf die Chaiselongue. Minna blieb mit dem Rücken an der Tür stehen, ein Tablett in der Hand, auf dem eine Tasse stand.

»Also, sag mir, was hältst du von Lorenz?« Die wohl brennendste Frage, die Felicitas auf der Seele lag. Wenn die Tante ihm wohlgesonnen war, dann wäre sie auch eher bereit, ihr zu helfen.

»Er ist ein feiner junger Mann. Sehr gescheit und sehr ambitioniert.« Die Worte klangen freundlich, doch schwang etwas Skepsis mit.

»Aber …?«

Sie verzog ein wenig das Gesicht, dann griff sie zu Felicitas' Händen. »Sag mir ehrlich, Kind: Plant ihr beide etwas auf dem Ball? Eine Verlobung?«

Felicitas machte ein bekümmertes Gesicht. »Nein. Mit Lorenz plane ich gar nichts.« Sie stand auf und holte den Brief aus ihrem Nähkästchen mit den Sticksachen, wo sie all seine Briefe versteckte. Sie nahm den jüngsten Brief mit der Absage und reichte ihn ihrer Tante.

Sie las ihn und atmete tief durch. »Ich muss sagen, es beruhigt mich, dass er so vernünftig ist. Für die vermeintliche Liebe zu einem Menschen, den man noch nicht so besonders lange kennt, das gesamte Glück der Familie aufs Spiel zu setzen, wäre keine kluge Entscheidung.«

»Aber ich …«

»Genau. Du glaubst, du könntest es dir erlauben, Fehler zu machen. Aber du kannst es dir nicht erlauben. Und würdest du dich auf dem Ball mit Lorenz verloben, dein Vater würde rasend. Und ich möchte nicht erleben, was dann passiert.«

»Ich weiß …«, sagte Felicitas kleinlaut. »Ich hatte tatsächlich kurz überlegt, ob ich auf dem Ball nicht Nägel mit Köpfen machen soll. Aber du hast recht: Die möglichen Konsequenzen könnten verheerend sein, für mich auf jeden Fall und für Tessa vermutlich auch. Und für Lorenz sowieso. Also müssen wir anders vorgehen. Wir müssen vor allem eine Verlobung verhindern.«

»Wir werden sehen, wie weit wir kommen.« Tante Apollonia überlegte kurz. »Wie also stellst du dir deine Zukunft vor, wenn du nicht mit diesem Rudolph verlobt wirst?«

»Bis vor wenigen Monaten dachte ich, es würde einfach so weitergehen, bis ich eines Tages jemanden kennenlerne, der es wert ist, mein Herz an ihn zu verschenken. Doch nun will ich mehr. Ich weiß, dass es illusorisch ist, ohne Rückhalt, ohne jemanden, der sich damit auskennt, ohne finanzielle Hilfe daran zu denken, eine Fahrradfabrik zu bauen.«

»Das will Lorenz Schwerdtfeger auch. Das ist sein Traum. Übernimmst du nicht aus lauter Zuneigung nur den Wunsch eines Mannes?«

Felicitas lächelte leise. »Lorenz will Fahrräder bauen. Aber ich will Frauenfahrräder bauen.«

Die Tante zog die Augenbrauen hoch. »Ich verstehe. Und wie willst du das bewerkstelligen?«

»Wenn ich nun also frei wählen könnte, was ich mit meinen nächsten Jahren anfange, dann würde ich mich weiterbilden, das Geld nehmen, das Vater für uns zur Seite gelegt hat, und möglichst eine Fabrik kaufen, die bereits Fahrräder herstellt. Oder die Fahrräder herstellen könnte. Ich würde mir, wie du es machst, einen Geschäftsführer holen und gute Ingenieure engagieren. Und für den richtigen Vertrieb muss natürlich auch gesorgt werden.«

»Du traust dir tatsächlich zu, eine Fabrik zu leiten?«

»Noch nicht. Nicht mit meinem mangelnden Wissen über Materialkosten, Buchhaltung und Reklame. Aber all das haben andere sich auch angeeignet. Wieso sollte ich es nicht können? Es wird halt nur etwas länger dauern.«

Tante Apollonia atmete tief durch. »Angenommen, die Verlobung mit dem Grafensohn kommt nicht zustande. Wie gehst du weiter vor?«

»Vater war schon in der Vergangenheit nicht zugänglich dafür, dass ich mir technisches Wissen aneigne. Also brauche ich ihm gar nicht damit zu kommen. Aber ich bilde mich schon seit Jahren heimlich weiter. Das Wichtigste allerdings ist, dass ich mit einundzwanzig in den Besitz des auf meinem Konto liegenden Geldes komme. Also würde ich mir heimlich einen Anwalt engagieren, der diese rechtlichen Dinge zu klären weiß.«

»Mit welchem Geld?«

Felicitas biss sich auf die Lippen. »Ich würde dich um das Geld bitten. Du hast gesagt, du würdest mich unterstützen. Und ich werde dir das Geld später auf jeden Fall zurückzahlen.«

Da Tante Apollonia wohlwollend nickte, sprach sie weiter.

»Ich weiß genau, wenn ich sagen würde, ich könnte mir etwas verdienen, wäre das mehr als naiv. Meine Ausbildung hat kaum mehr umfasst, als was man auf einer höheren Töchterschule lernt. Also nichts, womit man wirklich etwas anfangen könnte. Allein mit Poesie, guten Manieren und Klavierspielen verdient man kein Geld.«

»Wahr gesprochen.«

»Weißt du, Tante Apollonia, ich bin so wütend! Wütend auf Vater, aber auch wütend auf die ganze Welt. Was mir alles verwehrt wird, nur weil ich eine Frau bin.«

»Nutze diese Wut. Sei schwierig, sperrig, fordernd. Nur so kommen wir Frauen weiter.« Ihre Tante grinste und wandte sich Tessa zu. »Und du, junges Fräulein? Wie stellst du dir deine Zukunft vor?«

Nun war Tessa noch weit davon entfernt, über ihr Leben außerhalb ihres Elternhauses nachdenken zu müssen. Und doch schoss aus ihrem Mund sofort hervor: »Ich würde die Reklame machen für die Frauenfahrräder.«

»Das würdest du?«

»Das macht sicher mehr Spaß, als sich mit irgendeinem hochnäsigen Grafensohn verheiraten zu lassen.«

»In der Tat. Ich bin hier wohl in ein Nest von Blaustrümpfen geraten«, sagte die Tante und lachte leise. »Ich finde, ihr seid ausreichend vernünftig und zugleich so herrlich aufmüpfig. Ihr wollt euch etwas vom Leben nehmen. Und ich werde euch helfen. Wir müssen doch zusammenhalten. Ich wünschte, ich hätte jemanden gehabt, der mich gefördert hätte. Damals, als ich plötzlich mit allem allein dastand.«

»Ich bin dir so dankbar«, sprudelte es aus Felicitas heraus. Sie hatte ihren eigenen Kopf, und Lorenz hatte sie ermuntert, aber es war Tante Apollonia, die ihr den Weg freimachte. *Wir müssen doch zusammenhalten.* Genau das war der Königsweg.

Plötzlich klopfte es. Jemand war an der Tür. Für diesen Fall stand Minna dort. Als die Tür sich öffnete, stieß sie gegen Minna, die absichtlich das Tablett fallen ließ. Es schepperte laut. Die Tasse ging klirrend zu Bruch. Minna drückte barsch den Türspalt wieder zu.

»Was ist denn …?«, hörte man die Gouvernante von draußen.

»Ins Bad«, wies Felicitas ihre Tante leise an.

»Einen Moment. Ich muss erst … die Scherben …«, sagte Minna laut und schob wiederholt die Tür zu.

Keine fünf Sekunden später war Tante Apollonia hinter der Tür am anderen Ende des Raumes verschwunden.

Jetzt erst zog Minna die Türe auf. »Fräulein Korbinian, es tut mir leid. Ich wollte gerade zur Tür hinaus.«

»Ach, das tut mir leid. Da war ich wohl etwas zu schwungvoll.«

»Ich hole schnell einen Besen, damit ich auch die kleinen Scherben erwische.« Minna ließ Fräulein Korbinian eintreten und ging hinaus.

»Fräulein Tessa, Sie sind ja noch nicht im Bett.«

»Aber so gut wie«, versprach Felicitas nun. »Ich habe ihr gerade eben noch einmal erklärt, warum sie nicht auf den Ball kommen kann.«

»Ach herrje. Immer noch dieses vermaledeite Thema. Ich dachte, damit wären wir nun endgültig durch.«

»Ich glaube, sie sieht es jetzt ein«, sagte Felicitas und sah Tessa an.

»Ja«, kam es lang gezogen aus ihrem Mund. Überzeugend klang es nicht, aber hätte sie voller Inbrunst *Ja* gesagt, wäre es noch weniger überzeugend gewesen.

»Ich wollte auch nur noch mal nach Ihnen sehen, bevor ich mich zu Bett begebe.«

»Dann wünsche ich Ihnen eine geruhsame Nacht.«

»Ihnen beiden auch. Kann ich mich darauf verlassen, dass Fräulein Tessa in Kürze in ihr Schlafzimmer geht?«

»Sobald Minna mit den Scherben fertig ist, schicke ich die beiden rüber. Minna wird Tessa zu Bett bringen.«

Zufriedengestellt ging Fräulein Korbinian wieder hinaus. Einen

Moment warteten die beiden noch ab, dann flitzte Tessa auf nackten Füßen zum Badezimmer und holte ihre Tante.

»War das der übliche abendliche Kontrollgang?«

»Ja. Und tagsüber gibt es auch Kontrollgänge. Sie kommt sogar nachts rein.«

Tante Apollonia seufzte. »Also, meine beiden Mädchen. Ich verspreche euch, ich werde euch bei der Erfüllung eurer Zukunftsvorstellungen unterstützen – wenn sie klug und überlegt sind. In welcher Weise genau, das können wir alles noch klären. Bei Tessa hat es ja ohnehin noch einige Jahre Zeit, und bei dir, Felicitas, ist das höchste Gebot der Stunde, dass du nicht verlobt wirst. Ich habe mir also überlegt, wie ich das Gespräch mit meinem Schwager am geschicktesten lenken werde. Denn eins kannst du mir glauben: Wenn ich auf dem Ball auftauche, dann wird es ein Gespräch geben.«

»Und wenn Papa dich direkt auf die Straße setzt?«, fragte Tessa nach.

»Das wird er nicht tun. Er wird jedes Aufheben vermeiden wollen. Und sobald ich nach der ersten Aufforderung nicht freiwillig gehe, und das werde ich nicht, muss ihm klar sein, dass es zu einer unangenehmen Szene kommen könnte. Eine Szene, die er ganz sicherlich nicht auf seinem so vorzüglich geplanten Ball haben will.«

»Ich hoffe so sehr, dass er sich von dir überzeugen lässt«, sagte Felicitas inbrünstig. »Ich will nicht noch anderthalb Jahre in diesem Zimmer eingesperrt sein.« Und das war noch die beste aller Möglichkeiten, die ihr blühen konnte, wenn Vater richtig wütend wurde.

Minna hatte sich bereits nach einer Pension umgeschaut. Wenn es doch zum Äußersten kam, würde sie noch in derselben Nacht flüchten. Es war abgemacht, dass ihre Tante dann mit ihr zurück nach Duisburg fahren würde.

»Aber für den Ball ist alles so weit vorbereitet?«, fragte die.

»Es könnte morgen schon losgehen.«

»Du bist dir absolut sicher: Nichts von alledem wird auf dich zurückfallen?«, fragte Tante Apollonia skeptisch.

»So ist es geplant. Wenn etwas auf dem Ball schiefgeht, dann werde ich mit ebenso überraschten Augen darauf blicken wie alle anderen Gäste. Nichts wird meine Handschrift tragen.«

Wieder griff die Tante nach ihren Händen. »Ich hoffe sehr, dass ich deinen Vater davon überzeugen kann, seinen Verstand walten zu lassen. Ich habe doch einige Argumente.«

Es klang merkwürdig, wie sie es sagte. Es klang so, als gäbe es ein Geheimnis, von dem Felicitas nichts wusste.

Tante Apollonia stand auf, und es sah so aus, als wollte sie gehen.

»Ich hätte noch eine Frage«, sagte Felicitas schnell.

»Ja?«

»Angenommen, alles geht glatt. Nach deinem Aufenthalt hier fährst du nach Hamburg. Und dann für vier Wochen nach Amerika?«

»Kind, wenn du glaubst, du könntest mit mir kommen, dann ...«

»Nein, darum geht es gar nicht. Es geht nicht um mich. Es geht um Minna. Und ihren Freund.«

Tante Apollonia zog die Augenbrauen hoch. »Die beiden wollen nach Amerika?«

Felicitas nickte. Genau in diesem Moment ging die Tür wieder auf, und Minna kam mit Schaufel und Besen herein.

»Sie wollen also nach Amerika? Auswandern?«

Minna war verunsichert. Deshalb ergriff Felicitas das Wort. »Die ganze Sache ist etwas verzwickter.« Dann fing sie an, ihrer Tante zu erklären, worum es ging.

14. August 1888

Nach seinem ergebnislosen Besuch im Hotel Kaiserhof hatte Egidius drei goldene Westentaschenuhren gekauft. Mit dem Hinweis darauf, dass sie sich damit von der ausgezeichneten deutschen Ingenieurskunst überzeugen könnten, hatte er sie dem Botschafter und dem Gesandten geschickt. Eine der Uhren sollte dem Sultan persönlich überreicht werden. In einem Begleitbrief hatte er sein Anliegen vage formuliert und um ein Treffen gebeten. Er könne sich jederzeit frei machen.

Eine Antwort hatte er allerdings in den letzten sechs Tagen nicht erhalten. Nicht einmal ein Dankesschreiben. Vor dem Fenster seines Arbeitszimmers verdeckten Bäume den Blick aufs Hotel. Trotzdem, immer wieder starrte er stundenlang in Richtung Hotel, als könnte er die Männer hinter den Mauern hypnotisieren. Wenn sie dort überhaupt noch logierten.

Zunehmend wurde er angespannter. Zwar wusste er, dass solche Projekte monatelang, manchmal sogar jahrelang in der unverbindlichen Vorphase hängen blieben. Dennoch machte er sich langsam Sorgen. Zu oft schon hatte er erlebt, dass die ganz Großen untereinander kungelten und sich gegenseitig die Aufträge zuschusterten. Für einen Königsberger Fabrikantensohn war er weit gekommen, sehr weit sogar. Aber eben nicht über die zweite Reihe hinaus. Was sich heute vielleicht ändern würde.

Denn endlich tat sich etwas. Graf von Brück-Bürgen hatte ihn eingeladen. Er habe ihm Erfreuliches mitzuteilen, hatte in der kurzen Note gestanden, die er gestern Abend bekommen hatte. Egidius war aufgeregt. Es klang so, als hätte der Graf nun endlich etwas Handfestes zu besprechen.

Gute zehn Minuten Fußweg entfernt stand das Clubhaus in der Jägerstraße. Endlich durfte er eintreten, in den Millionenclub, der seinen Spitznamen wegen seiner vielen reichen Mitglieder hatte. Natürlich war er nur Gast im *Club von Berlin,* der exklusivsten Vereinigung der Reichshauptstadt. Minister und Staatssekretäre, der alte Adel und der neue Geldadel, neben einigen wenigen herausragenden Künstlern und Wissenschaftlern ließen es sich hier nach dem Vorbild englischer Herrenclubs gut gehen.

Kurz blieb er andächtig vor der reich verzierten Fassade stehen, da öffnete sich auch schon von innen die Tür, und ein Diener bat ihn stumm herein. Er trat vor einen schmalen Tresen, an dem ein weiterer Bediensteter ihn mit freundlichem Gesicht empfing.

»Egidius Louisburg. Graf von Brück-Bürgen hat mich eingeladen«, sagte er knapp.

»Natürlich. Wenn Sie mir bitte folgen möchten.«

Über dicke, weiche Teppiche wurde er an einer Bibliothek vorbeigeführt. Weiter ging es an mehreren Salons vorüber, dann blieb der Bedienstete stehen und wies ihn in ein Restaurant.

»Graf von Brück-Bürgen erwartet Sie bereits.«

Er ging hinein. Es war später Vormittag, und das Restaurant war bis auf einen Tisch leer. Der Graf erhob sich von seinem Stuhl.

»Ich danke Ihnen für die Einladung«, begrüßte Egidius ihn.

»Sehr gerne. Meine Güte, ist das heiß. Auf dem Land ist es im Moment sehr viel angenehmer«, gab der Graf zurück.

Egidius nickte. Vielleicht hatte Felicitas ja doch recht, und ein Gut auf dem Land wäre eine lohnenswerte Investition.

»Allein dieser Gestank«, setzte Brück-Bürgen die Jammerei fort.

Er hatte ja recht – es war kaum auszuhalten. Auf der Wilhelmstraße und rund um Unter den Linden war es noch erträglich. Aber sobald man in andere Gegenden kam, stanken der allgegenwärtige Teppich aus Pferdemist auf den Straßen und der Unrat in der Gosse zum Himmel. Myriaden von Fliegen und Mücken labten sich daran.

Ein Kellner brachte zwei Gläser mit eiskaltem Tee und verschwand sofort wieder. Sie waren allein.

»Am liebsten wäre ich noch auf dem Gut geblieben. Aber natürlich habe ich hier gewichtige Aufgaben. Und im Zuge dieser habe ich nun endlich gute Nachrichten für Sie.«

»Ich bin ganz Ohr«, sagte Egidius. Wie gut waren die Nachrichten?

»Zuerst einmal vorweg: Mein Sohn hat den Kaiser vorgestern bei seinem Besuch einer Felddienstübung in Spandau getroffen, nicht ganz zufällig, wie ich hinzufügen möchte. Er konnte einen kurzen Moment mit ihm sprechen. Es sieht gut aus. Anscheinend gibt es keinen anderen offiziellen Termin, der mit dem Ball kollidiert. Und der Kaiser wird an diesem Tag ohnehin in Berlin weilen. Also stehen unsere Chancen gut, dass er kommt.«

»Fantastisch«, entfleuchte es Egidius euphorisch. Um dann in gemessenem Ton fortzufahren. »Wir werden uns in jeder Hinsicht darauf einstellen, dass Seine Majestät uns mit seiner Anwesenheit beehrt.«

»Ich darf Ihnen sagen: Auch ich sehe der Gelegenheit, unserem neuen Kaiser persönlich die Hand reichen zu dürfen, mit größter Freude entgegen. Jetzt, da Wilhelm Kaiser ist, wird er vermutlich nicht mehr so leicht für unsereins erreichbar sein.«

Unsereins, das hörte sich wunderbar an. Egidius fühlte sich schon so gut wie dazugehörig. Heute war er zum ersten Mal in diesem exklusiven Club. Und wenn das Glück ihm hold war, besuchte ihn der Kaiser in seinem Haus. Noch nie zuvor war er einem Eintreten in die erste Gesellschaft so nahe gewesen wie jetzt.

Brück-Bürgen beugte sich vor und sprach plötzlich mit gesenkter Stimme. »Nun zum eigentlichen Punkt. Mehrere Banken haben sich zwecks Finanzierung zusammengefunden. Es wird ein unter der Leitung der Deutschen Bank geführtes Finanzkonsortium geben.« Leise fuhr er fort. »Herr Siemens wird in den nächsten Tagen beim Auswärtigen Amt die offizielle Haltung der Regierung zu dem Projekt anfragen. Sollte diese nicht negativ beschieden werden, kann es weitergehen.«

»Endlich kommt etwas ins Rollen.«

»Es wird noch besser: Die Hohe Pforte hat, zusätzlich zur Verzinsung des Kapitals, darüber hinaus nun auch gutes Geld pro fertiggestelltem Eisenbahnkilometer zugesagt. Den Türken scheint wirklich viel an der Ausführung der Bahnstrecke zu liegen.«

So etwas hörte Egidius gerne. Der Kuchen wurde immer schmackhafter.

»Je nachdem, wann und wie sich das Auswärtige Amt beziehungsweise Bismarck äußern, wird es ein Treffen geben. Ein Treffen derjenigen, die für die Ausführung des Projektes ins Auge gefasst werden«, schob Brück-Bürgen genüsslich hinterher, als wüsste er nicht genau, wie sehr er Egidius mit diesen Worten quälte. »Ich denke, wir können davon ausgehen, dass es vermutlich im letzten Drittel des Monats stattfinden wird. Also noch im August.«

Herrje, spuck es schon aus, dachte Egidius.

Dieses Mal spannte ihn der Graf nicht lange auf die Folter. »Es sind bereits einige Mitspieler bekannt.«

Egidius wurde von Neugierde und Anspannung zerrissen. Ihm wurde leicht übel. Er klammerte sich so fest an sein Glas, dass die Knöchel weiß hervortraten.

»Da wären einmal Philipp Holzmann aus Frankfurt für die Baumaterialien.«

Verdammt. Holzmann war groß. »Auch für die Schienen?«

Der Graf schüttelte den Kopf. »Kann ich nicht sagen. Ich weiß aber, dass es noch keine endgültige Entscheidung gibt. Denn da auch Krupp mit von der Partie sein wird ...«

Krupp?! Verflixt. Das war noch schlechter. Aber natürlich war das größte Industrieunternehmen Europas bei einem solchen Projekt dabei. »Und was die Lokomotiven und Waggons angeht?« Seine Stimme klang spröde.

»Da haben wir die beiden Münchener Lokomotivenfabriken Krauss und Maffei.«

»Wieso sind denn die Süddeutschen dabei?«

»Sicher aus paritätischen Gründen. Wenn alle Aufträge nur nach Preußen gingen, dann gäbe es wieder großen Unmut.«

»Und die Borsigwerke ...«

Der Graf machte ein mitleidiges Gesicht. Er wusste, dass Borsig der größte Konkurrent für Egidius war. »Leider ja.«

Borsig war keine Überraschung, war es doch das wichtigste Unternehmen, wenn es um die Eisenbahn ging. Trotzdem hörte er in den Ohren sein Blut pumpen.

»Aber ich hörte, Borsig sei sehr teuer«, sagte Brück-Bürgen. Verstohlen schob er ihm ein Kuvert über den Tisch. »Ich habe die wichtigsten Zahlen aus seinem Angebot notiert. Vielleicht passen Sie Ihr Angebot entsprechend an.«

Egidius steckte das Kuvert schleunigst weg. Dann musste er also die Borsigwerke unterbieten.

»Außerdem hörte ich, dass Krupp und Holzmann jetzt schon wegen der Schienen streiten«, fuhr Brück-Bürgen fort.

Das war vielleicht eine Chance. Auf einen hässlichen Streit hatten die Lenker eines solchen Projektes sicher keine Lust. Wenn zwei sich streiten, freut sich oft ein Dritter.

Graf von Brück-Bürgen trank in aller Seelenruhe ein paar Schlucke und ließ Egidius nicht aus den Augen. Dann sagte er: »Und noch einer wird zum Treffen eingeladen – der Eisenbahnfabrikateur Louisburg.«

Egidius stutzte. »Der ... Ich?« Er sprang auf. »Wirklich? Ich? ... Famos.« Ungestüm winkte er dem Kellner und setzte sich wieder. »Wer hat das gesagt? Wer hat mich ins Spiel gebracht?«

»Na ich!«, sagte Brück-Bürgen leicht entrüstet. »Ein Kollege im Reichseisenbahnamt hat einen Bruder, der bei der Deutschen Bank arbeitet. Die beiden speisen jeden Freitagabend gemeinsam. An einem Freitagnachmittag vor drei Wochen, noch vor meiner Stippvisite auf dem Gut, habe ich meinem Kollegen gesteckt, dass man um Ihre Beteiligung eigentlich nicht drumherum kommt. Dass man sich auf jeden Fall Ihre Kalkulationen ansehen sollte. Und dass Sie mit Ihrer Arbeit bewiesen hätten, dass Sie bei den ganz Großen mitspielen können. Das Projekt dient ganz nebenbei schließlich auch dazu, unsere deutsche Vorherrschaft zu untermauern.«

»Was wünschen die Herren?«, fragte der Kellner.

»Champagner. Den besten, den Sie haben«, bestellte Egidius.

Der Kellner nickte und verschwand.

»Nun, anscheinend hat mein Kollege es seinem Bruder, wie von mir geplant, weitergetragen. Am Montag darauf ließ er sich Unterlagen über Sie kommen. Letzte Woche wurde ich von ihm angesprochen. Und heute kam dann die Nachricht, man wolle Sie miteinbeziehen. Ich habe mir erbeten, Sie höchstpersönlich darüber informieren zu dürfen, dass Sie bitte vorab schon einige Kalkulationen an die Deutsche Bank schicken möchten.«

Egidius war überwältigt. Er versuchte, sich seine Aufregung nicht anmerken zu lassen.

»Ich muss allerdings eine Einschränkung machen. Die gute Nachricht, dass noch keine festen Aufträge verhandelt wurden, beinhaltet natürlich Risiko und Chance. Ob Sie oder in welchem Umfang Sie Aufträge erhalten, das liegt allein in Ihren Händen. Ich habe das Meinige getan.«

Egidius nickte. »Das haben Sie. In der Tat, das haben Sie.«

Alles, was er sich erträumt hatte. Er saß endlich im exklusivsten Club, den die Hauptstadt des Kaiserreiches zu bieten hatte. Der Kaiser beehrte ihn mit seinem Besuch, vermutlich. Er war im Rennen um das lukrativste Projekt, das es derzeit in Europa gab. Und bald würde seine Tochter eine ›von‹ werden. Vier Ereignisse, die alle dazu führen würden, dass er in die erste Gesellschaft aufsteigen würde.

Der Kellner erschien mit einem Eiskübel, in dem eine Champagnerflasche kühlte. Er goss zwei Gläser ein und reichte sie den Herren. Egidius wartete, bis der junge Mann sich entfernt hatte.

»Stoßen wir an auf ein fabelhaftes Projekt. Auf jede Menge Arbeit, rauchende Fabrikschornsteine und eine auf lange Sicht gesicherte Auftragslage.«

Der Graf hob ebenfalls sein Glas. »Nicht zu vergessen, unser eigenes kleines Projekt. Unser Familienkonsortium. Mein Sohn und ich freuen uns sehr auf den Ball und seinen Höhepunkt.«

»Ich mich auch, werter Graf. Ich mich auch.«

Sie tranken Champagner und lächelten sich an, als wären sie frisch verliebt. Und genauso aufgekratzt fühlte Egidius sich gerade.

Der Graf ließ sich sein Glas von Egidius auffüllen. »Dann, mein werter Louisburg, sollten wir über die Details unseres kleinen Handels sprechen.«

»Wir werden die Verlobung verkünden, sobald der Kaiser anwesend ist. Ich habe alles vorbereiten lassen. Der Champagner wird kalt gestellt sein, die Gläser bereit, und die Diener sind angewiesen, alles andere stehen und liegen zu lassen, sobald ich Bescheid sage.«

»Sehr schön. Ich kenne das von anderen Festivitäten. Der Kaiser ist unberechenbar. Mal bleibt er zehn Minuten, mal drei Stunden. Sobald er da ist, sollten wir das unverzüglich über die Bühne bringen. Und was den anderen Teil unserer Kooperation angeht ...«

»Sie meinen das Viertel der Möhre?!« Zwölftausendfünfhundert Mark – wahrlich kein Pappenstiel.

»Genau. Da ja nun alles in trockenen Tüchern ist ...«

Er wollte das Geld, und er wollte es sofort. Egidius überlegte. Sollte er ihm die wohlverdiente Summe jetzt schon geben? Im Moment schienen alle Steine aus dem Weg geräumt zu sein. Ob der Kaiser kam, lag nicht mehr in Brück-Bürgens Händen. Aber sicher hatte er alles dafür getan, schließlich wertete das auch die Verlobung seines Sohnes auf, wenn der Kaiser höchstpersönlich anwesend war.

Und er hatte endlich die notwendigen Informationen besorgt. Mehr als das sogar. Er hatte es arrangiert, dass er auf das entscheidende Treffen eingeladen wurde. Was dort passierte, war nur noch Egidius' Verhandlungsgeschick überlassen. Zudem, wenn ihre beiden Familien miteinander verbunden waren, würde Brück-Bürgen ihn weiterhin mit lukrativen Informationen aus dem Reichseisenbahnamt versorgen.

»Hätte ich das früher gewusst, hätte ich etwas mitbringen können. Aber nun gut, es liegt wohl in der Natur der schönen Überraschungen, dass man sie vorher nicht ankündigt.«

Der Graf lächelte zustimmend und trank noch einen Schluck. »Nun, bis zur Deutschen Bank sind es keine zwei Minuten zu Fuß.«

Chapeau. Deshalb hatte der Graf ihn in den Club bestellt. Von hier bis zum Eingang der Bank in der Mauerstraße waren es keine hundertfünfzig Meter. Egidius musste den Hut ziehen vor so viel Dreistigkeit. Der Graf war geschickt.

»Dann werde ich Ihnen das Geld nachher zukommen lassen.« Und da sie nun gerade beim Thema waren. »Wie hoch soll eigentlich der Anteil der Mitgift für Ihren Sohn sein?«

Der Graf zierte sich. Man sprach nicht über Geld. Doch schließlich sagte er: »Ich dachte an fünfzehntausend. Das ist reichlich für einen so jungen Menschen. Ohnehin fließt das restliche Geld aus meinen Händen direkt in Investitionen zugunsten dessen, was einmal Rudolphs Erbe sein wird.« Er räusperte sich. »Ich werde nachher im Clubsalon auf Sie warten. Aber nun lassen Sie uns erst gemeinsam speisen. Es gibt hier ein vorzügliches Entrecôte.«

17. August 1888

Morgen war es so weit. Nichts lief mehr normal. Nichts stand mehr an seinem üblichen Platz. Der kleine und der große Essenssalon waren bereits in Rückzugsorte verwandelt worden – für die Damen ein Boudoir und für die Herren ein Rauchkabinett. Auch Minna schwirrte der Kopf.

Die Herrschaften hatten heute früh auf ihren Zimmern gefrühstückt. Unten im Erdgeschoss war ein einziges Stühle- und Möbelrücken. Die Waschküche war ausgeräumt und Platz gemacht worden für all die Speisen, die morgen hier eintreffen würden. Gestern war das Eis in großen und kleinen Blöcken in den Eiskeller geschleppt worden.

Oben im Dienstbotenbereich unter der Mansarde war ein Zimmer freigeräumt worden, damit sich die bestellten Kellner dort ankleiden konnten. Sie würden die Gäste in Rokoko-Livreen bedienen. Das Dutzend Waisenkinder, die morgen kommen würden, mussten sich allerdings in der Remise umziehen.

Im Dienstbotenbereich war ein ständiges Kommen und Gehen. Man hatte extra einen der Diener abgestellt, damit wirklich nur die Leute ins Haus kamen, die etwas für den Ball brachten.

Herr Nipperdey schwirrte wie ein aufgebrachter Schmetterling durchs ganze Haus, war mal cholerisch, mal redete er jemandem Mut zu, mal raufte er sich die Haare.

Fräulein Korbinian stöhnte in einem fort, als wäre das alles eine ihr nicht zuzumutende Tortur, obwohl sie eigentlich wenig zu tun hatte. Es waren die anderen, von der Mamsell bis zur Küchenmagd, die in den letzten Tagen kaum noch Schlaf bekommen hatten. Und der morgige Tag würde außerordentlich anstrengend werden, aber daran dachte Minna jetzt gerade nicht.

Ein Coiffeur war gestern gekommen, um die Frisur von Fräulein Felicitas probehalber zu stecken. Heute Abend noch würden sie die langen Haare waschen, den Kamin anfeuern und sie vor dem Feuer trocknen. Morgen dann würde der Friseur die endgültige Version der sehr aufwendigen Aufsteckfrisur erneut erstellen.

Minna selbst hatte kaum etwas gegessen, und ihr Magen grummelte. Nicht, dass es nicht genug zu essen gab, aber sie war so aufgeregt. Gleich würde Meesters eintreffen. Sie hatte Menkam schon vor einigen Tagen geschrieben und war gespannt, ob er den Schneidermeister begleiten durfte. Meesters und seine Frau brachten heute das fertige Ballkleid. Noch einmal würde Fräulein Felicitas das Kleid anprobieren, und der Schneider würde letzte Hand anlegen.

Nach einer gefühlten Ewigkeit kam Frederick hochgelaufen und unterrichtete Minna darüber, dass der Schneider gerade vorfuhr. Mit flatternden Händen suchte sie Fräulein Felicitas, die sie schließlich in dem für die Damen hergerichteten Boudoir fand, wo sie überprüfte, ob auch alles für die weiblichen Gäste vorbereitet war. Es gab für alles Ersatz – Handschuhe, Haarteile, Haarnadeln, Puderdosen. Viele Damen kamen während eines Balls ins Boudoir, um sich für eine kurze Weile das Korsett aufschnüren zu lassen. Dort gab es auch Erfrischungen. Es war an alles gedacht.

»Meesters ist gerade eingetroffen.«

»Jawohl. Geleitest du ihn bitte nach oben in mein Zimmer? Ich komme sofort.«

Minna nickte. Sie lief zur Hintertreppe und hinunter ins Souterrain.

»Vorsicht. Bitte alle Platz machen! Bitte alle aus dem Weg gehen«, hörte sie bereits Meesters' Stimme.

Er kam gerade zum Hintereingang herein, das Kleid, das in einer dicken Leinenhülle verborgen war, übervorsichtig vor sich her tragend. Ihm folgte seine Frau, die anscheinend die Nähutensilien trug. Dann machte ihr Herz einen Sprung. Menkam war tatsächlich mitgekommen und trug ein Kleidergestell aus Metall.

»Bitte hier entlang. Wir gehen nach oben. In das Zimmer von Fräulein Felicitas. Wir nehmen die Haupttreppe.«

Die Haupttreppe war wesentlich breiter, und vor allem gab es dort keinen Schmutz irgendwelcher Art. Es käme einer Katastrophe gleich, wenn jetzt noch ein Fleck auf das Kleid käme.

Meesters folgte ihr und die anderen beiden ebenso. Minna sah, wie Menkam sich beeindruckt umschaute. Er war noch nie im Palais gewesen, und dass er dort die Haupttreppe hinaufgehen durfte, war außergewöhnlich.

»Hier herein, bitte«, lotste Minna sie in Felicitas' Zimmer, als sie im ersten Stock angekommen waren.

Sofort stellte Menkam das Kleidergestell in die Mitte des Raumes, und Meesters hängte das Kleid daran.

»Soll ich direkt die Schachteln holen?«

»Ja, natürlich«, sagte die Frau des Schneiders ungeduldig. »Wir müssen doch alles beisammen haben.«

Just, als er zur Tür hinaus wollte, kam Felicitas herein.

»Wunderbar. Ich kann es gar nicht abwarten, das fertige Kleid zu sehen.« Als Fräulein Felicitas sah, dass Menkam hinter ihr zur Tür hinausging, sah sie Minna an.

»Minna, sag bitte unten Bescheid, dass wir Limonade möchten. Es ist so unfassbar warm. Und bring das hier weg.« Sie reichte ihr ein in Packpapier eingeschlagenes Paket.

»Sehr wohl, gnädiges Fräulein.« Schon war sie zur Tür hinaus und blickte sich um. Menkam wartete auf dem Flur auf sie. Er wusste nicht, wo es zur Hintertreppe ging.

Stumm wies sie in eine Richtung. Er ging vor, und sie folgte ihm. Kaum, dass sie die ersten Stufen der Hintertreppe erreicht hatten, blieben sie stehen. Sie wussten beide, sie hatten nicht viel Zeit. Und doch war es schwierig, ihm das zu sagen, was sie ihm sagen musste.

»Ich hab etwas für dich.« Sie reichte ihm das Paket.

»Ein Geschenk? Für mich?«, sagte Menkam überrascht.

»Mach es auf.«

»Erst muss ich dir noch etwas sagen. Ich habe endlich mit Meesters gesprochen. Er wird mich gehen lassen, aber er will eine Ablösesumme haben. Ich hatte zwar auf weniger gehofft, aber ich kann mir dann immer noch die Schiffspassage leisten, die fünfundzwanzig Dollar vor Ort und hätte noch etwas übrig, um uns die ersten Wochen über Wasser zu halten.« Er sah sie an. »Und wie viel hast du gespart? Ich weiß, über Geld redet man nicht offen. Aber wenn wir dorthin reisen, muss ich wissen, wie viel ich zur Verfügung habe, um mein Geschäft aufzubauen.«

Genau so hatte sie sich das vorgestellt. Sie waren noch nicht einmal verheiratet, und schon fing er an, über sie und ihr Geld zu bestimmen. »Mach bitte das Paket auf.«

»Jetzt sofort? Ich dachte, du wolltest mir etwas sagen.«

»Nun mach schon auf. Wir haben nicht viel Zeit.«

Die Entschiedenheit in ihrer Stimme irritierte ihn offenbar. Sein Ausdruck verdunkelte sich. Trotzdem öffnete er eilig das Paket und sah auf das Buch. Es war das Auswanderer-Buch, das Minna sich gekauft hatte. Fragend schaute er sie an.

»Ich muss dir etwas sagen. Ich weiß, wie du nach Amerika kommen kannst, ohne dass du zurückgeschickt wirst.«

Das war wohl nicht ganz das, was er erwartet hatte. »Was meinst du mit: wie ich nach Amerika komme? Gehst du nicht mit?«

Minna hatte lange darüber nachgedacht. Aber nein, sie würde nicht mitkommen. Sie hatte nie das Bedürfnis verspürt, noch einmal neu in einem völlig fremden Land anzufangen. Nach langen Jahren hatte sie sich endlich in Deutschland eingelebt, kannte die deutschen Sitten, sprach die deutsche Sprache und hatte sich an die deutsche Kost gewöhnt. Wenn sie aus Deutschland wegging, dann nur, um in ihrer Heimat nach ihrer Familie zu suchen.

»Das ist dein Traum, nicht meiner.«

»Aber ich dachte, du wolltest frei sein.«

Nun kam der schwierige Teil. »Und wäre ich frei, wenn ich deine Frau wäre?«

Für einen Moment wusste Menkam wohl nicht, was er darauf antworten sollte. »Freier als hier allemal«, antwortete er verschnupft.

»Aber vermutlich nicht so frei, wie ich sein kann, wenn ich bei Fräulein Felicitas bleibe.«

Er schüttelte unwirsch den Kopf. »Was weißt du schon, wie es in dem neuen Haushalt sein wird? Wenn sie erst einmal verheiratet ist, wird sich auch für dich alles ändern. Du weißt nicht, wie dann die Dienstboten in dem neuen Haus auf dich reagieren.«

»Ich werde eine Verbündete haben.«

Er schnaubte laut auf. »Dein edles Fräulein? Warts nur ab, wie lange das andauert. Sei nicht naiv. Als Eigentum deines Fräuleins wirst du zum Eigentum des neuen Mannes.«

»Ich bin nicht ihr Eigentum, das hat sie selbst gesagt.«

»Das ist dumm. Und du weißt es auch. Komm einfach mit mir mit. Ich werde bestens für dich sorgen.« Er schien ganz und gar nicht einverstanden zu sein mit ihrer Entscheidung.

Sie schüttelte den Kopf. »Meine Entscheidung steht fest.«

»Und wenn du dich irrst?«, fragte Menkam herausfordernd. Es klang, als gäbe es keine andere Möglichkeit, als dass sie sich irrte.

»Und wenn du dich irrst und es alles gar nicht so wunderbar ist in Amerika? Wenn du dort ankommst und nicht sofort deine Schneiderei aufmachen kannst? Ich weiß ja nicht, wie es in Amerika ist. Aber hier in Deutschland nähen sich die meisten Frauen ihre Kleider selbst. Und dass ausgerechnet du, als Schwarzer, Eintritt in die Haushalte erhältst, die es sich leisten können, sich Kleider nähen zu lassen, das halte ich für naiv.«

»Du wirst es bereuen, ganz sicher«, sagte er unbeherrscht.

»Ich danke dir. Ich danke dir dafür, dass du mir gezeigt hast, dass so viel mehr möglich ist. Und ich danke dir dafür, dass du mich ermutigt hast, meine eigenen Entscheidungen zu treffen. Aber eine meiner eigenen Entscheidungen ist, nicht nach Amerika zu gehen.«

Menkam sagte nichts mehr, aber er sah sehr wütend aus.

»Aber ich habe einen Weg gefunden, auf dem du auf jeden Fall ins Land kommst«, sagte sie nun versöhnlich.

Diese Wendung hatte er wohl nicht erwartet, denn er sah sie verwirrt an.

»Die Tante von Fräulein Felicitas reist in knapp zwei Wochen nach Amerika. Und sie würde dich mitnehmen, als Diener. Und einem Diener wird niemand bei der Einreisebehörde Fragen stellen. Und wenn du dann erst mal im Land bist ...«

»Boy ...«, hallte es vom Flur auf dem ersten Stock. Frau Meesters rief schon nach ihm.

»Ich muss ...«, sagte er unwirsch und lief die Treppe hinunter.

Minna ging langsam in die Küche. Sie bestellte dort Limonade für oben und trat wieder auf den Flur.

Menkam kam von draußen herein, lief mit einem hohen Stapel Pakete an ihr vorbei und zischte ihr zu: »Darüber ist das letzte Wort noch nicht gefallen.«

»Doch«, sagte sie mehr zu sich selbst, denn er war schon die Treppe rauf. »Doch, darüber ist das letzte Wort bereits gefallen.« Er sollte sich nur selber hören. Wie er jetzt schon über sie bestimmte.

Sie ging hoch und trat in Fräulein Felicitas' Zimmer. Das Kleid aus hellgrüner Atlasseide, verziert mit Gaze und Taft, mit einer Silberspange, die an einer Seite den Stoff des Rockes raffte, sah atemberaubend aus. Es war so aufwendig geschneidert, dass sie die Schönste auf dem Ball sein würde.

»Wunderschön«, rief Minna aus. »Ein traumhaftes Kleid.«

Das Ehepaar Meesters schien irritiert, dass Minna sich überhaupt eine Meinung erlaubte.

Aber Fräulein Felicitas trat an sie heran, hakte sich bei ihr unter und sagte: »Das hast du wirklich gut ausgesucht. Die Farbe und auch den Schnitt.«

Verstohlen warf sie einen Blick auf Menkam, der weiter hinten die Pakete auspackte. Die farblich passenden und mit Perlen bestickten Seidenpumps standen bereit, und gerade legte er die seidenen Handschuhe über die Lehne der Chaiselongue. Er schaute sie nicht an. Er wollte nicht wissen, wie gut sie mit Fräulein Felicitas auskam. Weil er es partout nicht glauben wollte.

Frau Meesters klatschte in die Hände. »Dann dürfen die Mannsbilder sich nun entfernen.«

»Mamsell Jarausch hat Ihnen in der Küche etwas herrichten lassen«, wandte Minna sich überfreundlich an die beiden Männer.

Felicitas würde das Kleid nun probehalber anziehen, und das würde dauern.

KAPITEL 6

18. August 1888

Felicitas hatte kaum geschlafen, obwohl sie gestern Abend wirklich früh ins Bett gegangen war. Sie konnte es gar nicht erwarten, dass dieser Tag vorbei wäre. So viel hatte sie noch zu erledigen. Ganz offiziell und natürlich noch vieles mehr inoffiziell. Noch fünf Stunden blieben ihr, bis der Ball um Punkt acht Uhr abends beginnen würde.

Minna betrat ihr Zimmer.

»Und?«, fragte sie neugierig ihre Zofe. »Ist er da?«

Minna nickte. »Der Mann aus der Zoohandlung war sehr redselig. Trotzdem konnte ich ihn draußen auf der Straße abfertigen. Ich werde später mit Tessa zusammen, kurz bevor es losgeht, die Kiste zu den anderen Gewinnen stellen. Niemand wird etwas merken. Die Box mit den Losen ist ebenfalls schon präpariert.«

»Ich muss sagen, auf den Pfau bin ich besonders gespannt. Er wird vermutlich für die größte Unruhe sorgen. Und Nipperdey hat nichts davon mitbekommen?«

»Nein, er schwirrt vor allen Dingen im Erdgeschoss durch alle Räume. Der Mann mit der Kiste ist ja nicht mal aufs Gelände gekommen.«

»Gut. Sehr gut.«

»Nipperdey hat jetzt schon das vierte Glas von mir bekommen. Er trinkt viel, denn es ist ja wirklich warm. Allerdings scheint er mir wie ein Mann, der einiges verträgt«, erklärte Minna. »Kurz vor dem Ball werde ich ihm einen angereicherten Wein bringen. Sicher ist er leicht davon zu überzeugen, dass er sich ein Schlückchen verdient hat.«

Ein wichtiger Baustein, um den Ball wirklich sabotieren zu können, war, Herrn Nipperdey auszuschalten. Da Felicitas wusste, dass der Zeremonienmeister dem Alkohol nicht abgeneigt war, hatten sie sich dazu entschlossen, ihn besoffen zu machen. Dieser Fehler würde einzig und allein auf ihn zurückfallen. Schon heute Morgen hatte Minna damit begonnen, ihm in seine Limonade und andere gekühlte Getränke ein wenig hochprozentigen Alkohol zu kippen. Wenig genug, damit er es nicht schmeckte. Es würde eben über die Menge wirken.

»Und Fräulein Korbinian?«

»Die hat ihre erste Portion Pulver für heute bekommen«, sagte Minna stolz.

Auch ihre Gouvernante musste ausgeschaltet werden. Schon in den letzten drei Tagen hatten sie ihr über den Tag verteilt kleine Portionen Schlafpulver in den Kaffee oder den Kakao gemischt. Seit Tagen war sie müde. Felicitas' Vater hatte sie schon gescholten, weil sie so oft gähnte. Natürlich fiel auch das zurück auf den Ball, denn seit Wochen hatten alle so furchtbar viel zu tun.

»Jeden Moment wird der Coiffeur kommen. Und danach, wenn ich das Kleid erst anhabe, kann ich nichts mehr machen.«

»Sobald Sie das Kleid tragen, habe ich wieder mehr Zeit. Erst, wenn alle unten sind und die Gäste begrüßen, kümmere ich mich um Tessa. Das Pagenkostüm passt ihr fast wie angegossen. Nur die Hosenbeine sind etwas zu lang.«

»Ich hoffe nur, dass Tessa in ihrer Aufregung keine von ihren Aufgaben vergisst.«

Tessa hatte die wichtigste Aufgabe überhaupt. Sie würde in den Pausen, die das Orchester machte, wenn gegessen wurde, die Bögen der Streicher verstecken. Dann konnte nicht weitergespielt werden. Und ohne Musik gab es keinen Ball.

»Ich werde ein Auge auf sie haben.«

»Ist der Fotograf schon da?«

»Gerade eingetroffen. Nipperdey hilft ihm, die Leinwand im Vestibül aufzubauen.« Im Laufe des Abends sollte jeder Gast die Möglichkeit haben, sich mit dem Gastgeber fotografieren zu lassen.

»Zu ihm ist mir immer noch nichts eingefallen«, gab Felicitas zu. »Genauso wenig wie zur Harfenistin.«

Geplant war, jedes einzelne Geschehen auf dem Ball auf die eine oder andere Weise schiefgehen zu lassen. Vater war natürlich seit Tagen völlig aus dem Häuschen. Es war, als würde er jeden Moment damit rechnen, dass der Kaiser eintraf. Alles war auf diesen einen Moment hin ausgerichtet. Felicitas hoffte inständig, dass bis dahin schon so viel schiefgelaufen war, dass die Gäste das Fest verließen. Oder aber, dass Tante Apollonia ihren Vater vorher davon überzeugt hatte, Felicitas die Entscheidung über ihr Lebensglück selbst zu überlassen. Sie wollte sich gar nicht vorstellen, was die Alternative war. Denn spätestens, wenn der Kaiser eintraf, würde Vater die Verlobung verkünden.

»Und mein Koffer? Und das Bündel?«

»Liegen unten in der Remise, hinter dem Putzzeug, wie besprochen.«

Falls es wirklich zum Äußersten käme, würde Felicitas weglaufen. Mithilfe von Minna hatte sie sich bereits eine kleine Pension in Charlottenburg herausgesucht, in der weibliche Reisende unterkamen. Dort würde niemand nach ihr suchen. Ins Hotel zu ihrer Tante konnte sie nicht, denn dort würde Vater natürlich als Erstes suchen. In einem kleinen Lederkoffer hatten sie das Notwendigste für ein paar Tage eingepackt. In einem Bündel, das daneben lag, waren ein schlichtes Sommerkleid und bequeme Schuhe verpackt. Falls Felicitas fliehen musste, musste sie sich eilig umziehen.

»Die Droschke bestelle ich erst, wenn der Ball angefangen hat.«

Felicitas nickte. Erst wurden die Gäste vorne am Eingang begrüßt, dann wurde der Tanz eröffnet, natürlich von ihr. Irgendwann am späteren Abend bat man die Gäste zum Büfett. Also hatte Minna noch reichlich Zeit, alle Dinge in die Wege zu leiten.

»Das Feuerwerk – weißt du jetzt, wann und wo es stattfindet?«

Minna schüttelte den Kopf. »Nipperdey hält sich bedeckt. Offiziell wissen wir nichts davon.«

Nur durch Zufall, weil Minna im Dienstbotensalon eine Rechnung hatte herumliegen sehen, wussten sie überhaupt von dem Feuerwerk.

»Dann soll es stattfinden, nachdem man auf meine Verlobung geprostet hat. Was sonst könnte der Anlass sein?«

Die Tür ging auf, und Fräulein Korbinian schoss herein. »Minna, ich such dich schon überall. Die beiden Nähmamsells sind da. Du musst sie einweisen.«

Zwei Zofen aus anderen Häusern waren engagiert, um im Boudoir den jungen Damen bei ihren Frisuren oder kleineren Näharbeiten an den Kleidern zu helfen.

Nun wandte Fräulein Korbinian sich an Felicitas. »Der Coiffeur ist soeben eingetroffen. Er wird jeden Moment oben sein. Ich werde ihm helfen bei …«, sie musste plötzlich gähnen, »ihm bei der Frisur zur Hand gehen. Wenn Sie also noch mal ins Bad müssen …«

»Nein, danke, das wird nicht nötig sein.« Felicitas warf Minna einen letzten verschwörerischen Blick zu, bevor diese den Raum verließ.

»Im Moment passiert unten gerade alles gleichzeitig. Es ist ein furchtbares Chaos«, sagte Fräulein Korbinian in einem jammernden Ton. »Die Harfenistin und der Fotograf streiten sich gerade um den besten Platz im Vestibül. Das Restaurant Hiller hat zu wenig Rotwein geliefert. Herr Nipperdey ist mit seinen Nerven am Ende, das kann ich Ihnen verraten. In ganz Berlin wird gerade Rotwein aufgekauft.« Sie schüttelte den Kopf. »Als ich gesehen habe, dass das Essen angeliefert wird, bin ich hochgekommen. Das muss ich mir wirklich nicht antun.« Wieder gähnte sie. »Ich glaube, wenn der Ball vorbei ist, werde ich fünf Tage lang schlafen.«

Felicitas nickte nur und setzte sich an ihren Frisiertisch. Wenn jetzt schon das Chaos ausbrach, freute sie sich insgeheim, dann musste nicht mehr ganz so viel ihrem Zutun überlassen werden.

»Lassen Sie mich das machen«, sagte Fräulein Korbinian und nahm ihr die Bürste aus der Hand. Sie löste die locker zu einem Dutt gesteckten Haare und fing an, sie zu bürsten.

Plötzlich ging die Tür wieder auf, und Minna stürzte herein. »Das Riechfläschchen, bitte. Schnell!«

»Was ist passiert? Wer braucht es?«, fragte Felicitas.

Atemlos erklärte Minna: »Das Orchester ist gerade eingetroffen. Und als sie ihre Instrumente aufgestellt haben, hat der Cellist eine der Zuckerskulpturen beschädigt. Einer Putte fehlt nun ein Arm. Herr Nipperdey ist völlig außer sich.«

Felicitas zog eine Schublade auf und nahm das Riechfläschchen heraus. »Oje, der Arme«, sagte sie mit einem verschmitzten Grinsen.

Es wurde besser und besser. War das schon ein gutes Omen, dass genug auf dem Fest schiefgehen würde? War es ein Zeichen, dass ihr Plan aufging? Sie hoffte es inständig.

18. August 1888

Keine halbe Stunde mehr. Pünktlich um acht wurden die ersten Gäste erwartet. Felicitas stieg in ihrem prachtvollen Kleid vorsichtig die Treppe hinunter.

»Sie sehen bezaubernd aus«, rief Minna.

»Eines Kaisers würdig«, sagte Egidius stolz.

Seine älteste Tochter sah wahrlich majestätisch aus. Das Kleid war perfekt, die Frisur mit Perlenkämmen hochgesteckt. Als Schmuck dezente Ohrringe, dazu eine zierliche Diamantenkette, wie es sich für eine junge Dame gehörte. Wenn doch nur Valentina ihre Tochter so sehen könnte! In Momenten wie diesem schmerzte ihr Verlust ganz besonders. Aber wie schon seit über vierzehn Jahren wischte er diesen Gedanken beiseite. Seit ihrem Tod hatte er beinahe alles erreicht, was sie sich gemeinsam vorgenommen hatten. Nur der allerletzte Schritt fehlte noch.

Tessa sah neidvoll zu ihrer Schwester hoch. »Wenn ich endlich eingeführt werde, dann werde ich eine Tiara tragen.«

»Tessa, ich glaube, es wird langsam Zeit für dich«, sagte er. »Jeden Moment könnten die ersten Gäste kommen.«

Seine jüngste Tochter machte einen Schmollmund, aber trollte sich sogleich die Treppe hinauf. Er wusste, für sie war es wahrlich hart, einen Ball im Haus zu haben und nicht teilnehmen zu dürfen. Aber Regeln waren eben Regeln.

»Ich wünsche Ihnen einen ganz besonderen Abend«, verabschiedete sich nun auch Felicitas' Zofe. Sie würde auf Tessa aufpassen, bis diese eingeschlafen war.

»Und, Kind? Bist du bereit?«

Felicitas lächelte ihn vage an. »So bereit, wie ich sein kann. Ich bin furchtbar aufgeregt.«

»Da geht es dir wie mir. Der Kaiser! Wenn das Glück uns hold ist, können wir am Ende des Balls darauf zurückblicken, dass der Kaiser uns besucht hat.«

Egidius konnte nicht verhehlen, dass er ebenfalls außergewöhnlich aufgeregt war. Er schaute sich noch einmal um. Nipperdey hatte einen roten Teppich kommen lassen, der bis vorne auf die Straße ging. An den Seiten standen Blumenkübel, in denen Fackeln steckten, die den kurzen Weg erleuchteten. Wenn es später dunkel wurde, würde es wunderbar aussehen. Und ein jeder, der auf der Wilhelmstraße vorbeikam, würde wissen: Hier fand gerade etwas ganz Besonderes statt.

Auch im Tanzsaal war alles vorbereitet. Dutzende Stühle standen an den Wänden. Im Speisesaal standen ein paar wenige Tische für die Damen, die sich später beim Essen setzen wollten. Die Herren würden allesamt stehen müssen. Es duftete bereits köstlich im ganzen Haus. Hier im Vestibül vor den Fenstern stand die Harfe. Die Harfenistin war eine junge, aber etwas plump aussehende Dame. Sie trug ein weißes, ein wenig feenhaft anmutendes Kleid. Es passte sehr gut zu den Engelskostümen, die die Waisenkinder trugen. Nur dass diese kleine Flügelchen auf ihren Rücken hatten.

Sie würden den Gästen Kleinigkeiten servieren – Pralinen, verzierte Waffeln und Canapés.

Man hatte die kleine Besenkammer, die hinter der großen Treppe versteckt war, ausgeräumt. Dort wurden die Getränke eingeschenkt, die dann von den Leihdienern auf Tabletts in den Räumlichkeiten angeboten wurden. Die Leihdiener standen bereits links und rechts von der Treppe aufgereiht, allesamt in Rokoko-Kostümen. Ihre Livreen waren in Hellblau und Silber gehalten, und alle trugen weiße Lockenperücken. Egidius stellte mit Genugtuung fest, dass Herr Nipperdey außerordentlichen Geschmack bewies. Alles im Haus war in hellen und glänzenden Grün- und Blautönen gehalten, passend zu Felicitas' Kleid. Nur der Ballsaal war in kräftigen Farben ausgeschmückt. Auf dem Podest am Kopfende, vor einem roten Samtvorhang, der die gesamte Rückwand einnahm, stimmte sich gerade das Orchester ein.

»Ist Herr Nipperdey noch irgendwo in der Nähe?« Die Harfenistin war an sie herangetreten.

Felicitas sah sich um. »Ich weiß nicht. Wieso? Worum geht es?«

»Ich bräuchte mehr Licht. Damit ich meine Noten lesen kann. Jetzt geht es noch, aber spätestens in zwei Stunden wird es zu dunkel sein«, sagte sie verlegen.

Egidius schnippte mit dem Finger nach einem Rokoko-Diener. »Wo ist Herr Nipperdey? Suchen Sie ihn und sagen ihm Bescheid, dass wir hier noch einen hohen Kerzenständer brauchen. Er soll unten fragen. Die Dienstboten wissen, wo die sind.«

Der Mann nickte und verschwand Richtung Hintertreppe.

Hannes Blum trat von draußen durch die offene Tür. Auch er sah sehr schmuck aus in seinem neuen Anzug. »Ich wollte nur fragen, ob alles bereit ist?«

»Jawohl«, sagte Egidius und ließ seinen Blick noch einmal durchs Vestibül gleiten. Hinten rechts neben der Treppe hatte der Fotograf seine Leinwand mit einer idyllischen Gartenszene aufgestellt. Es gab eine farblich passende Ottomane, auf die die Damen sich setzen konnten. Rechts und links davon sorgten Karbidlampen für ausreichend Licht. Jetzt allerdings waren sie noch nicht entzündet.

Herr Nipperdey erschien höchstpersönlich mit einem hohen Kerzenständer, den er neben der Harfe postierte. Der Zeremonienmeister hatte einen roten Kopf. Er schien sehr angestrengt und wirkte etwas durch den Wind.

»Ich denke, wir sind so weit, oder?«

»Ja, ja. Alles bereit«, sagte er knapp.

»Noch einmal: Wenn die kaiserliche Kutsche vorfährt, dann wird umgehend alles für den Champagner fertig gemacht.«

Nipperdey nickte ergeben. Egidius hatte es bestimmt dreimal mit ihm besprochen. Sobald der Kaiser eintreffen würde, schickte Blum den Pagen zu ihm. Der würde sogleich auch Nipperdey unterrichten, der genau Bescheid wusste, was zu tun war. Die Unterbrechung des Tanzes, die Abstimmung mit dem Orchester, und sobald alle Gäste ihre Gläser hatten, würde Egidius im Tanzsaal auf das Podest steigen und die Verlobung verkünden. Von allen im Moment im Palais Anwesenden wusste nur der Zeremonienmeister über diesen Teil der Abendveranstaltung Bescheid.

Schon drehte der sich um. »Hierher, hierher. Schön in Zweierreihen. Ja, die Großen nach hinten, wie wir es geübt haben«, rief Nipperdey und ließ die Waisenkinder Aufstellung nehmen.

Felicitas drehte sich zu ihnen. »Die sind ja herzig. Überhaupt, Vater, das ganze Fest, der Saal, der Schmuck ... Es wird unvergesslich werden.« Trotz ihres zuckersüßen Lächelns lag eine große Traurigkeit in ihren Augen.

Bestimmt wurde ihr gerade klar, dass dieser Abend ihr Leben verändern würde. Dass diese Veränderung den Abschied aus ihrer Familie und aus diesem Palais bedeutete.

Draußen hörte man Pferdegetrappel. Vor dem Palais kam eine Kutsche zum Stehen.

»Ich ziehe mich dann so weit wie nötig zurück«, schnaufte Nipperdey und ging.

Ein wenig sah er aus, als würde er torkeln. Sicher war der Mann froh, wenn der Abend hinter ihm lag. Er hatte die letzten drei Tage praktisch durchgearbeitet und würde heute Nacht sicher todmüde ins Bett fallen.

Hannes Blum eilte zur Kutsche und öffnete den Wagenschlag. Graf von Brück-Bürgen und sein Sohn stiegen aus.

»Mein lieber Graf«, begrüßte Egidius ihn herzlich. Sie wechselten einen verschwörerischen Blick. Er begrüßte auch Rudolph von Brück-Bürgen, der in seinem Gehrock mit dem schimmernden Zylinder besonders vorteilhaft aussah. Im Grunde genommen sollte Felicitas ihm doch danken, ihr einen so ausgesprochen gut aussehenden Mann beschafft zu haben.

Der Grafensohn nahm Felicitas' Hand und führte sie an seinen Mund. »Sie sehen bezaubernd aus, wenn ich das so offen sagen darf. Ausgesprochen bezaubernd.«

Tatsächlich schien er von Felicitas eingenommen zu sein. Sie schenkte ihm ein Lächeln und ein Dankeschön.

»Ich gehe davon aus, dass der erste Tanz uns vorbehalten ist?«

»Aber natürlich«, sagte Felicitas.

Der erste Tanz, auf den im Laufe des Abends noch zwei weitere gemeinsame Tänze folgen würden. Das hatten Egidius und der Graf so verabredet. Und damit wäre klar, was die Leute von diesem Abend zu halten hätten. Selbst wenn es nicht zu einer öffentlichen Verlobung kam, drei gemeinsame Tänze bedeuteten, dass Rudolph von Brück-Bürgen und Felicitas Louisburg einander zugeneigt waren.

Als Nächstes kamen zwei Herren nebst Gattin. Egidius begrüßte sie freundlich und stellte seine Tochter vor. Sie gingen weiter. Vier Waisenkinder traten vor und offerierten Pralinen auf kleinen Silbertabletts. Nipperdey hatte wirklich an alles gedacht.

Die nächsten Gäste waren Elsa von Zerpitz-Maltzahn mit ihrer Mutter. Egidius begrüßte sie höflich.

»Felicitas, du siehst ja so richtig … damenhaft aus«, rief Elsa überrascht aus.

»Elsa!«, schimpfte ihre Mutter sie leise. »Wirklich, Fräulein

Louisburg, das ist ein bezauberndes Kleid. Und die Farbe, ausgezeichnet gewählt. Sie schmeichelt Ihren Augen.«

Felicitas' Freundin trug ein hellblaues Kleid, und obwohl Egidius sich nicht mit solchen Sachen auskannte, war er sich beinahe sicher, dass es nicht aus dieser Saison stammte. Voller Stolz stellte er fest, dass Felicitas ganz sicher heute die Ballkönigin war.

Felicitas reichte ihr ein kleines Seidenbeutelchen. »Die Tanzkarte ist ein Fächer. Darauf können wir unsere Tanzpartner notieren.«

»Wie originell«, sagte Freifrau von Zerpitz-Maltzahn begeistert.

Ihre Tochter holte schon den Fächer hervor, an den ein kleiner Stift gebunden war. Zwischen den Elfenbeinstäben war feinstes Pergament gespannt, auf dem die Tänze aufgeführt waren. Auch hierbei hatte Nipperdey sich übertroffen.

»O mein Gott, ist das schön«, rief das junge Freifräulein wieder überrascht aus.

So langsam nervte es Egidius, dass sie anscheinend nicht erwartete, in diesem Haus exquisiten Geschmack vorzufinden. Doch er wurde abgelenkt von den nächsten Besuchern. Das Haus füllte sich allmählich. Sein Blick lief beständig nach draußen, ob dort eventuell die Kutsche des Kaisers vorfahren würde. Aber Brück-Bürgen hatte ihm schon gesagt, dass der Kaiser, wenn er käme, ohnehin erst später eintreffen würde.

Während die jungen Damen und Herren sich zu ihren Tänzen verabredeten, floss ein steter Menschenstrom ins Haus. Egidius hatte bereits den Überblick verloren. Einige seiner Gäste vermisste er noch, aber es war ja noch etwas Zeit. Bis kurz vor neun sollten sich aber alle eingefunden haben, denn dann würde der Tanz eröffnet. Dann würde er nicht mehr hier stehen und seine Gäste empfangen können. Es galt als unhöflich, zu spät zu kommen.

Ein ihm unbekannter Herr nebst Gattin trat an ihn heran. Er stutzte. Felicitas' Gäste waren natürlich nicht alle jung. Aber wenn ein ihm unbekanntes älteres Paar kam, war entweder eine junge Dame oder ein junger Herr dabei.

»Herr Louisburg, es ist wirklich so freundlich von Ihnen, mich einzuladen.«

Wie hieß er noch? Diese runde Brille kam ihm gar nicht bekannt vor. »Herr ... ähm.«

»Meyers, von der Deutschen Bank. Aus der Kreditabteilung«, schob er eilig hinterher, als er merkte, dass Egidius sich nicht an ihn erinnern konnte.

»Wunderbar, dass Sie sich frei machen konnten«, sagte Egidius. Er hatte keine Erinnerung an den Mann. Es war sicher keiner von seinen üblichen Ansprechpartnern bei der Deutschen Bank. Wieso hatte er den Mann eingeladen? Während er noch darüber nachdachte und sein Blick wieder Richtung Tür lief, erschrak er.

Konnte das sein? Das durfte doch nicht wahr sein! Dass die sich hierher traute?! Er merkte, wie er hochrot anlief. Die Wut wurde sofort von der Scham verdrängt. Apollonia stand im Eingang. Sie war passend für einen Ball gekleidet. Also war das hier kein Zufall.

Felicitas beugte sich zu ihm hinüber und flüsterte: »Ich habe sie eingeladen. Sie ist doch Mamas Schwester. Ich dachte, an einem solch wichtigen Tag sollte ich eine weibliche Familienbegleitung haben.«

Egidius war kurz davor zu explodieren. Felicitas konnte nicht wissen, wie zerstritten er mit Apollonia war, aber sie hätte ihn mindestens einweihen müssen.

Die ältere Schwester von Valentina trat einen Schritt vor. Hinter ihr kamen bereits die nächsten Gäste. Er musste sie loswerden, schnellstmöglich. Wenn jetzt der Kaiser käme! Hitze flutete durch seinen Körper.

»Apollonia«, begrüßte er sie knapp.

»Egidius, wie schön, dich wiederzusehen. Felicitas hat mich eingeladen.«

»Ich hörte gerade davon«, sagte er kühl. Er blickte zum Eingang. Noch ein Pärchen mit einer jungen Dame und noch einer seiner Ingenieure, dann war die Schlange der Gäste erst einmal zu Ende.

Er begrüßte die fünf schnell, dann wandte er sich wieder Apollonia zu, die neben Felicitas stehen geblieben war.

»Wenn ich dich kurz in mein Arbeitszimmer bitten dürfte.«

»Natürlich«, sagte seine Schwägerin, als hätte sie damit gerechnet.

Er warf Felicitas einen vernichtenden Blick zu. »Kümmere du dich in der Zwischenzeit um unsere Gäste. Ich brauche nicht lange.« Schon lief er nach hinten durch in Richtung seines Arbeitszimmers.

* * *

»Wie kannst du es wagen? Und ausgerechnet heute, zu einem so wichtigen Termin. Das war doch Absicht. Ihr wolltet mich übertölpeln.«

»Felicitas hat mich eingeladen. Ich glaube, ihr fehlt die Hand einer Frau.«

»Ich bin bisher ganz gut alleine klargekommen mit meinen Töchtern.« Egidius machte sich erst gar nicht die Mühe, sich zu setzen oder Apollonia einen Platz anzubieten. Er wollte sie möglichst schnell abkanzeln. Und dann nichts wie zurück aufs Fest.

»Egidius, ich habe dir etwas sehr Wichtiges zu sagen.« Sie holte tief Luft. »Du stehst kurz davor, deine Töchter zu verlieren. Du machst genau den gleichen Fehler wie damals bei Valentina.«

»Ach ja, und der wäre?« Egidius wusste natürlich ganz genau, was sie meinte. Aber seitdem waren viele Jahre ins Land gezogen. Fast fünfzehn Jahre, in denen er die Wahrheit tunlichst vermied. In denen er eine Lügengeschichte erzählte, wie seine Frau an Typhus gestorben sei. Er hatte diese unseligen Tage aus seinem Gedächtnis gestrichen. Er durfte sich nicht daran erinnern. Zu groß war die Schuld, die auf seinen Schultern lastete. Er war es Valentina schuldig, ihre gemeinsamen Vorstellungen ihrer Zukunft zu verwirklichen. Genau das hatte er geschafft. Beinahe wenigstens. Und dieser Ball diente dazu, den letzten nötigen Schritt zu gehen.

»Du stellst deine wirtschaftlichen Interessen über die Interessen deiner Familie. Damals bei deiner Frau und heute bei einer deiner Töchter. Deine Frau hat es das Leben gekostet, und Felicitas würde es ihr Glück kosten.«

Er wollte ihr am liebsten an die Gurgel springen. Dass sie es wagte, es auszusprechen. Dass sie es wagte, ihn an seine dunkelsten Stunden zu erinnern. Als hätte er sich nicht genug Vorwürfe gemacht. Doch jetzt kam alles wieder hoch.

Sein Drängen, unbedingt noch vor der Geburt von Tessa von Königsberg nach Berlin umzuziehen. Wie oft hatte er sich selbst verwünscht? Wie oft hatte er es bereut? So oft, dass er dachte, vor Gram sterben zu müssen. So oft, bis er es sich verboten hatte, überhaupt noch daran zu denken.

1873, dieses unselige Jahr. Alles war vorbereitet, alles war schon geplant, die große Wohnung in der Französischen Straße bereits gemietet, als der Gründerkrach gerade seine Hochphase erreichte. Und Egidius hatte Angst, in diesen wichtigen Wochen, in denen das Kaiserreich durchgerüttelt wurde von Krisen und Pleiten, nicht vor Ort zu sein. Seine Lokomotivenfabrik am Rande Berlins hatte bereits den Betrieb aufgenommen. Wirtschaftlich war er bisher glimpflich davongekommen, doch der Gründerkrach riss so viele mit ins Elend und Verderben. Er wollte unbedingt hier sein, hier in Berlin, vor Ort. Nur deshalb hatte er Valentina gedrängt.

Doch der anstrengende Umzug nach Berlin überforderte die Hochschwangere. Die Reise mit der Eisenbahn, das stundenlange Rattern, das gelegentliche abrupte Bremsen, die ungewohnten Bewegungen, überhaupt, das unbequeme Sitzen von Königsberg nach Berlin – all das forderte seinen Tribut. Kaum einen Tag in der neuen Wohnung kam sie schon nieder. Sie hatten noch nicht einmal Zeit, sich um einen Arzt zu kümmern. Die Niederkunft setzte zwei Wochen zu früh ein.

Es lief so furchtbar schief. So schief, wie es nur laufen konnte. Der Arzt kam viel zu spät. Eine Hebamme, die eine Nachbarin geholt hatte, konnte auch nichts mehr ausrichten. Am nächsten Morgen hatte Egidius den Tod seiner Frau zu verantworten. Und im Nachbarzimmer schrie ein kleines Baby nach der Muttermilch, und ein völlig verängstigtes Mädchen weinte in einer neuen Wohnung, in einer unbekannten Stadt, um seine Mutter.

Hätte er doch nur vier Wochen gewartet. Hätte er doch einfach Valentina und seine Töchter später nachkommen lassen. Aber er hatte es nicht abwarten können, ihr die neue Fabrik zu zeigen. Vier Wochen, sechs Wochen oder acht, was hätte das für einen Unterschied gemacht? Sein Ehrgeiz und Stolz hatten zum größten Unglück und Kummer seines Lebens geführt.

Er merkte, wie ihm die Tränen in die Augen stiegen. Nein, nicht heute, nicht jetzt. Er hatte einen Plan. Einen Plan, in den er wirklich viel investiert hatte, Geld, Zeit und Energie. Einen Plan, den er sich nicht kaputtmachen lassen wollte. Und mit Tränen in den Augen konnte er unmöglich den Kaiser empfangen. Er holte ein Taschentuch heraus und tupfte sich die feuchten Augen ab.

»Ich habe Valentina etwas versprochen. Und dieses Versprechen werde ich halten.«

Ja, er hatte es Valentina vor ihrer Hochzeit geschworen. Sie würden in die erste Gesellschaft aufsteigen. Er würde nicht ewig ein mittelständiger Fabrikantensohn bleiben. Und sie, sie würde die schönsten Kleider tragen, in den prachtvollsten Kutschen fahren und in einer Villa wohnen. Und Valentina hat mitangesehen, wie er Jahr für Jahr die Leiter hochgeklettert war. Bis zu dem unseligen Jahr 1873.

Apollonia trat an ihn heran. »Egidius, das war dein Traum. Es war nie Valentinas Traum. Ihr hat es gereicht, dich zu lieben. Mit dir eine Familie zu haben. Das hat sie mir selbst mehrfach gesagt.«

»Bitte? Das stimmt nicht. Sie hat mich immer unterstützt!«

»Weil sie dich geliebt hat. So sehr, dass sie wollte, dass du dir deinen Traum erfüllst. Aber sie brauchte das nicht: die Anerkennung der Adeligen.«

Egidius starrte sie an, als hätte sie ihm gerade eine faustdicke Lüge präsentiert.

Ungewohnt mitfühlend legte Apollonia ihm eine Hand auf den Arm. »Egidius, es ist Zeit, dir selbst zu vergeben. Du hast einen Fehler gemacht, aber du hast Valentina nicht absichtlich getötet. Ich habe dir schon lange vergeben. Aber wiederhole den gleichen Fehler jetzt nicht mit deinen Töchtern, indem du sie deinem beruflichen Ehrgeiz opferst.«

Valentina fehlt mir, hätte er fast gesagt. Sie fehlt mir jeden Tag. Aber natürlich durfte er das nicht. Er durfte nicht zugeben, wie groß sein Verlust war. Und er hatte alles dafür getan, dass er diesen Verlust mit Ehre und Ansehen und der Erfüllung all der Versprechen, die er seiner Frau gegeben hatte, wieder wettmachte.

»Es gibt doch wirklich keinen Grund, deine Wirtschaft über das Glück deiner Töchter zu stellen.«

Er wischte ihre Hand beiseite. »Du hast ihnen das eingeredet. Du bist sicher schuld daran, dass Felicitas auf Abwege geraten ist. Du willst einen Keil zwischen mich und meine Töchter treiben.«

Sie schüttelte den Kopf. »Ich wusste bis vor wenigen Tagen nichts von dem Vorfall. Aber ich weiß jetzt Bescheid über den jungen Mann. Ein junger Mann, so wie du es warst. Der Sohn eines Fabrikanten, gut erzogen, wissbegierig und ehrgeizig.«

»Dieser Hundsfott ...«

»... hat sich deiner Tochter gegenüber wie ein wahrer Gentleman benommen.«

»Ach ja? Woher willst du das wissen? Warst du dabei?«

»Ich habe ihn kennengelernt. Etwas, was du auch tun solltest. Er ist ein sehr angenehmer Mensch und hat die besten Manieren.«

»Ich habe bereits einen Gentleman gefunden mit besten Manieren. Er kommt aus einem hervorragenden Stall.«

»Willst du das wirklich tun? Willst du Felicitas' Leben in die Hände dieses arroganten Schnösels legen, nur um dein berufliches Vorkommen zu verbessern? Ihr ganzes Lebensglück hängt daran. Würdest du mit diesem Menschen jahrzehntelang zusammenleben wollen?«

Egidius schaute sie überrascht an. Woher wusste sie das alles?

Woher wusste sie, dass Rudolph von Brück-Bürgen ein arroganter Schnösel war? »Du scheinst ja bestens informiert zu sein.«

Sie sprach einfach weiter. »Und im Gegenzug dazu, was würdest du gewinnen? Nur mehr Geld. Glaub mir, ich bin auch Witwe. Ich weiß, wie es sich anfühlt, alleine zu sein. Ich weiß, wie es ist, keine Familie mehr zu haben, keinen Mann und keine Kinder. Kein Geld der Welt ist es wert, die Liebe deiner Töchter zu verlieren.«

»Ich habe Valentina damals versprochen, dass wir beide nach ganz oben kommen. In die erste Gesellschaft. Dieses Versprechen wenigstens, das werde ich halten.«

Apollonias Stimme wechselte von mild zu vorwurfsvoll. »Und deine älteste Tochter soll den Preis dafür zahlen. Genau wie deine Frau damals den Preis für deinen Ehrgeiz gezahlt hat.«

Er war so wütend. Und gleichzeitig so niedergeschlagen. An seine größte Schuld, seinen größten Fehler erinnert zu werden. Ausgerechnet heute.

Wieder wurde Apollonia milder. »Bist du wirklich der Mensch, der seine Tochter, ohne mit der Wimper zu zucken, an einen Grafen verschachert? Erinnere dich an deine große Liebe. Die Liebe deines Lebens – meine Schwester. Ihr wart glücklich miteinander, sehr glücklich sogar. Und genau das willst du nun deiner Tochter vorenthalten. Wie kannst du ihr vorwerfen, sich zu sträuben? Du hättest damals nichts anderes getan. Du hättest mit jeder Faser deines Körpers für euer Glück gekämpft. Valentina wusste das. Auch deswegen hat sie dich geliebt. Und weil sie davon überzeugt war, dass du der Mann warst, der nicht nur ihr, sondern auch seinen Töchtern genug Freiheit zugesteht, um im Leben Glück finden zu können.«

Er durfte Apollonia nicht weiterreden lassen. Er würde noch schwach werden. Er würde vielleicht Dinge sagen, die er nie laut auszusprechen gewagt hatte. Vielleicht fehlte es ihm nicht an Anerkennung, sondern an Liebe. Vielleicht war dieses Leben, das nur aus Arbeit bestand, seine Strafe, seine Selbstkasteiung, die er verdient hatte, weil er an dem Tod seiner Frau schuld war. Er hatte es sich nie verziehen, dass sie gestorben war. Und nach den ersten schrecklichen Wochen nach ihrem Tod hatte er sich in die Arbeit gestürzt. Geflüchtet vor all den Erkenntnissen.

Apollonia war damals bei ihnen gewesen. Sie war extra aus dem Rheinischen angereist, selbst eine junge Ehefrau noch, die ihre hochschwangere Schwester in den ersten Wochen in der fremden Stadt unterstützen wollte. Sie war da gewesen, als Valentina gestorben war. Sie hatte sich um Felicitas gekümmert, hatte in allerhöchster Eile eine Amme für Tessa besorgt, hatte alles organisiert, was zu organisieren gewesen war.

Aber sie hatte ihm immer Vorwürfe gemacht. Es lag so klar auf der Hand, dass dieser hektische Umzug in Valentinas Zustand das Verderben über sie alle gebracht hatte. Egidius war damals nicht in der Lage gewesen, das zuzugeben. Und er würde es heute immer noch nicht sein. Damals hatte er seine Schwägerin aus dem Haus geworfen, nachdem sie sich jeden Abend in den Haaren gelegen hatten. Auch wenn Apollonia gegenüber Felicitas die gleiche Lüge erzählt hatte wie er, nämlich dass ihre Mutter an Typhus gestorben sei, machte sie ihm die größten Vorwürfe.

In den Folgejahren hatte er sich nie mit Apollonia ausgesöhnt. Schließlich hatte sie recht mit allem, was sie gesagt hatte. Sie hatte ihm damals nicht verzeihen können. Er selbst hatte sich das alles nie verziehen. Er hatte sich nicht einmal zugestanden, offen um seine geliebte Frau zu trauern.

»Egidius, du willst nicht die beiden einzigen Menschen, die dir nahestehen, verlieren.«

Doch er konnte es nicht. Er konnte nicht über diesen großen Schatten springen. »Geh. Verlass mein Haus.«

»Ich gehe, aber nur aus diesem Zimmer. Ich werde auf dem Ball bleiben und meiner Nichte in diesen entscheidenden Stunden beiseitestehen.«

Mit hocherhobenem Kopf verließ sie den Raum. Er warf ihr einen wütenden Blick hinterher. Sollte er sie hinauswerfen lassen? Sie schien entschlossen, nicht zu gehen. Dann würde es eine Szene geben. Das konnte er sich für seinen so perfekt geplanten Ball nicht erlauben. Kurz blieb er an der Tür stehen und folgte ihr nach vorne. Zurück auf den Ball. Zurück zu seinem Plan. Wieso nur, wieso hatte er, wenn der Plan doch so famos war, plötzlich Schuldgefühle gegenüber Felicitas? Er wusste, sie hatte sich seinem Willen gefügt, aber glücklich über die bevorstehende Verbindung war sie nicht. Und würde es vielleicht auch nie werden.

18. August 1888

Felicitas schwirrte der Kopf. Alles im Ballsaal schien zu glitzern – der Schmuck der Frauen, die goldbestickten Uniformen der jungen Männer, die glänzenden Kleider der jungen Damen, die vielen Lampen und Leuchter, die den Saal erhellten. Die Welt war in Licht und Gold getunkt. So gut wie alle Gäste hatten sich im Saal versammelt. Das Orchester spielte leise im Hintergrund, während ein unentwegter Strom an leisen Gesprächen durch den Raum lief. Alle warteten darauf, dass es endlich losging.

Ihr Blick lief beständig Richtung Tür. Konnte Tante Apollonia Vater überzeugen? Würde er es wagen, sie hinauszuwerfen? Rudolph von Brück-Bürgen trat auf sie zu. Ihm hatte sie den ersten Tanz versprochen. Sie würde diese Charade gerade so lange mitspielen, wie sie musste.

»Fräulein Louisburg, ich freue mich schon sehr auf die Eröffnung des Balls mit Ihnen. Ich werte das als große Ehre«, sagte er charmant.

Sie versuchte sich an einem Lächeln. »Das ist so freundlich von Ihnen«, sagte sie und blickte aber schon wieder Richtung Tür. »Etwas muss meinen Vater aufgehalten haben. Er kommt sicher jeden Moment.«

Dann sah sie sie – Tante Apollonia trat in den Ballsaal. Sie schüttelte kaum merklich den Kopf. Also hatte sie Vater doch nicht überzeugen können.

Sogleich erschien er. Nipperdey, der neben dem Podium nur auf ihn und sein Kopfnicken gewartet hatte, wies das Orchester leise an. Sie hielten inne. Alle blickten gespannt auf Felicitas. Wem würde sie den ersten Tanz schenken? Als Brück-Bürgen galant nach ihrer Hand griff und sie auf die Tanzfläche führte, ging ein Raunen und Wispern durch den Saal.

Der erste Tanz mit dem Grafensohn. Vermutlich beneideten alle jungen Damen sie gerade, dass sie mit dem bestaussehenden Junggesellen des Abends tanzte. Doch für sie fühlte es sich so falsch an. Eigentlich sollte sie jetzt mit Lorenz hier stehen und ihn anlächeln.

Die anderen Paare reihten sich auf. Mittlerweile standen sie mit etlichen weiteren Paaren in Formation auf der Tanzfläche.

»Dieser Abend wird der Anfang eines wunderbaren Lebens werden«, prophezeite Brück-Bürgen ihr.

Als Antwort lächelte Felicitas steif. Sie fing einen Blick von Elsa auf, die sie mit größter Missgunst beäugte. Als würde sie ihr diesen falschen Triumph nicht gönnen.

Die Musik hob an. Es war eine Française. Wie all die anderen führten sie die Tanzfiguren aus. Während sie umeinander kreisten, ließ der Grafensohn sie nicht aus den Augen. »Und, ist Ihre Tanzkarte schon voll, oder darf ich mich noch für weitere Tänze eintragen lassen?«

Auf Weisung von Vater hatte sie ihm bereits drei Tänze auf der Tanzkarte eingetragen. Um zu demonstrieren, dass es eine besondere Verbindung zwischen ihnen gab. Drei Tänze mit demselben Tanzpartner, das würde die Gerüchteküche hochkochen lassen, selbst wenn es keine offizielle Verlobung gab.

»Sie meinen, noch einen vierten Tanz? Das wäre aber sehr unschicklich. Und obendrein den anderen Gästen gegenüber unhöflich«, sagte Felicitas mit belegter Stimme.

Gerade die Gastgeberin war verpflichtet, möglichst vielen jungen Männern die Gunst eines Tanzes mit ihr zu schenken.

»Es scheinen mir aber doch recht wenige junge Männer anwesend zu sein.«

»Das ist meinem Vater zu verdanken. Er dachte, es würde reichen. Haben Sie schon andere angenehme Verabredungen?«, schob sie hinterher. Sie wollte nicht mehr als nötig mit ihm zu tun haben.

»Einige«, sagte er ausweichend.

»Ich glaube, Freifräulein von Zerpitz-Maltzahn würde sich über einen Tanz mit Ihnen freuen.«

»Ist das so?«, sagte er geschmeichelt und gleichzeitig so blasiert, als wenn er davon ausging, dass sich alle jungen Fräulein nach einem Tanz mit ihm verzehren würden.

»Sie ist eine Freundin von mir. Sie würden mir einen großen Gefallen tun, wenn Sie sich auf ihrer Tanzkarte eintragen lassen würden.«

»Den Gefallen werde ich Ihnen selbstverständlich gewähren.«

Das Parkett war gut gefüllt. Sogar einige ältere Herrschaften hatten sich angeschlossen. Doch es würde vermutlich nicht lange dauern, bis sie den Jüngeren die Tanzfläche überließen. Die Musik verklang, und sie traten auseinander.

»Bis zu unserem nächsten Tanz«, sagte der Grafensohn.

»Ich freue mich schon.«

Schon trat der nächste Herr auf sie zu, dem sie einen Tanz versprochen hatte. Sie tanzte noch eine halbe Stunde ohne Unterlass, bevor sie sich zum ersten Mal aus dem Saal verabschiedete.

Ein Mann in Kadettenuniform, den sie nicht kannte, trat draußen auf sie zu. »Fräulein Louisburg, ich weiß, ich bin spät dran, aber hätten Sie noch einen Tanz für mich frei?«

»Oh, meine Tanzkarte ist bereits gefüllt. Aber ich bin mir sicher, später wird es noch einige Extratouren geben. Ich werde mir Ihren Namen notieren.« Sie griff nach dem Fächer, der mit einer Schleife an ihrer Hand hing, und notierte sich mit dem beigefügten Bleistift den Namen des Mannes auf der Rückseite. Nipperdey hatte alle Tänze vorgeplant, aber Felicitas hatte darauf bestanden, einige zusätzliche Tänze einzuschieben.

Zufriedengestellt ließ er sie gehen, und Felicitas eilte die Treppe hoch. Unten neben der Treppe machte der Fotograf Aufnahmen von mehreren Herren und Damen. Noch dreimal musste sie stehen bleiben und sich mit Gästen unterhalten. Endlich schaffte sie es in ihren Raum.

Minna stand weiter hinten in der Nähe der Türe zum Badezimmer. »Es ist Ihre Schwester. Sie können herauskommen.«

Die Tür ging auf, und Tessa trat in Felicitas' Zimmer. Sie war bereits mit dem Pagenanzug bekleidet und drehte sich zweimal um ihre eigene Achse.

»Ich hätte dich nicht erkannt, wenn ich nicht wüsste, dass du es bist.«

Tessas Haare waren komplett unter der Pagenkappe verschwunden. Mit etwas Asche hatte Minna härtere Konturen in ihr Gesicht gezeichnet. Als Frederick, der Hauspage, würde sie nicht durchgehen, aber als junger Bursche schon. Und solange sie sich von Vater und Fräulein Korbinian fernhielt, würde es niemandem auffallen.

»Wie steht es?«

»Ich war gerade unten im Boudoir, um einem jungen Fräulein eine Ratte zu bringen.« Ratten wurden die Haarteile genannt, die sich die Damen unter die eigenen Haare steckten, um sie voluminöser erscheinen zu lassen.

»Jetzt schon?« Da hatte aber ein junges Fräulein beim Hochstecken ihre Haare nicht besonders gut gearbeitet.

Minna nickte. »Das gab mir Gelegenheit, Herrn Nipperdey einen präparierten Wein zu bringen. Er hat ihn in einem Zug ausgetrunken. In zehn Minuten bring ich ihm ein weiteres Glas. Und dann ein weiteres und ein weiteres, so lange, bis er nicht mehr stehen kann.«

»Perfekt. Und Fräulein Korbinian?«

»Ich habe ihr gerade noch eine große Tasse heiße Schokolade gebracht. Mit der doppelten Menge Schlafpulver darin«, sagte Minna.

Dann konnte es nicht mehr lange dauern, bis sich die Gouvernante vor lauter Müdigkeit zurückzog.

»Sobald ich merke, dass die beiden uns nicht mehr im Weg

sind, bringe ich mit Fräulein Tessa die Kiste mit dem Pfau zu dem Tisch mit den Tombolagewinnen.«

»Hervorragend. Und du, Tessa, traust du dir das immer noch zu?«

»Aber selbstverständlich. Das wird ein großer Spaß.«

»Achte darauf, wann Papa das Büfett eröffnet. Dann wird das Orchester eine Pause machen. Das ist deine Gelegenheit.«

Tessa grinste. Wenn das Orchester nach seiner Pause zurück an seinen Platz ging, dann würde es nicht weiterspielen können, weil die Bögen fehlten. Das war vermutlich der wichtigste Teil ihres Planes. Tessa war so stolz, dass ihr diese Aufgabe zufiel.

Minna, die wieder in Habachtstellung vor der Zimmertür stand, wurde von hinten angerempelt. Tessa verschwand sofort im Badezimmer. Nun öffnete Minna die Tür.

»Tante Apollonia!«

Ihre Tante trat herein. »Ich habe gesehen, wie du nach oben gegangen bist.«

»Wie ist es gelaufen?«

»Nicht gut. Dein Vater lässt sich nicht erweichen.« Sie kramte in ihrem glitzernden Stoffbeutel und holte mehrere Scheine heraus. »Das ist für dich. Das sollte fürs Erste reichen. In spätestens drei Tagen fahren wir gemeinsam zurück nach Duisburg.«

Felicitas nahm das Geld und gab es Minna für später. »Und dein Urlaub?«

»Den werde ich abbrechen.«

»Aber was wird dann aus Menkam?«, fuhr Minna überrascht dazwischen.

»Es tut mir leid, aber das Wohl meiner Nichte ist mir wichtiger. Hat es denn Eile? Muss er sofort weg? Sicher werde ich zu einem anderen Zeitpunkt die Reise nachholen.«

Minna nickte enttäuscht. »Dann werde ich es ihm mitteilen.«

»Und du, mein Kind«, sie zog Felicitas zur Chaiselongue, und sie setzten sich. »Ich habe einen Entschluss gefasst. Ich werde vollumfänglich deine Pläne für eine Fahrradfabrik unterstützen.

Natürlich musst du erst noch ein paar Jahre Dinge lernen. Das kannst du gerne in einer meiner Fabriken machen. Du kannst bei mir leben und Tessa natürlich auch, sobald sie alt genug ist.«

Felicitas wusste einen Moment nicht, was sie sagen sollte. »Das ist mehr, als ich mir je erträumt habe.«

»Es wird kein Zuckerschlecken, soviel kann ich dir jetzt schon verraten. Als Frau in der Geschäftswelt zu bestehen, da muss man ein dickes Fell haben.«

»In einer Ehe mit einem ungeliebten Mann müsste ich wohl ein noch viel dickeres Fell haben«, gab Felicitas zurück.

»Auch wieder wahr. Nun, wie steht es mit dem Ball? Bis jetzt habe ich noch nichts Ungewöhnliches entdeckt. Gab es schon irgendwelche Missgeschicke? Unfälle? Katastrophen?«

»Nur noch ein paar wenige Minuten, dann geht es los.«

Tante Apollonia nickte skeptisch. »Ich bin schon sehr gespannt. Aber Felicitas, versprich mir eins: Du darfst den rechten Zeitpunkt nicht verpassen. Wenn du einfach nur fort bist, wird sich dein Vater mit deinem plötzlichen Unwohlsein herausreden können. Wenn du aber wartest, bis er dich verlobt hat, und du danach erst verschwindest, dann wird es ein riesengroßer Affront für ihn werden. Das würde er dir nie verzeihen.«

»Ich weiß. Minna hat mir bereits die Droschke bestellt, die sich unten auf der Straße bereithält. Vater wartet bis nach dem Essen. Er hofft, dass der Kaiser ungefähr dann eintrifft. Ich muss vorher verschwinden.«

Tante Apollonia nickte. Sie hatten bereits alles besprochen. Ihre Tante wusste, in welcher Pension Felicitas im Falle eines Falles unterkommen würde. »Dann werde ich alles für unsere Rückreise vorbereiten.«

»Ich muss wieder runter«, sagte Felicitas. Sie standen beide auf.

»Ich folge dir gleich«, sagte Tante Apollonia und setzte leise hinzu: »Wie schade, dass Herr Schwerdtfeger dich so nicht sehen kann. Du siehst bezaubernd aus.«

»Ja, wirklich sehr schade.« Mittlerweile war Felicitas damit versöhnt, dass Lorenz nicht kommen würde. Es war einfach zu riskant, das sah sie nun ein. Dennoch hätte sie nichts lieber getan, als mit Lorenz glückselig über das Parkett zu schweben. Mit einem letzten Blick auf Minna, die ihr zuversichtlich zunickte, verließ sie das Zimmer.

Sie schritt die Treppe hinunter. Seit Tagen schon war sie gefangen in einer eisernen Beklommenheit. Aber da war noch ein anderes Gefühl, ein neues. Zuversicht und die Freude auf Freiheit. Ihre Tante würde sie aufnehmen, und sie würde sich ihren Traum erfüllen können. Natürlich würde sie einige Jahre in Duisburg leben müssen, weit weg von Vater, vielleicht sogar weit weg von Tessa. Und was ihr Unglück vollkommen machte – weit weg von Lorenz.

Kaum, dass sie den Ballsaal betreten hatte, trat Rudolph von Brück-Bürgen an sie heran. »Der nächste Tanz ist unser«, sagte er unwirsch. »Ich hatte Sie schon gesucht. Ich dachte, Sie würden mich versetzen.«

»Aber nein«, gab Felicitas lustlos von sich.

Gebieterisch nahm er ihre Hand, führte sie auf die Tanzfläche. Wieder bewegten sie sich im Rhythmus, in dem sich auch alle anderen bewegten. Sein Griff war hart.

»Ich hoffe doch sehr, Ihre Gedanken sind bei unserer gemeinsamen Zukunft«, sagte er beleidigt.

Es war unhöflich, seinen Tanzpartner so zu ignorieren, wie Felicitas es gerade tat. Doch ihre Gedanken waren ganz woanders. Bei einer anderen Zukunft und bei einem anderen Mann. Ihre Tante hatte ihr Freiheit in Aussicht gestellt. Ihre Zukunft war nun nicht mehr so vorherbestimmt, wie Vater es für sie plante. Und doch zog sich alles in ihr zusammen.

Felicitas sammelte all ihren Mut, bevor sie ihn fragte: »Was unsere gemeinsame Zukunft angeht – wurden Sie da eigentlich gefragt? Bin ich tatsächlich Ihre Wahl oder bin ich nur die Wahl Ihres Vaters?«

Der Grafensprössling schien wie vor den Kopf gestoßen. Er geriet aus dem Takt, und Felicitas stolperte über seine Füße. Sie fingen sich beide, aber es war eine höchst unangenehme Situation. Felicitas konnte sehen, wie unwillkommen ihm diese Frage war. Offensichtlich musste er erst einmal über eine Antwort nachdenken.

»Wollen Sie mich das allen Ernstes fragen?«, fragte er zurück. Er griff ihre Hand fester, sodass es Felicitas beinahe wehtat.

»Nun, ich wurde nicht gefragt.«

Brück-Bürgen blieb kurz stehen. Sie wurden vom nächsten Pärchen angerempelt. Nur stolpernd fanden sie zurück in den Takt. Sie tanzten weiter, ohne dass eine Antwort kam. Doch dann schien der Grafensohn sich zu etwas durchgerungen zu haben. »Und Sie brüskieren mich offen mit dieser Mitteilung? Wie unhöflich das ist. Wenn wir erst verheiratet sind, werde ich Ihnen solche Unverschämtheiten nicht durchgehen lassen.«

»Wollen Sie nicht auch lieber eine Frau heiraten, die Sie liebt?«

»Welche Frau ich heiraten werde, ist allein meiner Entscheidung überlassen. Obwohl mir Ihr Charakter immer suspekter wird. Ich hatte gerade einen Tanz mit Ihrer Freundin, Freifräulein Elsa von Zerpitz-Maltzahn. Sie hat mir interessante Sachen erzählt ... über einen nächtlichen Ausflug ...«

Hitze flammte in Felicitas' Gesicht auf. Sie wurde rot bis unter die Haarspitzen. Woher konnte Elsa das wissen?

Nun war es an Felicitas, abrupt stehen zu bleiben. Brück-Bürgen griff fest zu und drehte sie weiter, damit sie nicht wieder mit dem nachfolgenden Tanzpaar kollidierten.

»Sie dürfen froh sein, wenn überhaupt noch ein ehrbarer Mann Sie nimmt. Sie sind angeschlagenes Porzellan, wissen Sie«, sagte er mit kaum verhohlener Wut in der Stimme.

Felicitas ließ sich weitertreiben über das Parkett, schaute ins Leere und überlegte fieberhaft. Niemand dürfte davon wissen, niemand. Woher konnte Elsa das wissen? Vater hatte es ihr sicherlich nicht erzählt, aus guten Gründen. Genauso wenig hätte Fräulein Korbinian es weitergetragen, der es ja auch als Versagen ihrerseits zur Last gelegt würde. Eine Gouvernante, die ihren Schützling nachts nicht unter Kontrolle hatte. Wer also hatte sie verraten?

Doch dann fiel ihr ein, dass es ihr egal sein konnte. Wenn Rudolph von Brück-Bürgen sie nicht mehr wollte, wäre es für sie nur von Vorteil. Aber davon hatte er nichts gesagt. Sie könne froh sein, wenn sie jetzt noch jemand nehme. Angeschlagenes Porzellan, kein Begriff, den sie mit ihrer Person in Verbindung bringen lassen wollte. Und doch, er hatte nicht gesagt, dass er sie nicht mehr heiraten wolle. Oder hatte sie ihn falsch verstanden? Er hatte sich dazu eigentlich nicht geäußert.

»Im Grunde war es ein völlig harmloser Ausflug. Aber die Frage ist doch: Sind Sie weiterhin entschlossen, mich, das angeschlagene Porzellan, zu heiraten?«

Als wollte er wütend über sie herfallen oder ihr eine furchtbare Beleidigung an den Kopf werfen, so feindselig starrte er sie an. »So ist es«, sagte er knapp.

Also würde er sie einzig und allein wegen des Geldes heiraten. Das war ja zu befürchten. Es fiel ihr schwer, sich noch auf den Tanz zu konzentrieren, ebenso wie ihm. Ständig kamen sie aus dem Takt. Er brauchte das Geld. Nur das interessierte ihn. Wie wohl würde ihr Leben verlaufen, wenn er das erst einmal hätte?

Das Gespräch ihrer Väter kam ihr in den Sinn. Das letzte Gespräch, dem sie gelauscht hatte. ... *möchte ich noch mal darauf hinweisen, dass mein Sohn nichts von den Details unserer Abmachung erfahren soll. ... Sie meinen, dass er den größten Teil der Mitgift gar nicht sehen wird.*

Felicitas fragte sich, wie viel Rudolph eigentlich als Mitgift erwartete. Sie schaute hoch. »Nun gut, dann stelle ich Ihnen eine weitere unangenehme Frage: Was hat Ihr Vater Ihnen gesagt, wie viel es für mich geben wird?«

Die Augen fielen ihm beinahe aus dem Gesicht. Sein Kiefer bewegte sich hin und her, als wäre er ein wildes Tier, das gleich zubeißen würde. Mittlerweile hielt er ihre Hand so fest, dass Felicitas versucht war, aufzuschreien.

»Das ist ja wohl kein angemessenes Gesprächsthema«, giftete er sie leise an. Und schien doch ein wenig verunsichert.

»Nun, ich habe dieses unangemessene Gesprächsthema auch nur deshalb gewählt, weil ich zufällig weiß, dass der größte Teil meiner Mitgift direkt an Ihren Vater gehen wird. Sie werden nur einen kleinen Teil des Geldes erhalten. Wussten Sie das etwa nicht?«

Er kam derart aus dem Rhythmus, dass er ihr auf den Fuß trat. Felicitas schrie leise auf und machte gleichzeitig ihre Hand frei.

Er riss sie herum, sie tanzten weiter.

»Wie soll ich das verstehen?«, stolperte es aus seinem Mund.

Immerhin hatte sie es nun geschafft, ihn zu verwirren. »Genau so, wie ich es gesagt habe. Sie bekommen nur einen Teil. Den größeren Anteil wird Ihr Herr Vater direkt von meinem bekommen. Was schauen Sie denn so entgeistert? Immerhin reden wir hier über ein Geschäft, oder nicht?«, spie sie erbost aus.

»Sie lügen!«

»Fragen Sie doch Ihren Vater«, schlug sie bissig vor.

Glücklicherweise war das Musikstück gerade zu Ende. Sie beide blieben stehen. Wie in Trance klatschte Felicitas leise. Wie alle anderen nach einem Tanz klatschten.

Rudolph von Brück-Bürgen sah sie derart finster an, als hätte sie ihm gerade ein Messer in den Rücken gestoßen. Was vermutlich der Wahrheit entsprach. Er schaffte es kaum noch, sie galant an den Rand der Tanzfläche zu führen, da war er schon in der Menschenmenge verschwunden.

Zwischen den Gästen tauchte Tessa in ihrem Pagenkostüm auf und nickte ihr heftig zu. Vermutlich hatten sie gerade die Kiste mit dem Pfau zu den Gewinnen der Tombola gestellt. Gleich würde sie mit einer präparierten Box zu Felicitas' Verlobtem in spe gehen und ihn ein Los ziehen lassen.

Bevor sie sehen konnte, wohin Rudolph von Brück-Bürgen verschwand, stand schon ihr nächster Tanzpartner vor ihr und lächelte sie in freudiger Erwartung an.

»Gnädiges Fräulein, ich bin so überaus glücklich, dass wir endlich Zeit miteinander find...«

Ein Schrei ertönte, und noch einer. Beide von einer Frau. Sogleich folgten laute männliche Stimmen, die etwas riefen. Irgendwas ging im Vestibül vor sich.

»Sie entschuldigen mich ...« Felicitas wartete eine Antwort erst gar nicht ab und lief los.

Sie drängelte sich durch die Menschentraube hindurch, die nun alle Richtung Eingang strömten. »Darf ich bitte ... Ich muss mal schauen ... Bitte lassen Sie mich durch.«

Kaum im Vestibül angekommen, sah sie bereits die Bescherung. Daran war allerdings nicht sie schuld. Offensichtlich hatte die Harfenistin den Kerzenständer zu nahe an ihre Notenblätter gestellt, denn diese hatten Feuer gefangen.

Ein Besucher schmiss nun den ganzen Stapel Notenblätter auf den Boden und versuchte heldenhaft, das Feuer auszutreten. Mehrere Blätter wehten zur Seite und setzten eine der extra für den Ball aufgehängten Gardinen in Brand.

Ein panisches Raunen ging durch den Raum. Doch schon kamen zwei der Rokoko-Diener angerannt, der eine einen Eimer mit Sand und der andere einen Eimer mit Wasser in der Hand. Innerhalb von Sekunden war der Brand gelöscht.

Felicitas war erleichtert. Das Palais in Brand zu setzen, gehörte nicht zu ihrem Ziel. Nun bemerkte sie ihren Vater an ihrer Seite. Er war bleich wie eine gekalkte Wand. Seine Hände zitterten, als er sie hochnahm und sich an seine Gäste wandte.

»Alles in Ordnung. Das Feuer ist gelöscht. Das war nur eine Lappalie. Nichts Großes.«

Schon kamen andere livrierte Diener, die die angebrannten Notenblätter aufsammelten. Andere fegten den Sand weg und wischten das Sand-Wasser-Gemisch vom Boden. Aus dem Augenwinkel bemerkte Felicitas, wie der Fotograf offensichtlich ein Foto von dem Missgeschick machte. Wie merkwürdig.

Vater drehte sich zu seinen Gästen. »Alles wieder in Ordnung. Lassen Sie sich bitte nicht von diesem kleinen Zwischenfall irritieren.« Als die Menge sich immer noch nicht bewegte, schob er hinterher: »Das Essen wird in Bälde serviert.«

Sofort kam Bewegung in die Menge. Die Ersten verließen die Empfangshalle, denn Sitzplätze waren rar. Nach kaum zwei Minuten hatte sich das Vestibül geleert. Felicitas war stehen geblieben.

»Meine Güte, wenn jetzt gerade der Kaiser gekommen wäre«, sagte Vater beinahe tonlos.

»Es ist ja noch mal gut gegangen.« Bis auf die eine angebrannte Gardine, die nun auch eilig entfernt wurde, war schon nichts mehr von dem Fiasko zu sehen.

Vater starrte wütend auf die Harfenistin, dann lief sein Blick zu ihr und wurde noch zorniger.

»Dass du deine Tante eingeladen hast, werde ich dir nie verzeihen.«

»Wieso ist sie dir so verhasst?«

Vaters Blick war nun genauso finster wie der von Rudolph von Brück-Bürgen vorhin. »Ich habe nun endgültig die Nase voll von deinen Flausen. Du machst dein Leben noch selber kaputt. Aber das werde ich nicht zulassen. Geh zurück, geh tanzen!«, befahl er ihr.

»Natürlich«, sagte Felicitas so gelassen, wie es ihr möglich war. Offensichtlich wusste er noch nichts davon, dass sie dem Grafensohn die Wahrheit über die Mitgift erzählt hatte.

18. August 1888

Herrgott, wo steckte der Nipperdey? Er müsste sich um alles kümmern. Aber vielleicht koordinierte er ja gerade die Rokoko-Diener, die alles sehr schnell wieder in Ordnung brachten. Er musste auch gleich das Essen ansagen. Egidius versuchte, sich möglichst unauffällig durch die Menschenmenge zu bewegen. Hier hielt er ein Schwätzchen, dort nickte er jemandem zu, nahm sich ein Glas Sekt von einem Tablett und prostete allen zu, bis er endlich am Hintereingang stand. Wo war der Kerl nur? Er lief ein paar Stufen die Hintertreppe hinunter, als ihm ein Rokoko-Diener entgegenkam.

»Wo ist Herr Nipperdey?«, bellte er ihn an.

»Ich habe ihn zuletzt oben gesehen. Hinten irgendwo.«

»Was heißt hinten irgendwo?«

»Ich meine, ich hätte ihn in Richtung Ihres Arbeitszimmers gehen sehen.«

Egidius machte sofort kehrt, drängelte sich wieder höflich durch die Gäste und ging zum Arbeitszimmer. Das hatte er wohlweislich abgeschlossen. Vor der Tür, auf dem Boden, saß Herr Nipperdey und wischte sich die Stirn. Neben ihm stand ein leeres Weinglas.

»Herr Louisburg«, sagte er schwach und versuchte, auf die Beine zu kommen. »Mir ist nicht gut. Ich hab mich nur … für einen Moment …«

»Das ist mir vollkommen egal. Sie stehen jetzt auf und kümmern sich um das Fest. Sie müssen das Essen ausrufen.«

»Sehr wohl … Ich bin …« Umständlich kam er auf die Knie und schaffte es kaum, sicher zu stehen. Als er endlich stand, torkelte er.

»Sind Sie etwa betrunken, Mann?«

»Das kann … Das kann nicht sein. Ich habe nur zwei Gläser Wein getrunken. Nie und nimmer kann ich davon …« Plötzlich sah er so aus, als wollte er sich übergeben.

Egidius wollte sich die Haare raufen. »Gehen Sie sofort in die Küche, fragen Sie nach etwas trockenem Brot und einem starken Kaffee, und dann kommen Sie hoch und machen Ihre Arbeit.«

»Sehr wohl«, sagte der Zeremonienmeister und hielt sich an der Wand fest.

»In fünf Minuten will ich Sie vorne sehen!«, schnauzte Egidius.

Mit gesenktem Kopf torkelte Nipperdey an ihm vorbei. Meine Güte, was für ein Glück, dass der Kaiser noch nicht da war. Er bebte am ganzen Körper. Erst Apollonia, dann diese Harfenistin und jetzt auch noch Nipperdey. Was sollte denn sonst noch alles schiefgehen?

Auf dem Weg zurück standen Graf von Brück-Bürgen und sein Sohn im Gang. Offensichtlich stritten sie miteinander. Als sie Egidius sahen, wurden beide sofort stumm. Er versuchte, ein freudiges Gesicht zu machen.

»Meine Herren. Wann wohl wird der Kaiser eintreffen?« Die einzige Frage, die ihn wirklich beschäftigte.

Sie starrten ihn stumm an, als hätte er etwas Falsches gesagt.

»Was gibt es denn?«, fragte er besorgt. Bitte nicht noch mehr Katastrophen, flehte er innerlich.

Der Graf räusperte sich. »Ihr Fräulein Tochter hat meinem Sohn gerade Details unserer Absprache erzählt. Über die Mitgift ...«

»Sie weiß natürlich, dass sie eine Mitgift erhalten wird, eine sehr generöse, wie wir alle wissen«, sagte Egidius immer noch in freundlichem Ton, klang aber schon etwas verunsichert.

»Nun, anscheinend glaubt Ihr Fräulein Tochter allerdings zu wissen, dass mir nicht die volle Mitgift zugutekommt, sondern nur ein kleiner Teil davon«, mischte sich nun der Grafensohn ein. Er machte eine säuerliche Miene. Sein Ton war beißend. »Stimmt das?«

Egidius schluckte. Verdammt noch mal, woher wusste Felicitas so was? Er hatte es doch unter vier Augen mit dem Grafen besprochen. Niemand sollte sonst davon erfahren, noch nicht einmal der Sohn des Grafen, wie der Graf es sich ausgebeten hatte. Wie also in Gottes Namen hatte Felicitas davon erfahren? Sein Blick lief zwischen den beiden Männern hin und her.

»Wann und wie viel und zu welchem Zeitpunkt die Mitgift ausgezahlt wird, habe ich mit Ihrem Herrn Vater detailliert erörtert. Er kann Sie sicherlich über alles Nötige in Kenntnis setzen.«

Das schien dem Grafensohn als Antwort allerdings nicht zu reichen. »In Kenntnis setzen, ja?« Er baute sich breit auf. »Wissen Sie, worüber ich heute noch in Kenntnis gesetzt wurde?« Er klang drohend. »Über die Tatsache, dass Ihr Fräulein Tochter nachts alleine ohne Begleitung mit fremden Herren durch die Straßen zieht. Darüber wurde ich in Kenntnis gesetzt.«

Ihm wurde ganz schummerig. »Wer erzählt denn solche schändlichen Lügen? Ich weiß nicht, wem Sie da aufgesessen sind, aber meine Tochter würde sich nie ...«

»Ihre Tochter hat sich schon in mehrerlei Hinsicht nicht gerade als fügsam herausgestellt.«

»Aber Sie würde niemals ...« Egidius merkte, wie ihm der Schweiß ausbrach. Das konnte alles gefährden.

»Ihnen sollte bewusst sein, dass die Tatsache, dass sich Ihr wertes Fräulein Tochter derart benimmt, mehr Einsatz von Ihrer Seite erfordert«, forderte Rudolph von Brück-Bürgen frech.

Mehr Einsatz? Er wollte den Preis hochtreiben! Doch das war Egidius im Moment egal. Er wusste Bescheid. Der Graf wusste Bescheid. Und noch jemand Drittes wusste Bescheid. Wer zum Teufel wusste noch von Felicitas' nächtlichem Ausflug?

»Es ist eine schändliche Lüge ...«

»... die Ihr Fräulein Tochter mir selbst bestätigt hat«, setzte Rudolph von Brück-Bürgen süffisant nach.

Felicitas hatte es bestätigt? Stimmte das? Plötzlich hatte Egidius das Gefühl, als müsste er sich gleich übergeben.

»Ich will nicht nur den kompletten Anteil, sondern überhaupt mehr Mitgift.«

Es verschlug Egidius die Stimme. Das durfte nicht wahr sein.

»Herrgott, Rudolph! Was denkst du, was ich mit dem Geld gemacht habe? Das kommt dir später doch alles zugute. Es fließt alles in das Landgut«, erklärte der Graf nun selbst. Auch ihm schien klar zu werden, dass ihr Geschäft gerade auf der Kippe stand.

»Das Landgut, das du heruntergewirtschaftet hast«, zischte der junge Mann seinen Vater leise an.

»Du wirst doch ohnehin einmal alles erben«, insistierte der Graf.

»In zwanzig Jahren vielleicht. Wenn da noch was übrig ist. Über welche Summe reden wir hier eigentlich?« Der Blick des Grafensohnes wechselte zwischen Egidius und seinem Vater.

»Fünfzehntausend Mark Mitgift ist eine sehr erkleckliche Summe für jemanden in deinem Alter. Das ist sehr üppig für einen frischgebackenen Ehemann. Ausgesprochen üppig«, versuchte der Graf zu retten, was zu retten war.

»Also, das Doppelte? Das Dreifache vielleicht? Ich weiß, wie hoch deine Schulden sind, Papa.«

Als dieser ihm nicht antwortete, wandte der Grafensohn sich wieder an Egidius. »Eine feine Tochter, die sich nachts mit fremden Männern herumtreibt. Etwas, worüber sich ganz Berlin das Maul zerreißen würde. Also, über welche Summe reden wir?«

Egidius schaute ihn an. Ihm konnte es doch egal sein, wie die Brück-Bürgens das Geld aufteilten. Im Grunde war das eine Geschichte, die der Graf mit seinem Sohn klären musste. Ihm war nur wichtig, dass er und seine Tochter unbeschmutzt aus dieser Angelegenheit herauskamen. »Fünfzigtausend«, sagte Egidius leise.

»Fünfzigtausend?!«, wiederholte der Sohn etwas zu laut und schaute seinen Vater wütend an.

»Mäßige deine Stimme!«, forderte der Graf ihn auf.

Doch der Sohn sagte noch einmal: »Fünfzigtausend?!« Seine Stimme schwankte zwischen Wut, Überraschung und Freude.

Für einen Moment sagte niemand etwas. Doch dann schien sich Rudolph von Brück-Bürgen zu etwas durchgerungen zu haben.

»Sie wollten mir also verhehlen, dass Ihr Fräulein Tochter sich mit fremden Männern trifft. Gibt es vielleicht auch schon eine Leibesfrucht, die mir untergejubelt werden soll?«

»Wie können Sie unterstellen ...«

»Es ist doch wohl kaum anzunehmen, dass Ihre Tochter noch unberührt ist. Und wenn das geschehen ist ... Ich meine, wir wissen alle, wie schnell solche Malheure passieren.«

Egidius biss sich auf die Lippe. Von vorne hörte man die Stimme Nipperdeys, der gerade alle zum Büfett zu rufen schien. Es wurde Zeit. Egidius konnte sich als Gastgeber nicht ständig entfernen. Erst war er fort gewesen wegen Apollonia, jetzt hielt ihn diese Geschichte von den Gästen fern.

»Nun, fällt Ihnen da eine ausreichende Summe ein, die dieses Risiko abdeckt?«

Wie unverschämt er war. Felicitas hatte recht, er war ein arroganter Schnösel. Wenn die Lage nicht gerade so verzwickt wäre ...

»Das Doppelte«, sagte Egidius mit spröder Stimme. »Aber nicht sofort bei der Vermählung. Und auch nur dann, wenn für mich sichergestellt ist, dass die notwendigen Informationen weiterhin reichlich fließen.«

Der Grafensohn sah seinen Vater an. »Darauf können wir uns doch wahrscheinlich einigen, oder?«

Auch der Graf schien eingeschnappt. »Nur, wenn du mit dem Geld den Rest der Schulden begleichst. Alle Schulden. Wie du weißt, wirst du dann noch genug übrig haben.«

»Wenig genug«, sagte Rudolph von Brück-Bürgen, aber machte eine zufriedene Miene.

»Also gut, dann haben wir eine Abmachung, eine neue Abmachung, die alle zufriedenstellt?!«, fragte Egidius.

Seine beiden Gäste nickten.

»Dann möchte ich jetzt von Ihnen wissen, woher Sie davon erfahren haben. Wer hat Ihnen das erzählt?«

Der Grafensohn machte ein so überhebliches Gesicht, dass Egidius ihm am liebsten seine Faust reingeschlagen hätte.

»Ein kleines Vöglein hat es mir gezwitschert.«

»Sie sollten meine Geduld nicht überstrapazieren. Wenn ich nicht weiß, wer es war, kann ich den Schaden nicht eindämmen. Und wenn der Schaden nicht eingedämmt wird, dann werde ich Ihnen nicht so viel Geld hinterherschmeißen, weil es dann keinen Grund mehr dafür geben wird. Haben wir uns verstanden?«, sagte er gepresst.

»Freifräulein Elsa von Zerpitz-Maltzahn.«

»Ich verstehe.« Diese falsche Schlange. Felicitas hatte sie nie sonderlich gemocht. Nur auf seinen Wunsch hin traf sie sich mit diesem Fräulein. »Nun, dann lassen Sie uns jetzt etwas essen.«

»Dann geht es also weiter wie geplant?«, fragte der Graf.

»Ich hoffe für Sie, dass der Kaiser bald auftaucht. Das war auch Teil unserer Abmachung.«

»Ich habe Ihnen aber doch gesagt, dass ich darauf keinen Einfluss habe. Er kommt, wenn ihm danach ist.«

»Und dass ihm danach ist, dafür sollten Sie beide sorgen!« Egidius konnte sich vor Wut kaum noch im Zaum halten.

»Eins noch. Ich habe nicht den Eindruck, dass Ihre Tochter mich heiraten will.«

»Das ist doch völlig unerheblich, ob sie das will oder nicht.«

»Für mich nicht. Ich würde eine widerspenstige Ehefrau bekommen.«

»Sie wird sich mit der Zeit schon eingewöhnen.«

»Was ich meine, ist: Ich will nicht gleich oben auf dem Podest stehen, die Verlobung wird verkündet, und Ihr Fräulein Tochter gibt mir in aller Öffentlichkeit eine Abfuhr. Das wäre für Ihren Ruf so schädlich wie für unseren. Das sollten wir vorher klären.«

Egidius nickte zustimmend. »Ich werde Felicitas suchen, und dann werden wir das klären. Sofort. Sie wird Ihnen bestätigen, dass Sie meinem Wunsch folgt.«

Er lief nach vorne. Die Salons hatten sich einigermaßen geleert, denn gerade bewegten sich alle in Richtung Büfett. Egidius lief in den Tanzsaal, wo nur noch wenige Paare tanzten. Felicitas war nirgendwo zu sehen. Er versuchte, über die Köpfe der Anwesenden hinweg in die einzelnen Salons zu schauen, aber er konnte sie nirgendwo entdecken. Er ging zurück in den Ballsaal und schaute sich um. Was sollte er nun tun? Dieser ganze Ball wuchs sich zu einer einzigen Katastrophe aus.

Das Orchester hörte auf zu spielen, offensichtlich war nun ihre Essenspause eingeplant. Ausgerechnet Elsa von Zerpitz-Maltzahn kam als eine der Letzten von der Tanzfläche. Sie unterhielt sich mit einem jungen Mann.

»Fräulein von Zerpitz-Maltzahn«, nahm er sie einfach zur Seite.

Sie schien überrascht, dass er sie so unhöflich am Arm wegzog, und wollte gerade protestieren.

»Halten Sie bloß Ihren Mund! Ich habe gehört, Sie verbreiten schändliche Lügen über meine Tochter.«

Das Fräulein lief hochrot an und stammelte. »Ich ... Nein ... Niemals ... Ich hätte nie ...«

»Papperlapapp. Ich weiß ganz genau Bescheid. Ich gebe Ihnen einen guten Rat: Wenn Sie und Ihre Familie nicht strauchelt wollen, dann sollten Sie besser auf Ihre Worte achtgeben. Wenn ich nur noch aus einer einzigen Richtung eine solche infame Lüge höre, dann weiß ich, woher sie kommt. Ich habe Geld, ich habe Macht, und ich habe einen gewissen Einfluss hier in der Wilhelmstraße. Ihr Vater arbeitet doch beim Justizministerium, oder?«

Das Freifräulein nickte blass.

»Haben Sie außer Rudolph von Brück-Bürgen noch jemandem diese Lüge aufgetischt?«

Völlig verstört schüttelte sie den Kopf. »Niemandem sonst.«

»Kann ich mich darauf verlassen, dass es so bleiben wird?«

Mit großer Vehemenz nickte sie.

»Also gut. Ich suche Felicitas. Wissen Sie, wo sie ist?«

»Gerade eben hat sie noch getanzt.«

»Dann suchen Sie sie jetzt für mich. Sie soll in mein Arbeitszimmer kommen. Umgehend!«

»Sehr gerne«, sagte sie und war schon weg.

Es war, als würde er sich auf glattem Eis bewegen. Alles schien ins Rutschen zu kommen, und obwohl er sich noch aufrecht hielt, hatte er doch große Angst, dass er entweder fürchterlich auf die Nase fiel oder ganz ins Eis einbrach. Wieso nur ging alles so furchtbar schief bei seinem so perfekt geplanten Ball?

18. August 1888

Mit zögerlichen Schritten überquerte Lorenz den Wilhelmplatz. Das herrschaftliche, im Licht der Fackeln mit dem ausgerollten roten Teppich geradezu majestätisch wirkende Palais verfehlte seine einschüchternde Wirkung nicht. Hier kam nicht jedermann rein. Und er war ein Jedermann, zumindest für Egidius Louisburg.

Aber für Felicitas hoffte er, nicht ein Jedermann zu sein, sondern der Einzige. Denn sie war für ihn auch nicht irgendeine, sondern die Einzige. Anders konnte er sich nicht erklären, warum er diese geradezu an Idiotie grenzende Aktion durchführte. Seit sie ihn zum Ball eingeladen hatte, hatte er darüber nachgedacht, ob er kommen solle. Und jedes Mal, wenn er mit dem Aufzählen der vielen gewichtigen Gründe, die dagegensprachen, fertig war, drängelte sich der eine Gedanke in den Vordergrund, warum er doch hingehen sollte: Er liebte Felicitas, und sie sollte an diesem Abend mit einem anderen Mann verlobt werden.

Natürlich wusste er, dass sie alles versuchen würde, das zu unterbinden. Ihre sehr nette und aufgeschlossene Tante würde versuchen, den Vater noch zum Einlenken zu bewegen. Wenn das nicht funktionierte, wollte sie den Grafensohn derart verärgern, dass er von alleine auf die Hochzeit verzichtete. Derweilen würden diverse Katastrophen hoffentlich dazu führen, dass der Ball frühzeitig beendet würde. Nur wenn das alles nicht eintrat, nur dann wollte Felicitas fliehen.

Lorenz wusste, in welcher Pension sie unterkommen wollte, und wenn alles wirklich furchtbar schieflief, dann würde er sie dort morgen oder übermorgen besuchen. Danach würden sie sich für eine sehr lange Zeit nicht sehen können. Felicitas hatte ihm geschrieben, dass sie eventuell zu ihrer Tante ganz in den Westen des Kaiserreiches ziehen würde.

Lieber wollte Felicitas in Berlin bleiben, weil es ihre Heimat geworden war, weil ihre Schwester hier lebte und weil er hier studierte. Aber vor allem wollte sie einen endgültigen Bruch mit ihrem Vater verhindern. Dieser Bruch würde zwangsläufig eintreten, wenn sie zu ihrer Tante floh.

Und obwohl er ihr geschrieben hatte, dass er nicht kommen würde, stand er nun nur noch wenige Meter von dem Palais entfernt. Er hatte sich seinen besten Anzug aus Coburg mitgebracht und seinen Zylinder gebürstet, als hinge sein Leben davon ab. Seit zwei Wochen ließ er sich einen Bart stehen, und gestern hatte er seine welligen Haare militärisch kurz schneiden lassen.

Der Abend war schon fortgeschritten. Weder Felicitas noch Egidius Louisburg würden noch vorne an der Türe stehen, um die Gäste zu begrüßen. Sein Plan war, sich unbemerkt unter die dreihundert Gäste zu mischen. Ohnehin gab es neben Felicitas nur vier Personen, die ihn überhaupt erkennen könnten – Egidius Louisburg, Fräulein Korbinian, Apollonia Melzer und der ältere Portier.

Zögerlich trat er an den Mann in Uniform heran. »Entschuldigen Sie bitte, ich habe mich fürchterlich verspätet. Es ist mir mehr als unangenehm.« Er reichte ihm die Einladung, die auf einen anderen Namen ausgestellt war. Würde Blum ihn erkennen? Der Portier hatte ihn zweimal gesehen. Einmal nur sehr kurz in der Nacht, als der Schutzmann alle aus dem Bett geholt hatte. Und ein zweites Mal, als er am nächsten Tag bei Felicitas' Vater vorstellig geworden war. Aber Lorenz sah nun völlig verändert aus.

»Herr Baumgärtner, seien Sie uns willkommen«, sagte der ältere Mann freundlich, als wäre es nicht äußerst unhöflich, zu spät auf einem Ball zu erscheinen, und geleitete ihn den Portikus hoch. Er öffnete ihm die Tür, und Lorenz trat ein.

Seine Knie waren butterweich. Sein Herz klopfte bis zum Hals. Als er eintrat, umfing ihn eine ungewöhnliche Helligkeit. Überall gab es helles Licht der Gaslampen und dazu noch etliche Kerzenständer. Bei seinem letzten Besuch hier im Palais war er so aufgeregt gewesen, dass er sich gar nicht so recht erinnern konnte, wie es ausgesehen hatte. Schon im Vestibül tummelten sich die Menschen. Einige Männer hielten Teller in ihren Händen. Offensichtlich hatte das Essen bereits begonnen. Rechts vom Eingang spielte eine Harfenistin, ganz ohne Noten, die ein wenig derangiert aussah. Neben der Treppe hatten sich mehrere Menschen vor einer Leinwand drapiert, und ein Fotograf machte Aufnahmen von ihnen.

»Mein Herr, Ihr Zylinder.«

Lorenz gab einem Diener seinen Hut und trat weiter hinein. Er musste Felicitas finden in diesem Gewühl.

Ein kleines Mädchen in weißem Kleid mit Flügelchen auf dem Rücken trat an ihn heran. »Pralinen?«, fragte sie ihn.

»Nein, danke.«

Das Kind ging sofort weiter.

Im Ballsaal selbst saßen viele junge Frauen, Teller auf ihren Knien. Männer standen daneben und aßen ebenfalls. Vorne auf dem Podium war der Platz des Orchesters verwaist. Ein Page ordnete dort gerade einige Dinge.

Wo würde er Felicitas finden? Er musste nach ihr suchen und gleichzeitig vermeiden, Egidius Louisburg in die Hände zu laufen. Er fand Felicitas weder im Ballsaal noch im angrenzenden Salon. In einem kleinen Flur tummelten sich noch mehr Menschen. Vermutlich stand dahinter das Büfett. Zurück im Vestibül schaute er sich verunsichert um. Er kannte sich nicht aus und wusste nur, hinten durch lag das Arbeitszimmer von Felicitas' Vater. Aber das wäre der letzte Ort, den er betreten wollte. Während er noch überlegte, wie er bei seiner Suche vorgehen sollte, kam Felicitas aus dem Ballsaal und strebte zügig Richtung Haupttreppe.

Eilig trat er auf sie zu. »Fräulein Louisburg«, sprach er sie leise an.

»Ähm, ja, bitte?« Sie schien es eilig zu haben, denn sie sah kaum auf.

»Ich wollte mich für Ihre Einladung bedanken.«

Jetzt erst schaute sie ihm ins Gesicht. »Sehr gerne, Herr ...« Sie stutzte. »Lorenz?!« Ihre Kinnlade klappte runter, dann wurde ihr wohl bewusst, wie brisant diese Situation war. »Komm«, sagte sie und machte eine Bewegung mit ihrem Kopf.

Er folgte ihr hinter die Haupttreppe, wo merkwürdig gekleidete Diener damit beschäftigt waren, Gläser zu füllen.

»Was machst du hier?«, flüsterte sie.

»Ich wollte dich sehen. Ich wollte dich ... einfach nicht alleine lassen. Und ich muss wissen, ob deine Pläne Wirkung zeigen.«

Sie schaute ihn sich genau an. »Ich hätte dich so nicht erkannt. Hoffen wir, dass es meinem Vater ebenso geht.«

»Wie läuft es?«

Sie schüttelte unglücklich den Kopf. »Tante Apollonia hat mit Vater gesprochen, aber er lässt sich nicht erweichen. Dann habe ich den Grafensohn verärgert. Der ist aber weiterhin fest entschlossen, mich zu heiraten. Nur wegen der Mitgift. Es sind schon einige Dinge schiefgelaufen, aber beileibe noch nicht genug. Ich wollte gerade hoch in mein Zimmer. Minna wartet dort auf mich und hilft mir, aus dem Haus zu gelangen.«

»Dann willst du also fliehen?«

»Keine Ahnung, ob der Kaiser tatsächlich heute noch kommt oder nicht. Aber irgendwann nach dem Essen und vor Mitternacht wird mein Vater die Verlobung öffentlich bekannt machen. Und ich muss vorher weg sein.«

Er nickte. »Wie kann ich dir helfen?«

»Ich weiß es nicht. Es ist eine ziemliche Überraschung, dass du hier bist.«

»Ich habe es zu Hause einfach nicht ausgehalten. Ich wusste aber nicht, ob ich mich wirklich ins Palais traue.«

»Aber den Bart hast du dir schon länger stehen lassen.«

»Ich wollte auf alles vorbereitet sein.«

»Lorenz, das Essen hat gerade angefangen. Die Leute sind alle abgelenkt. Das ist meine beste Chance, ungesehen rauszukommen. Ich muss jetzt gehen«, sagte sie mit verzweifelter Stimme.

»Dann werde ich draußen auf dich warten.«

»Um die Ecke, ganz hinten am Ende der Voßstraße wartet eine Droschke auf mich.«

»Ich warte dort auf dich.« Er griff nach ihrer Hand. »Ich möchte für dich da sein. Du sollst wissen, dass ich auf dich warten werde, auch wenn du bei deiner Tante lebst. Wir werden einen Weg finden, früher oder später. Ich wollte dir sagen ... Ich liebe dich.«

Tränen stiegen Felicitas in die Augen. »Ich liebe dich auch. Und ich ...«

»Da bist du ja!«, tönte eine laute Stimme in ihre Richtung.

Felicitas ließ seine Hand los und drehte sich um. »Elsa?«

Ein junges Fräulein in einem hellblauen Kleid stand vor ihnen und schaute skeptisch. »Was machst du hier hinten? Versteckst du dich? Ich such dich schon eine geraume Weile.«

Die junge Dame schaute Lorenz merkwürdig an. Hatte sie gesehen, dass sie sich an den Händen gehalten hatten? Felicitas trat von ihm weg und ging Richtung Haupttreppe. Das Fräulein folgte ihr.

»Was gibt es denn?«, sagte sie in einem abweisenden Ton, als wären sie zerstritten.

»Dein Vater sucht dich. Ich soll dich zu ihm bringen.«

Felicitas warf einen ängstlichen Blick in seine Richtung. »Wo ist er?«

»In seinem Arbeitszimmer.«

»Danke, ich werde gleich zu ihm gehen.«

»Nein, ich soll dich zu ihm bringen.«

»Ich muss mich zuvor noch ... frisch machen.«

»Das hat sicher Zeit. Ich habe deinem Vater versprochen, dich zu finden. Und nun habe ich dich gefunden, und wir gehen zusammen zu ihm.«

Dieses Fräulein Elsa ließ sich nicht erweichen. Er musste schlucken. Was konnte er jetzt tun? Nichts, wenn er sich nicht verraten wollte.

»Ich ...« Felicitas zögerte, warf noch einen sorgenvollen Blick in seine Richtung, dann nickte sie und ging zusammen mit Elsa weg.

Lorenz trat vor die Treppe und schaute ihr nach. Sicher würde ihr Vater sie nicht im Arbeitszimmer verloben. Was konnte er tun? Ihre Tante fiel ihm ein. Die hatte er auch nicht gesehen, als er nach Felicitas gesucht hatte. Er trat vor, mitten ins Vestibül, unsicher, wohin er sich nun wenden sollte.

Just in diesem Moment kam eine Dame die Treppe herunter. Es war Apollonia Melzer, in einem eleganten Abendkleid. Ihr Blick ging ebenfalls suchend über die Menge. Als sie unten angelangt war, trat er an sie heran.

»Frau Melzer, ich bin es, Lorenz«, sagte er leise.

Frau Melzer schaute ihn an und erkannte ihn auch erst auf den zweiten Blick. »Herr Schwerdtfeger, ja, was machen Sie denn hier? Sind Sie verrückt geworden?«

»Möglicherweise. Verrückt vor Angst, dass die Frau, die ich liebe, heute mit jemand anderem verlobt wird.«

»Und Sie wollen öffentlich etwas dagegen unternehmen?«, fragte sie mit alarmierter Stimme.

»Nein ... Ich wusste nur, ich kann nicht zu Hause einfach rumsitzen und darauf warten, dass das Unglück über mich kommt.«

Frau Melzer schaute sich weiter suchend um. »Felicitas wollte während des Essens hochkommen und dann verschwinden. Ich bin unruhig geworden, weil sie immer noch nicht oben ist.«

»Sie war gerade auf dem Weg. Aber erst habe ich sie aufgehalten, dann ist eine gewisse Elsa gekommen, die im Namen ihres Vaters nach ihr gesucht hat. Sie hat darauf bestanden, Felicitas zu ihm zu bringen. Ins Arbeitszimmer.«

Die Augen von Felicitas' Tante wurden groß. »Ach herrjemine.«

»Er wird sie doch wohl kaum schon im Arbeitszimmer verloben?« Seine Worte klangen ängstlich. Er war sich keineswegs darüber im Klaren, wie Felicitas' Vater vorgehen wollte.

»Vermutlich nicht. Aber vielleicht will er gleich gemeinsam mit ihr vor die Menge treten. Ich hätte gedacht, dass das alles noch mindestens bis nach dem Essen Zeit hat.«

»Felicitas auch.«

Ein Bursche im Pagenanzug trat an sie heran. Er trug eine Papierbox. »Ein Los für die Tombola?«, fragte eine junge Stimme.

»Tessa! Du sollst doch nur hier unten sein, wenn es unbedingt nötig ist«, fuhr Frau Melzer sie aufgeregt an.

»Ich bin nicht Tessa«, sagte sie mit ängstlichem Blick zu Lorenz.

Lorenz schaltete schnell. Keiner der Besucher durfte wissen, dass in der Verkleidung die jüngste Tochter des Hausherrn steckte. »Alles gut. Ich bin Lorenz, Lorenz Schwerdtfeger.«

»Aha«, gab Tessa grinsend von sich.

Das also war die jüngere Schwester von Felicitas. Lorenz hatte sie bisher nur einmal am Fenster gesehen, als er Felicitas zugewinkt hatte. Es war Wochen her.

»Ich habe gerade die Orchesterinstrumente versteckt. Und davor habe ich dem Grafensohn sein spezielles Los der Tombola überreicht.«

Apollonia Melzer machte ein verzweifeltes Gesicht. »Ich glaube, all das, was ihr vorbereitet habt, wird an Chaos nicht ausreichen, um das Unglück zu verhindern. Felicitas muss aus dem Haus, sonst gibt es ein Unglück.« Sie sah sich betrübt um. »Ich werde ins Arbeitszimmer gehen. Ich muss ihr beistehen. Vielleicht kann ich Egidius doch noch zur Vernunft bringen.«

»Ich werde Sie begleiten«, sagte Lorenz.

»Um Gottes willen. Das Letzte, was wir jetzt brauchen, ist einen Eklat. Sie werden schön hierbleiben, und für den Fall, dass Felicitas hier vorne auftaucht, können Sie ihr vielleicht helfen, aus dem Haus zu kommen.«

»Aber ich muss etwas tun.«

»Das können Sie auch. Sie sorgen bitte tunlichst dafür, dass nicht alles noch schlimmer wird.« Sie drehte sich um und ging schnurstracks davon.

Lorenz blieb mit Tessa zusammen stehen. »Tun Sie so, als würden Sie mir ein Los abkaufen.«

Lorenz griff in seine Tasche, holte ein Ein-Mark-Stück hervor und reichte es ihr. Tessa öffnete die Box mit den Papierschnipseln darin. Er griff zu.

»Was soll ich jetzt nur tun?«, fragte er mehr sich selbst als Felicitas' Schwester.

»Wenn ich meine Tante gerade richtig verstanden habe, brauchen wir mehr Chaos. Mehr Chaos als geplant.«

»Aber wie stellen wir das an?«

Tessa überlegte. »Ich hätte da eine oder zwei Ideen. Folgen Sie mir.«

In ihrem Pagenanzug ging sie Richtung Hintereingang, wo es kaum noch Herrschaften gab.

»Draußen in der Remise lagert ein Feuerwerk. Papa hat es vor uns verheimlicht, zumindest hat er es versucht. Wenn das verfrüht losgeht, kann Felicitas gänzlich unbemerkt rausschleichen.«

Perfekt! Lorenz sah sie an. Feuerwerke hatte er natürlich schon gesehen, aber er hatte noch nie dabei zugesehen, wie eins entzündet wurde. Doch meine Güte, wie schwer konnte es schon sein? Er brauchte nur Zündhölzer und ein wenig Zeit, um es irgendwo auf der Straße aufzubauen.

»Sonst noch irgendwelche Ideen?«

In einer Ecke standen drei beflügelte Waisenmädchen. Sie steckten die Köpfe zusammen und naschten die Kleinigkeiten, die auf ihren Tabletts lagen.

Tessa grinste diabolisch. »Eine noch, aber dabei können Sie mir nicht helfen.«

»Du kannst mich Lorenz nennen.«

»Lorenz, warte hier. Ich sag dir Bescheid, wenn du in die Remise gehen sollst.«

»Na gut.« Wenigstens konnte er Felicitas bei ihrer Flucht helfen.

Von einem der Rokoko-Diener ließ er sich ein Glas Sekt geben, an dem er nippte. Er hielt es kaum aus, hier zu stehen und zu wissen, dass nur wenige Meter von ihm entfernt über Felicitas' und sein Schicksal entschieden wurde.

Plötzlich hörte man Geraune und einen Schrei. Noch einen Schrei. Dann ein schriller Ruf: »Geh. Lass mich. Du ... Was soll das?«

Lorenz durchquerte das Vestibül und schaute in den Ballsaal. Ein junger Mann erwehrte sich nur mit einem Teller bewaffnet gegen einen aufgebrachten Pfau. Der Vogel attackierte ihn, wieder und wieder. Als hätte er ganz persönlich etwas gegen ihn. Der Kerl wedelte mit seinem Teller in Richtung Tier. Amüsiert trat Lorenz in den Saal. Hinten in der Ecke stand eine Holzkiste, deren Deckel daneben lag. Offensichtlich hatte der Mann die Kiste geöffnet und einen zu einem wütenden Derwisch verwandelten Pfau herausgelassen.

Die am Rande sitzenden Damen versuchten, ihre Teller mit Essen in Sicherheit zu bringen, damit ihre Kleider nicht beschmutzt wurden. Männer sprangen zur Seite, während der junge Mann sich von dem Pfau von einer Seite zur anderen scheuchen ließ.

Das musste Rudolph von Brück-Bürgen sein. Der Mann, mit dem Felicitas verlobt werden sollte. Nun griff einer der Unteroffiziere an seine Koppel und zog einen Galadegen hervor, den er dem Verfolgten reichte. Während Brück-Bürgen danach griff, pickte ihn der Pfau in seine Hose. Er sprang zurück. Jetzt mit Teller und Schwert bewehrt, ging er auf den Pfau zu. Doch der schien überhaupt keine Angst zu haben. Seine Attacken gingen weiter. Obwohl ihm alles andere als nach Lachen zumute war, stimmte Lorenz in den verhaltenen Chor der anderen ein. Es sah aber auch zu lächerlich aus.

18. August 1888

Es klopfte, und Felicitas trat mit dem Freifräulein ins Arbeitszimmer.

»Ich habe Ihr Fräulein Tochter gefunden«, sagte Elsa von Zerpitz-Maltzahn stolz.

Felicitas drehte sich zu ihr um. »Ich nehme an, mein Vater will mit mir etwas unter vier Augen besprechen.« Sichtlich angespannt drehte seine Tochter sich wieder zu ihm.

Doch er wandte sich erst noch an Elsa. »Meine Tochter hat recht. Sie dürfen sich jetzt entfernen.« Und als diese die Tür hinter sich geschlossen hatte, sagte er: »Deine feine Freundin hat dich an Rudolph von Brück-Bürgen verraten.«

»Wenn du dich erinnern magst, wolltest du unbedingt, dass ich mich mit ihr treffe. Weil sie so ein feines Fräulein ist. Genau wie der Grafensohn so ein feiner Herr ist. Weißt du, wie er auf das, was Elsa ihm gesagt hat, reagiert hat?«, sagte Felicitas ungewohnt verächtlich.

In den letzten Wochen war sie so folgsam und verständig gewesen, doch plötzlich schien sie kämpfen zu wollen.

»Ja, das weiß ich leider schon. Er will mehr Geld«, antwortete er offen.

»Papa, ist dir das nicht Grund genug, dass ich einen Menschen mit einem solchen Charakter nicht heiraten sollte?« Ein Flehen lag in ihrer Stimme.

Er zögerte einen Moment. Sie hatte recht, eigentlich verabscheute er solche Leute. Doch er wusste schon lange, dass die Brück-Bürgens alles nur wegen des Geldes taten. Aber unterschied er sich da von ihnen? Bevor Felicitas weitersprechen konnte, fiel er ihr ins Wort.

»Ihr passt doch wohl gut zusammen. Du hast ihm schließlich auch ein Geheimnis verraten. Dass er nicht die ganze Mitgift kriegen soll! Ich wüsste wirklich gerne, woher du das weißt.«

»Und wie hat er auf meine Information reagiert?«, antwortete Felicitas stattdessen mit einer Gegenfrage. Sie klang pampig. Was war nur mit seiner Tochter los? So kannte er sie gar nicht.

»Wie ich schon sagte, er will mehr Geld.«

»Dann gibst du also zu, dass du mich verkaufst.«

Es klopfte, und ohne hereingebeten zu werden, trat Apollonia ein. Egidius schnaufte auf. Konnte nicht irgendwas am heutigen Abend so laufen, wie er es wollte?

»Egidius, du musst damit Schluss machen. Du kannst deine Tochter nicht diesem verschuldeten Kretin überlassen.«

Seine Hände wurden zu Fäusten. Er verspürte das übergroße Bedürfnis, Felicitas zu schlagen. Oder Apollonia, oder beide. Oder irgendwas zu zerschlagen. Sie machten ihm noch alles kaputt. Jetzt, da er fast an seinem Ziel war.

»Der Graf ist hoch verschuldet und kann nicht einmal ein Gestüt ordentlich führen. Sein Sohn ist auch nicht besser und zudem ein Spieler. Und solchen Leuten willst du eines Tages deine Fabrik vererben?«, fuhr Apollonia fort.

»Bis dahin ist wohl noch viel Zeit. Und Felicitas und vielleicht auch Tessa haben bereits die passenden Stammhalter geboren«, blaffte er sie an.

»Und wenn nicht? Du hast auch nur Töchter bekommen.«

Er schürzte seine Lippen. Das war doch nicht seine Schuld, dass er nur Töchter bekommen hatte. Wäre Valentina nicht gestorben, dann hätten sie ganz sicher noch weitere Kinder bekommen. Und bestimmt endlich einen Sohn. Allerdings, daran, dass Valentina tot war, daran war er tatsächlich schuld. Tränen stiegen ihm in die Augen. Er presste seine Lippen zusammen.

»Papa, ich sage es dir jetzt unumwunden: Ich werde Rudolph von Brück-Bürgen nicht heiraten. Niemals. Und wenn du mich gefesselt zum Traualtar schleppst.«

Er fragte sich, woher seine Tochter plötzlich diese Courage hatte. »Du musst aber. Ich habe mein Wort gegeben, und ich werde mein Wort nicht brechen.«

Die folgende Stille stand wie ein zähnefletschender Hund zwischen ihnen. Apollonia trat an Felicitas' Seite und legte beschützend einen Arm um ihre Schulter. Als wäre sie es, die seine Tochter schützen müsste.

In diese brüllende Stille hinein waren plötzlich Männerstimmen zu vernehmen. Überrascht drehten sie sich zur Tür. Die Stimmen hinter der geschlossenen Tür kamen immer näher.

»Lassen Sie mich in Ruhe. Es ist unhöflich, einem Mann auf einem Ball aufzulauern.« Das war Graf von Brück-Bürgen.

»... wollen wissen, wie und wann Sie gedenken, Ihre Schulden zu tilgen«, sagte eine fremde Stimme.

»Das ist kein Gesprächsthema für den heutigen Abend«, hörten sie wieder die Stimme des Grafen.

»Dann hätten Sie sich vielleicht zurückmelden sollen, als wir Sie dreimal angeschrieben haben«, forderte die fremde Stimme.

»Nicht hier«, zischte Brück-Bürgen nun viel zu laut.

Egidius runzelte die Stirn, trat an den beiden Frauen vorbei und öffnete die Tür. Graf von Brück-Bürgen stand dort, aber auch dieser Herr Meyers aus der Kreditabteilung der Deutschen Bank. Rudolph von Brück-Bürgen stand im Hintergrund. Die drei Männer schauten überrascht. Offensichtlich hatten sie nicht damit gerechnet, dass jemand in dem hinteren Zimmer war.

»Meine Herren, was gibt es?«

Der Graf trat an ihm vorbei ins Zimmer, als wollte er vor dem Mann flüchten. Sein Sohn hielt sich weiter im Hintergrund, wischte aber beständig über seine Hosenbeine, als hätte er Dreck dran. Er sah leicht derangiert aus. Hatte er zu wild getanzt?

Der Mann von der Bank sah sich offensichtlich genötigt, die Situation erklären zu müssen. Im Türrahmen stehend, rückte er seine runde Brille zurecht. »Ich wollte nur die Gelegenheit nutzen, mit den beiden Herren, da sie nicht auf meine Briefe reagieren, über dringende Bankangelegenheiten zu reden.«

Dann hatte er den Grafen also hier auf dem Flur in die Enge gedrängt. Was für ein unhöfliches Benehmen, konstatierte Egidius.

»Angelegenheiten, die derart dringend sind, dass Sie sie hier auf meinem Ball besprechen müssen?«, fuhr er ihn an.

»Nun, ich möchte mich entschuldigen. Aber ich spreche hier im Namen der Deutschen Bank und nicht für mich selbst. Die Herren sind in einer … äußerst unvorteilhaften Situation. Die schnellstmöglich der Klärung bedarf.«

Brück-Bürgen versuchte, sich zu verteidigen. »Diese Situation wird in Bälde geklärt. Aber nicht hier.«

Egidius standen die Haare zu Berge. »Meine Güte, jeden Moment kann der Kaiser eintreffen, und ich muss mich mit solchen Lappalien beschäftigen«, gab er schnaufend von sich.

»Der Kaiser? Der kommt heute sicher nicht«, sagte Herr Meyers.

»Wieso glauben Sie, dass er nicht kommen wird?«

»Er war doch am Donnerstag in Frankfurt und kommt heute erst zurück.«

»Ist das so, ja?«

»Ja, das ist so. Wir in der Deutschen Bank sind in der Regel immer sehr gut informiert.«

Mit einem Ausdruck, der eine Erklärung einforderte, schaute Egidius zum Grafen. Brück-Bürgen blickte betreten beiseite. Das verhieß nichts Gutes. Spielte er ein falsches Spiel?

»Nun, ich würde doch meinen, dass der Graf vor Kurzem erst

einen Teil seiner Schuldigkeit beglichen hat«, wandte Egidius sich an den Bankmenschen. Sein Blick wechselte zwischen den Männern hin und her.

Der Graf wischte sich mit einem Taschentuch durchs Gesicht, schaute auf und sagte weiter nichts. Er wirkte wie ein verschreckter Hase vor der Flinte.

»Wie kommen Sie darauf?«, fragte Meyers.

Rudolph von Brück-Bürgen drängelte sich neben Herrn Meyers. »Bedeutet das etwa, dass bereits ein Teil der ... geflossen ist, von dem ich nichts weiß?« Der Grafensohn schaute seinen Vater fordernd an, dann fiel sein fragender Blick auf Egidius. Es wurde immer unangenehmer.

Egidius dachte fieberhaft nach. Was passierte hier gerade? Anscheinend hatte der Graf seine Schulden nicht mit dem Vorschuss beglichen. Und über den Kaiser hatte er gelogen. Worüber hatte er noch gelogen?

»Wenn die Deutsche Bank immer alles weiß, dann sagen Sie mir doch, wie es in Sachen Anatolische Eisenbahn steht.«

»Bestens. Unser Vorstandsvorsitzender hat sich mit allen Beteiligten bereits getroffen. Bismarck scheint sich raushalten zu wollen, aber auch niemandem Steine in den Weg zu legen. Die Firmen sind alle an Bord, und sobald die Hohe Pforte dem Ganzen zustimmt, kann es losgehen.«

Seine Kopfhaut fühlte sich an, als würde ein Feuer seine Haare versengen. Er war betrogen worden. Brück-Bürgen hatte ihm kaltschnäuzig ins Gesicht gelogen! »Die Firmen sind schon alle an Bord?«, fragte Egidius gefährlich leise nach.

»Soweit ich weiß, schon«, sagte Herr Meyers. Offensichtlich wurde dem Herrn allmählich klar, dass sich hier gerade eine äußerst brenzlige Situation aufbaute. »Es ist ja jetzt auch kein Geheimnis mehr. Ich wollte allerdings gar nicht ... Sie haben sicherlich noch einiges zu besprechen. Da will ich nicht stören.« Er wandte sich an den Grafen. »Ich erwarte Sie diese Woche noch, sonst werden Entscheidungen ohne Sie getroffen. Über Ihren Kopf hinweg.« Er knallte militärisch die Hacken zusammen, nickte knapp und verschwand.

Rudolph schlüpfte an ihm vorbei in den Raum, bevor Egidius die Tür schloss. Mit düsterer Miene drehte er sich zu dem Grafen um. »Sie haben mir sicherlich einiges zu erklären.«

»Nein.« Sein Schmiss auf der Wange schien plötzlich zu zucken. »Nein? Die ganze Geschichte ist schon in trockenen Tüchern. Die Beteiligten stehen fest, und Sie führen mich an der Nase herum? Diese ganze Geschichte im Club war nur dazu da, dass Sie meine Taschen leeren konnten?« Am liebsten würde er ihm direkt hier und jetzt an die Gurgel gehen.

»Ich wusste nichts davon, dass alles schon beschlossen ist.«

»Aber Sie haben behauptet, Sie wüssten davon«, schrie er.

Der Grafensohn schaltete sich ein. »Also ist tatsächlich schon ein Teil der Mitgift geflossen! Und ich weiß nichts davon?«, fragte er entrüstet nach.

Das wurde ja immer absurder. Egidius platzte der Kragen. »Welche Mitgift denn? Es gibt keine Mitgift. Wofür auch? Ihr Herr Vater sollte mich über alles informieren. Er hat sogar behauptet, er hätte mich in den innersten Zirkel dieses Projektes gehoben. Und nun muss ich feststellen, dass er mich getäuscht hat. In allen Dingen«, tobte er.

Und er hatte sich täuschen lassen. Nur allzu bereitwillig. Der Club, die Informationen, das Treffen. Alles, was er gewollt hatte – blind vor Ehrgeiz hatte er sich nur allzu bereitwillig übertölpeln lassen.

»Heißt das etwa, es gibt keine Verlobung?«, fragte Rudolph von Brück-Bürgen plump nach.

»Sind Sie dumm?«, spie Egidius verachtend aus. »Natürlich gibt es keine Verlobung mehr!« Er bemerkte, wie Felicitas und Apollonia durchdringende Blicke wechselten.

Doch so schnell gab der Grafensohn nicht auf. »Ich könnte immer noch öffentlich machen, dass sich Ihre Tochter des Nachts mit fremden Männern herumtreibt.«

Oh, großer Fehler. Man sollte nie so dumm sein, ihn, Egidius Louisburg, in eine Ecke drängen zu wollen. Da hatte er sich mit dem Falschen angelegt. Gefährlich langsam trat er an den jungen Brück-Bürgen heran. So nahe, dass sich ihre Nasen beinahe berührten.

»Tun Sie das. Aber wenn Sie das tun, seien Sie bitte nicht überrascht, dass ich das Meine tun werde, um Ihren Ruf für immer und alle Zeiten zu beschädigen. Ich habe Schriftstücke Ihres Vaters. Das Eisenbahnamt wird sicherlich nicht erfreut darüber sein, dass einer seiner Mitarbeiter interne Informationen verkauft.«

»Das können Sie nicht beweisen«, schaltete sich der Graf in das Gespräch ein. »Ich habe nie etwas Konkretes schriftlich gemacht.«

»Dass Sie mir Informationen haben zukommen lassen, das kann ich beweisen. Ich habe den Zettel mit der Kalkulation von Borsig.«

»Ich habe Borsigs Kalkulationen nie gesehen«, erklärte der Graf eilig.

»Und doch habe ich einen Zettel mit Ihrer Handschrift. Was das wohl mit Ihrer Karriere machen würde, der bloße Anschein, Sie könnten etwas weitergetragen haben? ... Des Weiteren schulden Sie mir über zwölftausend Mark!«

»So viel? Davon hast du mir nichts erzäh...«

Der Graf schnitt seinem Sohn mit einer Handbewegung das Wort ab.

Egidius wandte sich wieder an den Grafensohn. »Niemand mag einen Mann, der aus Habgier und Rache wegen einer geplatzten Verlobung andere Leute verunglimpft. Niemand glaubt einem Mann, der, weil er von einem Fräulein abgewiesen wurde, bösartige Gerüchte über sie streut. Und selbstredend würde ich Sie verklagen, sobald mir etwas zu Ohren kommt. Und dann werden die Umstände der geplatzten Verlobung in allen Details öffentlich. Irre ich mich, oder haben Sie als Beweis für Ihre Gerüchte allein das Wort eines vor Neid und Eifersucht zerfressenen Freifräuleins?«

Beide Männer wurden so weiß wie ein Leichentuch.

Der Graf senkte seinen Blick. »Wir sollten das alles vielleicht zu einem anderen Zeitpunkt besprechen«, schlug Brück-Bürgen mit gebrochener Stimme vor. »Ganz besonnen ...«

»Eine ausgezeichnete Idee. Verlassen Sie den Ball. Sie sind hier nicht mehr willkommen«, antwortete Egidius.

Graf von Brück-Bürgen schob seinen Sohn in Richtung Tür. Der sah für einen Moment so aus, als wollte er sich noch nicht geschlagen geben. Doch als er den Mund aufmachte, packte sein Vater ihn fest im Nacken und schob ihn weiter.

Und als die beiden Männer eilig durch die Tür traten, rief Egidius ihnen hinterher: »Ein Gerichtsverfahren wird Ihrer Familienschatulle sicher den Rest geben. Vielleicht kaufe ich dann ja Ihr Pferdegut und schenke es meiner Tochter.« Wütend drehte er sich um, ging ein paar Meter, griff nach einem leeren Glas und schleuderte es an die Wand. Er hätte die ganze Welt zertrümmern wollen. Denn seine ganze Welt lag gerade in Scherben. Das Projekt, der anatolische Eisenbahnbau – es war ihm durch die Finger geglitten. Dabei hatte er sich bereits auf der Siegerstraße gewähnt. Alles dahin. Von einer Minute auf die andere. Er drehte sich um, sah die beiden Frauen noch dort stehen. Mit aufgerissenen Augen hatten sie den Streit der Männer verfolgt.

»Egidius, auch wenn der Kaiser nicht kommt, da draußen warten dreihundert Gäste darauf, dass deine Tochter mit ihnen tanzt und der Hausherr sich gesellig zeigt«, mahnte Apollonia eindringlich.

Der Ball? Der Ball, der nur ein einziges Ziel hatte, nämlich seine Beteiligung an dem Projekt zu besiegeln? Sein schönes Projekt, das gerade den Bach runtergegangen war. Seine Pläne für ein ganzes Jahrzehnt. All seine Kalkulationen, seine Bemühungen, alles löste sich gerade in Luft auf. Genau wie das Geld, das er Brück-Bürgen gegeben hatte. Davon würde er vermutlich nie wieder einen Pfennig sehen. Doch Apollonia mahnte ihn, dass er sein Gesicht nicht verlieren durfte. Sie hatte recht. Er musste weiterhin so tun, als wäre alles in bester Ordnung.

Egidius war von sich selbst überrascht, wie schnell er sich fing. »Du hast recht. Wir sollten zurückgehen. Es soll alles ganz normal wirken.« Er blieb vor Felicitas stehen und schenkte ihr eine zornige Miene. »Trotzdem. Du bist mir einige Erklärungen schuldig.« Sein Ton klang einschüchternd.

18. August 1888

Das letzte Wort war noch nicht gesprochen. Vater war wütend, mehr als das. Sie hatte einen Anflug von Verzweiflung in seinem Gesicht gesehen. Das war schlimmer als wütend. Trotzdem fühlte sie sich, als wäre sie betrunken vor Glück. Die Verlobung war abgewendet. Alles andere würde sich zeigen.

Gemeinsam mit ihm und Tante Apollonia ging sie nach vorne. Sie war so stolz auf sich. Einmal im Leben hatte sie ihre Stimme für sich selbst erhoben. Heute hatte es gegolten. Ohnehin hatte sie nichts zu verlieren gehabt, aber alles zu gewinnen. Nicht nur Tante Apollonia stand auf ihrer Seite, sondern auch das Glück war ihr hold. Allerdings war es nicht nur Glück. Das entscheidende Quäntchen war ihrer Initiative zu verdanken. Hätte sie nicht Herrn Meyers eingeladen, dann wäre die Wahrheit nicht herausgekommen. Wenigstens nicht früh genug.

Natürlich war sie immer noch erzürnt. Hätte Brück-Bürgen seine Versprechen gehalten, dann hätte Vater sie verlobt. Und auch, wenn das erst mal vom Tisch war: Wer sagte ihr denn, dass Vater nicht nach dem nächsten in seinen Augen geeigneten Kandidaten Ausschau hielt? Nein, das drohende Unheil war abgewendet, aber sonst hatte sich nicht viel geändert.

Sie kamen vorne an. Das Stimmengewirr war laut, aber es war keine Musik zu hören. Tessa! Sie musste sie dringend finden. Felicitas ließ ihren Blick über die Menge schweifen und entdeckte hinten im Vestibül Elsa. Als die Felicitas sah, verdrückte sie sich eilig. Diese blöde Kuh. Keine Ahnung, wie Elsa von ihrem Ausflug mit

Lorenz erfahren hatte, aber dass sie sie verraten hatte, würde sie ihr nie verzeihen.

»Tut so, als wäre alles normal. Und ich werde nun besser auch etwas essen«, kündigte Vater mit belegter Stimme an und verschwand im nächsten Salon.

Tante Apollonia blieb stehen. »Ach, Kind ...« Sie riss sie in ihre Arme und drückte sie ganz fest. »Es ist noch mal gut gegangen. Aber wir haben noch einen langen Weg vor uns.«

»Ich weiß«, antwortete Felicitas. »Ich muss Tessa finden. Das Orchester soll ruhig wieder spielen.«

»Ich mach das. Such du Lorenz und sag ihm Bescheid, bevor er irgendwelche Dummheiten macht.«

Tante Apollonia verließ sie. Felicitas drehte sich im Kreis auf der Suche nach Lorenz. Oben auf der Treppe entdeckte sie Minna, die hektisch winkte. Felicitas eilte die Treppe hinauf. Sie packte sie am Arm und führte sie von der Treppe weg. »Wo bleiben Sie denn? Sie müssen sich sputen. Die Leute sind so gut wie fertig mit dem Essen.«

Jetzt, da sie zu Minna, ihrer Verbündeten, trat, fiel all die Beschwernis von ihr ab. Sie würde heute nicht verlobt. Sie musste nicht aus ihrem Zuhause fliehen. Tränen traten ihr in die Augen.

»O nein. Was ist passiert?«

»Minna, es ist ...« Sie riss ihre Zofe in ihre Arme. »Die Verlobung ist abgesagt.«

»Wirklich? Wie ...? Was ...?«

»Ich erzähle dir später alles. Aber heute wird hier niemand mehr verlobt.«

»Das ist ja fantastisch!«

»Das ist es. Graf von Brück-Bürgen hat sich als Scharlatan herausgestellt. Vater selbst hat die Verlobung abgesagt.«

»Nein! Wirklich?«

Felicitas nickte. »Ich bin noch völlig ... Ich weiß noch gar nicht so recht ... Ich habe es noch nicht begriffen.«

Minna ergriff ihre Hände. »Dann gehen Sie doch jetzt runter und genießen den Rest des Balls.«

»Das ist eine sehr gute Idee.«

»Wenn doch noch was sein sollte, Sie können auf mich zählen.«

»Ich weiß. Und ich bin dir unendlich dankbar dafür.« Sie wollte schon wieder runtergehen, da fiel ihr noch etwas ein. »Lorenz Schwerdtfeger ist doch gekommen.«

»Was? Tatsächlich?«

Felicitas nickte heftig. »Ich bin so unendlich glücklich.«

»Wenn er dieses Risiko eingeht, dann muss er Sie wirklich lieben.«

»Ja, nicht wahr?« Sie lächelten sich verschwörerisch an, dann ging Felicitas zur Treppe und hinunter.

»Fräulein Felicitas, das Orchester spielt wieder. Sie haben mir noch einen Tanz versprochen«, kam ein junger Mann auf sie zu.

»Ganz bald. Ich muss noch vorher etwas erledigen«, sagte sie mit leichtem Herzen.

Sie drängelte sich durch die Menschenmenge im Vestibül, durchstreifte einen Salon nach dem anderen, um dann im hinteren Bereich des Ballsaals ihren Blick über die Menschen laufen zu lassen. Lorenz war nirgendwo zu sehen. Wo sollte sie noch suchen?

»Fräulein Louisburg?«

Sie drehte sich um. Lorenz stand vor ihr. »Da bist du ja. Ich habe dich gesucht.«

»Ich habe an der Hintertreppe gewartet, dass Tessa mir Bescheid gibt. Sie hat mich gerade nach dir geschickt. Es sei etwas passiert?« Er schaute sie ängstlich an.

»Lorenz, es ist ...«

»Ein ganz wunderbares Fest.«

Sie nickte lächelnd nach links, wo eine ältere Dame neben ihr stehen geblieben war und sie ansprach. »Nicht wahr? Ganz wunderbar.«

Die Dame ging weiter. Schon war ein junges Fräulein neben ihnen, eine Freundin von Elsa. Felicitas blickte skeptisch.

Aber das junge Fräulein sagte ganz begeistert: »Die Tanzfächer sind eine superbe Idee. Ich möchte Ihnen noch einmal danken, dass Sie mich eingeladen haben.«

»Aber sehr gerne«, sagte Felicitas. Schon sah sie wieder jemanden auf sich zukommen. Es war Vater, der einen Teller in der Hand hielt und, mit einem Mann im Gespräch, direkt auf sie zusteuerte. Um Himmels willen, wenn er sie entdeckte!

»Komm schnell, wir müssen hier weg.« Sie packte Lorenz an der Hand. Just vor ihnen drängelte sich eine Traube von Menschen in Richtung Tanzparkett. Dort war kein Durchkommen. Und von hinten kam Vater immer näher.

»Hinter den Vorhang.«

Sie drückten sich vorsichtig hinter den roten Samtvorhang, der sich über das ganze Kopfende des Saals ausbreitete.

»Wir dürfen uns nicht bewegen«, flüsterte Felicitas.

Lorenz stand ganz still, aber seine Hand griff nach ihrer. »Sag mir, was passiert ist. Ich halte es vor lauter Anspannung kaum aus.«

»Die ganze Geschichte erzähl ich dir in Ruhe.« Sie fasste die Ereignisse kurz zusammen, bis sie beim wichtigsten Punkt angelangt war. »Und dann platzte Herr Meyers mit der Information heraus, dass bei diesem Eisenbahnprojekt schon alles entschieden ist. Und zwar ohne Papa.«

»Große Güte. Dein Vater muss schwer erschüttert sein.«

»So sehr, dass er die Verlobung umgehend abgeblasen hat. Und den beiden gedroht hat, falls sie in irgendeiner Art und Weise Schwierigkeiten machen.«

»Aber das ist ja famos.«

»Ja, das ist es.«

»Das bedeutet, dass wir beide wieder eine Chance haben.«

»Das bedeutet, dass ich einen Aufschub habe. Papa wird sicherlich immer noch gegen dich sein. Außerdem ist er furchtbar wütend auf mich.«

»Wirklich?«

»Letztlich ist die Verlobung nur geplatzt, weil der Graf gelogen hat. Nicht weil mein Vater ein Einsehen hatte, dass er mich nicht nach seinem Gutdünken verheiraten kann.«

»Immerhin haben wir jetzt mehr Zeit. Zeit, um ihn zu überzeugen.«

»Ja, etwas mehr Zeit. Und es bedeutet mir wirklich viel, dass du gekommen bist. Aber so gerne ich mit dir tanzen würde, du solltest vielleicht das Fest verlassen. Ich will wirklich nicht, dass deiner Familie etwas passiert.«

»Jetzt kann ich auch ganz beruhigt gehen. Also erreiche ich dich in den nächsten Tagen über deine Tante?«

»Fürs Erste, ja.«

»Dann gehe ich jetzt. Aber nicht ohne einen Kuss. Einen Kuss, der unsere Liebe besiegelt.«

»Ja, besiegelt. Für immer.«

Im Dunkeln spürte Felicitas, wie Lorenz näher kam. Und dann spürte sie, wie er sie mit einer Hand an sich heranzog und ihre Lippen zueinander fanden. So sollte es sein. Für immer. Für immer wollte sie so von Lorenz geküsst werden wie jetzt gerade. Sie war selig. Alles würde gut werden, davon war sie nun überzeugt. Früher oder später würden sie zusammenkommen, auf welchem Weg auch immer.

Mit einem Mal wurde es hell. Verstört blickte Felicitas auf. Jemand hatte den Vorhang zur Seite gezogen. Ein Raunen ging durch den Saal. Immer mehr Menschen schauten in ihre Richtung. Lorenz ließ sie erschrocken los. Überrascht sprangen sie auseinander. Felicitas wurde heiß und kalt zugleich. Sie blickte auf die Menschen, die sich einer nach dem anderen ihnen zuwandten. Wie viele von ihnen hatten gesehen, wie sie sich geküsst hatten? Vermutlich die wenigsten. Einige mehr, wie sie sich an der Hand hielten. Aber alle, die gerade in diesem Raum anwesend waren, sahen nun, wie nahe sie hinter dem weggezogenen Vorhang beieinanderstanden.

Weit vorne entdeckte sie Vater, dem fast das Essen im Halse stecken blieb. Seine Gesichtsfarbe wechselte von schneeweiß zu hochrot. Sie wusste nicht, was sie tun sollte. Unablässig blickte sie zu den Leuten, zu Lorenz und blieb dann an Vaters Blick hängen. Unheildrohend. Katastrophal. Nicht wiedergutzumachen, las sie in seinen Augen. Und sie hatte gedacht, die Katastrophe wäre abgewendet. Ihr Atem setzte aus. Sie blickte zu Lorenz, so ängstlich, dass er wieder zu ihr trat und ihre Hand nahm.

Tante Apollonia tauchte aus der Menge auf, trat zu Vater und flüsterte eindringlich auf ihn ein. Er schüttelte den Kopf, und sie flüsterte weiter. Vater nickte in ihre Richtung, zischte etwas, offensichtlich hoch erbost. Doch Tante Apollonia redete immer weiter auf ihn ein. Nun hatte auch das Orchester verstanden, dass etwas vor sich ging. Der Klang der Instrumente erstarb eins nach dem anderen. Plötzlich war es ganz still im Raum. Nur unterdrücktes Tuscheln hier und da war zu vernehmen.

Vater schaute wieder zu ihnen beiden nach vorne, drückte Tante Apollonia seinen Teller in die Hand und trat auf das Podium.

»Meine werten Herrschaften, ich darf ...« Fassungslos schaute er über die Menge. »Ich darf Ihnen ...« Er stotterte.

Plötzlich trat ein Page vor das Podest und offerierte ihm ein Glas Champagner. Er nahm es und stutzte. Es war Tessa, wie Felicitas gerade entdeckte. Dann kam ihre kleine Schwester zu ihnen, und auch sie beide nahmen jeweils ein Glas. Im Salon selbst tauchten die ersten Rokoko-Diener auf mit Tabletts voller Champagner.

»Meine werten Herrschaften, ich darf ... Ich möchte Ihnen mit großem Stolz die Verlobung meiner Tochter verkünden.«

Die ersten Gäste klatschten, dann fielen nacheinander alle ein. Sie hoben ihre Gläser. Felicitas zitterte am ganzen Leib, aber atmete erleichtert auf. Wenn alles gut ging, würde niemand erfahren, dass das hier nicht geplant gewesen war.

Vater schaute düster in ihre Richtung, aber als er sich nach vorne drehte, hatte er bereits wieder ein würdiges Lächeln auf dem Gesicht. »Das Glück der Liebe kommt oft unverhofft ... Trinken Sie mit mir auf meine Tochter, Felicitas Louisburg, und ihren Verlobten, Herrn ... ähm ... Lorenz Schwerdtfeger. Der Sprössling einer sehr erfolgreichen Fabrikantenfamilie.« Er hob sein Glas, wartete aber nicht auf seine Gäste und stürzte den Champagner in einem Zug hinunter.

Vorne aus Richtung des Vestibüls wurde Platz gemacht. Herr Nipperdey selbst schob einen Teewagen mit einer großen Verlobungstorte herein. Mittlerweile hatten alle im Saal ihren Champagner und prosteten nacheinander in Richtung des glücklichen Paares.

»Spielen Sie. Nun spielen Sie schon«, zischte Vater den Musikern leise zu und trat dann mit einem aufgesetzten Lächeln zu Felicitas und Lorenz. »Wenn deine Tante nicht so geistesgegenwärtig gewesen wäre, dann hätte das hier in einer totalen Katastrophe geendet. Seid ihr beiden euch eigentlich im Klaren darüber?«

»Papa, das war nicht geplant. Wirklich nicht. Das musst du mir glauben ... Wer hat überhaupt den Vorhang weggezogen?«

»Deine feine Freundin Elsa.«

»Deine feine Freundin Elsa«, gab Felicitas zurück. Ihr Blick lief zur Seite, wo Elsa vom Rande des Podests alles beobachtete. Sie hatte die hintere Lage des Vorhangs, der Felicitas und Lorenz eigentlich verdeckt hatte, weggezogen und den Stoff in der Zierkordel festgesteckt. Elsa stand schon wieder bei den anderen Gästen unten und versuchte, ungesehen zu bleiben. Dieses Biest! Das Orchester begann endlich zu spielen. Felicitas ergriff die Chance und lief zu ihr hin.

»Elsa, ich darf dir gerne mitteilen, dass all dein Neid nun Früchte trägt. Du darfst dich gerne um Rudolph von Brück-Bürgen bemühen.«

»Ich dachte, er sollte mit dir verlobt werden.«

»Ich weiß nicht, wie du auf diese Idee kommst, wo ich doch offensichtlich mit jemand anderem glücklich bin. Ich weiß aber aus zuverlässiger Quelle, dass Rudolph von Brück-Bürgen frei ist. Ein Junggeselle, ganz nach deiner Fasson. Ihr habt euch ja schon vorgestellt, wie ich hörte.«

Elsa nickte beklommen.

»Dann wünsche ich euch alles Gute«, sagte sie lächelnd. »Du solltest ihn unbedingt zu deinem *Tableau vivant* einladen. Er ist jemand, der sehr schätzt, wenn Frauen stumm und bewegungslos sind.«

Diese beiden falschen Schlangen hatten sich wahrlich verdient. Nur allzu gerne würde sie Elsas Gesicht sehen, wenn sie erfuhr, wie pleite die Grafenfamilie tatsächlich war.

Sie ließ ihre verlogene Freundin gehen und trat an den Teewagen mit der Verlobungstorte. Vater unterhielt sich mit Lorenz und Tante Apollonia. Er vermochte es kaum, seine Wut zu unterdrücken.

»… Beste und einzig Richtige, was du unter diesen Umständen tun konntest. Felicitas' Ruf wird gewahrt. Dein Ruf wird gewahrt. Alle glauben, dass es genauso geplant war. Du hast einen Skandal verhindert«, wisperte ihre Tante eindringlich. »Alles andere können wir später klären.«

Vater behielt die Contenance, aber sicherlich nur für die Gäste. »Nein, ehrlich gesagt hast du den Skandal verhindert. Dafür kann ich dir nicht genug danken, Apollonia«, presste er hervor.

Also hatte die Tante ihn überredet zu retten, was noch zu retten gewesen war.

»Ich möchte meinen Antrag gerne erneuern. Liebend gern würde ich Ihre Tochter heiraten. Und ich kann Ihnen versichern, es wird ihr an nichts mangeln«, mischte sich nun auch Lorenz ein.

Felicitas trat hinzu. »Ich denke, es ist nun an der Zeit, mich selber zu dem Thema zu äußern. Papa, ich werde keinen Mann heiraten, den ich nicht liebe. Egal wie adelig oder wie reich oder wie einflussreich in Sachen Eisenbahn er ist. Tante Apollonia, ich danke dir innigst, dass du mir so zur Seite gestanden hast. Mutter wäre wahrlich stolz auf dich. Und Lorenz, ich werde dich gerne heiraten, aber den Zeitpunkt bestimme ich.«

Alle drei starrten sie an. Felicitas starrte zurück. Neben ihr tauchte Tessa auf, im Pagenkostüm und über beide Wangen grinsend.

»Ihr habt mich trefflich an der Nase herumgeführt«, beschwerte Vater sich leise.

»Nicht mehr, als du dich selbst hast an der Nase herumführen lassen«, gab Felicitas couragiert von sich. »Ich wollte dir jede Komplikation ersparen. Du hättest nur früher auf mich hören müssen.«

Er schaute sie irritiert an. Solche Töne war er von ihr nicht gewohnt.

»Und nun? Wie geht es weiter?«, fragte Tante Apollonia in die Runde.

»Wir werden hier und jetzt die Verlobung feiern, mit so viel Stolz und Würde und Eleganz, wie uns geblieben ist«, sagte Vater. »Und du, Tessa, du gehst besser nach oben, wischt dir den Dreck aus dem Gesicht und kommst in einem schönen Kleid wieder herunter ... Wo verflucht noch mal ist eigentlich Fräulein Korbinian?«

»Sie muss hier irgendwo sein«, log Tessa. »Ich hab sie gerade noch gesehen.« Und schon war sie in Richtung Ausgang verschwunden.

Nipperdey wurde unruhig. Er schien sich wieder gefangen zu haben, obwohl er immer noch ein wenig wackelig auf den Beinen war. »Herr Louisburg, die Torte. Alle warten schon«, drängelte er.

»Schneidet die Torte an und verteilt alles. Ich muss mich erst mal ... Ich muss ...«

Felicitas griff nach seinem Arm. »Du musst ganz dringend sehr glücklich sein über deine frisch verlobte Tochter«, sagte sie und hakte sich bei ihm unter.

Ein Kellner mit einem Tablett Champagner kam vorbei, und ihr Vater nahm sich ein frisches Glas. Felicitas hielt ihres hoch. »Und, Papa, willst du mich nicht beglückwünschen dazu, dass ich einen Mann gefunden habe, der mich liebt und den ich auch liebe? Es würde mir wirklich viel bedeuten.«

Für einen Moment starrte er sie nur an. Felicitas wusste nicht, was als Nächstes kommen würde. Die Ankündigung, dass er sie ins Kloster oder Irrenhaus schicke. Oder sie nicht mehr seine Tochter sei. Oder sie sich zum Teufel scheren könne.

Er räusperte sich. »Wenn du ihn wirklich liebst und er es ernst meint mit dir ... Und nicht wegen deines Geldes.«

»Papa, sobald du ihn näher kennenlernst, kannst du dich davon überzeugen, dass ihm dein Geld egal ist. Er hat ausreichend, um uns beide zu versorgen.«

»Er studiert ja noch.«

»Wie gesagt, ich habe es wirklich nicht eilig mit einer Hochzeit. Dann kannst du dich in aller Ruhe von seinem Charakter überzeugen.«

»Das werde ich. Das werde ich!« Es klang wie eine Drohung, aber dennoch hob er jetzt auch sein Glas, ließ es an ihres klingen. Gemeinsam tranken sie auf ihre Verlobung.

Nipperdey trat an ihn heran. »Herr Louisburg, ich müsste kurz stören. Wie sollen wir es mit dem Feuerwerk halten?«

»Um Mitternacht«, sagte Vater.

»Also nach der Mitternachtseinlage, dem Souper?«

»Das sagte ich doch gerade.«

Nipperdey nickte und ging.

Lorenz kam auf sie zu. »Wenn ich so frei sein dürfte, würde ich gerne mit Ihrer Tochter tanzen.«

Vater bedachte Lorenz mit einem Blick, als wäre er sich unsicher, ob er ihm nun zur Verlobung gratulieren oder ihn vor aller Augen umbringen sollte.

»Natürlich. Tanzen Sie. Jetzt ist sowieso alles egal«, sagte er dann mit verlorener Miene und gesellte sich wieder zu Tante Apollonia, die bereits damit beschäftigt war, Tortenstücke auf kleine Tellerchen zu schieben und sie den Gästen zu reichen.

»Sollen wir uns etwas Besonderes wünschen?«

»Einen Walzer natürlich. Ich würde gerne mit dir einen Walzer tanzen«, sagte Lorenz.

Felicitas sagte vorne beim Orchester Bescheid, dass der nächste Tanz ein Walzer sein sollte. Während sie am Rand warteten, schauten sie sich in die Augen. Felicitas' Herz lief über vor Glück.

»Wir haben es geschafft«, sagte Felicitas.

»Nein. Du, du hast es geschafft. Du hast für dich gekämpft«, erwiderte Lorenz.

Er hatte recht. Sie hatte für sich gekämpft und einen Sieg errungen. Alles würde gut werden, irgendwann. Da war Felicitas sich plötzlich sicher. Da nahm Lorenz sie in die Arme, und ihr Walzer begann. Zum ersten Mal an diesem Abend genoss sie einen Tanz.

19. August 1888

Tessa kroch in Felicitas' Bett. »Und, kleine Schwester? Hast du dich gestern gut amüsiert?«

»Köstlich. Vor und nach der Verlobung.«

»Ich glaube, ich habe viel verpasst. Was ist vor der Überraschung mit dem Vorhang eigentlich noch alles passiert?«, fragte Felicitas nach.

»Es ist schon schade, dass du nicht gesehen hast, wie der Pfau deinen Grafensohn attackiert hat. Mit Schwert und einem leeren Teller hat er ihm den Garaus gemacht.«

»Nein? Wirklich?«, fragte Minna, die auf dem Bettrand saß.

»Er hat ihn getötet?«, erkundigte Felicitas sich fast gleichzeitig.

Tessa schüttelte den Kopf. »Nein, der Pfau hat sich durch das Vestibül nach vorne raus auf die Straße gerettet. Aber da hat Hannes Blum sich den Vogel geschnappt. Dann wurde er zurück in die Holzkiste gesteckt. Ich vermute mal fast, nach allem, was gestern passiert ist, hat der Graf seinen Gewinn nicht mitgenommen.«

»Oh, dann sollten wir uns gleich um den armen Vogel kümmern. Und was noch?«

»Als Elsa den Vorhang weggezogen hat und ich gesehen habe, wie Tante Apollonia auf Vater einredete, habe ich mir schon gedacht, wie es weitergeht. Ich habe den Dienern wegen des Champagners Bescheid gegeben und Nipperdey aufgescheucht, dass er sofort ganz dringend die Torte reinbringen solle«, erklärte Tessa.

»Der ärmste Nipperdey.«

»Wie schade. Ich habe anscheinend alles Spannende verpasst«, sagte Minna schelmisch.

»Mir wäre es lieber gewesen, wenn es etwas weniger spannend gewesen wäre«, gab Felicitas zu.

»Am meisten hat mir allerdings gefallen, wie die Waisenkinder sich auf die Reste vom Büfett gestürzt haben, als alle die Verlobung gefeiert haben«, gab Tessa kichernd von sich. »Du hättest es sehen müssen. Ein Dutzend selig schwirrender Flügelchen.«

»Hätte ich gerne. Aber ich war zu sehr damit beschäftigt, glücklich zu sein.« Felicitas war noch immer selig, wenn sie an die späten Stunden des gestrigen Abends dachte.

»Und zu tanzen.«

»Und zu tanzen«, bestätigte Felicitas. Erst hatte sie mit Lorenz Walzer getanzt, später dann den Cotillon und als dritten Tanz die Mitternachtsquadrille. »Es war herrlich. Und hat so viel Spaß gemacht.«

»Haben Sie sich denn noch gut amüsiert?«, fragte Minna.

»Bestens. Ich habe den ganzen restlichen Abend getanzt. Anglaise, Mazurka und Polonaise, jede Menge Quadrillen, ein Potpourri. Und natürlich die Kreuzpolkas«, zählte Felicitas auf.

Nachdem die wohldurchdachte Planung derart aus dem Ruder gelaufen war, hatte es jede Menge ungeplanter Tänze gegeben. Die Tanzenden hatten sich einfach ausgewählt, was sie wollten, und dem Orchester ihre Wünsche überbracht.

»Das Feuerwerk war phänomenal. Nipperdey hat sich wahrlich übertroffen«, schwärmte Minna.

»Hm«, sagte Felicitas vage. Auch wenn der Ball noch voller Glanz und Gloria weitergegangen war, wusste sie doch, dass ihr heute mit Vater ein ernstes Gespräch bevorstehen würde. Gestern blieb ihm nichts anderes übrig, als gute Miene zum bösen Spiel zu machen. Öffentlich würde er sich keine Blöße geben und weiterhin so tun, als wäre die Verlobung seiner Tochter mit dem Fabrikantensohn genauso geplant gewesen. Doch heute war ein neuer Tag.

Die Gäste waren fort, und was Vater im engsten Kreise entschied, war abzuwarten.

Es klopfte, und Fräulein Korbinian trat ein. Minna sprang sofort auf. Es schickte sich nicht für eine Zofe, auf der Bettkante zu sitzen.

»Ich muss mich entschuldigen. Mir war gestern nicht sehr wohl.«

»Wie schade, dass Sie so wenig von dem Ball mitbekommen haben. Es war sehr amüsant«, sagte Minna.

»Ist denn alles glattgelaufen?«

»Es war so manch schöne Überraschung für die Gäste dabei. Sie haben einiges verpasst«, sagte Tessa doppeldeutig und rutschte aus dem Bett.

»Wie schade. Ich bin auch nur hier, um Ihnen Bescheid zu geben, dass Ihre Frau Tante eingetroffen ist.«

»Schon?«, fragte Felicitas überrascht. Jetzt hüpfte auch sie aus dem Bett. »Wir sind gleich unten.«

Felicitas ließ sich von Minna anziehen, und innerhalb weniger Minuten lief sie die Treppe hinab und blieb vor dem Salon stehen. Sie atmete tief aus. Jetzt käme die Zurechtweisung von Vater. Eventuell auch die Bestrafung. Aber Tante Apollonia war da. Sie würde ihr beistehen.

Mit einem höchst beklommenen Gefühl betrat sie den Salon, in dem bereits das Frühstück auf sie wartete. Ebenso wie Fräulein Korbinian, Tante Apollonia und Vater. Sie blieb vor dem Tisch stehen.

»Sie sind verlobt«, stieß Fräulein Korbinian spitz aus. »Mit diesem Fahrradfahrer.«

»Ja, das bin ich«, bestätigte Felicitas.

»Und Fräulein Tessa hat auf dem Ball getanzt!«, entrüstete Fräulein Korbinian sich weiter.

»Wie meine Schwester bereits erwähnte: Sie haben einiges verpasst.«

»Wie können Sie nur?!«, machte sie ihrer Empörung Luft.

»Ich denke, wir haben im engsten Familienkreis etwas zu besprechen«, wandte sich Tante Apollonia an die Gouvernante.

»Ich … Natürlich.« Fräulein Korbinian stand auf und ging.

Sobald sie weg war, wandte Felicitas sich an ihren Vater. »Papa, ich wollte dir noch einmal versichern, das mit Lorenz, das war nicht geplant. In keiner Weise. Ich hatte ihn gerade nach Hause geschickt, und wir waren dabei, uns zu verabschieden.«

»Mit einem Kuss, den alle gesehen haben«, knurrte Vater laut. »Fräulein Elsa von Zerpitz-Maltzahn hat gestern ganze Arbeit geleistet«, gab er säuerlich von sich.

»Elsa war mir nie eine gute Freundin.«

Tante Apollonia wandte sich nachdrücklich an ihren Schwager. »Felicitas und auch Lorenz haben mir versichert, dass sie nichts Derartiges geplant hatten. Das Fiasko haben wir nur diesem Freifräulein zu verdanken.«

»Und das soll ich glauben? Wieso war der Kerl dann überhaupt auf dem Ball?«, schimpfte Vater.

»Weil er wusste, dass ich verlobt werden sollte. Und er es zu Hause nicht ausgehalten hat. Er liebt mich. Was hättest du an seiner Stelle getan?«

Während Vater noch über eine Antwort brütete, schaltete sich wieder Tante Apollonia ein. »Weißt du, Lorenz Schwerdtfeger ist dir sehr ähnlich.«

»Mir?«

»Hast du damals nicht auch unsere Eltern um die Hand von Valentina angefleht? Warst du damals so vermögend wie heute? Nein. War es abzusehen, dass du es mal so weit bringen würdest? Nicht für meine Eltern.«

»Ich war davon überzeugt und Valentina auch. Ich habe ihr in die Hand versprochen, dass ich es einmal nach ganz oben schaffen würde.«

»Und das hast du. Und all das, was vor fünfzehn Jahren geschehen ist, musst du dir endlich selbst verzeihen. Du hast wahrlich genug gelitten.«

Felicitas' Blick wechselte zwischen Vater und Tante Apollonia. Was meinte sie?

»Apollonia! … Ich würde dieses Thema gerne … später …«, gab er zerknirscht von sich.

Doch damit schien Tante Apollonia nicht einverstanden zu sein. »Ich habe dir verziehen, Egidius. Aber du musst deinen Töchtern die Wahrheit sagen. Ich bitte dich, sonst bürdest du die Last deiner Sühne weiterhin anderen auf.«

Er nickte so leicht, dass es kaum zu sehen war. Sein Blick flüchtete vor ihrem. Felicitas war verwirrt. Die Wahrheit worüber? Sollte sie das fragen?

»Ein andermal«, erbat Vater sich mit gesenktem Kopf.

So gerne Felicitas dieses Geheimnis erfahren hätte, hier und jetzt war nicht der richtige Zeitpunkt. Andere Dinge waren wichtiger. Erst musste sie wissen, welche Konsequenzen der gestrige Abend für sie haben würde. Vorsichtig, so, als wäre sie sich nicht sicher, vom Tisch verscheucht zu werden, setzte Felicitas sich auf ihren Platz, rechts neben Vater.

»Weißt du, damals warst du auch ein Fabrikantensohn aus der Mittelschicht. Und ehrgeizig. Genau wie Lorenz Schwerdtfeger. Er wird es weit bringen. Er hat viele Ideen«, sagte Tante Apollonia, die ihr schräg gegenübersaß.

»Ideen alleine bringen dir kein Geld ein.«

»Aber ohne Ideen, ohne Visionen von dem, was sein könnte, ist jede Firma dem Untergang geweiht – früher oder später.«

Überraschenderweise nickte Vater zustimmend. »Ich habe es nun verstanden. Meinen Fehler von damals und meine Fehler von heute. Aber diesen Lorenz, den werde ich sehr kritisch unter die Lupe nehmen. Über eine mögliche Hochzeit ist noch nichts entschieden. Nichts! Hört ihr!«, bellte er laut. Offensichtlich hatte er seine alte Fasson wiedergefunden.

»Jawohl, Papa.«

Tessa trat ein und schlüpfte mit eingezogenem Kopf auf ihren Platz links neben Vater. Der warf ihr einen scharfen Blick zu.

Aber statt mit ihr zu schimpfen, sagte er: »Ich muss nun wohl einsehen, dass meine Töchter einen starken Willen haben. Und ihren eigenen Kopf.«

Das war Felicitas' Stichwort. »Ich habe in der Tat einen starken Willen. Und ich habe Ideen und Visionen. Ich habe einen Plan, was ich in der Zukunft machen will.«

»Du meinst, außer Lorenz zu heiraten und Kinder zu bekommen?«, fragte er überrascht nach, als könnte es keine anderen Pläne für Felicitas geben.

»Ja, abgesehen davon.«

»Und was wäre das?«

»Ich werde Fahrräder für Frauen bauen.«

Vater verdrehte die Augen. »Velozipeden? So ein Humbug. Du hast doch von Technik keine Ahnung.«

»Mehr als du glaubst. Und überhaupt: Bin ich daran etwa schuld? Du hast doch immer alles Geschäftliche von mir ferngehalten. Ich weiß natürlich, dass ich noch viel lernen muss, aber in der Fabrik von Tante Apollonia werde ich mir das nötige Wissen aneignen können.«

»In der Fabrik von Tante Apollonia? Wer sagt, dass ich dich gehen lasse?«

»Ich könnte mir das nötige Wissen natürlich auch in deinen Fabriken aneignen.«

»Wissen aneignen?! Du?« Er wirkte baff. Und schüttelte heftig den Kopf. »Und selbst wenn. Womit willst du eine Fabrik finanzieren?«

»Mit dem Geld, das du für mich angelegt hast.«

»Und ich steige mit ein, sobald ich großjährig bin«, verkündete Tessa mutig.

Vaters Augen wurden immer größer. »Das sind doch wieder nur Flausen. Gerade eben noch wolltest du ein Landgut kaufen.«

»Aber ich wollte es ja nur kaufen, weil ich den Pferden helfen wollte. Wenn ich nun aber Fahrräder baue, dann helfe ich den Pferden noch viel mehr.«

»Wie das denn?«

»Schon sehr bald wird das Fahrradfahren nicht mehr ein kurioses Steckenpferd von reichen Gecken sein.« Felicitas griff in ihre Rocktasche und holte den Zeitungsausschnitt aus England hervor, den Lorenz ihr gegeben hatte.

»Schau, so sehen Fahrräder heutzutage aus. Sie haben zwei gleich große Räder, eine Tretkurbel und einen Kettenantrieb. Sie nennen sich Sicherheits-Niederfahrräder. Sicherheit, weil sie nicht annähernd so gefährlich sind wie die Hochräder. Sie werden kein Sportgerät mehr sein, sondern vor allem ein Transportmittel. In England und Amerika gibt es schon etliche Fahrradfabriken. Im Kaiserreich fängt es gerade erst an. Die wenigen hiesigen Fahrradfabriken bauen allerdings keine Fahrräder für Frauen. Das werde ich machen.«

Er schaute sie so entgeistert an, als fragte er sich gerade, welches aufmüpfige Wesen seine Tochter gefressen hatte. Felicitas ließ sich davon nicht beeindrucken.

»Und ich werde eine Fabrik aufbauen, die so viele und so effizient Räder baut, dass sie preiswert werden. Damit sich wirklich alle ein Fahrrad leisten können. Ein Großteil der Reitpferde könnte durch Fahrräder ersetzt werden. Gleichzeitig könnte auch eine ganze Heerschar von Bürgern, die sich keine Pferde leisten können, mit dem Fahrrad beweglicher und freier und unabhängiger werden.«

»Das ist doch Kokolores. Die meisten Pferde werden für die Kutschen gebraucht, für die Pferde-Omnibusse, für die Pferde-Eisenbahn, die jetzt gerade überall in den Städten eingerichtet wird. All die Zugpferde, die so schwer zu arbeiten haben und die du so besonders bedauert hast. Die kann kein Veloziped der Welt ersetzen.«

»Ich wette, genau solche Argumente hast du damals auch gehört, als du in den Eisenbahnbau eingestiegen bist. Wozu man diese brauche? Es gebe doch Kutschen und Postkutschen. Und Kähne, mit denen man die Waren und Kohle und Erze transportierte.«

An Vaters Miene konnte sie erkennen, dass sie ins Schwarze getroffen hatte.

»Du selbst hast mir oft genug gesagt, wie die Eisenbahn dafür verantwortlich war, dass das Bürgertum viel reicher geworden ist. Und mit dem Reichtum kamen politischer Einfluss und Macht. Sich im Land zu bewegen, war auf einmal eine Möglichkeit, die Menschen aller Schichten und Klassen offen stand. Die Eisenbahn hat Freiheit für alle gebracht. Hat man dir damals nicht gesagt, dass sich nur einige wenige Reiche eine Fahrt mit der Eisenbahn leisten könnten? Und war es am Anfang nicht so? Aber schau, wie es heute ist. Nicht mal ein Menschenleben später fahren sogar die Ärmsten der Armen mit der Eisenbahn.« Und wieder ein Pfeil mitten ins Schwarze. »Hast du nicht oft genug gesagt, dass die Eisenbahn Deutschland in die Moderne geführt hat? Hat sie nicht dazu beigetragen, dass wir eine der führenden Großmächte der Welt wurden?«

»Eine der führenden Großmächte der Welt geblieben sind!«, korrigierte Vater sie nachdrücklich.

»Meinetwegen. Und das Fahrrad wird diese Entwicklung weiterführen. Es wird Bürger und Arbeiter unabhängiger machen. Du hast doch immer davon erzählt, wie schwierig die Anfänge der Eisenbahn waren. Wie heftig die adeligen Junker und Landgutbesitzer erst dagegen waren. Sie haben sich damals gegen die Eisenbahn gestellt, weil sie nicht wollten, dass der breiten Masse der Bevölkerung möglich wird, was zuvor nur ihnen vorbehalten war. Die Eisenbahn war wichtig für die Emanzipation des Bürgertums. Das Fahrrad wird dem Bürgertum noch viel mehr Freiheit bringen. Und es ist ganz besonders für uns Frauen wichtig, uns freier bewegen zu können. Frauen können es sich dann leisten, endlich mobiler zu sein.«

»Du meine Güte, du hast eine ganze Rede vorbereitet«, sagte Tante Apollonia lachend.

»Und dennoch halte ich es für Humbug«, hielt Vater dagegen. »Vielleicht wird es einen kleinen Markt dafür geben, aber das, was du dir da ausdenkst, das wird nicht passieren. Die Leute werden weiter von Pferden gezogene Leiterwagen benutzen müssen, Pferde-Omnibusse, Pferde-Bahnen und natürlich die Kutschen.«

»Selbst wenn du recht hast, ist dieser begrenzte Markt doch riesengroß. Groß genug, dass es sich lohnt, eine Fabrik zu bauen. Es gibt immer noch Frachtschiffe auf den Flüssen und mehr Kutschen als jemals zuvor. Und doch hast du mit dem Eisenbahnbau ein Vermögen verdient.«

Vater schüttelte den Kopf, als wollte er es immer noch nicht glauben, welche Art von Gedanken Felicitas tatsächlich durch den Kopf schwirrten. »Ich habe gerade das Gefühl, dass ich meine Tochter gar nicht kenne.«

Die Tür ging auf, und Hannes Blum trat ein. »Wenn ich kurz stören dürfte. Es sind bereits etliche Danksagungen gekommen.«

»Jetzt schon?«, fragte Vater nach.

Der Portier nickte. »Praktisch minütlich werden Briefe abgegeben. Ihre Gäste scheinen sich bestens amüsiert zu haben.« Er stellte ein silbernes Tablett mit einem guten Dutzend Umschlägen auf den Frühstückstisch und verabschiedete sich wieder.

Tessa sprang sofort auf und schnappte sich einige Umschläge. »*Den allerherzlichsten Dank für das rauschende Fest. – Möchten Ihnen noch mal unsere herzlichsten Glückwünsche zur Verlobung mitteilen. – Lange nicht mehr auf einem Ball so fürstlich amüsiert. – Unvergleichlich und unvergesslich wird Ihr Ball uns ewig in Erinnerung bleiben*«, las sie vor.

Endlich erschien der Anflug eines Lächelns auf Vaters Gesicht. »Na also. Wenigstens ist es ein gutes Fest gewesen. Unvergesslich«, brummte er ein wenig versöhnt.

»Ich glaube, alle haben sich köstlich amüsiert.«

Wieder ging die Tür auf, und ein Diener kündigte Lorenz an. Felicitas' Herz machte einen Sprung. Sie hatten sich erst vor wenigen Stunden verabschiedet, aber Lorenz hatte gesagt, dass er heute vorbeikommen würde. Offensichtlich konnte er es nicht ertragen, sie nicht zu sehen.

Lorenz trat ein. Er wirkte müde, aber glücklich. Trotzdem sah man ihm seine Nervosität an.

»Frau Melzer, Fräulein Tessa, Herr Louisburg«, begrüßte er alle. Dann ging ein Strahlen über sein Gesicht. »Felicitas. Ich wünsche Ihnen allen einen guten Morgen. Ich hoffe, ich komme nicht ungelegen. Aber mir ist bewusst, dass nach den gestrigen Vorkommnissen Redebedarf besteht. Daher wollte ich mich für alle Fragen, die Sie vielleicht haben, zur Verfügung stellen.«

Vater taxierte ihn, als wollte er ihn sezieren. Man sah förmlich, wie sein Gehirn arbeitete. »Setzen Sie sich. Wir wollten gerade frühstücken«, knirschte er bärbeißig.

Lorenz setzte sich steif neben Felicitas. Tessa stand auf, nahm die angewärmte Kaffeekanne von der Anrichte und goss allen ein.

Alle sahen zu dem Platz am Kopfende, wo der Hausherr sich stumm eine Schnitte mit Butter bestrich, als gälte es, das Brot zu besiegen.

»Mein Fräulein Tochter hat mich gerade über ihre Pläne in Kenntnis gesetzt. Sie will eine Fabrik für Fahrräder bauen. Was sagen Sie dazu?« Jetzt schaute Vater auf.

Lorenz goss sich Milch in seinen Kaffee und nickte. »Ich halte das für eine ausgezeichnete Idee. Wir wollen doch nicht den Engländern und Amerikanern das ganze Feld überlassen. Die deutsche Ingenieurskunst ist in der ganzen Welt hoch angesehen. Es wäre wirklich bedauerlich, wenn wir es nicht auf allen Feldern der Technik und der Forschung weit nach vorne bringen würden. Und die Bevölkerung mobil zu machen, ist eine Notwendigkeit für den Fortschritt.«

Vater zog überrascht die Augenbrauen hoch. »Ich habe so den Eindruck, hier haben einige eine Rede vorbereitet.«

Lorenz war irritiert und schaute Felicitas fragend an.

»Das ist seine Überzeugung. Und er kennt sich damit aus. Schließlich studiert er Maschinenbau. Außerdem besitzen seine Eltern mehrere Fabriken«, verteidigte Felicitas ihren Verlobten. Nur der Form halber griff sie nach einer Schrippe und schnitt sie auf. So nervös wie sie war, würde sie keinen Bissen runterkriegen.

»Seine Eltern?«

»Seine Mutter und seine Schwester führen eine Nähmaschinenfabrik.«

»Jetzt weiß ich, woher du deine aufmüpfigen Ideen hast.« Er wandte sich wieder an Lorenz. »Und Ihr Vater? Was macht der?«

»Er baut und konstruiert Kutschen.«

Vater lachte laut auf. »Dann wäre er sicherlich sehr erfreut darüber, wenn seine Schwiegertochter Fahrräder bauen würde. Und ihm damit das Feld streitig macht.«

»Die Fahrräder werden nur die Reitpferde ersetzen. Und darüber hinaus viele andere Menschen sehr viel mobiler machen. Mein Vater arbeitet an einer Konstruktion, die die Pferdekutschen ersetzen wird.«

Verblüfft legte Vater sein Messer zur Seite. »Wie soll ich das verstehen?«

»Er ist gerade dabei, Kutschen zu motorisieren«, erklärte Lorenz.

Ungläubig schüttelte Vater den Kopf. »Automobile?«

»Dann haben Sie also schon davon gehört?«

»Natürlich. Wer soll sich das denn leisten können?«

»Erst einmal alle, die sich auch eine normale Kutsche leisten können.«

»Wenn doch sogar eine Frau ein Automobil fahren kann, dann hat das großes Potenzial«, mischte sich Felicitas ein. »Eine gewisse Bertha Benz im Großherzogtum Baden hat es doch gerade bewiesen. Vor vierzehn Tagen ist sie mit dem Automobil ihres Mannes von Mannheim nach Pforzheim gefahren. Über hundert Kilometer.«

»Carl Benz kennt man ja. Gottfried Daimler in Stuttgart arbeitet ebenfalls an Automobilen«, erklärte Lorenz. »Natürlich muss man auch frühere Versuche erwähnen. Lenoir aus Frankreich und Brayton aus den USA. Aber nach deren ersten Fortschritten ist nichts Großartiges mehr nachgekommen. Zudem haben wir bei den Deutzer Werken in Köln mit dem Motor von Otto eine Konstruktion, die all diese Versuche in den Schatten stellt. Wäre es nicht ganz wunderbar, wenn wir Weltführer bei Automobilen werden könnten?«

»Das sind sehr interessante Einsichten, junger Mann, die Sie mir da mitteilen.« Zum ersten Mal verschwand der feindselige Ausdruck aus Vaters Gesicht.

»Vielleicht solltest du dich in neue Gefilde begeben, Papa. Dann bräuchtest du dich auch nicht irgendwo in der Türkei oder sonst wo mit Hitze und anderen Unbequemlichkeiten herumzuschlagen«, sagte Felicitas.

»Ach ja? Und was schwebt dir vor?«

Felicitas war gerührt. Zum ersten Mal hatte sie das Gefühl, dass Vater sie als eine ebenbürtige Gesprächspartnerin fragte.

»Es gibt vielerlei Technikfelder, in die man jetzt gerade einsteigen sollte. Die Motorisierung von Kutschen ist sicher ein lukratives Feld. Und auch nicht allzu entfernt vom Bau von Lokomotiven. Ein anderes Technikfeld, in dem in den nächsten Jahren sicherlich Riesenschritte unternommen werden, ist die Elektrizität. Alles wird elektrisiert. Früher oder später sicherlich auch Motoren.«

»Ein elektrischer Motor wird nie stark genug sein, um eine Eisenbahn anzutreiben«, entgegnete Vater.

»Aber vielleicht kleinere Einheiten. Straßenbahnen, Busse oder eben Automobile. Stellen Sie sich vor: Städte ganz ohne stinkende Abgase, ohne Pferdeäpfel und ohne Pferdekadaver«, schlug Lorenz vor.

»Also, wenn du es dir nicht durch den Kopf gehen lässt, Egidius, ich werde es ganz sicher tun. Es hört sich wirklich vielversprechend an«, sagte Tante Apollonia.

Vater nahm seine Tasse, trank einen Schluck und schaute hinaus. Im Fenster spiegelte sich das Sonnenlicht. Er schien angestrengt über etwas nachzudenken. Als würde er abwägen, was als Nächstes passieren sollte. Dann stellte er seine Tasse ab. Felicitas wusste, nun wurden Urteile verkündet.

»Fahrradfabriken, motorisierte Kutschen, Elektrizität. Ich werde mir das in aller Ruhe durch den Kopf gehen lassen.« Er machte eine gehaltvolle Pause. »Aber auch, wenn es nicht beabsichtigt war, so fühle ich mich dennoch von euch hintergangen. Von euch allen.« Er ließ seinen Blick drohend über die Anwesenden laufen.

Felicitas nahm allen Mut zusammen, um ihm zu sagen, dass er sie ebenso hintergangen hatte. Doch er stoppte ihre Rede mit einer Handbewegung.

»Mir ist sehr wohl bewusst, dass auch ich mich zu Entscheidungen habe hinreißen lassen, die ich besser noch mal überdacht hätte … Was ich aber entschieden habe, ist, dass es keine übereilte Hochzeit geben wird. Ich werde mir in aller Ruhe die Vermögenslage Ihrer Eltern anschauen.« Sein Blick blieb an Lorenz haften. Der nickte zustimmend. »Dir allerdings, Apollonia, bin ich zu größtem Dank verpflichtet. Ohne dein beherztes Eingreifen gestern hätte ich mit runtergelassenen Hosen dagestanden. Ich möchte mir diese Schande gar nicht ausdenken. Bitte nimm meinen ernst gemeinten Dank an.«

Tante Apollonia nickte lächelnd.

»Und auch für unser Gespräch gestern … Ich muss dir auch dafür danken. Ich habe mir deine Worte sehr zu Herzen genommen. Und mit meinen Töchtern werde ich … dieses Thema noch in Ruhe besprechen. Zu einem anderen Zeitpunkt … Wie ich allem Anschein nach so vieles noch mit meinen Töchtern besprechen muss.« Er schüttelte den Kopf. »Ganz offensichtlich habe ich versäumt, sie besser kennenzulernen. Da schlummern wohl Talente, die mir entgangen sind. Im Guten wie im Bösen.«

Felicitas war sich nicht sicher, ob seine Worte gute oder schlechte Vorboten waren. Er wandte sich an sie. Jetzt würde das Damoklesschwert auf sie hinabrasen. Sie schluckte heftig.

»Du wirst nicht nach Duisburg ziehen. Und ich möchte auch nicht, dass du in meinen Fabriken auftauchst.«

Ihre Hände verknoteten sich unter dem Tisch. Felicitas streckte ihren Rücken durch und wollte gerade zu einer Gegenrede ansetzen, doch Vater ließ sie gar nicht erst zu Wort kommen.

»Aber du wirst etwas lernen, und zwar hier. Ich werde dafür sorgen, dass die richtigen Lehrmeister dir das beibringen, was du brauchst. Und wenn es so weit ist, und den Zeitpunkt werde ich bestimmen, dann bekommst du das Geld für deine Fahrradfabrik.«

Sie presste die Lippen aufeinander, um nicht in Jubel auszubrechen. Das war beinahe das, was sie sich erträumt hatte. »Jawohl, Vater.« Sie blickte auf ihren Teller, dann zu Lorenz. Ein zaghaftes Lächeln erschien in ihrem Gesicht. Alles würde gut werden.

»Du tust das Richtige«, bekräftigte Tante Apollonia seine Worte.

Sie wurde von einem Klopfen unterbrochen. Wieder trat ein Diener ein.

»Das ist gerade für Sie gekommen«, sagte er zu Vater und reichte ihm ein Päckchen auf einem Silbertablett.

»Von dem Fotografen«, rief er überrascht aus. »Er muss die ganze Nacht durchgearbeitet haben.« Schon öffnete er die große Pappschachtel.

»Lass sehen«, rief Tessa neugierig und stand schon neben ihm.

Vater ließ die Fotografien herumwandern. Die meisten waren von den Gästen, aber es waren noch andere dabei. Die Harfenistin in Aufruhr, als gerade ihre Notenblätter brannten. Waisenmädchen, die sich zwei Canapés gleichzeitig in den Mund stopften. Die Rokoko-Diener, heimlich Champagner trinkend. Der Grafensohn, der vom Pfau gejagt wurde, war leider etwas verschwommen. Die Familie, die um die Verlobungstorte herumstand.

Vater schaute Felicitas an, legte eine Hand auf ihre und nickte ihr wohlwollend zu. Er schien einigermaßen versöhnt.

»Letztendlich hast du dein Ziel erreicht. Es war ein wunderbares Fest, das niemand vergessen wird«, sagte sie.

19. August 1888

Lieber Menkam,
ich weiß, dass dich mein Entschluss, nicht mit dir nach Amerika zu gehen, schwer getroffen hat. Aber es ist meine Entscheidung, die ich für mich getroffen habe. Und die ich für mich treffen darf. Es ist überhaupt meine allererste Entscheidung über mein Leben, die ich selbst getroffen habe, und ich bin stolz darauf. Es macht mich unendlich glücklich, dass ich endlich so weit bin, meinen eigenen Weg gehen zu wollen und zu können.
Ich wünsche dir nur das Allerbeste und hoffe, dass du deinen Traum verwirklichen kannst. Die Tante von Fräulein Felicitas, Frau Apollonia Melzer, wird in acht Tagen nach Hamburg aufbrechen, von wo aus sie das Schiff nach New York besteigen wird. Sie ist gewillt, dich als ihren Diener mitzunehmen. Wie du dann im Land klarkommen wirst, ist deinem eigenen Glück und Geschick überlassen. Aber es wird deine beste Chance sein, ins Land deiner Träume zu kommen. Ich hoffe, dass du bis dahin alles regeln kannst und Herr Meesters dich freigibt.
Für mich habe ich andere Pläne. Ich werde die Mission in Keetmanshoop anschreiben und nach meinen Eltern suchen. Vielleicht leben sie ja noch.

Vielleicht leben sie ja noch. Was für eine Macht hinter diesen Worten stand. Es würde ihre komplette Welt auf den Kopf stellen. Lange hatte Minna alle Gedanken an ihre Familie verdrängt, denn sie waren zu schmerzhaft. Aber jetzt, da sie es sich wieder erlaubte, hatten es einige Erinnerungen zurück in ihr Gedächtnis geschafft. Das Gesicht ihrer Mutter. Die Hütte, in der sie ihre ersten Jahre verbracht hatte. Ja, sie hatte sogar Bilder von anderen Kindern vor Augen, die möglicherweise ihre Geschwister waren. Und vor allem erinnerte sie sich an ihren eigenen Namen – Niya.

Als sie ihn zum ersten Mal laut ausgesprochen hatte, waren ihr die Tränen in die Augen geschossen. Niya – das war Heimat, Ursprung. Das war ihr wahres Leben.

Minna tunkte die Feder ein weiteres Mal in das Tintenfässchen.

Ich habe mich erinnert, wie ich richtig heiße – Niya. Ein schöner Name, findest du nicht auch?
Ich hoffe, du bist mir nicht so gram, dass du nun nichts mehr von mir wissen willst. Gerne würde ich dir weiterhin schreiben, wie es mir ergeht. Und ich bin auch sehr gespannt darauf, wie sich dein Leben und deine Träume entwickeln. Große Abenteuer liegen vor dir. Und es wäre mir eine Freude, wenn du mir davon berichtest, wie das Leben in Amerika ist.

Wie es bei ihr weitergehen würde, würde die Zeit zeigen. Wenn sie wieder Kontakt zu ihrer Familie bekam, dann würde sie versuchen, zurückzureisen. Menkam hatte sicher recht, wenn er sagte, ihren Leuten gehe es in den Kolonien nicht gut. Und trotzdem, sie wollte ihre Familie wiedersehen. Ob sie dort blieb oder danach wieder nach Deutschland zurückkam, würde sich zeigen. Wie sich so vieles erst in der Zukunft zeigen würde.

Ganz plötzlich eröffnete sich ein Leben vor ihr, auf dem sie verschiedene Wege einschlagen konnte. Sie hatte Wahlmöglichkeiten. Etwas ihr zuvor Unbekanntes. Es klopfte, und Fräulein Felicitas trat ein. »Ich wollte nur schnell die Hose holen«, erklärte sie die ungewöhnliche Störung.

Minna stand auf. »Natürlich. Ich hätte sie aber gleich auch runtergebracht.«

Fräulein Felicitas sah sich um. War sie jemals hier oben in der Mansarde gewesen? Nicht, dass Minna wüsste. Ihr Blick lief neugierig durch das Zimmer.

Die Decke des Raumes hing viel tiefer als unten in den Herrschaftsräumlichkeiten. Die Möblierung war schlicht, aber ausreichend. Minna musste ihren Raum mit keiner anderen Dienstbotin teilen. Sie hatte einen eigenen Kanonenofen, den sie im Winter anfeuern konnte. Denn hier oben in den Dienstbotenräumlichkeiten gab es nicht den Luxus der Warmwasserheizung. Aber Minna hatte alles, was sie brauchte – ein bequemes Bett, einen Schrank für ihre Kleider, einen Tisch und einen Stuhl. Und am Ende des Flures war das Badezimmer der Dienstbotinnen.

Aus der hintersten Ecke ihres Schrankes holte sie die Männerhose, die sie dort versteckt hatte. »Bitte sehr.«

Fräulein Felicitas nahm sie an sich. »Ich mach mich später fertig. Aber ich brauche dich nicht dabei.«

Minna nickte. »Ich bin so neugierig. Ich würde gerne irgendwann mal mitkommen und mir anschauen, wie man Fahrrad fährt.«

»Dann komm einfach mit. Wir gehen ohnehin erst sehr spät, damit uns niemand entdeckt. Vater hat fürchterliche Angst, sein Ansehen zu verlieren, wenn er mit einem solchen Höllengerät, wie er es nennt, gesehen wird.«

»Ich darf mitkommen?«

»Natürlich. Wieso nicht?«

»Ob ich es auch lernen könnte?«

»Jeder kann es lernen. Lorenz hat zwar ein Rad, das zu groß für mich ist, aber er hat mir versprochen, dass er mir bald ein eigenes baut«, sagte sie verschmitzt. »Spätestens dann werde ich es dir beibringen.« Plötzlich änderte sich ihre Miene. Sie wurde ernst und schloss die Tür hinter sich. »Minna ... Ich möchte mich bei dir bedanken.«

Sie hob fragend die Augenbrauen.

»Ohne dich ... Ich hätte das alles nicht tun können. Du hast mir beigestanden, als mir sonst niemand beigestanden hat. Als ich niemanden hatte. Und du hast mir geholfen, mir meinen Weg in die Freiheit zu erkämpfen. Dafür bin ich dir unendlich und für alle Zeit dankbar.« Nervös nestelte Fräulein Felicitas an dem Stoff der Hose.

Was sie sagte, stimmte. Ohne Minnas Hilfe hätte sie weder ihre abendlichen Fluchten durchführen noch ihre Geheimnisse wahren und schon gar nicht den Ball sabotieren können. Sie hatte ihr geholfen, ihren Weg in die Freiheit zu gehen.

»Du hast mich gerettet«, brach es erleichtert aus dem Fräulein heraus. Als wäre die Last eines ganzen Berges von ihren Schultern abgefallen. Und so war es ja auch. Fürs Erste blieb Fräulein Felicitas unverheiratet und würde weiterhin in Berlin leben.

»Sie haben sich selbst gerettet. Ich habe Ihnen nur dabei geholfen«, sagte Minna bescheiden.

Fräulein Felicitas trat näher. »Schon ... aber dennoch. Ohne deine Hilfe hätte ich das alles nicht ausführen können. Und du bist selbst ein großes Risiko eingegangen. Deshalb möchte ich dir nicht nur meine Dankbarkeit ausdrücken. Ich möchte dir auch meinerseits jede Unterstützung versprechen. Wohin dein Weg dich auch führen wird, ich möchte dir helfen. Also, wenn du etwas brauchst ...«

»Das ist sehr nett, dass Sie das sagen. Letztendlich aber haben wir uns gegenseitig unterstützt, unseren Weg zu finden. Dieses Für-Einander-Einstehen war es, das uns stark gemacht hat.« Das junge Fräulein hatte auch ihr geholfen und sich für sie eingesetzt.

»Und ich möchte weiterhin für dich einstehen. Außerdem werde ich so bald wie möglich mit meinem Vater reden und ...«

»Nein«, unterbrach Minna sie eilig. »Nein, das werde ich selber tun.« Auch etwas, was sie gerade erst gelernt hatte: Sie musste für sich selbst einstehen. Hilfe und Unterstützung waren gut, aber letztendlich gab es nur eine einzige Person, die den eigenen Weg beschreiten konnte – man selbst. Sie drückte ihren Rücken durch. »Man kann sich nur selbst retten. Und ich glaube, ich sollte sofort mit Ihrem Herrn Vater sprechen.«

»Noch heute?«

»Noch heute! Am besten jetzt gleich.«

Fräulein Felicitas nickte. »Er hat sich in sein Arbeitszimmer zurückgezogen. Aber ich denke nicht, dass er arbeitet. Nicht nach dem gestrigen Tag.«

»Dann also jetzt gleich«, sagte Minna, als müsste sie sich selbst versichern, dass sie es nun tat. Sie verschloss das Tintenfass. Den Brief an Menkam würde sie heute Abend zu Ende schreiben. Erst einmal wartete eine wichtigere Aufgabe auf sie.

Sie folgte Fräulein Felicitas die Dienstbotentreppe hinunter.

»Viel Erfolg«, sagte die noch und drückte ihr bestärkend die Hand, bevor sie in Richtung ihrer Zimmer ging.

Minna ging ein Stockwerk tiefer, durchquerte die Flure und blieb vor dem Arbeitszimmer stehen. Sie atmete tief ein und langsam wieder aus. Schweiß stand ihr auf der Stirn. Sie holte ein Taschentuch hervor, wischte sich die Stirn ab und klopfte endlich.

»Herein«, tönte es von innen.

Minna trat ein. Herr Louisburg saß an seinem Schreibtisch, schien aber nicht in Unterlagen vertieft. Eher machte es den Eindruck, als hätte er nur so vor sich hingestarrt. Jetzt sah er sie erstaunt an. Mit ihr hatte er wohl nicht gerechnet. Sie hatten sonst wenig miteinander zu tun.

»Ich müsste bitte mit Ihnen etwas bereden«, begann Minna.

Herr Louisburg seufzte leise, als wäre ihm alles zu viel. Doch dann wies er mit der Hand auf einen der Stühle vor dem Schreibtisch und sagte: »Worum geht es denn?«

Ein leises, aber tiefes Luftholen. »Damals, in Hamburg ...«

»Ja?«, kam es alarmiert von der anderen Seite. Als befürchtete er schon, dass ihm das Thema nicht gefallen würde.

»Ich muss Sie das fragen ... Haben Sie mich damals gekauft?«

Plötzlich senkte sich sein Blick. Minna meinte, so etwas wie Scham entdecken zu können. Er starrte auf die Tischplatte, sagte erst einmal nichts. Dann hob er seinen Blick wieder.

»Ja, das kann man so sagen. Ich habe deiner damaligen Herrschaft eine Ablösesumme gezahlt.«

Minna schluckte. Das hatte sie geahnt. Jetzt kam die schwierigste Frage. »Und denken Sie, dass ich damit Ihr Besitz bin?«

»Mein Besitz?«, fragte er überrascht. »So habe ich das nie betrachtet.«

»Nun ... Wenn ich also eine ganz normale Bedienstete bin, dann könnte ich gehen, wann immer ich wollte?«

Er starrte sie an. Hinter seiner Stirn arbeitete es, das konnte man deutlich sehen. Es wirkte nicht so, als wollte er dem zustimmen, doch dann nickte er. »Du möchtest also deine Stellung verlassen?«

»Nein, eigentlich nicht. Ich möchte nur wissen, woran ich bin.«

Seine Miene erhellte sich. »Ach so.«

»Und«, schob Minna schnell hinterher, »ich möchte wie eine normale Angestellte einen Vertrag.« Mit einem Vertrag war sie auf der sicheren Seite. Dann gab es die Möglichkeit, offiziell zu kündigen.

Da er keinen Einwand dagegen vorbrachte, schob sie eilig hinterher. »Und in den Vertrag müsste eine einer Zofe angemessene Bezahlung aufgenommen werden.«

Für einen Moment blitzte etwas in seinen Augen auf. »Ich verstehe.«

Sie wartete. Dass er es verstand, hieß ja nicht, dass er dem zustimmen würde. Minna presste ihre Lippen aufeinander. Er war reich, so viel reicher als die meisten Reichen. Er würde es nicht einmal merken, wenn er sie anständig bezahlte. Anscheinend schien er zu dem gleichen Schluss gekommen zu sein.

»Ich werde morgen von Mamsell Jarausch einen Dienstvertrag aufsetzen lassen. Und du bekommst ein normales Zofengehalt.« Sein Ton war angespannt und machte gleichzeitig klar, dass damit das Gespräch für ihn beendet war. Als wäre es ihm zu viel, sich auch noch mit ihrem Problem beschäftigen zu müssen. In seinen Augen war ihr Anliegen vermutlich eine Lappalie. Doch für sie, für sie war es ein echter Befreiungsschlag. Sie wusste endlich, woran sie war. Sie würde endlich eine normale Dienstbotin sein. Erleichtert atmete sie aus und stand auf. »Ich danke Ihnen.«

Mit einem Nicken verließ sie das Arbeitszimmer. Als sie die Tür hinter sich schloss, lehnte sie sich an die Wand. Was hatte sie getan? Sie hatte nichts weniger getan, als sich selbst ihre Freiheit erkämpft. Was für ein unglaubliches Gefühl! Jetzt, da sie das geschafft hatte, würde sie auch alle anderen Hindernisse überwinden können. Eins nach dem anderen.

19. August 1888

»So bist du auf die Straße gegangen?!«, fragte Vater pikiert, als Felicitas am späten Nachmittag mit einer Männerhose bekleidet die Treppe herunterkam. »Wenn dich nun jemand erkannt hätte?«
»Niemand würde denken, dass eine höhere Tochter Männerhosen trägt. Selbst Lorenz hat mich nicht auf den ersten Blick erkannt.«
Auch Tessa erschien in Hosen, in den gleichen Hosen, die sie gestern noch auf dem Fest getragen hatte. Fräulein Korbinian rief lautstark nach ihrem Riechfläschchen.
»Ich weiß wirklich nicht, ob mir das nicht zu weit geht.«
»Es ist schon spät, Vater. Der Tiergarten leert sich gerade. Die Leute gehen zum Abendessen. Und ich gehe mit Tessa und Minna und Lorenz vor. Du kommst mit Tante Apollonia nach. Niemand wird dich mit diesem merkwürdigen Gestell in Verbindung bringen«, beschwichtigte Felicitas seine Sorgen.
Lorenz wartete im Hinterhof mit seinem Gefährt, das von Vater erst einmal kritisch beäugt wurde. Dann gingen sie in zwei Gruppen los. Lorenz schob sein Fahrrad, und Felicitas, Tessa und auch Minna gingen neben ihm. Mit gebührendem Abstand kamen Vater und Tante Apollonia hinterher. Zwanzig Minuten später versammelten sie sich auf einem verwaisten Spazierweg im Tiergarten.
»Dann zeigen Sie mal, wie das geht«, forderte Vater Lorenz auf. Sein Ton war ungläubig. Noch schien er sicher, dass er hier gleich eine erbärmliche Vorstellung zu sehen bekam. Felicitas war gespannt, was er sagen würde, wenn er Lorenz seine Runden drehen sah.

Der stieg auf das Rad und fuhr los. Er fuhr ein Stück des Weges, wendete, fuhr an ihnen vorbei, vollzog einen großen Bogen und kam zu ihnen zurück.

Felicitas hatte Lorenz gar nicht beachtet, sondern die ganze Zeit über Vaters Mienenspiel beobachtet. Es war von abweisend zu überrascht bis hin zu interessiert gewechselt.

»Das sieht ja tatsächlich relativ einfach und vor allem praktikabel aus«, sagte Vater nun und trat an den Drahtesel heran. Schon begutachtete er die Technik.

»Das ist es«, sagte Lorenz stolz.

Jetzt hob Vater das Rad an und drehte die Pedale. Er beäugte genau die Funktion des Kettenantriebs. Dann trat er einen Schritt zurück und strich sich nachdenklich über den Bart. »Nicht allzu viele Komponenten. Wenige Verschleißteile. Ein übersichtlicher Materialeinsatz. Kein komplizierter Motorenmechanismus. Und keinerlei Verbrauch.«

Felicitas jubelte innerlich. Die Abneigung gegen diese Räder, die Abneigung gegen Lorenz, all das trat plötzlich in den Schatten von Vaters technischem Interesse und dem Erkennen eines geschäftlichen Vorteils. Felicitas würde wetten, dass Vater gerade durchkalkulierte, was man dafür bräuchte, um Fahrräder zu bauen. Wie teuer würde ein Stück sein müssen? Konnte man sie in Serie herstellen? Seine Skepsis schwand wie ein Eisblock in der Sonne.

»Und für Frauen ist es nicht schwieriger, Fahrrad fahren zu lernen, als für Männer. Wenn sie entsprechend gekleidet sind«, schaltete Felicitas sich ein. »Ich beweise es dir.«

Lorenz schob Felicitas das Rad rüber. Sie war jetzt wochenlang nicht gefahren, und am Anfang sah es etwas wackelig aus. Aber nach ihrer ersten Wende war sie wieder sicher.

»Ich habe schon gewusst, dass es eine lukrative Einnahmequelle wird, als ich Lorenz das erste Mal dabei beobachtet habe«, sagte Tante Apollonia zu Egidius, als Felicitas direkt bei ihnen anhielt und ein Bein auf den Boden stellte.

»Ich will auch!«, rief Tessa aus. Und auch Minna sah aus, als würde sie sofort aufspringen wollen.

»Gleich. Lass mich erst noch ein wenig fahren. Ich habe es so vermisst«, sagte Felicitas.

»Das ist das Köstlichste, was ich seit langem gesehen habe. Wenn ich wiederkomme, dann sprechen wir ausführlich über deine Fahrradfabrik. Und ich werde in Amerika die Augen aufhalten, wie weit sie dort schon sind«, sagte auch Tante Apollonia begeistert.

»Es hat in der Tat Potenzial. Und es sieht auch nicht annähernd so idiotisch aus wie die Hochradfahrer, die man hier manchmal sieht«, sagte Vater, der nun endgültig aufgehört hatte, sich nervös umzuschauen, ob ihn jemand entdecken würde.

»Ich sag doch, es ist für jedermann.« Felicitas stieg wieder aufs Rad. Als sie nun in die Pedale trat, lief Lorenz neben ihr her. Sie fuhr ein gemächliches Tempo.

»Es wird bestimmt ganz wunderbar mit unserer Fahrradfabrik.«

»Aber erst will ich mein eigenes Rad«, rief sie aus. »Und dann lerne ich, freihändig zu fahren.« Jetzt trat sie richtig in die Pedale.

»Ich baue dir eins. Extra für dich« schnaufte Lorenz neben ihr und blieb endlich stehen, als sie immer schneller wurde.

Dieses Mal wollte sie nicht mehr den anderen zeigen, dass auch Frauen Fahrrad fahren konnten. Jetzt wollte sie einfach nur ihre Freiheit genießen. Im Takt ihrer neu gewonnenen Freiheit trat sie in die Pedale. Sie flog dahin, nur sie auf dem Fahrrad in der lauen Abendluft.

NACHWORT

Die Jahre nach der Gründung des Deutschen Kaiserreiches stehen nicht nur für einen wirtschaftlichen Aufschwung. Es ist auch eine Zeit des Aufbruchs, eine Zeit, in der die Menschen mobiler, informierter, freiheitsliebender werden. Soziale Gerechtigkeit gerät in den Fokus. Ideen von Gleichheit – auch der Geschlechter – und Demokratie erstarken. Es war eine Gesellschaft in Bewegung – vollumfänglich. Die Bevölkerung des Kaiserreiches wurde innerhalb von wenigen Jahrzehnten sehr viel mobiler. Mit dem massiven Ausbau der Eisenbahnstrecken konnten endlich auch größere Bevölkerungsteile weitere Strecken zurücklegen, die vorher nur mit der Kutsche oder dem Pferd zu bewältigen gewesen waren. Für alle, die weder das eine noch das andere besaßen, waren Reisen meist nur mit der Postkutsche möglich. War der Weg weit, musste man zudem viele Male umsteigen. Keine wirklich angenehme Art zu reisen. Bei der Gründung des Deutschen Kaiserreiches 1871 war der Eisenbahnbau noch lange nicht abgeschlossen. Immerhin gab es bereits viele größere Strecken, meist mit der Anbindung nach Berlin. Auch die ersten Nebenstrecken wurden ausgebaut. Lokale Kleinbahnen gab es schon länger.

In der zweiten Hälfte des 19. Jahrhunderts wurden in den Städten Pferde-Omnibusse und Pferde-Bahnen eingesetzt. Zeitgleich wurde vielerorts an anderen, neuen und vor allem individuellen Fortbewegungsmöglichkeiten geforscht. Fahrräder wurden in diversen Modellen gebaut. Auch die Idee, Kutschen zu motorisieren, wurde von etlichen Erfindern verfolgt. Als erste Modelle gab es die Motorkutschen unter Dampf, angelehnt an die Eisenbahn. Der Flocken Elektrowagen von Andreas Flocken aus Coburg gilt als erstes Elektroautomobil der Welt. An diesen Fabrikanten habe ich die Familie von Lorenz Schwerdtfeger angelehnt, die allerdings fiktiv ist. Doch das erste vierrädrige Elektroauto der Welt aus dem Jahr 1888 stammte aus Coburg.

In die 1880er Jahre fallen weitere wichtige Erfindungen im Bereich Automobile mit Gasmotorenantrieb. Als Väter des Automobils gelten die Deutschen Carl Benz, Gottlieb Daimler und Wilhelm Maybach. Allerdings war es eine Frau, die mit der ersten längeren Fahrt die Vorteile dieser neuen Technologie bewies und in die Geschichte einging: Bertha Benz fuhr im August 1888 über hundert Kilometer von Mannheim nach Pforzheim.

Der heute als erstes Automobil geltende Benz Patent-Motorwagen von 1886 war tatsächlich ein motorisiertes Dreirad, Benz selbst ein passionierter Radfahrer. Durchsetzen konnten sich Automobile allerdings erst nach dem Ersten Weltkrieg. Insgesamt gab es verschwindend wenige Motorkutschen im Reich. Bis 1907 waren erst etwa 27 000 Autos produziert worden. Davon fuhr allerdings die Hälfte in Berlin und direkter Umgebung. Bis in die 1920er blieben sie mit der geringen Stückzahl eine Randerscheinung für wenige Reiche. Was aber einen enormen Aufschwung erlebte, und zwar innerhalb von nur wenigen Jahren, waren die Fahrräder.

Laufräder gab es schon in der Antike und zu anderen Zeiten. Doch die Geschichte des Geräts, das sich schließlich zu unserem heutigen Fahrrad entwickeln sollte, beginnt mit der Laufmaschine von Karl von Drais. 1815 brach der indonesische Vulkan Tambora aus, mit globalen Folgen. 1816 wurde als das Jahr »Achtzehnhundertunderfroren« berüchtigt. Es war kalt, bitterkalt. Ein Jahr ohne Sommer, in dem es wochen-, ja monatelang durchregnete. Die Folge waren schwere Unwetter und Überschwemmungen, weltweit. Europa litt unter dramatischen Ernteausfällen. Als Folge schoss der Getreidepreis in die Höhe, noch für die kommenden Jahre, auch der Preis für Hafer für die Pferde. Der badische Forstmeister Karl von Drais, seines Zeichens Erfinder, grübelte über ein Gefährt, das kein Pferd (oder anderes Tier) brauchte, und baute schließlich seine Laufmaschine, auch Draisine oder Veloziped genannt.

Die Draisine von 1817, ein Laufrad schon mit Sattel, aber ohne

Pedale, wurde in diversen Ausführungen und Varianten weiterentwickelt. In den folgenden Jahrzehnten wurden starr angebrachte Pedale, dann Tretkurbeln und schließlich der Kettenantrieb erfunden. Auch die Erfindung des Vollgummireifens von 1843, der sich erst ab den 1870er Jahren durchsetzte, ermöglichte den Siegeszug der Fahrräder und später auch der Automobile.

In den 1870ern setzte sich das Hochrad (vorne ein großes Rad, hinten ein kleines) durch. Alles in allem unpraktische Ungetüme, nur für besonders Wagemutige gedacht und schon mal gar nicht für Frauen. Auch wenn sie stetig weiterentwickelt wurden, waren Hochräder unbequem und gefährlich. So gefährlich, dass vielerorts ein Fahrradverbot ausgesprochen wurde.

Erst mit den britischen Weiterentwicklungen der Räder zu Nieder-Sicherheitsrädern öffnete sich in den 1880ern der Markt für die Massen. Dann allerdings ging alles sehr schnell. In genau diesen Jahren begann der Siegeszug des Fahrrads, das schnell preiswert produziert wurde und sich in allen Gesellschaftsschichten durchsetzte. Die arbeitende Bevölkerung konnte dank des Fahrrads nun aus den beengten und stinkenden Kasernen der Berliner Arbeiterviertel wegziehen an den Stadtrand und dennoch pünktlich zur Arbeit kommen. Denn andere Verkehrsverbindungen waren noch recht dürftig.

Um die Mobilität der Frauen war es ebenfalls nicht sonderlich gut bestellt. Fahrrad fahren auf den Hochrädern war gemeingefährlich, geritten wurde im unbequemen Damensitz, Kutschen und Pferde waren meist im Besitz des Mannes. Überhaupt, je nach finanziellen Möglichkeiten der Familie konnten Frauen sich zwar bewegen und reisen, aber nie ohne eine Erlaubnis. Und nie ohne Aufsicht. Ihr Wirkungskreis war auf das Häusliche beschränkt. Bis das moderne Fahrrad kam. Der sogenannte Diamantrahmen, einer Raute nachempfunden, wie er heute noch gebaut wird, wurde 1888 patentiert, und schon im Jahr 1889 gab es das Schwanenhals-Fahrrad für Damen, damit diese ihre Beine nicht über den Sattel heben mussten.

Auch wenn Rad fahren zu dieser Zeit noch als »unweiblich«

verpönt war, befreiten sich die Frauen mittels dieses sehr praktischen Geräts. Zuerst die bürgerlichen Frauen und mit der zunehmenden Erschwinglichkeit der Räder auch die Arbeiterinnen. Gerade für Frauen bedeuteten die Fahrräder weit mehr als nur eine Fortbewegungsmöglichkeit. Schon bald waren radfahrende Frauen ein Sinnbild für Emanzipation, für eine neu gewonnene Freiheit, für eine nie gekannte Mobilität. Letztlich war das Fahrrad sogar für ein befreiendes Kleidungskonzept verantwortlich. Mit einem engen Korsett und langen Röcken konnte man kein Rad fahren, also musste andere Kleidung her. Die Kleider wurden bequemer, die Rocksäume kürzer, und es gab die ersten Hosen für Frauen, oft noch als versteckte Hosenröcke.

Wegen der vielen Unfälle war es in vielen Städten lange nicht erlaubt, mit dem Fahrrad zu fahren. So auch in Berlin. Mit dem Aufkommen von Drei- und Vierrädern wurde es allmählich gelockert. Erst nachdem sich die Niederfahrräder durchgesetzt hatten, wurde es auch für Zweiräder erlaubt. In Berlin durfte man ab 1891 auf den öffentlichen Straßen Fahrrad fahren, mit Ausnahme von Unter den Linden und der Friedrichstraße. Im Mai 1893 fiel auch diese Ausnahme. Man durfte fortan auf allen Straßen und Wegen der Reichshauptstadt mit dem Rad fahren.

Zur Eisenbahn noch ein Wort: Die Anatolische Eisenbahn wurde tatsächlich von einem von der Deutschen Bank geführten Konsortium gebaut. Im Oktober 1888 erteilte die türkische Regierung den Auftrag. Jahre später folgte diesem Auftrag ein weiteres Großprojekt – der Bau der Bagdadbahn, die sich dieser Bahnstrecke anschloss. Deutschland war beim Eisenbahnbau weltweit weit vorne.

Das fiktive Palais der Familie Louisburg ist übrigens dem echten Palais Strousberg nachempfunden, das in der Wilhelmstraße stand und einem tatsächlichen Eisenbahnkönig gehörte – Bethel Henry Strousberg. Nach seinem Tod wurde das Gebäude als britische Botschaft genutzt. An gleicher Stelle ist auch heute noch die britische Botschaft beheimatet. Verpflanzt habe ich das Louisburgsche Palais allerdings an den Ort, an dem das Palais Borsig stand, nämlich Ecke Voßstraße, Wilhelmstraße. Das Palais, erbaut von Albert Borsig, dem Sohn von August Borsig, dem größten deutschen Eisenbahnbauer, stand in der Zeit, in der mein Roman spielt, allerdings leer. Auch wenn ich mich in die Geschichte dieser beiden Eisenbahnfabrikanten eingelesen habe, so ist doch Egidius Louisburgs und Felicitas' Familiengeschichte rein fiktiv. Unfassbar reich waren sie allerdings alle.

Eine weitere künstlerische Freiheit sei mir erlaubt: Den *Club von Berlin* gab es tatsächlich schon seit 1864, sein eigenes Clubhaus in der Jägerstraße wurde allerdings erst 1893 fertiggestellt und bezogen.

Ein letztes Wort noch zur Figur von Minna: Mit Minna, im Zusammenspiel mit Felicitas – die sich gegenseitig helfen –, greife ich das Thema Solidarität unter Frauen auf und wie beide versuchen, sich in der patriarchalen Gesellschaft zu emanzipieren, soweit es ihr Stand und die historischen Tatsachen zulassen. Zudem wurden in den 1880er Jahren die kolonialen Bestrebungen Deutschlands stärker. Der Kolonialismus und der damit einhergehende Rassismus ist ein weiterer Aspekt der Freiheit beziehungsweise Unfreiheit der damaligen Zeit. Und damit auch Teil unserer Geschichte als Deutsche. Weshalb ich mir die Freiheit genommen habe, darüber zu schreiben. Ich habe allerdings keinen Roman über die Kolonialgeschichte Deutschlands geschrieben. Doch ich habe diesen Themenaspekt bewusst hinzugenommen, um die Spannweite von Freiheit und Unfreiheit aufzuzeigen, wie schon der Titel des Buches verdeutlicht. Die breite Bevölkerung der damaligen Gesellschaft war maßgeblich durch eine strenge Klassenhierarchie, gesellschaftliche Normen und Regeln sowie vor allem durch begrenzte wirtschaftliche Möglichkeiten geprägt. Durch die Einführung von Eisenbahn und Fahrrädern wurde die breite Bevölkerung mobiler, was wiederum die demokratische Idee stärkte. Diese Erkenntnis war meine Motivation, diesen Roman zu schreiben.

Nun hoffe ich, dass ich Ihnen das Thema Mobilität im Kaiserreich – vor allem, was das Aufkommen des modernen Fahrrads für Chancen und Befreiung bedeutete, nicht nur für Frauen, aber gerade für sie – näherbringen konnte. Ein großes Thema, bei dem es wieder viel zu recherchieren gab.

Dass mir bei der Umsetzung dieser historischen Begebenheiten in einen spannenden Roman keine bedeutsamen Fehler unterlaufen, dafür habe ich meine treuen Testleserinnen Esther Rae, Anja Falkenberg und meinen Mann Dr. Peter Dahmen, die mir allzeit stärkend zur Seite stehen. Mein großer Dank gilt aber auch jenen, die mich mit ihrem professionellen Blick und hilfreicher Kritik unterstützen: meiner Agentin Leonie Schöbel, meiner Außenlektorin Dr. Clarissa Czöppan sowie meiner Verlagslektorin Natalja Schmidt.

Aber dann ist das Buch ja noch nicht bei Ihnen. Mein herzlicher Dank geht deshalb auch an die vielen Buchhändlerinnen und Buchhändler, die so vielen Büchern eine Zwischenheimat geben, bevor sie endlich in die richtigen Hände kommen – in Ihre. Mein großer Dank gebührt vor allem all meinen Leserinnen und Lesern, die es mir mit ihrem Interesse erst ermöglichen, meinen Traum vom Schreiben leben zu können. Wenn Ihnen der Roman gefallen hat, würde ich mich außerordentlich freuen, wenn Sie eine Rezension oder Sterne-Bewertung auf den üblichen Buchhandelsportalen hinterlassen. Ich freue mich immer riesig, wenn ich in den Weiten des Internets auf Rezensionen zu meinen Titeln stoße. Herzlichen Dank an dieser Stelle an alle, die sich die Mühe machen. Auf diese Weise hören wir Autorinnen in unserem stillen Kämmerlein doch ein wenig Applaus.

Wenn Ihnen der Roman gefallen hat: Weitere Romane von mir finden Sie im Buchhandel, im Internet und auf meiner Website www.hanna-caspian.de. Dort gibt es auch immer die neusten Informationen.

Einstweilen wünsche ich Ihnen bestes Lesevergnügen und spannende und interessante Unterhaltung mit meinen Geschichten aus der Geschichte.

Ihre Hanna Caspian